U0683042

Once is not Enough

人间未完成

[美] 杰奎琳·苏珊 著

刘阳 译

北京联合出版公司
Beijing United Publishing Co., Ltd.

图书在版编目（CIP）数据

人间未完成 /（美）杰奎琳·苏珊著；刘阳译. —
北京：北京联合出版公司，2022.4
ISBN 978-7-5596-5275-1

Ⅰ. ①人… Ⅱ. ①杰… ②刘… Ⅲ. ①长篇小说—美
国—现代 Ⅳ. ①I712.45

中国版本图书馆CIP数据核字（2021）第086887号

ONCE IS NOT ENOUGH
Copyright © 1973 by Jacqueline Susann
Copyright © 1997 by Tiger LLC
Copyright licensed by Grove/Atlantic, Inc.
arranged with Andrew Nurnberg Associates International Limited

人间未完成

作　　者：（美）杰奎琳·苏珊　　　　　译　　者：刘　阳
出 品 人：赵红仕　　　　　　　　　　出版监制：辛海峰　陈　江
责任编辑：张　萌　　　　　　　　　　特约编辑：郭　梅
产品经理：卿兰霜　于海娣　　　　　　版权支持：张　婧
封面设计：熊琼·覃中DESIGN WORKSHOP　　内文排版：任尚洁

北京联合出版公司出版
（北京市西城区德外大街83号楼9层　100088）
北京联合天畅文化传播公司发行
天津中印联印务有限公司印刷　新华书店经销
字数 414千字　710毫米×1000毫米　1/16　24.25印张
2022年4月第1版　2022年4月第1次印刷
ISBN 978-7-5596-5275-1
定价：68.00元

版权所有，侵权必究
未经许可，不得以任何方式复制或抄袭本书部分或全部内容
如发现图书质量问题，可联系调换。质量投诉电话：010-88843286/64258472-800

* * *

献给我的父亲，罗伯特·苏珊

他会理解的

献给欧文

他确实理解

序幕

他

迈克·韦恩（Mike Wayne）生来就是个赢家，他在演艺圈声名鹊起的那一年是1945年。人人都知道他是空军里玩双骰最厉害的人，他腰里绑的一万三千美元也证实了传言非虚。

十八九岁时，他就想了个清楚：股票市场和演艺圈就是全世界最大的两个赌场。二十七岁时，他从空军退役，一心只想认识姑娘，于是他选择了演艺圈。他在亚古德马场连本带利地下注，经过让人热血沸腾的五天，他将一万三千美元变成了六万美元。

他把这些钱投进一部百老汇音乐剧，成了联合制片人。那部剧大获成功，他娶了合声部女孩里最漂亮的那位——薇琪·希尔（Vicki Hill）。

薇琪想做明星，他就给她提供机会。1948年，他斥巨资独立制作了第一部大型音乐剧，由他妻子薇琪担任主角。尽管女主角只是个从合声部走出来的女孩，这出戏仍然大获成功。影评人纷纷称赞他娴熟的戏剧制作技巧，说他在用才华横溢的配角、万无一失的剧本和大受欢迎的配乐捧她。不过，他们一致认为，薇琪难以担此大任。

这出戏结束演出后，他"劝退"了她。（"宝贝，你得知道时运不济的时候该如何收手。你想要的机会我给过你了。现在该你给我个儿子了。"）

1950年新年那一天，她给他生了个宝贝女儿。他立即为她取名詹纽瑞[1]。护士把女儿放进他怀里时，他暗下决心，要给她整个世界。

她两岁时，见面时他总是先迎接她，然后才对妻子表示欢迎。

她四岁时，他前往加利福尼亚州制作了他的第一部电影。

她五岁时，他一年内出品的两部电影皆大获成功，还获得了奥斯卡提名奖。

---

1 原文为"January"，意为"一月"。——译者注（此后如无特殊说明均为译者注）

她六岁时，他赢回一座奥斯卡小金人，他的名字开始和许多漂亮女明星扯上瓜葛。（也是从这时起，他的妻子开始酗酒，并给自己找了个情人。）

她七岁时，他以她的名字命名他的私人飞机，而他的妻子为打掉他们未出世的儿子自杀身亡。

最后就只剩他们俩了。

那天，他开车送她去康涅狄格州的寄宿学校，试着向她解释："现在，妈妈已经不在了，这所高档学校将教你如何成为一名可爱的淑女。"

"爸爸，为什么你不能教我呢？"

"因为我经常出门。再说了，应该由淑女教导小女孩。"

"爸爸，妈妈为什么死了？"

"我不知道，宝贝……也许因为她想成为大人物。"

"那不好吗？"

"你不是大人物却想做大人物，那就不太好了。这种折磨会从里到外地吃掉你。"

"那爸爸是大人物吗？"

他笑了："我吗？我是大人物中的大人物。"

"那我也会成为大人物的。"她说。

"我同意。不过成为任何人物之前，你得先成为一名淑女。"

于是，她同意了去哈顿女士学院上学。每次他到纽约时，他们就一起过周末。

他越来越出名，像所有的赌博高手一样，他知道什么时候该加大赌注、什么时候该收手。众所周知，他下注一次就能改变赛道上的赔率。有一次，他输掉了他的飞机，但他只是笑着走开了，因为他知道运气还会回来的。

若你问他，他的好运何时耗尽，他会给你一个准确的答案。

那是1967年6月20日，当时他在罗马。

那一天，他们带来了他女儿的消息……

她

若你问她，她的好运何时耗尽，她可答不上来。因为她是他的女儿，做他的女儿是全世界最幸运的事。

从一开始她就接受了去哈顿女士学院上学是一件必须"坚持过去"的事。女孩们都很友好，不过她们分成了两大阵营。大一点的女孩崇拜猫王埃尔维斯[1]，小姑娘们则加入了"琳达的粉丝团"。琳达指的是琳达·里格斯（Linda Riggs），她是校园里的一名学生，十六岁，能歌善舞，活力十足，虽有些吵闹，但颇具感染力。（多年后，詹纽瑞偶然翻看早期的校园照片时才惊讶地发现，琳达长得好像林戈·斯塔尔爵士[2]啊。）琳达是哈顿女士学院无可争议的明星，但当时似乎没人注意她那头乱蓬蓬的短发、那个大鼻子，还有笨重的银牙套。学校里每个人都认为，琳达毕业后肯定会成为百老汇的顶级音乐喜剧明星。

高三那年，琳达在简化版的《飞燕金枪》[3]校园剧里担任主演。排练开始后，琳达挑了八岁的詹纽瑞担任她的"特邀小朋友"。这意味着詹纽瑞享有一系列特权：为琳达跑腿打杂，提醒台词、歌词。尽管詹纽瑞从来都不是"琳达的粉丝"，但她对这安排也挺满意的，因为她和琳达的对话多数都围绕着迈克·韦恩。琳达为他的作品深深着迷。（詹纽瑞会邀请他来学校看表演吗？他会来吗？他可千万得来！毕竟，詹纽瑞要参加合唱，不是吗？）

迈克·韦恩确实来了。演出结束后，他和琳达握手，詹纽瑞亲眼看着这位《飞燕金枪》的明星主演瞬间变回一个面红耳赤、说话磕巴的女高中生。

"她是不是棒极了？"他们一起离开时，詹纽瑞问他。

"她烂透了。你在合声部的表现比她独唱的所有曲目都出色。"

"但她很有才华啊。"

"她就是个又胖又丑的女孩。"

"真的吗？"

"千真万确。"

琳达毕业后，校园仿佛突然变得空寂了。下一个演出季，一名叫安吉拉的漂亮女孩担任了校园剧的主演，但所有人都认为"她可比不上琳达"。

两年后，一个女孩举着一本《炫目》（Gloss）杂志，尖叫着跑过走廊。杂志发行人一栏里用小字印着"琳达·里格斯：初级编辑"。一时间，琳达又成了校园里的话题人物。哈顿女士学院的每个人都对她大为赞叹，但詹纽瑞隐隐有些失

1　埃尔维斯·普雷斯利（Elvis Presley，1935—1977），美国著名摇滚歌手。

2　林戈·斯塔尔爵士（Sir Ringo Starr，1940— ），披头士乐队成员，英国摇滚歌手、演员、鼓手。

3　《飞燕金枪》（Annie Get Your Gun），美国西部电影，1950年出品，该剧讲述了神枪手安妮的爱情故事。

望，她不是要去百老汇做大明星的吗？

她和父亲谈起这事时，他似乎并不意外："她能混进时尚杂志社打杂够惊人的了。"

詹纽瑞坚持道："但她多有才华啊。"

"她那点才华也就够在哈顿女士学院里用。但现在是1960年了，相貌如莉兹·泰勒和玛丽莲·梦露[1]这样的女孩还在四处奔波，盼着能抓住任何大红大紫的机会。我不是说漂亮就是一切……但它确实有帮助。"

"我长大了会变漂亮吗？"

他用手指拨弄着她浓密的棕发，笑了："你会比漂亮妞更出众。你有一双褐色眼睛——像你母亲——天鹅绒般的眼睛。把我吸引到她身边的首先就是那双眼睛。"

她没告诉他，她更希望自己的眼睛像他的。在他天然的麦色皮肤和黑发的衬托下，那双眼睛蓝得不可思议。她一直无法把他英俊帅气的外表视作理所当然。她的同学们也一样，毕竟她们的父亲总是疲于应对生活，胡子拉碴，忧心脱发谢顶或者失业，还时不时就和母亲或弟弟吵上一架。

但詹纽瑞和父亲在纽约度周末时，她所看到的是一位英俊男士，而且他一心只想讨她的欢心。

正因为这些周末，詹纽瑞全力避免和学校里的任何女孩发展"闺密"关系。因为建立"闺密"关系意味着节日要去她们家里吃晚饭，偶尔周末还得办"留宿派对"，而且不能只参加别人家的派对，自己也得办。詹纽瑞可不愿意与别人分享她与父亲共度的周末。当然，也有几次，他周末去了欧洲或者海岸区，但他们共度的那些周末已经胜过了那些孤单的周末。到了周六早上，那辆加长豪华轿车就会来接她，一路飞驰把她送到纽约，送到他在广场饭店[2]的转角大套房里，那间套房他一整年都预留着。她到的时候，他总是在吃早餐，或许旁边还有一位秘书在做记录，一位制片助理在仔细检查每周票房，一位负责宣传的人在查看广告文

1　莉兹·泰勒（Elizabeth Taylor, 1932—2011）和玛丽莲·梦露（Marilyn Monroe, 1926—1962）皆是当时公认的美人。

2　广场饭店（the Plaza Hotel），位于纽约曼哈顿的豪华公寓式酒店，始建于1883年。后多次斥巨资重建，1969年成为纽约市著名地标，1986年成为美国国家历史地标。2005年，广场饭店又经历了一场耗资4.5亿美元的翻新，2008年重新开业，向客人提供282间客房和152间私人公寓，有"钻石之王"之称的以色列钻石商列夫·列维耶夫（Lev Leviev）以1000万美元拿下了其中一间私人公寓。——编者注

案，电话可能也在响，有时还是三部电话同时在响。但她一走进房间，就仿佛拉响了一声警报——所有活动都会暂停，他会一把将她揽在怀里。他的须后水闻起来像松树枝的味道……而他的双臂环绕着她，让她感觉无比安心。

他快速处理手头工作时，她就吃午饭。她总是饶有兴致地看着他忙碌，看他四处斡旋和钻营，在长途电话里下达简短的命令。她小口地吃着东西，同时观察着他，试着把这一幕牢牢地刻在脑海里——他弯腰耸肩，将电话听筒夹在肩膀和耳朵中间，手里做着记录……而他在这忙碌当中还会朝她看过来，眨眨眼，让她心中涌起一股暖流，那眨眼是在说："无论我在做什么，我仍然会停下来想你。"

午饭过后就没有电话了，也没有别人来打扰，他那天剩下的时光都是属于她的。有时他会带她去萨克斯百货，看见什么都买下来。也有些时候，他们会去洛克菲勒广场滑冰（他就坐在场地边上喝上一杯，看着教练带着她滑来滑去）。如果赶上他的新作上演，他们就会顺路去看排练。他们看过百老汇的每一场音乐剧，有时他们看完白天场还会去看晚间场演出。最后，他们总是会去萨迪餐厅[1]，就坐在旁边有他的滑稽画的那张桌前。

她讨厌周日。无论周日他们吃早午餐时多么愉快，她总摆脱不掉那辆黑色豪华轿车的阴影——那车正等着送她回哈顿女士学院。她知道，她必须得走，就像她知道他必须回到电话和出品电影中去一样。

但他最喜欢"出品"的是她的生日会。她五岁那年的生日，他雇了一个小马戏团，邀请了她在幼儿园里的所有同学。那会儿她母亲还活着：一位心不在焉的女士，睁着一双褐色的大眼睛，坐在一旁，注视着一切，却没有多少兴致。六岁那年的生日，雪橇把她拉到了中央公园的绿苑酒馆[2]，在那儿等着她的是一位圣诞老人和一大袋子礼物。之后那年等待她的则是一位魔术师和一场木偶戏。

但她八岁那年过生日时，家里只剩他们俩了。那是母亲去世后她过的第一个生日。那天是一个工作日，豪华轿车把她从哈顿女士学院接出来送到了广场饭店。她郑重其事地站着，看着他开了一瓶香槟，给她倒了四分之一杯。"这是最好的了，宝贝，"他举起酒杯，"敬我家的小淑女……我唯一爱的淑女。"他就这

1　萨迪（Sardi）餐厅，位于纽约曼哈顿百老汇与第八大道之间，创立于1927年，至今仍在营业，以其店内上千张百老汇名人讽刺漫画著称。——编者注

2　绿苑酒馆（Tavern on the Green），位于纽约曼哈顿中央公园，创立于1934年，营业至今，中间几经易主，曾获得过上西区最佳餐厅荣誉和最佳葡萄酒菜单荣誉。——编者注

样带她认识了唐·培里侬香槟王[1]和鱼子酱。

接着，他带她来到窗边，指给她看空中飞过的固特异[2]飞船。不过，船身上的"固特异"几个字换成了发光的红色大字"生日快乐，詹纽瑞！"。从那以后，唐·培里侬香槟王和鱼子酱就成了他们所有重要时刻的仪式。

十三岁那年的生日，他带她去了麦迪逊广场花园[3]。他们到的时候，积分板上漆黑一片，所以她以为他们来晚了。他牵着她的手往里面走。奇怪的是，没有领座员来帮忙，也没有服务员……一个人都没有……灯也没开。他领着她走下斜坡，走进黑洞般的空旷花园。气氛有些可怕，所以他们拉着手……他们一直向下，走啊……走啊……一直走到花园腹地。然后他停了下来，语气平静地开了口："许个愿吧，宝贝，一定要宏大，因为你现在站的地方正是几位最伟大的冠军——乔·路易斯[4]、舒格·雷[5]、马西阿诺[6]——站过的地方。"他拉起她的手，摆出拳击手获胜的姿势，模仿着裁判，拖着鼻音欢呼道："现在，女士们，先生们……我向你们介绍冠军中最伟大的冠军……詹纽瑞·韦恩小姐……她今天十三岁啦！"他接着说，"这意味着你现在是个重量级选手了，宝贝。"

她扑过去抱住他，他弯下腰亲她的脸，但在黑暗中，他们碰到了彼此的嘴唇，贴在了一起……积分板上的灯突然全亮了，上面闪烁着"生日快乐，詹纽瑞"几个字。那儿有一张餐桌，上面已摆好了鱼子酱和香槟，一名服务生在桌旁笔挺地站着，等着为他们服务，旁边还有一支乐队在唱"生日快乐"。

唱完生日歌，音乐家们开始唱她最喜欢的剧目金曲。他们小口喝着香槟，随后，迈克伸出手邀请她跳舞。起初，她有点紧张，但过了最初尴尬的几步后，她依偎着他，突然感觉她这辈子似乎一直在和他跳舞。他们随着音乐摇晃，他轻声说："你会长成一位淑女。有一天，会出现一个男孩，他会比这世上的一切都重要……他也会像这样把你抱在怀里，那时你就知道恋爱是什么感觉了。"她没

1　唐·培里侬香槟王（Dom Perignon）以其创始人"香槟之父"法国修道士唐·皮耶尔·培里侬命名，该香槟品牌现属于国际奢侈品集团路易酩轩。——编者注

2　固特异（Goodyear），美国固特异轮胎橡胶公司，始建于1898年。

3　麦迪逊广场花园（Madison Square Garden），体育娱乐活动的殿堂，第一代建于1879年，后多次搬迁。

4　乔·路易斯（Joe Louis，1914—1981），美国职业拳击手。

5　舒格·雷（Sugar Ray Robinson，1921—1989），美国拳击手，传奇拳王。

6　马西阿诺（Rocky Marciano，1923—1969），美国拳击运动员，曾获世界重量级拳王等称号。

回答，因为她知道，她已经在她唯一爱着的男人怀里了。

　　她从哈顿女士学院毕业时，他正在罗马拍电影。她并不介意他错过了毕业典礼。她自己都不想参加，但她试了镜，被选中做毕业生代表致辞，那就逃不掉了。还好她就要去罗马见他了，然后和他一起度过整个夏天。

　　而且，她还赢了关于上大学的争论。

　　"爸爸，我长这么大一直都待在学校里。"

　　"但是大学很重要，宝贝。"

　　"为什么？"

　　"呃，你能学到东西，还能交上对的朋友，准备好——见鬼，我不知道了。我只知道上大学是对的。为什么其他女孩都去上大学？"

　　"因为她们的父亲不是你呀。"

　　"好吧，那你想做什么？"

　　"也许做个演员吧。"

　　"这样啊，就算你想当演员，那你也得学习怎么当啊！"

　　所以，就这么定了。等他结束了罗马的摄制工作，按行程，他要去伦敦监制另一部电影，而他已经成功地将她送进了英国皇家戏剧艺术学院的秋季学期班。事实上，她并不热衷于去戏剧艺术学院上课，她甚至不确定她是否真的想成为一名演员……

　　但她就要去罗马了！只要熬过毕业活动就行了。她戴好学位帽，穿好学位长袍，长袍里面是一条蓝色亚麻裙。她的飞机票和护照都已被装进包里，行李箱也已被放进豪华轿车的后备厢里，那辆车就在学校外面等着她。她要做的只剩完成演讲，拿到学位证书，然后开跑！

　　全都结束了，她挤过人潮汹涌的通道，接受着同学家长的祝贺，推开含泪告别的人墙，向别人保证自己会写信的。再见！再见！她扯开长袍，把学位帽丢给戏剧部的希克斯小姐。再见！再见！她钻进豪车，车子向肯尼迪机场飞驰。

　　坐在704型飞机里……头等舱里一半座位都空着……她太激动了，根本无法定下神来吃东西或者看电影。数小时里，她把杂志翻来翻去，做着白日梦，喝着可乐……终于，飞机降落了……罗马时间是早上七点。他就在那儿……身边还有几位看起来很重要的工作人员……就在飞机起降区……还有一辆私人豪车。下飞机……冲进他怀里……冲进全世界最棒的男人怀里……他是属于她的！

那辆黑色长轿车载着他们到了海关……给她的护照盖了章……他们走进繁忙的航站楼，两名年轻迷人的意大利男孩穿着紧身黑西装站在那儿，等着接她的行李箱。

"他们不会说英语，但他们都是好小伙。"迈克说着递给他们几张皱巴巴的纸币，"他们会拿到你的行李箱，再送到酒店去。"他带着她走出机场，朝着一辆低身加长红色捷豹[1]跑车走去，跑车的顶篷敞开着。看到她的愉快溢于言表，迈克露出了微笑："我觉得我们自己开车去更有趣。上车吧，我的克利奥帕特拉女王[2]，你即将在罗马登场亮相。"

她就这样在那个闪亮的六月清晨看见了罗马。微风徐徐，清晨的初阳暖暖地抚过她的脸庞。街两旁有几家店铺的百叶窗正被缓缓打开。路边咖啡馆里的几位年轻男孩扎着围裙开始进行清洗工作。远处偶尔传来一声微弱的喇叭响，不久喇叭声将此起彼伏，在交通高峰时段合奏出一支尖锐高亢的混合乐曲。

迈克把车停在了一家小餐馆门前。店老板小跑着出来拥抱他，坚持要亲手给他们做香肠煎蛋，再配上他老婆刚烤好的热面包卷。

他们最终到达了威尼托大街[3]，威斯汀精品酒店就在这里，而此时噪声已经淹没了整座城市。詹纽瑞注视着这一小片天地——街道两旁都被咖啡馆占据，游客们一边小口喝着意式倍浓咖啡，一边读着《纽约时报》和巴黎版的《论坛报》。

"这里就是威尼托大街？"詹纽瑞问道。

迈克笑了："是啊，就是这里。抱歉我不能安排索菲亚·罗兰[4]从这儿路过。事实是，你就是在这儿坐一年，也不会遇见索菲亚·罗兰。不过，坐上一小时，你就会遇见城里所有的美国人。"

威斯汀精品酒店的巨大套房让詹纽瑞瞠目结舌。华丽的大理石壁炉、饭厅以及两间巨大的卧室，几乎就是个宫殿。

"我把对着美国大使馆的那个房间留给你了。"迈克说，"我想那边街上的噪声可能不会太大。"他指着已经送到房间来的行李箱说："把东西拿出来，洗个澡，睡一觉。四点左右我会派车来接你。你可以到摄影棚来，我们再开车一起回家。"

1　捷豹（Jaguar），英国豪华轿车、跑车和轿跑SUV品牌，诞生于1922年。

2　克利奥帕特拉女王（Cleopatra），古埃及托勒密王朝最后一名女法老，主要成就是保护国家免受罗马吞并。

3　威尼托大街（Via Veneto），著名购物街，高档咖啡馆、高档商店和奢侈酒店聚集地，罗马市内最繁华的街道之一。——编者注

4　索菲亚·罗兰（Sophia Loren，1934—），意大利女演员，奥斯卡和戛纳双影后。

"我不能现在和你一起去摄影棚吗？"她问道。

他微微一笑："听着，我可不想你到罗马的第一个晚上就累得筋疲力尽。对了，在这儿可能要到九点或十点才吃晚饭。"

他开始朝外走，然后停下来凝视了她几秒钟，摇摇头说："你知道吗？你可真是漂亮极了！"

她到达摄影棚时，他们还在拍戏。她站在后面的黑暗中观看。她认出了米奇·纳尔逊（Mitch Nelson），一位美国男演员，媒体称赞他是新一代的加里·库珀[1]。他的下巴如花岗岩般硬朗，嘴唇似乎总是一动不动，他正在和梅尔芭·蒂里托（Melba Delitto）演一场爱情戏。詹纽瑞只在外国电影里见过梅尔芭。她非常漂亮，但口音很重，好几次都说错了台词。每一次迈克都会微笑着走到她身边，安抚她，然后重拍那场戏。拍了十五次后，迈克大喊道："过。"灯亮了起来。他看见了詹纽瑞，绽放出专属于她的特别笑容，然后穿过摄影棚向她走来。他牵起她的胳膊挽住自己："你在那儿站了多久了？"

"看了大约十二条重拍。我不知道你还是个导演。"

"那个嘛，这是梅尔芭第一次演英语角色，开始的几天简直是火药味十足。她会说错台词……然后导演就会用意大利语对她大吼大叫……她就会吼回去……他又吼叫得更大声……她就会哭着跑出摄影棚。那就意味着得用一个小时重新化妆，再花半个小时听她接受导演道歉。所以我就学会了，假如我走过去安抚她，并和她说她做得特别好，我们就能节约大量的时间和金钱，最终拍出一条像样的。"

一个年轻男人热切地朝他们走过来："迈克先生，我的戏两小时前就拍完了，但我一直等着，因为我特别想见到你女儿。"

"詹纽瑞，这是弗朗哥·梅利尼（Franco Mellini）。"迈克说道。

这个年轻男人二十出头，口音很重，但个子很高，而且不可否认他很帅。"好了，弗朗哥，你已经露过脸了。现在滚蛋吧。"迈克的语气生硬，但等那男孩鞠了一躬走开后，他微笑着说："这孩子只演了一个小角色，但他也许会轻松赢得所有人的欢心。我在米兰勘察外景的时候发现了他，他在一家小酒吧做两份工，既唱歌又调酒。他具有一种天生的魅力。我看着他轻松迷住了在场的每个女人，

1　加里·库珀（Gary Cooper，1901—1961），美国知名演员，曾获两次奥斯卡最佳男主角奖，并获奥斯卡终身成就奖。

真是太疯狂了。梅尔芭甚至都为他着迷。"迈克摇了摇头，"一个有魅力的意大利人，谁能与之争锋。"他们挽着彼此的胳膊走着。摄影棚里空无一人，她觉得自己所有不曾说出口的祈祷似乎都得到了回应。此刻正是她一直渴望和梦想的。走在他身边……参与他的生活……他的工作……分担他的问题。

突然，他说："对了，我在电影里给你安排了几句台词，就几句——嘿，"他努力挣脱她的拥抱，"你要勒死我了！"

后来，他们驾车在堵到难以置信的车流里挪动，他和她讲电影监制中遇到的麻烦事。梅尔芭因为英语而焦虑……她还讨厌米奇·纳尔逊……而他和一些工作人员之间也有语言障碍。但他抱怨最多的还是交通状况。她坐在那儿听着他说，反复告诉自己这不是梦……她真的在这儿……这不仅仅是一个周六……明天不会有豪华轿车把她从他身边接走……她可以像这样每天和他在一起……就算永远都到不了酒店，她也不在意……她在罗马，和他在一起……只有他们俩！

他们终于到酒店了，又有一位纤瘦迷人的年轻男人在大堂里等他们，还带了许多大盒子。詹纽瑞琢磨着这些男人是怎么保持这么纤瘦的。难道意大利男人不吃东西？

"这位是布鲁诺，"迈克说道，年轻男人咧嘴一笑，跟着他们进了套房，"我估计你的衣服可能不够，所以几天前我派他去买了。他为许多重要人物选购服装。你喜欢什么拿什么，哪件都行，或者全拿回去。我得去冲个澡，往美国打几个电话——如果我和本地接线员能突破语言障碍的话。有时候，我们会永远停留在打招呼的阶段。"他亲了亲她的脸颊，"九点见。"

九点，她走进客厅，他正在那儿等她。他低低地吹了声口哨。"宝贝，你简直天生能吸引……"他突然停下了，微微一笑，"嗯……这么说吧，你比任何顶级时装模特都出色。"

"也就是说，我其实穿得还不够顶级，"她笑了，"这就是我喜欢璞琪[1]这个牌子的原因。它不仅修身，还让我看起来——"

"棒极了。"他说道。

"我选了这件和一条裙子、几件衬衣，还有一套裤装。"

"就这些？"他耸耸肩，"或许让你自己去发现那些女人都在讨论的小众商店更有趣。我让梅尔芭告诉你去哪儿找。"

1　璞琪（Pucci），意大利著名时装品牌。——编者注

"爸爸，我不是来这儿购买时装的。我想看你拍电影。"

"你开玩笑的吧？老天爷，宝贝……你才十七岁。你在罗马！你才不想守在热烘烘的拍摄现场呢。"

"这正是我想做的。我还想演你承诺给我的那个小配角。"

他笑了："没准儿你可以成为一名演员。至少你现在说起话来就挺像演员的。来吧，我们走吧，我快饿死了。"

他们去了罗马老城区的一家餐馆。詹纽瑞喜欢那些老派的建筑，那些安静的街道。那是一家叫安赫利诺的餐馆。他们在一个文艺复兴风格的广场里，就着烛光享用晚餐，旁边甚至还有音乐家在巡回演出。整个夜晚都让人感觉美得不真实。她靠在椅背上，看着迈克给她倒葡萄酒。她意识到，又一个她最喜欢的美梦正在成真……她和迈克单独在一个童话般的地方……他正在倒葡萄酒……女人都含情脉脉地望向他，而他是属于她的。没有电话把他叫走，也没有黑色豪车把她送走。她看着他点起一支烟。服务生为他们倒意式浓缩咖啡的时候，弗朗哥和梅尔芭走进了餐馆。迈克朝他们挥手示意，又点了一瓶葡萄酒。梅尔芭开始谈论她在电影中的一场戏。她用英语说不清的时候，就用手势来表达她的意思，而这种状况频繁发生。弗朗哥笑起来，转头对詹纽瑞说："我的英语也很差。你会帮我吗？"

"那个，我——"

"你父亲，他一直说起你。他一直倒数着你来的时间。"

"真的吗？"

"当然了。我也一直在倒数见到你的时间——直到今晚。"他伸手去碰她的手。她把手抽了回来，转向她父亲，但他正凑在梅尔芭耳边说悄悄话。这名女演员咯咯傻笑起来，用脸厮磨着他的脸。

詹纽瑞把视线挪到一边，弗朗哥却微微一笑："也许爱不需要语言，对吧？"

"我觉得你的英语挺好的。"她生硬地说道。她努力不盯着梅尔芭的手看，即便那只手正搭在她父亲的大腿上。

"哦，我跟美国大兵叔叔们学的，"弗朗哥笑着说，"我妈是个战争寡妇。那时她还很年轻……很漂亮的……那时候她一个英语词也不会说，但她学会了，然后开始教我。那时大兵叔叔对我妈妈挺好的。但她现在胖了，我负责给她寄钱，因为现在没有大兵叔叔帮忙了——只有弗朗哥。"

迈克签单的时候，詹纽瑞松了口气。他在桌上留下几张现金，所有人都站了起来。他微笑着转过来对詹纽瑞说："好了，我想我耽搁你够久的了，宝贝。再说了，一个年轻漂亮的姑娘，到罗马的第一个晚上，就该和一个年轻帅气的意大利小伙一起过。至少我制作的所有电影的剧本里都这么说。"他对着弗朗哥眨眨眼，接着，他搂住梅尔芭走出了餐馆。

他们在狭窄的鹅卵石街道上站了一会儿。迈克说："听着，弗朗哥，我会允许你带我女儿见识一下这里的夜生活。不过悠着点，毕竟我们都还要在这儿待上两个月。"说完，他挽着梅尔芭走向他的车。詹纽瑞看着他们驱车离开了。这一切都发生得太快了，她根本无法相信。她父亲走了，而她站在罗马的一条陌生大街上，身边是迈克·韦恩赏给她的一位意大利年轻帅哥。

弗朗哥拉着她的胳膊，领着她沿街走到一辆迷你车旁边。他们挤进车里，他凭借熟练的驾驶技巧成功地在拥挤的车流中自在穿行。他开车的时候，她一言不发。她的第一个念头是请他送她回酒店。可是然后呢？坐在那儿枯等……琢磨迈克在做什么？不！让他坐在那儿等吧，让他去琢磨她在做什么吧。他就这么走了……把她扔给这个男孩。那好吧，她就让他知道那是什么感觉。

"在罗马只能开小车。"他说道。他们开过蜿蜒的街道，停在一家露天冰激凌店前。"我们得走楼梯。"弗朗哥说。他们爬出车子，他领着她走下一段漆黑狭窄的楼梯："你会喜欢的……罗马最好的迪斯科舞厅。"

整栋大楼看着像准备拆除似的，但进去后里面则是一处开阔的空间，挤满了一对对伴着轰鸣的音乐和迷幻的灯光扭摆的情侣。弗朗哥似乎认识这儿的每一个人，包括服务生，他把他们带到了舞厅的高级座位处。他点了葡萄酒，然后不顾她的反对把她拉进了舞池。她有些尴尬，因为她不知道时兴的舞步。她看看四周。所有的女孩子似乎都在随着人浪摇摆，浑然忘了身边的同伴。整个舞池看着就像有一大片虫子……在蠕来蠕去……扭来扭去……缠来绕去。她从没试过这样做。她在哈顿女士学院的最后一学期主动选择了不约会，因为迈克会来纽约，她每周末都和他一起过。

但弗朗哥的笑容打消了她的顾虑。音乐节奏很强，在他的指导下，她开始慢慢扭动身体……试探性地舞动着。弗朗哥点头鼓励她，自己则随着节奏摇摆。他的微笑流露着自信和赞许。她发现自己正在变换动作模仿舞池里的其他女孩。弗朗哥点着头……他的双臂在空中挥舞……臀部像蛇一样扭动……她跟上他的节奏……音乐节奏更加高亢……很快，她就无拘无束地舞动起来。音乐停下时，他们俩都精疲力竭，跌进了彼此的怀里。他拉着她回到桌边，她一口气喝光了一整杯葡萄酒。弗朗哥又点了一瓶，续满了她的酒杯。他的几位朋友走了过来，很快桌旁就聚了一大群年轻人。没什么人说英语，但他们都和她跳舞，轻松地微笑着，就连女孩们似乎也很亲切友好。要不是总想起梅尔芭和她父亲，她真觉得挺开心的。她看见迈克看梅尔芭的眼神了……看见了他们俩凝视对方的样子。她又喝了一杯葡萄酒。梅尔芭对她父亲而言什么都不是，她只是电影女主角而已。他只是想让她保持心情愉快。至于为什么每条片子拍摄间隙他都会走过去对她说悄悄话，他不是解释过了吗？可是，他都说了些什么悄悄话呢？她又喝下一大口葡萄酒，这时，另一位年轻帅哥邀请她跳舞，她点头同意了。伴着炸裂的音乐声，她精准地模仿着舞池里其他人的动作。（梅尔芭和她父亲是否正坐在某处听着好音乐？就是那种适合情侣们听的音乐。他们是不是正单独坐在某个安静的地方，听着小提琴演奏？）她突然停下动作走出了舞池。那男孩匆忙追了过来，用意大利语急促地说着什么，诧异地挥着手。

"告诉他我累了，仅此而已。"詹纽瑞对着弗朗哥说。她坐下来，听着他们俩用意大利语交谈。那男孩松开了眉头，微微一笑耸了耸肩，又去请另一个女孩跳舞。一点钟时，陆续有人离开了。她琢磨着迈克是否到家了。她这么晚还没回去，他会担心吗？或许他也还没回家。她喝光了杯子里的葡萄酒，伸手去拿酒瓶。酒瓶空了，弗朗哥立即又点了一瓶，但服务生摇了摇头。他们俩激动地争论着。最终弗朗哥站起来，往桌上扔了一些钱。"他们要打烊了。来吧，我们去别的地方。"

她跟着他爬上楼梯。"这会儿大家都去哪儿？"她问道，"我是说，那些想晚睡的人。有没有那么一个地方……你看，就像在纽约，我们可以去PJ酒吧……"

"哦，你说聚会的地方？没有，这儿只有美国人才在夜里聚会。意大利人不会熬夜或者去深夜俱乐部。他们都在家里聚会。"

"可是——"他们走到了街上，她不再说了。也就是说，这会儿迈克可能正在回家的路上。

"这样吧，"弗朗哥说，"我们回我住的地方。我家有一样的葡萄酒。"他转过头，对着和他们一起站在街上的另一对情侣说，"文森特和玛莉亚，你们也来。"

文森特摇了摇头，对他眨眨眼，搂着女孩走开了。弗朗哥领着詹纽瑞向他的车走去。突然，她说："我想，我最好也回家吧。今晚我过得很愉快，弗朗哥……真心话。棒极了。"

"不，我们喝点睡前酒。要是我这么早就把你送回家，你爸爸该觉得我是个糟糕的游伴了。"

她笑了起来："你就是一名游伴？我父亲赏我的？"

他的脸沉了下来。他踩下小车的油门，车子猛冲过好几条街，然后突然转了向，以让人惶恐不安的车速甩过街角。

"弗朗哥，我们会没命的。求你了，是我冒犯你了吗？"

"是的，你说我是吃软饭的。"

"我没有……真的……我只是开玩笑……"

他在一条小路上停了车："听着，有件事我们得说清楚。你爸爸是大人物，但我是个好演员。我在电影里的表现棒极了。我看过样片，我知道。泽菲雷利想让我去给他的新电影试镜。我会拿到角色的，你懂的。你爸爸的电影里，我的部分大多都拍完了，所以我不是在耍手段。我今晚带你出来，是因为你非常漂亮，因为我想见你。你爸爸说了你的很多事，但我不信。可是今天下午看到你……啊……我信了。"

"好吧，弗朗哥，"她笑了，"但有一件事……现在没有吃软饭这回事了。你得学会别这么敏感。"

"那你管花钱买来的男人叫什么？"他问道。

她耸耸肩："没有真男人可以用钱买得到……或留得住。那种花钱得到的……我假设你可以叫他们小白脸，或者跟班，或者肌肉海滩男……男妓。"

"我不是男妓。"

"没人说你是啊。"

他发动了车子，但这次开得很慢："在那不勒斯，我出生的地方，我学会了我们必须为想要的东西奋斗，女人、钱——甚至只是活着。但女人不可能用钱买下我们。我们是男人。"接着，他微微一笑，"好吧……我原谅你了……如果你跟我回家喝点葡萄酒。"

"可是——"

"或者，也许我会感觉，你和我出来只是为了讨好你爸爸，除非我们去喝一杯葡萄酒。"

"好吧。只喝一杯。"

他开车驶过一条条曲折的街道……驶过鹅卵石路面……路过许多带庭院的黑色建筑，最终停在了一幢气势雄伟的老房子前面。"很久以前，这房子是个富有的老女人的私人宫殿。墨索里尼[1]和他的情妇也住过这里。现在破败了，改成了公寓。"

---

1 墨索里尼（Benito Amilcare Andrea Mussolini，1883—1945），意大利国家法西斯党党魁、法西斯独裁者，第二次世界大战的元凶之一。

她跟着他穿过昏暗的庭院，院子里的大理石长凳破了，大理石喷泉也坏了。他把钥匙塞进一扇巨大的橡木门。"进来吧。这就是我住的地方。不算整齐……不过挺温馨的……对吧？"

客厅里，现代的无序风与老派的古典风大胆碰撞。天花板很高……大理石地面已经磨损……沙发上散落着报纸……锡制烟灰缸里塞满了烟头……狭小的厨房里堆满了脏盘子……卧室门半开着，能看见床铺没收拾。他住的这地方就是典型的单身汉狗窝。

他好像并不为公寓的样子感到羞愧。他打开了高保真音响，突然，音乐从各个角落涌了过来。看来房间里缺少家具的地方，他都用音响填补上了。他开葡萄酒的时候，她研究着室内的装饰和高级大理石。

"这和我们之前喝的一样。"他一边说一边走向她。随后，他带她走到沙发边上，把报纸扫到地上，示意她坐下。沙发填充垫和几根弹簧从沙发底下露了出来，但他说话的语气带着骄傲："所有的家具都是朋友送的。"

"这沙发确实不错，"她说，"要是你好好翻新一下……"

他耸耸肩："等我成了大明星，我再买好家具。或许会买。"

"或许？"

"这个，如果我成了货真价实的大明星，他们就会送我去美国。那才是赚大钱的地方，对吧？"

"梅尔芭·蒂里托是个大明星，她就待在这儿。"

他笑了起来："梅尔芭已经非常有钱了。再说了，她三十一了……太老，去不了了。"

"可她的钱都是在这儿赚的。"

"不是。情人给的。她有许多情人……许多钻石。她拍电影赚大钱，但从情人那儿赚得更多。你看，对女人来说就是不一样。你爸爸也送她大钻石胸针。"

她站了起来："我想我最好还是回家吧。"

"你刚到。你还没喝这个葡萄酒。我整瓶都开了。"

"弗朗哥，已经很晚了，再说……"

他把她拉回到沙发上。"先喝你的酒。"他把酒杯递给她。她慢慢地小口喝着。他的胳膊从沙发靠背上落到了她的肩上。她假装没注意到，但感觉很重，就像那条胳膊有自己的生命一般。他的手指开始拨弄她脖子后部。

她努力吞下一口酒，然后再次站了起来："弗朗哥，我觉得我想走了。"

他站了起来，却伸出双手说道："来吧，我们跳舞，老派作风。"

"我真的不想……"

但他用双臂环住了她，紧紧地抱着她，带着她跳起了慢舞。她感觉到了他结实的身体……裤子上的鼓起……他紧挨着她……随着音乐的节奏摆动着身体。她身上的璞琪连衣裙就像一张纸。突然，他吻了她。他用舌头挤开她的双唇。她试着推开他，但他用一只手托住她的头，另一只手开始抚摩她的乳房。她试图挣开他，但他对她这种徒劳的挣扎只是付之一笑。接着，他把她抱进了卧室，轻轻扔在一团乱的床上。她还没反应过来，他已经掀起了她的裙子，开始扯她的内裤。她感觉他的双手放在了她不着片缕的臀部，于是尖叫起来。

他盯着她，问道："怎么了？哪儿不对吗？"

她跳下床，拉下裙子。"你怎么敢这样？！你怎么敢？！"她对自己开始掉眼泪感到很生气。她跑进客厅，抓起手提袋跑向门口。他冲到她面前拦住了她。

"詹纽瑞——有什么问题吗？"

"问题？！"她喊得声音沙哑，"你说让我来这儿喝一杯，却想强奸我。"

"强奸？"他盯着她，"我只是想和你做爱。"

"对你来说，这显然是一回事。"

"什么一回事？强奸是犯罪。做爱是两个人都渴望彼此的身体。你同意来的，不是吗？"

"来喝一杯……来……好吧，我以为我伤害了你的感情。"

"也许我是脾气大，"他说，"但你表现得像个被宠坏的美国女孩。"

"我就是个美国女孩。"

"哈，没错。但你是那个男人的女儿。那有很大区别。你看，他们都说美国女孩……有些规矩：第一次约会……也许是晚安吻；第二次约会，也许找点感觉；第三次约会，多摸一摸，多找些感觉；直到第四次或第五次约会之后才做爱。美国男人也是这些规矩。但迈克·韦恩有他自己的规矩，我觉得他女儿肯定像他。"

"你是说……就像那样……你认为我会和你上床！"

他笑了起来："嗯……就像那样……你和我喝酒，和我跳舞，一切非常自然，非常好。后面就是做爱了。"他靠了过来，抚摩她的胸，"看，乳头挺起来了，隔着裙子也能看见。你可爱的小乳房想要弗朗哥——就算你不想。为什么不让我和它们做爱呢？"

她推开他的双手："弗朗哥，送我回家。"

他靠过来亲她，把她按在门上。她激烈地抵抗……踢他……扯他的头发，但他只是笑，就像这不过是游戏的一部分。他用一只手就抓住了她的两条胳膊，将它们按在她的脑后。他的另一只手正试着拉开她裙子后面的拉链。恐慌之中，她回想起自己之前还曾庆幸拉链只有六英寸[1]长。他一下一下地往下拉着，很快就拉到底了。他把裙子向上拉，裙子缠在她的胳膊上，蒙住了她的头，减弱了她的尖叫声。她没穿胸衣，突然，她感到他的嘴唇贴在了她的乳房上，尽管她非常愤怒，却也感到下腹有一种奇怪的感觉。他的一只手滑进她的内裤，在她的两腿之间摸索。"看，我的小詹纽瑞。你都湿了，因为爱……在等我了。"

她猛然爆发出一股力量挣开了他，胡乱摸索着她的裙子。她把裙子拉下来，哽咽得上气不接下气："求……求你让我走吧。"

"你为什么哭？"他真心惊讶了。他试着再次抱住她，但她尖叫了起来。

"詹纽瑞，怎么了？我会是个好情人的。来吧，把衣服脱了，和我到床上来。"他边说边玩弄着腰带扣。他脱掉了裤子。他咧嘴笑着，像个大男孩，仿佛他是在哄一个执拗的孩子。"来啊。看我多想要你。请看吧。"他只穿着三角内裤站在她面前。

她尝试不去盯着看……但她好像被催眠了。他谦虚地微笑起来。"弗朗哥像匹种马。你会满意的。来……"他伸出双手，"我们做爱。你的身体在呼唤我。为什么你拒绝我们的快乐呢？"

他牵起她的双手，塞进他的内裤里面。"感受一下我多想要你。你看不出来这是一定要发生的吗？"

"不……"她的恳求中混着一丝呻吟，"天哪，别……别这样……"

他看起来不知所措，然后他看向卧室："你是因为这张床？听我说，我从不在那床单上做爱。我只在上面睡觉。"

"求你了！求你让我走吧！"泪水模糊了她的视线。她紧紧抱住自己，努力不去看他。突然，他凑近盯着她看，伸手摸了摸她的脸颊，仿佛不相信她真的哭了。一个古怪的神情出现在他脸上。"詹纽瑞……你以前做过爱吧？"他平静地问道。

她摇了摇头。

他沉默了片刻。接着，他走过去拉平了她的裙子，拂去她脸上的泪水。"对不起，"他小声说，"我不知道。你多大……二十一……二十二？"

1　1英寸约为2.54厘米。

"十七岁半。"

"妈妈咪呀!"他拍了一下额头,"你看起来那么……感觉明白那些事……那么……像美国人说的……非常酷。迈克·韦恩的女儿是个处女。"他再次拍拍额头。

"请送我回家。"

"马上。"他穿上裤子,抓起衬衣和外套,然后打开了门。他拉着她的胳膊,领着她穿过花园,走向他的车。他们沉默地驱车经过空旷的街道。他没说话,直到他们到了威尼托大街,他才问:"你在美国有心上人?"

"没有。"

他转头对着她说:"那让我……哦,不是今晚……不是明天……到你想要我那天。我不会再碰你了,除非你想要我。我保证。"她没有回答,他说:"你不信任我?"

"是。"

他笑了:"听好了,漂亮的美国小处女。在罗马,很多漂亮的意大利女孩——女演员、模特、已婚女人——都想要弗朗哥。她们甚至给我铺床,给我做饭,送我葡萄酒。知道为什么吗?因为弗朗哥是个好情人。所以,弗朗哥只是想见你而不会发生其他什么,你可以相信的。哈!我不需要为做爱绞尽脑汁,因为我随时都可以。但我想道歉。我们从头开始,就像今晚的事从没发生过。"

她没说话。她不想因为说出什么话再把他惹怒了,他们离酒店很近了。她只想下车,离他远远的。

"你不想要我,真是太令人伤心了,"他平静地说,"尤其你是个处女。你看,我的小詹纽瑞,女孩向男人给出她的第一次,不总是很享受的……对她或对男人都是,除非那男人是个专家,还很温柔。我会非常温柔的,会特别小心地爱你,让你非常开心,我甚至还会给你买药。"

看到他如此严肃,她的恐惧慢慢消散了,但荒唐之处在于他并不觉得自己做错了什么。

"我今晚把事情搞砸了,"他继续说,"我强迫你是因为我以为这可能是你的游戏的一部分。我有过一个美国女人——她让我在哈赛拉酒店的套房里追着她跑,然后她锁上了卧室门。我开始往外走,她却喊着'别走,弗朗哥,你必须打破这道门,然后撕破我的衣服'。"他再次拍拍额头,但咧嘴笑了起来,"试过在意大利的酒店破门而入吗?那门结实得像铁。最后还是她开了门,我又追着她跑,然后撕了她的衣服。嘿嘿……纽扣……绑带……裤袜也被撕破了……都扯破了……

真是疯狂……我们做了一夜。她嫁给了一个美国大明星，所以我不能告诉你她的名字。但他也喜欢那么干。你看……我是个绅士……我从不告诉别人我睡了谁，那样不对。是吧？"

她察觉自己正在微笑，于是她收住微笑，盯着前方。这真是疯了。这男人刚刚扯开了她的衣服，企图强奸她，现在，他讲着自己过去的战绩以寻求她的赞赏。显然，他感受到了她的情绪，因为他微笑着近似迁就地拍了拍她的手："你会希望我和你做爱的，我知道。甚至现在，我都能看见你裙子里的乳头还挺着。你非常渴望性。"

她交叉双臂，遮住胸前。她应该穿件胸衣的，她没意识到这条裙子这么薄。

"你的胸不太大，"他高兴地说，"我喜欢这种。"

"弗朗哥……别说了！"

他再次拍了拍额头："嘿嘿……迈克·韦恩的女儿怎么这么……这么老古板？"

"我才不是老古板。"她终于感觉安全了。他正开上威斯汀精品酒店的车道。

"我明天不拍戏，"他说着跳出了车子，打开车门让她下了车，"我们就约在……不要？"

"不要。"

"为什么？你不生气吧？"

"不生气？弗朗哥，你对我就像……就像……"

"就像一位漂亮女人，"他微微一笑说道，"好啦。我想说的是……你今晚好好睡。我明天打给你，我们明天一起过。"他张开双手，"不碰你，我发誓。我们骑我的摩托车，我带你看看罗马。"

"我不去。"

"我明天打给你。拜拜。"

她转过身，走进空旷的酒店大堂。几乎三点了。迈克会发疯的……也许等她的时候他还在跺脚。好吧，她不会告诉他真相的。她会说，她不想再和弗朗哥一起了。她会说，他有一点过分。她和昏昏欲睡的电梯员乘坐吱嘎作响的电梯上楼时这么想着。

她用那把超大号钥匙开了门。他还没睡呢。她能看见门底下那道光。她走进屋里。"迈克……"她四下看了看。他的卧室门关着。她桌子上的台灯旁放着一摞现金和一张字条。

"等到两点，小公主。希望你玩得开心。睡个懒觉吧。记住，所有店铺一点到四点歇业。所以，下午时间早的话，就逛逛景点吧。去看看西班牙大台阶[1]吧。有个叫阿克塞尔·蒙特[2]的人曾经用台阶下边的一间小房子收留流浪动物。还有个叫济慈[3]的人住过那儿，你可以参观他的公寓。四点后可以去逛西斯廷那大街，梅尔芭说那儿有一些很棒的商店。如果你的钱花光了，你可以让他们把东西送到酒店来，货到付现。睡个好觉，我的小天使。爱你，爸爸。"

她盯着字条看……随后，看向他紧闭的房门。他睡了！他甚至都不担心她！不过话说回来，他可能绝想不到弗朗哥胆敢对她用强。

她回到了自己的卧室。她的怒气消散了一些。如果他一直等到两点……那意味着他大概一点到家……也许更早。所以，他可能真的只是和梅尔芭喝了睡前酒而已。仅此而已。什么风流韵事，全都是弗朗哥想象出来的。梅尔芭老了……她是说，对电影明星而言……都三十多岁了……她需要睡眠。她可不能冒险和迈克一起熬夜。梅尔芭的事业心很重。她走进浴室，开始放洗澡水。但钻石胸针是怎么回事？好吧，那又怎么样呢？迈克总是给他监制的电影的主角送奢侈品礼物。当然了……一切都是弗朗哥想象的。整个晚上就像一场梦。她脱掉衣服，凝视着自己的乳房。今晚那些事确实发生了。弗朗哥摸了她的乳房……还吸过它们。他的手指还摸到了她的两腿之间。她坐进浴缸，使劲地擦洗自己。

之后，她躺在这个陌生房间的床上，感觉异常清醒。她盯着卧室门那蒙眬的轮廓，门外就是客厅……然后就是他的房门。他正在里面安睡。天哪，要是她能溜进去，爬进他怀里，就像她小时候做了噩梦后常做的那样就好了。她为什么不能钻进他怀里，告诉他今晚发生的所有糟糕事？让他紧紧地抱住她，告诉她一切都会好的。他依旧是她父亲啊。为什么现在这样做就不行了呢？……她感觉她不能这么做。是因为她想要感受迈克的身体贴着她的感觉？是的。不过是最温馨的那种。她想要他的双臂给她安抚的力量。她想要亲吻他的脸颊，尤其是隐约有个

1　位于意大利罗马的一处户外阶梯，与西班牙广场相连，1725年由法国资助修建。电影《罗马假日》的取景地之一。

2　应该是指阿克塞尔·马丁·弗雷德里克·蒙特（Axel Martin Fredrik Munthe，1857—1949），生于瑞典，因为写了《圣米歇尔的故事》而闻名，本职是医生、精神病学家，在法国开设了他的第一个诊所。——编者注

3　济慈（John Keats，1795—1821），19世纪初期的英国诗人，浪漫派的主要成员。

酒窝的那边脸颊。她想要听他说："一切都会好的，宝贝。"

这没什么错。她悄悄下了床，打开房门。她穿过巨大的客厅，轻轻旋转他的房门把手。门轻易地就被打开了。一开始，她看见的只有一片黑。但渐渐地，她看见房间那头儿隐约有床的轮廓。她蹑手蹑脚地摸索着墙壁走了过去。她走到床边，从一边掀开被单滑了进去。她这边的半张床冷冰冰的，床单干净、挺括。她一点点地挪过去，伸手去够他。但是她的手摸到的是一个冷冰冰的、挺括的枕头。床上没人！

她坐起来，打开床头柜上的台灯。床已经按就寝需要准备好了……亚麻床单干干净净的。他不在！她下了床，走回客厅，注视着那张字条和那堆钱。

弗朗哥说的一切都是真的……他和梅尔芭在一起。可他为什么不告诉她呢……他为什么要对她说谎……留下张字条，说什么他一直没睡，在等着她。她走回桌边，重读了字条：他说的不是他没睡在等她，他说的是"等到两点"。当然了……他和梅尔芭等到两点……然后一起走了。现在他们很可能正在做爱。

她回到自己的卧室。他完全有权和梅尔芭在一起。但为什么她这么不高兴？他总是不缺女人。但他唯一真正爱着的是她。他们的爱超越了性……毕竟不相爱的人也可以有性。动物也有性……而它们之间没有爱。它们交配，仅此而已。就像五岁时，她曾有一只贵宾犬，它交配后甚至都没看公狗一眼。后来，它生了几只小狗……它爱它们……直到它们长到三个月大，母亲告诉她他们不得不把小公狗送走，因为对于贵宾犬母狗来说，它们不再是儿子了，而是另一条公狗，她听了以后惊讶极了。这就是梅尔芭对她父亲的意义——用来性交的某个人。

她上了床，努力入睡。她把枕头抱在怀里，就像她在学校感到寂寞时经常做的那样。突然，她推开了枕头。枕头本来一直象征着迈克，象征着慰藉。但现在，迈克怀里是梅尔芭……她必须停下这种想法！说到底，她以为她母亲去世这么多年，他一直是怎么过的？可她从没在场看到过。好吧，现在她来了。而且，她必须让他习惯她已经成年的事实，让他知道，她能成为一个好伙伴，她能帮他的忙。他一直那么孤单。他习惯了委身于任何可以委身的女人。

等她终于睡着后，她做了个奇怪而且支离破碎的梦。她梦见自己在科尼艾兰游乐场的奇幻屋，她还小的时候父亲带她去过那里。只不过现在这儿放的是刺耳炸裂的迪斯科音乐。她看着镜中的自己，大笑起来……一开始，她又高又瘦……然后变得又矮又胖……她越过自己的肩膀看到了梅尔芭……但是梅尔芭的脸没变形……还是很漂亮……而且梅尔芭也在大笑……她自己的脸却越变越大，最后覆盖了整面镜子。梅尔芭始终在大笑……然后她听见弗朗哥也在大笑……他的脸也出现在了镜子里，和梅尔芭一起，他们俩都在指着镜子里她那被压扁了的怪样子大笑。为什么奇幻屋的镜子让她看起来那么滑稽，却让梅尔芭和弗朗哥那么好看？她四处张望，寻找着迈克。他在射击场。梅尔芭走过去靠着他站着，手放在他的大腿上。"爸爸——"詹纽瑞大声喊着，"快来把我从镜子这儿带走。"但他大笑起来，说道："让弗朗哥帮你吧。再说，我还要打下所有的黏土鸭子和烟斗。我这么做全都是为了你，宝贝。我要赢下所有的奖品，摆在你脚边。"他连续射击，每次开枪他都能打中靶心，胜利的铃声响了又响。

她睁开眼睛。科尼艾兰和奇幻屋都消失了，一小缕阳光拨开窗帘洒在地毯上。彻底清醒后，她听到罗马著名的拥堵车流已奏响了尖锐刺耳的合奏曲。所有不同音调的车喇叭都尖叫着想引人注意。高音……细音……低音……而在这一切噪声中，还有一个声音：客厅电话的铃声。她跌跌撞撞地走进客厅。壁炉架上的大理石钟轻声报时——十一点。她接起了电话。

"我是弗朗哥。"电话里传来一个欢快的声音。

她挂掉了电话。

接着，她打电话给客房服务，点了咖啡。她父亲的卧室门半开着。床头柜的灯还亮着，和她离开时一样。她关上灯，在一股突如其来的冲动驱使下，她弄乱了床单。她不希望酒店女佣知道他没回家。但这很可笑。或许有很多夜晚，他的床都没人睡过，或许睡过的……和梅尔芭一起。

电话又响了。她希望是迈克打来的。她必须听上去像是什么事都没发生过。高兴点。或者可以说自己有点困。没错，就说有点困，就像她的确度过了一个美妙的夜晚。她接起了电话。

"我是弗朗哥，刚才断线了。"

"哦……"她丝毫没有试着掩饰自己的失望。

"蠢接线员，她掐断了通话。"

"不，电话是我挂的。"

"为什么这么做？"

"因为我还没喝咖啡，而且——"她微微一顿，"天啊……我为什么不该挂你的电话？"

"因为今天是个好天气。我来接你，我们找个舒适的小餐馆吃午饭——"

"听着，弗朗哥……"她开始语无伦次，"你昨晚做的那些事就是……就是，很糟糕，我甚至不想再见到你了。"

"但昨晚我不知道你是个孩子。今天我把你当孩子看，行吗？"

"不。"

"可是如果我把你当漂亮女人，你会生气。你看，我花了两个小时擦亮我的本田摩托车。它特别漂亮……那这样吧，不去小餐馆吃午饭，我们去多尼，像游客一样，我们坐外面的露天餐桌。我给你买咖啡，然后我们去兜风。等会儿见[1]。"没等她回答，他就挂掉了电话。

她通过客房服务点的咖啡一直没来，因此弗朗哥从大堂打来电话时，她决定不妨和他去多尼餐厅。毕竟，她得喝咖啡。她拿起迈克留下的钱，但又放了回去……把字条也放了回去。她给酒店女佣打电话，请她马上来整理房间。等他回来的时候，让他琢磨她昨晚是否是在酒店睡的吧！

她根本做不到一直生弗朗哥的气。他给她点了咖啡和牛角面包。他既亲切又快活。似乎半个罗马的人都会在桌边驻足，和他聊天。他的无限热情逐渐融化了她的谨慎，她发现自己正一边大笑一边享用早餐。这个开朗随和的大男孩让她几乎忘了昨晚的那个弗朗哥。她意识到，他正试着表达歉意，试着尽力讨好她，和他一起看看罗马会很有趣的。而且，她今天穿的是背带裤，因此她意识到，她潜意识里已经打算好要和他一起骑摩托车了。

他的摩托车是一辆大红色的本田。他递给她一副超大号的风镜，让她坐在他身后。"这次你必须抱我。"他大笑起来。

他小心地骑着摩托车穿过车流，指给她看教堂和重要的建筑。"下周我们去看梵蒂冈[2]，"他说，"我还会带你进几间教堂看看。你必须看看米开朗基罗[3]的大理石作品。"

不久之后，他们驶离了城市，前往亚壁古道[4]。他没有加速。他让她体验坐在摩托车后座上的感觉，体验风穿过她的头发以及抚过她脸庞的清凉感觉。他指给她看那些显赫的庄园……一片片遗迹……一位电影明星的房子。然后他停下话头儿，沿着一条蜿蜒的乡村小路前行。他们停在了一个家庭小餐馆的门前。所有人

1　原文为意大利语单词"Ciao"，一种非正式的用语，既可表"你好"也可表"再见"。——编者注

2　梵蒂冈（Vatican），位于意大利首都罗马西北角高地的一个内陆城邦国家，也是全球领土面积最小、人口最少的国家。全世界天主教的中心。

3　米开朗基罗（Michelangelo，1475—1564），意大利文艺复兴时期伟大的绘画家、雕塑家、建筑师和诗人。

4　亚壁古道（Appian Way），古罗马时期一条把罗马与意大利东南部阿普利亚的港口布林迪西连接起来的古道。

都热烈欢迎弗朗哥的到来，就连狗也吠得欢快。他们熟稔地喊着他的名字……也顺带着对詹纽瑞笑脸相迎，并端上面包、芝士和红葡萄酒。

"亚壁古道通往那不勒斯[1]，"他说道，"有时间我们必须去看看。还有卡普里岛[2]，"他亲吻了下手指，比向天空，"明天我要拍戏，我周日带你去卡普里岛。看看蓝洞[3]，还有……哎呀，我们有太多地方要去看了。"

之后，在走向本田摩托车时，他像个兄弟那样搂着她的肩膀。他们正要上车的时候，她突然转过身对他说："弗朗哥，我想让你知道，今天棒极了。真的很好。非常感谢你。"

"今晚我带你去个好地方吃饭。吃过波西利波蛤[4]吗？"

"没有……但我不能和你吃饭。"

"为什么？我保证过，我不碰你。"

"不是因为那个。我……想和我父亲在一起。"

"你想什么？"

"见我父亲……我从昨晚就没见过他了。"

"好吧，你现在回家见他。然后九点，你和我吃晚饭。"

"我想和我父亲一起吃晚餐。"

"也许你爸爸有其他计划。"他说着爬上摩托车。

"不会的。我确信他期待和我一起吃晚饭。"

"你来之前……他每晚都带梅尔芭吃晚饭。"

"可是现在我来了。"

"而你希望每天晚上都和你爸爸一起吃晚饭？"他的微笑消失不见了。

"可能吧。"

他开始发动摩托车："上车。现在我全明白了。"

"你明白什么了？"

"没有女孩想和爸爸吃饭。你肯定有其他约会。"

"弗朗哥，我的老天。我没有其他约会。"

1　那不勒斯（Naples），意大利南部第一大城市，以丰富的历史、文化、艺术、音乐和美食闻名世界。——编者注

2　卡普里岛（Capri），那不勒斯湾内的一个著名度假旅游胜地，堪称海上仙境。

3　蓝洞（意大利语为 Grotta Azzurra），卡普里岛的一处海蚀洞，著名的观光胜地。

4　波西利波（Posillipo），那不勒斯的一个富裕住宅区，以海鲜餐厅和高档鸡尾酒吧出名。波西利波蛤是一道用橄榄油、大蒜、白葡萄酒、番茄、罗勒、胡椒等调味的口味清淡的海鲜美食。——编者注

他搂住她的腰："那你今晚和我吃饭，像我说的。"

"我不去。"

他放开了她的手。"上车，"他不耐烦地说，"我送你回家。哈！我还信了你是处女。现在我知道了，你只是不喜欢弗朗哥。"

他们沿着乡间小路出发。他骑得很快，骑过坑洼和石头时，摩托车就会蹦起来。有好几次，她差点摔下车。他们转上亚壁古道的时候，她紧紧抓着他。经过一辆载满日本游客的观光大巴时，他从旁边猛冲过去，差点擦破大巴车的轮胎。司机高声咒骂了几句……弗朗哥冲着司机挥了挥拳头，之后骑得更快了。她大喊着让他注意安全。但马达的轰鸣声和风声卷走了她的声音。现在她怕极了。他把愤怒全加在了骑车上。她恳求他骑慢些，直喊到喉咙嘶哑。终于，她毫无办法，只能抓紧他，同时祈祷。就在他们转弯时，她看见一辆小轿车试图超车。他也看见了，于是努力转向，偏离车道。摩托车的后轮飞了起来，就像一匹马……她感觉自己飞到了半空中……就在失去意识的那一瞬间，她感觉很奇怪，因为当她的身体撞在石墙上的时候，她一点也不觉得疼。

她睁开眼睛，看见了她的父亲。两个父亲……三个父亲……她闭上了眼，因为根本看不清。她试着伸手去拉他，可她的胳膊感觉像灌了铅。她再次睁开眼睛，迷迷糊糊之中，她看见了她的腿被牵引绳吊起来的蒙眬轮廓。接着，她想起来了，她出车祸了。那场狂野的飙车……那堵白色的石墙……所以，她现在躺在医院里，断了一条腿。这个夏天算是毁了，但她还活着，她感觉很幸运。不过，他们能治好断腿，她可以腿上裹着石膏走路，是吧？她试着活动，但她的身体像袋水泥。她再次强迫自己睁开眼睛，可灯光刺得她直流泪。为什么她的身体这么僵硬？为什么她右边的胳膊什么感觉都没有？天哪，也许她不只是断了一条腿。

迈克站在房间那头儿，正在和几位医生交谈。一位护士四下忙碌着。他们说话时声音压得很低。她想让他知道她已经醒了。

她大声呼喊道："爸爸……"

她又试了试。她似乎在大声呼喊，可是他没动。没有人动。她在呼喊，可是一个字也没有说出来。她在呼喊，可是她的嘴唇一动也没动。她的呼喊只在心里！她尝试着活动左胳膊……她的手指蠕动了几下，然后一切模糊起来，她再次陷入柔软灰暗的睡梦中。

她再次睁开眼睛的时候，房间里只有远处的一角亮着一盏小灯，一名护士正在看杂志。现在是晚上了，门开着，她父亲和护士开始低声说话。

他打发走了那位护士，拉了一把椅子坐到她床边。他轻抚着她的手说："别担心，宝贝。一切都会好起来的。"

她试着动动嘴唇。她用力拉扯每块肌肉，但一个字也没有说出来。他继续说道："他们告诉我，就算你的眼睛睁开了，你也看不到我。但他们又不是什么都知道。你会挺过来的……为了我！"

"挺过来！"他在说什么呢？她必须告诉他，她会没事的，腿断了是可以痊愈的。她感觉糟透了。她来这儿给他带来这么多麻烦。她可能害他损失了一整天的拍摄时间，就因为今天下午弗朗哥发了脾气。让他这么担心，这太荒谬了，完全没必要。但为什么她说不了话？她动了动左手的手指……成功了。她试着抬起左手。又成功了。他正望着半空发呆。她伸出左手，碰了碰他的肩膀。他差点从椅子上掉下去。

"詹纽瑞！护士！天哪，宝贝……你动了！你的胳膊动了！护士！"

她努力想告诉他她挺好的，但她突然感觉自己陷入了某种虚空……那浓厚灰暗的睡意正试图控制她。她不想睡觉！她努力抗争。忽然之间，房间里挤满了人。她看见两个穿白大褂的男人凑到了她面前。一位拉起她的右胳膊，然后松开手让它落了下去，另一位在上面扎了一针。她看见了，而不是感觉到的。这真奇怪……她什么感觉也没有。另一个医生往她左脚踝上扎了一针。嗷！她感觉到了！接着她就陷入了那灰色的睡眠中。

睁开眼睛时，她看见一大罐液体吊在她的脚踝上方。医生们都走了，但她父亲正弯腰看着她。

"宝贝，如果你能听明白我说的，点点头。"

她试着点头。老天，他们是把她的脑袋绑住了吗？它感觉像块石头。

"眨眨眼，詹纽瑞。如果你听见了，就眨眨眼。"

她眨了眨眼。

"天哪，宝贝——"他把头埋进她的肩膀窝里，"我向你保证，一切都会好起来的。"她感觉她脖子上湿了。是眼泪，他的眼泪。她从未见迈克·韦恩掉过一滴眼泪。没人见过。而现在，为了她，他落泪了。突然，就在那一秒钟，她感觉到了前所未有的快乐。她不担心她的腿或者她的胳膊。他爱她……他是如此担心她……她会好起来的……她会飞快痊愈……他们还能一起过夏天……拄着拐杖……腿上裹着石膏……这都没关系。

她伸出手去摸他的头……想安慰他……但她对距离的判断突然乱了套，她摸到了自己的头，感觉它就像块石头。迈克站了起来，神色镇定。他看着她用左手在头上胡乱摸索。

她的头！她的头怎么了？也许她的脸也受伤了。她感到一阵恐慌，一股突如其来的恶心让她的胃开始痉挛，但她强迫着自己去摸她的脸。

他立刻明白了她这种疯狂动作的含义。"你的脸没事，宝贝。他们不得不把你的头发剃光了，但你的头发会长出来的。"

他们把她的头发剃光了！

他看懂了她眼里的恐慌，拉起她的手，紧紧地握住。"听好，我就和你直说了。因为要恢复健康，你还需要克服许多困难。我们俩都是。所以我会和你交个底。你的颅骨断裂了，还伴随有脑震荡。他们不得不给你动手术，好放掉一些瘀血。他们担心瘀血会结块或什么的。现在都好了。手术非常成功。你的后背也摔断了，断了两节脊椎骨，但他们会修复好的。还有，他们说你的腿上有多处骨折。你全身都被打上了石膏……这也是为什么你动不了。你的右胳膊不能动，是因为脑震荡的缘故，但他们说一切都会恢复的。"他挤出一个微笑，"除了这些，宝贝，你状态良好。"他靠过来亲了亲她，"你不知道，看到你睁开眼睛看着我，这感觉有多好。这是十天来你第一次真正看见我……"

十天！她摔下摩托车已经十天了！

弗朗哥受伤了吗？她还得在这儿待多久？她再次试着说话，但一个字也说不出来。他握着她的手说："这也是脑震荡的后遗症，宝贝。你脑袋被撞的一侧影响了语言区。别慌，会恢复的。我向你发誓……"

她想告诉他，她不慌。只要他在这儿，一切都好。她想告诉他，回摄影棚去……他还有一部电影要完成呢……她想让他知道……只要他们同舟共济……只要她知道每天晚上她都能见到他，只要她知道他爱她，想念她——就没什么能阻拦她。她用左手狂乱地挠着。她想要一支铅笔。她得告诉他这些。挫败感让她泪流满面。她想要一支铅笔。可是他不明白。

"护士！"他高声喊着，"快到这儿来……她好像很疼！"

（爸爸，我不是疼……我只想要一支铅笔。）

护士穿着挺括的制服立即出现了。詹纽瑞感觉胳膊上挨了一针……麻木感开始游散到全身，她听见她父亲的声音远远传来："放松，宝贝……一切都会好起来的……"

1

1970年9月

迈克·韦恩一走进肯尼迪机场的贵宾休息室，迎宾空姐就确信他是个电影明星。他那张脸会给你一种感觉，那就是你见过他很多次，但你又能肯定你们从未相遇过。

"瑞士航空公司的七号航班，还是按计划五点到达吗？"他一边签访客簿，一边问道。

"我查一查。"她说着向他发送了她最能暖人心的微笑。他也对她回以微笑，但经验告诉她，这微笑来自一个心有所属的男人。而他的心有所属正在这趟七号航班上，即将抵达，也许就是最近突然入行的那些瑞士德国混血美人——她们挤得国内空姐根本没有机会——中的一个。

"航班延误了半小时，将于五点半抵达。"她的微笑中带着歉意。

他点点头，然后走向窗边的一张真皮座椅。她研究着记录簿上他潦草的签名：迈克·韦恩。她听过这名字，而且她肯定自己见过这张脸，可她想不起来他具体演过什么。也许他演了某部电视剧，就像《万能神探》里那位白马王子，她周六晚上没约会的时候就看那部电视剧。他比她通常约会的男人老一点，也许四十多岁。但像迈克·韦恩这样有一双保罗·纽曼[1]的蓝眼睛的男人，可以让她轻易忘记年龄差距。为了引起注意，最后努力一把，她给他送去几本杂志，但他摇了摇头，继续盯着地面上正在休整的飞机。她回到桌子旁，叹了口气。不可能！这位真的心里有事。

迈克·韦恩心事重重。她就要回来了！三年零三个月的住院和理疗……她要回来了。

她从摩托车上摔下来的时候，他的事业也摔到了谷底。一开始是梅尔芭主演

1　保罗·纽曼（Paul Newman, 1925—2008），演员、导演、制片人。

的那部电影失败了，他觉得责任在他——你的孩子都摔得遍体鳞伤了，你的心思不可能专注在一部意大利式西部电影上。而且，詹纽瑞的病情预测结果也很糟糕。起初，所有外科医生都认为她没希望再次走路了。

瘫痪是脑震荡造成的，需要立即进行物理治疗。好几个星期，他都在研究那些他看不懂的 X 光片、脑电图和脊椎拍片。

他派飞机从伦敦接来两位外科医生，又从德国接来一位顶尖的神经学专家。他们都同意罗马专家的看法——理疗的延误会降低从瘫痪中恢复的概率。然而，在断骨愈合前，他们也确实什么都做不了。

他大部分时间都待在医院，去摄影棚只是为了确保电影剪掉了弗朗哥的绝大多数戏份。他不相信弗朗哥的狡辩——是詹纽瑞坚持让他骑得再快点。他把这说给詹纽瑞听时，她拒绝否认或承认。他把弗朗哥赶出了片场，让导演对电影进行了剪辑。他想离开罗马……带着詹纽瑞一起。

但三个月过去了，她仍然裹着石膏，仍然无法走路。电影在罗马上映了，评价惨不忍睹，票房平平淡淡。

在纽约，电影刚放映了一周就遭到撤档，直接沦为四十二街双片放映中的陪衬副片。欧洲媒体给迈克·韦恩贴了标签，称他是"唯一让梅尔芭·蒂里托看起来不性感的男人"。

他努力处变不惊。每个人都会遭遇一次大失败。这一天早该来了。他从 1947 年起就连连获胜。他对自己这么说，对媒体也是这么说的。然而，当他坐在女儿床边时，总有一个念头缠着他不放，恍如一根露在外面的神经——这只是一次大失败，还是他的好运耗尽了呢？

他还要为世纪电影公司制作两部电影，他可以把这部电影的损失摊在另两部电影的盈利里。他看不出下一部电影有什么理由会失败：那是一个来自一本最畅销小说的间谍故事。十月，他在伦敦开始了主要的拍摄工作。每周末他都会飞回罗马，强迫自己挂上微笑走进病房，以配得上她见到他时脸上的笑容。她的恢复几无进展，他尽力不为此而沮丧。她会好起来的。她必须好起来！十八岁生日那天，她给了他一个惊喜：在理疗师和拐杖的帮助下，她费力地走了几步。她的右胳膊也有好转，但她仍然得拖着右腿走。她的语言能力也在逐渐恢复。确实有几次，她曾在一个词上卡住或结巴起来，但他知道那只不过是时间问题。可是，见鬼！如果她能说话，右胳膊也能用，为什么右腿不见好转？肯定不再是因为脑震荡了。但她的笑容是那么灿烂，洋溢着成功的喜悦。她的头发长出来了，短短的、乱乱的——她看起来像个瘦弱的小男孩。他感觉嗓子发干。他努力挤出一丝笑容，感觉脸都绷紧了。十八岁啊，几个月的人生就这样失去了。

给她过完生日之后，他不得不去美国，去纽约和旧金山拍摄追逐场面，之后去洛杉矶完成剪辑和最后的配乐。他对这部电影抱有很高的期望，认为它散发着一种赢家的气息。而且不知怎的，他把电影的成功和詹纽瑞的复原联系在了一起。他在脑子里打赌，如果电影大获全胜，她也会很快恢复。

他们在纽约为电影举行了一场大型慈善首映式。到处都是闪烁的溢光灯，现场挤满了各界名流，巴里·格雷（Barry Gray）忙着采访那些重要嘉宾。在该喝彩、大笑的点上，观众们无不买账。放映结束后，世纪电影公司的各位高层和迈克·韦恩一起走上了红地毯……拍着后背……面带微笑。随后，他们参加了在美国文物馆举办的派对，在那儿，他们听说来自电视的首评很糟糕。但每个人都说没关系，《纽约时报》的评价才是唯一重要的。午夜时分，他们获悉《纽约时报》已经给这部电影判了死刑（就在那时，电影公司的高层们离开了派对现场）。世纪电影公司宣传部的负责人名叫希德·戈夫（Sid Goff），是个乐天派，他耸了耸肩说道："谁会读《纽约时报》呢？对电影来说，重要的是《每日新闻报》。"二十分钟后，他们得知《每日新闻报》只给电影打了两星，但希德·戈夫仍然很乐观："我听说《邮报》编辑部有个家伙喜欢这部片子。再说了，口碑会成就这部电影的。"

但不管是《邮报》的评价还是口碑，都不好。虽然业绩不佳，但希德·戈夫仍保持着乐观心态："等着它在全国巡回放映吧。观众会爱它的，这才是最重要的。"

电影在洛杉矶唐人街上映时，反响冷淡；在底特律，票房惨淡；而在芝加哥，彻底失败；费城和其他主要城市则拒绝了首轮放映。

他无法相信这一切。他本来对这部电影很有信心的。连续经历了两部失败电影，现在他面临的就是那句演艺圈的迷信老话：一切坏事都是三连击。死亡……坠机……地震，以及失败电影。显然，世纪电影公司的老板们也有同样的感觉，因为他给他们打电话的时候，所有人总是在忙着开会，或者"刚刚离开办公室"。压垮他的最后一根稻草是从纽约办公室传来的消息，他们只拨给他两百万美元（包括宣传费用）制作第三部电影。

他没法用这种预算制作电影，除非他勉强采用不知名的小演员、初出茅庐的新导演或拍过一堆烂片的过气导演。但他别无选择。他必须制作这部电影，这是合同的一部分。他签的就是拍三部电影的合同。好吧，如果这种情况注定要继续下去，他就是要连拍三部失败的电影，那就来吧，拍完他就回纽约去，然后做一部出色的百老汇音乐剧。他越是想这件事，越感觉信心又回来了。他回归百老汇一定会引起轰动的。钱不是问题。管它呢，他可以自己投资一出戏。他可值几百万身价呢，区区几十万算什么？只是有一事很重要——他必须找到一个热门剧本。

正是怀着这种心情，1968年夏天，他开始拍摄第三部电影。他飞去罗马见詹纽瑞的路上还兴高采烈的，但当看到她跛着脚向他走来时仍然拖着那条腿，他的内心受到了打击，他第一次领悟到她可能再也无法走路了。她笑容灿烂，见到他时热切又兴奋，但这些只会加深他的绝望。她想知道关于新电影的所有事：他为什么选用名不见经传的演员？谁是男主角？她什么时候能读到最终的拍摄脚本？他艰难地表现出热情，强迫自己编造出故事和八卦。他压抑着恐慌，直到他和医生单独会面。他的愤怒和恐惧一下子爆发了。那些说她的病情在稳定好转的屁话是怎么回事？过去几个月他收到的所有好转报告又是怎么回事？她的病情根本没有好转。

他们承认，她恢复得没有他们希望的那么快。但他得明白……他们没能尽早开始做理疗。随后，他们告诉了他一些事实：她会好转的，但她会永远跛脚，可能还需要拄一根手杖。

那天晚上，他和梅尔芭·蒂里托喝了个酩酊大醉。最后，他们回到了她的公寓，他跛来跛去，怒斥医生和医院，痛诉这一切让人多么绝望。

梅尔芭试着让他冷静下来："迈克，我喜欢你。我甚至都没把我唯一失败的电影怪在你身上。但现在你又拍出了一部失败电影。你不能让你女儿的不幸毁了你的生活，你的下一部电影必须成功。"

"你想我怎么办？就这么投身工作，忘了她？"

"不，不是忘了。但你有自己的生活要过，别再为不可能的事而奋斗了。"

愤怒突然让他清醒过来。他这辈子都在为不可能的事而奋斗。三岁时，母亲离他而去。他的父亲是一名爱尔兰职业拳击手，死于一名三流年轻拳手的侥幸一击。他自力更生在南费城长大。十七岁他应征加入空军，因为任何地方似乎都比他知道的那个世界好。之后，战争爆发……他去了前线……眼睁睁地看着和他同吃同住的人在自己身旁挨了枪子儿……琢磨着为什么是他们挨枪子儿而不是自己，因为他们有家人在等着他们回去。他们的家人和恋人会写很长的信来，还会寄一包包食物来。渐渐地，他明白了，也许他们是替他挨了枪子儿，因为他必须回来，有些事还等着他完成……必须是他。而他的使命就是活着回来，完成它。

他感到自己被赠予了好运——完成不可能的任务的好运。所以他必须成功，这样，对那些替他挨枪子儿的人，他就能释怀了。他不是个教徒，但他相信他得还债。这始终是他的人生哲学，现在依旧是。

"我的孩子一定能够再次走路。"他平静地说道。

梅尔芭耸耸肩："那就试试卢尔德[1]朝圣吧。或者，如果你真愿意砸钱，就送她去奇迹诊所。"

"那是什么地方？"

"那诊所在瑞士，在阿尔卑斯山区的一个偏僻地方。那里的费用非常昂贵，但他们做了很多了不起的事。我认识一位赛车手，他在蒙特卡洛撞车了。他们说他会瘫痪一辈子。他去了奇迹诊所——他们让他重新走路了。"

第二天，迈克飞抵苏黎世[2]，然后驱车来到一座隐在群山里的凌乱城堡，见到了彼得森博士。博士看起来弱不禁风的，似乎没有能力创造任何奇迹。

这不过又是一场徒劳的求索，另一条死胡同，但反正他来都来了，就跟着彼得森博士参观了诊所。他看见饱受中风之苦的老年人艰难地应对着拐杖和支架，却仍然欢快地对博士挥手示意。他跟着博士走进房间，里面有一些小孩子在唱歌。乍一看，这就像一场普通的联欢会，直到他意识到所有孩子都是在克服着缺陷歌唱，有些孩子长了兔唇，有些戴着助听器，有些患有面瘫。但他们全都在微笑，同时迫使自己的嘴唇发出声音。在侧厅里，一些患有反应停[3]后遗症的畸形孩子正在练习使用他们的假肢，每当有了微小的进步，他们就会露出微笑。迈克感觉他的心情也在转变。一开始，他不太明白。但是后来，他突然懂了。无论他走到哪儿，都没有感受到绝望。在每个地方，他看到的都只有对成功的尝试。他们都在奋斗，以完成不可能的任务。

"你看，"彼得森博士解释说，"他们醒着的每一刻都被用于康复治疗，用于奋力变好。我们这儿有个小男孩，他在农场的拖拉机事故中失去了双臂。装上假肢后，他学会了弹吉他。我们每晚都开联欢会。有时候，我们还表演话剧和芭蕾

---

1 卢尔德（Lourdes），位于法国南部，天主教最大的朝圣地，尤其是对于有疾病的人来说，据说那里的天然圣水可治疑难症，尤其是久治不愈的瘫痪症。

2 瑞士联邦最大的城市、苏黎世州的首府，全欧洲最富有的城市。该市已被联合国人居署评为全球最宜居的城市之一。

3 原文为Thalidomide（沙利度胺），即反应停（Contergan），一种镇定药，因孕妇服用后会导致胎儿四肢畸形而被禁用。

舞——这些都是治疗的一部分。不过这里没有电视机或收音机。"

"为什么要与外面的世界隔绝呢？"迈克问道，"他们的人生不是已经因为疾病和外界隔绝了吗？"

彼得森博士微微一笑说道："这间诊所是一个独立的世界。在这个世界里，每个病人都在帮助别人。从外界传来的新闻里有战争、罢工、污染、暴行……如果健康人都不喜欢那个世界，为什么病人会愿意克服难以逾越的障碍，只为了回到那个世界呢？还有，对于一个天生就没有双腿、辛苦了六个月才能走上两步路的孩子来说，看到那些天生幸运的人实施暴行或者冷酷无情的样子，他会感到沮丧的。奇迹诊所是一个充满了康复的希望和意志力的世界。"

迈克若有所思："但这儿没有我女儿能说话谈心的人。这儿的人不是年龄太大，就是太小了。"

"那她在罗马的病房里和谁来往呢？"

"没人。但她也不会被病人和残疾人包围。"

彼得森博士沉吟片刻，说道："有时候，看到他人的不幸有助于自己的康复。有个男孩，来这儿时只有一条胳膊，然后他看到了一个没有胳膊的男孩。忽然间，对他来说拥有一条胳膊不再是世界末日了。而没有胳膊的男孩则非常自豪于他能帮助那个没有双腿的男孩。这里的情况就是这样。"

"我只有一个问题。彼得森博士……你真的认为你能帮助我的女儿吗？"

"首先，我得研究她的病历和住院医师的报告。我们帮不上忙的人，我们是不会接收的。即便这样，我们也不总能保证病人会彻底康复。"

三周后，迈克包了一架飞机，把詹纽瑞送到了奇迹诊所。他没有对她隐瞒，而是和她讲了她可能在诊所里看到的情形，以及部分病人的情况。但在这儿，她至少有康复的机会。他没说彼得森博士对于她的彻底康复持保留意见。

最近的小镇距离诊所五英里[1]远。他住进了镇上的旅馆，逗留了一周，观察她的适应情况。就算有什么不适，她也没有表现出来。她总是笑得很灿烂，夸赞着诊所里的每一个人。

他回到了海岸区，按部就班地往下拍他的最后一部电影。这部电影注定失败，无药可救。不过，他已经开始宣传他要"回归百老汇"了。经纪人、演员和导演纷纷打来电话。每天晚上他都窝在比弗利山庄酒店的木屋里读剧本——知名作家

1　1英里约为1.6千米。——编者注

写的、新人作家写的，甚至业余作者写的。他读了所有的作品，包括新小说的校样。他飞去瑞士时，随身带的行李箱里塞满了剧本。詹纽瑞已经在诊所待了两个月了。她的说话能力恢复得很完美，右臂就像以前一样健康，但她的腿还是有问题。尽管她走起路来好多了，可仍有明显的跛脚。

十二月，电影拍完了。他把它交给导演去剪辑和配乐，撒手不管了。他和业务经理开了个长会，然后卖掉了他的飞机和一些股票——不过他拒绝退掉广场饭店的套房。

圣诞节的前一天，他飞去了瑞士，带了三个行李箱，里面装满了给孩子们的玩具，行李超重费高达五百美元。他送给詹纽瑞一台电唱机和过去十年所有舞台剧音乐的合集。

他们在旅馆的小餐厅庆祝她的十九岁生日。她滔滔不绝地说着音乐合集——她有多么喜欢，她多希望自己没有错过过去这一年的演出。然后，她的表情严肃起来，伸手拉着他的手："这么说吧，下次你来，我们就能跳舞了，我敢保证。"

"别着急，"他大笑了起来，"我很长时间没跳舞了。"

"那就复习一下吧，"她说道，"因为我可等着呢。"她微微一笑，"我不是说跳迪斯科什么的。而是，比如，跳一支安静的华尔兹——至少这是个能期待的目标。"

他点点头，挤出一抹微笑。他那天刚和彼得森博士长谈了一次，博士还是忧心于她的腿没有好转。彼得森博士建议请一位伦敦的顶尖骨科医生来会诊。

几天后，迈克面见了彼得森博士和亚瑟·莱兰德爵士，亚瑟爵士就是那位英国外科医生。研究过 X 光片后，亚瑟爵士认为骨头没有正确愈合，要想痊愈，唯一的机会是再次打断后重新接起来。

当迈克把这些转述给詹纽瑞听的时候，她毫不犹豫地说："打断吧。我一直觉得在阿尔卑斯山里裹着石膏挺时髦的。你不是拍过一部这样的电影吗，女主角穿着滑雪聚会装坐着，看起来很漂亮的？"

"我拍过三部呢，"迈克笑了起来，"而且，我电影里的所有女主角总能康复。记住这一点。"

手术是在苏黎世的一家医院做的。两周后，她回到了奇迹诊所。那些在她的石膏上签名的病人，以及她不可思议的勇气，都让迈克·韦恩怀揣着新生的决心回到了美国。像她这样勇敢的人，值得一个王国等着她回来。现在，什么都不能阻挡他。

他回到海岸区，清空了他在世纪电影公司的办公室，然后去了圣雅尼塔马场[1]。他下了高风险赌注，结果正如他所愿——他赢了五千美元。他并不感到惊讶，因为他知道自己已经时来运转了。那天晚上，他读到了一位新人作家的剧本，他当时就知道他找到了他的那部剧。他决定自己投资新剧。他去了纽约，在广场饭店那间套房里装上了更多的电话，还在盖蒂大厦租了一间豪华办公室，开了记者招待会。迈克·韦恩回归百老汇了！

接下来的几个月，他迸发出了惊人的热情。他与舞台设计师、导演和演员进行讨论，在萨迪餐厅接受采访，在各个访谈节目露面，晚上在丹尼小酒馆和喜剧演员吃快餐放松，还拜访了高个子约翰·内贝尔[2]，并在他的广播节目里聊了半个晚上。他的回归引发了一股热潮，如同超级巨星归来。他广受媒体的喜爱……他的热情和"糙汉"魅力感染了周围的每一个人。排练开始后，他每天给詹纽瑞汇报情况。他给她寄剧本，寄报纸上的报道，写信告诉她排练的情况，让她知道"他们的"项目每一步的发展情况。唯有一件事，他选择没告诉她，那就是排练开始一周后，在剧中扮演"天真少女"的女演员就搬去和他一起住了。

十月，这出戏在费城开演了，评论褒贬不一。他们对剧本进行了修改，"天真少女"失去了两场最好的戏份，于是再也不和他说话了。戏在波士顿开演了，评价极好。三周后，它登上了纽约的舞台，现场观众热烈喝彩，但剧评惨不忍睹。剧评纷纷称该剧"老旧陈腐""冗长拖沓""选角差劲"。剧作家上了几个访谈节目，声称迈克改掉了他最初的构想，去掉了所有的神秘主义特征。"天真少女"也上了几个访谈节目，说剧作家是个天才，而迈克毁了他的作品（此时她已经搬出了广场饭店，搬去和剧作家同居了）。

迈克拒绝停演。演员接受了降薪，开始拿最低工资。他又投入了二十万美元，在公交车和地铁上张贴广告，在《纽约时报》上投放整版广告，在广播电台和电视上插播广告，在商业报和《综艺》周刊上投放整版广告。他重印了戏剧在波士顿上映时的影评，在城郊报纸上整版投放。他在建筑上大面积张贴广告，按照所有他为以往成功电影做的举措迷信般地大肆宣传这部剧。他飞到瑞士，告诉詹纽瑞这部剧大获成功——它会永远演下去，他将有至少三个剧团要进行巡演。

两个月过去了，和会计长谈之后，他被迫同意了停演。市场不景气，不过他

---

1 位于美国加利福尼亚州阿卡迪亚，美国著名纯种马赛马场。下文迈克·韦恩赢了五千美元，即指参与赌马活动。——编者注

2 高个子约翰·内贝尔（Long John Nebel），20世纪美国著名脱口秀主持人，拥有数百万固定听众。——编者注

卖掉了更多的股票抵达瑞士，为她过二十岁的生日，带了和往常一样超重的礼物。此时他走路的样子仍像个大赢家。

当看到詹纽瑞没拄拐杖走进接待室，也没有一丝跛脚的迹象，他感觉自己是有史以来最成功的人。她的脚步既缓慢又谨慎，但她确实在走着呢。他绷着自己的下巴，抑制住哽咽。她的长发垂在肩头，她那双褐色的大眼睛可真是漂亮极了。

他把她抱在怀里，他们俩同时又说又笑。之后他们在旅馆吃晚餐时她说："你为什么不告诉我那部剧惨败了呢？"

"就是……还没说到那儿。对大众来说它太典雅了。"

"但你投了自己的钱在里面……"

"那又怎么样？"

"可是，你已经有三部电影都失败了……"

"谁说的？"

"《综艺》说的。"

"你怎么会有《综艺》杂志？"

"你上次落在这儿的。彼得森博士把它给我了，想着你可能想拿回去。我狼吞虎咽地读完了它。可你为什么告诉我它大获成功了呢？"

"它确实成功了……在波士顿。听我说，忘了那出戏吧。我们来谈谈重要的事。博士说你六个月后就可以出院了。"

"爸爸——"她隔着桌子探身过来，看着他的眼睛，"记得我满十岁时，你说那是个特别的日子。那么今晚，我告别了十几岁的年纪，我二十岁了。我现在是个大姑娘了。我知道诊所的费用一个月就要三千多。那个教我弹吉他的小男孩艾瑞克就是因为费用太高而不得不离开了……所以我一直在想……"

"你唯一需要想的事情就是恢复健康。"

"那钱怎么办？"

"那个嘛，电影失败了，我也有钱赚。我是从总收入里拿提成的，宝贝……直接从上面拿钱。"

"是真的？"

"是真的。"

在回去的飞机上，他决心干一票大的。和彼得森博士的谈话让他心神不宁。（"韦恩先生，你必须慎重考虑詹纽瑞的未来。她非常漂亮，却又非常天真。她说过她想当一名演员，因为你就是做这行的，这也顺理成章。可你必须意识到，她在这间诊所的小世界里被保护得太好了。必须有计划地让她回到你的世界，而不是突然被丢进去。"）

他在飞机上思考着解决办法。不管怎样，他得设法为她准备好一个世界，等着她回来。飞机遭遇恶劣天气时，他突然有了个疯狂的想法，一场飞机失事或许能解决一切问题，但随后他想起来他的保险已经兑现过了。

唯一的解决办法就是拍一部成功电影了。没准儿这三部烂片过去后，他的噩运就已经结束了。他回到洛杉矶，再次窝到比弗利山庄酒店里阅读剧本和文章。说来也奇怪，他几乎立即就发现了一个好剧本。剧本的作者过去十年间从未有一出戏获得成功，但在五十年代，他曾连续造成轰动，奥斯卡奖杯都被他用作门挡。这个剧本会为他再赢下一座小金人的。它一应俱全：轰轰烈烈的爱情、打斗场面、激烈的追逐。迈克和作者见了面，付给他一千美元，买下了一个月的选择权。

之后，他去找了各大电影公司的老板们。

让他惊讶的是，他无法为剧本筹到一分钱，或引起别人的一丝兴趣。每个人的答案都一样：现在行业不景气；一个编剧写的电影剧本一文不值，但如果他现在有一本最畅销小说……也许吧。电影公司里已经堆满剧本了。而且，似乎所有人都处在表面平静而暗自恐慌的状态之中。到处都在发生变化。电影公司的负责人来了又走。在有些电影公司，他甚至都不认识新来的负责人。顶级独立制片人也拒绝投资。他们感觉投资那位作家的风险太高，他已经过时了。一个月过去了，他不得不放弃了选择权。三天后，两个二十多岁的年轻人把剧本拿到了手，并立即获得了一家大电影公司的投资，而他们只在前一年出品过一部冷门电影。

他回到纽约，疯狂搜寻可以有所作为的机会。他给一位顶级制片人正在排练的一出戏投了十万。然而，第二周排练时男主角退出了，麻烦就开始了。到城郊选角简直是场噩梦——长达八周的歇斯底里、大吵大闹、角色替换。最终，他决定终止演出，此时该剧尚未盈利。

那部剧之后，他花了两个月时间投资一部电视剧集。他和编剧们一起工作，还自己掏了三十多万美元播出了试播集。广播电视网看了该剧，但"不予选用"。他能收回部分投资的唯一机会是夏天有一次性的凑数放映。

几周后，他去看了他错失的那部电影的内映会。制片室里挤满了人，年轻男人都蓄着胡子，穿着无袖背心，腋毛垂在外面。女孩也穿着无袖上衣，还不穿胸衣，她们要么留着爆炸头，要么留着毛糙的长发。他看电影时感到恶心。他们毁了一个出色的剧本。电影的结尾被放在了开头，整部影片里充斥着倒叙手法和失焦镜头，爱情戏是用手持摄影机拍摄的，变成了一连串的迷幻梦境——就是电影实录那套鬼话。当然了，如今被选中出演的男男女女都形同野兽，他们不得不像这样搞。再也看不到葛丽泰·嘉宝[1]或者琼·克劳馥[2]那样的面孔了，也没有像克拉克·盖博[3]和加里·格兰特[4]那样的男演员了……如今是丑八怪的天下。一切似乎都是这样，而他不能理解。

一周后，他去八十六街参加了点映会。内映会上的那群人也在那儿，还有大学里的小孩和年纪轻轻就结了婚的广告经理。观众们高声喝彩。

三周后，电影上映了，打破了全国票房纪录。这真的震撼了他，因为这就意味着他现在真的不知道什么是好的或者坏的了——在如今这个电影市场，他不知道了。三年前，他还能做出判断，电影公司还相信他……更重要的是，那时候他还相信他自己。

是时候离开赌桌了。迈克·韦恩认输了。这么短的时间，怎么就变了呢？他的外表没变，他的想法也没变。也许这就是原因。他没有跟上所有的变化：裸体戏、没有情节的戏剧和电影、中性风。好吧，他也五十二岁了。他有过一些风光日子。他知道走过百老汇大道无须担心被抢是什么感觉。他见识过有夜总会和成排漂亮女孩的纽约，而不是只有色情电影和按摩院的纽约。但最主要的是，他感到悲哀，因为这就是她将要回归的世界。

他坐在贵宾休息室，盯着阴沉的天空。她正穿过这铅灰色的泥云飞回家来。他一直承诺要给她一个明媚闪耀的世界。好吧，他遵守了诺言。

那位迎宾空姐又带着微笑来了。她告诉他七号航班即将抵达。他已经为詹纽瑞安排好了，她会受到机场的礼遇。会有一位工作人员等着她，带她快速通过海关。嘿，一个三年都住在医院里的小孩能有什么物品需要申报的？他走出休息室，丝毫没注意到那位空姐跳起来和他说了再见。通常，他会向对方施展魅力，因为她挺漂亮的。但人生中第一次，迈克·韦恩害怕了。

她一走进机场，他就注意到她了。你不可能不注意她。她个子高高的，皮肤

1　葛丽泰·嘉宝（Greta Garbo, 1905—1990），瑞典籍好莱坞影视演员。

2　琼·克劳馥（Joan Crawford, 1904—1977），美国女演员。

3　克拉克·盖博（Clark Gable, 1901—1960），美国男演员。

4　加里·格兰特（Cary Grant, 1904—1986），英国男演员。

是小麦色的，长发飘动着——就算她不是他女儿，也会吸引他的注意力。男人都转头看她，她却仿佛没有留意。她的眼睛扫视着机场，一个小个子男人快速地迈步才跟得上她的大步流星。然后她看见了迈克，冲了过来，猛地抱住他，亲吻他，笑了而后又哭了。

"爸爸，你看起来棒极了！你知道我从六月就没见过你了吗？哎呀！这真是太棒了，能再回到家……能和你待在一起。"

"你看起来棒极了，宝贝。"

"你也是！还有……哦……这位是希更斯先生，"她转过身，介绍那位小个子男人，"他对我太好了。我根本不需要打开我的包……"

迈克和这位海关的工作人员握了握手，对方正拎着她的手提袋。"希更斯先生，非常感谢，"他接过手提袋，"现在，请您告诉我我女儿的其他行李箱在哪儿，我安排人送到车上去。"

"只有这件，韦恩先生。很高兴我能帮上忙。也很高兴见到你，韦恩小姐。"他分别和两个人握了手，然后消失在人群中。

迈克举起那个短途旅行袋："只有这个？"

"对呀！最好的套装我正穿着呢……你喜欢吗？"她站开了一点，转了个圈，"我在苏黎世买的。他们说所有人都穿裤装，这套麂皮衣服花了我三百美元。"

"很漂亮，但是——"他低头看着他手里提着的小包，"没别的衣服了？"

她笑了起来："哦，那包里塞满了衣服呢。有三条牛仔裤、两件旧衬衣、几件毛衣和几双球鞋，哦，还有……我在苏黎世买了一件漂亮的短睡裙。我没钱了，不然我就会把配套的睡袍也买下来。但除了这一点小纰漏，我几乎为出席任何场合都准备好了。"

"明天我们会解决衣服的问题。"

他们向出口走去，她挽起他的臂弯："我在飞机上看见了许多不同长度的裙子。迈克，现在大家都穿什么？"

"迈克？"他盯着她看，"怎么不喊爸爸了？"

"你那么帅，喊爸爸都把你喊老了。你很帅嘛，你也知道的。我喜欢你的鬓角……还有里面的灰头发。"

"那是白头发，我是一名端庄的老绅士。"

"你才不会老呢。嘿，看啊，那个女孩穿着一套印度服装。我觉得她可能在演戏之类的，头巾和辫子全套都有？"

他说："得了，你知道的，如今每个人都穿得很古怪。"

"我怎么知道？我的大多数朋友都穿着睡袍。"

他突然停下，看着她："天哪，没错。没有电视……什么都没有？"

"什么都没有。"

他带着她走向外面的车子："好吧，现如今呢，每个人都打扮得好像要去参加化装舞会。我是说你这个年纪的小孩。"但她没注意听，她正盯着那辆车看。然后她低低地吹了一声口哨："哇哦……我真是刮目相看了。"

"你以前也坐过豪华轿车。"

"我这辈子都在坐豪华轿车。但这可不仅仅是豪华轿车……这是一辆真正的超跑。"她丢给他一个赞赏的笑容，"一辆银色的劳斯莱斯——女孩踏上旅途的唯一选择。"她坐进车里，点点头，"简直棒极了……司机的制服也与车内装饰相配……一部电话……一个吧台……迈克·韦恩，你需要的一切生活必需品这里都有了。"她猛地抱住他，"爸爸，我太为你高兴了。"车子慢慢挪出机场，她靠在车座背上舒了一口气，"能回来真是太棒了。要是你知道我已经梦想这一刻多少次了就好了。有时候，我甚至觉得这一天不会来了，但我还是一直做这样的梦——走进你的怀里，我们一起待在纽约。这一切就像我梦见的那样。什么都没变。"

"你错了，宝贝。很多都变了，尤其是纽约。"

他们的车滑进超车道，她指着拥挤的车流说："这个就没变。而且我爱这一切——这交通，这噪声，这熙熙攘攘，甚至这烟雾。这真是太棒了，在瑞士只有干净的大雪。我都等不及和你一起去看戏了。我要走过舒伯特街……看着那些卡车从《纽约时报》大厦里把报纸运出来……我要把我那干净的肺污染个彻底。"

"那些都会有的。但首先，我们要好好地叙叙旧。"

她依偎在他身边。"我们当然要叙旧。我想坐在萨迪餐厅那张我们的餐桌旁……我等不及要去看《毛发》[1]（ Hair ）了……我想在第五大道上散步……看看那些衣服。但今晚我只想待在家里享受我们的鱼子酱和香槟酒。我知道今天不是谁的生日，但你得承认，今天绝对是个重要日子。而最重要的是，我想知道你那部热门电影的所有事。"

"我的热门电影？谁和你说的？"

"没人。但我知道你是怎么做事的。今年夏天，我收到了那些从西班牙寄来

1　摇滚音乐剧，1968年4月29日登上百老汇舞台，至1972年7月1日歇演，四年共演出1750场。

的明信片，它们暗示着一个神秘的新的大项目……我就知道，肯定是部电影，你担心告诉我会坏了好运。可是现在……我看到了这些——"她指着车里的一切比画着，"得了吧……快告诉我吧。"

他看着她，这次他没有微笑："你先告诉我，你还是那个全世界最百折不挠的女孩吗？因为你将要面对太多变化，而且——"

"我们在一起，"她说道，"只要这一点永远没变，其他的都不重要。现在告诉我吧，是电影还是戏剧？我能和你一起工作吗？任何工作都行——龙套、场务员、跑腿的……"

"詹纽瑞，你有没有想过生活中还有比逛剧院和围着我转更好的事？"

"你说一个。"

"嗯，比如你找到一个真命天子……结婚……让我当上骄傲的外祖父……"

她大笑起来："很长时间都不会实现了。听我说——你身边这位女士花了三年时间，只为了能再次走路和讲话。"她伸出手温柔地摸着他的脸颊，"迈克，"她的叹息中透着欢快，"我想做我们一直梦想着共同完成的所有事。"

"有时我们的梦想也会发生改变，"他说道，"或者我该说……交换梦想。"

"好吧。你有什么想法？"

"那个，就像你知道的，我之前在西班牙，"他说得很慢，"但不是为了拍电影。"

"电视剧，"她说道，"是电视剧！对吧？"

他看向车窗外，字斟句酌地说："我做出了一些很棒的人生改变，是我做过的最好的决定。我为你准备了一些大惊喜。今晚你将会——"

她打断了他："哦，迈克，不要吧，今晚不要什么惊喜，就我们俩和香槟酒。你不知道，月复一月，我一直梦想着和你待在广场饭店我们那间套房里，看着窗外的那座公园，看看我以前的那座许愿山，举杯敬——"

"你愿意住皮埃尔酒店[1]吗？"

"广场饭店怎么了？"

"林赛市长把它送给那些人傻钱多的了。"

她微微一笑，但他看出了她眼里的失望。"风景几乎是一样的，"他说得很快，"但恐怕许愿山就别想了，现在那儿全是醉汉和瘾君子。还有几条大狗把它当成了

1　皮埃尔酒店（The Pierre），位于纽约中央公园旁的六十一街，1930年正式开张营业，被当时的《纽约时报》称为"百万富翁的天堂"，与位于第五大道和第五十九号大街相交处的广场饭店相距不远。

厕所。现在人人都养大狗了，不是当宠物，而是为了保护自己。"他知道他的话太多了。他停下话头儿，盯着越来越近的天际线，烟雾氤氲之中，建筑的高低不平勾勒出一种美。方形的小窗子里，一盏盏灯亮了起来……这就是纽约的夜晚。

然后，天际线消失了，他们的车子融入了纽约的滚滚车流。车开过十六街的时候，迈克吩咐司机："在布鲁明戴尔百货对街的烟铺门口停一下。"他们靠边停了车，司机还没来得及下车，迈克就跳出了车子。"我的烟抽完了，"他转头对司机说，"这儿不能并线停车。带着韦恩小姐转过这条街。到时候我就出来了。"

车子转过这条街时，他正站在街角。他钻进车子，点起一支烟。突然，他仿佛刚想起来，把烟盒递了过来："你抽吗？"

"不，我不抽。但是你完了吗？"

"我完什么？"

"打电话。"

"打什么电话？"

她笑了起来："哎呀，迈克……这辆车的吧台区有一整条香烟呢。"

他的下巴绷紧了："好吧……那你猜猜我打了个什么电话？"

她把胳膊塞进他的臂弯："预订鱼子酱和香槟酒呀。我看你的表情就知道你忘了。"

他叹了口气："也许我忘了很多事。"

她用手指按住他的嘴唇："只告诉我一件事。关于电话的事，我猜对了没有？"

"没错，你猜对了。"

她声音轻柔地说："迈克，那你就什么都没忘。"

她睁开眼睛，以为自己还在那家诊所。但房间里的昏黑让她感到陌生，家具昏暗的样子也跟诊所里的不一样。随后，她清醒了过来，想起她是在皮埃尔酒店，在她的新卧室里。她打开床头柜上的台灯。现在是半夜，这意味着她只睡了两个小时。她伸了个懒腰，环顾着这间卧室。这儿真漂亮，一点也不像是酒店的卧室。整间套房的装饰非常奢华，面积很大，比迈克住过的所有地方都大。迈克解释过，这家酒店属于联合公寓，有人转租了他们的套房。这间套房的主人肯定很有品位。她到这儿的时候，发现客厅布置得特别漂亮。室内烛光闪动，鱼子酱摆好了，香槟酒也冰镇上了。从高处望下去，公园如天鹅绒般，一片柔黑。他们向彼此敬着酒，吃着鱼子酱……才喝了一杯香槟，她就突然感觉昏昏欲睡了。他立刻注意到了："宝贝，现在这儿只有九点，但是按瑞士时间，已经是凌晨两三点了。你快去睡觉吧，我出去走走……买份报纸……看看电视，也会早点睡的。"

"但我们还没谈过你……你在做什么……或者任何事。"

"明天，"他的声音很坚决，"我们九点在客厅见，一起吃早餐，我们有很多话要说。"

"可是迈克——"

"明天谈。"又来了，他的声音里透露出一种古怪的感觉，他以前从没像这样古怪、僵硬地斩断话头儿，那感觉和之前他们在大堂里发现有摄影师偷拍他们时一样。那是个年轻男人，看起来是个好人。他跟着他们走到了电梯口，说道："和我说说吧，韦恩先生，你女儿有何感想，作为——"

但他没能说完他的问题。迈克·韦恩把詹纽瑞推进电梯，不耐烦地说："滚开，我没时间应付什么偷袭采访。"

现在，她想起了这个小意外。整件事都太不像是她父亲的所为了。对他来说，宣传一直是一种生活方式。她九岁时就和他一起登上过一本全国杂志的封面。她对大堂里那个年轻人感到非常抱歉。

她问她父亲这件事的时候，他耸了耸肩："也许是罗马改变了我。我不喜欢那些未经许可乱拍照的家伙——这些照片可能流落到任何地方，流落到任何廉价杂志上。我完全支持为授权采访提供照片，或者摆好姿势让摄影师为采访拍几张照片，但我不喜欢他们从阴暗的角落里跳出来偷拍我。"

"可他一直在大堂里等我们。他看上去是个好人。"

"这事你别管了。"（又来了，又是那种冷酷无情、斩断话头儿的语气。）随后，他打开了香槟酒。她举杯敬酒，说道："敬我们俩。"他却摇摇头："不……敬你。这一刻是属于你的，我在这儿只是为了见证你拥有此刻。"

她躺在昏黑的卧室里。还有一整夜呢，她应该尝试重新入睡。可她特别清醒，还口渴。她吃完鱼子酱总是会口渴。她溜下床，走进盥洗室。自来水温吞吞的，她决定不喝了，回床上睡觉。她旋转着床旁收音机的拨盘，转到了唱片频道。她刚有了些蒙眬的睡意，这时收音机里插播起了广告，一位热情的播音员开始推销一款新的健怡可乐。播音员叫卖那罐见鬼的可乐的语气——突然，她必须喝一杯冰水！

她下了床。这间套房里有一间大厨房，她应该能找到一些冰块……她朝门口走去，然后停下了。她没有睡袍！她只穿着那条又薄又透的短睡裙。她小心地打开卧室门，喊道："爸爸？"

客厅空无一人。她蹑手蹑脚地走出去。她看了看昏暗的饭厅……巨大的休息室……厨房外的长走廊，迈克说过那边是用人的住处。但整个公寓空无一人。她走到他的卧室门前，敲了敲门。然后她打开了门，没有人。有那么一秒钟，她想起了罗马……还有梅尔芭。但他不会这么做的，不会在她回家第一晚这么对她的。他可能出去散步了，可能遇到了几位朋友。她走进厨房，冰箱里塞满了可乐、七喜、姜汁汽水，还有所有品牌的无糖健怡苏打水。她拿出一听可乐，倒进玻璃杯里。然后她踱进客厅，站在窗边盯着外面的公园看。点点灯光一闪一闪的，看起来像圣诞树。很难相信，在这样温柔的黑夜里，有什么可害怕的。

这时，她听见门响了。她父亲正将钥匙塞进门锁里。她的第一反应是跑过去迎接他。她低头看看自己的睡裙，买一条这么透又这么短的睡裙真是太荒唐了。但在诊所穿了三年的法兰绒睡衣后，这条透明睡裙是一个象征，象征着身体健康……还有离开医院。好吧，她最好告诉他闭上眼睛，然后借给她一件睡袍。

门开了，她听见了女人的声音。天哪……他有客人。她惊惶地看着长长的客厅。如果她试图回到自己的卧室，她就得穿过门厅，和他们碰个正着。最近的门是通往他的卧室的。她冲进去的一瞬间，他们进了客厅。他的卧室里漆黑一片。天哪……灯在哪儿？她摸索着墙面，寻找着电灯开关。

"迈克，这也太荒唐了吧，我还得偷偷地溜进来，"女人的声音听起来有点在使性子，"毕竟，她也不是个孩子了。"

"迪伊（Dee）——"他的声音坚决，却带着哄劝的语气，"你得理解。三年来她一直期待着以她想要的方式度过回家的第一个晚上。"

那女人叹了口气："但你想想我是什么感受，我费了那么大的力气弄到最好的鱼子酱和你需要的香槟酒，你却打电话来让我离开公寓。今晚本该是我认识詹纽瑞的机会。结果呢，我像个合声部小女孩一样被打发走了。谢天谢地，我逮到了大卫陪我。我们俩在雪利酒吧里坐了几个小时。我敢肯定，我是把他从某个年轻漂亮的小东西身边拽来的——"

"到这儿来。"迈克温柔地说。

一阵安静，詹纽瑞知道他正在亲吻那个女人。她不知道该怎么办。她不该就这么在黑暗中站着，听着这些。要是她有件睡袍就好了。

她父亲温柔地开了口："詹纽瑞和我明天要一起吃早餐。我想和她长谈一次，然后你们俩再见面。但相信我，我是对的……今晚就该按我说的这么办。"

"可是迈克——"

"别可是了。来吧，我们已经浪费了太多时间了。"

那女人笑了："迈克，你把我的发型都弄乱了。你能发发好心，帮我拿下钱包吗……我把它忘在走廊旁边的桌子上了。"

詹纽瑞一动不动地站着。他们要进卧室了！门开了，女人拨动了墙上的开关，房间突然亮了起来。那一瞬间，她们俩都盯着对方。不知道为什么，詹纽瑞觉得她看起来奇怪地眼熟。她高挑纤瘦，头发有几丝挑染了，皮肤惊人地漂亮。女人先反应了过来，喊着："迈克……快到这儿来。我们好像有客人。"

詹纽瑞没有动。她不喜欢女人脸上那种揶揄的笑容，仿佛她已经完全掌握了情况，下一步行动也全都计划好了。

迈克的第一反应是惊讶。跟着，他眼睛里出现了一种她从未见过的神色——恼火。他开了口，声音冷冰冰的："詹纽瑞，你在这儿鬼鬼祟祟的做什么？"

"我……我本来想喝可乐——"她指指客厅的方向，她把饮料留在那儿了。

"但你在这里做什么……也没开灯……也没喝可乐？"女人问道。

詹纽瑞看向她父亲，等着他来结束这可怕的一幕。但他站在那女人身边，正在等她的回答。

她的喉咙发干。"我听见门响了……和你们说话的声音……"她强迫自己把话说完，"我没有睡袍，所以就藏到这里了。"

他们俩这才注意到她那条薄薄的睡裙。她父亲快步走进浴室，拿了一件他的睡袍回来。他看都没看就把睡袍丢给了她。她挣扎着穿上朝门走去。那女人声音温柔地喊道："等一下，詹纽瑞。迈克，你不能不介绍一下就这么让你女儿走了。"

詹纽瑞背对着他们站着，等着她发话。

"詹纽瑞——"他父亲的声音似乎突然变得很疲惫，"这位是迪伊。"

詹纽瑞强迫自己朝着女人的方向轻轻点了点头。

"哦，得了吧，迈克，"女人挽起他的臂弯，"这可真算不上合适的介绍。"

迈克看着他的女儿，平静地说："詹纽瑞……迪伊是我妻子。我们上周结婚了。"

她听见自己向他们表示祝贺。她感觉双腿无比沉重，但不知怎么，她还是设法走出了那个房间……穿过客厅，回到了她自己的卧室，那个安全地带。这时候，她的膝盖开始发抖……她冲进浴室，吐得天昏地暗。

2

那晚剩下的时间里，詹纽瑞都坐在窗边。难怪那女人看着眼熟。迪伊可不仅仅是迪伊。她是迪尔德丽·米尔福德·格兰杰（Deirdre Milford Granger），报道上经常写她是全球第六富有的女性！没人确切知道她是否排名第六，或者第六十。显然，这是某个记者凭空想出来的标签，然后就一直这样沿用下来了。过去，只要她的照片一出现在报纸或杂志上，哈顿女士学院的女孩子们就会取笑这个头衔。那时候，迪尔德丽的婚姻总是让她见诸报端。新郎先是一位歌剧演唱家，后来是一位作家，接下来是一位顶级设计师。詹纽瑞记得，最后那场婚礼登上了《服饰与美容》（VOGUE[1]）杂志。四年前，新郎因为一场车祸死在了蒙特卡洛。新闻影片报道了迪尔德丽在葬礼上穿着厚厚的丧服，泪眼婆娑地宣称死去那位是她唯一爱过的男人，她发誓她再也不会结婚了。不幸的是，她改变了主意。

或者是迈克让她改了主意！当然了！她就是他那个最新的大项目。那些明信片都来自西班牙。迪伊在马贝拉[2]有一栋房子——詹纽瑞在《服饰与美容》上看到过。迪伊在棕榈滩[3]也有房子，有四十名用人负责打理——詹纽瑞在《女士之家》[4]杂志上看到过。她在戛纳[5]小镇还有一艘游艇——她曾邀请卡拉（Karla）登船出海，结果上了新闻。和嘉宝或霍华德·休斯[6]比起来，卡拉自1960年离开大银幕后更像个隐士。她是如此难以接触，因此她出现在某人的游艇上做客这种事登上了《时代周刊》。哈顿女士学院里的所有女孩都是这位波兰女演员的粉丝。1963年是

1　美国版创刊于1892年，被称为"时尚圣经"，2005年正式在中国创刊。

2　马贝拉（Marbella），西班牙南部重要旅游城市。

3　棕榈滩（Palm Beach），美国佛罗里达州的旅游城镇，最有名的亿万富翁区。

4　《女士之家》（Ladies' Home Journal），1883年2月16日首次发行，最终成为20世纪美国领先的女性杂志之一。

5　戛纳（Cannes），法国南部尼斯附近的休闲小镇，全球知名旅游胜地，戛纳国际电影节每年五月中旬在此举办。

6　霍华德·休斯（Howard Hughes，1905—1976），美国企业家、飞行员、电影制片人、导演、演员。

詹纽瑞在校园里最为出名的时候，因为她父亲奉上一百万美元请伟大的卡拉重返银幕。尽管她没接受也未明确拒绝，但这件事让迈克好好出了一把风头。后来，她父亲告诉她，他的一大梦想就是见见这位伟大的卡拉。

好吧，他现在可有机会见到她了——或许已经见过了。

所以，新的大项目是迪尔德丽·格兰杰！迪伊的漂亮是那种瓷娃娃式的，她面无血色，又脆弱易碎。迈克真的爱她吗？她看起来非常冷淡，不可能爱上别人。但也许这正是她吸引人的地方。迈克总是热爱挑战。

她一直坐在窗边，直到黑夜中出现第一缕曙光。她看着黑色的天空逐渐淡化成灰色。她知道阳光正慢慢爬上第五大道上段高耸的公寓大厦楼顶。一切都是如此的静谧——夜晚已逝，清晨未至。

她穿上一条牛仔裤，套上一件毛衣，蹬上一双运动鞋，溜出了公寓。电梯员边打呵欠边点头地向她表示问候。值班接待抬头看了她一眼，面色疲惫，眼中透露着漠不关心。一个穿连体工作服的男人正在大堂拖地。他停下来让她走了过去。

纽约城仍然处于一片昏暗中。空旷、孤寂——一座尚未被占据的城市。灰蒙蒙的晨光中，街道似乎出奇地干净。她走到广场饭店旁，在那儿站了片刻，抬头望着那间转角套房。然后她穿过街道，走进公园。一个穿着一件男士外套的邋遢女人正探身在垃圾桶里翻找什么。她的两条腿上都裹着脏布条，肿得有正常人的两倍那么粗。长椅上躺着酣睡的醉汉，旁边的地上散落着摔碎的空酒瓶。还有些人睡在草地上，蜷缩得像个婴儿。她快速朝动物园走去，又转头朝旋转木马走去。太阳终于拨开了烟雾，奋力照亮了天空。两个穿着运动衫的年轻男人慢跑着从她身边经过。鸽子开始在草地上扎堆，搜寻早餐。一只松鼠径直向她跑来，两只小爪子握成杯状，瞪着明亮的小眼睛向她讨要坚果。她耸了耸肩，摊开空空如也的双手，它便跑开了。三个骑自行车的黑人女孩向她挥手致意，用手指比出和平的手势。她继续走着。醉汉在睡梦中翻来翻去。一个女人抱着一条老腊肠犬来到公园。她把它轻轻放在地上，说道："加油，宝贝……拉臭臭。"那女人和那狗都没看詹纽瑞。狗拉了，女人表扬了它，然后把它抱起来离开了公园。

现在，那些醉汉正挣扎着让自己站起来。有几个跟跟跄跄的，其他人就去帮忙。突然，各种狗出现了，公园活了过来：一名职业遛狗师牵着六条不同品种的狗；一个男人带着一条雪纳瑞犬；一个头上绑着发卷的女人牵着一条胖胖的可卡犬。昨晚，黑夜中的公园犹如天鹅绒，而现在，公园变得既嘈杂又肮脏。阳光似乎是特意照在啤酒罐、碎瓶子和三明治包装纸上的。一阵风推搡着树，树叶叹息着掉落、死亡，和大型公交车那蛮横的喷气声相比，这叹息声显得绝望而温柔。到处都是鸣笛声、敲打声、轰鸣声——这头庞然怪兽苏醒了。

现在，婴儿们也来到这座公园里了。他们躺在婴儿车里，年轻的母亲推着车，脸色苍白而疲惫。有时候，婴儿车旁边还有一条嫉妒的老狗，狗绳拴在婴儿车上，它正回想着自己曾是家人关注焦点的欢喜日子。还有一种组合：小婴儿睡在推车里，上方挂着一个临时折叠椅，危险地坐着一个两岁大的孩子，而母亲艰难地推着他们，朝游戏操场走去。

随后出现的是第五大道的大队伍。大号的英国婴儿车列队入场，车上盖着绣有首字母的真丝毛毯，遮住了车里的小婴儿。保姆们穿着挺括的制服推着这些闪闪发光的婴儿车到附近的长椅旁聚集，趁小主人睡着的时候闲聊。

詹纽瑞嫉妒地看着这些婴儿。这些小生命只有一丁点大……然而，在这公园里，他们就像在家里一般自在。他们属于这座城市，每个婴儿都有一个身份，一个名字，一个家。

她漫无目的地走着，然后发现她正走向那座许愿山。这山可真小啊。可是小时候，她觉得这座山是那么高大。她五岁时得意扬扬地爬到了山顶，父亲举起她的胳膊以示胜利，说道："现在，这就是属于你的山了。闭上眼睛，许个愿……它就会实现。"她默默许愿要一个洋娃娃。他之后带她去朗普美尔[1]喝了热巧克力，临走时，他给她买了那个地方最大的洋娃娃。从那时起，这里就成了许愿山。

可是现在，这座小山看上去是那么的荒芜和丑陋。她一路踢踏着死掉的枯叶走到了山顶。她坐下来，把下巴放在膝盖上，双手抱住膝盖，闭上了眼睛。奇怪的是，周围的人间烟火气似乎突然变得更加浓重——山脚车流的噪声、远处几只狗的咆哮……然后，她听见落叶在噼啪作响，她知道有人走过来了。所有她听说过的暴力故事瞬间涌入她的脑海。也许这个人带着刀。她一动不动。也许只要她一直闭着眼睛，一切就都结束了。很快结束，没有痛苦。

"詹纽瑞……"

站在她身旁的是她父亲。他伸出手拉她，她吃力地站了起来。

"这半小时里我来这座小山转了三回，"他说，"我想你可能会来这儿。"他拉着她的胳膊，带她离开了公园。他们穿过街道，停在了埃塞克斯餐厅门前。"他

1　朗普美尔（Rumpelmayer），法国百年甜品店，后更名为安吉丽娜（Angelina）。

们这儿的咖啡特别棒。走吧，我们吃点早餐。"坐在这个陌生的小餐馆里，他们俩都没有说话，面前摆着无人问津的鸡蛋。突然，他说道："好吧。大喊大叫也行，发脾气也行……但是说点什么。"

她准备开口说话，但服务生出现了，询问他们鸡蛋是不是有问题。

"没有，我们只是不饿。"迈克说道，"把它们端走吧，留下咖啡壶就行了。"他等服务生走后转过头来说："为什么去那个公园？老天，为什么？你可能死在那儿。"

"我睡不着。"她说道。

"谁能睡着？！就连迪伊也多吃了一片安眠药。但没人黎明的时候在纽约街上闲晃。我熬了一整晚，一直等到早上。我抽了两包烟，等着——"

"你不该这样。"她闷闷地说，"抽烟对你的身体不好。"

"听着，现在我们先别担心我的健康。老天，发现你的房间空着……我都疯了。迪伊醒的时候，我正要给警察打电话。她让我冷静下来，说你可能是散步去了，想想事情。就是那个时候我想到了许愿山。"

她没回答，他伸出手来握住她的手。

"詹纽瑞，我们开诚布公地谈谈。"她没回答，他看着她，平静地说，"和我说话吧，别逼我求你。"

"昨晚我没有鬼鬼祟祟或者故意偷听。"她说。

"我知道。我只是不知所措。我生我自己的气，不是生你的气。我——"他犹豫着，又点了一支烟，"我想过写信告诉你迪伊的事——"

"迈克，为什么你没说？"

"因为直到最后关头，我都不觉得我会真的和她结婚。而我们俩约会的事开始登上各大报纸后，我担心你会发现这个消息。谢天谢地，感谢彼得森博士那个隔绝外界的规矩。因为我感觉这种事我得当面告诉你。从机场回来的路上，我打算告诉你来着。但你说你等了这么久，只想和我一起过。老天，你值得像你计划的那样度过回家的第一个晚上。所以我打了那个电话，告诉迪伊她得躲出去。我想着今天早餐的时候再告诉你。"

"你什么时候爱上她的？"

"谁说这是爱了？"他直视着她，"听着，我郑重声明，我这辈子唯一爱的女人——或说将来爱着的——就是你！"

"那为什么？为什么？"

"因为我输了，彻底输了！"

"你在说什么呀？"

"完蛋了，全完了。三年全是失败作品，即便是外百老汇秀，我也筹不到一分钱。在海岸区，他们对待我的样子就好像我有什么传染病。然后，诊所告诉了我那个特大的好消息：他们将在九月安排你出院。老天爷，这一刻正是我们俩都盼望的……但我已经完蛋了。你知道得知这好消息的时候我在哪儿吗？在海岸区和缇娜·圣克莱尔同居。"

"你以前用她拍过一部电影。"

"没错，我用她的时候她十七岁，没什么才华，但很漂亮。她现在仍然没有才华，但她演了一部收视率排名前十的电视剧，还会继续演很长一段时间。她有一栋大房子，里面都是仆人和食客。那就是我——战利品食客一号。为什么不呢？她的房子很不错，吧台里酒水充足，我只需要迎合她。"他微微一顿，"一个父亲对女儿说这种话真是太糟糕了，但我没时间排练这些话。我得把生活的真面目告诉你……我们没有什么时间了。"他熄灭了烟，"所以呢，当时我正在缇娜家的泳池边，像个沙滩男孩一样晒着日光浴，有男仆给我上酒，有桑拿浴房可以放松。我拥有任何男人都想要的一切，除了没钱。那时候是七月份。随后，我得到消息说你九月就能出院。就像我刚才说的，我坐在那儿，晒着太阳，琢磨着该怎么办。然后，哇啊！那天晚上，我受缇娜启发想到了一个主意。当时我们俩正在参加一场开幕式。老式的聚光灯手法已经不流行了，但他们偶尔还是要努力一番，而我像个傻瓜似的，陪她走了红地毯，身份是她的男伴。她坐在旁边依偎着我的时候，开始说如果我离开她，她都不知道该怎么办了。她不停地唠叨着男人有多难找，和我在一起之前她都一个月没做爱了。突然，她说：'我们在一起多么般配啊，我的钱足够养着我们俩。我们结婚怎么样？至少我能确定有人带我参加明年的艾美奖颁奖典礼了。'"

他的目光越过了他女儿。"那一刻我意识到，我只剩下最后一招了。她只有二十八九岁，连她也想留住我。我开始感觉到，这就像《日落大道》[1]那部电影的反向版。第二天，我待在泳池边常待的地方，试图寻找答案。我决定了，如果我要做女人身边的男人，我不会满足于缇娜·圣克莱尔家的一日三餐和游泳池。如

1　《日落大道》（*Sunset Blvd.*），1950年上映，该电影描述了一位50岁的过气女演员倾心一位年轻男编剧，哀求他不要离开自己的故事。

果这是我最后的停靠港，至少我要委身顶级人物。所以我开始思考。芭芭拉·哈顿已经结婚了；多丽丝公爵我一点也不了解；法隆男爵夫人太粗暴……然后，我想到了迪尔德丽·米尔福德·格兰杰。我在鼎盛时期见过她一面，她略有点苍白，但也算漂亮。"他停了下来，"这故事不错，对吧？但至少我对你很坦诚。我没糊弄你说'我遇到这个女人，疯狂地爱上了她，所以我放弃了事业，只为了让她开心'。不是这样……我把她看作一个项目。我听说她在马贝拉。于是我卖掉所有的东西：我的车……百达翡丽的手表……手中最后的IBM股票。所有东西加在一起，卖了四万三千块。这是一场豪赌，我在用全部身家孤注一掷。我去了马贝拉，追求这位女士……"回忆让他皱起了眉头。

"那时候我还不知道，我们第一次约会后，她就让邓白氏公司[1]调查了我。我付给船长们二十块小费……在夜总会掏了八百块替她的几群朋友买单，而她就稳稳坐着，不露声色。我就这样献了三周的殷勤，也没能凑到她跟前，给她一个晚安吻，更别提两个人单独吃烛光晚餐了。我没机会，因为每次总有很多人在场。白天，我为每个人调酒，看她玩双陆棋。最后，就在我开始焦虑不安的时候，我在鸡尾酒会时间到了她的庄园，以为会遇到平时那群人，但只有她自己。她递给我一杯酒，说道：'迈克，我想你最好找个时间向我求婚，因为你名下只有两千六百块了。'"

詹纽瑞的表情把他逗笑了。"是啊，她知道我的银行余额，知道得清清楚楚。接着她说：'但首先我想让你知道，我绝不会投资你的任何项目——无论是电影还是戏剧。现在，你还想娶我吗？'"

他又点着一支烟。"嘿，甚至还有更好笑的呢。"他带着一丝冷笑说道，"这女人说出她有多讨厌演艺圈和它代表的一切的那一刻，我就自然地抛出了所有老套的台词，比如'听我说，迪伊，也许最开始我曾抱着这样的想法，但现在我是真的爱上你了，我希望我有三部热门剧正在百老汇上演，因为那样我就可以请你嫁给我'。"他停下了，"你听了恶心吗？因为我听了挺恶心的……仅是照着再说一遍我也觉得恶心。"

"你接着说，"詹纽瑞说道，"那她相信你了吗？"

"那个嘛，至少她一点不落俗套，也没有露出假笑，忸怩作态。她真是独一无二。她微微一笑，说道：'迈克·韦恩先生，如果你确实有三部热门剧，那你根

1　邓白氏公司（Dun & Bradstreet），成立于1841年，全球最著名、历史最悠久的企业资信调查类信用管理公司。

本连一个与我约会的机会也得不到。'”他若有所思地停了下来。“我不知道是什么原因。她和演艺圈有一些过节。也许早些年她被一位男演员拒绝过，或者就是势利而已，但我必须承诺，如果我们结婚，我就再也不能回演艺圈了。所以我坐着，任凭她发号施令。在我接受前，我和她说了你的事。当然了，这事她也已经全都知道了。她同意了，这事就成了！”

“婚礼在哪儿办的？”她问道。

“我们八月底在伦敦秘密结的婚，没声张。但消息还是走漏了，接着，庆祝我们结婚的派对就开始了。忽然之间，《日落大道》变成了费里尼[1]风格的奇幻电影。伯爵夫人、皇室后裔、顶级国际名模，还有几位真正的公主，都来了。在那个世界里，女人都很漂亮，瘦骨嶙峋没有胸，男人都没屁股，每个人都拿英语当第二语言。她在纽约来往的也是这样一群人。没人打高尔夫球，网球才是时髦的运动，金拉米纸牌是乡下人玩的，而他们玩的是双陆棋。”他叹了口气，“好了，这就是全部情况了。有什么问题吗？”

“只有一个。我们俩是每周五站成一排领零用钱吗？”

他们对视着，他说道：“你从哪儿学得这么犀利？”

她奋力忍住了泪水，但仍然凝视着他：“这是事实，对吧？迪伊养着你，像你说的，她不落俗套。”

“真正的不落俗套，宝贝。”他的声音有些生硬，“不过她做得很体面。她让我担任她名下一家公司的总监。当然了，那就是个头衔。我对房地产或者运油船的事懂个屁？我只需要每周签一些东西，但我办公室里的所有人都表现得好像我不可或缺。”他微微一笑，“每个男人都需要一间他能躲进去的办公室。办公室能让一天过得特别快，你会对此感到惊讶的。我到了那儿，把门一关，我的秘书就会认为我忙着呢。然后我开始读行业报。周三是大日子，《综艺》杂志这天出刊，看它就得花一上午。随后，我会去同一栋大厦里的经纪行转转，再去给鞋打打油，之后去修道士俱乐部吃个午饭，玩一把金拉米纸牌。我也有薪水——每周一千块。我以前给出去的小费都比这个多，但这日子也不错了。我在纽约有公寓住，有几处房子，还有私人司机……我拥有任何男人想要的一切。”

“别说了，”她悲叹一声，“天哪，快别说了！真抱歉我刚才说了那种话。我知道你这么做都是为了我。”她感觉眼泪让她的喉咙哽住了，但她强迫自己说下

1　费里尼（Federico Fellini, 1920—1993），意大利电影导演、编剧、制作人。

去，"我们不能在哪儿找一套小公寓吗？也许我可以找份工作。"

"做什么呢？"

"也许表演，或者甚至为制片人工作……读剧本。"

他摇了摇头："整个行业都变了。如今，一些顶级编剧都拒绝给剧院写剧本了。他们为什么要写呢？拼命写了两年，《纽约时报》随便来一个人，就能让这出戏一夜之间关张大吉。当然了，尽管还有尼尔·西蒙[1]，他几乎不会失手；可是，就连明星都排着队想要演他写的剧本。现在还有外百老汇……甚至还有外外百老汇。但那就是另一种文明了，我对它一无所知。而且这不是我想给你的。"

"你想给我什么？"她平静地问。

"我想把整个世界奉送给你。"

"那你认为，娶了迪尔德丽·格兰杰，就能给我这个吗？"

"至少我给你的是一个光明崭新的世界。在这个世界里，除了剧院或者票房总收入，人们还谈论别的。听着，对你来说，演艺圈就像一块不错的甜点。可能一周有那么几个晚上，你会享受这份甜点，但它不该是你的全部生活。再说了，你只以迈克·韦恩的女儿的身份看到过演艺圈——当你去了后台，你只会看到明星亮丽的梳妆间，从没看到过巴尔的摩或者南费城三楼那种透风的房间。你看到的只有成功，宝贝，月球亮的那一面。所以，你认为那是你的世界也很正常，因为我还给过你什么别的世界呢？"

"可是为什么我会想要别的世界呢？你爱演艺圈。我知道你爱的。"

"也谈不上，和我对那些马的爱差不多。我爱制作一出戏或拍一部电影带来的冒险。我爱钱，爱出名，爱女人。听我说，你不会以为我每周六带你去戏院是因为我爱戏剧吧？嘿，我带你去那儿是因为我不知道还能带你做什么。现在，先别生气，"他看到她的脸涨红了，赶紧说道，"但是一个男人带着一个小女孩，每周末能做什么呢？我没有什么真正的社交生活，我只认识我睡过的那些女人。有几个是离婚带着孩子的，孩子的年纪和你差不多，他们管我叫干爸爸。难道你还会喜欢这样，会吗？老天，我都纳闷，你怎么能长成这么一个完美的人，因为我什么都没教过你。但现在一切都不一样了。至少我能给你一个尝试另一种生活方式的机会。我唯一的请求就是请你试一试这种方式。"

---

1 尼尔·西蒙（Neil Simon, 1927—2018），美国著名剧作家，曾获托尼奖、普策利奖、马克·吐温美国幽默奖，是第一个以自己的名字命名百老汇剧院的剧作家。

"这种方式是什么？"

"看看其他人如何生活。见见迪伊的朋友。给这种生活方式一个机会。要是你试都不试，那我就彻头彻尾失败了。"

她勉力地微笑了一下："当然，我会试试的。"

"还有，试着也给迪伊一个机会。她是个很不错的女人。我都不知道她为什么想和我在一起。"

"和缇娜·圣克莱尔想要的一样。"詹纽瑞说，"还有梅尔芭·蒂里托……或许还有每个你遇见的女孩。"

他摇了摇头。"性对迪伊没有那么重要。"他若有所思地说，"我有种感觉，她和我在一起想要的不只是性。也许是陪伴……一种归属感……我对这种生活知道的不太多。但请给迪伊一个机会吧，你没看到她克服了多少麻烦才组织了今天的晚宴。她甚至还邀请了她的表弟大卫·米尔福德（David Milford）做你的男伴。"

"这个大卫·米尔福德也是全球最富有的六个人之一吗？"

"不是，真正有钱的是迪伊的父亲。而且——"

"而且迪伊十岁的时候，他去世了，"詹纽瑞背诵着，"六个月后，迪伊那美丽年轻的母亲也因他的死亡而自杀了。爸爸，在哈顿女士学院，我们都读过迪伊的人生故事，每次她结婚的消息传来时我们都能读上一遍。那些杂志管她叫'孤独的小公主'，说她总是在寻找幸福。"她停了下来，"这听起来有点刻薄，我不是那个意思。我是说，我可能在过去三年里与世隔绝，但在哈顿女士学院，迪尔德丽·米尔福德·格兰杰是个名人。有些女孩的母亲认识一些认识她的人。我从小到大知道她的所有事——除了有一天我父亲会和她结婚这件事。"

他沉默了，然后向服务生挥手示意买单。她试着微笑，说道："迈克，我很抱歉。"她放轻自己的声音，同时用指尖抚摸他的手指。"好了，和我讲讲大卫。你见过他了吗？"

"见过几次吧。"他慢慢地说，"他挺英俊的，二十八九岁。迪伊没有孩子，她母亲和大卫的父亲是姐弟。米尔福德家并非大富大贵，但他们过得不错。事实上，他们过得相当不错。"他付了账单，"他在一家经纪行工作，管理迪伊的账户。他父亲是一名律师，开了一家自己的律所，大卫是迪伊的主要继承人，而且——"

"哇哦，"詹纽瑞轻声说，"你还真是做的打包买卖。女孩归你……男孩归我……"

他的眼睛一亮："老天，你还真是我的女儿，总是一针见血。但是，首先……我没想把大卫安排给你。我想，大卫想娶谁，有他自己的想法。但我必须承认，我希望你能通过迪伊认识上流社会的人，如果拒绝承认这一点，那我绝对是在撒谎。大卫可能有很多朋友，他会把你介绍给他周围的人。通过这种方式，也许你会遇到一个真心喜欢的人，而你最终会嫁给他。我盼着能有一个外孙，也许两个……三个。我肯定喜欢。但我告诉你我不喜欢什么——你最终成了另一个我。"

"那就太糟了，"她轻声说道，"因为我正是那样的。而且，更重要的是，我计划如此。"

"为什么？"他几乎要咆哮起来了，"我算个什么榜样？我这辈子从来没诚实地对待过哪个女人。但我会对迪伊诚实的，是时候开始还我欠下的债了。我只和你说，我可是欠下了不少情债。"

她沉默了一会儿。再次开口时，她的目光望着远处："但是我欠下的债已经还清了。也许我能给咱们俩带来一些好运。我们本来可以一起试试。"她微微一笑，"不过那已经过去了。我相信我会喜欢大卫·米尔福德的，我会尽全力对他施展魅力，这样，他就会把我介绍给他所有的优质朋友。所以，首先，我最好买一些漂亮衣服今晚穿。"她突然停了下来。

"别担心，都安排好了。不，不是你想的那样。"他把手伸进兜里，掏出一张银行卡，"给你，去这家银行找一位叫安娜·科尔的小姐。你得签一些东西，是一份信托基金，给你留了一些钱。你可以当场开一个活期账户。"

"迈克，我不想要——"

"这不是迪伊的钱。"他打断了她，"你母亲去世的时候留下了一笔小额保险金，有一万五千美元。我把它放进了信托基金，留给了你。谢天谢地我这么做了……要不然我会把那些也花掉的。加上利息什么的，现在应该有将近两万两千或两万三千块了。现在，去邦维特百货和萨克斯百货大采购吧。"

他们沿着街道往前走，停在了皮埃尔酒店门前。他们俩都下意识地抬头望去，有点期待看见迪伊出现在窗口。迈克笑了："我出来的时候她又吃了一颗安眠药。再说了，她很少中午以前起床。哦……这是套房的钥匙。你已经登记在册了，所以要记得时不时去前台看看有没有给你的消息。"

她笑了："迈克，你是纽约城里我唯一认识的人，所以也许你该给我留条消息——"

"我不需要。我想你已经收到了。"然后他转过身走进了大厦。

3

回到皮埃尔酒店时，她已经筋疲力尽了。快四点了，而她手里只拿着一个大盒子。而且做这个决定也不容易！她不知道该穿什么和迪伊去参加晚宴。在古德曼精品店[1]，一名女售货员告诉她中长裙正流行，短裙已经过时了。但到了中午，办公大楼里的女孩们纷纷出来午休，整条第五大道挤满了短裙和超短裙。在莱克星顿大道，她看见了印度头巾、蓝色牛仔、女式短裤，还有奶奶款复古长裙，那就像一场服装大游行。最终，她选了这条拼接长裙，以及她在布鲁明戴尔百货看到的那件橱窗模特穿的红色针织衫。那位女售货员向她保证，这件衣服任何场合都可以穿。

她走进酒店，心血来潮地驻足前台，询问是否有她的消息。让她惊讶的是，接待员递给她两张纸条。她用下巴和一只胳膊稳住盒子，边按铃叫电梯，边研究着纸条。一张是三点打来的，另一张三点半。两张都是让她给广场饭店的同一个号码回电，并转分机三十六。她看了看留言条上的名字。是找她的，好吧。突然，她微笑了起来。当然了……这个广场饭店的号码很可能来自迈克的办公室。

她走进公寓，女佣正在给壁炉架上的几只小玉象掸灰。在日光的照耀下，这间公寓变得更漂亮了。钢琴上方挂满了银色相框，在阳光的照耀下相框闪着光。照片可真多。她认出了美国参议员纽瑞耶夫[2]和一位大使，还有卡拉那超凡出众的脸庞。她走过去，研究着那褪色的幼稚笔迹。"给迪尔德丽……卡拉。"詹纽瑞盯着她的高颧骨和那双美妙绝伦的眼睛出神。女佣走了过来，说："左边是三位王子，还有一位王公。"

詹纽瑞点点头："我在看卡拉。"

1　原文为"the Bergdorf's"，指波道夫·古德曼百货公司（Bergdorf Goodman Inc.）名下的精品店，这是一家位于纽约市曼哈顿中城第五大道的豪华百货公司。——编者注

2　纽瑞耶夫（Rudolf Hametovich Nureyev，1938—1993），俄国芭蕾舞演员，重新确立了男演员在芭蕾舞剧中的重要地位。

"是啊，她非常漂亮。"女佣说，"哦，对了，我叫莎蒂。很高兴见到您，詹纽瑞小姐。"

詹纽瑞微微一笑。这个女人看起来六十五岁左右，像斯堪的纳维亚人。她的头发颜色很浅，绑了一个紧紧的小发髻，她的脸干净又有光泽。她看起来瘦瘦高高的，骨骼粗大，身强体健。"迪尔德丽小姐让我把您的东西挂起来。我冒昧地重新整理了您的抽屉。您的旅行箱什么时候到？"

"没有什么旅行箱。"詹纽瑞说，"就是你看到的这些。现在还有这套从布鲁明戴尔买的新衣服。"

"我会熨好的。迪尔德丽小姐现在不在，不过您有什么需要，都可以按床边那个按钮。它连着厨房和后面我的卧室，无论我在哪儿都能听见。我不知道您是否抽烟，但我在您房间的所有盒子里都摆放了香烟。如果您有偏爱的牌子，请告诉我。"

"谢谢你，我不抽烟。我想我泡个澡就休息了。"

"如果您有什么需要，请一定要按铃。我还在您房间里留了所有最新的时尚杂志。迪尔德丽小姐认为您会喜欢这些的。她说什么您有很多功课要补。"莎蒂拿起布鲁明戴尔的盒子离开了房间。不到一秒钟时间，她又回来了："如果您有需要，欧内斯特六点来。"

"欧内斯特？"

"迪尔德丽小姐的发型师……他每晚六点来。"

詹纽瑞突然想起了她手里拿着的电话留言。她走进卧室，扑到床上，告诉接线员要拨的号码。响了三声后，一名总机接线员接起了电话。詹纽瑞尽职尽责地请她转接分机三十六。

一阵安静……咔嗒一声……另一个声音说道："里格斯小姐办公室。"

"谁？"詹纽瑞坐了起来。

"你是谁？"电话那头儿的人有点不耐烦。

"我是詹纽瑞·韦恩。谁是里格斯小姐？"

"哦，我是里格斯小姐的秘书。稍等，韦恩小姐，是我们给您打的电话。我帮您转接。"电话里传来更多咔嗒声。然后，有个声音慢声慢气地说："詹纽瑞，真的是你吗？"那是一个圆滑的声音，高傲、柔和而冷静。

詹纽瑞试着辨认这个声音。"你是谁？"她问道。

"我的老天，詹纽瑞。是我呀……琳达。琳达·里格斯！"

"琳达……你是说哈顿女士学院的琳达？"

"当然了，你觉得还有别的琳达？"

"哦，哇！嘿，好久不见了。你怎么样，琳达？你怎么找到我的？这些年你都在做什么？"

琳达笑了："我才应该问你这些呢。不过，先说重要的，为什么你父亲对凯斯·温特斯那么刻薄？"

"凯斯？"

"凯斯·温特斯……那个摄影师……"

"哦，你说昨晚那位？"（老天，难道那是昨晚刚发生的事？）

"是啊，我派他过去为我们的杂志拍一张你的照片。"

"什么杂志？"

电话那头儿停顿了一下。琳达的声音听上去有点恼火，说道："其实，我是《炫目》的总编了，你知道的，而且——"

"总编！"

"詹纽瑞，你到底去哪儿了？我上个月上了迈克·道格拉斯秀，大获成功。他们还邀请我下次去海岸区的时候参加莫夫·格里芬秀。"

"哦，这样啊。我一直在欧洲，而且——"

"可每个人都知道我为《炫目》杂志做的事。我是全球最年轻以及最出名的总编之一。当然了，我还不是海伦·格利·布朗[1]，但《炫目》也比不上《时尚COSMO》啊。不过，假以时日，我会把这本杂志发展成现行杂志中发行量最大的。"

"真是太棒了，琳达。我记得你离开哈顿女士学院那会儿，我大概十岁。后来全校都沸腾了，因为我们发现你当上了一个……一个……"

"初级编辑。"琳达帮她补充上了，"也许在哈顿女士学院的人看来那很了不起，但其实就是个名头好听的奴隶。老天，我一天十六个小时都在城里到处跑。为时尚专栏找首饰……为摄影师和模特买咖啡……为艺术部门的人买东西……归还一位时尚总监落下的耳环——什么杂活儿我都得干，一周才七十五美元。但对十八岁的我来说，那真是太好玩了。我每天只睡四个小时，仍然能每晚都去LE俱乐部跳舞。天哪，我现在光是想想就累了。对了……你多大了？"

1　海伦·格利·布朗（Helen Gurley Brown，1922—2012），《时尚COSMO》的终身总编，曾获得美国杂志终身成就奖。

"我一月份就二十一了。"

"那就对了。我二十八了。现在咱们俩平等了，这真有意思。我是说年龄，我十六岁的时候，你大概八岁，我都没把你当个独立的人看。我是说，我记得你那时就是哈顿女士学院里跟着我转的小可爱之一，对吧？"

"我想是吧。"詹纽瑞觉得没必要和她说自己从来不是"琳达的粉丝"。

"这就是为什么我派凯斯·温特斯去皮埃尔。名人服务行收到消息，说你从欧洲回来了，我觉我可以在《炫目》上登一张你和你爹地的照片，配上一个可爱的故事，类似爹地的小女朋友遇上了爹地的新女朋友这样的。你父亲对凯斯的态度真是糟透了，不过拍出来的照片还不错。你特别上相，或者说你长成了绝世大美女。我说，你为什么不明天来呢……就三点多吧。我会构想一个故事，我们再拍一些好照片。"

"我很乐意见你，琳达，但我不知道能有什么故事可写。"

"我们明天再谈。你知道莫斯勒大厦在哪儿，对吧？五十二街，靠近麦迪逊大道。我们拥有最顶上的三层楼。你来顶楼总编室。到时候见，拜拜。"

詹纽瑞放好了水，躺进浴缸闭上了眼睛。直到此刻她才意识到自己有多累。她想着琳达——那么丑，那么有激情，那么活力四射……而现在她成功了……好吧，听起来是个重要人物。詹纽瑞感觉太累了，她知道她就要睡着了。她听到莎蒂轻声喊她时，感觉才过了几秒钟。"詹纽瑞小姐，醒一醒。"

她坐了起来。水已经不热了。老天，已经六点了！

"迪尔德丽小姐说您该为晚宴打扮了。"莎蒂解释说，"我把您的裙子熨好了，挂在卧室衣柜里了。"

当迪伊敲响她的房门，阔步走进她的卧室时，詹纽瑞已经装扮好了。有那么一阵，她们俩都在盯着对方看。詹纽瑞有些难为情地伸出手："恭喜你。恐怕我昨晚忘说了。"

迪伊和詹纽瑞贴了贴脸，说："我想我们昨晚都没怎么说上话。那真不算是相识的最佳方式。"

"我——哦天哪……"

"怎么了？"迪伊问道。

"我忘了买睡袍！"

迪伊笑了起来："留着迈克那件吧。你穿起来好看极了。有些女人能把男人的睡袍穿得很好看。我是不行。"

詹纽瑞觉得迪伊比她起初想的更有魅力。今晚，她梳了一个吉布森女孩发型，有几丝头发挑染了。而且詹纽瑞知道，迪伊的水滴耳环上镶的是真钻。她穿着黑色真丝哈伦裤，看起来特别有女人味，詹纽瑞突然觉得这条拼接裙她是不是选错了。

迪伊退后一步，夸奖詹纽瑞："我喜欢这条裙子……但我想你还需要一些首饰。"她按铃呼叫莎蒂，莎蒂立即就出现了。"莎蒂，把我那盒金饰拿来。"

莎蒂回来时，手里拿着一个大号皮质首饰盒。迪伊开始往詹纽瑞脖子上挂金项链。她坚持给詹纽瑞戴上金耳圈。（"亲爱的，它与你的小麦色肌肤完美相衬……能给你添一点吉卜赛风情。"）

詹纽瑞戴了四条金项链和一块玉质护身符，还有一件装饰有狮子牙齿的金饰，感觉自己都变重了（迪伊解释说，她参加狩猎之旅时亲手射杀了那头狮子）。

"我喜欢你的妆容。"迪伊走近了些说道，"这是你自己的睫毛。太棒了！你们年轻女孩喜欢不涂口红，我喜欢这种裸唇感。还有你的头发……哎呀，真是太好了，如今你们这些年轻女孩都梳这种简单的长直发。我像你这么大的时候都把头发剪短，然后烫成该死的意大利式发型。五十年代早期就流行那个。我总是和吉娜说，因为她挑起了这种潮流，我真想杀了她。我本来是直发，却好像半辈子都在用吹风机吹出卷来。现在，长直发又流行了……不过，女人过了三十五岁就真不该留过肩长发了。至少我觉得不应该……虽然老天都知道，卡拉从十八岁起就没有变过发型。"

"她什么样？"

迪伊耸耸肩。"卡拉是我认识时间最长、关系最好的朋友之一……不过天知道我为什么要忍受她那些怪癖。"

"在哈顿女士学院的时候，"詹纽瑞说，"我们都在电视上看她的电影。对我来说，她甚至比嘉宝或黛德丽[1]还要棒，因为她举手投足就像个舞蹈家。想想吧，四十二岁就息影了，而且一直没有复出，需要多大的勇气啊。"

迪伊抬手点了一支烟。"她从不在乎演不演戏。她总是说，一旦赚够了钱，她就退出。她连最开始赚的小钱都攥在手里呢！"

"她现在在哪儿呢？"詹纽瑞问道。

1　黛德丽（Marlene Dietrich，1901—1992），德裔美国演员兼歌手，好莱坞二三十年代唯一可以与葛丽泰·嘉宝分庭抗礼的女明星。

"我相信她回纽约城里了。她很快会抽空打电话来的。她在河东映色有一套公寓。那栋大厦棒极了，但是除了别人送的几幅好画，以及几块好地毯——也是别人送的——那公寓里几乎没家具。卡拉有种不愿花钱的病。她本来要去马贝拉的，结果没去，你父亲特别失望……我知道他想见她。老天，今年夏天之前，她总是到处闲晃。去年春天，可怜的大卫不得不带着我们俩到处逛。并不是说带她闲晃，她喜欢看芭蕾演出。除此以外，卡拉仍然沿袭着她过去拍电影时的作息——七点起床，练习四个小时的芭蕾，长距离步行，十点睡觉。但她会和好朋友一起吃晚饭，她还很喜欢看电视。事实上，一旦你了解她，就会发现她还是挺无趣的。然后，她还会消失不见。她总是这样，就像去年六月——她直接不告而别，甚至连一句'下次见'都没有。我个人，"迪伊压低了声音，"认为她是做脸去了。她的脸部开始有一点点下垂了……上帝禁止任何事伤害那副波兰身子骨，她该永垂不朽。"

詹纽瑞笑了："现在见大卫真让我觉得紧张了。"

"天哪。为什么呢？"

"你看，如果大卫觉得带卡拉逛逛都是不得已，是帮你的忙，那带我出去绝对完全是看老爹的面子。"

迪伊微微一笑："你这孩子真可爱。照照镜子吧。卡拉都五十多了，大卫才二十八。"她把烟熄灭，"现在我得去看看你父亲。以我对他的了解，他肯定正在看新闻，而且还没刮胡子。为什么男人就是讨厌一天刮两次胡子呢？女人每天至少要化两次妆呢。哦，对了，我已经告诉大家，包括大卫，你离开家是去瑞士的国际学院上学了。那是所很棒的学校。"

"可是为什么呢？"

"你会说法语，对吗？"

"对。但是——"

"亲爱的，相信我，没必要提起那场事故。为什么要让任何人觉得你可能有脑伤呢？有些人一听说谁进过疗养院，就变得奇奇怪怪的。从现在开始，我们只想你结识正确的人，拥有美好人生……所以我们不能让过去的疾病碍事。"

"但脑震荡和骨折不是病——"

"亲爱的，任何和脑子有关的都会把人吓跑。我记得有个叫库尔特的……我差点嫁给他，结果他告诉我，因为他滑雪出过事故，脑袋里有一块钢板。"她有些发抖，"一想到我摸的那个脑袋里有钢板，我就无法忍受，感觉就像科学怪人一样。

再说了，要是一个人的脑袋里有块钢板……按理说，这种压力早晚会弄出点事的。照我说的做，亲爱的。现在嘛……我已经让大卫比别人早二十分钟出发了。他来之前，你就待在房间里。我会告诉你什么时候出来的。登场亮相必须重视。"她朝门口走去，又转过身来，"你会爱上大卫的。每个女人都爱他。卡拉也觉得他很讨人喜欢，而卡拉根本没有爱上任何人的能力。所以，别让他那张俊俏的脸蛋轻易得逞。你就不露声色，同时尽情展现你的魅力。我肯定你很有魅力。毕竟，你父亲几乎是魅力过剩了。"她打开门，看到詹纽瑞就要瘫在床边时，又停了下来，"不……不行，不能坐下，你会弄皱裙子的。亮相的时候必须完美。欧内斯特正等着给我的头发做最后的定型。你就待在这儿……等到时间了，出来见大卫。"

4

六点半，大卫·米尔福德冲回他的公寓换衣服。他把电动剃须刀的插头塞进插座。见鬼，他恨迪伊！但是表姐迪尔德丽想要任何东西，她就会得到！他晋升成为赫伯特、蔡辛与亚瑟事务所的副总裁，就是接受她的统治的充分体现。市场不景气，大多数股票经纪行都在裁员，他却升职了。而且，只要他还在运作迪伊的股票，他在公司的前途就一片光明。该死的迪伊！真见鬼，他父亲为什么没有自己的财产。不，他不是这个意思。毕竟，他的老父亲工作很努力，一年挣将近十五万。但他母亲坚持要住第五大道那套有十间卧室的联合公寓，请三个用人，南汉普顿也有房子……总之，肯定没法剩下什么给他继承的了。但也没人盼着积累财富，因为迪伊表姐的钱够他们所有人用了。

她嫁给了迈克·韦恩，这让他们大吃一惊。他母亲遭受了严重的打击——连续三天吃利眠宁，还哭个不停。迪伊以前那些丈夫从来不会构成威胁，他们全都是一个模子出来的——魅力十足，教养良好，无足轻重。但迈克·韦恩可不是无足轻重，他以往的经历表明，他总是和只有迪伊一半年纪的女孩谱写恋曲。不过，他们主要担心的是迪伊还没有执行"遗嘱仪式"。大卫的父亲负责打理迪伊的遗产业务。他们一家戏称迪伊的遗嘱是"活页本遗嘱"：每次结婚前，她都会和"未来老公"造访大卫父亲的办公室，迪伊会口述一份新遗嘱，允许这位新任新郎继承可观的遗产。婚礼当天，他们会呈给那位新郎一份已签字的遗嘱副本。

第二天，迪伊会单独回办公室，再起草一份新遗嘱，指明她去世时如果对方仍是她的丈夫，就象征性地分给他一些钱。

她嫁给迈克快一个月了，可迈克的名字还没被写进活页本遗嘱里。现在的情况是，他、他父亲和克里夫（他母亲的弟弟，也在律所工作）也担任迪伊的遗产执行人。仅在这方面，他们每人最后都能分到好几百万。此外，迪伊的大部分遗产都会被纳入格兰杰基金会，而他将被指派担任基金会的主席，报酬是每年十万。

当然了，迪伊离去世还早着呢，五十岁并不算老，但想保持青春鼎盛也不太可能。多年来，报纸总是长篇累牍地报道她没完没了的疾病发作。首先是那些昏厥发作，医学检测将其诊断为器质性心脏杂音和慢性高血压（但迪伊拒绝停用那些强效减肥药，并陶醉于她这种高端时尚的瘦削体形）。然后，还有几次手术……都是女人的事。几年前那次"流感"差点要了她的命（其实她是因为某场神秘恋情而服用了过量的安眠药）。真是奇了，他总以为迪伊绝不可能感受到任何绝望情绪。不过为什么不呢？他还一直以为他自己绝不会有任何真正的感情呢。

他拔掉剃须刀的插头，往脸上拍了一些须后水。也许该看看好的一面。就遗嘱而言，也许迈克不是什么超级大骗子，也许他是真的爱迪伊，也许他不在乎她的钱。好吧，只要韦恩不那么贪心，钱还是够他们每个人拿的。但为什么他非得有个女儿，把事情弄复杂呢？！直到一周前，迪伊打电话来，大家才知道有这么个人存在。"大卫，亲爱的，迈克有个漂亮女儿，她随时会到这儿来。你得帮帮我，带她四处逛逛。知道是我关心的人在照顾她，我会非常开心的。我会把它看作帮忙的。"

帮忙？这就是命令！

他再一次小声咒骂。天杀的，他恨迪伊！但是，管它呢，他如今恨所有事和所有人。任何事情、任何人，让他离开卡拉身边的，他都恨。

卡拉！有那么片刻，他站在那儿盯着镜子里的自己看。这似乎不可能——他，大卫·米尔福德，是卡拉的情人！他想喊给全世界听，想在街上拦住别人告诉他们。但他知道，他和卡拉这种关系的主要规矩就是绝对保密。

卡拉！十四岁时，他就用她的照片"打飞机"。他的朋友们都在学校柜子里贴满了多丽丝·戴[1]、玛丽莲、艾娃以及五十年代其他迷人女孩的海报，但他总是贴卡拉的。十七岁时，与他上床的第一个女孩子是一位初入社交界的富家女，长

---

[1] 多丽丝·戴（Doris Day，1922—2019），美国歌手、电影演员，美国"二战"后流行音乐歌手中名气最大的一位，有"雀斑皇后"之称，以邻家女孩的灿烂笑容征服了20世纪50年代至60年代的影迷。

着一张马脸，不过她的头发与卡拉的一样。后来的几年里，他总能在女孩身上发现一些特质，让他想起卡拉。成熟之后，他接受了每个女孩自有的独特魅力，而卡拉的形象淡化成了某种神秘的梦境。

然后是八年前，他偶尔翻到报纸上有一张卡拉在迪伊的游艇上的照片。他立即给迪伊写了封热情洋溢的信，恳求她把他介绍给卡拉。她没理他。但他每次见到迪伊，都不忘重申这一请求。去年春天，就在他几乎要放弃的时候，迪伊随意地提起："哦，对了，大卫，卡拉在城里呢。你介意带我们去看芭蕾舞吗？"

第一晚，他就像个白痴。那一整天，他在办公室什么也没做。他冲回家换了三次衣服才决定好哪套比较合适。然后……迪伊随意的介绍……卡拉有力的握手……他知道，他就傻站在那儿，盯着那张美妙的脸庞看……听着他在银幕上听过太多次的低沉声音。那晚他的举动就像个紧张的神经质，他无法相信自己真的坐在她身旁，不能集中精神看台上的芭蕾舞演出，不敢相信迪伊介绍这位了不起的女人时表现得那么随意。不过话说回来，要是你像迪伊那么有钱，也许没什么能真的让你动容。对迪伊来说，卡拉也不过就是又一个"有趣"的人，一个可以放进银色相框、挂在钢琴上方的照片墙上的名人。

看完芭蕾舞演出的第二天，他给卡拉送去了三束玫瑰。卡片上有他的办公室电话号码，还加上了他未登册的公寓电话号码。就在他要离开办公室的时候，她打电话来了。她用冷静低沉的声音对他表示感谢，但坚决请他再也不要那么做了，因为她对花过敏，她已经让女佣把花拿走了。他开始结结巴巴的时候，她笑了起来，说道："不过作为报答，我要请你喝一杯。今天下午五点到我的公寓来。"

他按响她的门铃时，抖得就像个校园小男生。

她本人来开了门，张开双臂欢迎他："我的崇拜者如此年轻。快进来，进来吧。请无须太紧张，因为我想要你和我做爱。"

她说着话领他走进了公寓。他的目光始终黏在她的脸上，但他也注意到了房间的空旷宽敞。室内有几幅画、一台电视机、一张大沙发、一个木柴壁炉（看起来似乎从没用过）和一段楼梯（显然是通往二楼的），但最重要的是，他在这公寓里感觉不到卡拉的个人痕迹，就像这公寓是她"借来的"。他们凝视了对方一会儿。随后，她伸出了双手，小男生突然不抖了。他们的身体交融在一起时，大卫突然领悟了性交和做爱的区别。在那个晚春的下午，他只有一个愿望，就是让她快乐……说来奇怪，当他确实让她快乐了，他自己的满足感也似乎更强烈了。

后来，他们躺在一起的时候，她向他交代了一些规矩："绝不能让迪伊知道。

如果你想继续来见我，一定不能让任何人知道。"他同意了。他紧紧地搂着她，不停倾诉着对她的热爱与承诺。他听见自己说："全都听你的，卡拉。你知道的，我爱你。"

她颤抖着叹了口气："我已经五十二岁了，对爱来说，我太老了……对你来说更是太老了。"

"我二十八岁了，也不是个小男孩了。"

她笑了起来。"二十八岁，而且非常非常帅。"她抚摩着他的脸，"二十八岁，多么年轻啊。不过……也许我们能快活一阵子。前提是，如果你做得好的话。"

"你想让我怎么做？"

"我告诉你了。还有，你必须保证绝不会尝试联系我。我不会把我的电话号码告诉你，而且除非我邀请你，否则你绝不能到这儿来。"

"那我怎么见到你？"

"我想找你的时候会给你打电话的。而且你不可以再说爱我了，你不可以想象你是在和我谈恋爱，否则你会非常难过的。"

他微微一笑。"恐怕我十四岁的时候才会这样……"他停下了。该死，他说错话了，揭穿了他们的年龄差距，但她露出了微笑。

"你爱的那个卡拉是你在电影里看到的，你并不了解真正的卡拉。"

他紧紧地抱着她，她的小乳房紧贴着他的身体，有一种奇特的兴奋感。他喜欢大咪咪。但奇怪的是，他不介意她没有。她的身体强健而紧实——一位舞蹈家的身体。他读过她的那些故事，早年在波兰接受芭蕾舞训练……战争期间，她被迫逃到了伦敦，并直接进入了电影界，成为一名女演员。她仍然每天在练功房训练四个小时。她曾换过许多间舞蹈室，就因为摄影师知道了地址，守在那儿偷拍她。他还听说，早年在好莱坞她是个同性恋。他把她抱在怀里的时候，脑子里浮现出了所有这些念头。然而，这些故事也正是传奇的一部分……这个女人充满神秘感……这女人仍然被摄影师追着到处跑。但此时此刻，她似乎完全属于他……她的热烈与激情尚未老去……做爱时，她的身体紧紧缠着他。然而，当一切结束，大幕落下，她又变回了那个传说中的卡拉。

那是去年春天的事了。他们一起度过了美妙的一个月。那一个月里，他神思恍惚，感觉除了他与卡拉的会面，一切都变得不真实。那一个月里，他每天醒来都无法相信奇迹竟然会降临在他身上，但不能给她打电话总是让他很受挫，因为害怕错过她的电话，他午餐时只能吃让人送来的三明治，匆匆忙忙处理所有工作和会谈，直到她终于打来电话。

有一天，突然没有电话打来了。他努力不发慌。也许她不太舒服，也许她的月经来了。见鬼，五十二岁的女人仍然会来月经吗？

第二天，他在报纸上见到了那种眼熟的照片，卡拉在肯尼迪机场躲避摄影师的照片。她去了欧洲，目的地未知。他试着核查她的机票预订信息，但她显然用了其他的名字。一位富有想象力的记者声称，有一位机票代理认为她去了南美洲。但这些只是猜测。她走了，这就是他知道的全部。

那天晚上，他给迪伊打了电话，努力装作随意闲聊的样子。他谈到了股票，谈到了天气，谈到了她在马贝拉的计划……终于，他设法提起了卡拉的消失。迪伊笑了："哦，小可爱，她总是那样。卡拉拒绝扎根。这也是为什么她的公寓里几乎没有家具。如果布置得太舒适了，她可能会感觉她真的住在那儿。"

"她总是这样吗？"

迪伊的声音听上去有点不耐烦："她总是这样。我在加利福尼亚遇见卡拉的时候，她正处于名声鼎盛时期。那时候，我嫁给了埃默里，他的书刚刚被卡拉的电影公司买下。自然了，埃默里疯狂地想见到她。就算是现在，大多数人仍然疯狂地想见到她，你应该能想象那时候是什么样子。埃默里认识一位导演，那位导演认识卡拉。那是美好的一天，我是说，对埃默里而言，因为卡拉真的出现在了周日的早午餐会上。那会儿大概是1954年，卡拉正处在名气和颜值的巅峰。我必须得说，她走进房间的时候，确实形成了一个特定的磁场。她很害羞……"迪伊笑了起来，大卫意识到她喜欢谈论这件事，"但那天她被我吸引了，她有种动物般的狡猾，她知道我是那个房间里唯一没有被她折服的人，这让她觉得有趣。为了埃默里，我对她也算不错。第二周她还真邀请我们去她家喝一杯。"迪伊叹了口气，"那地方简直就是老鹰的巢穴。不是在比弗利山庄某个别致的地方，而是远在某个凄凉的山头上，周围围了一圈她让人建的十二英尺[1]高的石墙。那房子里几乎没有家具，看着好像她刚刚搬进去。我是说真的，门厅里还有板条箱呢，可她都在那儿住了五年。没人见过房子的其他部分，但我推断，除了客厅和卧室，其他地方都是空的。她不肯拍埃默里的电影。过了几年，我和埃默里离婚了，卡拉也息影了，我们相遇了，我成了她的朋友——那种必须接受她本来样子的朋友。她个性的关键就是三个词：神秘、吝啬、蠢！一旦你明白了这个——你就理解了卡拉。"

---

1   1英尺约为0.3米。

迪伊去了马贝拉，他试着忘掉卡拉。他又回到了之前一直约会的那些模特身边。他和一名非常漂亮的荷兰模特金姆·沃伦混在一起，她很喜欢他，但她说他是个不知满足、自私自利的情人。这让他有点心慌。他一直是个好情人，但他脑子里总是想着卡拉……也许他在做爱的时候确实少了些什么。除此以外，还有迪伊结婚的爆炸新闻，这让他们全家人都陷入了恐慌，也使他回归了现实。迪伊是他们的保障，卡拉已经离开了，他必须回到每天的日常生活中。

他全神贯注地投入工作。他向金姆施展着魅力，几天之内，金姆就活力焕发了，收回了对他床技的评价。随着他慢慢习惯这种日常生活，知道每一天都会发生什么，他几乎感激这种确定性带来的安全感了。没有疯狂的激情……但也没有折磨人的消沉。他不再坐等他办公室的私人电话响起了。

然后，八天前它又响了，就在交易活跃期的中间时段。那低沉的声音……那浓重的口音，她回来了！十分钟后，他按响了她公寓的门铃。她来迎接他的时候，他无法掩饰自己的惊讶。她恍若刚从她的某部老电影里走出来，看起来像刚三十岁。那美妙的脸庞上一丝细纹也没有……颧骨上的皮肤非常紧致。她握住他的手笑了起来。"我不会对你说卡拉休长假去了，"她说道，"我会告诉你真相。我实在厌倦了我这张脸，一点也不配我紧实的身体，所以我去处理了一下。巴西有个男的很厉害……"

她还没给迪伊打电话，并让他对她的归来保密。"我还不想面对迪伊问我的脸，也不想听她说她朋友的八卦。"

现在，她就像从未离开过，他们每天都见面。或者他五点去她的公寓，或者他们碰面后去看一部芭蕾舞电影或者外国电影。看完后，他们回到她的公寓做爱。之后，他们去厨房一起煎牛排，再边吃牛排边看电视。卡拉没有仆人……她讨厌陌生人在她身边。只有一位女佣，每隔几天来一次，早上九点来，中午走。

她喜欢看电视，她在每个房间都放了一台。她对新闻不感兴趣……她讨厌战争……她看到战争场面就发抖。大卫意识到，"二战"时期她生活在一个被占领的国家。她拒绝谈论这件事，他从不强迫她。他也无意提醒她，1939年波兰被占领的时候他甚至还没有出生。

他穿戴完毕，看了看表：六点四十五。他走进客厅，给自己调了一杯烈马天尼。还有不到一小时，他就得去迪伊家里，去见她那位因结婚而继承来的女儿。直到昨天，迪伊才突然提出这个晚餐约会。而他昨晚告诉卡拉这件事的时候，她微微一笑表示理解。"别难过。我明天可以邀请一位老朋友来，吃掉你那份牛排。"

她今天没打电话来，因为她没必要打，她已经告诉他明天老时间去她家了。要是他现在能给她打电话就好了。这是他们的关系里最让他感到挫败的地方。如果他只能像个害了相思病的小女孩坐等她发号施令，他又如何做个男人呢？他靠在椅背上，喝着酒。他感觉异常地坐立难安。他也不太确定哪件事更让他心烦——是因为今晚见不到她，还是他心知肚明她一点也不为此难过。现在，这种狂乱的绝望折磨着他，在遇到卡拉前他从未体验过这种情绪。要是他能打电话给她，和她说他想她就好了，也许今晚还能早点结束，他们俩还能见面。他吞下杯里的酒。不能给她打电话真是让人绝望；她甚至早有防备，从电话拨号盘上去掉了她的电话号码。这让这段关系失去了一部分亲密感。什么亲密感？他和她做爱，她挺享受的。投入感情的只有他。事实上，她根本不在乎。但这没关系，他的人生所求就是和她在一起，可是今晚，因为迪伊，他被迫取消了约会。迪伊可不知道这种感觉有什么意味。该死的，他恨迪伊！

他按响迪伊的公寓门铃时，心情仍然很沉重。马里奥——迪伊在纽约的司机兼管家——来应了门。迈克欢迎他的到来，马里奥开始为他调马天尼酒。

"迪伊正在做头发，"迈克说，"有个穿紧身裤子的家伙每晚都来。"门开了，迪伊昂首走了进来。她和迈克贴了贴脸，而迈克尽责地亲吻了她。她又翩然走向大卫，称赞他看上去多么完美帅气，他回亲了她的脸颊，称赞她看上去也美极了。然后，他坐在沙发边上和迈克恰如其分地寒暄着，纳闷那位女儿到底在哪儿。

詹纽瑞走进房间时，他正要喝完那杯马天尼。他听见自己回应着介绍，问着一些老套的问题——旅途如何？是否经历了大家都在说的倒时差？他知道，他正像个白痴一样盯着她看。我的老天！她可真是光彩夺目！

他听见自己在不断给出承诺：带她去 LE 俱乐部，去麦克斯韦梅子餐厅，去看达利[1]的蒲公英——去所有她还没去过的地方。老天，他还说他会搞到《毛发》的票。然后他点起一支烟，在心里盘算着该如何设法摆脱他骤然许下的诸多承诺。因为紧张他一直说个不停，而现在他相当手足无措。他从来没预料到情况会是这样。他靠在沙发上，试着理智地思考。好吧，詹纽瑞确实是个极其漂亮的年轻女孩，但她不是卡拉。可是，总有一天，卡拉会收拾行装再次离开。他必须认清这

---

1 达利（Salvador Dalí, 1904—1989），西班牙加泰罗尼亚的著名画家，因其超现实主义作品而闻名。

一点。卡拉只是他生活里疯狂又美妙的一个插曲。

突然，他意识到他在盯着她看。他得说点什么。

"你玩双陆棋吗？"他问道。

"不玩，不过我愿意学。"詹纽瑞说道。

"没问题。我很乐意教你。"他把酒喝光了。（真是好极了！现在他还得教她玩双陆棋！）他最好闭上嘴，慢点喝马天尼。他决定说点与个人无关的话题，他开始谈论拉斯维加斯、伦敦和洛杉矶的双陆棋锦标赛。迪伊是他们家族的冠军，她一直玩得很好。他听见自己在解释锦标赛如何进行、如何下注……突然，他闭上了嘴。他感觉到她并非真的在乎双陆棋，她只是为了让他高兴而听着罢了。这不可能！他可是卡拉的情人，而这个年轻女孩却让他方寸大乱。她有一种不可思议的冷静，她一露出那随和含蓄的微笑，他就像个白痴似的夸夸其谈。

门铃响了，马里奥通报说有两对夫妇同时到了。大卫发现自己又接过了一杯马天尼。他知道自己不该再喝了，但那女孩对他有某种令人心慌的影响。他观察着她与人会面时那种轻松自如和不动声色，而且她总能快速绽放一抹微笑……

他也注意到，她总是在留意她的父亲。无论他走到哪儿，她的目光都追随着他，偶尔，他们会对彼此眨眨眼，仿佛在分享什么秘密笑话。

迪伊的客人都在大肆夸赞詹纽瑞。她平静地接受着他们的赞美，但他能看出来，他们并没有给她留下深刻印象。他突然醒悟，意识到也许他也没有给她留下多少深刻印象。这可是全新体验，就像那个荷兰女孩说他床上功夫不好一样。他是否纵着卡拉生吞了他？把他的全部个性都榨干了？那晚的剩余时光，他尽全力忘记卡拉，转而关注詹纽瑞。然而，随着夜越来越深，无论如何他也没能更接近她，这让他感到不安。

事实上，他对她的影响让她极度心慌。听了迪伊的"推销"之后，她已经准备好一见面就不喜欢他了。不过，她发现这个年轻男人虽然英俊，却一点也不自恋。他个子非常高。通常来说，她不喜欢金发男人，但大卫的头发是茶色的，夹杂着些浅色的，他的皮肤晒成了小麦色，眼睛是褐色的。

她喜欢他，真心喜欢。那困扰他的含蓄微笑已经是她能做到的最接近面具的表情了。事实上，她看着迈克扮演"迪伊的丈夫"这个角色时，就算脸上的肌肉都发酸了也得努力保持住那微笑。因为从每个人的态度来看，包括迪伊的朋友们，甚至餐厅的服务生和领班，她仍然是迪尔德丽·米尔福德·格兰杰……迈克只不过是她最新的一任丈夫。

晚上他们去了莱佛士吃饭，那是皮埃尔隔壁的一家迪斯科餐厅。迪伊指挥大家围着一张大圆桌坐下。迈克夹在两位女士中间：一位是罗莎·康塔尔巴，一名中年西班牙女士，她的男伴是她资助的一位南斯拉夫年轻艺术家；另一位女士相貌平平，体形还有点硕大，而她戴的钻石也很大。她丈夫则堪称庞然大物，他坐在詹纽瑞的左边，感觉他有义务和她寒暄。他没完没了地讲着他们在蒙大拿州[1]的牧场。一开始，她努力表现出兴趣，但很快她就发现，一句"哦，真的！"或者"那可太有趣了！"对他来说似乎就够了。各种交叉对话循环往复，讨论着暑假和冬游。罗莎将前往非洲，来一场摄影之旅。那位大块头女士从东汉普顿回来后太累了，甚至还没想冬天的事。而每个人都在问迪伊她什么时候开放棕榈滩的冬宫。

"十一月吧。但我会对留宿宾客放任不管的。他们得理解，我们随时会离开，我们得去参加所有的双陆棋锦标赛。当然了，假期我们总是住在那儿的。詹纽瑞也许会来过感恩节和圣诞节，但我想她大多数时间都会在纽约，享受工作的乐趣。"

什么工作的乐趣？詹纽瑞还没开口，那个大块头先生说道："不是吧，迪伊，别告诉我这漂亮的小可爱要去工作。"

迪伊微微一笑："史丹佛，你不懂。如今的年轻人想做些事情——"

"哦，别呀，"史丹佛抱怨道，"别告诉我，她是想要改变世界的那种人。把土地还给印第安人，或者参加游行，要求平等对待女性和黑人。"

"还有那些涂花脸、剃光头的宗教疯子，他们都怎么了？"大块头女士补充说，"有一天，我看见那么一伙人敲着手鼓诵着经，就在第五大道双日出版社的门前。"

"我们在大学校园的新闻短片里看到的那些怪人就和他们一样糟糕。"罗莎插嘴说道，"而且他们也游行，互相拥抱……男孩和女孩……男孩和男孩……你根本看不出来区别，除非其中有谁长了胡子。"

"哦，这倒是提醒了我。"大块头女士凑了过来，每个人都知道她要说的是精彩的大八卦。"普蕾西·马修斯根本不是去做水疗了。她的神经彻底崩溃了，现在在康涅狄格州的什么疗养院。好像是今年夏天，她女儿和一个犹太男孩私奔了。他们买了一辆二手卡车，在车上装满了各种补给，然后带着一条杂种狗到全国各地旅行，住在公社里。普蕾西的心理医生让她放手别管，说小普蕾西终究会抛弃这种叛逆的。可是今年秋天，小普蕾西不回芬奇了。她怀了那犹太男孩的孩子，他们要等孩子出生后才结婚，因为小普蕾西希望那孩子能参加婚礼。哎呀，你想

1　美国西北部的一个州，此州经济上以农牧业为主。

想吧！老普蕾西直接崩溃了……他们还试图保密……包括疗养院的事……所以大家不要往外传。"

那大块头先生说："好啦，至少年轻人不全是抱着吉他、唱着硬摇滚的。看看詹纽瑞吧。"

每个人都嘟囔着詹纽瑞确实是美人，然后迪伊介绍说詹纽瑞在外国上过学。罗莎问她学的什么专业，迪伊快速说道："语言。詹纽瑞的法语非常流利。"跟着，迪伊开始讲述某个可爱的小幼儿园的故事，里面的孩子从小就学外语。詹纽瑞观察着她父亲，每次他左边或右边的女人拿起一支烟，他就迅速按响他那金色的登喜路打火机，引起她们的注意。他甚至边点头边微笑着听那位南斯拉夫艺术家讲故事。他的确是在还债。她观察着，那大块头女士一直在絮絮叨叨，而他则侧着那颗漂亮脑袋摆出聆听的姿态。有一次，他发现詹纽瑞在盯着他看，他们的目光相遇了。他眨了眨眼，她勉强笑了笑。然后，他又回归了丈夫的工作。突然，她听见迪伊说："而詹纽瑞会喜欢的。"

詹纽瑞会喜欢什么？（你一秒钟都不能离开她们的谈话。）

迪伊微笑着，详细介绍着那家幼儿园。"思路就是……早早地教小孩，让他们成为双语者。这就是为什么玛丽·安·斯托克斯能把那所小学校办得如此成功。玛丽·安和我是史密斯学院[1]的同学。这可怜的女孩大三时得了脊髓灰质炎，然后她们家又失去了一切……没钱，却有一条萎缩的手臂……自然了，可怜的玛丽·安是没机会嫁得体面了。所以，几年前她想办这所学校时，我就同意资助她了。现在它基本上已经自给自足了。"

"哦，迪伊，亲爱的，"大块头女士嗓门洪亮地说，"你真是太谦虚了。这么多年……我从不知道是你创办了玛丽·安幼儿园。那是所好学校，我的侄孙女就在那学校。"

迪伊点了点头："那当然了，我一告诉她詹纽瑞的第二语言是法语，她就雀跃起来。毕竟，这就是她构想的一部分——由漂亮的社会名媛教小孩子。他们会喜欢詹纽瑞的。"

"我当老师？"詹纽瑞知道她的声音有点沙哑。

大卫仔细地观察着她。"她什么时候开始？"他问道。

迪伊微微一笑："这个嘛，就像我和玛丽·安说的，至少需要两个星期把詹纽

1　位于美国马萨诸塞州北安普敦，成立于1871年，是美国排名第二的一所私立女子学院。

瑞的衣橱打理好。我估计，我们争取十月初开始吧。玛丽·安明天会顺道来拜访，喝个茶。到时候我们再定。"

音乐从摇滚乐换到了经典金曲。詹纽瑞看向迈克。他们的目光相遇了，他对着她轻轻点了点头，然后站了起来。可就在同时，迪伊也站了起来，说："哦，迈克……我还担心你不记得了，他们在放我们的曲子。"

迈克看起来有一点吃惊，但他挤出了一个微笑。迪伊领着他走向舞池前转过头来对全桌人说："是《喷泉里的三个硬币》。我们俩第一次见面是在马贝拉的一家小餐馆，当时他们放的就是这支曲子。"

所有人看着他们走开了。突然，大卫站了起来，他拍了拍詹纽瑞的肩膀说："嘿，我是你的男伴。"他带着她走进舞池。舞池里挤满了人，根本不可能真的跳舞，他们只是随着其他一对对跳舞的人摇晃。大卫紧紧拥着她，小声说道："这边很快就结束了，然后我们就离开。"

"我想我不能走。"她瞥了一眼她父亲，他正凑在迪伊耳边说悄悄话。

"我看你还是走得好。"他平静地说。

这组曲子结束后，他带着她回到了桌边。他们喝了意式浓缩咖啡，喝了餐后酒，又聊了很多，不知不觉地，这晚终于接近了尾声，所有人都站起来向迪伊夸赞今晚的一切是多么美妙。

"我带詹纽瑞去喝个睡前酒。"大卫说道。他快速感谢了迪伊和迈克今晚的招待，詹纽瑞还没来得及说出什么反对意见，他们就上了出租车，直奔LE俱乐部。

俱乐部里挤满了人，音乐震耳欲聋。大卫几乎认识房间里的每一个人。吧台附近站着几对情侣，是他的朋友，大卫提议和他们一起玩："我们不会在这儿待太久，所以我们不需要桌子。"

大卫为詹纽瑞做了介绍，然后她和他的几个朋友跳了舞。詹纽瑞感觉迪伊的项链像船锚，但似乎舞池里的每个女孩都戴这些，有些人戴的项链之多还是她的两倍，但她们似乎并不觉得受拖累。那些女孩的长发随着她们的动作而甩动，项链也伴着节奏丁零作响。她正被一个看起来有点柔弱的男孩推着满舞池转，那男孩把她抱得太紧了，还坚持要定下第二天晚上的约会。她正试图礼貌地推掉，大卫过来打断了他们。"我得把你从内德那儿救出来，"他说道，"他是个真正的深柜同志[1]，却觉得必须泡到所有漂亮女孩以证明他不是同性恋。"

1　未公开的同性恋。

神奇地，音乐变了，是巴哈拉赫-戴维的某支曲子。他们靠得更近了。他明显感觉到她放松了下来，他对着她耳语道："我也喜欢这种音乐，大部分专辑我家里也有。"

她点点头，感觉到他的手正在抚摩自己的脖子后面。"我想和你上床。"他说道。

他们继续跳着舞。她不能相信他刚才的语气，仿佛在陈述一个事实，不像弗朗哥那样热情恳求，也没有承诺，只是一个声明。如果第一次约会时男人说这样的话，你不该感觉被侮辱了吗？在哈顿女士学院，你确实应该这样。但这不是在哈顿女士学院，这是在LE俱乐部，而大卫是个受欢迎的成熟男人。再说，他说这话的方式不像个问句，倒几乎像是一种赞美。她觉得她最好的选择是不回答。

他带她回到吧台后，加入了大家的聊天，一切似乎很随意，而且与个人无关。他们聊到了即将到来的世界锦标赛。女孩们谈论着她们的暑假、这个"时装季"真正的流行品，以及加长一件貂皮外套要花多少钱——《女士服装》上说短外套绝对不会再流行了……

詹纽瑞微笑着，试图表现得感兴趣，但她突然觉得非常疲倦。大卫喝完了他杯子里的酒，提议他们离开那儿，这让她松了一口气。他们一坐上出租车，她就一刻不停地说着LE俱乐部多么有趣……他的朋友都是多么亲切……为什么他们放的音乐那么吵？……她不停地说着，直到她看见皮埃尔的雨篷。大卫让司机继续计着费，他陪着她走到门口。

"我今晚过得很愉快。"她说道。

"我们还会有很多个今晚。"他说道。然后毫无预警地，他把她拉进怀里，给了她一个长长的吻。她感觉他的舌尖撬开了她的双唇。她知道门卫知趣地看向了另一边。她有些惊慌，因为她产生了一种厌恶感，每次有男人企图吻她时她都有相同的感觉。

他松开她以后微笑着说："我们之间会很棒的。我有这种感觉。"然后他转身走向了出租车。

她走进公寓时，迈克和迪伊正挤在双陆棋盘旁。"我赢了，"他喊道，"这还是第一次，我赢了！"

"他一点都不守规矩，"迪伊懒洋洋地说，"他就是掷骰子运气特别好罢了。"

"我从来都不守规矩。"迈克咧嘴笑着说。

迪伊把全部注意力转向詹纽瑞："大卫是不是特别棒？"

迈克站了起来："你们两个小妞回忆今宵吧，我得去喝一杯啤酒。有谁想要什么吗？喝可乐吗，詹纽瑞？"

"不了，谢谢。"她开始摘迪伊的首饰。

迈克一离开房间，迪伊就说："我说得没错吧？大卫很英俊，对不对？你什么时候再见他？"

詹纽瑞突然发现，他并没真正定下约会日期。她把耳环递给迪伊，开始摘那些项链。"我想谢谢你把首饰借给我……"

"随时拿去用。现在和我说说大卫，你们都去哪儿了？"

"去了 LE 俱乐部。"

"哦，那地方好玩。你们两个小年轻都聊了什么？"

詹纽瑞笑了起来："迪伊，没人在 LE 俱乐部聊天，除非你打手语。我们跳舞了，我见到了他的很多朋友。"

"我太高兴了。大卫认识所有合适的年轻人，而且……"

"迪伊，我得和你谈谈小孩子的事。"

迈克走进房间："什么小孩子？"

迪伊踱步回到双陆棋盘旁边。"哦，詹纽瑞和我在考虑一个项目。现在摆棋吧，迈克。睡觉前，我要赢你一把，证明你对这游戏一无所知。快去睡觉吧，詹纽瑞，我们明天还有很多话要聊呢。"

她给了她父亲一个飞吻，溜回了卧室。有那么一会儿，她一直盯着紧闭的房门看。迈克·韦恩……大晚上不睡觉，玩双陆棋。她想到了大卫……也许他说"我想和你上床"只是一句赞美，而她过度紧张了。毕竟，他并没有试图对她动手动脚，或是很谄媚虚伪地说话。

这是不对的！

但是，或者又是对的？

自从离开哈顿女士学院，一切都变了。迈克变了，整个世界变了。或许也是她做出改变的时候了。

而且，大卫多么美好啊，他是那么英俊。也许她让他扫兴了，也许他注意到了他说那句话时他全身僵硬。但话说回来，他还是给了她晚安吻。只是她的回应不算积极，不过也许他没注意到。

或者他注意到了？

他并没邀请她下次约会。但也许他只是忘了，毕竟，要不是迪伊提起来，她都没发现。

电话响了，她匆忙去接，差点撞倒台灯。

"嗨，宝贝。"电话里传来迈克捂着嘴说话的声音。

"哦，嗨，爸爸。"

"迪伊在浴室里。我认为，有几件事我们得谈谈。明早九点在客厅碰面，喝个咖啡怎么样？"

"好的。"

"别这么没精打采的。我保证——你不会去教什么小孩子的。"

"哦。"她勉强笑了笑。

"看，我总是在这儿解决问题的，对不对？"

"对。"

"晚安，宝贝。"

"晚安，爸爸。"

第二天早上她到客厅的时候，迈克正坐在沙发上喝咖啡，读着《纽约时报》。迈克一言不发地倒了一杯咖啡递给她。"莎蒂临睡前安排好了这些，"他说道，"迪伊通常要睡到中午，所以早餐时间这儿没有太多活动。"

"你总是起这么早吗？"她问道。

"只有你来了以后。"

她坐下来，小口喝着咖啡。"迈克，我们得谈谈。"

他微笑起来："不然你以为我在这儿干吗？"

她目不转睛地盯着咖啡杯说："迈克……我——"

"你不想去那所幼儿园当老师。"

她看着他："你知道这件事？"

"我是和你同时知道的。我昨晚和迪伊说好了，不去幼儿园。还有吗？"

"我不能住在这儿。"

他的眼睛眯了起来："为什么不能？"

她站起来走到窗边。"嘿，看啊，我能从这儿看见我的许愿山。山上有一条大只的法国贵宾犬，而且……"

他走到她身边："你为什么不能住这儿？"

她试着露出微笑："也许是因为我不能忍受同别人分享你。"

"得了吧。你很清楚，你并没有分享我。我们所拥有的只属于我们。"

"不。"她摇了摇头，"这行不通的。我无法忍受看着——"她不说了，"算了吧。"

"你不能忍受看着什么？"他平静地问道。

"我……我不能忍受看着你玩双陆棋！"

有那么一阵，他们俩都没说话。他看着她，挤出一丝笑容。"这游戏也不赖……真的。"他牵起她的双手，"你看，她为你重新装修了卧室——贴了新墙纸，衣柜里放了特制衣架，以及诸如此类的东西。我想你至少得试一试，不然她会难过的。再说，我们十一月初就要去棕榈滩了，之后的六个星期，这整个地方全是你一个人的。无论如何，暂且试一段时间。然后，如果你想搬出去——没问题。但至少先试一试，好不好？"

她勉强笑了笑："好，迈克。"

他走回去又给自己倒了一杯咖啡。"你觉得大卫怎么样？"

"我觉得他……嗯……挺时髦。"她发现他面露惊讶，"你希望我喜欢他，是吧？"

"当然。但我猜，我就像所有的父亲一样，我知道有一天你会谈恋爱，我也希望你谈恋爱，可真的听到你恋爱了，我大概会很讨厌这整件事。"他笑了，"别在意我。我早上总是稀里糊涂的。现在，你有什么计划？想和我一起吃午饭吗？"

"我倒是想吃个午饭……但今天不行，我得去买几件衣服。大卫说我喜欢的那种店在第三大道上，所以我要去那儿买。下午三点，我和琳达·里格斯有约。"

"琳达·里格斯是谁？"

"她就是哈顿女士学院的那个女生啊——我们所有人都以为她会成为大明星的那个。当然了，所有人里不包括你。她现在是《炫目》杂志的总编。"

"行啊，那这一天就够你忙的了。今晚七点，迪伊会邀请一些人来喝鸡尾酒，然后我们去21号餐厅吃饭。你想参加吗？或者你已经和大卫约好了？"

她笑了。"昨晚我们去了LE俱乐部。那里到处都是人……音乐也特别吵……大卫认识那儿的每个人。我们根本没办法聊天，然后……嗯……我们就忘了定下约会日期。真是太疯啦，是吧？"

他点起一支烟。"不算，常有的事。"他微微一顿，"听我说，宝贝，不要鲁莽行事。慢慢来，放轻松。"

"迈克，你想让我喜欢大卫的。有什么事在困扰着你，是什么事？"

"嗯，我能看出来，现在你正处于一个非常脆弱的阶段。你刚回归社会……纽约对你来说很陌生……我又有了新妻子……你感到无所适从……对于第一个出现在你眼前的有魅力的家伙来说，很容易就能把你泡到手。我确实愿意你喜欢他，但城里还有很多漂亮女人，他可是个条件相当不错的家伙。"

"所以呢？"

"所以嘛，也许他是忘了约定时间，也许他暂时已经约满了。"

"迈克，你知道什么？"

他站起来走到窗边。"我什么都不知道。上周，我看到他和卡拉一起从一家艺术影院走了出来。我得承认，我对他非常钦佩，因为那是一位我想结识的女士。我本来什么也没想。但两天前，我又看见他站在五十七街的卡内基音乐厅外面。迪伊和我说过，卡拉在那儿租了一间练功房。当然了，她出来了，然后他们一起离开了。他没看见我，而我对迪伊也只字未提。"

"你是想告诉我，他在和卡拉交往？"

"我还想告诉你，还有一位叫金姆·沃伦的漂亮荷兰模特，她登上了《服饰与美容》杂志这个月的封面。也许我给了你一种感觉——我们把大卫放在银盘子上奉送给了你。迪伊倒是喜欢那样，但大卫是个有主见的男人。我不希望你受到伤害。我想把整个世界都送到你手上。昨晚我确实想了很多，也许是因为我第一次把你看成一个外出约会的漂亮女孩，一个漂亮而且脆弱的女孩。我不希望你无所事事地坐着，等着这个男人的电话。"

"我无意如此。我想工作。"

他走过来又给自己倒了一杯咖啡，点起一支烟。"你想做什么工作？"

她耸了耸肩。"一直以来，因为你，我总是假设我会进入演艺圈。某种程度上，我猜我总感觉我这辈子一直在这个行当里。我觉得我能表演，但我没有经验。我也知道工作机会并不多，不过还有外百老汇。也许尝试做一个舞台经理助理……或者候补演员……跑龙套的……任何工作都行。迪伊说对了一件事——我确实想做点事。"

他看起来若有所思。"我认识的大多数制片人和导演现在都在海岸区。至于外百老汇，那是全新的类型了。我和你说吧，我会给约翰逊·哈里斯代理机构打电话，那是家非常优秀的经纪人公司。萨米·特贝特是负责电影的副总裁，他欠我几个人情，我会让他把你介绍给正统剧院部门的负责人。"他看了看表，"我大概一小时后打给他们。"

"那太好了。也许他们明天就能见我。"她站了起来，"现在，我要去买下整个纽约了——就像你昨天让我去做的那样。"

他微笑着说："只不过今天……你是真的很想去做。"

她点点头："这是睡一晚上好觉的功效。"

5

第三大道是一个全新的世界。她回到皮埃尔时带了许多盒子，里面装满了裤子、长裙、衬衫——足够挂满她衣柜里迪伊放进去的大多数黄铜重工衣架。现在，她的衣柜和每个纽约人的一样，乱成一团。

《炫目》杂志社就是一个装满了时髦服装和狂热活动的工厂。前台通报了她的到来，然后指引她穿过了一个长长的大厅。人们成群结队地站着，研究着专栏。年轻男人手里都拿着艺术作品集，女孩们则带着草图四处奔忙。明亮的模拟日光填充了大多数没窗户的办公室。身材纤细的女孩留着披肩长发，年轻男人戴着染色眼镜，留着精致的小胡子，每个人都带着一种"活在当下"的神情。她很高兴她穿的是一套新买的衣服。

她走到大厅尽头停下，面前是一扇喷了白漆的大门，门上挂着令人印象深刻的木块字：琳达·里格斯。坐在门外小隔间里的秘书带詹纽瑞走进了一间令人震撼的转角办公室，窗户从天花板一直延伸到地板。桌子后面坐着一个漂亮的年轻女人，正用肩膀托着电话听筒，一边听着，一边做着记录。办公室的装饰是色彩丰富的现代风格。白色墙面……铺在染黑的木地板上的橙色地毯……挂画看起来就像涂了色的罗夏墨迹测验[1]图……白色皮椅……黑色天鹅绒沙发……有机玻璃桌……室内到处摆着《炫目》杂志。尽管是这样的装饰风格，这办公室仍有一种激发人投身工作的感觉。詹纽瑞坐了下来，等着那女人讲完电话。她感到很难把琳达那头乱发和那张丑脸与这间时髦的办公室联系起来。讲电话的女人对詹纽瑞微微一笑，暗示她就要挂电话了。詹纽瑞回了一个表示理解的微笑，盯着窗台

1　罗夏墨迹测验（Rorschach ink blot test），由瑞士精神科医生、精神病学家罗夏（Hermann Rorschach）发明，是最著名的投射法人格测验。

上堆成一摞的原稿看。一张桌子上摊着《女士之家》《时尚COSMO》《服饰与美容》，还有几本其他同类竞争杂志。

女人挂了电话。"真抱歉。这电话真是没完没了。"她看着詹纽瑞，微笑着说，"好吧，你真是个美人。不过话说回来，怎么可能不漂亮呢——你有迈克·韦恩那样一位父亲。"

詹纽瑞礼貌地微笑着，琢磨着琳达在哪儿。这位八面玲珑、魅力十足的女人正盯着她看，好像她是个标本。詹纽瑞站了起来："我三点钟应该和里格斯小姐碰面，而且——"

那女人笑了："詹纽瑞！那你以为我是谁？！"

詹纽瑞露出了困惑的神情，但琳达只是笑。"我都忘了。老天！都过去多久了？"

"大概十年了。"詹纽瑞终于成功挤出一句话。

琳达点点头："没错！嘿，你不会以为我会一辈子顶着那张脸吧，对不对？我摘掉了牙箍，加上了几个牙冠，当然了，我还做了鼻子——是我的毕业礼物——还减了差不多二十磅[1]以前所谓的婴儿肥……"

"真不敢相信，"詹纽瑞说，"琳达，你现在很漂亮。我是说……你的个性一直那么棒，大家都因此觉得你很帅气，但是——"

"我以前样子很怪——那时候样子古怪还不流行。现在，我都改了这么多了，又开始流行丑八怪了。我发誓，有时候我真希望能改回以前的鼻子。对了，凯斯不知道我做过鼻子，或者牙齿，或者任何改动。"她按响了呼叫器，她桌上的盒子里传出了前台的声音，"诺玛，要是凯斯·温特斯来了，就让他直接进来。"她转过来对詹纽瑞说："我希望你的衣服颜色能再丰富一些。我喜欢你的裤子，麂皮夹克也很棒……但它们都是原色系的，凯斯带了好多彩色胶片来。"

"琳达，我不是来拍照片的。我是来见你的。我想听听你和这本杂志的所有故事。我觉得真是棒极了。"

琳达从桌子后面走出来，坐到了沙发上。她伸手从一只大玻璃碗里拿出一盒烟。"我们这儿几乎有所有牌子的烟……除了没有烟叶……所以想抽什么自己拿。"

"我不抽烟。"

"我倒是希望我也不抽。你不抽烟，还这么瘦，是怎么办到的？有时候，我担心他们说的吸烟致癌那些，但他们说在更年期之前，女人身体里有某种秘密成

1　1磅约为0.45千克。

分可以保护她们。说到更年期，和我说说迪尔德丽·米尔福德·格兰杰。"

"她现在是迈克·韦恩太太了。"

"当然了。"琳达微微一笑，"我非常愿意写一篇她和你父亲的报道。我们面对的读者是二十岁到三十岁的人群，但每个人都爱听富得流油的有钱人的事。我们尝试了很多次，但她总是拒绝我们。这就是为什么我急于写一篇你的报道，肯定会吸引我们的读者。海伦·格利·布朗或者莉诺儿·赫尔希还没联系你，我还挺惊讶的。不过这更像是一篇《时尚 COSMO》的故事，而不是《女士之家》的风格。我是说真的，海伦·格利·布朗会逼得我回去找我的心理医生的。"

"为什么？"

"她太他妈成功了。一切都始于她写的那篇故事，讲了一个单身女孩如何捞到一个绝世好丈夫。荒唐的地方在于，如今没人结婚了……除了老年人。总之，这就是我的立场。故事不会从天而降，你得去发现它们……还要第一个发现。这就是为什么我从早八点到晚八点都在办公室。这并不容易，但这是唯一的办法，因为我致力于把《炫目》发展为超越《时尚 COSMO》的杂志。总有一天，超越所有其他杂志。"

"你不相信婚姻吗？"詹纽瑞问道。

"当然不信。我和凯斯住在一起，我们快活极了。我们活在当下，因为没有什么能够永远……就连生命也不能。"

"他是那个摄影师？"

琳达微笑着说："其实他是个演员，私下兼职摄影师。我把所有我能给他的工作都给他了，他干得很好。当然了，他还不是哈尔斯曼[1]或者思格乌洛[2]。如果他致力于此的话，他也能成为那样的人，但他致力于成为七十年代的马龙·白兰度[3]。他真的很棒，我看过他在公正图书馆剧院那样的地方表演的《欲望号街车》[4]（ *A Streetcar Named Desire* ）。但他就是没有工作机会，也从没真正得到过百老汇的机会。"

"我以为你会成为大明星。"詹纽瑞说道，"在哈顿女士学院，我们都是这么想的。"

1　哈尔斯曼（Halsman，1906—1979），美国摄影大师。

2　思格乌洛（Francesco Scavullo，1921—2004），时尚摄影大师。

3　马龙·白兰度（Marlon Brando，1924—2004），美国男演员，多次获得奥斯卡金像奖最佳男主角奖及其他国际知名奖项。

4　华纳兄弟影片公司发行的剧情片，于1951年9月18日在美国上映。

琳达摇了摇头："我试过了。但就算我做了鼻子这些……也没有什么进展。我是说，一切都是那么寒酸——女孩晚上做女招待，白天学习和找工作。我尝试了一段时间，我甚至在咖啡馆找了一份女招待的工作。有一天，我看到一个女孩来应征一份工作，那女孩也是个演员，只不过她已经三十多岁了。就在那时，我放弃了……然后我得到了在《炫目》的工作。当时这本杂志濒临停刊，我有很多能把这本杂志继续办下去的想法，但是没人听我的。我在这儿差不多做了两年打杂的，然后广告部有人向我透露说，约翰·哈默要停发《炫目》了。他是简荷赛集团的董事会主席，这个集团拥有《炫目》和其他一些刊物。大家都已经在搜寻其他的工作机会了。所以我大胆抓住机会去找了他，把我的想法告诉了他。我告诉他，我们应该停止和《服饰与美容》竞争高端时尚领域……应该调整方向，迎合更年轻的女性……职场女性……或者家庭主妇……设法拉到胸衣的广告……购买那些结局不一定'积极向上'的故事。报道那些不能被牧师或婚姻顾问挽救的婚姻……报道那些情妇遭受痛苦，妻子却毫不在意地尽情享受生活的故事。他冒了险，任命我为特别专栏编辑。一年后，我们的发行量翻倍了。到了年底，我坐上了总编的位置。我们是首家推出里维埃拉的祖胸海滩照片专栏的杂志。我还刊登过支持和反对自然分娩的文章，以及支持和反对孩子……我们做得很好，发行量一直在攀升。但如果我想击败《女士之家》和《时尚COSMO》，我必须总能想出独家报道。如果我得不到迪尔德丽·米尔福德·格兰杰·韦恩……那我就想要詹纽瑞·韦恩。我想刊登一版你的照片专栏，放在我们的一月刊上，标题是'詹纽瑞不是一个月份，她是坐拥一切的女孩'。"

"琳达，我不希望别人报道我。"

琳达盯着她看了一会儿："那你为什么来见我？"

"因为……好吧……我希望我们能成为朋友。我……在纽约，我不认识什么人。"

"孤独的小公主？得了吧，那是你后妈的标签，或者至少在她嫁给你父亲之前的标签。他在床上肯定特别厉害。你知道吗？我一直对他有兴趣。"

詹纽瑞站了起来，但琳达抓住了她的胳膊。"哦，快得了吧，别想歪了，听我说……好吧……所以你感到孤独。每个人都很孤独。要想不孤独，唯一的办法就是和你喜欢的那个男人上床……然后第二天早上醒来的时候，发现你仍然在他怀里。我和凯斯就是这样，这也是我想写这篇报道的一个原因。因为我可以在这项任务上给他一份可观的报酬。你看，我感觉如果他的摄影能获得一些真正的认可，他就能更认真地对待了。那我就不用担心他可能会一别六个月，跟着大巴和卡车队到处表演了。"琳达激动得整张脸都变形了，突然，詹纽瑞觉得自己正看着的还是哈顿女士学院的琳达，那个吵闹的琳达，那个《飞燕金枪》校园剧的主演琳达。

她们俩都沉默了。然后詹纽瑞说："琳达，如果你那么喜欢凯斯，为什么你们不结婚呢？"

"因为就像我说的，我们不相信婚姻。"她又变回了《炫目》杂志的琳达·里格斯，"他是我的伴侣，我们住在一起，这挺好的，再说……"

门旋转着开了，她们俩都抬起了头，凯斯·温特斯走进了房间。詹纽瑞立即就认出他来了。他就是那天在皮埃尔酒店大堂的那位摄影师。他留着一头杂乱的长发，戴着一顶荷兰男孩便帽，身上穿着军用夹克、T恤、运动鞋和背带裤。

"抱歉了，凯斯，"琳达说道，"恐怕任务要取消了。这位女士不同意。"

他耸了耸肩，摘掉了斜挂在肩上的相机。他脖子上还挂着一台相机。詹纽瑞开始觉得有点愧疚。

凯斯从碗里拿出一包烟，然后转头对琳达说："听我说，你最好别计划今晚和我吃晚饭。"

"但今天是伊维来打扫的日子。我让她做了一大份烤肉糕——你喜欢的那种。"

他摇了摇头："我和米洛斯·多克劳有约。五点半我得去市中心。"

"他是谁？"琳达问道。

"最好的外百老汇导演之一，他曾两次提名奥比奖[1]。"他看向詹纽瑞，"就是外百老汇的托尼奖[2]。"

她的微笑有些缺乏底气："哦，我不知道。"

"别沮丧。琳达也不知道。"

"凯斯，我对外百老汇没有任何意见。"

"你怎么会有意见呢？你从来不去那儿。"

"这出戏开演的时候我会去看的。"

"冷静点，"他说道，"这次是外外百老汇。不过既然米洛斯觉得好，那做了这部剧，对我来说也够好了。"

1　"外百老汇戏剧奖"（Off-Broadway Theater Awards）的简称，由纽约知名的文化周报《村之声》（*The Village Voice*）颁发。

2　托尼奖全称为安东尼特·佩瑞奖，设立于1947年，被视为美国话剧和音乐剧的最高奖。

"哎呀，那太好了，"琳达带着一种不自然的热情说道，"快和我说说，这个角色怎么样？什么时候开演？"

"已经开演了，而且很成功——按外外百老汇的标准来说。男主角要离开去演别的戏了，所以我可能会替代他。"

"那……太棒了。我把烤肉糕冻起来，在家等你回来。我们可以吃馅饼，喝红酒，庆祝一下。"

"我不喜欢馅饼，"他看着詹纽瑞，"抱歉让你在我们俩这儿浪费时间了。我需要钱，而我这位女朋友需要一篇好报道。除非发行量上涨，否则她夜里都睡不着觉。"

詹纽瑞感觉他们之间有一股敌意在暗自涌动。琳达的微笑十分勉强，尝试点烟的时候她的手在发抖。突然，詹纽瑞感觉琳达极度需要这篇报道——不仅仅是为了这本杂志。

"琳达，也许我可以给我父亲打个电话，问问他……"

"问他什么？"琳达正在盯着凯斯看。

"问他报道的事……我是说，你提议写篇我的报道……"

琳达的脸色亮了起来："哦，詹纽瑞，打吧打吧。现在就打给他，用我桌上的那部电话。"

詹纽瑞发现她不知道迈克办公室的号码。她想，也许莎蒂知道，于是打给了皮埃尔酒店。莎蒂确实知道，还告诉她刚刚到了两束玫瑰。她等着莎蒂把卡片上的留言读给她听，"是米尔福德先生送来的。留言写在他的名片上，上面写着'谢谢你陪我度过了一个美好的夜晚。过几天打给你。D[1]'。"

她对莎蒂表示了感谢，然后打给她父亲的办公室。他的秘书告诉她可以打去修道士俱乐部找他。等着修道士俱乐部呼叫他的时候，她想起了那些花。"过几天打给你。"好吧，就像迈克说的，他并没有坐等她的大驾光临。他的约会可能都排满了，那些花不过是向她表明他想到了她。

她父亲来接电话的时候，声音听起来气喘吁吁的。"怎么了，宝贝？"

"我打扰你做重要的事了吗？"

"是啊，一场热火朝天的金拉米纸牌比赛，还有双倍施耐德——"

"哦，真抱歉。"

1　David（大卫）的首字母，签名简写表示亲昵。

"嘿，没事，亲爱的，我站在这地方正好能看见我的快打对家试图偷看牌面。你有什么特别的需求吗？或者这就是一次社交拜访？"

"我在《炫目》杂志社，琳达想写一篇我的报道。"

"所以呢？"

"所以，可以吗？"

"当然可以了……"他微微一顿，"不过，前提是这篇报道只能写你，我可不想让迪伊掺和进去。听着，你要让他们出书面文件，这篇报道登上杂志之前必须得到你的全面批准。"

"好的。"

"哦……还有……你明天在约翰逊·哈里斯事务所见萨米·特贝特，我都安排好了。上午十点。"

"谢谢，迈克！"

"回头见，宝贝。"

她挂上电话，告诉他们迈克的要求。琳达点点头："没问题，我现在就让人起草书面文件。我让莎拉·库尔茨来写这篇报道。凯斯，你现在可以开始拍照了。"她按响了内线呼叫器："叫露丝来做笔记。"她又按响了另一个内线按钮："詹妮，拦住所有来电，除非是威廉敏娜的回电。我想让她手里的一个德国新人模特上二月的封面……叫邵琦儿什么的。老天，你知道我记不住名字。什么？不行。还有，告诉里昂，把插图留给新的小说节选吧，我今晚走之前得过目。好了，就这些。"一个长得像鸟一样的丑女孩夹着笔记本羞怯地走进房间，琳达抬头看了看，朝她点了下头，挂掉了电话。

"坐吧，露丝，这是詹纽瑞·韦恩。露丝做速记有一手。我来提问，因为我知道这篇报道应该如何进行。然后过几天，我们会约个时间安排你和莎拉开个会……"

凯斯给相机装好了胶片。他拿出测光表，换了一个灯，然后用宝丽来相机快速拍了一张以检查构图。他盯着相片点点头，开始用另一部相机拍照。

琳达的脸上挂着公事公办的微笑："好了，詹纽瑞。从哈顿女士学院毕业后，你去了哪儿上学？"

"瑞士。"

"学校名字是什么呢？"

詹纽瑞看见露丝在本子上画着各种滑稽的花体字，她犹豫了。她想不起来迪伊告诉她的那个名字了。迪伊想怎么告诉她的朋友是一回事，但她不想白纸黑字地在杂志上说谎。再说了，这可能会给琳达带来麻烦。凯斯突然四处移动，从各种不可思议的角度给她拍照，这让她更加困惑了。她转向琳达："我说，我们还是关注当下吧。我不想报道里有哈顿女士学院或者迪伊，或者瑞士的任何事情。我明天要开始找工作了，然后……要不，我们就从这儿开始吧。"

"找工作？"琳达笑了，"你？"

凯斯凑得很近，按着快门。詹纽瑞跳了起来。"别管我，"他解释说，"你和琳达继续聊天。我这样拍得更好。"

"如果你想找工作，"琳达说，"来为我工作吧。"

"来这儿？"詹纽瑞有点紧张不安。凯斯按快门的咔嗒声真是让人焦虑。

"是啊，我愿意把像你这样的人的名字列进发行人栏里。你可以做一名初级编辑，只不过你不需要当奴隶或者打杂的。我每周付你一百二十五块，让你写一些小文章。"

"可我不会写！"

"我也不会，"琳达回答说，"但我学会了。现在我也不需要写了。我有很多改写人员。你要做的只有敲定会面，出去见他们，做做笔记，或者用录音机录下来。然后我会安排人改写。"

"可你为什么想要我来？"

"因为你的人脉，詹纽瑞。听着，去年小萨米·戴维斯[1]到纽约来了，我是绝无可能联系上他的。可如果你为我们工作，那就只需要你父亲给萨米打个电话就可以了。迈克·韦恩也许退休了，但他仍然可以联系到那些我们绝对接触不到的人。现阶段，我们正在寻求上流社会时髦阶层的年轻读者。你可以做个月度专栏——写写那群人日常做什么、平时去哪儿。再说了，你的新后妈认识那位伟大的卡拉。哇——要是我们能为她写篇报道就好了！"

"卡拉这辈子还没接受过采访。"凯斯说道。

"当然不是采访，"琳达表示同意，"谁说要采访了？如果詹纽瑞恰好在迪伊的晚宴上见到了她，恰好无意中听到那张波兰美唇吐出些宝贵的只言片语……"

"詹纽瑞，我已经拍到六张你皱眉的照片了，"凯斯说道，"给我个别的表情。"

詹纽瑞站了起来，走出了相机的拍摄范围。"这真是太疯狂了……你们两个

1　小萨米·戴维斯（Sammy Davis Jr.，1925—1990），美国著名歌唱家。

这样连问带拍的。我是来见老朋友的，结果做起了采访。我说我想找工作，结果你让我去做玛塔·哈丽[1]。琳达，就像你说的，没！门！"

"那你想做什么工作？"琳达问道。

"演员。"

"哦，老天。"琳达发出一声叹息。

"有经验吗？"凯斯问道。

"不算有吧。但我这辈子都在耳濡目染，而且在——在瑞士，我经常大声诵读，每天两小时，莎士比亚……马洛[2]……萧伯纳[3]……易卜生[4]。"

她说话的同时，凯斯还在按着快门。"你今天下午和我走吧。我把你介绍给米洛斯·多克劳，他手头总有项目。他还可能认识一些人，他们在做的事情也许能让你试个镜。你会唱歌或者跳舞吗？"

"不会，我——"

"这主意好极了。"琳达说，"还有，凯斯，你看看能不能拍几张詹纽瑞和这位米洛斯的照片。在艺术村里也给詹纽瑞拍几张背景照……"凯斯开始收拾他的相机，琳达接着说道："詹纽瑞，我过一天左右联系你讨论。我会准备好你父亲要求起草的那份商业文件，并且为你和莎拉·库尔茨安排一次会面。"她转向凯斯说："我会热着烤肉糕到八点的，争取在那之前回来。"

"我争取吧，但也别抱太大希望。"他说，"走吧，女演员。"他拉着詹纽瑞的胳膊向外走去，"你正走上成名之路。"

他们走到外面时凯斯说道："嘿，富家女，你即将以失业演员的方式出行。"

"什么方式？"

"坐地铁——还得AA。有三十分钱吗？"

"有的，当然。你知道吗？我还从没坐过地铁。"

他笑了起来，带着她走下台阶。"接着说，宝贝。你真是让我大开眼界。"

地铁哐当哐当开往市中心，她坐在凯斯旁边，努力克制反胃的感觉。她确定了，贫穷既不美好也不多姿多彩。坐在她附近的那个男人有体臭，坐在她对面的那个女人正把大号购物袋夹在两腿之间，勤勤恳恳地挖鼻子。车厢里有种阴暗潮

1　玛塔·哈丽（Mata Hari, 1876—1917），荷兰舞娘，历史上最富传奇色彩的双重女间谍之一。

2　马洛（Marlowe, 1564—1593），英国诗人、剧作家，革新了中世纪的戏剧，为莎士比亚的创作铺平了道路。

3　萧伯纳（George Bernard Shaw, 1856—1950），爱尔兰剧作家，英国现代杰出的现实主义戏剧家。

4　易卜生（Ibsen, 1828—1906），挪威戏剧家，欧洲近代戏剧的创始人。

湿的感觉，墙上满是名字和涂鸦。在车厢里的各种噪声中，凯斯仍在喋喋不休，而她坐得笔直，努力不露出嫌恶的神色。他一度企图站在对面的座位上给她拍照，结果差点摔断脖子。地铁晃了一下，他就摔在了地板上，相机滑到了车厢的另一头儿。詹纽瑞跑过去帮忙。这期间没人费心来帮忙，甚至似乎根本没人注意他们，这让她感觉很奇怪。他们下车时，她松了一口气。

他们走过两条街，到了一栋肮脏的大楼前。接着，他们爬了陡峭的五层楼。"米洛斯把办公室设在了顶楼。"凯斯解释道。他们俩好几次停下脚步调整呼吸，最后终于到达一扇看起来潮乎乎的钢板门前。凯斯按了门铃，一个强健的声音响起："门没锁。进来吧。"

声音是米洛斯·多克劳唯一强健的地方。他是个骨瘦如柴的小个子男人，看起来脏兮兮的，长发稀疏，只盖住了部分光亮的头皮。他的指甲又长又脏，他一笑就露出一口烂牙。

"嘿，伙计。这小妞是谁？"

"詹纽瑞·韦恩。詹纽瑞，这位就是米洛斯·多克劳。"

"所以你又回家来找'爸爸'了。"米洛斯说道，忽略了詹纽瑞。

凯斯拿出相机给詹纽瑞拍照，她正毫不掩饰地打量着这个地方。

"我没得到哈尔·普林斯[1]那份工作，如果你是这个意思的话。"凯斯用牙齿撕咬开一卷新胶片，回答道。

"小宝贝啊……小宝贝……"米洛斯像只猫似的一跃而起，"那些百老汇垃圾会扼杀你的潜力的。等你在这儿闯出名堂来，并且明白了这一切的意义，你可以去上城区演一个季度赚些钱，但永远要记住——这儿才是舞台，这儿才是艺术的所在。"

"废话少说，米洛斯……这份工作我接了。"

米洛斯露出悲伤的微笑："你当初就可以得到这个角色……收获所有那些好评。看看巴克斯特怎么样了吧——他要去演《灰烬与爵士》了。"

凯斯再次按下了快门："那也还是外百老汇。"

"没错，但他可能入围奥比奖。"

"听着，我都说了我接受了。"

1　哈尔·普林斯（Hal Prince，1928—2019），百老汇传奇制作人，导演或制作过50部以上的音乐剧、话剧和歌剧。

"和那时髦女人分手了？"

"没有。"

"那为什么改心意了？在我看来，你之前好像主要是因为她才不接那个角色的。"

凯斯开始给第二台相机装胶片，然后查看了测光表。"我之前还对哈尔·普林斯那边抱有希望。别说这个了，排练什么时候开始？"

"我们只有两天时间，也许下周一和周二。你每天晚上去看演出，学习角色和动作。别紧张。"

"好的，米洛斯。"他说着给詹纽瑞拍了最后一张照片。

"为什么要拍照？"米洛斯问道。

"为这位女士做一个专栏。"

"你是个模特？"米洛斯问。

"她不是，"凯斯边说边把相机放回了盒子里，"她是一名演员。你知道谁可能需要像她这样的吗？"

"你演技好吗？"米洛斯问她。

"我想是吧。我是说，我感觉我行。"

米洛斯搓搓下巴说："听着，巴克斯特走了，同时，演缪斯女神的也走了一位。我本来打算给莉莎·奇兰朵丝打电话的。只有十句台词，而且报酬……啊……你加入演员权益保障协会了吗？"

"还没。"

"行吧。今晚和凯斯去看演出吧，是厄玛·戴维森演的那个角色。"他把剧本丢给凯斯，"抓紧时间看，伙计。还有，詹纽瑞，你明天四点再上这儿来读台词。"

他们走到外面的大街上，她抓住凯斯问："他说真的吗？我是说，我可能马上就要有工作了？这不是太棒了吗？"

变天了。空中突然传来一阵隆隆的雷声。凯斯看了看天说："要下大雨了，不过不会下太久。我们进去喝杯咖啡。"他带她走进一家地下小酒吧，"我们可以在这儿吃个三明治，打发下时间，然后再去剧院。没必要花钱回上城区了。你需要打给谁说你这会儿不回去了吗？"

她打到皮埃尔酒店时，她父亲不在家，迪伊正在休息。"告诉他们，我不能和他们吃晚饭了。"她告诉莎蒂，"我——我有一个约会。"这不完全是真的，但是比解释一大堆话好点。

她回到了桌边。雨水冲刷着人行道，他们俩都坐在小卡座里，盯着外面潮湿晦暗的街道看。他们点了汉堡，凯斯又在餐厅给她拍了一些照片。

"琳达说你是位优秀的摄影师。"詹纽瑞说道。

"我还行吧。"

"她说你能成为顶尖摄影师。"

"听着，我宁可做一个半吊子演员，也不想做全世界最好的摄影师。"

她沉默了。他接着说道："那女人一年挣三万块。我不想再做她赏给我的工作了！"

"但她说你很厉害的。"

"没错，但不是用相机的时候。"

她知道自己脸红了，赶忙给汉堡加更多酱汁。他开始和她讲他的事业——他在夏令剧目里演过的少数几个像样的角色……他在外百老汇演过的角色……《产业工人》……演过一个电视广告，挣的钱够他花销一年。"那个花完了……我的失业保险金也花完了……但我无意努力超过阿维顿[1]和所有那些人。"

"但你可以学啊。"詹纽瑞说道。

他看着她："为什么？"

"你问为什么？"

他点点头："是啊，为什么？我为什么要努力去学不喜欢做的事来折磨自己呢？当然了，剧院可能会拒绝我，但这就像让你心动的姑娘拒绝了你，至少你可以继续尝试，因为你或许还有机会让她答应。而另一种就像你同样地拼命努力，只为了和你没有感觉的姑娘在一起。你明白了吗？"

"但那样你会和琳达在一起。"

他盯着他的咖啡杯："没有规定说我做了演员就不能和她在一起。"

"可是……我是说……做演员你就得经常旅行，不在她身边。"

"你听说过有种叫作自尊的东西吗？在你能和对方长相厮守前，你需要对方尊重你。而为了让对方尊重你，你得尊重你自己。我知道太多演员出卖了自己……为了得到工作机会而做了同性恋……或者被人包养……你知道吗？他们永远不会真正成功，因为他们心里有些东西已经死了。"

她沉默了。突然他说道："那你呢？你是什么情况？"

"你指什么？"

1　阿维顿（Richard Avedon，1923—2004），20世纪全球最著名的时尚摄影师。

"你有爱的人吗？"

"有。我是说，没有。"

"你怎么会先是有……然后又没有？"

"我是说，我爱我父亲，这个我知道。但这不是恋爱，对吧？"

"我但愿这不是。"

"然后我遇到了一个人，但想到爱……"她摇了摇头，"我是说，我不太确定恋爱时应该是种什么样的感觉。我喜欢他，但是——"

"你没在恋爱。这就是我的人生，我从来不恋爱。"

"从来不？"

他摇摇头。"对我来说，爱就是我站在舞台上，知道全部观众都是为了看我而来的。那是种真正的高潮。我对女人的感觉——"他耸耸肩，"就像吃了一顿美食。我爱美食……我爱生活……我爱尝试新事物……新感觉。"他停了下来，"听我说……别这么惊讶。琳达知道实情，她已经做我女朋友很久了，不过呢，她知道我随时可能离开。但即便我离开她，也不会是因为我爱上了某个小妞，而是因为别的体验，为了别的舞台。你懂吗？"

"不懂。"

"你可真能装，是不是？我是说，没有人，真是没有一个人，能这么直愣愣的。听着，我疯狂地热爱生活。我想榨干它的每一滴精彩，而琳达只是假装她是这种人。但她并不是，她只为那本杂志而活。没错，她喜欢我，但我不是她人生中第一个男人。我觉得对她来说，失去一篇重要报道都比失去一个男人感觉更糟。你明白吗？"

"雨停了。"她说道。

他站了起来。"你该付九十分钱。就是说我们留三十分钱的小费——每人十五。可以吧？"

"好的。"

街上湿漉漉的，树上偶尔落下几滴雨，他们沉默地走过了几条街。詹纽瑞绞尽脑汁，试图想些什么可以说的，以便让凯斯对琳达产生更浪漫的想法。他看起来对琳达全无热情……也许他只是说说，也许他是因为紧张。毕竟，很多人紧张时会说些并非出自真心的话。他有一种粗犷的魅力，而琳达是真的爱他。也许等他出演了那部剧，事情就会不一样了。迈克总是说，一切进展顺利的时候，他感觉更放松。

突然，雨又下起来了。凯斯抓着她的手，他们从雨篷下和树底下一路躲躲闪闪地跑过去。凯斯停在一家商店门口时，他们俩都上气不接下气的。

"哦，我们到了。"

"但是……剧院在哪儿？"

"跟我来。"他带她走进商店，里面空荡荡的，只有几张木板桌，桌上摆好了为中场休息准备的柠檬水和花生酱饼干。自制票箱旁边站着一个女孩，她看见凯斯后对他挥了挥手。他带着詹纽瑞从女孩身边走过，走进一个又长又窄的房间，里面摆了一排排的硬质折叠椅，前方有个舞台，但没有幕布。凯斯带她走到第三排。"这些是保留座位。"他咧嘴笑着说。

"这里就是剧院？"她问道。

"这是一家旧商店，但他们把它改成了剧院。化妆间在楼上。米洛斯在三楼留了一间公寓，收留那些饿肚子的演员。那就像一间宿舍……男女混住的……如果他们找不着工作，可以免费住在那儿。"

到了八点，房间里座无虚席。让詹纽瑞惊讶的是，人们还一直在往任何稍微空一点的地方塞更多的椅子。

"这剧很成功，是吧？"她问道。

"它非常受欢迎……大部分是口口相传。我看见了许多上城区的人，没准儿有些制片人也会下来看这个。"

灯光暗了下来，全体演员上台了。他们鞠了一躬后做了自我介绍，然后退了下去，台上只留下三个女孩。"左边那个——就是你要替的那个。"凯斯小声地说，"她们自始至终都要待在台上。她们是希腊合声部。"

三个女孩都穿着灰色连体衣，她们颂唱了几句，然后她们一直在谈论的那个年轻男人上场了。他看起来和凯斯挺像。他长篇累牍地抨击着什么，詹纽瑞几乎没听懂。希腊合声部偶尔插进一句"阿门，我的兄弟"。接着，一个女孩上场了。接下来是一段激烈的争论。他们坐下来，展示了一套抽大麻的复杂动作。舞台上弥漫着人造烟雾。

"这章叫凌乱的梦。"凯斯说道，"他们现在用上烟幕了。这就是吸引人们从上城区来看的那场戏。"

烟雾散开后，两位主演一丝不挂，希腊合声部的女孩也一丝不挂。然后，舞台上的男孩女孩开始真枪实弹地干了起来，一开始很慢……几乎像在跳舞……希腊合声部的女孩伴着从幕后音箱传来的背景音乐哼唱着。随着音乐声变大，合声部的哼唱声也变大了……每个人的动作都加快了……男主角突然唱起歌来，并开始爱抚希腊合声部女孩和女主角的乳房，同时女主角依次爱抚每个人，舞蹈变成了一场狂欢。接着，希腊合声部的女孩开始抚摸彼此，直到所有人都伴着歌声互相缠绕在一起，那歌高唱着"行动，抚摸，感受……这就是爱"。

接着，舞台黑了，房间里的灯亮了起来，中场休息了。

詹纽瑞突然从座位上爬起来说："我要走了。"

"但还有一场呢，那里有你的重头戏。"他笑了，"你有十句独白。"

"穿衣服的还是没穿？"她问道。

"我说……是正面全裸让你紧张吗？"她顺着走道往外挤，他抓住了她的胳膊，"我的意思是，裸体是一件很自然的事，隐藏身体是我们出生之后才形成的想法。我猜这都是源于夏娃吃了那个苹果。但婴儿也有生殖器……可每个人都喜欢光着屁股的小宝宝。我们的身体是表达爱的一部分。我们的眼睛会流露爱意，嘴巴会谈论爱，我们会因此把脸藏起来吗？我们的舌头亲吻别人的嘴唇……然而舌头是淫邪的吗？"

"我们也用眼睛看，用舌头说话。"她说道。

"是啊……我们也用阳具和阴穴小便，但也用它们做爱。"

她甩开他的手，跑到了外面。人们聚在前面，等着花一块钱买一杯柠檬水。剧场外面停着几辆豪华轿车。凯斯跑到街上抓住了她的胳膊。

"好吧，或许我并不热衷在舞台上表演性交。你以为这剧首次开演时我为什么没接受这工作？我知道琳达会大发脾气的。但这就是如今的情况，如果我对裸体不感觉紧张，那我也不该对表演性交感觉紧张，那不过是种正常的功能。"

"呕吐也是，但没人想花钱看！"

"听我说，詹纽瑞，这部剧很流行，对我来说是个大好机会。再说了，大家都这么做，大名鼎鼎的电影明星也拍裸戏。他们最终也会干的，这不过是时间问题。再说了，他们在舞台上看到的不是我这个人凯斯，而是演员凯斯。那就是我唯一在乎的。我宁可住在米洛斯的宿舍里，去演裸体色情剧，也不愿意坐在公园大道的顶层豪华公寓里，手里握着相机。"

他们已经走过了半个街区，天空中开始飘起了蒙蒙细雨，街边成排的树为他们遮挡了一部分雨丝。凯斯努力微笑着说："走吧，第二场戏要开演了，我们回去吧。"

她继续朝着相反的方向走。有那么一阵儿，他犹豫了。然后他大喊起来："走吧。跑回家去吧，回到那个贵妇包养你父亲的皮埃尔酒店去吧。至少我在努力！要是你父亲那样的人没有认输的话，也许我们不用演这种垃圾。但就是他那样的人，总是追求安稳，拒绝尝试。嘿，去他们的吧！也去你的！让琳达也见鬼去吧！"他转身跑回剧院。她一动不动地站了片刻。他的愤怒中夹杂着眼泪。她想告诉他，说她能理解……说她不生气，但他已经走了。人们纷纷回到了剧院，第二场戏开演了。忽然之间，她独自一人站在空荡荡的街上，看不到出租车的影子。她转身向剧院走去，发现那些豪华轿车的牌照号码中有不少带着'X'，说明这些车是租来的。她走向一位司机。"这场戏还得一小时才能休息，我想问你是否愿意——"

"走开，嬉皮士！"他打开收音机。

她脸红了。她把手伸进包里，掏出一张十美元，走到下一辆车旁。"先生——"她举起钱，"你可以载我回家吗？你能及时回来赶上休息时段的。"

"你家在哪儿？"司机盯着那张钱。

"皮埃尔酒店。"

他点点头，接过钱，解锁了车门。"上车吧。"

在开往上城区的路上，司机说："发生了什么？和你男朋友吵架了，还是这剧让你扫兴了？"

"都有吧。"

"他们都跑下来看，就是来看人露乳房的，是吧？我是说，他们演的就是这个，对吧？"

"不只。"詹纽瑞平静地说。

"别开玩笑了。你知道吗？我已经结婚了，还有三个孩子，可我曾经想做一名演员。我偶尔还会在朋友婚礼上唱歌，在布朗克斯那边。我唱爱尔兰民谣。罗杰斯与汉默斯坦[1]的曲子我也唱得很好，但他们不再写那样的歌了。再没有辛纳屈[2]那样的了，也没有佩里·科莫[3]那样的了。现在受欢迎的是歌星……我听见我女儿用电唱机播放的音乐了，我可不唱那种东西。"

---

1 理查德·罗杰斯和奥斯卡·汉默斯坦二世开启了百老汇音乐剧历史上最辉煌的"黄金时代"，被誉为20世纪音乐剧史上最重要的奠基人。

2 辛纳屈（Francis Albert Sinatra，1915—1998），美国歌手、影视演员、主持人，20世纪最受欢迎的艺人，当代摇摆乐之王。

3 佩里·科莫（Perry Como，1912—2001），20世纪50年代中期最伟大的流行歌手之一。

他们终于停在了皮埃尔酒店门前，他等她走进去才驱车消失在车流中。公寓里空无一人，这让她松了口气。她回到自己的房间，站在黑暗里。在黑暗中，一切似乎变得不再那么耀眼、真实。她想起了琳达，她把对个人成功的渴望转嫁到了杂志上，把杂志视作了她人生的象征。她也想起了走进那可怕剧场的凯斯……想起那位曾梦想当一名演员的豪车司机……想起她父亲，他可能正和迪伊还有她的朋友坐在某家餐厅里。

她一动不动地站着。每个人都到哪儿去了？她期待的所有快乐和幸福都到哪儿去了？在那些白雪皑皑的漫长日子里，她非常努力才能再次走路……是为了什么？她打开了灯。房间是如此空旷，整个公寓是如此空旷，然后她看见了摆在她梳妆台上的玫瑰。

她想起了大卫——突然，那肮脏的剧院和整个晚上似乎都远去了。仍然有一个世界，里面的人干净又漂亮；仍然有百老汇舞台，那里有美丽的布景和有才华的演员。

她应该走进那个世界，而且她会让迈克感到骄傲的……大卫也会因为和她在一起而感到骄傲的，就像他和卡拉或那个荷兰模特在一起时那样。因为，从此刻起，她将不再只是迪伊的后女儿——或只是迈克·韦恩的女儿——从现在起，她是詹纽瑞·韦恩。

一个独立的女人。

6

萨米·特贝特热情地欢迎了詹纽瑞的到来。他问起了迈克，说他是个幸运儿，摆脱了这种人为财死的疯狂竞争，并且说像詹纽瑞这样的漂亮女孩应该找一个好男孩嫁了，忘了演艺圈，但假如她执意如此，他会尽其所能帮忙。

他带她走过走廊，把她介绍给了一个年轻睿智的男人，对方看起来刚到长胡子的年纪。这个年轻睿智的男人自己有间办公室，坐在一张大桌子后面。他的电话上有五个按钮，每次某个按钮亮起来，就会有一位疲惫不堪的秘书——看起来年纪足以做他的奶奶——从门口探进头来恳求似的说："科普兰先生……请接二线。是海岸区那边。"他会丢给她一个微笑，说道："放松点，罗达。"然后烦闷又带着歉意地瞥詹纽瑞一眼，接着按下那个按钮，用充满活力的声音投入多人商业讨论。

在接这些电话的间隙里，他设法为她安排了一些会面。他知道有两出戏正在选角。虽然她太高了，演不了里面的天真少女，但去试读一下也无妨，也许他们招替补演员。还有一部音乐剧也在选人。她会唱歌吗？不会……那好吧，不管怎么样先去吧，有时候他们也收不会唱歌的漂亮女孩——只要剧里声音洪亮的人够多，就能把她捎带上。如果不行，那也没什么损失，至少她还能见到梅里克，这样他做其他剧的时候没准儿还能想起她。他给了她一份制片人拜访名单——"只为了保持联系"。这个演出季后期他们会比较活跃。他还安排她去一家广告代理行面试广告。广告不是他的领域，但他昨晚在 PJ 餐厅恰好遇到了那位导演，导演和他说，他们想找头发漂亮的女孩。她对他表示感谢时，他抬手打断了她。"冷静点，宝贝，是萨米·特贝特交代我这么做的。萨米说了算。大家都很爱他，'爱死他了'！他是最好的。他说你父亲一度比肩大卫·梅里克。那么，让我们期待你能让老爹骄傲吧，这也是成功带来的一部分乐趣——给人们一些生活的盼头。好了，你一周联系我一次，把你的电话号码留给罗达。"接着，他又回去接电话了，她把号码留给了那位歇斯底里的罗达。

她按照他给她的所有指示去做了。她先去为一出戏试读。她读得不是很好，她自己也知道。对方给了她一个惯例的"非常感谢"就打发她走了。她徒步走到了麦迪逊大道那家广告代理行，和三十个长发及腰的女孩一起在一间办公室里等了一个小时。终于见到导演后，她才知道那是一个香烟广告，漂亮头发是个"必需条件"，因为打造一种健康的年轻人都吸烟的印象非常重要。他们喜欢她的头发，告诉她先学会如何吸烟，两天后再来。她买了一包烟，回到皮埃尔酒店把自己锁在房间里开始练习。吸了几口以后，她感觉房间开始旋转，她一动不动地躺着，知道自己马上就要吐了。但片刻之后，那感觉过去了，她再次试了试。这次她冲进卫生间吐得一塌糊涂。然后她倒在床上，纳闷为什么会有人喜欢吸烟。

迪伊和迈克邀请她吃晚餐，她请求不去参加，并解释说她第二天早上要试镜，得抓紧时间研究一份"试读"剧本。那个晚上剩下的时间，她一直在练习吸烟，不停地试着吸气和抵制恶心。

到了夜里十一点，她终于能站在镜子前成功地吸一口烟了，没有头晕。仿佛为了打断她的成就感似的，电话响了！

是大卫打来的。"我以为得留言，没想到你在家。"

"我一直在练习吸气。"

"吸什么？"

"吸烟。"

"哪种烟？"

她看了看烟盒："真实。"

"哦……为什么？"

"为什么选真实？我只是喜欢这个名字。"

"不，为什么吸烟？"

她解释了广告的事，他认真地听着。然后他说："听我说，试着不要吸过喉咙。效果是一样的，没必要毁了你的肺。等你拿到那个广告了——就把烟扔了。"

她笑了起来："我敢打赌，你肯定认为我疯了，坐在这儿，犯着恶心，就为了一个广告。"

"不，我认为你是个有决心的女孩。我喜欢你这一点。"

"哦……好吧……没错。"她知道自己听起来有点慌张。

"你明晚忙吗？"他问。

"不忙啊。"

"那么，和我一起吃晚饭怎么样？我能指点你吸烟，也许还能教你吐几个烟圈。"

"哦，太好了！什么时间？"

"白天我给你留言。"

"好的……晚安，大卫。"

第二天她起得很早。罗达打电话来让她十一点去某个制片人的办公室试读，她特别兴奋。罗达说，科普兰先生说她天生适合那个角色。也许今天就是她的好日子，她乐观地想着。她会得到那个角色的，毕竟，总得有人去演。而且今晚，她还会见到大卫。

她换衣服的时候一直想着今晚的约会。大卫见过她穿那套吉卜赛装了，今晚她该穿什么呢？麂皮长裙配靴子？或者她应该穿"湿装"——《服饰与美容》上推荐的黑裤子和夹克？第三大道那家店里的男人说这是件完美"仿品"。不过，她还有一整天可以考虑这件事。

即使坐在人满为患的办公室里等着见那位制片人时，她的这种幸福感仍然不减。不过凯斯说得对，角色如此稀少……演员却这么多——还都是些有经验的演员。她等待的时候，听到了别人谈话的片段。他们在谈论重播费和失业保险金，一些人甚至拿自己在人体彩绘摄影室当模特的经历开起了玩笑。只要能带来收入支付房租，让演员能找工作和学习，就没什么工作是降低身份的。她钦佩他们的态度。尽管他们遭到了那么多次的拒绝，但似乎没人垂头丧气。他们是演员，所有的失望挫折不过是生活的一部分。他们可能不总是有钱买吃的，但他们总能设法找到培训课上。她只听到了只言片语，他们谈到了乌塔……斯黛拉……工作室……而且，她注意到所有人都带着照片集，背面印着他们的参演履历。他们还带着"一周概览"，折着角，上面填满了各种面试、试镜和课程预约。

她等了两个小时，终于被带进去见了一个疲倦的男人。他看看她，叹了口气："谁让你来的？"

"科普兰先生。"

他又叹了口气。"为什么谢尔顿要这样做？我昨天告诉他了——我们要找的金发女人得是二十八九岁，要看起来疲倦不堪的。这对你不公平……对我也不公平。他以为派你到处奔波就能让你很忙，但他在浪费你的时间……还有我的。好了，亲爱的，祝你下一站好运。"然后他转向秘书，"还有多少人在等？"

詹纽瑞走了出来，一名高个红发女孩走了进去。她琢磨着她是否也是"谢尔顿"派来的。他是否认为，这位疲惫的制片人劳累了一天，只要见一面，就能给他留下印象，让他下次想起她？也许她该把这一切说给"谢尔顿"听。她来到外面，一阵小风打着旋，把一些灰尘吹进了她的眼睛。她轻轻擦拭着眼睛，睫毛膏都开始脱落了。她伸手招呼一辆出租车，车却开过去了。她招呼的每一辆出租车似乎都亮着"停运"灯。她开始朝皮埃尔走去。迈克说得对，这不是她在哈顿女士学院每周末看到的那个闪亮的世界。她沿着百老汇大道走着，下午快要过去了。戴着超大号假发的妓女开始在街角占据她们各自的位置；一位盲人牵着一条面容悲伤的狗蹒跚而行；一群年轻的日本男人举着相机正在给街道拍照。她想大喊大叫："从前不是这样的。"但也许就是这样的，也许因为她和迈克坐在豪华轿车里，一切才看似不一样。而现在，找了两天工作后，她猛然发现，没有迈克，她其实根本不在乎去不去剧院。

她回到皮埃尔酒店的时候是四点半。她打算泡在浴缸里，洗掉今天所有的挫折与尘垢。今晚她会和大卫共进晚餐，会感觉清新又美好。光是想想，她就感觉好多了。她想去个安静的地方，吃着烛光晚餐聊聊天。她想多了解他。不知怎么，她觉得他会理解她感受到的困惑。而迈克只会说："我早告诉过你了。"因为他说得确实对。

她的信箱里有一条留言。她盯着纸条感觉难以置信。纸条是大卫留的，他五点半来接她。五点半！为什么是五点半？也许是鸡尾酒派对。没错，很有可能。她冲回公寓快速冲了个澡，然后把自己塞进了一条长裙里。她还在涂口红，他就从大堂打来了电话。

"你上来吧，"她说，"我不会调马天尼，不过马里奥在呢。而且迈克应该随时会到家。"

"不了，我们得快点走了。你下来吧。"

她抓起一条羊绒披肩下楼去见他。他看看她，皱了皱眉。"我太傻了。我应该告诉你穿背带裤。"她注意到他穿了旧灯芯绒裤子、夹克和运动衫。

他拉起她的胳膊说："百罗奈特在放一部特别棒的间谍电影。我从来没机会看我想看的电影，而且看这部电影的人总是多到排队。所以我想着如果我们能赶上六点那场，我们就能看上。我们可以看完随便吃点什么。"

今晚真是彻头彻尾的灾难——她躺在浴缸里泡澡的时候就是这么想的。大卫很喜欢那部电影，看完电影，他们走路去一家叫麦克斯韦梅子的餐厅吃饭。那里挤满了人，但大卫认识领班，他们立即被塞到了墙边的一张小桌子旁。大卫还认识隔壁桌的人，他为他们做了介绍，给她点了一个汉堡，然后整晚都在和他的朋友聊天。十点钟，他们离开了那家餐厅。

"你和我回家吗？"他问道。

"什么？"

"和我回家吧。"他牵着她的手，招呼来一辆出租车。

"为什么不一起去皮埃尔酒店？"她说。

"迪伊和迈克可能在。再说了，我和你上床的时候，知道他们可能就在同一间公寓里，这感觉不太舒服。"她还没回答，那辆出租车就停在了他们面前，他开门让她坐进车里。然后他弯腰进了车里，告诉了司机一个东七十街的地址。

"大卫，我不会和你上床的！"她几乎是喊出来的，然后她压低了声音说，"请送我回家。"

"计划有变，"他大声对着司机说，"我们去皮埃尔酒店。"他转向她，勉强笑了笑。"行吧。我们谈谈更重要的事。你的广告面试怎么样？到手了吗？"

"明天才知道结果。大卫，你别生气。可是我……那个……我只是不能和一个我几乎不认识的人上床。"

"忘了吧，"他平静地说，"就是个提议。"

"不过我确实喜欢你，大卫。"（她为什么要道歉？！毕竟她拒绝的并不是跳舞邀请之类的。）

"没关系，詹纽瑞，我理解。"他的声音冷冰冰的，"哦，我们到了。"他送她走到门口，亲在了她的眉毛上，她感觉像是被打了一个耳光。

她爬上床，打开收音机，调到唱片频道。她喜欢大卫。她是说，她很想喜欢大卫——只要他给她一个机会，让她学会喜欢他。她需要喜欢他，她希望喜欢他，因为她突然感觉是那么孤独。

电话铃响的时候，她好像刚刚睡着。

"我吵醒你了吗？"琳达欢快地说。

"几点了？"

"早上七点半……气温二十度……空气质量尚可，我正坐在我的办公桌前，而且我已经做完一小时的瑜伽了。"

詹纽瑞打开了台灯。"我这儿拉着窗帘呢，看着还像是半夜。"

"詹纽瑞，我得见见你，是很重要的事。"琳达的声音仍然很欢快，但还带有一丝紧迫，"不如你套上一条休闲裤，到这儿来吃早餐怎么样？我派人去接你。"

"我去不了，我九点在兰蒂斯广告行有预约。嘿，快恭喜我，我学会了吸烟。"

"趁你还没上瘾，快戒了。"

"哦，我只是为了这个广告才学的。不过我必须承认，它帮我熬过了昨天那个糟糕的夜晚。你的约会对象在和隔壁桌聊天，你只能望着空气发呆的时候……香烟真是女孩最好的朋友。"

"詹纽瑞，我得见见你。"

"是报道的事吗？"

沉默片刻后，琳达说："当然了！听我说，或许你有空吃晚饭？"

"完全有空。"

"好……那就五点半左右过来。我们和莎拉·库尔茨一起坐坐，讨论那篇报道。然后我们可以去露易丝，那是家不错的意大利餐厅，就算两个女人去吃饭也没人会想入非非。回头见……"

詹纽瑞到的时候，琳达刚要结束编辑会议。她示意詹纽瑞坐到房间后面的沙发上等会儿。琳达坐在办公桌旁，编辑和助理编辑围着她坐成一个半圆。

"我想这些差不多就能完成二月刊的大部分计划了。"她说道。大家纷纷起身，带得椅子发出一片杂响。突然，琳达又说："哦，卡罗尔，你联系一下约翰·韦茨。他说过他可能接手殖民大剧院，办一场情人节派对。你去落实一下，也许我们可以模拟那种舞台装饰拍些照片，这样就能登在二月刊上了。还有，看看他对邀请嘉宾有什么想法……我知道现在还早，但他肯定已经想好了十个或十二个他准备邀请的人了。"她站了起来，表示这场会议正式结束。她露出一个疲倦的微笑，这暗示着一个真正的微笑会耗费她太多力气。大家匆匆离开时，她的眼睛在人群里搜寻。"莎拉·库尔茨在哪儿？"她问道。

"她在和伦敦那边通电话，"一个年轻男人答道，"她在试着追查一个想法，她认为伦敦男孩乐队并非真的来自英国。"

"荒谬。"琳达不耐烦地说，"他们是继滚石乐队[1]之后在美国引起最大轰动的乐队了。"

那年轻人一脸歉意地点点头。"是啊，但莎拉发誓说，她1965年见其主唱在克利夫兰[2]做过一场DJ演出。她断言他是直接从夏克海茨[3]来的。你知道莎拉的——她从不会忘记一张脸。"

"哎呀，让她到这儿来。我现在需要她。"

所有人三三两两地离开了。琳达走到詹纽瑞旁边，一屁股坐在沙发上。"今天还算是轻松的。"她叹了口气，看着詹纽瑞点着一支烟，"哦，我懂了，你拿到那份广告了。"

"错啦。我是最后被淘汰的三位之一。据说我的吸烟无可挑剔……但我的吐烟还需要努力。"

琳达笑了起来，走回办公桌旁。她按响一个内线按钮说："让莎拉·库尔茨马上来。她神经过敏要去追查，我可没法整晚等着她。"

"你觉得那男孩真的来自克利夫兰吗？"

琳达耸耸肩。"莎拉喜欢DJ。那个克利夫兰男孩也许真的怠慢了她，而她不

1　成立于1962年，是一支来自英国的摇滚乐队，被认为跨越时代的摇滚传奇。

2　美国俄亥俄州第二大城市。

3　属于克利夫兰郊区。

报复回去是绝不会罢休的。如果他真的是伦敦男孩乐队的成员，那只有上帝能保佑他了。"

"她听起来挺可怕的……"

"她确实是。我们先把正事处理了，然后再聊。"

几秒钟后，一个身材非常高大的姑娘大步走了进来，她长得与狄更斯书中的小蒂姆[1]惊人地相似。琳达介绍了莎拉·库尔茨，她和詹纽瑞握手时还需要弯腰。莎拉从一个破牛仔包里掏出个皱巴巴的本子，开始潦草地写了起来。她主要关心的是詹纽瑞的名字怎么拼，知道和英文"January"的拼法完全一样后，她大为惊奇。又问了几个问题后，她直起身体退出了房间。

"她有点粗鲁。"琳达说道，"凯斯声称她看起来像是给纽约尼克斯队[2]打篮球的，但她父亲是一位优秀的新闻工作者，说来也奇怪，她通过某种渗透作用就遗传了他父亲的风格。我们留着她写讽刺故事，她写那个极度兴奋。我告诉她这篇报道需要'积极向上点'——这就是为什么她看起来比平时更乖戾。"

"为什么她喜欢讽刺别人？"詹纽瑞问，"我觉得事后她也许会没法面对他们。"

"也许要是你长得像莎拉那样，你就会自然地讨厌这个世界。"

"但我以为你说过丑八怪正流行。"

"我是说过，但那也分时髦的丑和过时的丑，莎拉绝对是过时的那种。不过别担心，你有这篇文章的完全核准权。这是文件……都签好了。"她递给詹纽瑞一个信封，"告诉你爹地，不用担心。"

詹纽瑞把它放进了包里。琳达紧盯着她，问道："嘿，失去那个广告让你特别心烦吗？"

"当然不会。为什么这么问？"

"有那么一秒钟……你看起来就像面临世界末日了。"

詹纽瑞强作笑颜说道："这太荒唐了。我已经拥有了一切令人快乐的东西。我生活在纽约……我父亲有个非常棒的妻子……我在皮埃尔酒店有一个漂亮的房间——还专门为我装修过。"

"狗屁！"

"什么？"

---

1 1843年查尔斯·狄更斯创作的小说《圣诞颂歌》中的小男孩。

2 NBA篮球队。

"我说这些都是狗屁。詹纽瑞，你想骗谁？你讨厌住那儿，而且你无法忍受看着你父亲和迪尔德丽·米尔福德·格兰杰在一起。"

詹纽瑞耸了耸肩。"不是这样的。再说，我也几乎见不到他们。但我确实觉得住在那儿很奇怪。我是说，那是她的公寓，我觉得自己像个入侵者。"

"那就搬出来。"

"他不希望我搬走。"

"听我说，要是你想让每个人都满意，结果就是没人满意。"

詹纽瑞把烟熄灭了。"麻烦在于，我并不真的知道我想要什么。也许这辈子除了跟我父亲在一起，我从没真正想过任何事。结果我现在发现，我出去约会的时候，就好像……我不知道该做什么……该如何反应。"

琳达吹了一声口哨："哎呀，你真需要个心理医生！"

"我在诊所已经看够心理医生了。"

"什么？"

"哦，琳达……这事说来话长。不过你看，要是成长过程中没有母亲，很自然地，父亲就成了你生活中最重要的人。而且，有个像迈克那样的父亲……怎么会不围着他转呢？"

"我同意，"琳达说道，"你父亲真是太有魅力了。不过，大卫·米尔福德也很吸引人。罗尼·沃尔夫在他的专栏里说，之前有一天晚上，你和他出现在了莱佛士。我对这种虚伪的社交场合不感兴趣，但要是你必须参加，那和大卫·米尔福德结伴去是唯一的出路。"

"那天是迪伊的派对。我们昨晚也约会了，他邀请我回他的公寓，但我不愿意去。他送我到家的时候，甚至都没试着跟我吻别道晚安。"

琳达站了起来。"我们去露易丝餐厅吧。咱们俩都需要喝一杯。"

詹纽瑞喜欢这家餐厅。露易丝是一位慈母般的亲切女人，她给她们上了一盘自制鸡肝。她欢迎詹纽瑞来到纽约，还说她看起来像电影明星。整个气氛就像待在家里，詹纽瑞感觉很放松。她点了一杯白葡萄酒，琳达点了一杯加冰的双份金酒马天尼。有那么一会儿，她们俩都沉默地坐着。

琳达喝了一大口酒，然后开始转动杯子里的冰块，说："你觉得凯斯怎么样？"

"他挺和善的。"

"你后来又见他了吗？"

"我？我为什么要见他？"

"好吧，我也再没见过他。"琳达生气地说，她又喝了一大口马天尼，"请你告诉我，实话实说，他对你献殷勤了吗？"

"他什么？"

"他挑逗你了吗？"

"当然没有！我们去看那出戏了，然后——"

"然后怎么了？"

"我中途离开剧院了……也离开他了，我想。"

她们俩都沉默了。然后詹纽瑞说："听我说，琳达，也许我是老派了些，但我太吃惊了，再说——"

"那个嘛，我不反对裸体，"琳达说，"但是——"她停了下来，"我在和你说什么胡话啊？我听起来像凯斯一样被洗脑了。当然了，我们是大解放的一代，身体是美丽的，所以尽情地展露吧。唉，我昨晚去那儿了。凯斯坐在观众席里，他没看见我。但你说，一群丑八怪在那么个脏剧院的脏舞台上互相摩擦着身体，哪里美了？他们的脚上沾满了土，都是黑的，特别恶心。别以为那些人坐着豪车是去欣赏艺术的！他们是去看一群没活儿干的演员糟践自己的。天哪，演员一生肯定会经历很多次拒绝……至少，让他有点个人隐私吧。但是不，没有什么人格尊严这回事了。老古董才在乎。我们是新一代，我们无所拘束了，结婚过时了……浑蛋流行起来了……"

"但昨天你还说你不相信婚姻。"

琳达摇了摇头："我不知道我相信什么了。你看，我母亲都结过四次婚了，现在正努力想结第五次。我父亲有过三个妻子。因为他们俩，我有七个有一半血缘关系的兄弟姐妹，而我几乎都不认识。他们都在类似哈顿女士学院这样的学校上学，但他们都是婚内生子女，所以一切都非常恰当。至少我母亲是这么认为的，因为她就是被这样教导的。但现在，我们这代人反对婚姻，因为我们就是被这样教导的。"

"被谁教导？"

"被那些我们遇见并且喜欢的人。"

"琳达，你确实想嫁给凯斯，是不是？"

"也许吧。但如果他认为我是这么想的，我会失去他的。我是说，如果我还没失去他的话。"

"可是发生了什么？"

"他那天晚上一直没回家。他打电话来，说他决定在那个脏兮兮的公社住一段时间，好把事情想清楚。他知道我反对他出演那部剧。那天在办公室，他没告诉我是哪一出戏。如果裸体对情节很重要，如果是现实主义风格的，那没问题。但他们在那出戏里表演的那种方式——"她摇了摇头，"但我知道真正困扰凯斯的是什么。真正困扰他的是我一年挣三万五千块，圣诞节还另有奖金，而他一年挣三千五百块，其中还包含他的失业保险金。对他来说，我是"陈府[1]"。我很迷茫。你看，我也试过按照他的方式生活：和他的朋友坐在一起；不喝马天尼，而是喝啤酒；穿背带裤，而不是休闲裤。但没有法律规定我必须生活得像头猪一样。我一个月花四百块租的那套公寓位于一栋优质大厦里，那里的邻里关系和睦，有门卫，还有电梯员。我每天早上八点前就到办公室了，有时直到半夜才走。我有权拥有一个好地方，把家安置在那里。为什么我要放弃这些，去为某家地下报纸工作，写一篇文章才拿五十块钱呢？"

"他想让你这么做吗？"

"我只知道他总是羞辱我，羞辱《炫目》杂志和我构想出来的每篇文章。但他热烈吹捧他认识的一个人，那人写小黄诗卖给报纸，那家报纸还在封面上登男人阳具的照片呢。他声称那男人写作是为了抒发心怀，而不是为了虚伪的荣誉。我和你说，这些言论真的让我恶心透了。可是我爱他，我想要他。又不是说我强迫他按我的方式生活……只要我们互相让步就好了。我知道我们在一起能过上幸福生活的。我想要那种生活。老天，我就是想要！"

"真正知道你想要什么的感觉肯定很好。"詹纽瑞说道。

"难道你不知道吗？难道那所高档的瑞士大学没给你指引人生方向吗？对了，学校名字叫什么来着？莎拉至少需要你的大学学分。"

"琳达，我会告诉你所有的一切……晚饭以后。"

她们坐着，喝着咖啡，詹纽瑞告诉了琳达有关那间诊所的事，她静静地听着。詹纽瑞说完后，她喝了一小口白兰地，热泪盈眶。"老天，"她轻声说道，"你真是被虐得不轻，整整失去了三年人生……三年的等待，才回到了爸爸身边，那梦想中的男人，却发现他结婚了……"

詹纽瑞挤出一个微笑。"又不是说他抛弃了我，他又不是我的情人。"

1　陈府（Establishment），20世纪六七十年代的嬉皮士用公社式的和流浪的生活方式来反映他们对民族主义和越南战争的反对立场，批评西方国家中层阶级的价值观，将他们反对的机构和组织称为"陈府"。

"他不是吗？"

"琳达！"

"哦，得了吧，詹纽瑞。你不和那个害你摔破头骨的意大利帅小伙上床。你拒绝了大卫·米尔福德。任何心理医生都会告诉你，你第二次约会大卫时，潜意识里渴望能给你们的关系降温，因为你太喜欢你爸爸了，你心存愧疚，跟别人约会就像是对爸爸不忠。"

"才不是呢。看看他怎么安排的约会吧。那可是我们俩第一次单独相处。没有烛光，没有葡萄酒……没有寒暄……他五点半到的……从大堂打电话给我……甚至都不上楼喝杯酒。然后我们冲过五条街去看电影，接下来他又带我冲到了麦克斯韦梅子餐厅。那儿倒是个活跃时髦的好地方，但要是你想和女孩聊天，想真正了解她，你不会带她去那种地方。接着，他突然邀请我去他的公寓。"

琳达若有所思。"我同意。肯定得先聊得起来，然后你才会睡得下去。男人邀请你去他的公寓，通常只为了一件事。不知怎么的，要是你邀请他去你的公寓喝杯睡前酒，情况就不一样了。你掌握了控制权，不管发生什么，似乎都很自然，而非预先计划好的。但你也不能邀请他到皮埃尔酒店去。说真的，詹纽瑞，你该做的第一件事就是给自己找个公寓。"

"我倒是想，但是——"

"但是什么？听我说，不管你有没有意识到，每次你看到你父亲和迪伊在一起，你都伤心透了。这对你不公平……对他们也是。相信我的话吧——除非你搬出你爹地家，否则你永远没办法谈恋爱。而关于你在剧场里的职业发展……好吧，我是最不可能给你任何建议了……"

"我不是凯斯。我发现我对表演没那么认真。"詹纽瑞说道，"但我知道我想做点什么，我想参与进去，我不想像我母亲一样。"

"为什么？她做了什么，除了在你很小的时候去世了？"

"哦，她……那个，她无所事事地坐着旁观……她那双褐色的大眼睛只是观察生活。她只观察……而迈克都在行动……我也想行动起来！"

"好吧，那像我说的，《炫目》杂志社总是欢迎你来的。"

"我不想要'名义上'的工作，琳达。"

"不会是那种工作的。我会真的安排你工作的。"

"你是认真的吗？"

琳达点了点头。"就算我让你不管用任何方式去接近某个人——或者弄到一篇报道，那又怎么样呢？我自己也这么做。我母亲的姐姐嫁给了一位职业高尔夫球运动员，我利用她获得了参加一场大型锦标赛的机会。我就是这样写出了那篇有关高尔夫球运动员妻子的生活的报道。不过，一开始给你的钱不会够你独立生活的。"

"我自己有一万五千块，"詹纽瑞说，"而且你说得对——我得从皮埃尔酒店搬出来。"

"听我说，"琳达打了个响指，"我那栋楼里有个单身汉，叫埃德加·贝利。我觉得他是个深柜同志。总之，他在哥伦比亚大学教书，马上就要去欧洲休一年的公休假了。就在前几天，他问我认不认识什么想转租的人。那儿只有一个房间……是间工作室，他没有为它花过一分钱。房子一直没租出去。事实上，我觉得他们修整大厦的时候把他绕过去了。想让我去了解下价格吗？"

詹纽瑞看了看表说："才九点钟，现在就给他打电话吧，也许我们可以过去看看。"

埃德加·贝利为詹纽瑞着迷，她的名字吸引了他。他给她展示了宽敞的嵌入式衣橱、一间小更衣室、一张棒极了的卡斯楚折叠床和一间带一扇窗户的厨房。他说他的租金是一百七十九块，但因为他的家具和装饰，所以他得要两百七十五块。

"得了吧，贝利先生。"琳达插嘴说道，"你付的是一百三十九，管理员告诉我的，他们非常乐意把你撵出去。詹纽瑞付你两百二十五一个月——就值这么多了。这儿没有一件家具值钱，包括那张卡斯楚，它都超过十年了。"

他噘了一会儿嘴，然后拿出一瓶雪利酒和三只小玻璃杯。"敬我的新房客。我知道我能租更多钱，但知道是个可爱的人在照顾我的小家，我会感觉好些。"

琳达举起了她的杯子："你还知道，十天后你就要出发了，你已经开始慌了。"

詹纽瑞举起杯子，微笑着说："为你的旅途干杯，贝利先生。也敬你，琳达。"

琳达摇摇头："不，这杯是敬你的。敬詹纽瑞小姐。"

7

詹纽瑞靠坐在那张卡斯楚床上，周围摆了一堆《炫目》杂志过刊。她正忙着她的第一项工作任务，一篇题为"'美纤女'的早餐"（美纤女指美丽纤瘦的女人）的文章。她还没联系上贝比·帕利[1]或者李·洛兹维尔[2]。不过迪伊已经准许詹纽瑞引用她的话——"谁会在午餐前起床呢！只有小孩子才吃早餐"。她还拿到了一名瘦削的女诗人、一名瘦削的影坛新秀和一位作家的引言，该作家是妇女解放运动的激进成员。她还在试着联系贝丝·迈尔森[3]和芭芭拉·沃尔特斯[4]。芭芭拉·沃尔特斯在《今日秀》之前还是之后吃早餐呢？光是试图联系上这些人就基本耗光了她所有的时间。

她已经仔细研究过所有主流杂志的热门文章，发现吸引她注意力的故事都有一个能勾住读者的开头。她已经试过十种不同的写法，但她感觉都不太对。当然了，琳达预备安排一个女孩改写，但詹纽瑞想给她个惊喜，提交一篇自立成形的文章。在这家杂志社工作给了她第一个她所知的身份。她每天去的那个没窗户的小房间是她的办公室，贝利先生的转租间现在是她的公寓，她付房租的钱是自己赚来的。

过去三周里，她一直手忙脚乱的，但这是她完全依靠自己的三周，一切都由自己决定。熬过第一周是最难的，尤其是向迈克和迪伊委婉地宣布她要搬走的坏消息。迪伊生气地眯起了眼睛，但没等她说出任何反对意见，迈克已经插嘴说道："我估计你可能想要自己的公寓，大多数女孩都这样。如果这是你真正想要的……那你当然有权这么做。"

迪伊坚持要先看看公寓，再让詹纽瑞签下租约。她走进公寓时，埃德加·贝利似乎惊呆了。"哦，格兰杰小姐……我是说韦恩夫人……天哪……我真不知道詹纽瑞是您女儿。"詹纽瑞知道，他就要为把房租定在两百二十五美元而崩溃了。

"你是说只有这一个房间？"迪伊问道。

"但它很宽敞，"埃德加·贝利强调说，"而且，我很高兴是詹纽瑞住在我的小家里，在我的东西中间生活。"

迪伊从他身边走过，拉开窗帘抱怨道："老天爷，詹纽瑞，底下就是个院子！"

"算是个花园？"埃德加·贝利心虚地说。

"没有阳光，还只有一个房间。但我想这就是新一代吧。"迪伊叹了口气，"有奢华的公寓不住，来住贫民窟。"

1 贝比·帕利（Babe Paley），1915年出生于美国，在穿搭上开创了一条先河，被誉为纽约第一绝色。
2 李·洛兹维尔（Lee Radziwill，1933—2019），美国女演员。
3 贝丝·迈尔森（Bess Myerson，1924—2014），1945年以犹太裔选手身份夺得了"美国小姐"桂冠。
4 芭芭拉·沃尔特斯（Barbara Jill Walters，1929—），美国电视新闻历史上第一位女性联合主持人，五次获得艾美奖。

埃德加·贝利清醒了过来。"韦恩夫人，这是栋非常不错的大厦。"

迪伊挥手打断他："好吧，我想我们可以把这里变得更可人些。把那些糟糕的窗帘扔了……换掉这块地毯……弄一些新抱枕来——"

"韦恩夫人，"贝利先生声音嘶哑地说，近乎歇斯底里，"什么也不能改。这些窗帘是有人专门为我做的——"

但迪伊已经走进了厨房，詹纽瑞飞快地向贝利先生保证，一切都会维持原样，她喜欢他的活动百叶窗和印花窗帘，然后跟着迪伊进了厨房。

她签了租约，十月一号搬了进来。大卫送了她一棵龙血树。贝利先生留下一小束玫瑰花蕾（始终没有开花），还有一张字条，祝她好运。琳达送了她古德曼百货的信纸，上面印着她的名字和地址。五点钟，迈克带着一瓶香槟酒来了。他们加上冰块喝着香槟酒，迈克微笑着，看着这间公寓。"你知道吗？我觉得这儿棒极了。你长这么大一直都是和别人一起住，在学校也是，在医院也是。你是时候拥有一些隐私了。"

七点钟，迪伊来接他了。他们要去一间画廊看展览，不过她带来了一篮子的鸡尾酒开胃点心。"你永远不知道什么时候就会用得上，里面有几罐烟熏牡蛎……快别拉长脸了，大卫喜欢吃这个。你只需要把它们放在这些进口小饼干上。对了，大卫还喜欢硬奶酪，我管它们叫老鼠奶酪。切成小方块，插上牙签，他就心满意足了。说起大卫——你们俩处得怎么样了？"

"他送了我那棵树。"詹纽瑞回答说。

迪伊得意地微笑起来。"迈克和我要出发去欧洲进行短途旅行。我打进了伦敦的一场双陆棋锦标赛。我们很快就回来。但把你独自留在这个邋遢的小公寓里，做着那样卑微的工作，我们感觉很不好。在我走之前，除了向你的杂志透露我不吃早餐，还有什么我能做的吗？"

詹纽瑞犹豫了一下："那个……卡拉在纽约吗？"

"为什么问这个？"

"我很想给她做个采访。"

迪伊的笑容冷冰冰的。"她从不接受采访。再说她又不是嘉宝或者霍华德·休斯，她不过是个波兰蠢货。哦，得了吧，詹纽瑞，别给我摆出那种'人人生而平等'的表情了。我了解卡拉，她就是很蠢。她从来不读书，从来不投票。除了她自己的物质享受，外界发生的任何事她都不懂。她在纽约呢，前几天她打电话来了。但说实话，我太忙了，没时间去见她。什么事一沾上卡拉就麻烦得不行。我的意思是，她不愿意去任何体面的地方吃午餐。要是她来吃晚饭，你必须先给她看全体宾客名单。真是可笑，她又不是纽瑞耶夫或者格蕾丝王妃[1]，她只不过曾经是个演员，因为某些疯狂的原因，现在仍然不可思议地吸引着公众的注意力。"

看来，采访卡拉是别想了。

她给大卫留过言，感谢他送了那棵树。他打了电话来，说他要离开纽约去出差，不过一回来就尽快打给她。不过那已是十天前的事了。如今，她和琳达或者办公室里的另几位女孩一起吃晚饭。不过，回到家里阅读以及研究她的文章都让她极其心满意足。她买了一台便携打字机，自己学会了用两根手指打字。琳达偶尔和凯斯见面，但他们并没有正式"复合"。他大部分时间都住在她的公寓里，但坚持把他的东西留在"公社"。"依我看，他住在我那儿只是因为喜欢我那个淋浴间，"琳达坦白道，"我们的人是在一起……但不一样了。"她拒绝去市区看那出戏，不过她确实迎合了凯斯新的健康招数——有机食物，一天服用二十种不同的维生素，加上一周去一位新医生（凯斯发誓这位医生是个天才）那儿两次，注射大剂量的维生素。显然那针很有效，因为原本就热情洋溢的琳达现在精力格外旺盛。她似乎从不睡觉。有时候，她会凌晨三点给詹纽瑞打电话，喊道："嘿，别告诉我你在睡觉！第九频道正在放一部超棒的鲍嘉[2]的电影。"

迈克寄过一张明信片给詹纽瑞，告诉她迪伊已经杀入锦标赛的决赛。不知怎么，这事怪怪的——迈克一直是个赌徒，如今却只站在旁边看着他妻子掷骰子。

现在，詹纽瑞正坐在那张卡斯楚床上，试着写出开头第一段。她发现自己在琢磨有没有可能写出一篇文章，既引人发笑，又不会很刻薄。她正盯着那位面容无趣的模特的引言发愁——这位模特转行做了演员，刚拍完她的第一部（也是最后一部）电影，因为表现平平无奇，她的戏份都被剪碎了，但她似乎并不介意。"哦，在片场他们对我实在太好了。他们提供的早餐是真正的小牛犊肝脏，我从没那么瘦过。"天哪，莎拉·库尔茨该拿这样的引言怎么办。

她叹了口气，来到打字机前。就连迪伊的引言听起来也很讽刺，不过，用她那种懒洋洋的方式说出来，还是挺有趣的。

她把一张白纸放进打字机里，尝试想个新开头。也许她可以说那位模特患有

1　格蕾丝（Grace Kelly，1929—1982），美国影视演员，1956年与雷尼尔三世结婚，成为摩纳哥王妃。

2　鲍嘉（Humphrey Bogart，1899—1957），美国男演员，1999年被美国电影学会选为"百年来最伟大的男演员"之一，名列第一位。

贫血病，不得不食用肝脏……或者，也许她可以这样开头："迪尔德丽·韦恩如此
美丽的原因就在于……"不行。她把纸扯了出来。肯定有更好的开头方式。

她正在往打字机里放一张新纸时电话响了。铃声震颤着整个房间，她忘了把
它调小了。也许是琳达又来通报有鲍嘉的电影了。她听到熟悉的声音传来时，简
直不敢相信。"嗨，宝贝！"

"爸爸！你在哪儿？"

"PJ 克拉克！"

"什么！"

"我们刚下飞机，我特别想吃墨西哥辣肉酱，所以我们从机场直接上这儿来
了。要不要来和我们一起吃？我可以派这辆车去接你。"

"哦，我真想去，但我穿着家居服呢，而且我正在写一篇报道，这周末以前
必须完成。"

"你真的在写啊？"

"没错，而且我觉得我会写好的。"

"嘿，那真是太棒了。那好吧，我最好回去找希腊人尼克[1]——这是我给迪伊
起的新名字。这小姐得了第三名，赢了一万五千美元。明天和我一起吃午饭怎么
样？就我们俩。"为了盖过餐厅里的嘈杂声，他是喊出来的。

"哦，迈克，我很乐意。"

"那好，你先想想你想去哪儿吃，我中午打到杂志社联系你。哦，等一下，迪
伊过来了。我想她是想和你打个招呼。"

"詹纽瑞……"电话里传来迪伊清脆的声音。

"祝贺你！我非常佩服。"詹纽瑞说道。

"哦，我们玩得很愉快。你到这儿来吃饭吗？"

"不了，我刚刚还在和迈克说……我这儿有一大堆工作要做。"

迪伊笑了。"哈，你这个职场女强人。嘿，迈克……"迪伊的声音离开了听
筒，"最好回咱们桌子那儿，有人可能会把位置抢走。你快去点你的辣肉酱，再
给我点份菠菜沙拉。詹纽瑞，你还在听吗？"

"在，而且都听饿了。"

1　希腊人尼克（Nick the Greek），即尼克·丹多洛斯（Nick Dandolos），职业牌手。1949年，这位东海岸最
强王者与西海岸最强扑克牌手约翰尼·莫斯在拉斯维加斯的一家小酒馆里进行了长达五个月的马拉松扑克牌局。

"今晚这儿真是乱糟糟的。我不知道为什么所有人突然都盯着门口看，肯定是谁进来了，也许是奥纳西斯和杰奎琳[1]。和我说说，詹纽瑞，你的职场生活过得开心吗？"

"我很开心，迪伊。我觉得我真的能写……或许真的能写一点东西吧。"

"嘿，那就好，而且——"迪伊的声音突然消失了，与此同时，詹纽瑞听到 PJ 餐厅里爆发出一阵巨大的声浪。

"迪伊……你在吗？"

"在……"迪伊的声音似乎有点紧张。

"你还好吗？"

"是啊……我还好。告诉我，詹纽瑞，你上次见大卫是什么时候？"

"为什么问这个，我——"

"这里几乎要发生暴动了——他刚刚和我的老朋友卡拉一起走了进来。"

"卡拉在 PJ 餐厅？"

"哦，她时不时就做这种事——突然出现在没人预料到她会出现的地方。"迪伊的声音很轻松，"不过你不用慌，亲爱的。卡拉不是你的对手。"

"我没慌，迪伊。事实上，我非常佩服大卫。"

"你就继续做……你刚才做的事情，小可爱。我会把事情处理好的。既然现在我回来了，我得花几天时间整理一下。所以我们何不一起吃个早午餐呢……周日……一点左右。"

詹纽瑞挂上了电话。她并不介意大卫和卡拉在一起，但她确实介意他回纽约没给她打电话。她坐回到打字机前，但她没法集中精神写文章了。她站起来走到厨房拿了一听可乐。她看见了她为大卫送的龙血树新买的喷壶。她昨天刚给树浇过水。花商说过，这树一周只需要浇两次水。她抓起喷壶，装满水。然后她冲进客厅，把水全倒在了那棵树上。"淹死你，你个浑蛋。"她说道，"淹死你！淹死你！！"

从电话间出来后，迪伊设法"意外"撞上了大卫和卡拉，他们正往餐厅里面的一张小桌子走去。

"卡拉，我真不敢相信。你，到 PJ 餐厅来冒险了。"迪伊漫不经心地说。

---

1 杰奎琳（Jacqueline Kennedy, 1929—1994），美国第35任总统约翰·肯尼迪的夫人。1968年，杰奎琳嫁给了希腊亿万船王奥纳西斯（Onassis）。

卡拉微微笑着。"附近有个小电影院在放映《红菱艳》[1]。我已经看了很多很多遍了，它总让我着迷。而且今天是个多美好的夜晚啊，我就想散散步。然后我饿了。"她转过来看着迈克，他已经从桌旁走到了迪伊身边，"所以这位就是你英俊的新丈夫？"

"没错，而您就是我一直想见的女士。"迈克说道。

卡拉伸出手："现在……你看，这很容易。"

"你要在城里待多久？"迪伊问。

卡拉耸了耸她浑圆的美肩说："这就是不工作的美妙之处。我想去哪儿就去哪儿……想待多久就待多久。"

"我们大概十天后开放棕榈滩的房子，也许你愿意过来住。我可以安排你住在你以前住过的东厢。"

卡拉微微一笑说："你真好。也许我会去的……或者我可能去格施塔德[2]滑雪。谁知道呢？就算十天也太遥远了。现在，我只想着我的胃，我非常饿。"她转向迈克，"见到你非常高兴。"然后她微微一笑，向她的桌子走去，大卫跟在她身后。

迪伊和迈克坐了下来，她翻着自己的包寻找烟盒。"迈克，我不喜欢刺探别人的私生活，但你觉得詹纽瑞让大卫灰心了吗？"

他微笑着说："卡拉是个强劲的对手。"

"荒谬。卡拉的年纪都够做大卫的母亲了。"迪伊叹了口气，"我以为大卫会疯狂迷恋詹纽瑞呢，他们在一起看起来多完美啊。"

"迪伊，很久以前我就知道，看起来完美并不一定意味着真是那样。"

"但詹纽瑞应该尽量鼓励他。毕竟，她不是个孩子了，再过几个月，她就二十一岁了。"

他笑了起来："那也不算是上了岁数。再说了，如今的女孩子都不着急结婚，她们中有一半甚至不相信婚姻。"

"詹纽瑞不是如今那种女孩。她夹在两个世界中间，一个封闭的世界，她刚从那里离开……还有这个新世界，她不太清楚该如何融入。如果她真的恋爱了却没有成功，她会崩溃的。"

---

1 《红菱艳》（*The Red Shoes*），1948年在英国上映，该电影讲述了爱舞如命的芭蕾舞女演员佩姬在事业与爱情之间痛苦徘徊、艰难抉择的故事。

2 格施塔德（Gstaad），瑞士滑雪胜地，以适宜的海拔及清爽的空气吸引了众多游人。也是欧洲各国皇室成员及电影明星的高级疗养地。

"她不会崩溃的，而且在我看来，她调整得相当不错。她有了一份工作，还有了自己的公寓。你还想要什么呢？她才回来一个月多一点。听我说，你不能把人像圣诞礼物一样打包赠送。对大卫是这样，对詹纽瑞也是。"他看向餐厅里面，"卡拉真是个让人心潮澎湃的女人啊。"

"她就是个没受过教育的乡下蠢货。"

他摇了摇头："你们这些贵妇真是要了我的老命。她住过你在马贝拉的房子，她登上过你的游艇，你刚刚还邀请她去棕榈滩……"

"亲爱的，我总是邀请客人到家里住，家里'留宿'一位名人总是好的。再说了，我为卡拉感到遗憾，她其实非常孤独和迷茫。"

他开始大笑。

"你怎么这么爱笑？"迪伊追问他笑什么。

"你们女人就爱这样滥用同情心，担心詹纽瑞无法应对，担心卡拉迷茫孤独。听着，我女儿会找到她自己的方向的。再说卡拉，她才不迷茫呢。我倒是很容易就能理解大卫为什么会喜欢她。"

"真的吗？"迪伊的声音冷冰冰的，"那你为什么最终却和又老又平凡的我在一起？"

他伸出手拍拍她的手。"亲爱的，我从好莱坞那些顶级美人那儿汲取了经验教训。再说，你与众不同。问题是……你为什么想和我在一起？"

"因为——"她的眼神飘远了。

"因为什么？"

"因为我爱你。"她认真地说，"哦，我知道，我们不用结婚也能在一起，但我认为那样很粗鄙。不是我老派。老天，如今这个时代，要是你有任何标准，就会被贴上过时的标签。如果你有钱，你就得不把钱当回事。如果你的房子气派豪华，你肯定犯下了某种罪行。但拥有一栋大房子有什么错呢？我所有的房子里都整年配备着足够的人手，我是在给这些人提供工作机会。我的飞机驾驶员也是有家的人，因为我，他们能送孩子去上大学。我的船长一年五十二个星期都能拿薪水，船员也是一样。我在棕榈滩办那些大型派对，我是在为宴会承办商、乐师、设计师提供工作……我喜欢穿漂亮衣服……我喜欢看别人穿漂亮衣服。我喜欢优雅的餐厅和好看的人。我讨厌这个地方，还有所有像它一样的地方，人们总是宣称这些地方多么'时髦'。当我看到卡拉走进这里，我就知道她今晚不是和大卫随意聚聚。就连卡拉这样的女人也会孤独，一个人住一点也不有趣。大卫能给卡拉的生活带去精彩、性爱和好的陪伴——所有这些都是我想给你女儿的东西。"

迈克瞥了一眼卡拉，大卫正凑在她耳边说着悄悄话。"这个嘛，看起来大卫自有主意。"

迪伊直视着前方："那就要靠詹纽瑞去改变他的主意。"

"真可以吗？"

"哦，迈克，难道你不知道女人能让男人觉得她的主意就是他的吗？"

"她能吗？"

"我敢打赌，你认为是你向我求爱，并赢得了我。"她说道。

"好吧，如果不是的话，那我肯定是在马贝拉浪费了太多钱。"

"我要告诉你一个秘密。"她说，"我们一起度过的第二个晚上，我就决定嫁给你了。我只是得让你走完这个过场。"

他笑了，示意服务生结账。"我还是不知道我为何如此幸运。"他越过桌子，牵起她的手，"为什么，迪伊？我是说，你为什么选择了我？"

她看着他的眼睛，凝视他："因为我想要你，而我总是设法得到我想要的。"

第二天下午一点钟，大卫到了哥特巴斯克饭店。迪伊的电话是上午十点打来的。"大卫，亲爱的，我想见见你。今天吃个午饭怎么样？"那天上午剩下的时间里，他都觉得自己显然是得了溃疡。

他们选的是一张带长沙发的餐桌。他问遍了所有恰当的问题：关于双陆棋锦标赛的，关于伦敦的，关于她在伦敦西区看的那出新戏的。他坐在那儿，强颜欢笑，等着她出其不意的质询。但午饭结束了，她的话题转向了当前的市场形势，他点起一支烟，开始松懈下来。也许她只是午餐时没约会，也许是他的愧疚感让他特别紧张。他示意服务生结账。再过几分钟就全都结束了，他就可以走出那道门，走到外面的阳光里了。

就在他签单的时候，她突然出手了："大卫……你和卡拉是怎么回事？"

他尽可能稳住手，继续写——两美元给领班……四美元给服务生——他能感觉出自己脖子上的脉搏，琢磨着她是否能看出来。他收起钢笔的速度非常慢，超过了必需的时间，他希望自己开口说话的时候听起来轻松随意。

"我觉得和她在一起非常有趣……我们常常开怀大笑。"

"呵，别胡说八道了，小可爱。卡拉绝不是一个能逗人大笑的人。事实上，她相当沉闷。"她摇了摇头，"我能理解你和那个漂亮的荷兰女孩之间的事，叫金姆还是什么的那个，她穿了件透视上衣走进了莱佛士——至少她还有东西可以秀。但人们看见年轻男人跟在老女人身边……会说闲话的。"

"哦……他们说什么？"

"他们会说她给了他钱，会说他软弱无能，只是她的游伴——或者会说他是个同性恋。"迪伊的微笑几近惆怅，"我不用说给你听，因为我们都用同样的话说过别人。"

"真是荒谬。"他说。

"你知道这很荒谬，我也知道这很荒谬，但人们确实会说闲话。"

"我们只是在一起找乐子而已。她喜欢和我在一起。"他执拗地说。

迪伊的笑声很欢快，但眼神冰冷。"别搞笑了。她不具备享受任何人的陪伴的能力。不过，要是她觉得一个年轻男人最终可能继承大笔遗产，她或许会对他感兴趣。"她打开烟盒，等着大卫摸出一根火柴。她慢慢吐出烟，盯着香烟看，"我真该戒烟……我听说妮娜·克里欧波波里斯得了肺气肿……这倒是提醒了我……你觉得贝克尔、内曼和博伊德律所怎么样？"

"是家相当不错的律所。为什么想起问这个？"

"我在考虑用他们。我想起草一份新遗嘱。"

"为什么？我是说，我以为我爸为你处理这方面的所有事情。我这么说，不仅因为他是我父亲……但贝克尔、内曼和博伊德律所可无法和我爸的律所相提并论。"

"你肯定是偏心他的，亲爱的。"她拍拍他的手，"但我喜欢这一点。天晓得，没有人比我更看重家人了，但我应该听听外人的意见。这次遗嘱变动不同以往，我需要一些非常专业的建议。毕竟，我有个丈夫，还有个继女。我关心他们，大卫。我真的关心，我必须确保他们有所供养。"

"当然。"（天哪，他的声音都沙哑了。现在她知道他害怕了。他转向她，竭力露出他那"年轻真诚"的形象的最佳状态。）"迪伊，你知道的，如果你换去其他律所，我爸会心碎的。"

"那如果我换一家股票经纪行，你也会心碎吗？"

他甚至没尝试回答。他点烟时手都在发抖。迪伊不再玩猫捉老鼠的游戏了。老鼠已经被捉住了，猫开始了戏弄它到死的游戏。

她靠过来亲了亲他的脸颊。"好了，目前我只是在考虑，仅此而已，只是考虑考虑。"

他送她到她的车子旁，她假装没留意到《女士时装》的摄影师正在偷拍她。

她摆好了脸颊的角度，让他亲了亲，然后说："我们的午餐很愉快，大卫。像这样经常联系挺好的，我愿意让我的家人一直快乐……并且在一起。"

他盯着她的背影看，直到她的车消失在车流中。然后他走进了最近的电话亭，给詹纽瑞打电话。

8

周日，詹纽瑞来皮埃尔吃早午餐，她到的时候迈克正在调血腥玛丽[1]。她已经见过迈克了，不过这是他们从伦敦回来后，她第一次见迪伊。迪伊放下《纽约时报》的填字游戏，和詹纽瑞贴了贴脸。"我不知道我为什么还要费劲填这个破玩意儿，"她说道，"我昨晚开始填的，结果因为它我失眠了。而且，就算填完了，也没多大成就感。我认识的几个最沉闷的人很快就填完了。当然了，他们大多数人都用词典，但那就是作弊了。现在……快坐下，和我们讲讲工作上的事。有趣吗？"

"很有趣，他们通过了我写的那篇文章，我真是太兴奋了。当然了，文章还是需要编辑，我的标点用得不太好，但琳达和所有人都说文章写得真的挺好的。我希望你们俩都能喜欢。"

迪伊微微一笑："我希望你没有把这份工作太当回事，以至忽视了你的社交生活。"

"这个嘛，我确实每天早上七点就起了，而且我晚上几乎没有七点前离开办公室过。"

"为什么？这是在奴役你。"迪伊说道。

"你太瘦了，"迈克说着递给她一杯酒，"我敢说你总是忘了吃饭。"

"哦，我吃得很多。昨晚我吃了一顿丰盛的大餐……甚至还吃了樱桃甜点。我是和大卫一起吃的。"

迪伊的兴趣像是仅仅出于礼貌："我这位年轻帅气的表弟怎么样？"

"挺好的。我们去了圣瑞吉酒店，见到了薇罗尼卡。"

1　血腥玛丽（Bloody Mary），一种鸡尾酒，由伏特加、番茄汁、柠檬片、芹菜根混合而成。

"薇罗尼卡？她还在到处做她那三流的伊迪丝·琵雅芙[1]模仿秀吗？"

詹纽瑞耸了耸肩。"我以前没见过她，但她演得很棒。她还带着三位俄罗斯舞蹈演员，都是年轻男人。其中一位还做了变性手术……反向的，我是说，他本来是个女孩，现在她是个男人了。"

"听我说，詹纽瑞——"迪伊的语气里带着一点温和的谴责，"我们切不可传播这样的下流谣言。我知道这是你们杂志喜欢大肆宣传的那种报道类型，但是——"

"你说得太对了。我真希望我能搞到《从妮娜到尼古拉斯》这篇报道。昨晚我真是竭尽所能了！"

"别告诉我你还真的去和那家伙谈过话了。"

"当然了，就在楼上薇罗尼卡的套房里。"

迪伊放下了她的酒。"但你怎么到她的套房去了？薇罗尼卡是大卫的朋友吗？"

"不是……她是卡拉的朋友。"

"卡拉！"迪伊的声音一下高了八度。

"是啊，你看，大卫预订了一张双人桌，我们到的时候，餐厅把我们塞在了一根柱子后面。然后，有位年轻的希腊男人走过来做自我介绍，说他和他的朋友是和卡拉一起的，卡拉想让我们加入他们那桌。卡拉那张桌子的位置特别棒，它在一个隐蔽处，但又可以完美地欣赏舞池。她真是太漂亮了。事实上，我忙着看她，差点忘了去见妮娜－尼古拉斯。表演结束后，卡拉带我们上楼去了薇罗尼卡的套房，妮娜－尼古拉斯也在那里。她……或者说他……开诚布公地谈论着变性手术的事。琳达说，要是我能为《炫目》弄到一篇采访，就给我涨工资。但妮娜－尼古拉斯说，所有杂志都邀请了她……甚至愿意出钱买她的故事。"

"我想关键可能在于虚荣心，"迈克说道，"告诉他或者她，你们会请顶级人士为他拍摄彩照专栏，照片和彩色底片都可以给他，也许还可以送他些衣服，比如皮尔·卡丹的套装……有很多办法可以软化一个人。"

詹纽瑞叹气道："这就是问题所在——我们没有这种预算。"

"詹纽瑞，"迪伊插嘴道，"和我说说——表演结束后发生了什么？"

"哦……我们在薇罗尼卡的套房喝了一杯，然后——"

莎蒂走进来宣布早午餐已准备好了。他们去了饭厅，马里奥为他们服务，迈

1　伊迪丝·琵雅芙（Edith Piaf，1915—1963），法国最著名也最受爱戴的女歌手之一。

克坚持让詹纽瑞吃些香肠："你需要营养。我不喜欢你这么瘦。"

迪伊好脾气地微笑着，然后说道："你刚才正和我们说薇罗尼卡。"

"哦……好吧。"詹纽瑞把香肠咽了下去，"在薇罗尼卡的套房里，我们好像突然到了国外，每个人的口音都不同：薇罗尼卡是法国口音，卡拉有点中欧口音，两个希腊男孩也有口音，妮娜－尼古拉斯带俄罗斯口音。但当大家把法语当作共同语言时，对我来说没有问题，只是可怜的大卫一个字也听不懂。"

"之后你们又去哪儿了？"迪伊问道。

"哪儿也没去。卡拉带那些希腊男孩走了，大卫送我回家了，因为他今早九点要去打壁球。"

迪伊沉默了片刻。她戳着她的鸡蛋，然后放下了叉子："我太生气了，吃不下了。"

"怎么了？"迈克开始给吐司涂黄油。

"你女儿在午夜之前被甩了，这样大卫就能和卡拉一起去西港[1]了。"

"你为什么这么说？"迈克问。

"我昨天和卡拉聊过天。她告诉我，她晚上要出发去西港，趁着国内还不是太冷，最后一次去那里度周末。你难道看不出来吗……这都是计划好的。卡拉从来不去晚餐俱乐部。她从来哪儿也不去。当然了，她是认识薇罗尼卡……可因为她的人群恐惧症，她连纪念纽瑞耶夫的聚会都没去，她可是真心敬仰他的。但是，显然大卫觉得他有义务见詹纽瑞，所以他们就一起决定了这么做——一石二鸟的好办法。看在往日情分上，卡拉去见见薇罗尼卡，同时呢，大卫可以带詹纽瑞去约会。然后詹纽瑞就会被甩掉……他们两个人就可以开车去西港了。"

迈克的下巴紧绷着，但他继续吃着东西："如果大卫想去别的地方过周末，我想这是他的事。"

"为了一个比你女儿年纪大两倍还多的女人，他玩弄了她。"

迈克不吃了，把盘子推到了一边。他的声音平静而镇定："迪伊，我觉得你应该让别人自己做决定，过自己的生活。"

詹纽瑞希望她能突然消失。迪伊真的生气了，迈克的下巴也绷得紧紧的。她试着打破这种紧张气氛，轻声说："听我说，你们俩……我昨晚过得挺愉快的……是真的。大卫和我相处得挺好的，再说——"

---

1 西港（Westport），康涅狄格州费尔菲尔德县一个充满浓郁新英格兰风格的小镇，距离纽约约仅76千米。

"那你为什么让那个波兰货把他带走了？"迪伊质问道。

詹纽瑞抓着桌子，指节都发白了。她本来挺享受和大卫共度的那个晚上——他很温馨周到。现在迪伊把它全毁了。她本来压根儿没想过偶遇卡拉可能是预先安排好的。见到她，大卫似乎真的很吃惊，而且卡拉对她也格外和蔼可亲。她问起了她的工作，而且也准许她在文章中引用她的话，说她每天早上吃燕麦粥当早餐。

现在她突然怀疑了：这一切都是安排好的吗？大卫是真的爱着卡拉吗？她看着迈克和迪伊之间的气氛紧张起来，脑海里闪过了所有这些念头。突然，她意识到她必须离开这里。知道约会是大卫施舍给她的就够可怕了，如果再让迈克和迪伊吵起来……还是因为她！就这么谈论着她，好像她没在这儿一样。迈克会怎么看她？这绝对不行！

但她父亲的怒火让迪伊突然退却了。她的嘴唇微颤着，努力挤出一个微笑，声音中透出一丝隐隐的恳求："迈克……我只是为她好才努力做这些的。这难道不是我们结婚时你最大的担心吗？你不是和我说，因为她经历过太多苦，因为她错过了所有好时光，你想确保詹纽瑞拥有一切吗？"

"这并不意味着你有权控制她的人生——强迫她去和一个显然别有他想的男人约会。"

"老天，是大卫和我说詹纽瑞是他见过的最漂亮的姑娘之一，"她叹了口气，"也许我是用力过猛了，因为似乎一切都不顺利。我为詹纽瑞准备了漂亮卧室，她却搬了出去。我已经计划好了我们一起在棕榈滩过周末。我想着我会派飞机去接詹纽瑞和大卫，我们感恩节可以举行家庭聚会。到了圣诞节，我想办个盛大的舞会，就像我几年前办的那样——派飞机把彼得·杜卿接来，邀请林赛市长、兰尼、雷克斯……所有有趣的人。我希望到那时候詹纽瑞和大卫会宣布订婚——"

"这些都非常不错，"迈克说道，"但也许并不是詹纽瑞想要的。"

"她怎么知道自己想要什么？"迪伊的声音冷了下来，"必须有人教导她想要正确的东西。"

"只是为了走路和说话，她已经被教导了三年，"迈克喊道，"从现在起，她说了算。"

迪伊的眼睛眯了起来："行吧！就让她在那邋遢的杂志社工作吧，就让她住在那个三流的公寓房吧，我再也不会做什么了。既然你们俩都如此不知感恩，我何必这么费心呢？你们甚至不懂如何享受生活中的好东西。今年冬天就让她在纽约受冻吧，我可不会求着她来棕榈滩。"

"也许我也不会去棕榈滩了。"迈克说。

"哦,是吗?"迪伊轻声说道,"告诉我,迈克,你要做什么?从这儿搬出去?为你自己和你女儿找间大公寓,制作一部成功的百老汇音乐剧。用你所有的成功电影给她攒一笔财产!快去吧。我何必费心努力帮她嫁人呢?你可以给她整个世界。去啊!去拍音乐剧……去拍电影……把她的梦想还给她啊。"

詹纽瑞看见她父亲的脸色突然变得煞白。她站起来说道:"迈克……你已经实现我所有的梦想了,你不需要再做什么了。我现在长大了,我喜欢我在杂志社的工作。从现在起,我得自己去实现梦想了。我很愿意感恩节的时候去棕榈滩过。是真的,我很期待。还有,迪伊……老实说……我非常感激你做的一切,我喜欢你给我准备的房间。只是——怎么说呢——我现在必须独立起来了。大卫也非常好。事实上,他是我认识的最美好的人之一……你们俩可千万别因为我拌嘴。"她停了下来。他们仍然坐着,身体僵硬,而且纹丝不动,都瞪着对方。她后退一步离开餐桌:"你们看,我得赶紧走了。我答应了琳达,得帮忙为杂志策划几篇新文章。"她亲了亲她父亲,他的脸颊就像一块石头。然后她冲出了公寓。

迈克始终没往她那边看。他瞪着迪伊,怒火让他冷若冰霜。他开口说话时,声音低沉而克制:"你刚才在我女儿面前折辱了我。"

迪伊紧张地笑了:"哦,得了,迈克……我们别吵架,我们以前从没吵过。"

"是的,我们将永远不会吵架了!"

她走过来,伸开双臂抱住他。她的声音柔顺,但眼神中透着恐惧:"迈克,你知道我爱你……"

他猛地推开她,离开餐桌朝卧室走去,她在后面追赶着他。

"我一小时内就收好东西走人。"

"迈克!"

他从衣柜里拉出一个行李箱,她抓住了他的胳膊,但他甩开了她。"迈克——"她恳求道,"原谅我……求你了……求你原谅我吧……别走,求你别走!"

他停下动作,好奇地看着她:"和我说说,迪伊……你到底为什么嫁给我?"

"因为我爱你,"她环抱住他的脖子,"哦,迈克……这是我们第一次吵架,这是我的错。原谅我。求你了,亲爱的。我们不该吵架的。是因为你女儿。"他抽身离开,但她仍在他身后追着,"迈克,我从来没有过孩子……我可能越界了,都是因为我太急着把詹纽瑞当女儿看了。我可能做了很多错事……也说了很多错话……表现得过分霸道……过分保护……就像我对大卫那样。我从来没有兄弟姐妹……他就像是我的儿子。现在又有了詹纽瑞……我猜我是用力过猛了。我只是希望她高兴。对我们俩来说，因为这个吵架就太荒唐了。我们都说了一些言不由衷的话。我是生大卫和卡拉的气……不是生你的气。"他还在往行李箱里丢东西，因此，她越发地恐慌，"迈克……不要……求你了！我爱你。我该怎么证明？我可以给詹纽瑞打电话道歉。让我做什么都行！"

他停下动作看着她："什么都行？"

"是的。"

"那好。我从来没问你要过什么，对不对？我甚至还签了婚前协议，要是我和你离婚，我一分钱也得不到，对不对？"

"我这就把它撕了。"她说道。

"不用，留着吧。我一分钱也不想要。但是，从现在开始——别再说什么你有多爱詹纽瑞，多担心她的未来。说到不如做到！"

"什么意思？"

"我想确定，如果有一天我在看你玩双陆棋的时候死了，我女儿将成为一位阔小姐。"

"我答应你。我明天就安排。我会在信托基金里给她留一百万。"

他盯着她，目光严厉："这还不够塞牙缝的。"

"你想要多少？"

"一千万。"

她犹豫了片刻，然后慢慢地点了点头："好吧……我答应你。一千万。"

他稍微露出了一点笑意："还有，从现在起，别再硬推大卫了。这是命令。如果他对卡拉有感觉，那这种感觉必须自生自灭，而不是因为你要求如此。但无论如何，我不会把詹纽瑞强塞给他。你记住这一点！"

"我答应你。"

"还有，我不希望你再拿她的工作开玩笑了。天杀的，她在努力呢。她有野心，一个人要是没有野心，宝贝，那那个人就真的玩完了。"

"我答应你，迈克。"她环抱着他，亲吻着他的脖子，"现在，来吧……笑一笑，别生气了。"

"你会放手她的生活，也不干涉了？"

"我再也不向大卫提起她的名字了。"

"还有，别忘了你答应给她的那一千万。"

她点了点头。

他盯着她看了片刻，然后一把抱起她丢在床上："那就好。现在，我们刚刚吵了第一架……让我们做爱和好吧。"

大卫提前五分钟到达了马球俱乐部。他父亲的声音听起来很急，这意味着有麻烦了，就在他觉得一切都进展得特别顺利的时候。通常来说，他讨厌周一，但他今早醒来时感觉自己拥有全世界。他和詹纽瑞在圣瑞吉酒店的约会顺利无阻。她完全相信他们是意外遇到卡拉的，她甚至还很高兴……就像卡拉的粉丝。而且，她肯定也不会联想到半夜他和卡拉驾车去了西港。甚至现在，一想起这事，他依然感觉头重脚轻。这是他第一次和她度过一整个晚上。他永远无法忘记第二天早上那妙不可言的一幕——卡拉在厨房为他做培根煎蛋。那是他人生中最美好的二十四小时。她向一个朋友借的那个乡下地方，保密性堪称完美。房子坐落在那片六英亩[1]自有土地的中间位置。就连天公都作美，那个周日的天气极为难得，无愧于所有有关秋天的诗意描写。对他来说，秋天一直只是冬天的序章：黄昏早早就降临；华尔街阴雨连绵，天色暗沉；风卷着灰尘肆虐大街小巷，连出租车都打不着。但西港那条乡间小路上的秋天不一样，路上铺了一层厚厚的五彩缤纷的落叶，踩上去咔哧咔哧地响，空气清透，感觉完全被这个世界隔离在外。

今天又是个美好的周一。好天气也跟着他们回到了城市里，就连纽约那恶臭的空气都似乎变得清新了。股市收盘时前所未有地上涨了三个百分点。而三点钟的时候，她打电话来，让他陪她去鲍里斯·格罗斯多夫家。这意味着他真正进入了她的小圈子。鲍里斯是她最喜欢的导演，他的小型亲密晚宴算得上是卡拉会参加的少数聚会之一。

他看见他父亲走了进来，站起来迎接他。这位老爹一直等到他们的酒水被送上桌后才开门见山地说："詹纽瑞·韦恩长得怎么样？"

这问题吓了大卫一跳："詹纽瑞？你为什么问这个……她很漂亮。"

"真的吗？"他父亲似乎很惊讶。他喝了一口苏格兰威士忌，若有所思道："那为什么迪伊这么紧张她？"

"父亲，我不明白你的意思。"

"她今早来我的办公室改遗嘱了。她主要关心的似乎是把这位继女嫁出去。我

1　1英亩约为4046.86平方米。

以为这女孩可能长相呆板……或者缺乏魅力。"

大卫摇了摇头："事实上，她算得上我见过的最漂亮的女孩之一。"

他父亲把手伸进口袋里掏出一个皮面装订的薄本："我大概记了一些她想在遗嘱里做的改动，目前还在起草过程中。"

"这些改动影响到我了吗？"

"影响很大。你不再是遗产执行人了。"

大卫感觉血冲上了头："她把我踢出去了！"

"我也有所损失。我们事务所现在和贝克尔、内曼和博伊德事务所的叶尔·贝克尔分享执行人权力。不过你还有机会，儿子——有一项条款说，如果在迪伊去世之前，大卫·米尔福德与某位得到她认可的人结婚，他仍将成为执行人，并出任基金会负责人。"

"凭什么呀？这个贱人。"大卫小声说道。

"还有呢，"他父亲回答道，"她的继女詹纽瑞·韦恩结婚时将继承一百万美元，迪伊还为其设立了一千万美元的信托基金，迈克去世之时——或迪伊先于他去世时——予以兑现。"

"我真不敢相信。"大卫说道。

"我也不敢相信，"他父亲说道，"当然了，这份信托基金并非不可撤销。迪伊总是不断更改遗嘱。奇怪的是，迈克·韦恩没想到这一点。我猜，显然这男人的老练世故不包含起草遗嘱。我发现他的信念有些孩子气，尤其是在对迪伊的了解上。不过从目前来看，这份遗嘱很可能成立，因为在我看来，她好像真的爱这个男人。她对这位女儿惊人的慷慨倒是能很好地确保把他留在她身边。有一件事是肯定的——迈克·韦恩似乎掌控了这场婚姻。奇怪的是，他自己什么都不要，只为他女儿要了这份惊人的遗产。这让我觉得这女孩完全嫁不出去，只有靠这笔钱才能给自己买个丈夫。"

大卫皱着眉头："从一开始，她就想把詹纽瑞硬塞给我。她希望这女孩嫁人，别碍她的事。我想，这是迪伊人生中第一次真的恋爱了。再有，她喜欢控制一切，喜欢权力在握的感觉。而和迈克·韦恩在一起，她失去了掌控，只能通过他女儿来控制他。"

"那她是觉得，让他女儿嫁给你就能取悦他？"

"我看不是。我觉得她想让詹纽瑞嫁人，是因为她把她视为争抢迈克感情的情敌。"

"大卫，你到底在胡说些什么？"

"我说不准，"大卫说得很慢，"但我第一晚见詹纽瑞时，有好多次，我发现他们看着彼此。詹纽瑞和她父亲，他们的眼神之中有种亲密……不像是父亲和女儿。我是詹纽瑞的男伴，但我觉得他是我的竞争对手。迪伊肯定也感觉到了。"

"但她为什么不让你做她的遗嘱执行人了呢？"

大卫微微一笑："显然，她想让我去解决她的竞争对手。诱饵就在这儿……白纸黑字写着呢。"

"我的老天。那你有机会吗？我是说，那姑娘喜欢你吗？"

"我不知道。我带她出去约会过，但是——"

"好吧，那你想带她回家吃晚饭吗？"

"不，让我按自己的方式来，"他叹了一口气，"好吧，我想，为了一千万美元，一个男人可以放弃很多。"

"你要放弃什么？"他父亲问道。

"卡拉。"

他父亲瞪着他："天哪！我在你这个年纪的时候为她神魂颠倒，从不错过她的一部电影。二十五年前，我曾对她魂牵梦绕。但是现在……我的老天……她肯定和你母亲一个年纪了。"

"卡拉才五十二岁。"

"你母亲到二月份才五十呢。"

"我和卡拉在一起的时候会忘记她的年龄。再说了，又不是说我打算娶她。听我说，爸……我知道这种关系一定会结束。我知道总有一天，我醒来后会突然厌倦在她家厨房吃牛排，厌倦急忙冲去看我讨厌的电影。而那一天到来的时候，我会以破纪录的速度，五十码冲刺地跑到詹纽瑞·韦恩身边。"

"你觉得她会在原地等你吗？"

大卫叹气道："我努力维系着和她的关系。我真的努力了。但现在，我还不能放弃卡拉。还不能……"

"知道你和卡拉的关系的人多吗？"

"不多。她从不参加社交活动，除了某些罕见情况，比如今天晚上我要陪她去一位导演家里参加晚宴。"

"如果这段关系继续，这就是人们对你的印象了：一位男伴——过气电影女王的男伴。"他父亲隔着桌子探身过来，"假设詹纽瑞想要的不仅仅是维系关系，而你忙着和卡拉在一起的时候，她认识了另一个男人，这个男人又能获得迪伊的认可，或许甚至还是一位其他股票代理行的经纪人。那这个女人，我是说卡拉，会把她的钱交给你，让你来管理她的资金吗？"

大卫摇了摇头："人人都知道她是全世界最吝啬的女人。"

他父亲点点头："那我们可以说，她不会成为你在经纪公司的一项资产。"

大卫点点头："你说得有道理。而且我能明显感觉到，如果我还不开始认真追求小詹纽瑞，迪伊表姐的下一步行动就是换掉股票经纪行。"

他父亲举起酒杯，说道："那好吧，加把劲吧，儿子。加把劲。"

9

LE俱乐部的舞池里人满为患。大卫紧紧拥着詹纽瑞，在舞池里艰难挪动。他带她去了蜜丝托拉酒店吃晚饭。好几次，他握着她的手，而她也回握着他，他感到欣慰又惊喜。再有不到一周，迪伊和迈克就要离开纽约去棕榈滩了，他决心要哄得詹纽瑞宣布他们的关系有了美妙的转圜。一旦迪伊走了，要想让她知道他们共度了多少美妙的夜晚就很难了——但现在，至少要让她知道他在追求詹纽瑞。

当然，这很大程度上取决于詹纽瑞的反应。他必须让她真的爱上他，她可不是金姆·沃伦。对金姆而言，他不仅是一匹很棒的种马，还代表了安全感和社会地位。这些詹纽瑞都不需要。不行，他必须对她更强硬一些……在床上的时候。一旦你把她们勾到手了，其他的就简单了。他可以晾金姆十天，只要一通电话，她还是会很雀跃。

他只是需要时间。他已经告诉卡拉，迪伊迫使他时不时带着詹纽瑞到处逛逛。卡拉表示理解。他暗示卡拉，自己可能得去棕榈滩过感恩节，而卡拉则说："那个嘛，迪伊也邀请我了。"那一刻，他的心情糟透了。

有那么一会儿，他感觉很慌乱。他永远也做不到。有卡拉在，无论他做什么，都像是她的裙下之臣。迪伊和詹纽瑞马上就会看出来的。"你会去吗？"他努力使自己的声音热情如常。

"不去。我不过感恩节。就算我是美国公民了，我也不习惯过这个。这节日的美国味太重了——就像七月四日独立日一样。"

但随后，他注意到卡拉的神情有那么一点不安。只要她谈起欧洲，他就有一种不祥的预感，而她最近常常谈起欧洲。然而，实际上，他知道拯救他的唯一办法就是她突然从地球上消失。因为现在他终于意识到了，这段感情永远不会自己消退的……永远不会。有时，他甚至幻想她死了。如果她无可挽回地去了——只有到那时候，他才能安定下来，过他自己的生活。

就连此刻，他怀里搂着这个漂亮女孩，在这个人挤人的舞池中间，他仍在想卡拉。这是不对的……甚至是有病。从前，他总能完全掌控一段关系——从没有女人能掌控他。即使在最疯狂的关系里，他可能会在头几个星期里忘乎所以……那是一段新恋情的乐趣和刺激的一部分，但最终他总能占上风，女人开始渴望他，多过于他渴望她们。而他则相反，他会冷下来。但和卡拉在一起不是这样，而且他知道他永远也不会冷下来。

但他必须成为詹纽瑞最重要的人。他得让这个女孩渴望他，需要他，然后等着他。他想要多一点时间。他看着她，微微笑着。她是真的漂亮，甚至比金姆还漂亮。如果他今晚采取行动……会不会太冒失了？必须冒失！现在已经十一月了，他们已经认识快两个月了。金姆认识他的第一天晚上就和他上床了，卡拉则是在第二天下午。今天晚上他全都计划好了，他甚至还买了她喜欢的那些唱片集。

突然，他感觉有点紧张。他有好多年没有追过女孩了——都是她们投怀送抱的！他忽然不知道自己该如何表现了。也许他是疏于练习了。或许是因为詹纽瑞比其他纽约女孩都更胜一筹——她不会在桌子下面摸他，也不会说"让我们回家做爱吧"。

他猛地清醒过来。她刚才问了他什么。

"我听说票总是售罄，如果你不方便，凯斯·温特斯——他是琳达的一个朋友——那个，他认识演《毛发》的一个男孩，能帮咱们弄到保留座位。"

《毛发》！老天，她刚来纽约的时候，他答应过要带她去看那出戏。他微笑着说："我能弄到下周的两张票。我们事务所有个很棒的戏票经纪，不用担心。"

他必须得到她……就在今晚。等迪伊他们去棕榈滩时，一切必须准备好。他父亲说迪伊的新遗嘱已经全都签完字并公证过了——正式生效了。当然了，要是他娶了詹纽瑞，一切都会有所改变……或者即使他们订婚也行。他突然有种时不我待的紧迫感。他拉着她的胳膊，带她离开了舞池。"在这儿根本没法聊天，"他说道，"不知怎么，我们从没好好聊过天，身边总有一堆人。"

他把她扶到座位上。然后她说："我们可以去露易丝餐厅。"

他笑了起来："不了。那个叫卡门的调酒师和我都是足球迷，我们最后总是讨论起下周日的比赛，而且没完没了。听我说，我们为什么不回我的公寓呢？我那儿有所有你说过你喜欢的唱片集，有很多辛纳屈和艾拉的专辑。我们可以喝点香槟酒，真正地聊聊天。"

让他惊讶的是，她轻松地同意了。他签了单，带她走出俱乐部。有几个他认识的人盯着詹纽瑞看，对他露出赞赏之意。好吧，为什么不呢，她真的漂亮极了！个子又高，线条又美，还年轻，而且——年轻！他必须停止想卡拉，否则他今晚可能没那么棒了。毕竟，他可能会面对一些相当强劲的竞争对手。她在那所瑞士大学里肯定有不少优质的欧洲情人。见鬼，她在去那儿之前可能就认识了不少优质的情人。在迈克·韦恩身边长大的女孩肯定很开放——看看，她那么快就搞了一套公寓自己住。还有她在那家杂志社与那群搞艺术的来往……那样的人让他想起一盘虫子——到最后，每个人都和每个人有一腿。

好吧，他今晚必须得到她。那样的话，也许他还能应付得过来，这样他们可以一周有两天或三天晚上约会。接着也许到了春天，就是非正式的订婚，但他必须尽可能长久地拖住她……为什么他必须拖住她——卡拉根本不在乎他的未来，詹纽瑞才是他的未来！没错。但先办重要的事。他今晚会成功的。而他还能拥有卡拉。他只需要保持冷静。

詹纽瑞坐在他旁边，出租车向着公园大道加速飞驰。她知道他会尝试和她做爱，她会允许他采取行动的。她现在对整件事也很好奇。她确信，一旦他把她抱在怀里，就会有不同凡响的事发生。他们会一触即燃……也许她会真的恋爱了。她确实觉得被他吸引了，而且琳达发誓说，一旦他和她做过爱了，一切都会不同。琳达知道她是个处女时非常吃惊。而从杂志社所有其他女孩的态度来看，她也开始觉得做个处女没什么骄傲的，几乎就像是从没人邀请你跳舞。她自己偷偷调查过了：《炫目》杂志社一个处女或者处男都没有，除了那个三十一岁的男剧评家——他说话带德国口音，总挽着一个十八岁的女孩，但琳达说，大家都在传，他是一个"自给自足的男人"。

琳达现在和艺术总监上床。凯斯已经一周没打电话了，按她的说法，她身边必须有个男人。

出租车在七十三街停下了。他们到了他的公寓，大卫用钥匙挨个打开门上的安全锁时，显得很紧张。终于，他带她进了门，打开了灯。她脱下大衣，环顾四周。客厅还算不错——假壁炉、很多HiFi音响。卧室门开着……老天！一张圆床，而且墙是红色的！她想笑——这简直就像所有小伙子想象中的妓院。

他打开音响，纳京高[1]丝绒般的声音流淌在整个房间里。他走到吧台，拿起一瓶唐·培里侬香槟王，得意扬扬地说："我听你说喜欢这个，第二天我就买了一瓶。从那时起，它就在这儿等你了。"他开始起软木塞，"我没料到你今晚会来，所以没冰镇——我们只能加冰块喝了，"他端着酒杯走过来，"那个，你觉得这公寓怎么样？别，还是别回答。我知道。客厅就是梅西百货版的公园大道，而卧室就是年轻的社交好手的那种梦幻房间。"他停了下来，因为他意识到卡拉从没来过他的公寓，而他人生的完美幻想是在她那间简陋卧室里的端庄枫木窄床上实现的。他把她赶出脑海，挤出一个微笑："你知道吗，我是住那种典型的男孩卧室长大的，装饰都是我母亲做的，墙上挂着三角旗，十二岁前一直睡上下铺的床。可是天晓得，我家只有我一个小孩，另一张床只有某位表兄弟来过夜时才有人睡。"

他带她来到沙发旁，他们坐了下来。这时，纳京高正在温柔而诱人地唱道："亲爱的，我非常非常爱你。[2]"她盯着香槟酒看。唐·培里侬是重要时刻才喝的……她吞了一大口。好吧，现在当然是个重要时刻，是不是？她就要和人上床了！

她又吞了一大口，他给她倒香槟时用的是那种老式的大玻璃杯。而他用小一点的玻璃杯喝。她感到有些失望。她没料到他把意图暴露得这么明显……企图灌醉她。不，她万万不能这么想。她想要煽起大卫对她的那丝吸引力，而不是溶解掉。可是迈克就绝不会意图这么明显地对待女人。哦，老天！现在可没时间想他。她会把整件事都毁掉的。她几乎能看到他皱着眉说："詹纽瑞，我希望你喜欢这个男人，但不是这样……"她想逃跑，甚至弗朗哥对她的吸引力都比大卫对她的更多一些，可是，大卫碰她的时候，她就慌了。天哪，她在这里做什么？她仍然可以走……可是然后呢？一辈子做个处女？告诉琳达，她丢下了大卫，丢下了纳京高和唐·培里侬香槟王，丢下了圆床和红墙？她把剩余的香槟一口吞掉。大卫跳起来，续满了她的杯子。这太疯狂了。就因为琳达觉得她该这么做，她就要和大卫上床了？或者是为了向迈克证明，她可以和卡拉势均力敌。她为什么要做这件事？肯定不是因为她爱他。但关于爱，她又知道什么呢？她又拿什么去做比较呢？琳达说，她寻找的那种爱，只会发生在午夜电影中的英格丽·褒曼[3]和鲍嘉之

1　纳京高（Nathaniel Adams Coles，1919—1965），钢琴演奏家、男中音，主要音乐风格为爵士乐、流行乐。

2　原文为法语"Je Vous Aime Beaucoup"。

3　英格丽·褒曼（Ingrid Bergman，1915—1982），出生于瑞典斯德哥尔摩，好莱坞电影演员。

间。现如今，那种爱并不存在。就连她父亲也说过，他从未爱过——他爱的是性。就是这么回事。而她是他的女儿。她接过大卫递过来的那杯酒，慢慢喝着。大卫是很英俊，一旦开始了……她应该会喜欢的……也会爱他……还会……她微微一笑，再次把空杯子递出去。好吧，他想让她喝个酩酊大醉，是不是？他给她续杯的时候好像挺高兴。但他似乎还是有点紧张。他喝完了他那杯，现在，他给自己换了一只大杯子，开始倒香槟……一直倒满了。

纳京高唱完了，狄昂·华薇克[1]开始哼唱巴哈拉赫和戴维的歌，而香槟酒瓶已经空了。詹纽瑞把头靠在沙发上，闭上了眼睛。她感觉大卫在吻她的脖子。狄昂在唱着"为我祈祷吧"。是的，狄昂，为我祈祷吧……为了詹纽瑞：1965年，你遇见我父亲，而我就是他身边那个女孩。那时我只有十五岁，你对我父亲说我很可爱。告诉我吧，狄昂——你第一次做的时候是否爱着他？你肯定爱着的，才会像这样唱着……

现在，大卫贴在了她身上。他已经亲完了脖子，开始轻咬她的耳朵。老天……他的舌头伸到她耳朵里去了。她是不是应该喜欢这样？！她只觉得又冷又湿。接着，他开始亲她的嘴，用舌头撬开了她的双唇。她开始慌了，因为她发现，她不喜欢这种感觉。他的舌头感觉很强硬。他的双手在抚摩她的乳房，笨拙地解开她的衬衣扣子。她希望他别扯坏衣服……这是她新买的华伦天奴的衬衣。但你怎么能告诉男人，你可以自己解开衬衣——你本该意乱情迷，根本不该注意到他在做什么。

她什么时候会有感觉？她试着回应他……抚摩他的头发……很硬。他用了发胶！现在，她可不能想这个。她睁开眼睛看着他。毕竟，他长得很好看。可是他闭着眼睛在沙发上乱动的样子看起来挺可笑的。为什么他们不能表现得感性一些，进到那间可怕的卧室之后再脱衣服，然后再……然后再做什么？他不是应该紧紧抱住她，对她说他爱她吗，而不是只啃她的嘴，接着扯烂她最好的衬衣？她注意到他那双古驰鞋的金色配件把真丝沙发刮破了。不知道为什么，她觉得很好笑。嘿，她最好投入一点……她闭上了眼睛……她想要觉得浪漫……她想要有感觉……哦，谢天谢地，他终于把衬衣解开了，没扯坏扣子。现在，他开始笨拙地解她胸衣的背扣。这个他真的很拿手……只是现在，它挂在她脖子上了。她应该象征性地抗议一下吗——还是主动帮帮忙？她决定还是扯到一边。

1 狄昂·华薇克（Dionne Warwick，1940—），美国传奇R&B女歌手，有"R&B鼻祖"的美誉。

"放松，小宝贝。"大卫在她耳边轻声说着，把头靠近她的乳房。他开始温柔地依次舔起来，她感觉乳头变硬了……盆骨那里也升起了种奇怪的感觉。他拉着她站了起来，一只手脱掉她的衬衣，另一只手摸索着拉她裙子的拉链。啊，他对这个也很拿手……裙子掉在了地上。他脱掉了她的胸衣。她穿着靴子和连裤袜站着。他把她托起来，抱着她进了卧室。她能走路，她更愿意走路过去。身高五英尺七英寸，体重一百一十磅，以时尚界的眼光，算是骨感美人。但对一个想表现浪漫的男人来说，一百一十磅再加上双靴子，肯定感觉像一吨重。她努力不去想她的真丝长裙正堆在客厅地上，旁边还躺着她的胸衣。她的真丝衬衣也皱巴巴地团在沙发某处。事情结束以后她该怎么办？一丝不挂地走出去，一件一件捡起来？他把她丢在了床上。接着，他扯掉了她的靴子和连裤袜。

她躺在那儿，一丝不挂，他说了些她很漂亮的话。现在，他开始脱衣服了。她看着他脱掉了裤子……看着他的紧身内裤有个大凸起。他摘领带时差点勒死自己。他脱掉了衬衣——接着，得意扬扬地脱掉了内裤。他露出骄傲的微笑，然后爬上了床。她盯着那根勃起的巨大阳具，它贴着他的小腹笔挺地站着。

"它很美，是不是？"他问道。

她无法回答——这是她见过的最丑陋的东西——通体红色……血管暴起……它看起来像是要爆炸了。

"亲亲它……"他把它推到她面前。她把脸扭到一边。他笑了。"好吧……在我们做完之前，你会想亲它的……"

她奋力克制自己，避免情绪失控。她一直期待的浪漫感觉在哪儿？为什么她感觉到的只有恶心和恐慌？

他趴在她身上，用手肘支撑着自己的体重，嘴在她的乳房上忙活着。跟着，他的手开始探进她的双腿之间。她下意识地夹紧双腿。他惊讶地看着她："怎么了？"

"只是……只是这儿太亮了……"

他笑了："你不喜欢开着灯做爱？"

"不喜欢。"

"女士发话，我就遵命。"他走到开关旁边，关上了灯。她盯着他向她走来。这不是真的。她并没有躺在这张床上，等着把初夜给这个……这个陌生人。突然，她意识到，她还没去琳达推荐的那个医生那儿买药或者那种避孕环。

"大卫……"她开口说话，但突然，他把那根跳动的家伙戳进了她的双腿之间。推……再推……她感觉他的手指到处忙活……摸她的乳房……摸她两腿之间……分开她的双腿……伸进她里面……

"大卫，我没吃药。"他试着亲她时，她含糊地说道。

"好的，我会及时拔出来的。"他嘟囔着。他喘着粗气，汗水弄湿了他的胸膛，而他始终在试着往她身体里推那根大家伙。她感觉到它反复插进身体，每次都撞击在她体内一道坚实的肉壁上，又被这种冲撞弹出去。难道他不明白那儿无法通过吗？但那根家伙只会越来越索求无度……反复撞着。它要把她撕裂了。老天，他要杀了她！她咬着自己的嘴唇，忍住尖叫，指甲掐进他的后背。她听见他嘟囔着："好棒，啊，宝贝。干我……快点……干我！"终于，他把她刺穿了，一股剧烈的疼痛袭来，那痛简直无法忍受，仿佛他撕碎了她的骨头和肌肉。突然，他把那东西从她身体里拔了出来，她感觉有股灼热黏稠的液体射在了她的小腹上。然后，他跌回床上，平躺着，手放在胸口上……大口大口喘着粗气。他两腿之间的那玩意儿蜷缩成一团，一动不动，像一只死鸟。

渐渐地，他的呼吸恢复了正常。他转过身来，拨弄着她的头发："怎么样……是不是很棒，亲爱的？"他伸手到床头柜上抽了几张舒洁纸巾，放在她的小腹上。

她害怕得不敢动，那股疼痛感是如此强烈，把她吓坏了。也许他把她戳坏了。琳达是说过，一开始会有点疼，但她从没说过会疼得要死。她机械地擦拭着自己的小腹，那东西黏黏的。她特别想冲去洗个热水澡，但她最想做的是离开。他抚摩着她的头发说："帮我口一下怎么样，宝贝？然后我们可以再来一次。"

"口？"

"往下……"他把她的头往下推，下面是那个软塌塌的玩意儿，现在正缩在他两腿中间。

她跳下了床。"我要回家！"然后她站住不动了，因为她看到了血。床单上有个醒目的大血点，血还在顺着她的腿往下淌。

他坐了起来。"老天，詹纽瑞，为什么不告诉我你正来着月经！"他跳下床，扯掉床单，"天哪……都透到床垫上了。"

她一动不动地站着，用手捂着两腿中间。她感觉如果她挪开手，里面的东西就会掉下来。他转过身看着她："求求你了，别把血滴到地毯上。药品柜里有一些卫生棉条。"

她冲进卫生间，锁上了门。她挪开手，没发生可怕的事，血已经不流了。她拿了一条毛巾，把她腿上的血迹洗掉。她感觉身体很酸痛，像被撕裂了。药品柜的灯光明晃晃的，照得她的脸发黄。她盯着镜子里的自己，她的眼妆花了，头发也一团糟。她必须穿好衣服再出去。她洗掉眼妆，又拿了一条毛巾围住自己，然后打开浴室门冲进客厅。他甚至都没抬头看她。他仍然裸着，但已经扒掉了床单，正在怒气冲冲地用清洗液擦拭床垫上的血迹。

她从客厅抓起衣服，从卧室捡起靴子和连裤袜，接着冲回浴室。她出来的时候床还是光秃秃的，但他已经穿好了衣服。

"唉，我只有等它干了以后再看情况了。"他说道，"我可能还得叫个保洁服务。来吧，我送你回家。"

他一路沉默着，直到他们俩坐上出租车。然后他伸手搂她，她下意识地躲开了。他牵起她的手："听我说，很抱歉我因为床单发脾气了。但那是博豪的，而且你应该告诉我你正来着月经。我知道你以前住在欧洲，有些外国人可能喜欢这样，但我从来不淌'红海'。你找到卫生棉条了吗？"

"我没有来月经。"她说道。

有那么一秒钟，他没听明白。然后，他突然明白了，跌回座位里。"我的老天！詹纽瑞，你不是……我是说你之前……天哪！但谁听说过二十一岁的处女呢？尤其是长得像你这样的。我是感觉你那里挺紧的，但我以为那是因为你特别瘦，而且……老天……"他最后发出了一声呻吟。

车子开过了几个街区，他一言不发地坐着，望着空气发呆。

"你为什么这么沮丧？"她问道。

"因为，见鬼，我不夺人贞操。"

"不幸的是，必须有人做这件事，"她说道，"我记得意大利的一个男孩这么告诉我的。"

他们到她家街角时，他让司机停车，然后对她说："听我说，我们去那家酒吧喝杯睡前酒，我想和你谈谈。"

他们各点了一杯苏格兰威士忌。她讨厌这个味道，但希望这酒能帮她入睡。老天，她多希望今晚睡死过去。

大卫的酒杯在纸巾上印出了一个圈："我还是很吃惊。但是……听着……你选择我作为你的初夜对象，我真的感到骄傲，你不会后悔的。下次我肯定让你高兴。詹纽瑞……我……我真的非常喜欢你。"

"真的吗？"

"真的。"

"哦，好吧。我是说我非常荣幸。"

他伸出手牵起她的手："你就只有这种感觉吗？"

"那个，大卫——我——"她停下不说了。她刚才正要说的是"我不太了解你"。这真是疯了。她刚刚才和他上过床。

"詹纽瑞……我想娶你。你知道的，是不是？"

"不。"

"不什么？"

"不，我不知道你想娶我。我知道迪伊想让你娶我，但我不知道你想。我是说，这太荒唐了，是不是，大卫？我们还是陌生人。我们是上床了，但我们并不了解对方。我们坐在这儿，想找出能和对方聊的话题，不该是这样的。我是说，你第一次做爱的时候，不是应该想要大喊……想要唱歌吗？你坠入爱河的时候，不是应该发生一些奇妙的事情吗？"

他的眼神恍惚，语气平静："告诉我，你认为那应该是什么感觉？"

"我不知道。但是……好吧……"

"就像你永远不希望这个夜晚结束？"他问道。

"对，我想是的。"

"就像你害怕离开，因为那实在是太美妙了，让你想拥有这个人……想每一秒钟都和她在一起。"

她微微一笑："听起来好像我们看的是电视上的同一部深夜电影。"

"詹纽瑞，你会嫁给我吗？"

她盯着她的酒，然后她喝了一大口，无助地摇了摇头："我不知道，大卫。我对你没有任何感觉，而且——"

"听我说，"他打断了她，"我们俩刚讨论过的那些不会真的发生的。除非某天晚上他们被大麻弄得神志恍惚了……或者卷入了地下恋情的人……或者——"

"或者什么？"她问道。

"或者……那个……就像不羁少女遇见了她的英雄……她一直崇拜的某个人。我想，每个女孩都有梦想中的男人……就像有些男人也有梦中女孩一样。可我们大多数人过了一辈子，从不曾遇见自己的梦中人或实现我们的梦想。"

"我们只能这样吗？"她问道。

他叹了一口气："也许这样更好。因为你一旦拥有过，也许就无法放手了。而且你也不能永远抱着一个梦不放。你不能嫁给一场梦。婚姻不一样——婚姻是两个人持有相同的目标，而且这两个人喜欢彼此。"见她一言不发，他继续说道，"我……我爱你，詹纽瑞。好啦……我说了。"

她微微一笑："说出来不一定就是认真的。"

"你不相信我？"

"我相信你在努力说服我接受你，就像你努力说服自己接受我一样。"

"你爱我吗？"他问道。

"不爱。"

"不爱？那你今晚为什么和我回家？

"我想爱上你，大卫。我想着也许和你上床能管用，但并没有……"

"听我说……这是我的错。我不知道你是处女……下次就会不一样了。我发誓。"

"不会有下次了，大卫。"

有那么一阵儿，他看起来不知所措："你是说你再也不想见到我了？"

"我会见你的……但我不会再和你上床了。"

他招来服务员并付了账："听我说，经过今晚的事，你有这样的反应很正常。"

她站了起来，他帮她穿上大衣。他们沿着街道走的时候，他拉着她的胳膊说："詹纽瑞，我不会硬挤到你身边的。我不会要求你和我上床。我不介意我们是否要等上几个月。也许你说得对……让我们多了解一下彼此。但我向你保证——你会嫁给我的。你会爱上我，想要我……但是我们一步一步来。我们会在棕榈滩一起过感恩节，我们会在一起度过四天四夜，至少这是个好的开始。而且我保证——我绝不会要你和我上床的。时机成熟的时候，我们会按你想要的方式来。今晚你入睡的时候……要记得，我爱你。"

她走进自己的公寓，在浴缸里放好水，扯掉了衣服。她在温水里放松下来……努力想着大卫说的每一句话。

直到后来，她躺在床上准备入睡的时候，她才发现，他甚至都没费心吻她道晚安。

第二天早上醒来的时候，她发现自己夜里流血了。她的第一个念头是给琳达打电话，但她发现她这会儿不想联系琳达，她都能想象到琳达听说这件事时的表情。她狂翻电话簿，找到了戴维斯医生的电话，他就是琳达和她讲过的那位妇科医生。她解释说她流血了，医生让她马上过去。

　　说来奇怪，比起穿戴整齐地坐在医生桌前给他讲她这种状况的起因，检查本身要轻松得多。让她欣慰的是，医生解释说，虽然这种出血比较罕见，但也不算什么毛病。他给她开了避孕药的处方，还开了安定药。然后，他告诉她回家，今天剩下的时间都应该卧床休息。

　　她回到她的公寓时，门口有位邮递员正在按门铃。他从卡地亚[1]给她送来了一个小包裹。她签收后回到了屋里。那是一条沉甸甸的金项链，上面配有手工雕刻的象牙和金玫瑰。便签上写着"真玫瑰会枯萎，这支玫瑰更持久——我的感情也如是。大卫。"

　　她把它放进了抽屉里。项链很漂亮，但此刻她不愿想起大卫。她回来的半路去药店拿了处方上的药，但以她现在的心情，她一点也不想开始服用避孕药。她把它们放到了一边，挨着卡地亚的盒子。不过，她服下了一片安定药。然后她打电话给琳达，说自己上午去看了牙医，不去办公室了。

　　她躺在床上，试着读点什么……然后药起作用了。五点钟，电话铃响的时候，她正睡得深沉。是大卫，她对他送的项链表示感谢。"今天下午我们能一起简单吃点什么吗？"他问道。

　　"恐怕不行。我……我堆积了很多工作。"她说道。

　　他微微一顿："好吧，过几周海岸区有个证券分析师的会，而且有几家公司的老板现在正在纽约，这几天晚上我恐怕都要忙着开会。"

　　"没关系的，大卫。"

　　"但我每天都会给你打电话的。我一有空我们就一起吃晚餐。我会弄到下星期的《毛发》的票。"

　　"好的，大卫。"

　　她挂了电话，在半明半暗里躺着。她半是清醒，半是困倦，这感觉很平静。九点钟时安定药的药效过了，她坐起来，打开灯。长夜漫漫。她想过吃点东西，但她并不是特别饿。

　　她列了一些也许能写成有趣的文章的主题。她打算今天把它们提交给琳达。她现在正在研究，也许她该尝试着手写一篇。她尤其感兴趣的话题是：人过三十还有生活吗？

　　这个想法来源于她看到琳达拒绝了一位拥有顶级推荐信的秘书，却录用了

1　卡地亚（Cartier），法国钟表及珠宝制造商，世界著名品牌。

一位靠速记工作勉强过活的十九岁女孩。"詹纽瑞，我不想让一名四十三岁的女人来做《炫目》杂志社的秘书。我不管她是否给石油公司总裁做了二十年秘书。《炫目》是一本时髦的年轻杂志，我想要这间办公室里都是光鲜靓丽的年轻人。"

詹纽瑞去面试那个广告的时候也注意到，那家广告行里大部分做秘书和接待员的女孩也都介于十九岁到二十九岁之间。当然了，这条不适用于经理，或者当上了首席撰稿人的女人。琳达也快三十了，但以她的职位而言，她还年轻。

她喜欢琳达。但除了她们对这本杂志共有的热情，她们俩真是两个世界的人。在《炫目》杂志社，琳达就是"权力"。她走过走廊时，每个人都会突然起立。每周编辑会议上的琳达既冷静又美艳——所有人都听她指挥。每一位编辑和助理编辑都仰慕她外表和风格上那种近乎古典的优雅。可是办公室之外的琳达，面对一个男人——任何男人——都十分卑微。她不能理解琳达那种身边必须有个男人的想法——尽管你并不怎么喜欢这个男人，仍能享受和他上床。昨晚糟透了……甚至剧痛来袭之前也是。她感觉自己对大卫的身体没有一丝渴望。她是不是有什么毛病？

她必须和谁谈谈这件事。不是琳达！琳达只会立即建议她服用维生素或者咨询心理医生。

突然，她觉得自己必须见见迈克。也许他们明天可以一起吃个午饭。她不可能告诉他实际发生了什么，但或许光是和他谈谈就能有所帮助。现在才九点半，他可能还没回家，但她可以给他留个口信。

是他本人接的电话，她简直不敢相信。（天哪，也许她打扰了他和迪伊……）她试着语调轻快地说道："如果你在玩双陆棋，我可以等会儿再打。"

"没有。事实上，我刚才在睡觉。"

"哦……抱歉。也和迪伊说声对不起……"

"没事。等等，现在几点？"

"九点半。"

"我现在彻底醒了，还特别饿，"他说道，"嘿，我打个出租车去接你怎么样？我们可以去吃个汉堡。"

"迪伊在哪儿？"

"我给了她一枪。现在她正挂在衣橱里。"

"迈克！！"

他大笑起来："十五分钟后到你家楼下，到时候我再告诉你那些血淋淋的细节。"

他们去了街边那家酒吧，她故意避开了前一天晚上她和大卫坐过的那张桌子。

"你老爹退化了，"迈克说道，"打了十八洞高尔夫球，到家才五点钟，就睡死过去了。迪伊想去吃晚餐，再看场电影，但我一点也动不了了。她肯定试过喊我了……但显然我睡过去了。她留了张字条，说她去一个女朋友家玩双陆棋了。我猜她以为我得睡到明天早上。"

"而我吵醒了你。真抱歉。"

"没事，我挺高兴的。"服务员给他们送上了汉堡。他急切地大咬了一口："我快饿死了……正如你看到的，我半夜也会饿醒的，不过那样我就会错过见你了。"突然，他眯起了眼睛，"你今晚怎么会坐在家里？"

"哦……我昨晚和大卫约会了。今晚他有个什么会要开。"

他点点头："换句话说——事情不太顺利。"

"他送了我一条卡地亚的项链。"她突然说道。

他把啤酒推到一边，点起一支烟，随口说道："圣诞节还早着呢，是不是？"

"他想娶我。"

他的表情放松了，突然，他露出了微笑："詹纽瑞，那就是完全不同的故事了。你为什么不直接告诉我关键呢？"

"我不爱他。"

"你确定？我的意思是……你认识他的时间不长。你确定没可能吗？"

"确定。"

她伸手抽出一支他的香烟。他眉毛一挑："你什么时候开始抽烟的？"

"我面试一支广告时学会的。"片刻之后，她又说，"我为大卫感到遗憾。"

他笑了："和他说这话去吧……别和我说。嘿，没什么损失。所以你和他约会了，他向你求婚了。把他那条破项链还给他，这事就结了。"

她低头盯着自己吃了一半的汉堡。她突然意识到，他不想相信她和大卫之间有任何亲密行为，他希望项链只是"献殷勤的礼物"。迈克阅女无数，却完全以老派保守的眼光看待她。

"迈克……我性感吗？"

"这是什么混账问题。"

"我性感吗？"

"我怎么可能知道？我能告诉你的是你很漂亮……你身材很好……但性感是个人喜好。对我来说性感的女人，对别人来说就不一定了。"

"我觉得你很性感。"她说道。

他看着她，然后摇了摇头："可是大卫并不。"

"大卫并不。"

"哦，天哪——"他低低地吹了声口哨，"这个男人，纽约的每个女人都喜欢的男人，包括那位成为全球话题人物的电影明星，你并不觉得他性感……却觉得我性感。"

她试着让声音轻快一些："那个嘛，也许我只好认识个看起来像你的人。"

"别这么说，"他粗鲁地说道，"老天，你竟能表现得好像特别喜欢那家伙。"

"我喜欢过大卫，"她说道，"我现在仍然喜欢他。但就恋爱而言……我对他毫无兴致，"她努力笑了笑，"也许是因为他的一头金发。"

他把他那杯啤酒推到了一边："好极了！每个出现的男人都会在最后关头因为我而出局……对吧？"

"嘿，没必要因为我对大卫变了心就这么不开心啊。"

"如果我们不把这个理清楚，每次你都会变心的。你走上婚礼圣坛之后仍会变心的，这种事可能发生……见鬼，这种事已经发生过了，结果是一场灾难。听我说——"他压低了声音，"不要为我树立任何错误的形象，一种其他男人无法媲美的形象。我不是什么大人物。你只认识作为爸爸的迈克……而爸爸迈克就是完美男人。唉，我就直说吧，没有什么完美男人——那都是女人创想出来的梦幻形象。是时候让你知道爸爸迈克和真实迈克之间的天壤之别了。"

"我见过真实迈克，我爱他。"

"你只见过我让你看见的。但现在我会向你坦白，我是一名糟糕的父亲，作为丈夫的我甚至更糟糕。我从没让任何女人真正开心过。我爱性生活……但我从来不爱人。我现在也不爱。"

"你爱过我……你总是爱着我的。"

"那倒是真的。但我不会每晚围着你转，为婴儿床里的你掖被角。我有自己的生活。我一向如此。"

"那是因为妈妈去世了。"

"去世？她是自杀的，我的老天！"

詹纽瑞摇摇头……然而不知怎么，她能明白他说的就是事实。他喝了一小口啤酒，盯着杯子说："是啊……她那时候怀孕了，而我到处拈花惹草。于是有一天晚上，她喝醉了，留了张字条，说这是她报复我的方式。我到家时，发现她躺在浴室地板上。她把餐刀扎进身体里，划开自己，取出了婴儿。他也在那儿……躺在血泊里。他几乎不算是个婴儿……可能五个月大了……一个男孩。我施加影响压下了这件事，让她看起来仿佛是因为自然流产而死的。……可是——"他停了下来，注视着她，"现在你知道了……"

"你为什么告诉我这个？"她问道。

"因为我想让你坚强一些，学会如何掌控自己，拿出是我女儿的样子来。如果你真那么爱我，就要爱我真实的样子。如果你接受了真实的我，而不是你梦想出来的我，那你就会找到属于你的男人，然后你会爱上他。嘿，你会恋爱很多次的，只要你学会面对现实，想要什么就去追求，别活在一个梦想出来的世界里。别像你母亲那样做个窝囊废。她瞪着那双褐色大眼睛，像鬼魅一样走来走去，从不开口指责我，却用每个沉默的眼神诅咒我。老天，听说她有了别的男人，我几乎都要尊敬起她来了。我甚至还起了一点嫉妒心，准备努力把她追回来——然后我就听说，她连他也留不住。每次她和他在一起时都喝得烂醉，向他哭诉我的事。每次我看着她，她总是唉声叹气，"他转过来看着她，"永远不要唉声叹气，那是最糟的了。天知道现在有些时候我想叹气……但每次我一张嘴，就会记起我是为了我们俩在做那件事。"

"我们俩？"她说，"这全都是为了我。"

"好吧……好吧。也许这也是我唯一的出路，但我确实努力想给你成功生活。漂亮公寓、女佣、车子……好，这些你都不要了。但你知道，它们总是在那儿的，所以你无须为了一点钱就去冒险。迪伊试图塞给你一个男人，但你不喜欢他头发的颜色。行，就算他说了他想娶你，但你我都知道，这并不意味这男人就疯狂地爱这个女人。他并不急着见到你，这也不是什么新鲜事。我可不信大晚上要开什么商务会议，我自己就用过太多次这种借口了。"

"你觉得他是和卡拉在一起？"

他耸了耸肩："要是他幸运的话……也许是吧。依我看，任何男人，要是有幸与卡拉在一起，都会为她疯狂的。我知道我就会。"他停下来，若有所思地看着她，"这么说来，也许你不爱大卫是因为他不想让你爱上他……现在还不想。让我们面对现实吧，他现在正与卡拉打得火热，不希望你过于青睐他。"他咧嘴笑了笑，"你想过这个没有？也许他是故意若即若离的。毕竟，如果男人没有对女孩表现出满腔情意，这女孩又怎么会爱上他呢？"他似乎对自己新的分析感到欣慰，"等到他火力全开的时候，我敢打赌那就会是全新情形了。"

"你会为卡拉疯狂吗？"她问道。

"什么？"

"你说你会为卡拉而疯狂。"

"难道那之后我说的其他话你都没听到吗？"

她点点头。"我听到了。但我在问你一个问题。"

"我当然会了。"他喝光了杯子里的啤酒。

"那你真心认为我远不是她的对手？"

他微微一笑，拍拍她的手："你是个女孩，她是个女人。不过不用担心——大卫向你求婚了，那就说明他是真心想得到你这个女孩——只不过要晚些时候。"他咧开嘴笑着，"当他需要的时候。"

"当他需要的时候……"她笑了，"迈克，你真以为大卫没有态度强硬地把我……"

他砰地一拳捶在桌上。"这个小兔崽子做了什么了吗？"他的下巴绷得紧紧的，"我会杀了他的。别告诉我他企图……企图和你亲近。"

她简直不能相信。迈克，万花丛中过的迈克……迈克，和她讲过缇娜·圣克莱尔和梅尔芭的迈克……迈克，突然将他们的关系转换成了愤怒老爸和天真女儿。这真是疯了……太乱了……不过有个声音告诉她，她不能对他说出真相。

"大卫在各方面都是个绅士，"她说道，"但我知道，我能以任何想要的方式得到他。"

"任何女人，只要张开双腿，就能得到任何男人，"他冷冰冰地说道，"但你与众不同。大卫也知道这一点。"

"大卫！"她几乎有点恶狠狠地说出了这个名字，"迪伊找出这么一个中看的好表弟，我就应该表现得像个芭比娃娃，和他坠入爱河，从此幸福美满地生活在一起。你知道吗？我试过了……我差点就给自己洗脑，让自己相信了。告诉我，这就是你想要我去做的吗？爱上一个光鲜虚伪的男人，穿上白色的新娘礼服，从此相夫教子，也许再养大一个女儿，为她找一个'大卫'来结婚？我是说——就像歌里说的——'这就是全部吗，我的朋友……这就是全部吗？'"

他喊来服务员结账。然后他站了起来，在桌上留下几张钞票。他们走出酒吧，走进了夜色当中。两个长发男孩走过，他们背带裤的背部绣着红蝴蝶。他们在街灯下站住脚，开始接吻。

"看起来现如今爱无处不在啊。"迈克说道。

"他们是红蝴蝶。"詹纽瑞说。

"他们是什么？"

"是一个同志解放的共和组织，主要在加拿大活动，有几个人来纽约招募新成员。琳达想过写一篇他们的报道，但那不是《炫目》杂志的风格。"

迈克摇了摇头："你知道吗？刚才你问我'这就是全部吗？'，我没法告诉你这是否就是全部，因为我已经不再知道了。我不知道该是什么了——我不再了解生活，不再了解演艺圈……我什么都不了解了。整个世界都变了。在我拍的电影以及我那个年代的所有电影里……坏人得死，火拼时英雄会赢。十年前，要是我有个二十岁的女儿，正约会大卫这样的人，我就会说：'你着什么急？整个世界都任你采撷。我会把它捧到你面前。'但我和原来不一样了，就像这个世界和原来也不一样了。所以，或许我是在为你寻找一个便捷、可靠、暖心的港湾，因为在我看来，如今这个五光十色又放纵自由的世界烂透了！但我可以不参与这个世界，因为我已经五十二岁了。我已经拥有过我人生的高光时刻了。可你不能……因为你只有这个世界，而且我也无法把它变回原来的样子了。广场饭店的转角套房现在属于别人了；首都剧场现在是一栋写字楼；斯托克俱乐部成了佩雷公园。那个世界已经消失了，你只能在深夜电影里看到它。不幸的是，你只能面对这个世界现在的样子。所以，努力享受它吧，因为突然有一天你醒过来，会发现你已经演到终场了。这可能就发生在一夜之间。所以，尽可能抓住每个可能成功的机会吧，因为当你回首往事，一切似乎都短暂得出奇。"他用胳膊搂着她，"看啊，我刚看见一颗流星。许个愿吧，宝贝。"

他们正站在她的公寓楼前。她闭上眼睛，却想不到任何她真心想要的东西。等她睁开眼睛，他已经走了。她看着他沿着街道走远了。他走路的姿态仍然像个赢家。

后来，她躺在黑暗中，头脑清醒，想着她父亲说的那些事。他现在害怕这个世界了，因为担心她……也担心他自己。就像他说的，现在这是她的世界——她也只有这一个世界——能否走出去闯一闯，改变这个世界，都取决于她。她会成为一个赢家……并且证明给他看，她能做到。

她在黑暗中伸了个懒腰，微笑起来。"爸爸，"她低声喃喃道，"迪伊玩完双陆棋回到家后，你们俩最好没有坐着担心我和我的未来，因为爸爸……我在笑呢……没有唉声叹气。"

10

迪伊并没在家等着和迈克讨论詹纽瑞的问题。她看到他打完高尔夫球后睡得很沉，就溜进书房快速打了个电话，然后草草写了张便条，放在他的床头电话旁，解释说她试过叫醒他，但他看上去睡得很熟，所以她就让他继续睡了，她出去玩双陆棋了。

她坐进车里，让马里奥载她去华尔道夫酒店。"我要去拜访一位朋友，待上几个小时。十一点到公园大道的入口来接我。"她走进华尔道夫酒店，走过大堂，从莱克星顿大道的出口走了出去。她拦了一辆出租车，那儿离这里只有几个街区远，她可以走过去，但她急着到那儿去。现在才六点钟，而她已经说了她六点半到，不过这样可以一起多待半小时。

她到那栋大厦门前时，门卫正忙着把一位房客的行李箱码进出租车。她径直从他身边走过，走了电梯。电梯员是新来的，以前从没见过她，但她说了楼层后，他也就是点点头。如今这些豪宅的安保啊！

她出了电梯，走到这层楼的尽头，按了门铃。电梯员压根儿没费心等着看她去了哪间公寓。她再次按了门铃。她看看自己的表，六点十五。这种时候这人还能去哪儿？她伸手到包里掏出一把钥匙。她进了公寓，打开客厅的灯，然后点着一支烟，给自己倒了杯酒。

然后，她走到镜子前面，梳弄起头发来。谢天谢地，她今天让欧内斯特做的是柔软的童花头，要是吉布森女孩发型，到了床上就乱了。如今那些女孩子甩着蓬松的头发真让她嫉妒。她看着伊丽莎白·雅顿的独家新款眼睫毛，不错，看起来棒极了。她关掉一盏灯，再次走回来照镜子。嗯嗯，这样更好……

她坐在高背俱乐部椅上，小口喝着酒。她的心怦怦直跳，不管她来过这儿多少次，总会像个小女生一样屏息期待。

七点过五分时，她终于听到了钥匙开门的声音。她匆忙掐灭了刚点着的一支烟，站了起来。"你到底去哪儿了？"她质问道。

卡拉把她的单肩包丢到椅子上，脱掉雨衣："我迟到了吗？"她的语气轻松随意。

"你非常清楚你迟到了。你去哪儿了？"

卡拉微微一笑："就是散散步。我总喜欢在傍晚散散步。再说了，我今天在练功房才训练了两个小时。我需要锻炼。"

"你才不需要散步呢。你就是故意的……只为了让我坐在这儿等你！"她停下不说了，因为她意识到自己拔高了声音，"唉，卡拉！为什么你做每件事都要让我暴露自己最糟的一面？！"

卡拉慢慢微笑起来，然后伸出了双手。迪伊迟疑了一秒钟就冲向了她。卡拉的吻浇熄了她之后所有的抗议。

后来，她们在清冷黑暗的卧室里紧紧抱在一起，迪伊依偎着卡拉说道："天哪，要是我们能永远在一起就好了。"

"只有死亡才能永远。"卡拉说道。她抽身去拿了迪伊的一支烟。她啪的一声打开金色的烟盒，盯着它看。"挺漂亮的。"

"迈克给我的……不然我就送给你了。可我都送你三个烟盒了，你总是弄丢。"

卡拉吐着烟耸了耸肩："也许是某种内心直觉正试着告诉我，我必须戒烟了。我已经减少到一天十支了……"

"你可真是个健康魔头。所有那些散步和芭蕾舞训练——"迪伊停下来点了一支烟，"哦，对了——我立了一份新遗嘱。"

卡拉笑了起来："迪伊，你才不会死呢。你那么刻薄，死神不收你。"

"今天我还往你的储蓄账户里存了一万块。"

卡拉笑了起来："康妮和罗尼·史密斯的联合储蓄账户。康妮存钱……罗尼取钱。我肯定银行里的每个人都知道这是怎么回事。"

"他们没认出我来。"迪伊飞快地说。

卡拉跳下床，摆了一个阿拉贝斯[1]舞姿造型。"但如果是我太了不起了，大家都认出了我，我又能怎么办呢？！"她说道，嘲弄着自己的名声。

"你这个疯女人，"迪伊笑了，"回到这儿来。"

卡拉穿上睡袍，打开了电视。她爬回床上盘腿坐着，摆弄着遥控器，调换着

1　阿拉贝斯（Arabesque），芭蕾术语，是一种芭蕾舞姿，独脚站立，手前伸，另一脚一手向后伸。

频道，直到找到一部电影。是嘉宝、巴里摩尔[1]和琼·克劳馥主演的《大饭店》[2]。

"你需要几点到家，迪伊？"她问道。

迪伊依偎着卡拉："没有具体时间。他今天打了十八洞高尔夫球，可能要睡到明天早上呢。保险起见，我留了字条，说我去和乔伊斯玩双陆棋了。"

"乔伊斯是谁？"

"我编出来的一个人。这样他永远无法核实。"

"迈克·韦恩非常有魅力。"卡拉慢慢地说道。

"我是为了你才嫁给他的。"

卡拉往后一靠笑了起来："哈，迪伊，我知道，因为我从不接受采访，所以媒体都认为我不是特别聪明。但你不至于认为我真信这种话吧。"

"我是说真的！我嫁给迈克之前就和你说过，我得结婚……甚至在我遇到他之前就说过了。我必须找个人结婚。去年整个春天，我让大卫带着咱们俩到处逛……我知道人们开始起疑心了……不是怀疑你……而是我……比如我为什么要跟着你们？你想过自己的日子，这是大家都知道的。每个人都知道你是如何为保护隐私而奋斗的，但他们已经习惯在各大报纸上看到我了——在歌剧演出季的开幕式上，在芭蕾舞表演现场，在某些百老汇音乐剧的首场演出上，尤其是有慈善义演的时候。然后还有那些舞会……我是三家大型慈善机构的董事会成员……还有我自己的合伙企业。我是两家公司的董事会主席，有些晚宴我也必须参加。我需要一个可以带出去的伴侣，我需要有个男人，可以在恰当的地点一起亮相。西班牙有一家以我的名字命名的医院正在建设中。明年春天我会到那边去，而蒙席[3]将主持落成典礼。你不明白吗？我不能冒险出一点丑闻。"

"为什么不把钱捐了，然后远离那些宣传的部分呢？"卡拉提议道。

"远离那个世界？就像你努力做的那样？"迪伊看着她，"如果我那么做了……你能答应搬来和我住，永远和我在一起吗？"

卡拉低声笑着："不幸的是，唯一我不得不和她永远在一起的人只有我自己。"

"但你不介意独处，而我很怕一个人待着。我一直讨厌独处。可是，直到你走进我的生活，独处才变得如此可怕。你第一次消失那次，我吞了一整瓶速可眠。

1　巴里摩尔（John Barrymore，1882—1942），著名戏剧和电影演员。

2　《大饭店》（*Grand Hotel*），1932年在美国上映，讲述了在柏林的一家豪华大饭店中，五个不同的人物在同一天的离奇遭遇。

3　蒙席（Monsignor），天主教会神职人员因对教会有杰出贡献而从罗马教皇手中领受的荣誉称号。

我现在仍然会为你的离开感到难受……但至少我不是孤身一人了。"

"我无法理解这种恐惧。"卡拉说道，眼睛仍盯着电影。

"也许是因为在我的成长过程中，孤独始终伴我左右。我父母去世得太早了，陪我长大的只有银行和托管人，并且我始终知道，我不是个漂亮的小姑娘，但这没关系，因为我特别特别有钱。你知道那是什么感觉吗？你会觉得，你遇见的每个男人讨好你，表现得好像他喜欢你，只是因为你的钱。"

"迪伊，那是胡说，你很漂亮。"

迪伊微微一笑："我这种漂亮是由金钱、美容和节食打造出来的，不是天生的漂亮，不像是杰奎琳·奥纳西斯或者贝比·帕利那样。"

"我觉得你是。"卡拉说道，眼睛盯着电视上琼·克劳馥的特写镜头。

迪伊也盯着电视屏幕。"她就很漂亮，"她说道，"她的美貌带给她财富以及爱她的男人，而我的财富带给我美貌，以及自称爱我的男人。但我一直都知道……所以我绝不让自己对任何男人动真情。从根本上说，我讨厌男人。女人就不一样了，而且我总是选择本身就非常有钱的女人，这样我就知道她们想要的是我这个人。她们确实是。但我从未真正爱过她们中的任何人。我以为我没有能力真正爱上谁，直到我遇见了你。卡拉……你知道你是我这辈子唯一爱的人吗？"

"你知道吗，这部电影仍然很精彩。"卡拉说道。

"天哪，你能不能把那玩意儿关了？"

卡拉关掉声音，对迪伊微笑着说："好了，你开心了吗？"

迪伊看着她："你知道吗？我想自从我认识了你以后，我没有一天真正开心过。"

"但我以为你说你爱我。"卡拉还是盯着静音的电影看。

"这就是为什么我这么不开心！唉，卡拉，你还不明白吗？我们这样亲近……就像现在……"她的手滑进了卡拉的睡袍，抚摩着她的身体，"现在，我的手正像这样抚摩你的身体——我仍然觉得你没有真正属于我，或者我无法真的打动你，无论我说什么……或者做什么。"

"你现在让我感觉非常兴奋……我想，或许我最好把睡袍脱掉，我们做爱吧。"

迪伊再次感受到了她们之间身体上的亲密，那种无法用语言描述的完美。一切平息后，迪伊紧贴着她，说道："卡拉，我崇拜你。求你了……请你……别让我不开心。"

"我以为我刚才让你非常开心。"

迪伊转过身去："我不是说在床上。你难道不明白你对我做了什么？！你那几次消失——"

"但现在你知道了，我总是会回来的。"卡拉说道。

"那我怎么能肯定呢……就像我不能肯定你什么时候会再次收拾行李离开。卡拉，你有没有意识到，我爱你已经快九年了，可是，如果把我们在一起的所有时间加起来，也不过就是几个月。"

卡拉打开了电视的声音。嘉宝正在和巴里摩尔演着爱情戏。"要是我待得太久了，你就该烦我了。"卡拉说道。

"永远不会。"

卡拉的视线仍然黏在屏幕上："我可爱的小迪伊，就像你没法独处一样，有时卡拉必须一个人走开。"

迪伊凑过去抓住遥控器，关掉了电视："卡拉……你知道我第一次吞安眠药那事。我对自己发誓，再也不会那么做了。每次你离开，我都很痛苦……但每次我都告诉自己，我会变得更坚强……告诉自己，你会回来的……但去年春天，你再次离开我之后，我……我割了腕。唉，这事没传开。我当时在马贝拉，有几位医生朋友在。但就在那时，我知道了……我必须结婚……为了保住我的理智。"

卡拉用那双灰色的大眼睛望着她，目光中含着同情："你说这样的话让我很伤心。或者我应该永远离开你的生活。"

"天哪！你难道不明白吗？"迪伊紧抱着她不放，"没有你，我活不下去。我也知道，如果我像这样过分地大吵大闹，你会离开我的。这也是我嫁给迈克·韦恩的另一个原因，他和别人不一样，我没法驾驭他，或者摆布他。我必须扮演好他妻子这个角色，我必须去适应他。这种纪律性约束着我，让我不至于为你而鲁莽行事。而且我知道，只要我扮演好一个妻子，他就会留在我身边……因为他没钱……还因为我刚为他女儿设立了一千万美元的信托基金。"

"这不是不像你吗？"卡拉问道，"通常是你控制着别人的一举一动。"

迪伊微微一笑，说："这份信托基金并非不可撤销，我总是可以改掉它的。"她恳求地看着卡拉，"你得到棕榈滩来。迈克会整天打高尔夫球……我们可以在一起……我们甚至晚上也可以在一起……就像现在这样。那个地方那么大，他绝不会发现我们的——"

卡拉笑了起来。"你不是才说了那些关于亮相的话？我去一对新婚夫妇家里小住，绝对会引起闲话的。"

"要是你假期中途来就不会了。到那时，每个人都邀请了宾客留宿……就是你继续住些日子……也没人会说什么。"

"再说吧。"卡拉从迪伊手里拿回遥控器，走过去打开了电视。然后她回到床上，换起频道来。她换到一个频道，里面在放加里·格兰特的电影，正放到一半。她高兴地靠后坐好。"一个很不错的男人……我差点和他一起拍电影——我们有些条款没谈拢。"

迪伊躺了回去，看着卡拉完美的侧脸。她看见卡拉的耳朵后面有条新的疤痕，突然，她开始琢磨卡拉为什么要做这个。迪伊七年前做过脸部提拉，但她想保持容颜是为了卡拉。一年前，她又去做了一次，同样也是为了留住卡拉。去年春天，她看到卡拉眼睛下面开始出现小细纹……下巴周围也有一点松弛……她发现自己在祈祷这种变化能进行得再快点……祈祷那张美妙绝伦的脸垮掉，那样就没人想要她了。可是现在——上次消失的日子里，卡拉去做了脸。为什么？她又没兴趣重返影坛。每每有人向她抛出橄榄枝，她都拒绝了。那她为什么要去做脸呢？突然，她觉得内心很无力。卡拉对大卫是认真的吗？在这一秒之前，她还觉得有大卫在身边晃来晃去满足了她的虚荣心。但现在她心生恐惧，因为她突然意识到这是有可能的。卡拉是个同性恋……她告诉过迪伊。有一次，她说，她还是个小女孩的时候就知道了。她从未详细说过……但迪伊猜想她当时肯定是在芭蕾舞团里。不过，卡拉也和男人有过一些众所周知的情史。卡拉也承认，她真心觉得那些男人有吸引力。迪伊闭上了眼睛，同时一股绝望涌上心头。二十年前，好莱坞有个叫克里斯托弗·凯利的男演员，卡拉差点就和他私奔了。大卫长得非常像他，也许卡拉会对某种特定类型的男人有感觉？她看着卡拉。卡拉丢给她一个灿烂的笑容，然后注意力又回到了电视上。她想尖叫。她们俩就在这儿……躺在一起……可她不敢问，不敢刺探卡拉的私人感情。她已经认识到了，就算她们俩的身体如此亲密，她也无权侵犯卡拉的隐私。眼泪、威胁，甚至金钱，都无法刺透她隔离在内心深处的那部分自我。很久以前，她就发现了卡拉那种病态的吝啬。这女人是个百万富翁……然而，只有收到一大笔钱时，卡拉才会露出一种近乎激动的样子。可今晚，一万块也只换来了一个礼貌的微笑而已。她似乎心事重重，也许她是真的爱着大卫。迪伊的恐慌突然让她忘记了所有的规矩，但她尽量让声音保持平和。

"卡拉，你经常见大卫吗？"

卡拉仍然盯着电视屏幕。"是啊。"

"我觉得他喜欢我的继女。"

卡拉微微一笑："我觉得，是你喜欢他喜欢你的继女。"

"那个，他对你来说没有任何意义，对吗？"

"他当然有意义了，不然我为什么要见他？"

迪伊跳下床："你个贱人！"

卡拉向后靠去，微微一笑说道："你不穿衣服站在那儿会感冒的。还有，迪伊，你真应该做做芭蕾舞训练，你的大腿需要锻炼。"

迪伊冲进了浴室，卡拉调高了电视声音。迪伊从浴室出来时，她似乎完全沉浸在了电影里。迪伊默默地穿上衣服，然后走到床边说："卡拉，你为什么要做这些事来折磨我呢？"

"我怎么折磨你了？"卡拉的声音冷冰冰的，"你有丈夫……还有很多很多钱。你喜欢控制别人的生活，用你的钱控制和恐吓他们，但你不能控制或者恐吓卡拉。"

迪伊瘫坐在床边上："你知道拥有那么多钱有多糟糕吗？"

卡拉叹了口气："唉，我可怜的迪伊。你感到痛苦，因为你不确定人们是否真正在意你本人。你说那在你心里留下了深深的伤痕，但我们都有伤痕。"卡拉关掉了电视，"不幸的是——或说幸运的是——你从来不知道努力成为一位明星所带来的伤痕……为了保住名声地位而更加努力工作所带来的伤痕……永远铭记没有钱是什么感觉所造成的伤痕——"

"但那是种挑战和乐趣——"

"乐趣？"卡拉淡然一笑。

"你闭口不谈以前的生活，但我读过所有关于你的报道。当然了，你在战火纷飞的欧洲长大，那肯定可怕极了。我记得，珍珠港事件发生的时候我大概二十岁。我加入了委员会，为英国人织衣服，还有俄国人。是的，那时候他们是我们的盟友，但我们只读到了打仗的事。那会儿没有电视，不像现在，我们在客厅里就能从电视上看到战争。太可怕了。"她发起抖来。

卡拉盯着半空发呆。"你发抖，因为你在客厅里通过电视看到了战争。但在波兰，我们直接在客厅里遭遇了战争。"

"你家客厅？"

卡拉淡淡笑着。"德国人和俄国人结盟那年我二十岁。1939年，希特勒入侵了波兰，他们瓜分了我的祖国。"

"就是那时你去了伦敦？"

"没有……先去的瑞典……后来去了伦敦……但这话题不适合在睡前谈，我突然感觉很累了。"

迪伊知道，她应该离开，卡拉在赶她走。她犹豫着。她可以离开，并威胁说再也不见她了，但她只会卑躬屈膝地回来。她们俩都知道。

"卡拉，我们下周就去棕榈滩了。请你一定要来。"

"或许吧。"

"我该派飞机来接你吗？"

卡拉伸了个懒腰："我会告诉你的。"（迪伊意识到她实际上快要睡着了。）

迪伊靠过来说："我明天给你打电话。还有，卡拉……我爱你。"

迪伊回到皮埃尔酒店时，迈克也刚回来。他张开双臂抱住她："我去吃了个汉堡。比赛精彩吗？"

他打开公寓的门，她把她的大衣丢到了沙发上。他走到她身边，抱住她。"抱歉你家男人睡着了。"他咧嘴笑着说，"但我现在醒了……上下都醒了。"

她脱身离开。"不……今晚不了。迈克……别闹了！"

他一动不动地站了一会儿，然后挤出一个微笑："怎么了？玩双陆棋输了？"

"是啊，输了一点。但我会赢回来的，我必须——"她转向他，不自然地笑着，"你看，这事关尊严。"

11

今天是感恩节前的周二，已经是半夜了，琳达正坐在她的床中间狠狠抨击这个节日的虚伪，詹纽瑞则被她抓来做听众。"你就说我们有什么可庆祝的？"她质问道，"真相是，一些精神失常的家伙管自己叫'开拓者'，跑到这儿认识了一些友好的印第安人，接着就把人家的整个国家都抢走了。"

"嘿，琳达，他们对印第安人还是友好的，冲突是后来的事。事实上，感恩节是庆祝一年的好收成和我们与印第安人之间的友谊的。"

"狗屁。再说了，是哪个自作聪明的开拓者决定把庆祝安排在周四的？整个工作周都被毁了。要是夏天还好些，你可以去汉普顿。可十一月的长周末我还能做些什么？"

"你的家人怎么样？"詹纽瑞问道。

"他们怎么样？我父亲的新老婆大概二十五岁，刚刚又生了一个孩子，他最不想看见的就是一个比他老婆年纪还大的女儿——可能这会让他想起他有多老。而我母亲就快和她的丈夫离婚了。她抓到他在某个鸡尾酒会的化妆室里对她最好的朋友上下其手——所以，她也不会庆祝什么感恩节了。你就幸运了……要在棕榈滩的海滨宫殿度过美妙的四天……坐着你的私人飞机去……晒日光浴时，还有两个男人伴你左右……爸爸和大卫。或者，仍然只有爸爸，而大卫是碍事的？"

詹纽瑞走到窗边。之前琳达打电话坚持让詹纽瑞上楼来她公寓的时候，詹纽瑞已经准备睡觉了。琳达说事情很紧急，可这二十分钟里，她一直在滔滔不绝地絮叨感恩节。

实际上，詹纽瑞很期待这次旅行。迈克已经走了十天了。那个可怕的夜晚之后，大卫已经带她出去了两次。他们去看了《毛发》（他讨厌那出戏……她很喜欢）。第二次他们去看了一部老电影，晚上去了麦克斯韦梅子餐厅。这两次他都送她回家了，他让出租车等着他，而他则边道晚安边露出"我会等着，直到你开口"的微笑。

她意识到，琳达之所以这样评论大卫和她爸爸，源于她自己的形只影单。琳达正穿着一件旧睡衣，那衣服原本是凯斯的。突然，她意识到詹纽瑞正盯着那件上衣看。她微笑着说："每个女孩都有一件前任情人的睡衣，她会在某些特殊时候穿上……提醒自己，所有男人本质上都是浑蛋。"

"哦，不是吧——"詹纽瑞试着扭转她的心情，"你和凯斯之间是事业上的矛盾。"

"我说的不是凯斯，"琳达说道，"我说的是里昂……空前的大浑蛋。今天下午正好五点的时候，他宣布他要回到妻子身边。他爱我，但他的心理医生认为我损害了他的男子气概。还有，他要离婚的话，就得付她赡养费，而他付不起，而且他也付不起偶尔请我吃晚饭的钱。当然了，他倒是付得起一周去看三次心理医生的费用。"她耸了耸肩，"倒也不错——幸好他也从来没真正吸引我。"

"那你为什么要和他上床呢？"

"亲爱的，里昂是个有才华的艺术总监。他去别家杂志社的话，能拿到的钱多得多……"

"你是说他还会留下来？"

"当然了，我们还是朋友啊。也许偶尔甚至还能上个床。听着，我开始这段关系的一个主要原因，就是要让他继续干这份工作。这样的话，是他抛弃了我，回到了他妻子身边。而我自己也接受过够多的心理治疗了，知道怎么应对这种情况。我哭了……和他说我是真的爱他……让他向我保证，他会好好回家过感恩节……我告诉他我能理解……他毕竟有妻子，还有孩子……总而言之，我为他安排了一趟内疚之旅——他永远都不会离开杂志社了。"

"你唯一在乎的只有这本杂志吗？"

琳达点起一支烟。"我还在哈顿女士学院时，所有女孩都仰慕我，因为我总是活在当下，总是精通世故，对吧？男孩和我约会，也是因为我总是坚持到底。但无论我多么坚持，我也从不确定他们会不会再打电话来，或者我能把他们留在身边多久。因为我知道，他们总是会认识其他人，而她们比我做得更好。我从哈顿女士学院毕业后做了鼻子，想成为一名演员，我见过那些女孩如何在试镜中羞辱自己，而我曾是她们中的一员——在昏暗空旷的舞台上大声歌唱，然后听见一个空洞的声音喊一声'非常感谢'。而且，就算你够幸运，得到了一份工作……下个演出季，你还是得回来，讨好、祈求、奔走、试镜……祈祷……以再得到一个机会，站在昏暗的舞台上听到那句'非常感谢'。但被《炫目》杂志社录取的时候，我知道我必须向上爬，跑起来，去争取，去承担，升迁路上机会只有一次。要是我成功了，《炫目》永远都在，不像一出戏，过一季就终止……不像一个男人，下了你的床就再也不会回来。会有很多像里昂的男人……也许甚至还有几个凯斯。"

"凯斯……难道他不是真爱？"

琳达微笑着说："少来了，詹纽瑞。你以为他是第一个让我要死要活的男人吗？我不过是喜欢他的方式和喜欢里昂的不同罢了。"

"但你和我说过，你想嫁给他。说凯斯是——"

"那时候他是很重要，"琳达打断了她，"你看，下周我就二十九岁了。这年纪糟透了，因为你这么说，没人信你。你要是说二十七，他们会相信，但二十八和二十九听起来就像是装的。二十九岁了，甚至连一场失败的婚姻都没经历过，就已经人老珠黄了。但如果你是《炫目》杂志的总编，那你就还不算岁数太大。你会是纽约最年轻的总编，即便你意识到凯斯再也不会回来了，你也不会哭着入睡。"

"可你怎么知道他再也不会回来了呢？"

"他和一个岁数更大的女人同居了。我的意思是，一个真正的老女人。是克里斯蒂娜·斯潘塞，你能相信吗？"她看到詹纽瑞毫无头绪，说道，"她很有钱……哦，没到迪伊那个层次，她永远不可能像迪伊那样占据《服饰与美容》的好几个整版页面。她是那种时不时登上《女士时装》中间插页的类型，配上她刚从某家餐厅里走出来的小照片。但她有个几百万——"琳达把烟熄灭，"老天，这些有钱女人，她们可以给自己买更年轻的脸蛋，买更年轻的男朋友……几天前，我看到一张凯斯的照片，他穿着新款的皮尔·卡丹夹克，陪她参加了在广场饭店举办的'拯救儿童'舞会。他们登上的就是《女士时装》的中间插页，只不过凯斯被剪掉了一半，《女士时装》称他是身份未知的男伴。"

"但他想从她那儿要什么呢？"詹纽瑞问道。

"这十年来，克里斯蒂娜·斯潘塞一直在从百老汇剧目中获利。今早我读到《纽约时报》上说，她是一出新摇滚音乐剧《毛毛虫》的主要赞助人，还说他们签下了凯斯·温特斯做特别出演。"

"你难过吗？"詹纽瑞轻声问道。

琳达摇了摇头："自从托尼之后，我就没真的感到难过了。"

"托尼？"

"是啊，他曾是我的真爱。他和我分手时，我只带走了五个红色洋娃娃和两件黄色夹克。那时我才二十岁，以为我们的爱会一直到永远。最后，我熬过来了，没有死于托尼，也没有死于药物。之后，我交往了许多快餐男友。你知道的——你委身于某个人，因为他伸手可得，因为你想证明给托尼看你死不了。你想证明给自己看，'这就对了，宝贝……坚持住'。可那些从没发展成一段有意义的关系，因为不管他多有魅力，他不是托尼。这种关系一般能持续几个月，有时候能持续一年，但总会有些不对劲——也许因为他突然不再打电话来，而你对此也消极应对。他甚至都忘了，他还有三件衬衣落在你家，刚从洗衣店取回来的，清新干净，洗衣服的钱还是你给的。我猜，可能就是从那时起，我开始选择那些对杂志有帮助的人了。大多数时候，甚至与性无关。比如现在，有一家大广告代理公司为客户买下了整版的广告彩页。这家公司的总裁杰瑞·莫斯住在达里恩，有一个可爱的妻子和两个孩子，一辈子都是位深柜同志。但一年前，他爱上了泰德·格兰特，我认识的一位男模。我给他们打掩护。有时我和他们俩一起外出。很自然地，他妻子会认为我们是为了工作。有一年圣诞夜，我甚至去了他们在达里恩的房子——带着泰德做我的男伴——我和那位妻子坐在客厅里寒暄了四十分钟，他们俩就在楼上的卫生间里翻云覆雨。后来还有一位设计师，他和他妻子都是同性恋，她有女朋友，他有男朋友，而我加入进去，凑成了五人行——除了当事人，把所有人都弄糊涂了。这位设计师是位得力干将，而他妻子办的晚宴派对特别棒，我在那些晚宴上认识了很多上流社会人士。是啊……我爱《炫目》，它对我有好处。我可以掌控它，让销售量增长，比掌控一个软在我身上的阳具来得容易。嘿，这种事也有过。男人硬不起来的时候，他就躺着，阳具软塌塌的，而他看着你，好像是你让他阳痿的。他躺在那儿，挑动你去让阳具硬起来。之后，你被射了一肚子。后来，出现了一位凯斯，你开始觉得，或许……你骗自己说，这有可能。但你知道并没有，他和你分手了……你也不会真的恸哭。"

"好吧……我很抱歉。"詹纽瑞向门口走去。

"坐下吧，你个小傻瓜。我叫你来不是讨论我的性生活的，也不是批判凯斯的，我已经恢复了。再说了，前几天我给自己算过塔罗牌了，牌上说，1971年有大事要发生。所以，今晚里昂通知我之后，我就回家了，我从冰箱里拿出一块羊排，等着它解冻的时间里，我开始读汤姆·柯尔特新小说的校样。"

"和他的其他小说一样好吗？"

"更好，更商业化。他最近的几部书好得过头了。我是说他偏向文学性了，只有评论家会喜欢，根本卖不动。但这本书将会一飞冲天。这就是为什么我相信宿命论。如果里昂在这儿，我就会和他上床，那我压根儿不会读这些校样了。"

"你打算怎么做？"詹纽瑞问道，"投标获取连载版权吗？"

"你开玩笑吗？我听说《女士之家》已经出价二万五千块，就为了引用两段节选。我们可弄不到他的书，但我们可以弄到他的人。你明白吗？"

"琳达，我很累了，我还没收拾行李，我们别玩花样了。不，我不明白。"

琳达眯起了眼睛："听我说，你最近有点怪。我和你说，你最好和某个人做了，否则你知道的，接下来……你的皮肤有一天也要松弛的。"

"这是种谬论，而且——"詹纽瑞闭上了嘴。

"而且什么？"她看着詹纽瑞，"嘿……你脸红了。你和大卫做过了！好吧，谢天谢地！你吃药了吗？是不是一切都很棒？难怪你对棕榈滩特别激动——整整四天四夜的沙滩恋曲——"

"琳达！我们只做了一次，而且很糟糕。"

琳达停住了："你是说他硬不起来？"

"不是……他……那个……他还行吧……我猜。是我觉得很糟糕。"

琳达笑了，松了一口气："总是这样的……第一次的时候。对女人来说确实……但男人绝对不会。据我所知，那些浑蛋第一次射得飞快，就算他们才十三岁，而且是在一条小黑巷子里和本地'坏女孩'做的。她也许不会有高潮——他们可能在真插进去之前就射了——可是去他妈的，他们总能射！这种事情，女性解放运动永远也无法改变。而对处女而言，就算她用手指插过了，里面还是特别紧。如果对方太大，处女就会受伤。而且破处时几乎不会有高潮，无论她已婚未婚，除非她先恰当地扩张过，并且春潮澎湃得非常湿润了。谢天谢地，你不是个处女了……只不过可惜你是和大卫破的处。"

詹纽瑞点点头："我就是这种感觉……我想也许我本该再等等。"

"当然了。我可以给你安排人……甚至里昂也行。"

"你疯啦！"

"初夜绝不要给一个你喜欢的人。就像我说的，初夜总是很糟，你会失去那个男人的。你让大卫失去兴致了吗？"

"我觉得没有吧，其实……他说他爱我，想要娶我。"

琳达盯着她："那为什么我们要坐在这儿哀悼你失去的处女膜？你这个优雅的小滑头——你在床上总是变身狂野女郎啊。现在看看吧——我得恭喜你啊。不过，让我们继续说汤姆·柯尔特。我听说的是，他需要钱，所以他同意做巡回宣传了。"

"可是他很有钱，"詹纽瑞坚持说，"我小时候见过他。那时候，他和某任妻子住在纽约的一栋小洋楼里，我父亲正筹划买下他的一本书，改编成电影。他写了差不多十五本畅销小说……他有很多钱。"

"你父亲以前也有很多钱。也许汤姆·柯尔特也只是时运不济罢了。他再娶了……得给三位前妻支付赡养费……还得给第四位一大笔安置费，而他的新老婆刚给他生了个男孩。想想吧，他那个年纪……他以前从没有过孩子。但像我说的，他最近的几本书卖得不好。要是你住在比弗利山庄那种大房子里，开着劳斯莱斯，雇着用人，家里还有放映厅等，你不可能连出三本滞销书还能负担得起这些。至少他付不起他背的那些赡养费。而且，1964年后，他就再没卖出一部电影版权——电影和精装书才是能赚大钱的。但他这本新书又回到了他以前那种硬汉风格。他声称他不再为评论家写作了，要重新贴近读者。几个月前，《巴黎评论》[1]

---

[1]《巴黎评论》(Paris Review)，一本季刊类的英语文学杂志，创刊于1953年，它专注于创造性的小说与诗歌，钟爱原创作品。

上有篇采访，他说，就算文艺派说他是卖身，他也不在乎——他想要销量第一，想要卖出一部大电影，所以……"

"所以什么？"

"所以他会需要所有他能得到的宣传机会。他或许会为引用图书内容要个高价，但要是我们提议给他做一篇封面报道，他绝对会免费来。"

"那为什么海伦·格利·布朗没有想到这个主意呢？"詹纽瑞问道。

"哦，她或许已经想到了……但我们有你！"

"我？"

"你认识汤姆·柯尔特！"

"哎呀，琳达……我见他那会儿才五岁呀。我该怎么办？寄给他我的儿童照，然后写上'猜猜我是谁？'，让我们看在过去的交情上见个面？再说了，你也说了，他住在比弗利山庄。"

"如果有必要，我会把你派到那儿去的，坐头等舱去。听我说，这本书要到二月或三月才出版，你要做的就是请他接受一次采访……用用你爸爸的面子。"

詹纽瑞站了起来："我累了，琳达，而且我还得收拾行李……"

"好的。祝你假期过得愉快。你在忙着晒太阳和做爱的时候，看看能不能编造出一封像样的信寄给汤姆·柯尔特。也许，甚至能让你爸爸在里面加上几句……"

12

那架格鲁曼飞机落地时，迈克已经在机场等着了。他看着詹纽瑞走下舷梯，胳膊挽着大卫。她还没看见他，在那片刻，他陶醉于那种暗自欣赏她的快乐。每次见到她，他都会发现一些细小的变化。她仿佛变得更美了。他欣赏她那身休闲"现代"装扮：阔腿休闲裤，大檐软帽，飘逸的长直发。她看起来就像是那帮混血新人模特中的一个。然后，她看到了他，马上向他冲了过来，喊着："爸爸……嘿，爸爸……见到你可真高兴啊。"他露出了微笑，因为他发现，她心情激动的时候总是喊他爸爸，而不是迈克。

"我留下马里奥调酒了。我来给你们开车。"他解释说，这时大卫已经坐进了敞篷车的后座，挤到了行李箱中间。

"这次有多少客人来住？"大卫问道。

"可能八个到十个人吧，但具体数目不清，因为她每天招待三十或四十位客人吃午饭。我九点去打高尔夫球，等我四点回来的时候，还有一半人在。等到了七点，参加鸡尾酒会的那群人就来了。但迪伊已经决定感恩节晚宴只请亲朋好友了。也就两桌吧，一桌十二人。同时，希望我们有幸能多见到些晴天，你们俩都需要晒晒日光浴。"

好天气持续了整个周末。泳池边总有两三场双陆棋对决赛。仆人们端着各式冷热餐点络绎不绝地四处走动。迈克和詹纽瑞坐在一起，有时晒日光浴，有时一起在沙滩上散步或游泳。她和大卫打网球时，迈克惊讶地观察到，每次截击球她都能机智取胜。她在哪儿学的，怎么打得这么好？他突然灵光一闪……记忆在他脑海中闪过，他想起了那些他从未去看过的网球锦标赛，以及他在洛杉矶、马德里或者伦敦收到的那些字迹潦草的小纸条！"正在打青少年杯的比赛，真希望你能来。""我赢了。""奖杯正在送去广场饭店。""我赢了。""奖杯正送去广场饭店。""我得了第二名。""我赢了。""你收到奖杯了吗？这次是纯银的。""我赢了。""我赢了！"

老天，他真正给她的是多么少啊。突然，他发现自己在琢磨那些奖杯和战利品后来都怎么样了，而她也从没问过他那些东西的去向。它们可能在某个仓库里，还有那些打字机、那架钢琴、那些档案柜、那些办公家具，他将它们都收纳进了"卷土重来"系列，而他甚至不知道存货清单在哪儿。

他错过了她的多少童年时光啊，而她又失去了多少青春岁月？现如今，她正值最美好的花样年华，而他又得错过这些了。他结了婚……只是这次失败，他不可能像以前那样关掉办公室，一走了之。

他正坐在那儿，观看他女儿打网球，突然，刚才滑过潜意识的那个念头让他一阵心慌。他把他的婚姻看作一次失败。然而，事实上，什么都没变。迪伊仍然每晚在桌子对面对他微笑。他们迎接客人时，她仍然会挽起他的臂弯。他仍然每周和她上两次床……对了！就是这个！他刚刚触及了关键。他，去找她，上床。最近，他有种感觉，她是在应付他，忍受他。她再也不"表现"了。她有多久没有边呻吟边紧紧缠着他，和他说一切都是多么美妙了？但这也许是他的错。也许因为他觉得自己在应付她……而她感觉到了。像这样的事情是能感觉得到的。是的，是他的错。这个可怜女人也许在怨他待在俱乐部的时间太长了。天晓得，他确实没怎么注意她。整个上午打高尔夫球，下午打金拉米纸牌（他找到了几个人傻钱多的好对家）……当然了，他会掐着时间回来，加入她喝马天尼的活动——晚上则总是各种晚宴。

好吧，从现在起，事情就会不同了。詹纽瑞一走，他就要使出从前的各种花招追求取悦迪伊了。他还会削减每天下午玩金拉米纸牌的时间，偶尔找几个下午陪陪她没什么错。但他也不是和她单独在一起，他会留下来，和她那些朋友共进午餐，看她们玩双陆棋。不过，他还是得去高尔夫俱乐部。再说了，目前他玩金拉米纸牌已经赢了快五千块了，他还开了一个储蓄账户。当然了，五千块像个笑话，但这是他的钱，是他赚来的，或说赢来的。管他的呢，玩金拉米纸牌赢钱感受到的兴奋和从其他任意地方赚钱感受到的一样！不过他需要在床上多关注她了，也许他是有点太敷衍了事了。那好，周日吧，等詹纽瑞和所有留宿宾客走了以后，新的浪漫追求就要开始了。突然，他感觉好多了，看来有必要时不时地像这样整理一下思绪。他在这儿又坐了半天，想着他们的关系中缺少了些什么，而事实上，他才是需要负责任的那个。其实，在马贝拉，她总是和相同的人群来往，而明年八月去了希腊，或不管她决定去哪儿，还会是这些人。在伦敦的多彻斯特，鸡尾酒派对上的客人从来不少于二十人。这就是她的生活方式，他从一开始就知道。他理应为她营造浪漫氛围的。他们第一次见面的时候，他就是这么做的，而她就迷上了他，所以，这就是他现在要做的——从周日开始。

但接下来几天，他还是专注于欣赏他的女儿。他看着她的皮肤晒成了漂亮的小麦色（而迪伊的皮肤非常白皙），看着她比基尼里完美的身形，看着她飘逸的秀发（而迪伊的头发总是固定好的）。她穿着潇洒的牛仔裤——而迪伊总穿着白色的雪克斯金细呢裤子。她手上戴了很多纯银的小戒指——迪伊则戴着大卫·韦伯[1]的首饰。她们是如此地大相径庭。当然，迪伊是个美人。不过，他很高兴他女儿有自己的风格。

她身上有一种非常清新的气质，整个人发着光。他喜欢她对一切都抱有强烈的兴趣：对《炫目》杂志的兴趣最为强烈，对大卫的兴趣则带着几分随意，对迪伊闲谈当地名流的风流韵事则"假装"有兴趣——那些名字让她一头雾水，但她专注地听着。

对他来说，评判大卫有点难。他总是有求必应……保持微笑……堪称完美

1　大卫·韦伯（David Webb），被誉为"美国珠宝界天才"的珠宝设计师，于1948年在美国创办同名珠宝品牌，其特色是贴近自然，多采用动物形态的珠宝设计。

男伴。你简直能直接看出来他和迪伊是近亲，他们简直是一棵树上掉下来的苹果。那些贵族特点他们都有。他礼仪优良，总是不知疲倦地和迪伊的客人玩着双陆棋，衣着恰当地出席每个场合。他的网球短裤裁剪得恰到好处，运动衫休闲得体，就连他的汗水看上去也很优雅，只眉毛上有一点，衬得他晒成小麦色的肌肤更为闪亮。这不就是他希望詹纽瑞拥有的吗？在遇到迪伊之前，他早早就知道，他想给他女儿比演艺圈更好的生活。这也是为什么他选择了康涅狄格州那家高级学校。是他的业务经理给他出的主意："她会结识上流社会的女孩，认识她们的兄弟——事情就是这样的。这就是那些好学校的意义。"

可是，她从那学校得到的只有一大堆网球比赛的奖杯和一份杂志社的工作。学校里有那么多女孩，她为何非得和那个琳达混在一起，那是一个真正狡猾贪婪的人，每晚游走在不同男人床上的女人。不过话说回来，这不就是如今放纵的新一代的特点吗？他盯着网球场上的女儿看。她做过了吗？不会的！倒不是说他希望她永远是个处女，但她是那种和男人订婚后才可能和他上床的人，或者也许订婚之前……只是为了确认一下。现在，她一心扑在杂志社的工作上。但就像迪伊说的，她可能只是临时扮演一个职场女性，然后再嫁给大卫。

他疑惑自己为什么会感到沮丧。这就是他想让她拥有的，不是吗？但他想让她变成一个年轻的迪伊吗？好吧，为什么不呢？这总比走上其他年轻人走的那条路好多了吧：搬去和某个男人同居，变得随性散漫，带着一股纽约东村的自由浪荡味儿。或者假设她更像他——致力于成为超级巨星，然后又会怎么样呢？假设她成功了，她会过上几年炙手可热、飘飘欲仙的好日子，但最终，任何一名超级巨星，比如他自己，都会非常寂寞和受挫。如果一个男人有钱，他的好日子还能长久一些。但对女人来说，即便有钱，寂寞也只会来得更快。年龄是女人的大敌，甚至卡拉那样的传奇人物也不例外——她度过了什么样的一生啊！仍然要做那些芭蕾舞训练！但不去做这些，她每天还能去哪儿呢？而且大多数巨星没有卡拉那种运气，天生头脑简单，满足于散步和练芭蕾。那些更容易情绪化的人都是些可怜虫，独自坐在比弗利山庄的豪宅里，服用安眠药或者酗酒——任何东西都行，只要能让他们摆脱黑夜，熬过没有尽头且无限延伸的白昼，以及当他们独坐在电视机前看日间肥皂剧时，能让他们咽下托盘里的食物。不，或许这种结局对詹纽瑞来说还算不错。她已经在哈顿女士学院学会了所有基础的东西——现在他帮她补上了剩下的。在这样的地方——冬天可以晒太阳，夏天可以观雪——她想要什么都有。

他已经为她争取到了这些。他看着她和大卫走出网球场，她又一次打败了他。这就是他的女儿——一位冠军。不过大卫也是一位冠军。优雅地失败也是一项不易掌握的艺术，而大卫是个中好手。他探到球网对面，对她表示祝贺，其他客人鼓掌的时候，他把手臂环在了她的肩上。但最重要的是，迈克欣赏他每晚在无休止的派对上散发出来的魅力和热情。

詹纽瑞似乎也很享受这个周末，也许他做得还算不错。也许事情就像他希望的那样进展顺利。也许他们回棕榈滩过圣诞节的时候，就会认真对待彼此了。迪伊肯定喜欢那样，但是管它呢……不是现在。直到一月份她才二十一岁呢，她理应享受一些自由时光。

她要自由时光做什么呢？她是个女孩……他以己度人了。女孩不需要游戏人间，她们一辈子只有一个男人也会满足。他女儿可不是那些不成熟的妇女解放分子。不管怎么说，他根本不相信她们。有时他在电视上看到她们，还会和电视屏幕回嘴："没错，宝贝……好好挨顿操，你嘴里就不是这些了。"她们就是这么回事——缺男人的婆娘。而他女儿永远不需要担心这个。

周日，他早早起了床。他答应了要和她在泳池边吃个清晨早餐。她大概四点走，然后就是他和迪伊的二人世界了，他决心遵守自己的婚礼誓言。他一周没和迪伊上床了，他琢磨着不知道她注意到没有。在这儿，他们俩各有自己的房间。还不止一间！他的卧室长四十英寸，宽三十五英寸，面朝大海。他还有一间桑拿室、一间淋浴室和一间铺着黑色大理石的盥洗室，里面配了一个下沉式浴缸。他的卧室挨着她的卧室，但正如他所说的，他们各自有不止一间房间。首先，他需要穿过她的更衣室……然后是她的浴室——非常大的一间浴室，铺着白色和金色的大理石，里面种了一棵真树，还有一整面玻璃墙，里面游满了热带鱼。这面墙也是她卧室的墙，她的卧室比他的略小一点，但面向大海的露台几乎有一间舞厅那么大。他们偶尔会在露台上的一把大遮阳伞下吃早餐。

今天，他开始了他的计划——午饭时，他没喝血腥玛丽，鸡尾酒时间也没喝马天尼……今晚他就会带着他昔日的激情和她做爱。

上午，他和詹纽瑞在一起，她浏览着《纽约时报》的杂志栏目，他看体育栏目。这是他们俩在一起的另一件妙事——待在一起，不一定非要说话。直到他看完了体育栏目和戏剧栏目，注意到她正在读一份小说校样。

"写得好吗？"他问道。

"非常好，"她抬起头，把太阳镜推到头顶上，"汤姆·柯尔特……还记得他吗？"

"我怎么能忘呢？"他说，"我把他的书拍成了电影，盈利三百万呢。"

"我是说，你还记得你带我去他家那次吗？"

"我带你去了？哦，当然了，东六十街上的一栋褐石屋，对吧？"

"《炫目》可能要为他写一篇报道。他怎么样？"

"那段时间正是他自恋的时候。他的第一本小说赢了普利策奖，但他并不觉得有多么惊喜，反而和我说，他要追求那个大奖，就是诺贝尔奖。和我说这话那会儿，他才写了六本书，按他的估算，继续笔耕不辍，十年后应该能实现那个目标。但我猜那些婚姻和酒吧斗殴扼杀了那个梦想。"迈克若有所思地说，"我知道他最近的几本书卖得不好，不过我仍然觉得他不至于恐慌到会接受像《炫目》这样的杂志的采访。"

"迈克！你读过《炫目》吗？"

"你一说要去那里工作，我就从头至尾地读了。你们杂志不是汤姆·柯尔特的风格。听我说，宝贝，你还记得六年前所有报纸都报道了他怎么和一头鲨鱼近身搏斗的故事吗？他乘坐的那条渔船翻了，他只好挺身而出，游到水底，使劲揍鲨鱼的鼻子，让它们无法靠近，直到救援人员来救其他人。"

"真的吗？"

"他还曾在西班牙和一头公牛博斗，在酒吧打晕过专业拳击手。他乘坐的飞机坠机后，他拖着一条断腿走了一英里，走到了镇上。他还能把任何男人都喝到桌子底下去，一只手绑在背后也能打晕拳王阿里。"

"他能吗？"

迈克笑了起来："他不能……但这就是他想要的那种宣传。他确实在酒吧斗殴中打晕过很多人，只是没人知道他是否打晕过专业拳击手。不过鲨鱼的故事是真的，公牛的也是。尽管每个人都说那头公牛已经很累了，但事实是，他确实进了斗牛场，并且试着做了。我的重点是……这就是他想要的那种宣传。我看不出来他会为了《炫目》杂志的一篇报道而坐在那儿接受采访。"

"好吧，我们还希望能弄到一篇呢。"

"哦，你是说你们还没真的弄到手？"

詹纽瑞盯着自己晒成小麦色的腿："我本该给他写封信的。"

"然后随口提一提我是你父亲？"

"是啊……特别随意那种，比如你在末尾补充一句。"

"不行，"他说，"不是说我不愿意为你做这个。嘿，如果对你能有任何帮助的话，在地上爬我也愿意。但是你想采访他，最好别提我是你父亲。"

"为什么？"

"你看，就像我说的，我认识他的时候，他想的是诺贝尔奖。而为了把他那本书拍成一部成功的商业电影，我不得不删减了大量关键场景和人物，否则电影得有六小时长。为这个，他永远也不会原谅我。"

"但要是电影赚钱了——"

"确实赚了——我和电影公司赚了，他只拿固定费用，大概二十万，没有分成。所以他是从艺术角度看待这部电影的。这么说吧……我们不是敌人，但也真不算什么好哥们儿。"

"他多大了？"

迈克皱着眉头说："比我大五六岁吧……可能五十七或者五十八。但据我所知，他仍然酗酒，还和年轻妞儿鬼混在一起。"他叹了口气，"你知道吗？没有比上了岁数的浪荡子更糟的了。就像四十岁的女人企图装成十几岁的新潮少女。"

"那你建议我该做些什么弄到采访？"

"我建议你放弃……"

之后，管家宣布午餐准备好了，客人陆续到达了泳池边。迪伊穿着宽大飘逸的睡衣，戴着一顶大帽子亮了相。随后，豪华自助午餐就正式开始了。

午餐后，他没多少机会和詹纽瑞说上话。现场有至少五十位客人，为了吸引她的注意力，好几位年轻小伙子和大卫展开了激烈的竞争。迈克注意到了，他还注意到了大卫自信的态度。为什么不呢？乘飞机回家的路上，这个小滑头就可以独占她。迈克开始喜欢他了。这周他们聊过几次，为数不多，但他发现这男孩有一种以往没表露过的温情。也许和詹纽瑞在一起让他放松了下来，激发出了他的这种温情。或许只是因为他觉得大卫可能会成为固定成员，他希望自己能喜欢他。不管怎么说，他没心情分析大卫的想法。很快，她就要走了，所有客人也都要走了——今晚他将和迪伊单独相处。明天，一系列的午宴又会再次拉开帷幕……然后，在最后的圣诞抢购狂潮来临之前，一系列派对也将逐渐开始。迪伊已经说过一月要来棕榈滩待一个星期——那边有场双陆棋锦标赛——他们会留宿朋友。那之后，他们或许会回纽约。他喜欢这里的阳光和高尔夫球，但也已经受够了。虽然他在纽约也就是玩金拉米纸牌或者到处闲逛，但还是不一样。纽约和它的冷空气给人一种生机勃勃的感觉。那里是他的家，他在第五大道上依然会遇到一些熟人……去修道士俱乐部聊聊老本行……去百老汇看音乐剧……迪伊玩双陆棋的时候，他能和詹纽瑞在丹尼小酒馆吃个晚饭。他记得，以前丹尼就是他的第二个家。他会带着他当时泡的妞坐在那张前桌旁——而且大部分时候，酒馆里的每个人他都认识。但是最近……到处都见不到那些熟面孔了。大家都去哪儿了？坐在21号餐厅和丹尼酒馆前桌的都是些生面孔：电视明星、唱片歌手和社交名媛。可他还是想回纽约。今晚他会向迪伊求欢，让她快活，依赖着他——然后他就可以提议，来过棕榈滩后，他们去纽约逗留几个星期。

他开车送詹纽瑞和大卫去了机场，看着他们登上了飞机。然后他走回他的车。他们看起来多么年轻漂亮啊，他什么时候变得这么老了？他开着车，看了看后视镜里的自己。他就要五十三岁了。见鬼，那也不算老，他还风华正茂呢。而且，他看起来很不错，身上一点赘肉也没有，女人仍然会上下打量他。当然了，她们都是迪伊的朋友——都已四十多岁。但在俱乐部，也有些打高尔夫球的年轻女人会对他暗送秋波。不过他总是露出坦率友好的微笑，仅此而已——哪怕有几个他以前可能会喜欢……迪伊那个银行家朋友的女儿……莫妮卡。没错，离异，大概三十二岁。她突然开始每天来上高尔夫球课，和他一起玩金拉米的一位朋友说是因为他。莫妮卡……嗯……倒是相当不错，但他不会采取行动的。他和自己说好了——如果他娶了迪伊，而迪伊又给詹纽瑞留了足够多的钱，他就恪守本分。再说了，迪伊长得又不差。她很纤瘦，虽说某些地方有点软肉……但漂亮啊。嘿，多少男人愿意付出一切，只要能随心所欲地得到她……而最近，他一周只"欲"得到她两次。这大错特错了。她不会来邀请他的，她又不像缇娜·圣克莱尔，那女人会说："嘿，情人，我们干吧。"不，迪伊这样的女人只会等，而且她们不干……她们做爱。你得追求她们。他有日子没有这么做了，让她干涸了，他必须改变这一切。如果这就是他无法摆脱的生活，他至少能让它有趣些。

他回到房间时几乎六点了，所有人都走了。一位管家正在露台上为吧台补充存酒。"韦恩夫人在哪儿？"他问道。那管家茫然地盯着他看了片刻。迈克小声咒骂着，那些仆人仍然认为她是格兰杰小姐，这个该死的兔崽子也是其中一员——哼，他才不会说呢，他永远不会说"格兰杰小姐在哪儿"，就算他们俩站这儿一整天，比赛大眼瞪小眼，他也不说。老管家眨了几下眼，然后脸上绽开一个欢快的微笑，恍若恢复了记忆一般："我想，夫人在楼上休息。"

迈克点点头，走向那巨大的楼梯。他凝视了楼梯片刻，然后转身乘坐电梯下到了葡萄酒窖。他选了一瓶香槟带到了厨房，等着女佣配上酒杯，并把鱼子酱摆在冰盘上。

他端着托盘走进房间时，她正躺在贵妃椅上，腿上放着电话簿。他意识到她正在安排下周的预约。他端着托盘走过去，把它放在了桌子上。

"要庆祝什么？"她问道。

"庆祝我们……单独相处……我想你了。"他走过来，拿走她腿上的电话簿，坐在了贵妃椅边上，"我们今晚没有安排吧，是不是？"

"倒是有几个派对，想去的话可以去。薇拉在这边呢，阿诺德·雅顿为她开了一场派对。然后还有——"

他靠过来吻她。"不如咱们哪儿都不去……"他把手伸进她的睡袍里。她推开他说："迈克，现在才六点。"

他笑了起来："谁规定只能在特定时间做爱？现在，让我们兴奋起来……然后就在那张大床上做爱，那儿能看见大海，也许我们运气好……月亮也会出来的。黄昏炮感觉一样好，迪伊。"

"迈克！"她跳了起来，起身走过房间，"你以为你在和谁说话……你以前约会的那些合声部小姑娘？"

他朝她走过去："嘿，迪伊……这是调情而已。我没有恶意。"

"太下流了。"

他咧嘴笑了："得了吧。我们在床上的时候，我也说过这种话。"

"那不一样。我是说，当你正在做的时候，我总不能阻止你说这种话。但……好吧，我不喜欢这些。我知道有些男人说这种下流话就会高兴……但是为什么？这些话让他们兴奋吗，让他们觉得自己更像个男人吗？我的某任前夫甚至硬不起来，除非他逼着我说出那个词，说出我想要他来……你知道的。"

他设法挤出一个微笑。"好啦。我会试着在床上注意言辞的……"他向她走过来，但她转身走开了，"现在又怎么了？"

"哦，迈克，别傻了。现在不是做那个的时间——"她转过身背对着他。

他盯着她的后背看了片刻。然后，他拎起那瓶香槟朝门口走去。

她转了过来："喂，迈克……别生气。我只是现在没心情。"

"行吧，我懂了，"他举起那瓶香槟酒向她致敬，"我想我就自己把这些全喝了。因为今天值得庆祝，你知道吗……今天是我第一次被拒绝。但就像他们说的——凡事总有第一次……"他关上了门。

迪伊一动不动地站着，看着他离开了房间。她这么做是不对的，她应该顺着他……但她就是办不到。她心力交瘁了，从一个派对游走到下一个派对，保持微笑，演好美丽清冷的迪伊·米尔福德·格兰杰·韦恩。她筋疲力尽了。多幸运的迪伊·米尔福德·格兰杰·韦恩，嫁给了一位如此有魅力的男人；但多么多么可怜的迪伊·米尔福德·格兰杰·韦恩，因为一个波兰货没有出现心都碎了。卡拉几乎算是答应了她要来的。天哪，她多希望卡拉在这儿。她尤其希望卡拉能看看詹纽瑞和大卫在一起的样子。看他们一起游泳，一起跳舞，一起打网球……看他们那么年轻，心属彼此。她周二和卡拉说的时候，卡拉说了"也许吧"。她甚至答应了，如果她决定要来，就会四点到机场。迪伊让飞行员等到了四点半。

当她看到来的只有大卫和詹纽瑞时，努力掩饰住了自己的失望。她很高兴他们俩相处得那么融洽，这是整个周末唯一让她高兴的事了。大卫似乎真心喜欢詹纽瑞，要是卡拉能在这儿看到这一切就好了。她为什么不来？！纯粹是顽固。说到底，纽约的每个人都出门了。这个长周末卡拉自己还能做什么？

大卫也在想着卡拉。整个周末他都在想着她。而且现在他坐在飞机里，看着飞机接近巴特勒喷气机场，那是拉瓜迪亚机场[1]的私家停机坪，他也在想她。他突然意识到，飞回来这一路上，他几乎没和詹纽瑞说过话。不过她一直在阅读一些校样，而放下校样的时候，她就坐着盯着窗外看。他琢磨着她在想什么，但他其实并不真的关心。

事实上，詹纽瑞正在想着大卫。她已经读完了那本书，决定以她本人——《炫目》杂志的初级编辑——的名义给汤姆·柯尔特写封信。她不会和琳达说迈克对她们毫无帮助。她看着大卫晒成小麦色的脸庞，他正盯着窗外下面的明亮灯光看。这个假期他一直特别亲和，随时准备好一起打网球，或者一起去游泳。在他们俩共度了那糟糕的一夜后，她起初对他产生的那点小火花已经被扑灭了。也许那火花还能再次被点燃。也许要是他们一起喝一杯，多聊聊天——或许他们甚至还能再次做爱，而且这次一切可能会很好。但她无法面对他那可怕的红色卧室……永远不行。

大卫已经约好了车，正等在机场。他们把行李箱堆进后备厢，朝着詹纽瑞的公寓驶去。大卫帮司机把她的行李箱搬给门卫。她微笑着。"和你度过的这四天

---

1 拉瓜迪亚机场（La Guardia），美国纽约市的三大机场之一，位于皇后区，面向法拉盛湾。

我很愉快，"她说，"真的很开心。"

"我也是……"

她看看表："现在才九点钟，想上来喝一杯吗？你还从来没见过我的豪华公寓呢。"

他微微一笑："你能答应我一件事吗？下次一定再约我。我到家后有好多工作电话要打……而且我知道，我的留言箱已经满了。我明天打给你，一大早就打。"

他转身回到了车里，她盯着他的背影看。喔！现在她知道琳达的感觉了……拒绝得不留情面啊。

大卫一点都不知道他刚刚拒绝了她。他以为她的邀请不过是出于礼貌，他无意再浪费一小时和她坐在一起喝一杯。他回到家，把车打发走后立即查听了留言。只有几条。金姆在莫妮科的派对上——求你也来吧……德莫妮公主来过电话——她正在办一场双陆棋派对……他的女佣打来过——她周一来不了了，但周二可以，还留下了一个可以联系她的电话号码。还有几条留言，但没有一条是他在意的。没有卡拉的留言。好吧，为什么会有呢？她知道他今晚回来，她明天会打到他办公室去的。

突然，他踢了旁边的废纸篓一脚。这太荒唐了。现在才九点半，卡拉是他爱的女人，他整晚都有空，他们应该在一起，然而他没有任何办法打电话给她。他不能再这样下去了，像个女孩一样坐立不安，等着她打电话来。他抓起大衣冲出了大楼，拦了一辆出租车。他要到她那儿去……捶她的门，要求她把电话号码给他。他不在乎她是不是睡了，他要去维护他的权利。如果他想让她把自己当作男人对待，他最好开始像个男人。今晚他会坚持他的主张，就算这意味着他们将第一次吵架。但最重要的是，他想把她搂在怀里……看着她的眼睛……感受她强健的双臂抱着他……听到她那低沉的笑声。

出租车停了下来。大卫付了钱，跳下车。开朗又有礼貌的门卫埃内斯正当值，他如往常一样对大卫友善地点点头，但他并没和以往一样说"晚上好啊，米尔福德先生"，他说的是"您要去哪儿，米尔福德先生？"。

"我要去见卡拉小姐。"

"但她周五早上走了。"

"走了？！"

"她是走了……带了两个行李箱。"

"她去哪儿了？我是说……她没搬家吧……或者——"

门卫看见大卫神情慌张，说道："镇定，年轻人……不用这么沮丧。她当然没搬家。你知道卡拉小姐的，她总是说走就走。我们没人知道她打算出门。但周五早上九点她下楼来，裹着她那件毛皮大衣，戴着黑色墨镜，只不过她没像往常一样走去练功房，而是要了一辆出租车。像我说的，她把行李箱给了他们。她告诉我说，她留了话，让他们帮她存着邮件以及先别送《华尔街日报》。她只读这份报纸……不过她让我联系他们确认一下。然后她告诉司机去肯尼迪机场。我只知道这么多。"

"我……我之前也出门了，"大卫说道，同时试图让自己恢复正常，他无法忍受门卫眼睛里流露出的同情，"我之前去了棕榈滩……从我的皮肤颜色能看出来……我一直没查听留言。恐怕我出门的时候也没有通知卡拉小姐，我从机场打过电话，没有人接……那个，你知道如今那些电话机……你永远也弄不清楚……所以我想着我得来一趟。但我可能会在留言箱里找到她的留言。"

"当然，你会的，年轻人。"

大卫转身走开了。她走了，他再也听不到门卫说的那些"晚上好"了。老天，那些晚上多么好啊！那些晚上，他昂首阔步地走进来，自信又快乐，对门卫微笑。门卫知道有人在等他，对电梯员点点头，电梯员也知道有人在等他。现在她又走了。要走多久？为什么走？路灯开始变得模糊不清了……他开始跑了起来。她走了……甚至没说一句再见。他一直跑……这是避免当场崩溃的唯一办法。他一路跑回了他的公寓。进了房间之后，他对着空空的墙壁吼道："老天啊……卡拉！为什么啊？"

然后，他站在原地，哽咽着……无泪地大声抽泣着……这是继那天他被踢出安多弗足球队之后，他第一次这么情不自禁。

1　《华尔街日报》（*Wall Street Journal*），创刊于1889年，在美国纽约出版，着重报道财经新闻，其内容足以影响每日的国际经济活动。

13

卡拉窝在飞机前排的座位里。她给所有航空公司打了电话，最终选择了环球航空十一点飞往伦敦的航班，因为他们向她保证没人会和她分享同一排的座位。

她仍然戴着那副超大的墨镜，目前那些年轻空姐还没认出她来。她息影时，她们中有些人还是孩子呢。不过，同样也是这些孩子在深夜电影里发现了她，成了新的追星狂族的一员。她看着她们凑在一块儿傻笑着，准备着小吃拼盘和饮料，在过道里快步走来走去，为乘客提供服务，脸上始终挂着微笑。她们多年轻啊，而且多么快乐啊。她曾经像这样年轻过，或者这样傻笑过吗？没有……不可能有。要是你在维尔纽斯附近的村子里长大，就不可能有。

维尔纽斯，她父亲犯了一个错，决定移民到那里……太多波兰人都犯了这个错。1920年，波兰成功地打击了俄国，抢占了立陶宛的首都维尔纽斯。渴望新土地的农民都来到了这个新地界。1921年，安杰伊·卡洛斯基和他的妻子、他们尚在襁褓中的小女儿以及两个小儿子抵达了这里。他来自比亚韦斯托克[1]附近的村子，希望能在维尔纽斯发家致富，抚养他的两个儿子长大，送他们去上大学。事与愿违，他拿到的那块地成了祸害。他的邻居是乌克兰人和鲁塞尼亚人，他们仍保有自己的民族特性。最近的村子里有一间小天主教堂和一所由修女教学的公立学校。安杰伊和他的妻子别无选择，只能每天工作十五个小时，耕种他们那块贫瘠的土地。他们没时间怀念昔日时光或者老朋友，打理农场占据了他们的全部精力——打理农场，以及梦想着他们的儿子能上大学。就是在这种孤寂氛围下，娜塔莉亚·玛利亚·卡洛斯基长大了。

她的童年生活平静而寡淡。她长大的过程中没有欢声笑语，没有想象力，没有梦想，最大的志向不过是嫁给一个拥有一块好地的男孩。

卡洛斯基一家是虔诚的天主教徒，在她的记忆中，她母亲坐着却没有削土豆

---

1 波兰东北部最大的城市，位于华沙北部大约180千米的地方，接近白罗斯边界。

皮的日子只有周日——她参加弥撒的日子。那一天，她母亲会摘下俄罗斯传统女式头巾，戴上别有大号帽针的黑帽子；解下围裙，穿上光鲜的黑色裙子；放下她粗糙、满是茧的手里拿着的削皮刀，拿起诵经用的念珠。她父亲会穿上他唯一的黑色西装——他去教堂、参加婚礼和出席葬礼时穿的西装。

她进了那所公立学校，前几年，她的日子就像在农场一样平静寡淡。她九岁的时候，特丽萨修女来到了学校，给这些单调乏味的小学生的生活首次带来了美丽和兴奋。

特丽萨修女是从华沙来的，她去过莫斯科和巴黎。她原本在学习芭蕾舞，但突然感受到了上帝的"召唤"。她放弃一切，进了一家修道院。这所小学校是她的第一个任务。她以一种平静直接的方式把这些讲给那些出神的小学生听，他们盯着她看，像是哑了一样。所有人都是第一次见到一位漂亮女人，她的皮肤没经过风雨的磋磨，双手也没有通红发胀——通常，波兰的严冬在年轻女人的美丽绽放前就夺走了它们。

所有女孩都崇拜特丽萨修女，但只有小娜塔莉亚为她深深着了迷。特丽萨修女提出要在体操课上教一些芭蕾舞后，娜塔莉亚投入了超常的精力练习。她在家里花几个小时在她的小房间里练习每个动作，因为她注意到，只要有哪个女孩表现出一丁点优雅，特丽萨修女就会特别高兴。而特丽萨修女的一句赞美之词，都会让她在回家路上有着说不清道不明的不安，却又有美妙的白日梦萦绕心头。一天下午，特丽萨修女叫她课后等等。她等着的时候手心全是汗，心似乎在喉咙里怦怦直跳。特丽萨修女微笑着向她走来："娜塔莉亚，我觉得你有成为一名真正的芭蕾舞蹈演员的潜质。我和修道院的院长妈妈谈过了，如果你父母同意的话，我想试着为你在普拉辛斯基芭蕾舞学校争取一份奖学金。你会住在那儿，你将在那边继续学习，不过你每天要接受五个小时的芭蕾舞训练。"

她的父母马上就同意了。他们对芭蕾舞一无所知，但要是一位修女这么建议……那准错不了。娜塔莉亚难以抉择。她意识到这是个绝佳的机会，只是这也意味着她要离开特丽萨修女。不过修女说她会去学校看望她，观察她的进展，娜塔莉亚感觉好多了。所有学生都会挑个艺名，好在参加学校演出时使用。娜塔莉亚没有什么想象力，她登记的就是娜塔莉亚·卡洛斯基，这就是她的名字。

接下来的七年里，她的全部生活都围绕着芭蕾舞和特丽萨修女。每周六下午，学生们在学校的小剧场表演芭蕾舞，门票收入用于运转舞团。开始的几年，娜塔莉亚帮忙布场、化妆以及为演出的女孩缝补衣服。十二岁时，她成了一名芭蕾舞演员。每周，特丽萨修女都会坐在观众席里，而娜塔莉亚会用尽心力为她舞蹈。

第一次演出时，她父母穿着去教堂的那身衣服来了，在礼堂里看起来既不安又很热。第二场时，她父亲睡着了，她母亲不得不掐醒他以阻止他的鼾声。此后他们再也没来过——路途太遥远，家里有太多活计要做……

娜塔莉亚第一次独舞时，所有女孩坚持让她选个艺名，建议她叫"卡拉"的是特丽萨修女。演出结束后，她冲进修女怀里，特丽萨修女对她耳语道："祝贺你，卡拉。"从那时起，她觉得自己就是卡拉，再没有其他的了。她再次受洗了，她重生了。

演出后的某天，特丽萨修女要求拜访她的父母。"你十九岁了。是时候谈谈你的未来了。也许我下周日来……弥撒过后怎么样？"

她永远不会忘记那个周日。她搭乘早班火车离开了芭蕾舞学校。她到家时，父母还在教堂，但她闻到了炖鹅肉和苹果派的香味。她站在小小的客厅里环顾四周。突然之间，客厅看起来如此粗鄙，尽管很干净，但如此贫陋。那时正是六月，她冲到外面采了一些花。她在房间各处摆了一些花，努力用小桌巾盖住椅子上磨破的洞。可特丽萨修女来了以后似乎没有注意到他们家的贫穷，她称赞了壁炉里的柴架……锡镴的杯子……她的一举一动使她看起来像个漂亮的瓷质女神。她称赞了鹅肉、紫甘蓝和传统饺子。她母亲的圆脸上溢满了笑容，卡拉第一次发现她母亲有酒窝，也第一次发现她父亲微笑时灰色的眼睛是那么漂亮。她一言不发地坐着，听着特丽萨修女向她父母解释说，她想要送娜塔莉亚去华沙。

"我的家族比较富有，"特丽萨修女温柔地说，"我母亲的兄弟，奥托舅舅，住在伦敦。他是名大商人。他们会为娜塔莉亚做他们希望为我做的事。她去华沙试镜芭蕾舞时，可以和我的家人住在一起。之后，假如她去伦敦参加沙德勒之井剧院[1]的选拔，或许可以住在奥托舅舅家……但我能得到你们的许可吗？"

她父母齐齐点着头。这些对他们来说太难以理解了。华沙……伦敦……修女想要什么他们都同意——只是他们没办法报答她。

后来，娜塔莉亚和特丽萨修女去散步。她们一走到屋外，娜塔莉亚就说："我不去华沙。我不离开你。"

特丽萨修女笑了起来。"假以时日，你在那边会非常开心的。这家普拉辛斯基的小芭蕾舞学校很快就不能再教你什么了。你差不多准备好了。"她突然指着

---

1 沙德勒之井剧院（Sadler 's wells theatre），位于伦敦市伊斯灵顿区，是具有300余年历史的知名剧场。

一棵树说，"那是什么？"

卡拉脸红了："那是我九岁时因为您做的。"

特丽萨修女走了过去。几块木板围着树干搭建成了一个凳子，树的周边还围了一圈尖桩篱笆。卡拉尴尬地笑了："您给我的人生带来的不只是芭蕾舞，还有诗情画意。有一天在学校，您说起了一个漂亮的凉亭……您描述得特别生动……我几乎都看到您坐在凉亭里了，所以我回家做了这个。我曾经梦想着有一天我会展示给您看的——现在我看出来它有多丑了。"

特丽萨修女走进去坐了下来。"很可爱，我的小卡拉。过来坐我旁边。"特丽萨修女身上有一股清新的肥皂和紫罗兰的香气。突然，卡拉抱住了修女，说道："我爱您。我从第一次见到您就爱上您了。"

特丽萨修女小心地松开她的胳膊："我也爱你。"

"真的！哦，那让我亲亲您，抱抱您，然后——"她伸手去抚摩修女的脸颊……却只握到了她的手。

然后，又一次，特丽萨修女平静地从女孩的拥抱中挣脱开来。"你不可以摸我。这是错的。"

"爱是错的？"

"爱永远不是错的。"特丽萨修女说，"但我们之间身体的爱是错的。你不可以亲我或摸我。"

"但我想这么做。难道您不明白吗？修女啊，我对做爱的方法一无所知。我在学校不怎么和那些女孩说话。但有时候，夜里我躺在自己小隔间的床上，听见她们溜上别人的床，我知道她们在亲热。也有人找过我……但我拒绝了。我不在乎任何人，我只在乎您。我独自躺着，梦想着您穿着一件睡袍朝我走过来，把我抱在您怀里，然后——"

"然后怎么了？"特丽萨修女问道。

"然后我紧紧地抱住您，亲吻您……爱抚您——"她停住了，"修女，我想和您亲近。这真是错的吗？"

特丽萨修女捻着垂挂在修女袍上的念珠。"是的，卡拉，这是错的。你看，我也曾在华沙学习芭蕾舞，夜里我也曾和其他女孩结对。这种事会发生的……女孩们到了青春期……她们身边只有彼此……没时间结识年轻男孩，所以她们彼此相爱。我以前也这样，但我知道这是错的……因此，我备受折磨。我也知道，我不如有些女孩跳得那么出色，我能进学校不过是因为我家有钱有权。有一天，一个女孩试演的角色却被给了我，之后，我听到有人说悄悄话：'是她那张脸得到了那个角色……而不是她的脚。'没得到角色的女孩哭着跑了出去，说我的美丽很邪恶——它为我带来了我不配得到的东西。"特丽萨修女脸色苍白，因为她正强迫自己说出那些不愉快的记忆，"那天晚上，我跪在地上，祈求帮助。忽然，我感觉自己好像是从监狱中被释放了出来，我意识到我不想成为一个优秀的芭蕾舞者。我发现我只想服务他和爱他……我伟大的耶稣。我花了几天时间冥想。我读了所有圣徒的人生故事，了解他们是如何听到召唤的，然后我读到了圣花的故事，那位只想做'小事'的圣徒特丽萨的故事。那时候，我突然明白了，我必须成为一名修女。我知道，我永远不可能创造什么伟大的奇迹……但我可以做一些小事，带给人们快乐。第一件小事就发生在我放弃芭蕾舞的时候，那个哭着跑出去的女孩得到了我的角色。相信我，卡拉，那是我第一次发自内心地感到幸福。后来，我来到了这里，看到所有认真的小脸蛋，我知道多年学习不会白白浪费……假如它们能给维尔纽斯的孩子带去一点幸福，就不是浪费……也给你幸福，我的小卡拉。你必须刻苦练习跳舞……时刻记住，他在看着你，而和女人做爱是犯了弥天大罪的。总有一天，会有一个男人出现……那时候你就会理解真爱。"

"为什么没有男人为你而出现？"

"他出现了。他的名字叫耶稣。"

她们离开了那个凉亭，再也没有谈起爱。夏天接近尾声时，特丽萨修女改变了让她去华沙的计划，"我们必须安排你去英国……"

"什么时候？"

"马上。我已经写信给伦敦的奥托舅舅讲过你的事了。今天我收到了回信。他和博莎舅母都欢迎你参加沙德勒之井剧院选拔期间和他们住在一起。"

卡拉试图拖延："别这么快，也许明年。"

但特丽萨修女很坚决："你必须计划好十天内就走。这是你去伦敦的机票。"

卡拉盯着特丽萨修女放到她手里的机票，摇着头："不……不……我不想走。"

"卡拉，你必须听我的话。战争马上就要爆发了，德国人已经和俄国人签署了互不侵犯条约。冯·里宾特洛甫[1]上周去了莫斯科。你以为我为什么说你不能再去华沙了？你只有在伦敦才安全。"

"但你怎么办？如果这么危险……为什么你留在这儿？"

---

1 冯·里宾特洛甫（Rudolf von Ribbentrop），纳粹德国外交部长里宾特洛甫的长子。

"我会受到保护的。我留在教堂里。就算战争爆发，教堂也不会受到骚扰。上帝会保护我，耶稣守护我们所有人。"

"那就让他也守护我。"

"不行。你有你的使命。"

第二天，学校没上课，所有的老师和学生都挤在收音机前，新闻里说希特勒给英国和法国下了正式通牒，德国想要但泽市[1]和波兰走廊[2]。校园里议论纷纷……人们一群群聚在一起——战争会怎么影响芭蕾舞呢？但第二天，所有学生又回到了练功房训练，排演也和往常一样继续。然而，八月三十一日，希特勒提出波兰和平十六条，而波兰拒绝接受，现实世界冲击了普拉辛斯基芭蕾舞学校，恐惧蔓延开来。普拉辛斯基突然陷入了动荡不安。课程中止了，每个人都在收拾行李箱。教导员试图订上回家的火车票。那天晚上，所有人都三五成群、紧张不安地聚成一团，窃窃私语着。那些家在遥远城市、不得不分离的学生坐在一起，环抱着彼此，公开诉说着心中的爱意。卡拉独自坐着，想着特丽萨修女。她在做什么呢？和其他修女一起祈祷吗？她在想她吗？

隔天拂晓，没有任何开战的正式警告，德国入侵了波兰。学生们不再等待合适的火车，他们步行离开了学校。他们坐在火车站，等待着任意一趟火车。卡拉很幸运，她设法搭上了一位奶农的车，那人的土地离她父母家不远。

等她终于回到了农场，她发现父母正坐在收音机前，仿若梦游一般。他们的两个儿子都离开了大学，加入了军队……他们为之奋斗的一切都没了。卡拉从来不读报纸，但那天她去村子里买了日报。她读到了一些她无法理解的事情。她突然意识到，除了芭蕾舞，她对其他事是多么一无所知。她知道尼金斯基[3]的一切——他的妻子、他的经理人、他的教练们。但她对自己所生活的这个世界一无所知。她知道希特勒是个危险人物……但战争的全面影响从未渗透到普拉辛斯基芭蕾舞学校里。

现在，最重要的事情就是收听华沙电台的广播——听它先播放肖邦A大调波

1　但泽市（德语为Danzig，译为但泽；波兰语为Gdańsk，译为格但斯克），波兰滨海省的省会城市，也是该国北部沿海地区最大的城市和最重要的海港。

2　波兰走廊（Polish Corridor），魏玛德国在1919年根据《凡尔赛条约》割让给波兰第二共和国的一块狭长领土。"二战"时期也叫"但泽走廊"。

3　尼金斯基（Vaslav Nijinsky，1889—1950），波兰血统的俄国芭蕾舞演员和编导，在20世纪的芭蕾史上有"最伟大的男演员"之称。

兰舞曲的前几个音符，然后开始广播。当她获悉德国机械化部队已经抵达首都市郊，并向华沙开了火，她知道是时候离开了。她必须去伦敦的奥托舅舅家。她收拾好行李袋，亲吻父母作别，走了两英里路去修道院告诉特丽萨修女。

她到的时候特丽萨修女正坐在收音机旁捻着念珠，眼睛盯着半空发呆。她整晚都在努力联系她在华沙的父母，但电话线路断了。看到娜塔莉亚带着行李袋，说她计划好去伦敦了，她摇了摇头，露出一个悲伤的微笑："太晚了。没有飞机……没有火车……没有什么芭蕾舞了……梦想终结了。"

卡拉暗自松了一口气，因为她不是必须离开维尔纽斯和特丽萨修女了。接下来的一周，她不是拜访修道院，就是和父母坐在农场听收音机。收音机成了生活之道。她父母联系不上他们在比亚韦斯托克的亲戚……显然他们已经逃走了。逃亡路线要经过罗马尼亚。村子里的人开始大批离开。川流不息的人扛着行李卷，带着拆散的贵重家具，甚至赶着一些家畜，设法取道罗马尼亚。波兰军队英勇作战，但九月十七日，俄国人开始从东面入侵。安杰伊让他的妻子和女儿去修道院避难，而玛丽亚拒绝离开她的丈夫和他们的家园，尽管恐惧已使她饱经风霜的圆脸上那双蓝眼睛变得呆滞。不过，她坚持卡拉必须去。她凝视着这女孩，仿佛第一次见到她："你很高……你会长成一个健康漂亮的女人。去修道院吧。就算是俄国人，他们也不会伤害教堂。"

不知怎么，卡拉知道，这就是她唯一所知的生活的终点。这两名陌生人就是她的父母……然而她并不了解他们。她紧紧拥抱他们，可他们几乎没什么回应。他们像被吓呆了一样站着。他们不知道如何表达情感……或者如何接受情感表达。他们养大了自己的孩子，是因为那是他们生的。他们耕种贫瘠的土地，是因为只有土地。而现在，两个儿子从大学里消失了……随之消失的还有未来的全部希望。什么也没留下，只有这块土地。

特丽萨修女欢迎卡拉到修道院来。人们逃亡的时候把狗、猫，甚至还有小羊羔都丢在了街上。卡拉每天都会出去，把那些无家可归的动物领回来。她把它们全带回了修道院。但随着时间一天天过去，俄国人逐渐推进，修道院的院长妈妈说它们必须被撵走，因为她们自己的口粮都快吃完了……她宣称，它们由上帝所造，因此造物主会照看它们。卡拉苦苦恳求……她已经逐渐爱上了这些小动物。她恳求院长妈妈允许她留下那些最小的，但院长妈妈很坚决。另一位修女把它们赶到一起撵了出去。特丽萨修女来到她的房间，看到卡拉正在啜泣。她抬起头喊道："我再也不会爱任何人了……就连动物也不爱了。看着它们被人夺走的感觉太痛苦了。"

特丽萨修女摸着她的头发说："爱你的主吧。他绝不会遗弃你，也绝不会被人夺走。他将与你同在，直到永远。"

"他永远不离开我？"

"永不。此生只是我们尽己所能度过的一段经历，它只是为那个真实世界做的准备，那个世界就是我们死后的生活，而死亡就是我们去到他身边的时刻。"

"也许我可以成为一名修女。"卡拉提议说。

特丽萨修女认真地看着这个女孩，说："时间这么短，是无法做出如此重大的决定的。我并不觉得你听到了召唤。你做这个决定是出于恐惧。不过，向他祈祷吧……请求他为你指明道路。"

就这样，在波兰军队坚持战斗的日子里，卡拉和修女们一起度过了漫长的每一天，和她们一起吃饭，一起参加早上的弥撒和晚上的礼拜。而在不可思议地抵抗了德国十九天的狂轰滥炸后，英勇但遭受重创的华沙抵抗者向德国投降了。直到最后一刻，华沙电台仍在使用波兰舞曲的前三个音符作为自己的标志。

几天后，一些俄国官员来到修道院，宣布她们现在生活的地方已成为俄统区。学校也都关闭了，滞留的市民被告知，俄统区的苏维埃化将立即开始。修道院里开始流传俄国军官半夜抓人的传闻。一开始，抓捕的罪名是颠覆新政府。九月三十日，莫希齐茨基总统[1]带着整个政府穿越国境线进入了罗马尼亚。这些流亡人员在巴黎组建了临时流亡政府。

同在流亡中的西尔科斯基将军[2]通过一些留在国内的波兰高官活动，逐步开展波兰地下战斗。尽管遭到了残酷野蛮的报复，地下活动仍然蓬勃发展，规模越来越大。他们被称作波兰家乡军[3]，波兰人说悄悄话时称他们为AK。

没人来打扰修女们，但自从听说了喝醉的士兵强奸女人的传闻后，为了安全起见，院长妈妈允许卡拉穿上了修女袍。每周末，卡拉会开着修道院那辆破汽车去她父母的农场，给他们带去她听说的任何消息。随后，她会带着新鲜鸡蛋回到修道院，那是她父母坚持要她带给修女们的。俄国人重新开放了小学和中学，但

1　莫希奇茨基总统（Ignacy Mościcki, 1867—1946），波兰化学家与政治家，"二战"期间任职波兰总统。

2　西尔科斯基将军（Wladyslaw Sikorski, 1881—1943），第二次世界大战中领导波兰流亡政府的政治家。

3　波兰家乡军（ARMIA KRAJOWS），波兰流亡政府在被占领的波兰的地下军队，被称为家乡军，AK为两个单词的首字母缩写。

不再允许修女们教学。而利沃夫[1]和维尔纽斯的几所波兰大学则被改造成了各种中心，指定用于将全体居民纳入苏维埃的统治。尽管修道院和教堂未受到亵渎，但宗教信仰并不受欢迎。

就在圣诞节前的那个周末，她开车去农场，正好看到她父母被两名俄国军官赶上一辆吉普车。她穿着那身修女袍正要冲向他们，但她母亲几不可察地点了点头，不动声色地说道："你好，修女，把鸡蛋拿到修道院去吧，就在厨房里。"她开始朝他们走去，但她父亲眼睛里的恐惧在警告她不要说话。那些俄国士兵没管她，相互讲了几个关于乌黑丑陋的修女袍的笑话，跳上吉普车离开了，把她的父母也带走了。她感觉如此无助。但要是她追过去，宣称他们是她的父母……又能怎么样呢？她会和他们一起被带走，运到劳改营。

她开车回到了修道院，下车的时候她注意到街上有位年轻英俊的俄国军官正转过身来盯着她看，她冲进屋里闩上了大门。那天晚上，她从浴室那面小镜子里看着自己，她发现，尽管贴头帽藏起了头发，却更凸显了她的高颧骨和大眼睛。她从每个角度盯着自己看。没错……她很漂亮……不是特丽萨修女那种娇小玲珑的漂亮……而是会让俄国军官目不转睛的那种……她知道男人会觉得她很性感。但她现在正认真考虑成为一名修女，每天祈祷时她都请求指引，祈求上帝让她爱他多一些，爱特丽萨修女少一些。随着逮捕行动日渐猖獗，她白天已忙得没有时间臆想特丽萨修女。现在，礼堂的一半地方已被改为床位间，收留在大街上徘徊的孩子……这些孩子的父母都在夜里被带走了。曾被院长妈妈当作办公室的图书室里也摆了几张婴儿床，睡着五个婴儿。那些知道自己将被带走的母亲把孩子藏在衣柜里，警告他们不许哭喊。她们通常还会把婴儿包裹好藏在院子里，祈祷更富有的邻居会照料他们。而邻居们总是把他们送到修道院。日子一天天过去，更多孩子涌进了修道院。之前人们被逮捕的理由是"政治犯"，现在只因为他们是波兰人，就会被逮捕并强制送往奴工营。

随着强奸的传闻越来越多，女人开始戴起厚厚的眼镜，以期盼俄国士兵觉得她们毫无吸引力。有些人会带一块手帕和一把小折刀。如果有士兵走过来，她们就划伤手指，让鲜血染上手帕，说自己得了"肺结核"。这条策略很有效，迫使很多士兵突然改了主意。

1　利沃夫（Lwow），波兰语为Lviv，德语为Lemberg，现为乌克兰西部主要城市，有狮城之称，历史悠久且归属复杂，"二战"期间原属波兰第二共和国，后被俄国接管。

特丽萨修女和卡拉都拿到了厚眼镜，是孩子们带给她们的。他们来的时候带的私人物品令人同情：母亲的一缕头发……父亲的眼镜……家传的《圣经》。

1939年的冬天来得早了一些。到了十月，地上就积了雪，薄暮降临的时候，她们能听到士兵们在唱家乡的歌谣。但他们喝醉了以后，歌声就会变得喧闹起来，而且他们经常在修道院附近闲晃。很多修女害怕起来，不过特丽萨修女总是提醒她们："他们也是上帝的子民。战争是国家之间的战争……不是人民之间的。别忘了，他们是在一片陌生的土地上……远离他们的爱人。征服者或许是最孤独的。"

几个星期后的一天，卡拉在孩子们的宿舍里，听着他们祷告。她正要关上灯，就听到楼下传来异样的嘈杂声，就在修道院的前门方向。孩子们听见了俄国人的说话声和沉重的皮靴声，开始尖叫。她快速戴上她的厚眼镜，要求孩子们保持安静。她溜出宿舍，蹑手蹑脚走下楼梯。接待室里那一幕吓得她僵住了。一股恶心冲了上来，她用手捂住嘴，掐住她喉咙里的尖叫。她想跑，但她浑身瘫软，只能紧紧贴着墙壁，躲在黑暗的安全地带里。她想捂住眼睛，但恐惧让她呆若木鸡。

院长妈妈一丝不挂。以往，她身披厚重的黑色长袍，胸前垂挂着巨大的银色十字架，大步走进礼堂，总是那么威风凛凛。但扒掉了修女袍后，她缩成了一个干瘪的老太太，又长又扁的乳房下垂着，双腿布满了青色的血管，她浑身颤抖着，那些醉醺醺的俄国士兵把她当作嘲弄的对象，每次瞥她一眼就大笑起来。她站在角落里，蜷缩成一团，祈祷着，与此同时那些俄国士兵吵吵嚷嚷，有条不紊地强奸着所有赤裸躺在地上的其他修女。她们的胳膊和腿在无情的俘房者的重压下无助地拍打着。

随后，卡拉看到了特丽萨修女。一个俄国人离开了她的身体，她的大腿间满是鲜血。另一个则抓着她的脖子，粗鲁地亲她。接着，他开始用嘴蹂躏她的身体，从乳房开始，他挨个咬着，肮脏的手指在她双腿间揉来揉去。他正乐在其中，大口舔着她的身体，另一名士兵从后面走近她，掰开她的臀部，进入了她的身体里。同时，前面的那名士兵解开裤子，也进入了她的身体里。卡拉简直不敢相信——两个男人撕扯着她的身体……一个从前面……一个从后面！我主仁慈，特丽萨修女晕了过去。

卡拉蜷缩在黑暗里躲了半个小时。她数着，单是特丽萨修女一个人，就有十个士兵侵犯了她。突然，她听见身后传来了脚步声。是伊娃，一个十三岁的女孩，平时会帮她照顾更小的孩子们。卡拉试图示意她走开，但来不及了。这孩子看见了地上那些裸体，尖叫起来。士兵们闻声都朝黑暗的大厅望了过来。"快跑，伊娃。"卡拉命令道，"快跑，上床去。"但看到一个士兵走了过来，这孩子僵住了。

他抓住卡拉和伊娃的胳膊，把她们推进了房间。一名士兵抬头朝卡拉看过来，看到了她那副厚眼镜，嫌恶地耸了耸肩，但还是一把扯掉了她的白色浆领，拉开了她的长袍。他看了看她平坦的前胸，又看了看那副厚眼镜，把她推到一边，伸手去抓尖叫的伊娃。卡拉冲过去保护那孩子，却被丢到了房间另一头，跌倒在赤裸的院长妈妈脚边。院长妈妈战栗着，嘟囔着支离破碎的祷告词。卡拉理了理自己的长袍，站在老修女身前，听着受辱的伊娃的尖叫声在房间里回荡，咬紧牙关。我主保佑，特丽萨修女仍然昏迷不醒。

又过了半个小时，混乱开始缓和下来。士兵们心满意足地整理着皮带和裤子，盯着地板上那些瘫软的裸体，就像在宴会上吃饱喝足后对桌上仍留有食物感到不甘。一个明显是头目的人指指特丽萨修女、伊娃和其他三个修女，喊着什么命令。有人丢过来几条毯子包住了她们，士兵们把她们丢在肩上，像扛一袋土豆一样扛着她们走了出去。卡拉挣脱开院长妈妈攥住她的冰冷的手，说："你们要把她们带去哪儿？"

一名士兵用波兰语说："带回我们的营地。别担心，丑八怪，我们只要漂亮的。我们留下你和其他人待在这儿照顾孩子。"

她站在门口，无助地看着吉普车在寒夜中绝尘而去。随着最后几声粗哑的笑声彻底远去，院长妈妈梦游一般地动了起来。她摸索着从地上捡起被扯碎的长袍，其他修女则捡起掉得满地的念珠。修女们手里的祈祷书也被扯掉扔在了地上。卡拉看见特丽萨修女的祈祷书和念珠就在她之前躺着的地方旁边。她跪下来触摸那血迹，她把手指压在上面，然后碰了碰自己的嘴唇，又把祈祷书贴在了自己的脸颊上。然后，她开始帮助其他惨遭蹂躏的修女，她为她们放洗澡水，在她们肿胀的嘴唇上放上冰块，和她们一起祈祷，为她们祈祷。到了黎明，表面上的秩序恢复了一些。院长妈妈罩上了一件新长袍，似乎至少表现出了一些昔日力量的残影。

一周后，同一批士兵又来了。他们比之前更加肆无忌惮。这次卡拉没能逃掉。他们扯掉她的眼镜和衣服，把她丢在地上，她的头撞在了一把椅子上。她祈祷自己能晕过去，但似刀割般的疼痛让她清醒了过来，因为她的双腿被打开，一名士兵刺了进去。他们带着节奏、粗暴地骑在她身上，一个接着一个——五个，六个，七个，八个……她的鲜血混着他们的精液……他们湿漉漉的嘴啃着她的嘴唇和乳房。

然后，她看见最壮硕的那个男人向她走来。他看起来像个巨人，他压在她身上……他的呼吸散发着恶臭，湿乎乎地亲在她嘴上……她祈祷自己死掉……接着，她听见了开门的声音以及其他更多声音。天哪……更多士兵。但突然，那男人被拽走了，有人在怒气冲冲地说话……士兵们纷纷爬了起来。随后，一名军官几乎很温柔地帮她站了起来。就是她在街上见到的那名年轻的俄国上尉，金色的头发，褐色的眼睛……他把她被扯破的半件长袍递给她遮盖自己时，眼中仿佛流露着悲伤。他对那些人厉声呵斥……另一名军官把他们赶了出去。他用波兰语对卡拉说："很抱歉这些男人做了这种事。他们会受到惩罚的。我们是士兵，不是禽兽。我明天再来，看看能做些什么补偿。"

他们走了以后，卡拉和其他修女慢慢地站起来，迟缓地挪动着……一言不发……满腔绝望。一些修女去了小礼堂祈祷，那是她们在其中一个房间里搭建起来的。卡拉回到自己的床上，一动不动地躺着。她想过自我了断……但那样她就会永生沦陷在炼狱中。她想到了特丽萨修女。在恐惧和孤独中，她发现自己第一次想起了她的母亲。黑夜里，她听见许多小隔间传来低沉的呜咽声……只不过她们在呼唤耶稣的名字……突然，她意识到，她谁也没有。

第二天早上，那名金发的年轻上尉来了。他再次道了歉，承诺会对修道院施行全面保护。他叫格雷戈里·索克耶。亚力克西斯·索克耶将军是他的父亲……格雷戈里刚娶了一位政府要员的漂亮女儿。他很孤独，很想念他年轻的妻子，一周有几个晚上都来探望卡拉。他会坐在接待室里，她做着针线活，听着他讲自己的童年故事，讲他和他的年轻妻子希望生什么样的孩子。

她礼貌地听着。他很有魅力，还是她认识的第一个年轻男人。他没有任何不恰当的挑逗行为，而且总是给修女们带来食物补给，给孩子们带来糖果。

快到十一月底时，卡拉才发现她的腰变粗了。她的月事从来就不太规律，但她突然意识到这次远远超时了。她害怕极了，但她有条不紊地做着自己的工作。孩子们到室外玩的时候，她注意到有些士兵饶有兴趣地打量着十岁和十一岁的女孩子，她立即剪掉她们的头发，缠紧她们的胸部，给她们穿得像男孩一样。每天晚上，她都在卧室里秘密地做着最耗力气的芭蕾舞动作，希望赶走那个在她身体里成长的婴儿。一段时间后，她意识到这事没希望了，她的腰粗起来了，肚皮也紧绷绷的。

一天早上，年轻的上尉不期而至，带来了一些补给品。他带来了暖和的毯子和几磅麦片，她正帮他卸东西，突然一阵恶心涌了上来。她冲到水槽旁吐了起来，他扶着她的头。"你病了。你必须卧床休息。"他说道。

她坐下来，挤出一个微笑："我没事——已经过去了。"

"什么让你生病的？"他问道。

"俄国士兵们。"她语气平平地说。

他猛地盯向她的肚子，她把肚子掩藏在了叠摺的宽袍子下面。"你怀孕了？"他停顿了一下，"你想要他吗？"

"想要……我怎么能想要呢……明知道他是来自其中某个禽兽？"

"但他也是你的孩子。是你的身体在哺育他长大……你的血肉……可能是个小女孩，长得就像你一样。"

她绞着双手说："那我又能为她做什么呢？我怎么养大她呢？再说了，我怎么知道不会是个男孩，长得就像鲁道夫，或者利奥波德，或者尼古拉斯，或者伊戈尔，或者斯沃斯基，或者——"

"你知道他们所有人的名字？"

"要是你躺在地上，而他们互相喊着彼此的名字……你也会记住的。你会记住那种口臭、他们鼻子里的毛、满口的蛀牙……还有他们的名字。上帝啊——如果上帝真的存在——我该如何摆脱长在我身体里的这个东西呢？"

他有一点脸红。"我知道一个办法，也许能行。我……我上周有天晚上看见的。有一些士兵正在搜查几栋房子……寻找从劳工营里逃跑的几名犯人。突然，我听到了一声尖叫……我冲到楼上……有一名士兵强奸了一个女人——"他叹了口气，"你得理解，他们中有些人是农民……非常寂寞……从没有离开过农场……也从没有这么多酒可以喝……突然，他们喝上了波兰伏特加……这儿还有漂亮女人。所以——"他耸了耸肩。"他们开始强奸女人了。这个男人……他强奸的女孩情况和你一样。只是她想要那孩子……是和她丈夫怀上的。她苦苦哀求他……说她怀孕三个月了……说孩子可能会掉。"他战栗着说，"我听见她在哀求……但我到房间的时候已经太晚了……孩子已经掉了……或者说，刚要长成孩子的那东西掉了。我枪毙了他。"他站了起来，"你考虑一下吧……我今晚十一点再来。你到时候告诉我你的决定。"

他来的时候，修道院一片昏暗，但她等在门口。她安静地带他去了她的小卧室。她脱掉长袍时有一种紧迫感，却并不感到羞耻。他快速地脱掉了衣服。借着微光，她看见了他年轻的身体。他说道："卡拉修女，你确定吗？也可能是个小男孩，长着灰色的眼睛，就像你一样。"

"让我们把他解决掉吧。"她说道。

他上了床，躺在她旁边，抚摩着她的身体。她浑身僵硬。他的嘴唇落在她的乳房上，她推开了他，"算了吧……做你该做的事，把他解决掉。"

"不……首先，我和你做爱。"他无视她的反对，温柔地爱抚她……亲吻她的嘴唇……她的脖子……她的乳房……很快，她发现自己放松了下来。他趴在她身上，采撷了她，先是徐徐的，接着有节奏地律动着，直至狂热，她突然有种奇怪的感觉。她紧紧抱着他，一股不可思议的潮涌在她身体里炸开了，她既痛苦又快乐地喊出了声，因为她知道她失去了那个孩子。他离开她的身体，她跳下床，躲在角落里捂住了双眼。"别告诉我他什么样……就打扫干净，在我看见之前带走。"她祈求道。

"什么也没有……你来看看。"

"不……要是他看起来像个人，我会感觉我犯下了谋杀罪。"

"来看看吧，修女……显然上帝想要你留下这孩子，因为这儿什么也没有。孩子还在你肚子里呢。"

"可我感觉……我身体里完全颠倒了。"

他微笑起来："你感觉到的是高潮，我可爱的卡拉。"

后来，他们躺在一起，他说："现在，你必须考虑你的未来了……你的和孩子的。"

"肯定还有其他人像我一样。她们会做什么？"

"那些母亲会被送去俄国劳工营。医生给她们接生，孩子会被送去一家孤儿院。国家会养大这些孩子。西伯利亚需要年轻移民……最终，等他们长到某个年纪，就会被送到那儿去。"

"那修道院里的孩子们怎么办？"

他叹了一口气："只要我在这儿，他们就是安全的，但我的指令随时会变。我们和德国人的和平能维持多久？已经有风声说——"

"那我必须试着联系上AK。"

他用手捂住她的嘴："我什么都不想知道，但我会给你一些钱。你计划怎么做……我必须毫不知情。"

"我必须先把这些孩子送出这个国家。"

"求求你，卡拉，别告诉我。"

每天他来的时候都会带一些钱。她从来不问他钱是从哪儿弄来的，而他也从来不问她用这些钱做什么。就算他注意到他每次来修道院时孩子都在变少，他也绝口不提。直到一天晚上，他来了，只有她独自一人在。桌上点着蜡烛，她亲手做了饭。她没穿修女袍，而是穿了一条裙子。她递给他一杯葡萄酒，他难以置信地盯着她看。

"你可以不穿长袍吗？"他问道。

"我不是修女，"她说，"坐下吧，格雷戈里。我有很多事情想告诉你。"

吃晚餐的时候，她和他讲了那些指引她来到这家修道院的事……以前她的生活多么乏善可陈……而现在，她和这位年轻英俊的俄国士兵单独坐在修道院里，她肚子里还怀着个孩子。

"孩子怎么办？"他问道。

"AK会处理好的。我会设法抵达瑞典，我希望……在那里生下来……把他寄养在某个家庭里。"

"然后呢？"他问道。

"然后我会去伦敦。特丽萨修女有位舅舅在那儿，奥托舅舅。我有他的地址。"

"那孩子呢？"

她耸了耸肩。"他会被安置在某一个家庭里。我得设法给他们寄钱，用来抚养那孩子。"

"但为什么要为一个你不想要的小浑蛋大费周折呢？如果你在这儿生，总是可以安置到孤儿院的。"

卡拉飞快地瞥了他一眼。"因为这个孩子始终有我的一半。这世界如此残忍，我必须给这个孩子一个机会。但我永远不想让那孩子知道他或者她母亲是谁。我只会寄钱供养这个孩子。"

"最后你还会把孩子接回来？"

她摇了摇头。"我要成为一名芭蕾舞演员。这条路很艰辛。我会给孩子钱……而不是爱。这样的话，从未拥有过，也就不会怀念。"她满怀希望地摸着肚子，"成长过程中知道父母不想要你不是什么好事，还不如以为父母已经死了。"

那天晚上他紧紧地抱着她，她聚精会神地看着他，像在试着把他的样子印在她的脑海里。

"我永远也不会忘记你，卡拉。"他们做爱的时候他说道。

她紧紧地缠着他，因为尽管她知道她可能永远不会真正爱一个男人，但她很感激他所做的一切……而且他的身体如此年轻强壮。

飞机开始朝着伦敦希思罗机场下降，卡拉闭上了眼睛。她给杰里米发过一封电报。但他会来吗？他已经太老了。每次她见到他，他似乎都又缩小了一点。杰里米不在了的那一天到来时，她该怎么办呢？

飞机着陆了……起降区有摄影师。卡拉挡住脸，跟在等着她的机场人员身后走向了那辆豪华轿车。杰里米·哈斯金斯正在车里等候她。她坐到他身边，用力握住他的手："你来接我真是太好了。"

这位老人努力笑了笑："下个月，我就八十岁了，卡拉。只要我还有一口气，不管你选择搭乘哪趟航班、轮船或者火车，我都会觉得，来接你是我的荣幸。"

她靠在车座靠背上闭上了眼睛："我们曾一起走过一条漫长的路，杰里米。"

他点点头："从遇见你的那一刻起，我就感觉我们会的……"

他们是在一个防空洞遇见的。她当时吓坏了。她那天刚到，见到了笑容满面的奥托舅舅，他欢迎她到他家来，她有一间漂亮的房间。博莎舅妈也很亲切开朗，整个上午，他们坐在一起，谈论着波兰以及她逃亡路上的危险。她试着不讲得太详细，尽管他们迫切想知道细节。她省略了那些残忍的部分——强奸、俄国士兵、怀孕。她只是热心地讲着 AK。奥托舅舅还没有听说特丽萨修女或她家人的任何消息，卡拉没有直接说，只是拐弯抹角地暗示他们，特丽萨修女、其他修女，还有那些孤儿都很安全。

傍晚，她出去散步。奥托舅舅告诫她不要走太远，空袭随时可能开始。伦敦正处于德军闪电战的袭击中，英国人已开始习惯躲在防空洞里度过许多个夜晚了。因为英国皇家空军展开了大规模的反击，德国空军侵略者付出了过于沉重的代价，因此刚过去的这个十月，纳粹放弃了白天空袭，但他们对伦敦的夜间袭击仍在继续，这造成了恐慌的蔓延和城区的破坏，但没有一点军事价值。

她走过了大概十条街，这时她听见了第一声警报。她呆若木鸡地站在原地，人们纷纷从家里拥出来，冲向最近的地下通道。她开始往回走，但又停了下来，因为她意识到自己绝不可能及时赶回去，而奥托舅舅和博莎舅妈也很可能已经躲进了防空洞。于是她转过身，开始跟着人群走。她找到一处地方坐下来，手捂在耳朵上，因为她听见了头顶传来的轰然倒塌的声音。

"孩子，你这样子就像是第一次遇到空袭。"

她抬头看着这个微笑着的男人，发现自己也在回他以微笑："从某种程度上来说是的。"

"你从哪儿来？"

"维尔纽斯……波兰。我的英语那么差吗？"

"挺差的。不过话说回来，我一个波兰词也不会说，所以你还是比我强。你叫什么？我叫杰里米·哈斯金斯。"

炸弹落下来的时候，他促使她继续说话，她和他说了奥托舅舅和博莎舅妈……说了她打算参加沙德勒之井剧院的选拔。当然了，一段时间内无法实现了……她已经很久没有练习了……她必须先在工厂或什么地方找个工作……然后每天练习，恢复体形。

"这儿太黑了，我看不见你，"他说，"你漂亮吗？"

"我是个不错的舞者。"她说。

警报解除的时候，他们来到了外面。他陪着她走回了家，和她讲了他的事情。他是 J. 亚瑟·兰克电影公司的公关，他妻子身患疾病，而他女儿则在一次轰炸中被杀害了。他们到了奥托舅舅家所在的那条街上时，有那么一会儿，她以为他们走错地方了。一小时前，这条街上还有一排房子，现在只剩下一片冒烟的废墟。消防车还在用水管往一些被烧成炭的建筑骨架上喷水。人们呻吟着被抬上救护车……婴儿哭号着……无声啜泣着的女人们在家园的废墟上翻找，搜寻那些珍贵之物。

突然，她看见了奥托舅舅，他拉着博莎舅妈的手。她朝他们冲了过去。泪水冲刷着奥托舅舅的脸庞。"我们的钱啊……那么多钱啊……都放在里面了。全烧了……没了。博莎的珍珠啊……一切都没了。"他茫然地看着杰里米，"我们从老家带来的那些漂亮的好东西啊……我还指望卖了那些东西，等这一切都结束了，能给波兰亲戚一个机会……挂毯……高级蕾丝……那些画……全没了。还有一幅戈雅[1]的画……没了！多少钱也换不回那个。"他看向天空，"为什么啊？这儿又不是军事目标……这纯粹是肆意破坏……无理由的破坏。"突然，他似乎才想起卡拉，说道："你的衣服……也都没了。我明天会去银行取些钱……今晚我们会住隔壁街区的一位邻居家……他们没有多余的房间给你了，但也许我可以四处问问有没有人可以收留你。"

1　戈雅（Francisco José de Goyay Lucientes，1746—1828），西班牙浪漫主义画派画家。

"她可以待在我们家……住我女儿的房间。"杰里米·哈斯金斯飞快地说。

奥托舅舅皱着眉头，他看着杰里米·哈斯金斯，仿佛第一次发现他的存在。他望着自己被烧焦的房子的废墟，发出一声沉重的叹息，这叹息声仿佛在说，他觉得自己太老了，太累了，太沮丧了，无法承担额外的道德责任，照看一名陌生的波兰女孩。他点点头，透着一种模糊的解脱感。卡拉发现自己逆来顺受地跟着杰里米·哈斯金斯走到了地下通道。他们上了一列载满人的地铁，默默地一路飞驰。过了片刻，她感觉他在盯着她看。她脸红了，低下头看着自己未经修饰的双手。

他伸出手拍拍她的手。"你可以做一些手部护理。但你要知道，你真是相当漂亮。"

她继续盯着自己的手。这位亲和的男人在空袭时安慰她，又说服了奥托舅舅他是个体面人——他到底是谁？他们要去哪儿？也许从没有什么去世的女儿……或者生病的妻子。他可能会把她带去某个可怕的小房间，然后……她把目光向下移，盯着自己溅满了泥点子的鞋看。这真的重要吗？她还能去哪儿？而且，经历过那些俄国士兵以后……这个可怜的小个子英国男人还能做什么呢？强迫她打开双腿……那又有什么关系呢？

突然，他说道："听着，小姑娘，我有个朋友在拍一部电影，里面有个角色。不是什么重要角色，但能帮你过渡一下。是个纳粹间谍，我刚才在想——你的口音完美极了。你会表演吗？"

"我不知道……我的英语很差。"

"是啊。不过这对角色来说非常完美。明天我们可以让你见见他。还有，听我说，小姑娘——这也许比不上沙德勒之井，但肯定比工厂好。"

他有一栋温馨的小房子，卡拉见到了他那位生病的妻子，她是一位可爱的女士，单薄苍白得像纸巾一般，名叫海伦。她丈夫泡茶的时候，她就那么望着他，眼睛里充满了感激，还有一股死气。她很高兴卡拉能来住。她把女儿的房间让给卡拉时，神情又是骄傲又是悲伤。卡拉从来没住过这么好的房间，她入睡时感觉很安全……她知道，她又遇到了一个为她着想的人。

她得到了那个角色……突然，她的生活节奏加快了，就像一部电影在双倍速放映。定妆测试，试穿衣服，每晚纠正她的浓重口音……然后是那场终极讨论……关于她名字的争论。她坚持要叫卡拉……就这一个名字。阿诺德·马尔科姆，那位制片人，最终还是同意了。他还有种感觉，这位倔强的波兰女孩有种特质，她会在银幕上大放异彩。正如阿诺德·马尔科姆所预料的，各大报纸纷纷特别报道了这位外国新秀。电影上映后，她引发了一拨小小的轰动，但有一件事让她感到悲伤：海伦去世了，就在电影杀青前一周。卡拉再次感受到了和一个人渐生亲密的危险。她喜欢这位默默忍受病痛的娇弱女人，她曾帮助她练习英语，每天都鼓励她。他们沉默地安葬了她，没掉一滴眼泪。当天，她乘坐地铁返回摄影棚工作。她纹丝不动地坐着，当她终于开口，她说道："我讨厌拍电影。我讨厌英语，我永远也学不会。我讨厌候场，讨厌那些灯——但最要紧的，我讨厌这地铁。"

杰里米勉强挤出一丝微笑，说道："总有一天你会轻松掌握英语的，而且出入都会坐豪华轿车。"

杰里米卖掉了房子，在肯辛顿[1]为他和卡拉找到一套公寓。他辞去了J. 亚瑟·兰克的工作，成了她的经纪人。报纸都在暗示他是她的情人，但其实他们只上过一次床。她是出于感激而这么做的，他也意识到了。"我真傻，还抱有希望……对你来说，我太老了。"他叹息道。

"不是的，"她说道，直视着他的眼睛，"不是你的错。你看，我是个同性恋。"

她的语气是如此就事论事，他发现自己直接就接受了，就像这只不过是她人生的另一个事实。之后，他们躺在黑暗之中，像好朋友那样手拉着手，她告诉了他关于自己的一切。关于那些强奸她的男人……关于格雷戈里……关于那个和一对瑞典夫妇生活在一起的婴儿。她现在每个月都给那对夫妇寄钱。当他问起为什么这孩子将永远不知道她时，她回答说："若你从未拥有，你就不会失去。我离开的时候，她还是那么小一个婴儿——她不认识我，我也不认识她。这样，我们都不会对彼此感到痛苦或失望。为什么我的孩子得琢磨哪个浑蛋是她父亲——或者因为我不在身边而感到被人忽视呢？"

他试着刺探格雷戈里的事——或者迫使她承认，她是真心喜欢他——她耸了耸肩。"也许是吧。我永远不可能知道了。那些俄国人对特丽萨修女还有其他人做了那样的事，让我内心充满仇恨……我禁止自己去感觉。"接着，她开始讲她和一位AK女抵抗成员之间短暂但温柔的恋情。那女人长得漂亮，为人体贴，又心地善良，她帮她逃离了那里，帮她把孩子送去了瑞典。不，她爱的就是女人那

---

1 肯辛顿（Kensington），肯辛顿-切尔西区，英国英格兰大伦敦地区下辖的一个皇家自治市，属内伦敦的一部分。

种柔情似水。她永远不会真正爱一个男人。

所以，他们成了好朋友。他们一起打磨她的英语，研究她演的角色。她拍第四部电影的时候，成了领衔主演。每天，她都和杰里米坐在昏黑的摄影棚里盯着银幕上白天拍的样片看。她无法相信她就是银幕上那个兴奋的女人。

决定拒绝接受采访的是杰里米。"我们应该不接受任何采访。你的英语还不够好，你可能会误会他们的一些问题，你的话可能会被误引，而且——"

"而且我又蠢又笨。"

"不，不是这样的。你还非常年轻，而在银幕上，你看起来世故持重……一位神秘的女人。但是了解你……就是在了解一个孩子。"

"不，杰里米。我确实蠢，我知道，你不需要掩饰。我听到其他女演员聊天，她们谈论莎士比亚……她们可以引用他的句子。她们谈到毛姆、柯莱特，甚至像海明威那样的美国作家写的书。她们中有几位问我波兰的作家，我一个也不知道……但她们知道。她们谈论艺术……我对此一无所知。"

"你也许没怎么上过学，"他说，"但你并不蠢。能意识到有些事情你不知道，那就证明你是最聪明的。如果你喜欢，我可以帮你学这些东西。"

"学这些能帮我赚更多钱吗？"

"不能……但它们——"

"那就算了吧。"她说。

卡拉非常害怕去加利福尼亚，但杰里米已经和世纪电影公司签了合同。就在她应该出发去好莱坞那天，那对瑞典夫妇发来电报说他们不想继续照看那孩子了。杰里米不顾她的抗议，派她自己去加利福尼亚，他留下来安排把孩子带来伦敦。虽然他讨厌放任她离开他身边长达六周，但要办妥那孩子的事情，再把她带来伦敦，就需要那么长时间。等他到了加利福尼亚，他发现自己的预感并非毫无根据。她住在电影公司为她安排的一栋豪宅里，只装了部分家具，还和海蒂·兰斯陷入了疯狂的爱恋中。

"卡拉，你可经不起这种闲言碎语，它会毁了你的。海蒂是个巨星，有丈夫，还有三个孩子。大众永远不会相信她会有这种事。"

"和我说说我的孩子。"

"一切都挺顺利的。我找到了一对完美的夫妇——约翰和玛丽。他们以为这孩子是我的远房亲戚，而你是因为我们的关系才感兴趣的。孩子的发育有点滞后，医生说可能和生产时氧气不足有关系——但我觉得是因为那对瑞典夫妇，他们几乎从来不说话。约翰和玛丽棒极了。一切都会好的。不用说，他们以为我们是情侣。"

"等你见到了海蒂……"

"卡拉，你必须更谨慎些。"

"等这部电影在美国上映，我就是明星了，国际巨星。他们已经把我和嘉宝以及黛德丽相提并论了……他们说我重新带来了复古风尚。给你，看看我的照片——刊登在《电影剧》《现代电影》《电影镜》上的……全都登了。都是伟大的卡拉的精彩故事，所以别担心——我的宣传一直挺好的。我已经对你言听计从了，不接受采访，封闭摄影棚，在我的化妆间一个人吃午饭。除了海蒂，没人能见到我。"

他叹了口气。"卡拉，你们俩穿着裤子躲避摄影记者的照片已经传到伦敦去了。"

卡拉耸耸肩："在这儿，人人都穿裤子……许多人都躲着摄影记者。"

"你在存钱吗——记得吗——为了你的孩子？你想要最好的学校……你错过的一切——"

"你问我在存钱吗？"她把头一甩，低沉的笑声在整个房间里回荡，"我到这儿快七个星期了，只兑现过一张支票。一切都是海蒂付账！"

卡拉和那位德国女明星的恋情并未持续太久。但让杰里米惊讶的是，电影界那些上层社会的女同性恋都追着她跑。他琢磨着，她们是不是有某种雷达能准确探测谁是同性恋——就像她们脑门上闪着霓虹灯，却只有她们才能看见。但卡拉拒绝和她们搅和在一起。

在她的第三部电影里，拜伦·马斯特斯和她演对手戏。他风度翩翩，长相俊朗，还亲身上阵表演绝技，结过三次婚，是个双性恋。对卡拉来说，他和格雷戈里之间的相似让她惊讶。她突然变得腼腆起来。当她得知他目前正和另一位男星同居时，这种挑战吸引了她。她突然想拥抱年轻男人的强壮身体。

电影开拍了，一周后，拜伦离开了他的室友……疯狂地爱上了她……到了任由她主宰整部电影的地步。她成了真正意义上的巨星，而他们的浪漫故事席卷了每一本电影杂志。

那几个月，她一直陶醉于和拜伦之间的恋情。她邀请他到她那个半空的家里吃晚饭。他们煎牛排，然后在厨房吃掉。杰里米小心翼翼地搬去了一间配备了家具的公寓，开始对一位地产界的离婚女人产生兴趣。

但拜伦热爱好莱坞的那种兴奋和激情——那些盛大的派对和溢光灯闪烁的开幕式。而卡拉拒绝参加这些活动。在她自己家里，她用手拿牛排吃，他大笑起来——他们俩就像两个在野餐的小孩。她知道自己的餐桌礼仪很差（杰里米已经放弃恳求她喝汤或喝茶时别发出声音了），而且她很怕人多的场合，也害怕大型派对上那些虚假的寒暄。她害怕他们会笑话她的口音。所以渐渐地，她和拜伦的关系结束了，他爱上了他新电影的女主角。

卡拉对此镇定自若。总会有天真姑娘一想到要去伟大的卡拉家里就欣喜若狂。在拍摄现场，卡拉甚至从不和这个女孩打招呼……所以，就算那女孩谈起她和伟大卡拉之间的"风流事"，也没人会相信她说的。偶尔，会有一个年轻男人让她想起格雷戈里，她就允许他来她家，和她做爱，在厨房吃牛排。报界总是抨击这些风流韵事，唱衰他们，而影迷杂志则为卡拉的所有韵事激动不已……但通常报道还没印出来，这段风流事就结束了。

1952年，卡拉和克里斯托弗·凯利一起主演了一部电影。他是荷兰与法国的混血，有着总会吸引她的金发和褐色眼睛。克里斯托弗的人气当时正值巅峰。他们一起工作的第一周，他就去了她家厨房吃牛排。电影一共拍了三个月，他们的关系日渐亲密。

拍摄的最后一周，她发现自己怀孕了。她冷静而不带一丝感情地思考着。从理论上来说，现实做法是打掉孩子，同时甩掉克里斯托弗。但她第一次发现自己没法一走了之，这让她很吃惊。她还从没和一个男人交往到她不希望他离开自己的地步。奇怪的是，她发现应对和女人的关系就容易得多。所有规矩都是她来定的。和女人在一起时她不怕受到伤害。她们爱她。和女人在一起时，她的问题只有如何委婉地把她们赶出自己的生活，尽量不给对方造成痛楚。大多数男人也都很规矩，他们渴望取悦她……顺从她……留住她，几乎变成了娘娘腔。

然而，克里斯托弗与众不同。他竟然把她拖去了他那栋配满仆人的宫殿般的房子里，还教她游泳。他还试着教她打网球，但她只学会了把球打过网，除此以外就什么都学不会了。

现在，电影快拍完了。再过六周，她就要开拍另一部电影了。要是她愿意，她可以让他演男主角。世纪电影公司已经签了别人，是一位新人。他们觉得没必要掏两位巨星的钱，卡拉自己足以撑起一部电影。但如果她要求克里斯托弗来演，他们会签他的。

不管能不能演，克里斯托弗都不在乎。他是那种新生代明星，独立工作，没和电影公司签约。他的费用是一部电影二十万，所以他可以为二十世纪影业工作，为米高梅工作，为世纪电影公司工作——他可以为任何电影公司工作，只要支付他费用，让他担任主角或者联合领衔主演。

她一直等到电影拍完。一天晚上，他们正在开车兜风，她告诉了他自己怀孕的事。"我迟了七个星期了。"她说。他差点把车开到路外面去。"卡拉……太棒了！我们现在就去蒂华纳[1]……我们结婚……先保密……等过一周左右，我们再告诉大家，我们拍电影前就结婚了。你那个小伙计杰里米会搞定一切的。"

她同意了，看着他掉转车头，从山上飞驰而下。"这真是太棒了。我们要放弃自己的房子……买一栋演练剧场……也许自己建一栋。克雷森特城有一栋房产很不错。我得付两份赡养费。不过管它呢……我拍一部电影就有二十万，加上你赚的，我们可以生活得像皇室贵族一样。我们可以管我们的家叫'卡拉－凯尔'……我们将成为新的贵族……我们将大宴宾客。卡拉－凯尔将会像昔日的毕克范庄园[2]那样辉煌，我们将成为新的皇室夫妇。我们要活到极致！"

活到极致！

"掉头。"她厉声说道。

"怎么了？"

"掉头。我不会去墨西哥的。如果你胆敢把我带到那儿去，我就告你绑架。"

他们沉默地开车回到她家。活到极致！再生一个孩子！她怎么会让自己那么想？她已经有一个孩子要养了……一份重担。她永远不能像他那样生活——稳稳当当地坐着，看着人们到自己家里来，喝她的酒……吃她的食物。那就好像看着他们拿走她的钱……她那么辛苦地工作才赚来的钱。

第二天，杰里米安排了堕胎手术，她换了电话号码。一周后，克里斯托弗·凯利企图自杀。他被救回来了……但就算是这种过激的行为，也没能让卡拉答复他的电报。

她花了大笔的钱试图找到特丽萨修女，但始终没有她的影踪……或者她家人的消息。最终她放弃了，只专注于她的工作。

到了五十年代中期，卡拉已经牢牢确立了"卡拉，当代传奇！"的地位，但

1　蒂华纳（Tijuana），墨西哥西北边境城市，位于下加利福尼亚州西北端。

2　毕克范庄园（Pickfair），比弗利山庄的第一座豪宅，是美国默片黄金时代铁三角之二的道格拉斯·范朋克（Douglas Fairbanks）与妻子美国甜心玛丽·毕克馥（Mary Pickford）的家。

她的收入远远配不上她的名声。她和世纪电影公司签的合同最开始是每周五百元。凭着涨薪和"拖签",过去两年里,她尽力将收入提高到了三千元。她知道她的报酬过低,但1960年合同就到期了,杰里米说到时候他们就能赚大钱了。

杰里米发了财。他把钱投到市场里,好几次都翻了三倍。他曾苦苦恳求卡拉,让他用她的钱做投资,或者找一位投资顾问来打理。但她紧抱着钱不放手,将它们分别存在多个银行的多个储蓄账户里——每个账户里都不超过一万块。

1957年以及1958年,她陷入了烂片循环。不过,她个人的名气在为她保驾护航。她的传奇风头日盛,但她从不与电影公司的老板们来往,这让她完全不清楚票房收入。杰里米负责确保大众并不清楚卡拉的名气有任何滑坡。1960年,她宣布息影,各大媒体争相头条报道,消息震惊了整个电影界——乃至全世界。其实,无论是卡拉或是杰里米,原本都没打算永远息影。这事始于杰里米和世纪电影公司老板重新商谈卡拉的合同。

"我听说伊丽莎白·泰勒拍《埃及艳后》[1]拿到了一百万美元。"卡拉说,"我想要一百一十万。告诉那个老板,给我三百三十万,我可以为他拍三部电影。"

杰里米去和电影公司谈判,因为这种谈判一般要花好几周时间,所以她就忙着在那套大屋的一个空房间里打造芭蕾舞练功房。弄好后,她每天练习四个小时的芭蕾舞,并进行长距离的散步。

一天晚上,杰里米到她家来吃晚饭。他和她说,他拿到一份协议,但他们吃完饭再讨论。她点点头,带着平时那种冷漠。他们坐在厨房,他看着她大口大口地吃牛排,肉汁顺着那绝世无双的下巴滑落,那是多少人崇拜的一张脸。"卡拉,你知道《大帝》那本书吗?"他说着叹了一口气。她怎么可能知道呢?他知道她从来不读书,她自己也知道。"这本书在所有榜单上都是第一名,"他继续说,"那位老板想找马龙·白兰度或者托尼·奎因来演大帝。"

"那又怎么样⋯⋯?"她啃着牛排骨头。

"他们想让你演皇后。"

"所以呢?是那种适合卡拉的正确角色吗?"

"特别适合。"

"给多少钱呢?"

---

1 《埃及艳后》(Cleopatra),伊丽莎白·泰勒和理查德·伯顿主演的剧情片,于1963年6月12日上映。该片讲述了埃及女王克丽奥佩特拉为了政治目的与恺撒联姻,从而建立起横跨欧亚非三洲的强大帝国。

"特别少。"

她停下吃东西："我以为我们能拿到一百万。"

随后，在那间灯火通明的厨房里，他解释了现实情况——她之前的几部电影票房如何惨淡，但她的传奇风头正盛，除了那些圈内高层，没人发现票房问题。她拍这部电影能拿到十万块，而等电影收回成本后还能拿到利润的2.5%……这意味着，只有电影总票房超过一千万美元，才有钱拿。

她一言不发。他接着说："我们别无选择了。"

她推开自己的盘子。"如果我拿这么少的钱，那每个人都知道我完蛋了。但如果我息影，就没人知道了。"

杰里米瞪大了眼睛："你才四十二岁，正值巅峰。"

"哦，我息影……但只要一年，他们就又会来找我了。你看着吧，他们报价会一个比一个高的。"

他盯着她看。这倒是个明智之举……但她的经济状况能撑得住吗？"你现在只有二十五万美元。"他说道。

"把它投资到收益率为百分之六的债券上吧。我不会动的。"

"可你怎么生活呢？"

卡拉穿过房间，盯着外面绕房而建的石头墙看。"今晚外面有点潮，但我想我要散散步。"她披上一件大衣离开了。

她回来的时候，杰里米正在客厅看电视上的新闻。

他关上电视："你已经决定了吗？"

她点点头："你听说过一个叫布林奇·吉尔斯的女人吗？"

"听说过……她是个百万富翁，从得克萨斯州还是什么地方来的。"

"她还是个壮汉女同。这一年来，她一直在圈子里到处宣扬，如果我让她做我一夜情人，她就丢十万美元到我脚边。我会告诉桑娅·康爱来——所有同性恋都会参加她办的周日早午餐会——我允许布林奇这周末来拜访我。"

布林奇·吉尔斯……长得胖，喘气粗重，壮汉似的女同性恋。她进了这栋房子，把钱丢在了卡拉脚边。十万美元，无须缴税，真是难以置信。现在，杰里米坐在她身旁，她又想起了这件事。在布林奇之后，是女伯爵……

随着息影的时间越长，她的传奇名声越盛。邀约报价也扶摇直上，直到她息影三年后，有一天，杰里米带着一份合同来找她……一百万美元，对赌总收入的百分之十。

让他惊讶的是，她拒绝了。她坦率地承认，她害怕回归大银幕。她刚结识了迪伊·米尔福德·格兰杰，那位"全球第六富有的女人"。迪伊爱上了卡拉这位传奇人物。如果电影失败了怎么办？传奇就会跌下神坛！为什么要冒险复出呢？只要保住传奇名声，就总会有像迪伊这样的女人，心甘情愿付出一切只为了和她在一起。过去三年里，她不工作就成功攒下了将近五十万美元。迪伊有她自己的飞机、一艘游艇，以及一个同性恋丈夫，他根本不在乎她做什么。迪伊不像别人那么大方：她像一些有钱人一样，有一种"证明你真正爱的是我这个人"的态度。但至少迪伊很漂亮，迪伊很安全。所以，她拒绝了那份百万美元的合同，以及之后的所有报价。因为她知道，她能掌控迪伊，这让她有安全感……她想和她好多久都可以，想对她提什么条件都行。一切都在照着她的计划进行……直到迪伊那个同性恋丈夫赛车时死了，迫使迪伊拖来了大卫做她们的伴游。

大卫……她原以为她已经老了，不适合年轻人了。大卫有一头金发和一双褐色眼睛，和那时的格雷戈里一样年轻……而她太老了。但女人永远不会老，那只是岁月的积累，她的内心永远是十八岁……和大卫在一起，她感到了青春活力，感到了年轻人才会有的傻里傻气，感到一切都变美好了。

车子驶进了花园巷。杰里米正在谈论她的上次电影报价。（仍有筛选过的合同递进来，不再是一百万美元了，而是客串"明星主角"，就给一大笔钱。）最近一次，对方给五十万，工作两周，每天另付一千美元的花销。她微笑着摇了摇头。何必多此一举呢？她想证明什么呢？她从未真正相信自己是一位女演员……她甚至从未真正相信自己是个舞蹈演员。她学芭蕾舞只是为了引起特丽萨修女的好感。也许这就是为什么她还在练习芭蕾舞——不知怎么，她练芭蕾时觉得自己是在还债。她不是一个虔诚的教徒，她从不去做弥撒，然而每天晚上她都会跪下来念一段波兰语的祷告词，这段词从她学会说话后就一直在念。在黑暗之中，她经常感觉上帝与她同在……她会把头藏在枕头底下，默默地和他说，她已经尽力了。

她把脸缩在迪伊给她的紫貂大衣里，走进多切斯特酒店。她知道，她的前途是和迪伊在一起……而和大卫的情事已经超乎寻常了，是时候离开了，是时候专注于生意上的事了……谢天谢地还有杰里米。

那天晚上，杰里米早就走了，她却还呆坐着，望着外面的海德公园[1]。她知道杰里米注意到了她平整的脸。她离开大卫去做脸的时候，她曾祈祷大卫会等她，因为她第一次知道她并不真的是女同性恋。在他的臂弯里，她觉得安心又快乐。每次他们在一起后，她就更难和迪伊在一起了。体验过大卫那强壮精瘦的身体后，她突然开始厌恶女人柔软的身体。而她跪下来祈祷时，她发现自己仍然在祈祷大卫能继续等着她……

14

詹纽瑞坐在琳达的办公室，用塑料杯子喝着温吞吞的咖啡。琳达正处于她的一段情绪低落期。每到周一，琳达总是心情郁闷。而二月一个雨水连绵的周一，用她的话说就是"郁闷中的郁闷"。尽管天气不好，詹纽瑞倒是很高兴。毕竟二月只有二十八天，而到了三月二十一日，就正式进入春天了。所以，你一旦熬过了二月，冬天就基本算是过去了。

她一直讨厌冬天，冬天就意味着上学，而夏天和假日则意味着和迈克在一起。但现在，假日意味着棕榈滩。圣诞节前夜她已经去过那里了，一直待到了新年后。但在去棕榈滩之前，还有……

圣诞节前待在纽约的一周！

尽管每个人都在忙活四月刊的排版，但人造圣诞冬青树已经站在了办公室里。

公寓楼里所有工作人员的态度突然来了个大转变。门卫跳起来去开门。电梯员突然掌握了将电梯轿厢对准楼层的新技能。还有十五个至今不为人知的工作人员的名字突然出现在了大楼管理员从门缝塞进来的"圣诞愿望清单"上。

冒着阴雨，踩着泥水，每个街角都有人手里提满了购物袋，向没有乘客的出租车徒劳地招手示意，那些车则炫耀一般亮着"歇班"灯。忧郁的男人穿着圣诞老人套装，不停地摇着小铃铛，手臂反射性地来回抽动着："圣诞快乐，帮帮可怜人吧。"

1　海德公园（Hyde Park），英国最大的皇家公园。

詹纽瑞在萨克斯百货里推推搡搡地购物——这地方银装素裹，混乱吵闹。她给大卫买了一条羊绒围巾；然后硬挤进电梯，坐到三楼，给琳达买了一个璞琪的包，而琳达可能会立即退掉。（"詹纽瑞，我和你说过一百遍了……现在流行古驰……璞琪过时了！"）

至少迈克好打发，两打刻着他名字的高尔夫球就行。但是迪伊！你能给迪伊那样的人买什么呢？（这会儿她还不知道迪伊圣诞树上的水晶柱是斯图本[1]的。）你不能给迪伊买香水，她有满满一衣柜的香水——棕榈滩和皮埃尔酒店里都有，没准儿马贝拉也有。邦威·泰勒百货的女店员推荐她买个"恶作剧"礼物，比如一双红色法兰绒短靴。她最终还是在麦迪逊大道的一家店里买了一些进口的亚麻手帕。迪伊总可以把它们当礼物再送给别人。

在棕榈滩过圣诞节！

十二英尺高的圣诞树！高大魁梧，挂满了银球和水晶柱，闪着细碎的光，像个无家可归的巨人，站在一间玻璃房里，俯瞰着游泳池。它像个怒气冲冲的哨兵站着岗。它被连根拔起，迷失了方向，带着一种银光闪闪的冷酷，沉默地抗议着现场的热带气氛。

迈克就在那儿，皮肤晒成了小麦色，好看极了。迪伊还是那么白，也很好看。各种派对……双陆棋……八卦，就像感恩节假期拉长到了十天。詹纽瑞和迈克去了赛马场，他走到十美元窗口处下了注，他那种不再感兴趣的样子简直让她想哭——因为她记得，从前迈克拿起电话，一次就下注五千块。是的，她还记得，而他也记得。第一场派对过后，接下来的每场派对都像是即时重播。紧接着就是迪伊为她办的二十一岁生日惊喜派对。五千美元的鲜花摆满了全场，舞池搭在了奥运会规模的游泳池上，还有两支管弦乐队——室内一支，室外一支。大卫也来为她庆祝了，他们俩一起跳着舞，为迪伊表演了一出"看啊，一对年轻恋人"的戏码。客人都是她这周见过的同一群人，只不过人更多了。他们带来的全都是自己多余的圣诞节礼物，"只是小小的纪念品"那种。（现在，她这辈子都不缺真丝围巾了。）有些人拽着有一个大下巴的女儿或者不善社交的儿子来了。还有那些无处不在的摄影记者，对着他们在上场派对就拍过的同一群人大拍特拍——而且他们在之后的派对上拍的也还是这一群人。

1　斯图本（Steuben），一直享有"世界最纯水晶的缔造者"的盛誉。

圣诞节后回到纽约！

在水槽里发现了第一只蟑螂！当然，它已经死了，但它的兄弟姐妹在哪儿？不可能是一只大龄单身蟑螂。

慌乱之中她给琳达打了电话。"别紧张，詹纽瑞。纽约到处都是蟑螂。给管理员打电话，你圣诞节对他那么慷慨，他会联系除虫员的。"

管理员感谢了她给的二十美元，但解释说，除虫员去波多黎各度假了，还有十天才能联系上。

大卫带她出去过几次。每次，他们都是和另一对情侣或一群人一起玩，不是去莱佛士就是去LE俱乐部，都是音乐特别吵的地方，根本不能真正聊天，所以每个人只是跳舞、微笑、冲着房间那头儿的人挥手。一天晚上，他送她回了家，打发走了出租车。有那么一会儿，他们俩就那样站在她的公寓楼前。一阵令人不安的沉默后，他说："你不打算请我上去吗，至少看看我送你的那棵树？"

"哦，树挺好的。他们说我应该春天给它剪剪枝。"

她的话落在冷空气里成了一股白烟。又一阵尴尬的沉默之后，她说道："听我说，大卫，我喜欢你。我确实喜欢，但那天晚上我们之间发生的事是个错误。所以，就像他们在电影里说的——'让我们做朋友吧'。"

他微微一笑："我又不会强奸你。我也喜欢你，比喜欢还要多。我……我……呃，只是这会儿，我刚好快冻死了……而且我们整晚都没机会聊聊。"

詹纽瑞琢磨着为什么今晚和之前那些晚上不同。"好吧，不过其实就是一个大房间。"他们乘电梯上楼时，又是一阵令人不安的沉默。她突然意识到，他们之间没什么可说的，绝对是无话可说。而且不知道为什么，她感到一种不平衡。她发现自己一边开门，一边紧张地絮絮叨叨："不是很整洁。琳达和我有一位女佣，她的感情生活充满暴力。有一半时候，她都是青肿着一只眼睛，抽抽搭搭哭着来的。那还是情况比较好的时候。情况糟糕的时候，她干脆就不来上班了。琳达说这意味着那个男人走了，而她就坐在家里喝酒，等他。"她知道他根本不在乎她的女佣。"好吧……就是这里了。看你的树，它长高了两英寸，还长出了三根新树枝。"

"你为什么不甩掉她？"他僵硬地站在屋子中间说道。

"甩掉谁？"

"女佣。"他解开大衣，摘掉她送给他的围巾。

"哦，那是因为琳达同情任何恋爱中的失败者，而我又同情所有青肿着眼睛生存的人。"她坐在了沙发上。他坐进她旁边的俱乐部椅里，注视着地板，双手交叠，放在膝盖中间。

"詹纽瑞……我想和你谈谈关于——"他抬头看向上方，"我们必须开着那玩意儿吗？"

"你是说你不喜欢埃德加·贝利先生这盏蒂芙尼风格的灯？"

"我感觉我好像在保龄球馆，而馆里所有的灯都开着。"

她跳起来关掉了头顶的灯："要我给你倒些葡萄酒吗……或者可乐？我只有这两样。"

"詹纽瑞……坐下吧。我什么也不想要，我只想谈谈我们俩。"

"好的，大卫。"她安静地坐下来，等着他开口。

"我猜你一直在琢磨我……我们俩，"他开口说道，"呃，我之前有些私人问题，而且……"

她微笑起来："大卫，我和你说过了——我们是朋友。你不欠我任何解释。"

他站起来从口袋里捞出一支烟。突然，他转过来面对着她："我们不是朋友。我……我爱你。我那天晚上说的所有话都是认真的。我们会结婚的。但不是……不是最近，我有点事情需要处理……生意上的。要是你别告诉迪伊这件事，我会很感激的。如果她以为我工作上有什么问题，她会担心我。"他试着微笑，但只是耸了耸肩，"她其实努力像母亲一样照顾我。我爱她这一点，但我希望她能享受和你父亲在一起的生活。他真是个很不错的人，而且我能解决自己的问题。所以相信我，詹纽瑞……相信我，耐心些。我们会结婚的……终有一天。你会记住这些吗……就算有时候我没给你打电话？"

她看着他，慢慢地摇摇头："哇！你真是让我大开眼界。你真的是！我是说，我得用多少种方式才能让你明白我无意嫁给你？但如果这样能让你感觉好点，我会让迪伊和我父亲以为我们常常见面的。"

他生气地转过身来："你凭什么以为我在乎他们的看法？"

"因为你就是在乎。听我说，这对我来说也更轻松。只要我们偶尔见个面，让他们以为我们……怎么说呢，关系稳定……为什么不呢？"

他跌坐进俱乐部椅中，盯着半空发呆。他看起来像是个突然漏了气的巨大橡胶玩具，她几乎都能看到他的身体正在缩小。"时机太糟糕了，"他叹息道，"我是说，一般情况下，我们在一起会很合拍的。"他盯着地板看了片刻，然后抬起头来挤出一个微笑，"你知道吗？你是个好孩子，詹纽瑞。那好吧。就让他们以为我们常常约会，如果这对你有帮助的话。等你再长大一些，我想我们在一起就会顺利了，会好的。"

这周末的时候，他打电话给她，声称他得去加利福尼亚，参加那个他一直在和她说的证券分析师的会议。她不是很确定加利福尼亚是否真有这么一个证券分析师的会议……但她确实知道卡拉乘坐北极航线的航班从欧洲回到洛杉矶了。报纸上刊登了她常见的那种照片，举着一本杂志，挡在脸前面，因为她正试图躲避摄影师。有一位专栏作家声称她是去拜访桑娅·康爱来的，一位富有的意大利社交名媛兼业余诗人。她们是老朋友，卡拉刚进入电影这一行时就认识她了。

但詹纽瑞没时间琢磨大卫或者卡拉了。汤姆·柯尔特预定二月五日到纽约，参加他的出版商为他安排的大型宣传日派对。只有不到一周的时间了，在这个阴冷的二月周一，詹纽瑞坐着喝温咖啡的时候，琳达因为丽塔·刘易斯小姐的无礼而大为光火——对方居然一个电话也不回她。

"过去三天里，我都打过五次电话了，"她摔上听筒说道，"我甚至都和劳伦斯先生的秘书说上话了。"

"他是谁？"

"就是那位出版商本人。我问她《炫目》杂志社没有收到瑞吉酒店派对的邀请函是不是漏发了，她对我说话的那种腔调就好像她是真正的'总统发言人的私人秘书'——'其实呢，里格斯小姐，这并不算是个媒体派对。哦，毫无疑问，现场会有几家媒体，但实际呢，它更像是为柯尔特先生办的'欢迎到纽约来'的派对。市长也会光临……以及所有上层社会的名流。'——她给我的感觉是，显然《炫目》还不够时髦，不值得邀请。最终，她不过是答应我给丽塔递个话。"

"那个嘛，我们还有四天，"詹纽瑞乐观地说，"没准儿她会打电话来的。"

四天过去了，还是没有消息。詹纽瑞坐在琳达的办公室，试着给她鼓劲："振作些，琳达。他要在纽约待挺长时间呢，肯定有别的办法接近他。"

琳达叹了口气。她瞥了一眼阴沉的窗外："还在下雨吗？"

"不下雨了，下雪了。"詹纽瑞说道。

"太好了！"琳达高兴地说，"我希望变成一场暴风雪。这样也许一半的人都不会露面了……而另一半会全身湿透，心情也很糟糕。老实说，詹纽瑞，我认识的每一位见过你父亲的人都说和他一起工作棒极了……说他是多么有趣……每个人都喜欢他——除了汤姆·柯尔特！"

"也许他们对彼此来说都太强势了。或者只是汤姆·柯尔特一贯如此。听我说，我已经使出第一招组合拳了。我十一月给他写了一封信，没说我和迈克的关系，因为我知道那会扼杀我们可能有的任何机会。所以我只署名J. 韦恩。两周后，我又写了一封信，还是没收到回信。然后我给杰伊·艾伦——柯尔特在洛杉矶的媒体经纪人——打了电话，杰伊以前为我父亲工作过，所以他特别好心地给了我汤姆·柯尔特那栋海滨别墅的地址。我往那里写了封信。还是没回音！跟着我又寄了一张圣诞节贺卡，夹了一张'希望你来纽约时能见到你'的字条。三周后，我又写了一封热情洋溢的信，告诉他我已经读过校样了，知道这书肯定能火。"詹纽瑞探着身子，"琳达……面对现实吧。我父亲改编他的书拍的电影赢了奥斯卡奖，他都没有出席颁奖典礼。赢了五项大奖呢。当然了，剧本不是他写的……他觉得这活儿配不上他。所以你就能知道他是个多么势利的人。迈克和我说过，人人都去恳求他出席典礼，但他拒绝了。你知道为什么吗？他说他是位严肃作家，而不是马戏团的。他还说，他和好莱坞改编他的书拍出来的低劣商业片一点关系也没有。所以我们有什么理由认为他会接受我们的采访呢？"

琳达慢慢点了点头："你说的都对。不过话说回来，谁又会相信他能同意做巡回宣传呢？那可是真正的马戏团。他可能不知道他要面对的是什么。至于杂志宣传，他可能从没听说过这跟严肃小说有什么关系。哦，我敢肯定，他是盼着《生活》[1]杂志去采访他，还有《时代周刊》以及《新闻周刊》。但是《炫目》，他可能从来没听说过，没准儿以为是种新牙膏呢。但我不会放弃的——就算我得化身德国装甲师——我之前就是这么对南斯拉夫的布劳瓦瑟克博士的。我对他死缠烂打，竟然抢在所有人前面采访到了他。就是那篇报道帮我升到了总编的位置。詹纽瑞——《炫目》就是我的生命！随着它的成长我也在成长，所以我必须为了《炫目》采访到汤姆·柯尔特！我必须成功！"她的表情严峻，脸上的血似乎都被抽干了。然后，她叹了口气："那篇有关布劳瓦瑟克博士的报道抬高了我在出版人眼里的地位。从那时起，我始终刊登有利于提高发行量和吸引广告的报道。如今，是时候追求那些能抬高《炫目》杂志在同行眼中地位的报道了。如果我能采访到汤姆·柯尔特，或者写一篇他的故事，那会帮助《炫目》成为重磅杂志的。这就是为什么我不能接受拒绝。确实，他会在纽约待一段时间，但《炫目》必须首先得到他，而参

---

1 《生活》(Life)，美国图画杂志，1936年创办于纽约。《生活》杂志的摄影师开启了世界新闻摄影的历史。

加这个鸡尾酒派对会有非常大的帮助。他喜欢漂亮女孩，这也是为什么丽塔·刘易斯不邀请我。她不想让《炫目》杂志上出现他的报道，她非常看重文学性……比方说，她宁可让《纽约书评》刊登一张他的照片，也不愿意我们给他做封面报道。这就是为什么我想去那个派对。我想着，如果我们能见到他……我们就能说服他。"

"那我们就去吧。"詹纽瑞说。

"你是说硬闯？"

"为什么不呢？"

琳达摇摇头："这个派对太重要了，邀请的全都是顶级人物，门口肯定有人把守，会核对每个人的名字。"

"无论如何，我们得试试。"詹纽瑞坚持道，"我们穿上最好的衣服，租一辆豪华轿车，然后就去——"

"租一辆豪华轿车？詹纽瑞，这主意太好了！"

"只有这样了。这种天气你找不到出租车的。每个人到的时候都会像你估计的那样……全身都湿了，看起来有些疲惫。如果我们要硬闯，那至少要闯得有风度。"

琳达紧张地笑起来："你真觉得一辆豪华轿车就能让我们够有风度，办成这事吗？"

"这个嘛，欧内斯特·海明威曾说过，风度就是重压下的优雅。乘坐一辆豪华轿车去肯定是正确的一步。"

派对是在一间小舞厅里办的。从人群的喧哗声来看，坏天气并没有造成什么影响。人群纷纷拥入走廊，再聚成各自吵闹的小圈子。门外的桌子上丢着一张长长的纸，上面印着按首字母排序的宾客名单。琳达晚点到的策略是对的：一旦重要嘉宾已经检入，他们就能混在门口的人堆里一起进去，藏在名流堆里，拿几杯免费的酒喝。

她们随着人群走进了主会场。詹纽瑞认出了几位作家、一些媒体人、几位百老汇明星和好莱坞名人，还有那些平日聚会成瘾的派对常客。

房间尽头有个吧台，她们一眼就看见了汤姆·柯尔特。他本人比他的图书封套上的照片好看多了。他的面容硬朗，发色黝黑，体格像个拳击手。这个男人看

---

1 《纽约书评》（*The New York Review of Books*），一本在美国纽约市发行的半月刊，内容涉及文学、文化以及时事，创办于1963年。

起来就好像他曾亲历过许多他书中所写的暴力行为。

"我有点怕他，"詹纽瑞小声说，"要是你想去的话，你就上去和他谈吧……我就站在这边观察。"

"他真是光彩夺目啊。"琳达小声说道。

"他确实是。响尾蛇也很光彩夺目，如果它被关在玻璃笼子里的话。我的意思是……琳达，你不能对那样一个男人提起《炫目》杂志。"

"那个嘛，我正要这么做……而且你也跟我来，来吧。"她抓起詹纽瑞的胳膊，推着她挤过人群，朝着吧台走去。

一群仰慕者把汤姆·柯尔特团团围住了，他们似乎还努力想更接近他。但他站得笔直，手里拿着一瓶杰克·丹尼威士忌，举在身前给自己倒酒。他喝了一大口酒，盯着面前那个胖墩墩的小矮个儿男人看。这人五年前写了一本畅销书，从那之后再没写过任何东西，但他把参加脱口秀节目和名人派对发展成了自己的职业。他还发展成了个酒鬼。突然，他用胖胖的小手紧紧抓住汤姆·柯尔特的胳膊。"我读过你写的所有书，"他的声音短促尖厉，然后心醉神迷地咂了咂嘴，朝天空翻了翻眼睛，"老天，我敬佩你的作品。不过要小心，不要陷入电视节目的争名夺利中去，"他咯咯笑着，"看看它把我变成了一个什么样的婊子。"

汤姆·柯尔特把胳膊抽出来，目光扫过围在他身边的这群扫兴的人。他的黑眼珠快速审视着这群人，似乎有点生气。突然，他的目光落在了詹纽瑞和琳达身上。"抱歉，"他对胖作家说，"但我从艾奥瓦州来的两个表妹刚走进来了。她们是一路坐公共汽车来的。"他挽住这两名目瞪口呆的女孩的胳膊，带着她们穿过房间，"谢天谢地有你们俩……不管你们俩是谁。我被那个无聊鬼缠了二十分钟，没人来救我，因为他们以为我挺高兴的。"

琳达目瞪口呆地盯着他。詹纽瑞发现他完全控制了局面。她设法挣脱开他抓在她胳膊上的手，说道："要是我们帮上您的忙了，我很高兴，而且——"

琳达突然活了过来："而且现在您可以帮我们了。"

他眯起了眼睛："我现在有种感觉，也许我还不如待在吧台那边。"

"我是琳达·里格斯，《炫目》杂志的总编，这是我的助理编辑，詹纽瑞·韦恩。她给您写过几封信，说采访的事。"

他转向詹纽瑞："老天爷呀！你就是那个写了好几封信又寄圣诞卡片的J. 韦恩？"

她点点头，出于某种奇怪的原因，她发现自己脸红了。他笑了起来，好像有什么秘密笑话。"所以你就是J. 韦恩，"他再次笑起来，"我一直以为寄信的是个骨瘦如柴的男同性恋。好吧，见到你很高兴，J. 韦恩。我很高兴你不是个男同性恋……不过采访就免了，我的出版商已经安排了太多采访了。"他转过来再次看着她："但为什么要署名J. 韦恩呢？现在的职场小姐都流行这样吗？要是我知道你是个女孩，至少我会答复你的。"

"那个，詹纽瑞·韦恩这个名字也不会表明我的性别呀。"

"是啊，确实不会。这名字真是不可思议，真是——"他停住不说了。然后他用手责难地指着她说："你不会碰巧是迈克·韦恩那个浑蛋的女儿吧！"

她想转身走开，但他拉着她的胳膊把她拽了回来："听着，他毁了我一本最好的书。"

"但你竟然用那种脏话讲我父亲！他那部电影可是拿了奥斯卡奖！"

"詹纽瑞……"琳达的声音里带着一丝微弱的恳求。

"让她说吧，"汤姆·柯尔特笑了，"我有个六个月大的儿子。要是有一天，有人指责他老爸的书，他也会为我回击的。"他微笑着伸出手，"讲和？"

詹纽瑞看着他，伸出了手。然后，他紧紧挽着她们的胳膊："好了，现在我们都是朋友了，我们三个走吧。我们可以去哪儿安静喝几杯？"

"伊莱恩酒吧，"琳达说，"很多作家都去那儿，而且——"

"是啊，我听说过。但今晚不去。吧台那个矮公鸡说他最后总是去伊莱恩。我们去图茨！"

"哪里？"琳达问道。

"图茨·索尔餐厅——只有去那儿才能痛饮一番。"他挽着她们俩不松手，朝门口走去。一位面色疲惫的年轻女人顶着一头蓬松的长发冲了过来："柯尔特先生，您要去哪儿？"

"我要走了。"

"可您不能走。罗尼·沃尔夫还没到呢，再说——"

他拍拍她的头："放松，出版女士。你做得很好，大家都喝得很高兴。我已经在这儿待了两个小时了，你安排的每个人我都和他们聊过了。我答应的是我会来参加一场媒体派对，可没人说我得待多久。哦，对了……你认识我这位从艾奥瓦来的表妹吗？"

"我知道她，丽塔·刘易斯，"琳达说道，毫不掩饰她的喜悦，"我们从未正式引见过。但毫无疑问，她这周见过我的几条留言。"

"我让我的秘书给你发邀请函了，"丽塔随机应变地说道，"看样子你收到了。"

"没有，我们是硬闯进来的。"詹纽瑞欢快地说。

"但你可以补偿我们，"琳达补充说，"我们只想写一篇柯尔特先生的深度报道。我们可以给你们封面。"

"不行，"丽塔·刘易斯说，"柯尔特先生下周的采访已经排满了，包括所有的主流杂志，还有美联社[1]、合众国际社[2]……"

"可我们的报道与众不同。"琳达恳求道。

"确实，"詹纽瑞补充说，"我们可以旁听他的其他采访，就像脱口秀节目；我们可以支付后台化妆间的费用；我们甚至可以跟去别的城市。"

"休想，"丽塔说道，"我不想让他上《炫目》杂志。"她看着琳达补充道，"别打电话骚扰他。"

汤姆·柯尔特一直旁观着这场你来我往的对话，就像看一场网球比赛，这时插嘴说道："等等！你是谁啊，什么纳粹将军吗？不许别人给我打电话？"

"当然不是了，柯尔特先生。我不是那个意思。但我知道琳达这人有多难缠，而且我肯定她把詹纽瑞也训练得很好。只是我们的行程都排好了……《炫目》杂志不在其中。我不在乎你私底下和她们俩任何一位做什么……但你不能接受她们的采访。如果你接受了她们的采访，可能会危及我对别人做出的承诺。"

他看着这位公关小姐，眼神变得冷酷无情："听着，宝贝，让我们从一开始就把话说清楚。你可以为我安排预约……就像一条训练有素的好狗。而我，相应地，我会好好表现。这事是我同意的，所以我总是信守承诺。但不要再告诉我什么不能做了。"他用胳膊搂着詹纽瑞，摆出保护的姿势，"这小姑娘还是个婴儿时我就认识她了。她父亲是我的老朋友，他改编我的书拍出来的电影非常棒，但你往那儿一站就告诉我不能接受她们杂志的采访！"

丽塔·刘易斯祈求地看着琳达："那好吧……就做个小采访，琳达……求你了，否则我该失去《麦考尔时尚杂志》和《时尚先生》[3]了。别做什么深度的，别跟着他到处跑——"

"如果她们俩愿意的话，我去卫生间她们俩都能跟着，"他大发雷霆道，"不过

1　美联社（The Associated Press，简称A.P.），美国联合通讯社，简称美联社，是美国最大的通讯社，1846年在芝加哥成立。

2　合众国际社（United Press International，简称U.P.I.），美国第二大通讯社，创办于1907年，总社在纽约。

3　《时尚先生》（Esquire），首次发行于1933年10月，创刊伊始是一本售价50美分的季度性杂志，每个季度的销量达10万册。20世纪60年代，它成为新新闻运动的标志。

现在，我们要出去喝酒了。"然后，他一边挽着一个女孩，带着她们穿过了房间。

詹纽瑞缓缓睁开了眼睛。她睡在俱乐部椅上，为什么她没在床上？为什么她睡觉还穿着衣服？她站了起来，但地板开始疯了一般地倾斜。她跌回到椅子里。现在是早上七点！她只睡了两个小时。

她站起来，挣扎着脱掉衣服。有好几次，她不得不抓着椅子才能站稳。她设法把床拉了出来[1]，然后冲进浴室吐了起来。她又回来了，横着跌到床上。整个晚上发生的桩桩件件如潮水般涌进她的大脑。汤姆·柯尔特突然就改变了对她父亲的看法……他们三个离开瑞吉酒店时，丽塔·刘易斯不知所措地站在一边，无助地瞪着他们。他惊讶于她们有自己的豪华轿车。他喜欢……说这是他第一次听闻硬闯派对还带着自己的豪华轿车来的。然后就是他在图茨·索尔餐厅的亮相……图茨亲昵地拍打着他的后背……和他们一起坐在前桌。只是没人提起来点真正的食物，从头至尾只有杰克·丹尼威士忌。他宣称，要是谁不喝杰克·丹尼，就不是他真正的朋友。她和琳达犹豫了一秒钟，立即宣布她们喜欢波本威士忌。

她发现第一杯难以下咽，但第二杯就容易得多了，而第三杯则在她大脑里点起了一片奇异的光亮，随之而来的还有一股美妙友好的感觉。汤姆·柯尔特靠过来，分别亲吻了她们的脸颊，把她们叫作他的巧克力和香草女孩（詹纽瑞仍留有她在棕榈滩晒的小麦色肌肤，而琳达这个月把几缕头发挑染成了金色），詹纽瑞觉得他们就是搞笑三人组。人们络绎不绝地走到他们的桌旁。人人都在拍彼此的后背——"坐下吧，你这个懒蛋。"（这是图茨说的）；认识她父亲的几位体育新闻记者也坐了过来；汤姆一直在给每个人续杯。到了半夜，汤姆坚持要去21号餐厅喝个睡前酒。他们喝到21号餐厅打烊，又去了PJ克拉克酒吧。凌晨四点，他们跌跌撞撞地走出PJ酒吧——她还能记得这个。她记得她和琳达左摇右摆地进了大厅，她们俩都在叽叽咕咕地傻笑……但从PJ酒吧开始，他们说了什么或者做了什么，她的记忆就一片模糊了。

她跌跌撞撞地走进浴室，吃了一些阿司匹林，然后又设法爬回了床上。她一闭上眼睛，房间就开始旋转。她睁开眼睛，企图将注意力固定在某件静止的东西上。贝利先生的蒂芙尼灯。最终她肯定还是睡着了，因为她突然进入了一场梦境中。她意识到了她在做梦。她足够清醒地认识到这是梦境，但又足够迷糊到让

---

1 应该是那种节约空间的可推拉的床。——编者注

这个梦可以自动发展下去。一个男人正弯腰向她压过来。他要进来了。他随时会进入她的身体，可她并不觉得恐慌。她想要他，即便他的脸一片模糊……她凑近了看……是迈克。但是随后，他的嘴唇碰到了她的嘴唇，她突然意识到这人是汤姆·柯尔特，只是他的眼睛不是汤姆那种黑色的……而是蓝色的。但又不是迈克那种蓝……而是海蓝色的！她伸手去够他……然后她就醒了。她靠着枕头躺着，试图确定那是谁的脸——迈克还是汤姆——但她能记起的只有那双不可思议的蓝眼睛。

她强迫自己重新入睡，寻找那双眼睛，但这次入睡温柔无梦。电话突然响了，打断了她的沉睡。是琳达打来的："詹纽瑞，你起了吗？"

她的后脑勺一阵阵地疼，但她的胃现在好受多了。"几点了？"她慢吞吞地问，生怕自己有任何突然的动作。

"十一点了，我宿醉得特别厉害。"

"所以这就是宿醉吗？"詹纽瑞问道，"我以为我要死了。"

"喝点牛奶。"

"啊，老天……"詹纽瑞突然感觉想吐。

"听着，吃片面包，喝点牛奶，现在就去！它们会吸收掉剩下的酒精的。吃喝完打给我，我们得制订计划。"

"什么计划？"

"继续和汤姆·柯尔特来往的计划。"

"哦，天哪……我们必须这么做吗？"

"昨晚你和我说你喜欢他。

"这可能是我遇到了他的'朋友'杰克·丹尼后说的醉话。"

"我们今晚不会那样了。"琳达说。

"哪样？"

"和他出去的时候喝个不停。我们得立场坚定。我们会喝一点苏格兰威士忌。他想喝多少都可以。但如果我们想写完这篇报道，我们必须保持清醒。我们不和他说这些，我们只是不再努力跟他比着喝了。"

"我们比了？"

"我们可是拼了命了。"

"琳达……我要吐了。"

"去吃面包吧。我套上休闲裤就去你的公寓，我们得制订好作战计划。"

她设法喝下了半杯牛奶，然后看着琳达冲咖啡。终于，琳达在俱乐部椅上坐了下来，笑容欢快："现在坐起来……振作点……你得给汤姆·柯尔特打电话。"

"为什么我打？"

"因为就算我有意今晚和这男人上床，我也能明显感觉到今早他不会记得我的名字。但你的名字就能让他想起来了。他突然开始喜欢你爹了，你的名字肯定管用。"

"我还是感觉他不是真的喜欢迈克。他只是气不过丽塔·刘易斯命令他做事。"

琳达点起一支烟，小口喝着咖啡："詹纽瑞，速溶咖啡真难喝。你得学会做真正的咖啡。"

詹纽瑞耸耸肩："但这挺适合我的。"

琳达摇摇头："但不会适合你男人的。"

"什么男人？"

"在这儿过夜的任何男人。这一般是他们第二天早上唯一想要的——一杯好咖啡。"

"你是说，你也得为他们做咖啡？"

"有时候还得煎蛋呢。要是你男人像凯斯以前那样是个健康狂人，那就得准备格兰诺拉或者某种含坚果葡萄干的麦片，配上维生素 E，还有……哦，老天，幸好这些已经滚出我的生活了。"

"你难道从不会想起凯斯或者怀念他吗？"

琳达摇摇头："《毛毛虫》开演的时候，我差点给他发电报了。但我想，去他的吧，结束了就是结束了。那出戏大获成功，我为凯斯感到高兴，因为他肯定得肉偿他欠下克里斯蒂娜的巨额债了。再说了，等你认识了汤姆·柯尔特这样的男人，就会意识到凯斯不过是个男孩子。"

"可是琳达……他结婚了，还有个六个月大的孩子。"

"但他的妻子和孩子都在海湾区呢……而我就在这儿。再说，我又没指望从他妻子或孩子那儿把他抢走。"

"那你为什么想追他？"

"因为他让我神魂颠倒……他很英俊……我想和他上床。你也想。至少你昨晚表现得像是那样。"

"我有吗？"

"詹纽瑞，你的星座真应该是双子，而不是摩羯——你可真是个两面派。我是说，当你喝了酒，真像变成了另一个人。昨晚，他在 PJ 酒吧吻了我们俩……我是说轮流的……真正的那种深吻……管我叫香草……管你叫巧克力。"

"他在 PJ 酒吧吻我们俩了？"

"没错。"

"真正的深吻？"

"那个嘛，他把舌头伸到我喉咙里了。我不知道你什么情况。"

"我的老天。"

"还有回家路上怎么说？"琳达问道。

"回家路上怎么了？"詹纽瑞坐直了。

"他靠过去，把手伸进你的上衣，然后说'小花蕾，但我喜欢'。"

詹纽瑞把头埋进枕头里："琳达……我简直无法相信。"

"确实……然后他亲了我的乳房，说它们真大。"

"司机在做什么呢？"

"疯狂关注着后视镜，我想是吧。但他们什么都见惯了，包括真正的强奸，据我所知。"

"琳达——"詹纽瑞的声音虚弱无力，"我现在渐渐想起来了。我记得他把手滑进我的衬衣里，而我觉得那是全世界最自然不过的事情了。哦，老天……我怎么会这样？"

"因为你终于变成一个吸引人的正常女孩了。"

"这样才是正常的吗……让一个你刚遇见的男人摸你，还当着另一个女孩的面？"

"哦，得了吧。我这辈子还没玩过三人行。我和男人上床的时候，只要床上只有我们俩，那就怎么都可以。昨晚只不过是找点乐子。你不用这么紧张。"

詹纽瑞下了床，摇摇晃晃地穿过房间去拿烟。她慢慢点着一支，猛吸了一口，然后她转向琳达："好吧，我知道我之前与世隔绝，我也知道时代不一样了，比如说你不一定非要结婚才能爱某个人……或者和某个人上床。我知道，现在每个人都这么想。但没有规定说我也必须这么想。就因为我是个处女，我感觉自己像某种怪物。我简直是说服自己认为我喜欢大卫的，而结果糟透了——"她掐灭了刚点着的烟，不寒而栗，"琳达，我想恋爱。天啊，我真是太想恋爱了。我甚至愿意接受不必马上结婚的恋爱，但我恋爱的时候，我爱的那个男人……抚摩我的时候……我希望我们之间是一种美妙的感觉……而不只是'找点乐子'。"

"詹纽瑞，人在兴奋的时候——不管是喝了波本威士忌，还是葡萄酒，或是吸了大麻——他们做的事……或感觉到的……通常都是真的。喝酒只是解放了你的压抑。如果你让汤姆·柯尔特摸你，而且如果像你说的，当时你感觉特别自然，那意味着在你的内心深处，你想要他摸你。"

詹纽瑞点起另一支烟："这不是真的。我仰慕他的作品……我仰慕他的能力……但是老天，他会怎么看我们俩？两个不速之客，自带豪华轿车，泡同一个男人……还让他——"她停下来，掐灭香烟，"唉，琳达，他还能怎么想我们俩？"

"詹纽瑞，别想着他会怎么想我们俩来折磨自己了。你知道他喝过多少瓶波本威士忌，摸过多少对乳房吗？他甚至可能不会记得你那对小宝石。好了，拜托了，都快中午了，快打给他。"

"不打。"

"求你了……就算是为了我。让他带咱们俩出去，到了晚上的什么时候，你可以说你感觉不太舒服……然后走掉。但求你打电话吧，我真的想要他。我是说，周围没人能像他一样，对不对？有时候他看起来真是刻薄。不过当他微笑起来，或者看着你的眼睛，你会沉溺其中。"

"你是说，你明知道你们俩没有未来，还是想和汤姆·柯尔特上床？明知道他婚姻稳定——"

"你想给我灌输什么？让我感到内疚？如果我喜欢汤姆·柯尔特，而且他也喜欢我，我们一起度过几个美妙的夜晚有什么错？会伤害谁呢？又不是说隔壁邻居会趁那个毫不怀疑丈夫的妻子晾衣服时笑话她。他的妻子年轻又漂亮，正在马里布进行产后休养，有保姆照顾孩子，邻居可能都是一些好莱坞大牌明星。我能抢走她的什么啊？！她也不在这儿，对不对？现在……你打不打电话？"

"不打。就算他没有妻子，我也不会给他打电话。"

"为什么？"

詹纽瑞走到床边，拉起百叶窗："看起来又下雪了。谢天谢地，昨晚下的雪已经化了。"

"为什么就算他没有妻子，你也不给他打电话？"琳达追问道。

"因为……那个……你不该给男人打电话，应该是他们打给你。"

"我的老天……我真不敢相信。你听起来就像是普瑞丝西拉·兰恩[1]电影里的谁。就像正式约会得是周六晚上，还得有一小束栀子花。如今，女人不需要坐立

---

1 普瑞丝西拉·兰恩（Priscilla Lane，1915—1995），美国女演员。

不安地等着男人打电话了。再说，汤姆·柯尔特不是普通男人，他是个超级巨星，而且我们还想为他写一篇报道。"琳达拿起电话听筒打给广场饭店，"我知道，到最后我们还是得放出粗鲁的莎拉·库尔茨和他见几次面，这样她才能掌握他的风格……你好……哦，请找汤姆·柯尔特先生。"

"为什么是莎拉·库尔茨？"詹纽瑞问道。

"因为这将是《炫目》有史以来最重要的报道，而她是我手下最好的作家……你好……什么？……哦……詹纽瑞·韦恩小姐来电！是的……詹纽瑞……就和那个月份一样。"

"琳达！"[1]

"你好。柯尔特先生……不，我不是詹纽瑞，我是琳达·里格斯……但詹纽瑞就坐在我旁边……是的，我们挺好的……那个，有点……是这样，我们俩都想见您……谁？休·罗伯逊？真的吗？……哦，太好了。我们乐意……好的。七点到您家……十楼……"她在本子上草草写下房间号码，"我们到时候见。"琳达挂上了电话，露出一个漂亮的微笑。"今天下午休·罗伯逊要去他的套房喝酒。我们一起吃个晚饭。汤姆会派他的豪华轿车来接我们。"

"为什么你在电话里管他叫柯尔特先生？"詹纽瑞问道。

"这难道不令人激动吗？不过我突然有点害怕，他的声音一开始听起来特别冷漠。但今晚喝了两杯以后，他就会变成汤米[2]了。想想吧，还有休·罗伯逊作为附加前菜。我好奇和宇航员做爱是什么感觉。"

"看起来你有机会知道了，"詹纽瑞说，"至少他已经离婚了。"

"你要休吧……我要汤姆。"

"你为什么不考虑休？"詹纽瑞问道，"他在自己的领域里也是个超级巨星。我是说，他登上了《时代周刊》和《新闻周刊》的封面。"

"你看，詹纽瑞，我不是什么追星族……事实上，我从没和明星上过床，更别提巨星了。我们分手后，凯斯出演了《毛毛虫》，而他仍然没有出名，公告里甚至都没提他。所以当我说我想要汤姆·柯尔特，是因为他有某种特别的东西……我是说，哪怕他是个失业的会计，他也让我感到兴奋。他是那么强壮……完全做他自己……可是有时候，他有一种温柔而忧郁的气质。你难道没注意到吗？"

1　此句是詹纽瑞说的。——编者注

2　汤姆的昵称。

"没有。很不幸，我和杰克·丹尼搅和在了一起，在那之后，任何人的眼睛我都看不清了。不过今晚我会看看的。"

"不行，今晚你去看休·罗伯逊的眼睛吧。我要和汤姆在一起。你想想吧……明天这个时候，我可能就和他在广场饭店的床上吃早餐了。"

15

七点过五分，她们到达了广场饭店，看起来就像两名女学生迫不及待地来郊游。她们走进大厅，詹纽瑞突然站住不动了。这地方有太多回忆。琳达拉着她向电梯走去："快点，我们要迟到了。"

"琳达，我太久没来这儿了，自从——"

"詹纽瑞，现在可不是'回忆爹地'的时候。现在是现在！汤姆·柯尔特，休·罗伯逊，记得吗？"她把詹纽瑞拽进了电梯。

开门的是休·罗伯逊。詹纽瑞看过他的照片，认出了他。他做了自我介绍，邀请她们俩进来。"汤姆正在卧室讲电话，和他慕尼黑的经纪人谈海外销售。我应该给你们调酒，可我没法问你们想喝什么，因为我们好像只有杰克·丹尼。"

琳达接过了一杯酒，不过詹纽瑞"不喝了"。她走到窗边。真不敢相信……汤姆·柯尔特住的是这间套房。这间迈克曾经整年预留的套房，就连窗边的桌子都还是原来那张。她轻轻地抚摩着桌子，几乎期待着某种幻象出现。多少次，她坐在这儿，看着他长袖善舞。有时候，所有的电话会同时响起来。她转过身来。这太诡异了！因为恰在此时，所有电话同时响了起来，汤姆·柯尔特走进房间，说道："见鬼去吧……让它们响吧……今天是周六，我可以不工作。"然后他向她走过来，牵起她的双手，"你好啊，小公主。昨晚之后感觉还好吗？"

"还好。"她突然感觉局促不安，看着他穿过房间去欢迎琳达，还有点不平衡。

他们去了21号餐厅。汤姆一直还算清醒，他注意到詹纽瑞没喝他给她点的波本威士忌，于是叫人拿来了一份葡萄酒单。"我敢打赌，你喝白葡萄酒，对吧？"

"但你昨晚说——"琳达开口说道。

"现在是今晚了，"汤姆说，"每晚我说的都不一样。"

这天晚上气氛很轻松，但詹纽瑞突然发现，自己没法引起和汤姆的任何对话。

开口前她斟酌了每个细节，然后在脑子里排练，接着时机就过去了，她什么都没能说出口。她感觉自己像个白痴。琳达轻松自在地和他们闲聊着，讲着她如何在《炫目》起步以及她所创造的奇迹。詹纽瑞努力想着有什么可以说的。为什么他每次朝她看过来，她都会突然觉得害羞，然后移开目光呢？也许她应该和他说她很喜欢他的书。她该怎么说呢？"柯尔特先生，我觉得……"不行……"汤姆，我很喜欢您的书……"不行，听起来太傻了。"汤姆，你的书肯定能登上畅销榜第一名……"——太狂妄。她是谁啊，能告诉他大众将如何评价这本书？不如……

"哦，汤姆，"琳达说道，"我一定得请您在书上为我签个名。它特别感人。"

（好吧，别想着用那本书做开场白了。）

汤姆承诺去双日出版社给她们俩一人买一本。"他们晚上也开门。我很高兴你喜欢它。劳伦斯和公司告诉我，下周这本书能登上《纽约时报》畅销榜单第六名。实际上，这本书还没有其他那些滞销书的一半好，但它很商业化……这年头，游戏规则就是这样。"然后，他就不再说那本书了，转向了休，要求知道他窝在西汉普顿做什么。"肯定是有女人在那儿。"汤姆说道。

"是个块头非常大的女人。"休说，"大自然母亲。"

"你是说环保方面的？"琳达问道。

"不是，我担心的是亲爱老母亲[1]的身体，她的有些地方很容易因震动而破碎。我感兴趣的是我们星球的断层带。人人都知道圣安地列斯断层带，还有所有神秘主义的预言，说今年加利福尼亚可能会沉入海底。我想洛杉矶早就该有一场地震了，但我相信海啸不会把这座城市变成另一个亚特兰蒂斯[2]。我在意的是其他断层带——地球的断层带可真是太他妈多了。发现是否有新的断层带出现尤其让我感兴趣。所以我申请了拨款，正在试图证明一些理论，也许最终能让我们这个微小世界多运转几年。"

"这个嘛，要是我们不用炸弹或者不污染空气，这个世界不就没事了吗？"琳达问道。

休微笑起来："琳达，前几天夜里，我躺在外面沙丘上我的睡袋里，然后——"

"二月份你躺在外面的沙丘上？"琳达问。

1　指地球这位'母亲'。——编者注

2　亚特兰蒂斯（Atlantis），传说中拥有高度文明的古老大陆、国家或城邦之名。有关它的最早记载出现于古希腊哲学家柏拉图的著作《对话录》里，据称其在公元前一万年被史前大洪水毁灭。

"我有个一居室的房子，就在沙滩边，"休说，"但我觉得，我一天也没在屋里待几个小时。我有保暖内衣，还有睡袋……我让自己窝在两座沙丘之间，免受风吹。当然了，夏天要好得多，但所有季节里，天空都很迷人——有点像是把你变小了。尤其是当你意识到，在宇宙理论中，我们的世界只不过是一小块煤渣。想想吧——外面有上百万颗太阳，也许正哺育着同样的生命。当你抬头看，你会意识到，可能有些世界比我们领先五千万年。"

"在哈顿女士学院的第二年，我第一次知道星星非常巨大，还可能是不同的世界，"詹纽瑞说，"在那以前，我总以为它们是小小的、暖洋洋的，让人感觉舒适的……上帝的灯光——"她顿了一下，"我想不起来是谁和我说的了，但我确实记得我得知真相时那种极度震惊的感觉。我一直活在惊恐中，觉得它们可能会掉到我们头上，把我们砸扁。我和父亲说这事的时候，他告诉我，每颗星星都有自己的特殊位置，而人们去世后会去其他星星上生活。"

"这个说法不错，"休说道，"听起来他像是个好人。我是说，这是个讲给小女孩听的好故事。让她相信生命永恒，并消除她对未知的恐惧。"接着，他继续解释了太阳系，以及他坚信总有一天，星际之间会建立交流。

汤姆似乎被休的理论迷住了，一直对他提着问题。詹纽瑞饶有兴致地听着，但琳达感觉很无聊。几次试图把对话引到个人方面无果之后，琳达放弃了，靠在了靠背上。詹纽瑞问了休一个问题，引发了他又一轮的长篇大论，琳达凶狠地瞥了她一眼。

但詹纽瑞是真心感兴趣。同时她也发现，和休聊天比较容易。她和休聊天的时候，感觉也是在和汤姆交流。她甚至能把他们俩都逗笑——只要她把话题指向休。有一次，汤姆直接对她说了什么，她发现自己浑身紧绷，字斟句酌，最后又把话咽回去了。

休解释着月亮和潮汐的什么事，她暗自观察着汤姆。他看起来特别严肃，就像是用花岗岩雕刻出来的。然而，她感觉到他有一种脆弱，一种迈克从未有过的气质。迈克总是赢家。你看到迈克，你就会知道没人能伤害他。奇怪的是，尽管汤姆通身散发着硬汉气质，你仍能感觉到他受过伤。汤姆不像迈克一样坚强。不过，也许从某种程度来说，他更坚强。他承认他最好的几本书销量惨淡，之前四本都是……然而，他还是坐下来又写了一本。而迈克因为确信自己时运不济就放弃了。汤姆·柯尔特显然不相信运气。

"你赌博吗？"她突然问道。

两个男人都停止了讲话，看向了她。她想藏到桌子底下，这个问题只是溜出了口。汤姆盯着她看了一秒，然后说："除非机会对我有利。为什么问这个？"

"没什么特别原因。我……你让我想起了一个人。"

"失散多年的爱人？"汤姆问道。

"没错……她父亲！"琳达插嘴说道。

汤姆笑了起来："好吧，这真是能让任何男人都相当沮丧。一个快六十岁的男人，还以为他能取悦两个漂亮的年轻女孩，他确实应该回归现实。"

"你不可能快六十了。"琳达说道。

"别试着补偿我了，"汤姆微笑着说，"没错，我五十七岁了，比迈克·韦恩大几岁。是吧，詹纽瑞？休，你还年轻，应该知道，我们一直谈论星星让女士们感觉无聊了。她们唯一感兴趣的星星是保罗·纽曼，或者史蒂夫·麦奎因[1]。"

"我一点也不觉得无聊，"琳达坚持说道，"很迷人。"

十一点，他们离开了21号餐厅。这是个晴朗的夜晚，几乎没有风。"我们陪姑娘们走回家吧，"汤姆说道，"她们住一间公寓。"

"我们住在同一栋楼里，但各有自己的公寓。"琳达直言不讳地说道。

汤姆把车打发走了，他们走路去了双日出版社。销售人员都热烈欢迎他，他给詹纽瑞和琳达买了书，签了名，又不情不愿地给店里签了几本，就飞快地走掉了。他们朝东散着步。琳达紧紧挽着汤姆的胳膊，试图让詹纽瑞和休走在前面，但汤姆一直在和休聊天，所以可以的时候，他们四个人就并排走着。终于，他们走进一条窄巷子，不得不分成两两一对。琳达和汤姆走在了前面，詹纽瑞注意到汤姆牵着琳达的手。突然，她意识到休刚问了她一个问题。

"抱歉……我没听到你说什么。"她说道，"那辆出租车太吵了……我……"

他微微一笑："别让你的女朋友干扰你。汤姆已经结婚了……而你看起来不像是那种速食恋爱的人。"

"我没受到干扰。你为什么这么觉得？"

"因为我刚才说话的时候，你盯着他们牵手的样子给了我这种感觉。刚才没有出租车发出噪声。"

"其实……我想我是走神了。这是我的一个坏习惯。说真的，休，我很高兴

1　史蒂夫·麦奎因（Steve McQueen，1930—1980），好莱坞动作片影星、赛车（轿车、机车）双料得奖选手，六七十年代著名的好莱坞硬汉派影星。

和你一起散步。"

"我们俩都是渣男……在恋爱方面……我和汤姆。我嘛，心里都是星辰大海……汤姆则有了新妻子，还有个新生儿。他以前从没有过孩子……你意识到了吗？结过四次婚，五十七岁了，才有了第一个孩子。所以，如果你那位年轻朋友要是有什么认真的想法——"

"没有。琳达知道实情。"

"这种话听起来不像你说的。"他说道。

"你怎么知道我听起来什么样？"

"因为我知道你是谁，以及你是哪种人。就像我也知道琳达是哪种人。汤姆总是和琳达这样的人在一起。他甚至娶过两个。你知道为什么吗？因为他不追求女孩。他是个懒惰的浑蛋——他接受那些追求他的。那样更轻松。再说了，我认为他不具备恋爱的能力……除了也许爱他在书里创作出来的人物。所以对他来说，关键在于哪个女孩选择了他。只不过现在，他有了个儿子……他将和这个新任的小妻子白头到老了。"

"她什么样？"詹纽瑞问道。

"漂亮……红头发……在电影界发展了几年，算是有点小事业。她一直都在演一些小角色，但她很漂亮。然后她遇到了汤姆……追求他……放弃了自己的事业，给他生了个儿子。"

"她叫什么名字……我是说演员的艺名。"

昏暗之中，他站住脚，凝视着她。"詹纽瑞，"他温柔地说，"小姑娘，想听建议吗？把他留给琳达那样的人，你会受伤的。"

她还没能回答，汤姆突然喊道："嘿，休，你还想让我明天出城去海滩上待一天吗？"

"当然，都准备好了。冰箱里塞满了牛排。"

"那么，邀请她们俩一起去煎牛排怎么样？"

"我们很乐意，"琳达飞快地说，"我还从来没在二月去过海滩。"

他们到了公寓楼下。琳达看着汤姆："我能邀请你上去喝杯睡前酒吗？我没有波本威士忌，但我有黑麦威士忌——"

"不了，我们想早点出发，"汤姆说，"我喜欢阴天的海滩……哪怕天冷。那种时候，海滩完全属于你。在马里布，天气变冷、薄雾弥漫的时候，我写得最好了。"

周日很冷，预计有雨，但上午十点半他们就全体出发去了海滩。每个人都穿着厚厚的休闲裤、毛衣和旧夹克。汤姆·柯尔特第一次看起来真正放松了下来。

外面确实下着雨，不过房子里很暖和，他们让壁炉一整天都烧着。有时候，他们坐在壁炉前，詹纽瑞有种感觉，他们是这个世界仅存的人类。这是栋坚固的小房子。客厅很大，厨房很大，楼上的卧室也很大，还自带阳台。"完美适合一个单身汉住。"休说道。

"也完美适合一对恋爱的情侣住，"琳达说道，凝视着汤姆，"你喜欢我们纽约的海滩吗，汤米，和喜欢马里布的海滩一样吗？"

他微笑起来，拉扯了一下她的头发："琳达，你可以叫我浑蛋……王八蛋……或随便什么——但永远不要叫我汤米。"

十点钟，那辆豪华轿车回来接他们回城里。休留下了。他们走的时候，汤姆伸手抓了一瓶波本威士忌。"行路必备。"

他们顺着路朝车子走去，琳达挽起汤姆的臂弯。休陪着詹纽瑞走了这一小段路。细雨抚过他们的脸。"看起来他们俩已经是一对了，"他说道，"所以现在旅途中照看他们俩的就是你了。"

"旅途？"

"琳达说你们俩都要跟着他完成这篇报道。还有，这次巡回宣传……不适合汤姆。他会喝得烂醉的。其实他非常害羞。我认识他只有六年，所以我不知道他的心魔是什么。天晓得，女人爱他，男人也同样觉得他有魅力。但似乎他随时都需要证明什么。也许这就是为什么他会喝个不停。也许写完每本书后，他都感觉那些他必须讲出来的他都已经讲出来了。可是他知道，他必须继续写。这次旅行会伤害他的——我是说，他的精神。这是为什么我说看着点他。他需要有人帮忙，不要让他总是醉倒在廉价酒吧里。"

詹纽瑞微笑起来。琳达和汤姆已经坐进了车里。"我喜欢你，休·罗伯逊先生。"她说。

"我也喜欢你，詹纽瑞·韦恩。我觉得你非常特别。"

"谢谢。"

他握住她的手："我是认真的……这是最好的方式。我是你的朋友。"

她点点头，伸出手："我也是。"

他们俩都微笑起来，然后，她爬进了车里。汤姆打开威士忌喝了一大口。他递给琳达，她也成功地吞下了一大口。接着，他递给詹纽瑞。她犹豫了……他们的目光相遇了，在半明半暗中凝视着对方……有那么一刻，一切似乎都变慢了……就像电影里的画面突然冻结了。她慢慢伸出手，去拿酒瓶……他们的目光仍然缠在一起……突然，他动作很快地拿开了酒。"不，我改主意了。回家路上不喝了，明天要工作。"

那一刻过去了。他开始讨论那些安排好的采访——他要在《今日秀》节目上露脸，还要去上约翰尼·卡森[1]的节目，去波士顿、费城和华盛顿短途旅行，然后再开启这次全国的宣传之旅。

"我猜，我们最好别掺和你的采访，"琳达说道，"如果我们出现在任何采访现场，丽塔会真的大发雷霆。但如果可以的话，我们可以报道你参加电视节目、郊区节目和媒体会的情况。"

"那就来吧。不过，我看不出来为什么这些会让报道变得有趣。"

"你以前做过宣传之旅吗？"

"当然没有。"

琳达微笑起来："会非常有趣的，我向你保证。"

车停在了她们公寓楼前，他下了车，陪她们走到门口。他凑过来，分别亲了她们的脸颊，转头向他的车走去。有那么一秒，琳达说不出话来……然后，她从牙缝里挤出来一句："你进去吧，詹纽瑞……现在。"她把詹纽瑞推进门里，冲回那辆豪华轿车，汤姆正在上车。"汤姆……我知道明天《生活》杂志要采访你……但什么时间……"

詹纽瑞没听见后面的。她径直走向电梯，回到了自己的公寓。她心里五味杂陈……

她换了衣服躺在床上。她琢磨着琳达是否回到了广场饭店……回到了那间曾属于迈克的卧室。她努力不去想这个。

如果琳达想和汤姆·柯尔特谱写一段恋曲，为什么不可以呢？她捶打着枕头，努力强迫自己入睡。一切似乎都太安静了，她能听见钟表在嘀嗒作响……隔壁的电视发出嘈杂声……对面楼里有情侣在吵架……电话响了。

太出乎意料了，所以听到电话响的时候，她跳了起来。电话响第二声时，她就接了起来。

1　约翰尼·卡森（Johnny Carson, 1925—2005），美国著名节目主持人。

"我没吵醒你吧，有没有？"

她呆呆地拿着电话——是汤姆·柯尔特。

"詹纽瑞……你在吗？"

"没有……我是说，在的，我在听呢……不，你没吵醒我。"

"那就好，"他说，"我正要设置电话叫醒服务，突然发现我明晚没事。你看过《姜饼女士》吗？"

"没看过。"

"好，我是玛伦·斯塔普莱顿[1]的铁杆粉丝，那我就买三张票，我们明天去看。你告诉琳达。"

"她可能看过了。"詹纽瑞说道。

"那又怎么样？我们俩没看过。这就是二比一了。我们三个要想解决问题必须采用这种办法了。少数服从多数。我七点去接你们俩。晚安。"

她听到了那声咔嗒声，仍盯着电话看了一会儿。然后，她慢慢放下了电话听筒。琳达没和他在一起。她躺在黑暗中，想着这个……琳达没和他在一起！可她为什么这么高兴呢？因为她自己想要他！她一动不动地躺着，几乎为这个突然的领悟而震惊了。但这是真的……她爱上了一个比她父亲年纪还大的男人。这个男人还有妻子和孩子！而他对她也有感觉！

要不然，为什么他给她打电话说《姜饼女士》的事，而不是打给琳达？他会对她有感觉吗？但休不是说过他很懒……说他习惯女孩追他……而不是费力气去追女孩。难道琳达不是非常明确地在追他吗？可是，他给她打电话了。她伸了个懒腰，允许自己自由做梦，比如，假设他妻子突然来找他，说要离婚，或者假设……假设她突然死了，然后……不行……这不对……她不能杀了那位妻子……好吧，假设他确实真的爱上了她，想离婚……不……他不会放弃儿子的……小汤姆·柯尔特对他非常重要……那，假设这位年轻漂亮的妻子来找他，说那孩子其实不是他的……而是某个海滨浪子的……她想离婚。那样他就不会有愧疚感了……他会供养那孩子……因为他顶着他的名字……然后，他就可以娶詹纽瑞……他们可以一起生活在那栋海滨屋里……她会为他录入手稿，还有……一切会非常美好……然后……

这太疯狂了！

---

1 玛伦·斯塔普莱顿（Maureen Stapleton，1925—2006），出色的演员，1946年开始在百老汇登台演出。

没错……是很疯狂……但她抱住枕头，想着车里的那个瞬间，想着他看着她的样子，睡着了。

16

她睡得不好。但闹钟响起的时候，她跳下床，热切盼着这一天的开始。她站在莲蓬头下面，发现自己在唱歌："我恋爱了，我恋爱了，我爱上了一个好男人！[1]"然后，她想起了另一首罗杰斯与汉默斯坦的歌："这男人是多么温柔，又是多么蠢，他不是我喜欢的那种男人，但为什么我哭个不停，只为着他不属于我。"只不过，她并没哭个不停，而是站在莲蓬头下面，像个傻瓜一样唱着旧片子里的曲子……而且她感觉好得不得了。

可是，他已经结婚了。她边穿衣服边想着。她的良心何在？看看她父亲和不同女人风流的时候，她母亲是多么痛苦啊。但她不会和汤姆·柯尔特上床的。只不过，对一个男人有感觉真是太美好了……除了迈克。想和另一个男人在一起……想得到他的欣赏。这可能是错的吗？只是心怀和他在一起的念头。尤其是，如果没有人知道她的感觉……

想轻松地告诉琳达这件事太困难了。

"你说我们三个要去看《姜饼女士》是什么意思？！"琳达尖叫起来，"我宁可看《不，不，纳奈特》[2]，还有，他为什么给你打电话？"

"我不知道……也许因为我们三个总是一起行动。也许他觉得，他不偏不倚看起来更好一点。"

"好吧，这种三人行得拆成两人行了……今晚之后！"

"我们一起写这篇文章的事怎么办？"

"计划有变。到目前为止，你不用管了。"

"可是为什么？"

"听着，詹纽瑞，不管怎么样，最后都得让莎拉·库尔茨来全部改写。而且，

1　出自英文歌曲"*I'm in love with a wonderful guy*"。

2　《不，不，纳奈特》(*No,No,Nanette*)，歌舞片。

等到了巡回宣传的时候，也只有我们俩去——汤姆和我。时机合适的时候，我会告诉他的……我会解释说，我必须安排你去做别的。我甚至还会把他介绍给莎拉，告诉他我会把录音带寄回来给她。我确信，只要看一眼莎拉，他就不会想让她跟着出门的。"

詹纽瑞犹豫着："琳达，让我试着写这篇报道吧。我真心感觉我能写好。让我和你一起去跟巡回宣传吧。我不会碍事的。我保证。"

"亲爱的，你现在已经碍事了。不幸的是，今晚我是无力回天了……但不管怎么样，尽情享受吧。因为突然之间，三个人有点太多了。"

他们坐在黑暗的剧院里。汤姆和她们说，他觉得玛伦·斯塔普莱顿是他心目中最好的女演员。詹纽瑞看过玛伦演的几出戏，同意他的看法。但这是人生中第一次，她没法聚精会神地看舞台上的表演。她对坐在身边的这个男人的感知过于敏感了。尽管他的全部注意力都集中在演出上，但在这昏暗的剧院里，坐在他身边，她有一种奇怪的亲密感。有好几次，他的胳膊不小心擦到了她的，她都有一股疯狂的冲动，想要伸手去摸他。他的双手多么强壮有力……而且干净……她喜欢他手指的形状。他身上闻起来有一种淡淡的怀旧感。她闻了闻，试着确定那是什么。他转过头来。"是香奈儿5号[1]古龙水，"他说，"我总是在剃须后用它。有些人会误解。"

"不，我喜欢这味道。"她说。

"那就好。我会送你一瓶。"随后，他的注意力又回到了舞台上。

演出结束后，他们去了后台，拜访了斯塔普莱顿小姐，她和他们一起去了萨迪餐厅。汤姆告诉她，假如他要尝试写舞台剧的话，他会为她而写。他们开始讨论戏剧……已停演的和还在演的……相互做着比较。詹纽瑞提到的几部剧的名字让汤姆很是吃惊。"但那个时候你不可能在，"他说，"这些可能是在你出生之前上演的。"她点点头："确实是……但从八岁起，我不仅看了百老汇的每场剧，而且我过去常常坐在这家餐厅里听那些四十多岁的人谈论戏剧。"

她意识到他们是在同一个世界里的，而琳达无法进入这个世界。詹纽瑞试着把她拉进对话："琳达和我是同学。她以前是我们学校的明星。你该看看她在《飞燕金枪》里的表演。"

1　世界上最著名的香水之一，产于法国，初创于1921年。据传全球每半分钟就能卖掉一瓶。

琳达开始兴致勃勃起来，这一晚还没结束，她已经和玛伦·斯塔普莱顿讨论起为《炫目》杂志做一期采访的事。

汤姆·柯尔特让琳达和詹纽瑞一起下了车，琳达没有尝试邀请他上楼。"我决定把重头戏都留在巡游之旅。我想他也有同样的感觉。到时候一切就都顺其自然了。"

第二天早上，闹钟响的同时，门铃也响了，詹纽瑞套上一件睡袍，透过门上的猫眼看了看外面。是个邮递员，还带着一个包裹。她谨慎地打开门，没摘下安全锁链。她签收了包裹，给了他小费，告诉他把包裹放在地上。直到邮递员进了电梯下楼，她才摘下安全锁链。（这是迈克强迫她执行的一条规矩——纽约独居女孩生存指南的一部分。）电梯门一合拢，她就打开门抓起了包裹。她把包裹拿进来，小心地打开。里面是她见过的最大瓶的香奈儿5号香水。没有字条。她把瓶子贴在脸上——他真的想着她呢。还有，早上八点半，他从哪儿弄来的这么大瓶的香水？他给她们俩都送了吗？那个邮递员现在正往琳达那儿去吗？

她带着香水味来到了办公室。琳达马上就闻到了："你用了什么？"

"香奈儿5号。"詹纽瑞等着琳达的回答。

她只是耸了耸肩。"我在桌上给你留了一个短篇故事。读读吧……我挺喜欢的。告诉我你的想法。我可能过于感同身受了。是一个女孩为了留住男朋友整了鼻子的故事……整容后很漂亮……但还是失去了他，输给了一个看起来像她没整鼻子时的模样的女孩。故事很有趣……而且是从天而降的。"

"从天而降？"

"不请自来……没有代理人……作者我从来没听说过……附了一个自带布朗克斯[1]回邮地址的信封。手稿里有很多折角，所以我猜，这位黛比·马伦小姐已经收过很多拒绝信了……这也说不通她为什么不先寄给《女士之家》《时尚COSMO》《红皮书》[2]或者其他杂志，而是寄给了我们。我想听听你的想法。"

詹纽瑞把手稿带回了她的办公室。她坐下来，点起一支烟，开始读这份手稿。

他没给琳达送过任何香奈儿……

---

1 布朗克斯（The Bronx），纽约五个区中位于最北面的一个，其犯罪率在全国数一数二。20世纪七八十年代，布朗克斯住宅区常发生纵火案，直到20世纪90年代初纽约市政府大力整顿后才有所改善。

2 《红皮书》（Redbook），1903年创刊，是为年轻职业女性而编的杂志，帮助读者平衡紧张的家庭生活与工作。

她重读了手稿的第一段。她没法集中注意力。她回到开头，又读了一遍。

但或许他也觉得三个人太多了……这是那种"吻别"礼物。

她又回到了故事的第一段。她瞥了一眼手表。昨天汤姆往她家里打了电话……不对，是早上打的。现在快十点了……也许他已经又打过电话给她了。她应该办个留言服务。只不过迄今为止，她一直没有这种需要。迈克总是知道在哪儿能找到她。他通常每天打完高尔夫球后打到办公室找她。就连大卫也知道如何联系她。所以，如果汤姆·柯尔特想找她，他肯定也知道应该打到《炫目》杂志社。他都拿到她家的电话号码了，而她还没登记入册呢。那意味着他得打到问讯处去问。也许他已经打过电话给琳达了……而琳达正告诉他，詹纽瑞被派去跟另一篇报道了，分身乏术，不能和他们一块出门了。

她盯着手稿看。《隆鼻》，作者黛比·马伦。没准儿是这女孩的亲身经历，肯定是……可怜的黛比·马伦……可怜的黛比·马伦主动送上门的手稿……沦落到让她来读了。她感到了良心的觉醒。她必须读读黛比鼻子的故事，否则上帝不会站在她这边的……他不会让汤姆打电话来的。这太荒唐了！上帝当然不在她这边。他为什么在呢？他为什么要帮她，让一个已婚男人给她打电话呢？"但只是待在他身边而已，"她盯着天花板，喃喃自语，"也许只是拉着他的手。"这错了吗？……她强迫自己开始读手稿……"我长得像只鹦鹉，可查理爱我。而查理长得像沃伦·比蒂[1]。这足以给任何女孩一种优越感了……"

她强迫自己继续读。黛比对整个手术过程都非常冷静，就算她鼻子上扎了那么多针。她不寒而栗。然后还有下巴……他们在她下巴里加了什么东西……她遭受了这么多，还是要在第十页末失去查理。她读到手术中间停了下来。十点十五了。也许他已经给琳达打完电话了。不过，除非她读完黛比鼻子的故事，否则她不能回到琳达的办公室。

十点半，她读完了整个故事。她还没拿定主意。不过为什么不放黛比一马呢？她把手稿放回马尼拉纸[2]信封里，走过通道，进了琳达的办公室。

"挺好的。"她把稿子递给琳达，说道。

琳达点点头："我也这么觉得。莎拉长了个纽约最大的鼻子，要是她也觉得行的话，我们就把《隆鼻》放进八月刊。我们可以用一篇不知名作者的短篇小说，

1　沃伦·比蒂（Warren Beatty, 1937—），美国演员、导演、编剧和制片人。

2　一种坚固耐用的纸，褐色或浅黄色，表面光滑，最初由马尼拉麻制成。

因为那个月我们要刊登汤姆·柯尔特的报道。我打算在巡回路上给他拍许多好照片……糟了，要是凯斯没去演《毛毛虫》就好了……"

"你想让他跟着你和汤姆·柯尔特一起去巡回宣传！"

"是啊……不过，这是因为我只请得起他。其他摄影师要价都很高，真心贵。哦，我想起来了，我要给杰瑞·寇森打电话。他很棒，而且他现在还不知道自己有多棒。我也许能和他谈个好价钱。"

"汤姆对拍照没意见吗？"

"我还没问他，而且我也不打算问。你看，到时候我们就会打得火热了。昨晚在剧院，他一直用他的腿蹭我的腿。后来在萨迪餐厅，你们都在谈论剧院的时候，他也是那样。"

"哦……好吧……我猜我该回办公室了……"

"坐下，该喝咖啡了。"

"不了，我还得写名人养猫记那篇文章。你发现没？几乎没什么名人养猫。他们好像都养狗。"

"那不可能。帕姆·梅森养了一千只猫。"

"可她在加利福尼亚！比如说，你觉得玛伦·斯塔普莱顿会养猫吗？"（詹纽瑞知道她说得太快了。）

"我不知道……"琳达桌上的电话响了，"也许是汤姆。我从他那儿要玛伦的电话号码。"她按下通话键："你好……什么？……当然了，雪莉……你开玩笑吧！我要听听。到我办公室来，和我说说。"她挂上了电话，"詹纽瑞，别走，大八卦来了。雪莉说丽塔因为什么事要拼命了。我已经给汤姆打过两次电话了，可他的套房里没人接。"

雪莉·马格里斯走了进来，她是杂志社公关部的负责人，一位很有魅力的女孩。琳达示意她坐下。"你说丽塔·刘易斯因为我大发雷霆？"琳达的微笑里几乎有种油滑的沾沾自喜。

雪莉点点头："她问你有没有汤姆·柯尔特的消息。她已经崩溃了。她七点到广场饭店去接汤姆参加《今日秀》，但他还在睡觉。他被排在八点上场，但他声称他不知道是'这个'周二。她坐在大堂里急得都快昏倒了，而汤姆在差十分钟就八点的时候才慢条斯理地下楼。她带了车，所以他们勉强赶上了。节目结束后，他和芭芭拉·沃尔特斯聊了起来，所以她抓紧时间去了趟厕所。但等她出来时，他已经走了。有人说他之前在新闻编辑室，在那儿引发了一场骚乱。她看见汤姆在用他们的电话，以为他是在和你通电话。然后他就匆匆离开了，她在后面喊他……追着他过去了，但她到的时候电梯门刚好关上。当时她还没慌，因为她以为他是回酒店了。他知道他有一场十点钟的早餐采访会。但他没在酒店，她已经安抚《花花公子》的人半个小时了，他已经在喝第三杯血腥玛丽了。再喝一杯的话，就算汤姆·柯尔特出现，他也没法采访他了。他的套房电话没人接，她甚至上楼去捶门了。女佣说她刚打扫了房间，里面没人。丽塔仿佛在暗示说，他后来是和你一起过的周末，认为你或许知道他在哪儿……"

琳达再次露出微笑："完全正确。你只需要告诉丽塔，昨晚我离开广场饭店的时候，他还安然无恙……被子都盖得好好的。"

雪莉毫不掩饰自己的敬佩："好的，这比集体治疗还要棒……丽塔·刘易斯一周要去四个晚上呢。我会很高兴向她传达这个消息的。"

雪莉离开房间后，琳达对詹纽瑞眨了眨眼，说："这会要了丽塔的命。她从一开始就看上了汤姆。等今晚她去参加集体治疗的时候，那些人就会告诉她，她并非被拒绝了……集体治疗团队里的同伴爱她，而她会因为拥有他们的爱而快乐……"

"你怎么知道？"

"因为我自己也干过这种事。谢天谢地，现在我付得起一周见三次私人心理医生的钱了。"

詹纽瑞摇了摇头："老实说，琳达，我真搞不懂。你为什么想让雪莉认为你和某个人上床了呢？你并没有啊。我是说，睡得人多是一种荣誉什么的吗？就像是什么安打率吗？"

琳达打着呵欠说："你要是和里昂这样的人上床，这就是件私事。但你要是和汤姆·柯尔特这样的人上了床，这就是头条新闻。"

突然，雪莉又冲了回来："琳达，打开电视，加利福尼亚地震了。大地震！"

"你给丽塔打电话了吗，告诉她我和你说的了吗？"琳达问道。

"打了，她应对得很漂亮——三声大喘气和一声噎住的哽咽。"雪莉说着打开了电视。人们从其他办公室拥了进来。

几秒钟内，所有人都挤在了电视机前。他们呆若木鸡地坐着，看着电视新闻里播报员声称太平洋时间五点五十九分——纽约时间八点五十九分——距洛杉矶市中心四十英里的地方遭受了第一次强震。本次地震的震级为里氏[1]6.5级，从弗

---

1   一种由美国的里克特和古登堡在1935年提出的地震震级标度，里氏震级表共分九个等级。

雷斯诺[1]延伸到墨西哥边境，向东远至拉斯维加斯，方圆三百英里内都有震感。新闻报道称，第一次地震的强度相当于一百万吨TNT炸弹爆炸。

他们看了所有的电视频道。《新闻快报》打断了日常新闻……正在播报新的地震……火灾。在纽约，肯尼迪机场一片混乱，一名流动新闻记者正四处走动……提问问题……有个男人说他家的房子塌了，但谢天谢地，他的妻子和孩子都没受伤。

雪莉突然叫了起来："是汤姆·柯尔特！"

记者也看见汤姆·柯尔特了，于是他挤过人群，把一个手持话筒凑到了汤姆脸前："柯尔特先生，您为什么急着回洛杉矶？"

"回到我妻子和孩子身边。"他转身要走。

"他们还好吗？"记者问道。

汤姆·柯尔特点点头："是的，我一录完《今日秀》就给他们打了电话。那会儿第一次强震刚过去，我和她通话的时候又震了一次。"

"您不是到东海岸这边宣传您的新书的吗？"

"书？"汤姆·柯尔特看着有些心不在焉，"听着，现在正在地震。我有妻子和儿子，我只对确认他们的安全感兴趣。"随后，他从记者身边挤过去，去赶飞机了。

琳达突然站了起来，关掉了电视："好了……回到自己的工作岗位吧。最糟糕的已经过去了。洛杉矶可能会遭受一些财产损失，但至少它还不会沉到海里消失不见。"大家快速散开了。人群中有喃喃低语传来，"来我办公室……我有一台收音机""我们可以在酒吧吃午饭时了解情况"。等只剩下她们俩时，琳达看着窗外小声地说："难以置信！"然后，她转动着椅子说道："我是说，我真不敢相信，我的感情生活完了。老天甚至都和我对着干。对付寻常竞争者就够难的了，但我还遇上了地震！"她叹了口气，"好吧，显然我今晚有空了，去露易丝吃晚饭怎么样？"

"不了，我想我还是待在家研究那篇猫的文章吧。"然后，詹纽瑞冲回了她的办公室。他走了。周五，周六，周日，还有周一。她人生中的四个晚上……和汤姆·柯尔特在一起的四个晚上。就算他们之间什么也没发生，也是那么美好……心里想着一个人仍然很美好，就算他再也不回来了……

1　弗雷斯诺（Fresno），美国加利福尼亚州中西部城市，在旧金山东南298千米处。

第二天，她给电话配上了留言服务。但一周过去了，他音信全无，就连琳达都灰心了。"我猜我搞砸了。他的书爬到《时代周刊》第四名了。我想他要留在那边做节目了。为什么不呢？约翰尼·卡森也常去那儿。莫夫·格里芬也在那儿……史蒂夫·艾伦……他有足够他忙活一个月的节目可以参加。但至少这男人应该打电话告诉我一声。"

詹纽瑞决定努力把汤姆·柯尔特抛在脑后。她告诉自己，这是个信号，也许上帝是在告诉她："趁无事发生，快停手吧。"也许，这就是上帝和她说他不赞成的方式。她不是特别虔诚，但她发现自己有时会对着童年时的上帝说话。那个快活的老人留着长长的白胡子，用他那本大书掌管着所有的天堂。那本书就像一本记分簿，这页记着善行，另一页记着罪过。

但她每天都会查听自己的留言，还会找借口躲过琳达的晚餐邀约。她和大卫又去了一次 LE 俱乐部，度过了沉闷的一晚。每个人都在谈论即将到来的格施塔德双陆棋锦标赛。迪伊要去参加……赛事一共持续三天……大卫没法抽出时间……但他说他嫉妒迈克……今年这个时候的格施塔德棒极了……每个人都会下榻广场饭店……然后去老鹰俱乐部。

十一点半，大卫把她送到了家门口，甚至没要求上楼喝一杯睡前酒。但她很兴奋：如果迪伊和迈克要去格施塔德，他们会先路过纽约，这样她就能见到迈克了。这正是她需要的——和他慢慢地吃个午餐，促膝长谈……她会告诉他她对汤姆·柯尔特的复杂感情。他会帮助她回归正轨，而且他会理解的。毕竟，他自己也有许多类似的经历。

第二天早上，她打电话到棕榈滩。管家说，格兰杰先生和夫人三天前已经前往格施塔德了。她挂掉电话，坐在那儿，无言地盯着电话。他已经来过纽约了，却没有打电话。肯定有什么原因。几天前她才和迈克通过电话……突然，她开始慌了。也许发生了什么事。但这太傻了，什么事都不会发生的，不然报纸上就会登了。除非他病了……也许他正躺在医院里，心脏病发作或是什么的，而迪伊正在玩双陆棋。她往广场饭店拨了一个电话。然后，她穿好衣服坐等呼叫完成。十分钟后，迈克的声音响了起来，听起来像是在隔壁房间。

"你还好吗？"她喊道。

"好极了。怎么了？！你还好吗？"

"挺好的……"她舒了口气，"哦，迈克，我刚才都慌了。"

"慌什么？"

"昨晚大卫和我说了你们的行程。我知道你们得路过纽约。我打到棕榈滩，那边说你们已经走了……我还以为……"

"等等，"他笑了起来，"首先，我们今早五点到的机场。只逗留了够给飞机加油的时间。我不想吵醒你。而且我想着，过几天我们返程的时候还会逗留几天。听我说，我有个大好消息——我终于克服了这蠢游戏最困难的部分。过去几周，我在棕榈滩赢了些钱，但我还不够格参加锦标赛。不过，在加尔各答的拍卖会上，我会给你买一套。这游戏真不错，宝贝……等你掌握它的诀窍就知道了。"

"好的，迈克……"

"听着，这电话是向你收费的。和接线员说说，让她转为向我收费。"

"不，迈克，这是我的钱。我想这么花。"

"好的。听我说，我得赶紧走了。我为金拉米纸牌找到了一位人傻钱多的对家。我们等待飞机重新加油的工夫，我大获全胜，赢了弗雷迪三次……才一个小时。而且他是和我们一起来的，我逗得他每天都想打牌。"

"谁是弗雷迪？"

"哦，一个年轻的傻蛋，娶了个有钱婆娘。我想你在棕榈滩见过他了……没错，你见过了。"

"好的，迈克，祝你和弗雷迪玩牌好运。"

"再见，宝贝。我们很快见。"

那天晚上，她接受了琳达的邀请，和她以及她的一位朋友吃晚饭，而这位朋友还会带一位朋友。他们去了五十六街上的一家小餐馆，琳达提醒她拣着菜单上最便宜的东西点。"我这边这位要付两笔赡养费，而你的那位要付一笔赡养费和他儿子的心理医生费用。"

詹纽瑞确定她的约会对象长得就像一头又长又瘦的猪。他又高又瘦，除此以外没有一点长得像个人。他的脸是粉色的，鼻子绝对是个猪鼻子。他还有几缕粉色头发，几乎盖不住头皮，而稀疏的小鬓角像是拒绝再长似的。他谈论着他的壁球比赛和他的慢跑，以及他在麦迪逊大道做的那道德败坏的工作。两个男人在同一家广告代理行工作，那晚好一点的部分是，他们俩一直在谈论客户和办公室内部的八卦。听他们俩说的话看，他们显然天天一起吃午饭。那为什么现在还谈论这些呢？她意识到了，他们是因为紧张……而他们就是，像迈克说的，天生的窝囊废。他们和两个姑娘坐在一起，希望给她们留下深刻印象，然而不知怎么，他们觉得"大谈生意"会管用。这一切的不真实感让她感到惊讶。难道他们刮胡子的时候不照照镜子吗？就算这头猪（谁会起名叫沃利[1]呢）是这家广告代理行的老板，他也不会给她留下深刻印象。她挺遗憾自己接受了这次约会邀请。此时此刻，她宁可待在家里吃快餐，读本好书。十点半，晚饭终于结束了。外面冷死了，可那头猪说他还没完成今天的全部慢跑，所以说要一起走回家。琳达立刻邀请所有人上楼喝杯睡前酒，但詹纽瑞说她累了。

那头猪坚持要把詹纽瑞送到楼里，陪她走到门口。她把钥匙塞进锁眼里后就转过身来说晚安，他盯着她说："你肯定是在开玩笑吧。"

"没有，晚安，谢谢今天的丰盛晚餐。"

"但我们怎么办？"

"啊……我们怎么了？"她问道。

"别告诉我你是那种性冷淡？"

"不……现在，我只是很累。"

"好吧，让我们把你修好。"他靠过来，舌头立马挤到了她的喉咙里，双手在她身上到处摸……摸进了她的大衣里……试着撩起她的衬衣。一股怒气涌上头，她抬起膝盖给了他一下。他呻吟一声跳开了。有那么一秒，他那双小猪眼睛里涌满了痛苦的泪水。然后他开始咒骂。她害怕了，试着开门进屋，但他粗暴地把她拖了过去，扇了她一记耳光。"你这个恶心的小婊子！你们这种石头屁股的处女简直要我的命。好啊，我就给你点颜色看看。"他抓住了她。这一刻，与其说害怕，不如说愤怒，借着一股突如其来的力量，她猛地把他推到一边，进了门，然后把门甩在了他脸上。有那么一会儿，她站在原地，愤怒和震惊让她浑身发抖。就那么一份三块九毛五的套餐，他还盼着她会和他上床。

她慢慢脱掉衣服，给浴缸放满了水。她需要许多泡泡和香水来洗掉这个恶心的晚上。她刚要进浴缸，电话响了。是琳达，她压低了声音说："詹纽瑞……沃利在你那儿吗？"

"当然没有！"

"哦。那你听我说。史蒂夫在浴室里，我刚查听了我的留言。你猜怎么着，汤姆·柯尔特打过电话！"

"他打电话了！"

"是啊。他回纽约了。我的接线员说他是十点半打来的。现在就打给他，他

在广场饭店。"

"我？可他是给你打的电话。"

"詹纽瑞……我打不了。我在和史蒂夫上床——我是说，等他从浴室出来我就去睡他。听我说，告诉他你是替我打的……说我在开一个深夜会议……你懂的……但了解清楚他明天是否打算见我。"

"老实告诉你，我打不了，琳达。"

"快去打，现在就去。我告诉你吧……你甚至可以一起来约会。"

"不。"

"求你了！哦，嗨……史蒂夫……我只是在查听我的留言。"一阵安静过后，琳达用一种冷漠的腔调说道："好的，格林小姐，谢谢你告诉我这些留言，请你一定要替我打那个电话。"

詹纽瑞坐在床上。浴缸里的水已经凉了。二十分钟过去了，她还是没打电话。她不能。她怎么能给他打电话呢？但话说回来，这是她欠琳达的。她这是让自己的感情妨碍了她。她拿起了听筒。

广场饭店的夜间接线员说柯尔特先生已吩咐过"来电勿扰"。她留了话，说是琳达·里格斯小姐回电。然后她挂掉了电话，琢磨着自己是否因没和他说上话而失望，或者是感激自己让他永远也不知道她打过电话。

闹钟响起之前，琳达的电话就来了。

"詹纽瑞……醒醒。我只有一秒钟时间，史蒂夫在厕所，然后他就要来和我打清晨炮了。告诉我……你和汤姆谈过了吗？"

"老天，现在几点了？"

"七点。你和他谈过了吗？"

"没有，他设置来电勿扰了，不过我留了话，说是你的回电。"

"干得漂亮！等会儿再聊。"

十一点半，琳达召唤詹纽瑞去她的办公室。"我刚和他通过电话了，"她说道，"我说话算话。我们今晚一起去看《不，不，纳奈特》。"

"哦……"

"你难道不准备感谢我吗？"

"琳达，我不是真的非去不可。事实上，我宁愿不去。"

"不，这没关系。他问我'上次我选了剧目……这次你想看什么？'，我说想看《不，不，纳奈特》。他说好极了，因为他最喜欢帕茜·凯莉[1]了。然后他说'你想叫上詹纽瑞一起吗？'，我说'当然，我觉得这样更好一点，毕竟你已经结婚了。巡回宣传时就无所谓了，因为每个人都知道我是为了写报道去的'。所以，就这么说定了。只是今晚，我觉得我想得到他，所以我们别去萨迪餐厅，我们去一个他能真正痛饮的地方。然后时机合适的时候，你可以先走。或者要是我能劝他上楼，到我家喝一杯睡前酒……你别跟来。"

"琳达，也许他会邀请帕茜去萨迪餐厅……"

"哦，见鬼。那就意味着，我们又得端坐着谈论剧院，所有人都很得体，和上次一样。"

"显然他喜欢剧院。"

"好吧，我们见机行事吧。我们六点在他的套房碰面。他说他会准备一些小吃拼盘和酒水，演出结束后可以留下我们。那么，要是我能让他空腹就开始喝酒……我就能得手……"

六点，她们到了广场饭店。丽塔·刘易斯在那儿，还有一个抑郁的年轻男人，来自《生活》杂志社的。汤姆正拿着一杯波本威士忌，他为他们做了介绍。看见琳达和詹纽瑞，丽塔很吃惊。汤姆给她们倒了酒，她们俩都安静地坐了下来，采访还在继续。詹纽瑞注意到汤姆看了壁炉架上的时钟好几次。到了六点半，那位年轻人还在提问。到了七点差一刻，汤姆说："这个还要多久？我们买了戏票。"

"柯尔特先生，"丽塔的声音里忽然有种压抑的歇斯底里，"这是《生活》杂志的采访。哈维先生会在这儿待相当长时间。我是说……没有时间限制。八点三十还有位摄影师要来。"

"看起来我们必须推迟这一场了。"汤姆说道。他转向那位记者："抱歉了，年轻人，但是——"

丽塔跳了起来："柯尔特先生……您不能这么做。您已经打乱了我们的计划，推迟两周了。我不得不改掉所有的预约——迈克·道格拉斯秀，芝加哥的库普……"

"那下次你说我五点有个采访的时候，不要再有什么意外惊喜。"

"可我昨晚给您留了一个信封，里面有您的日程表，上面明确写了'五点：《生

---

1 帕茜·凯莉（Patsy Kelly，1910—1981），美国演员。

活》杂志的采访及拍照……第一场'。人人都知道一场就意味着几个小时，而且摄影师的工作也不能仓促。我们请来了罗科·葛来佐——他是最好的摄影师之一。"

"抱歉了，小姑娘……"汤姆说道，"我们下次再继续。你看，那边酒水都摆好了，请自便。"

"柯尔特先生……"丽塔的声音变了，双眼闪着泪光，"您会害我丢掉工作的。他们会说是我搞砸了。而且这会让我找不到其他工作的，因为大家都会知道我能力不足，连一位明星作家都管理不好。我所有的个人关系也都完蛋了……比如和《生活》杂志的关系……因为您现在的所作所为是对这位记者的侮辱。他是位作家……正在尽全力工作，而且——"

"别说了，"他平静地说，"你已经说得很清楚了。"他转向琳达："票是用我的名字买的，你们两个小姑娘去看戏吧。看完再回到这儿来。坐我的车去，它就在前面停着。"他脱掉夹克，给自己倒了一杯烈酒，对记者说："那么好吧，哈维先生，我很抱歉刚才的误会。让我们一起喝上几杯，你想采访多久都可以。"

她们乘车前往剧院的时候，琳达热切地谈论着事情的转折："他已经喝上了。现在我们不可能去萨迪餐厅了。但我得自己回去，我感觉时机刚好。"

看完演出，琳达丧失了一部分勇气："也许丽塔和《生活》杂志的人还在他那儿，所以你最好也回去。如果他是一个人，你喝一杯就可以走了。我会暗示你的。我会说'詹纽瑞，我觉得你那篇猫的文章会很棒的'，你就可以说'你提醒我了，我今晚还要再修改一下那篇文章，我最好走了'。怎么样？"

"好的。但是琳达，你是不是……"她停下不说了。

"我是不是什么？"

"你是不是在追他，就像男人应该追女孩那样？"

琳达笑了起来："詹纽瑞，我敢打赌，如果你和男人上了床，你会指望他第二天早上给你送花的。"

"那个……是啊……大卫就送。"

"也许这就是为什么大卫十天左右才约你一次。但我恰好认识他经常睡的那个模特，他不仅不会送她花，她还得为他做早饭，并且送到床边给他。考虑到金姆为了保持她那种瘦弱美，或许每隔一天才吃一根芹菜……自己忍饥挨饿，却看着男人大嚼培根煎蛋，她可不容易。"

"那意味着什么？"

"意味着如今没什么男孩追女孩了。女孩想怎么主动就怎么主动。她可以给男人打电话，可以邀请他上床。如今就是这样。现在是七十年代了，不是五十年代。"

"还有一件事我很好奇——如果你那么喜欢汤姆·柯尔特，为什么你昨晚还要和史蒂夫上床？"

"昨晚啊。我不知道汤姆回来了，而我已经和史蒂夫说我想睡他了。我不能把他赶走，对不对？再说了，他在床上还是挺厉害的，我也有段时间没睡男人了。"

"但你难道不需要有感觉才和一个男人上床吗？"

"有感觉啊……感觉饥渴难耐。"

"琳达！"

在昏暗的豪华轿车里，琳达盯着她说："你知道吗，詹纽瑞？汤姆·柯尔特五十七岁了，可他紧跟时代。你才是落后的那个人。"

詹纽瑞和琳达回去的时候，丽塔·刘易斯和那位记者刚要走。汤姆热情地欢迎了两个女孩，询问演出的情况，坚持每个人——包括愁眉苦脸的丽塔·刘易斯——都要喝一杯。丽塔必须走了。《生活》杂志的记者留下来喝了一杯睡前酒，然后他说："我真得走了。我和妻子说我十点到家。她会给我留饭的。"

汤姆悲伤地摇摇头："你为什么不说呢，小伙子？就因为我喝酒的时候忘了吃东西。老天啊，我饿着你了……还有那位可怜的公关小姐。你住哪儿？"

"就在葛莱美西公园[1]附近。"

"那好，车就在外面，坐我的车吧。然后让车回到这儿来，可以送姑娘们回家。"

"詹纽瑞，我真是喜欢你正在写的那篇猫的文章。"琳达说道。

詹纽瑞开始朝门走去："文章还需要修改。事实上，我打算今晚再研究研究……我和哈维先生一起走吧……他可以把我捎回家。"

"这可怜人都饿坏了，"汤姆说道，"而且他和你方向相反。就为了一篇小猫咪的文章，你要让他先跑去上城区，然后再原路返回市区吗？就不能等到明天吗？"

"呃，我真的应该——"

"詹纽瑞有些最好的作品就是在晚上写出来的。"琳达飞快地说道。

"谁不是呢。但这次她的才华得等一等了。回去吧，鲍勃。"

年轻人犹豫了："真没关系，我不介意——"

1　葛莱美西公园（Gramercy Park），位于美国纽约州纽约市曼哈顿区的一个小型私人公园，是纽约市仅有的两个私人公园之一。

"别管了，"汤姆和蔼地说，"快回家见你妻子吧，把晚饭吃了。"然后他转向琳达，递出酒杯："愿意给我倒杯酒吗，宝贝？然后给我们的猫咪女孩倒一些姜汁汽水。"

汤姆匆匆喝了两杯。然后他注意到桌上有一个信封，他拿起来说道："出版女士给的明日指令。"

"你最好看看，"詹纽瑞说，"我是说……你可能一大早就有安排。"

"哦，我知道那个安排。在费城……迈克·道格拉斯秀，然后再去华盛顿。"

"你要走了？"琳达问道。

"就去两天。然后我会回来待一周，接着去芝加哥、克利夫兰、底特律……然后再回来待几天，之后去洛杉矶。"

"你明天什么时候走？"琳达问道。

他朝信封点点头："打开看看。"

琳达扯开信封："你中午才走呢。这上面说，到时候会有豪华轿车来接你。但你九点得和唐纳德·泽克一起吃早餐。"

"是啊。他从伦敦来……为伦敦的《每日镜报》写篇我的报道。"他站了起来，"我最好上床去了。唐纳德来的时候，我希望能保持清醒。他是我的好朋友。"他向卧室走去。

"詹纽瑞，我想你那篇猫的报道——"

"我得走了，我可以坐出租车。"詹纽瑞说道。

他转向她们："等我的车回来，会送你们俩一起走。我要脱衣服了，等我喊你们的时候，你们可以来帮我盖被子，我们一起喝一杯告别酒。"

他进了卧室。詹纽瑞看着琳达，无能为力地耸耸肩。琳达气得不行："我必须知道他出发去芝加哥、克利夫兰和底特律的时间，因为我要和他一起去。我不能去费城和华盛顿……现在订酒店和一切都来不及了。再说了，我想他可能会带着《生活》杂志的人一起去。"她突然看着詹纽瑞说："听我说……你走吧……就现在。"

"你是说，就这么走掉？"

"没错。我进去的时候，就说你真的想走了。"

"可是琳达，那太粗鲁了……"

"他真正想要的又不是你，他不过是礼貌罢了。而且你也从没真的坚持要走。鲍勃·哈维愿意多绕几个街区送你，但毫无疑问你并没有极力争取。"

"我的天哪，琳达。我不想让汤姆·柯尔特以为我讨厌他。既然我接受了他请我去看戏的邀请，我就不能表现得好像他突然染上了脏东西。他会觉得我很粗鲁。"

"你干吗在乎他怎么想？等他和我上完床，他就什么都不会想了。得了吧，詹纽瑞——拿上你的大衣，走吧。"

突然，汤姆在卧室里大喊道："嘿，姑娘们，把那瓶酒拿进来，再拿三个杯子。"

"快走吧。"琳达低声说道。

"琳达，你真的会和他说，我必须回去工作吗？求你了。"

"当然……拜托，快走吧！"

突然，他走进了房间。他穿着一件睡袍，睡袍里面显然什么也没穿。"嘿，为什么你们俩都像个书立似的站着？拿上酒，快进来。"

琳达怒视着詹纽瑞，然后拿起了那瓶酒。她们俩都进了卧室。汤姆·柯尔特靠着枕头坐在了床罩上。"现在，我们喝一杯告别酒，然后你们俩轻一点出去，把灯都关上。"看到琳达只拿了两个杯子，他指着盥洗室说："那里还有一个酒杯。这次我想让你也喝一杯，詹纽瑞。敬我的公路之旅。"

她走进浴室，顺从地拿着酒杯回来了。他给她们俩都倒了一大杯酒，给自己倒了半杯纯波本威士忌。

"现在……坐到我两边来。"他拍拍床。两个女孩都坐下了。他戏弄地揉乱了琳达的头发："现在，让我们敬这位大作家，他即将出去交际，把自己当早餐售卖。往这边走，父老乡亲们……来看看这位作家……嘲弄他……嗤笑他……做什么都行……只要你出了钱。"他一口就吞掉了一半的酒。琳达也一口气喝光了自己杯里的酒，然后盯着汤姆，等着他的夸奖。

他眨眨眼，然后给她续了酒。他给自己也加了些，然后看向詹纽瑞。她刚喝了一小口……突然，她大口地喝光了。他咧嘴笑了，给她续杯。她的喉咙烧了起来。有那么一秒，她觉得这肯定就是人们吞了毒药后的感觉。接着，她胸口的灼烧感消失了，变成了一股微微的喜悦。她小口地喝掉了第二杯……发现第二杯容易下咽多了。她继续小口小口地喝着，这样比一大口吞掉、燃烧她的喉咙好得多。她琢磨着汤姆是否意识到她和琳达都没吃晚饭。她觉得头晕，好像她在自己之外，正看着自己。她慢慢挪动到床脚。琳达把头枕在了汤姆的胸上，他几近心不在焉地抚摩着她的头发。他挑起她的下巴，两个人都闭上了眼睛。詹纽瑞琢磨着她该怎么溜出去。他倾身亲吻琳达的眉毛。"你是个漂亮姑娘。"他慢慢说道。

詹纽瑞知道她该走了……但她无法动弹。琳达正凝视着汤姆的眼睛，她看起来像是马上就要融化了。

"琳达，"他慢悠悠地说，"你得帮我。"

琳达无言地点点头。

他抚摩着她的头发说："琳达……我有点对詹纽瑞着迷了。我该怎么办？"有那么一会儿，房间里一片寂静，仿佛时间突然停滞了……他们就像蜡像，每个人都保持自己的姿势原地静止。琳达仍然依偎着他，凝视着他的眼睛。詹纽瑞仍然坐在床脚，端着酒杯。几秒钟过去了。她突然做出了反应，跳下了床。

"盥洗室，"她猛地说道，"我得去。"她冲进去瘫在了地上，胳膊搭在浴缸上，头埋在臂弯里。整个场景都太不真实了。琳达还坐在那儿凝视着汤姆吗？他怎么能说出那种话？或者那只是个恶作剧……是他们俩之间的秘密笑话？当然了！就是这样！现在他们可能正抱着对方，大笑着她当真的样子。好吧……她没有当真，她只是在假装配合，假装她真的得去盥洗室。她冲了好几次马桶。她让水哗哗地流入水槽，洗手时弄出好大一番动静。之后，她打开门，毅然地走进了房间。

汤姆仍然靠着枕头坐着，注视着她。到处都看不见琳达。有那么一阵儿，他们凝视着对方。他露出一个几近悲伤的微笑，示意她过去。她慢慢挪过去，小心翼翼地坐在床边上。

"琳达去哪儿了？"她问道。

"我让她回家了。"

她站了起来，但他温柔地拉着她的手，她又坐了下来。"别这么紧张，我又不会强奸你。通常来说，我不会爱上一个父亲都比我年轻的女孩。我能得到所有我想要的女孩……那些简单的女孩。我甚至和她们结婚，结过太多次了……这就是我的麻烦。我觉得，如今的年轻人废止婚姻的想法是对的。两个人应该因为两情相悦而在一起，而不是因为法律规定，那就像是有期徒刑。现在，有些答案我要先告诉你。不，我并没有疯狂地爱着我的妻子。我从没真正爱过她，只是她给我生了个孩子，因为我想要孩子。如果我离开她，她就会把孩子带走。所以，我绝不会让这事发生的。真是太疯狂了……我，想要你。要是琳达就简单多了，不会问我问题……只是上床。我试过想要琳达……但你出现了。我发现自己一直想着你。我其实不是非得回到这儿来，不是非得在东岸做巡回宣传。那本书卖得挺好的——迄今已经卖了五万多册，还要加印两万五千册。但我回到这里来了，并且同意继续这次巡回宣传，这都是为了你。"他把她拉过来，轻轻吻了她的嘴唇，

"今晚什么也不会发生的，詹纽瑞。事实上，什么都不会发生的，除非你对我有相同的感觉……"

"汤姆，我……哦，汤姆，我确实喜欢你……发现这一点时，我吓坏了……因为你确实有妻子和孩子。"

"但我们对彼此的感觉和我的孩子没有关系。我已经和你说过我对我妻子的感觉了。"

"汤姆，我没法接受只有一周的关系……或只在当下……难道你不明白吗？"

"詹纽瑞……爱无永恒。无论何时，你找到了爱，你就要感谢命运，然后接受它。"

她从容地看着他说："你爱我吗，汤姆？"

他若有所思地说："爱是个分量很重的词。我得承认，我以前说过太多次了，从来不是认真的。但我有点明白了，如果我对你说了爱，它必须是真的。"

"是……这是我唯一能接受的方式……"她绝望地尝试找到正确的词，"你看，我会觉得非常内疚……我是说，就连坐在这儿，和你这样聊天，我都会觉得内疚，因为我明知道你已经结婚了，还有个孩子。我们的所作所为是错的……大错特错……但如果我感觉你是真心爱我的……感觉没有人会受伤害……除了我们……那么，这才是我们有机会拥有任何关系的唯一方式。我会觉得，因为我们真心相爱，也许上帝就不会太生气——"她知道她的脸红了，于是低头看着自己的双手。"我知道，这听起来很傻……而且……"

他捧起她的脸，眼睛里满是温柔。"詹纽瑞，你甚至比我以为的还要美好。"他将她揽在怀里，抚摩着她的头发，就像在安慰一个孩子。过了片刻，他轻轻松开她，下了床，领着她来到了客厅。他捡起她的大衣，她突然扑进他的怀里。他紧紧地抱住她，亲吻她，大衣掉在了地上。她第一次体会到了一个真正的吻带来的那种亲密感觉。他们的身体紧紧地贴在一起。她挤着他，想成为他的一部分……突然，电话刺耳地响了起来。是司机，说他已经回来了。

"你该走了。"他说着捡起了她的大衣。

"天啊，汤姆，我希望你不用走。"

"只去几天。也许这样最好……让我们都有机会好好想想。"然后，他轻轻吻了她，看着她走过走廊，走进电梯。

她感觉非常快乐……还有恐惧和兴奋。没错。一定是命运……安排汤姆住在迈克的套房里的。她会在迈克的床上迎来她第一次真正的爱的体验。

她坐在豪华轿车里细细地回想着。她重温着今晚的每一件事……他说的每一句话。这时，有件事困扰着她。一开始，那只是个挥之不去的想法，打断了她的幸福。但等她到了家，她几乎恐慌了。他说这两天让他们都有机会好好想想，那是什么意思？哦，天哪，是不是说他会改变主意？她是不是吓着他了，大谈着爱和内疚什么的？等他回来，他会不会说"我想过了，詹纽瑞……我们最好还是别继续下去了"。不，他不会这么做的，他喜欢她。还有，在昏暗的豪华轿车里时，她突然想起来了，他们的身体紧紧贴在一起的时候……他甚至没有一丁点勃起。绝对一点也没有！天哪，也许她并没真正引起他的性趣……也许她确实把他吓跑了！

17

她整晚都没睡。从某方面来说，这晚比发现迈克结婚了那晚更让她受折磨。那晚她只是坐在窗边，神情恍惚，除了感到失去，没有其他明显的情绪。而这个失眠夜不一样，她已经抽了一整包烟。"只去几天……也许这样最好……让我们都有机会好好想想。"这些话缠着她不放。想什么？想在真正开始前就结束？她怎么会这么蠢？要求他爱她……他是怎么说的？他谎称爱一个人那么多次了，可到了她这儿，爱这个词就变得太沉重了。当然了，她使他望而却步了。你不能张口就问一个男人他是否真的爱你，持重的人不该这么做。可她并不持重。她不想和汤姆要什么手段。如果他们之间有什么，因为他已婚，已经够艰难的了……更别提要手段了。她想和他发展一段诚实的关系，她希望能对他说她有什么感觉，对他说她是多么爱他……

九点钟，她硬把自己拖进了办公室。她反复思量过是否打电话请病假好避免面对琳达，但她早晚得面对。她决定赶紧了结这件事，于是直接去了琳达的办公室。

让她惊讶的是，她走进去时琳达面带微笑地说："坐下。喝杯咖啡，告诉我所有美妙的细节。"

"琳达……关于昨晚……我——"

"詹纽瑞，我不难过，"琳达欢快地说，"至少现在不难过了。我必须承认，昨晚我确实考虑过好几种自杀方式。但是今早我去了我的心理医生那儿，早上七点半我就坐在他办公室门前了，等着他来开门。尽管他的办公室外还等着一位歇斯底里的更年期女人，我仍然让他挪出了二十分钟给我。我和他说了所有的事。等我倾诉完，我哭得比那位更年期女人还大声。然后他说：'琳达，我通常会等你自己找到答案。但这次我要告诉你，汤姆·柯尔特不爱你，也不爱詹纽瑞。他那个年纪的男人，有过那么多女人，这意味着他必须总是向自己证明些什么。对他来说，选择詹纽瑞绝对和她父亲有关。'接着，他解释了汤姆·柯尔特如何通过拥有你而报复了你父亲。"

"哇，"詹纽瑞轻声说，"提醒我，绝不要和心理医生扯上关系。"

"你以前在瑞士那家诊所有一位心理医生的，不是吗？"

"是有，但我们从不谈论任何私事。我是说，他会开解我，给我信心，让我相信自己能再走路，能回归正常世界，能回到我父亲身边。仅此而已。我是说，你怎么能坐在那儿，对着一个陌生男人说出你内心最深处的想法呢，尽管他是位心理医生？"

"加伦斯医生不是什么陌生男人。他是弗洛伊德[1]派的分析师，但他也认可情境理论。就像因为你被赶下了床，他还是用弗洛伊德的学说分析了这件事，证明了这一切如何与我的过去息息相关。你看，就算我做了鼻子和所有这些整形，内心深处的我仍然是一个丑陋的小姑娘，尖叫着想要破壳而出。那就是为什么我需要性——为了证明我有魅力。对你来说……一切都和你父亲有关，就连那场摩托车事故也是。你坐上那辆摩托车，不过是为了惩罚你父亲和梅尔芭一起走了。"

"你是说，你还和他讲了我的事？！"

"是啊。他说你有恋父情结。这就是为什么你无法喜欢上大卫。他太年轻了，也太英俊了。"

"琳达，你不会连这个也说了吧？！"

"当然了。他是我的心理医生，他不仅要知道我的一切，也要了解我来往的人。你也能看出来，他棒极了。你看，我本质上是个非常肤浅的人……嘿，别这么吃惊。我知道我是，我有超级巨星情结。不幸的是，我无法唱得像芭芭拉·史

1　弗洛伊德（Sigmund Freud，1856—1939），奥地利精神病医师、心理学家、精神分析学派创始人。

翠珊[1]那么好。而作为女演员，我也比不上格伦达·杰克逊[2]。而且，就算我凑到安·玛格丽特[3]身边，她也无须担心我会成为什么性感偶像。所以，我该如何成为超级巨星呢？通过《炫目》杂志。加伦斯医生迫使我承认，我对这本杂志的奉献不是因为我对它心存信念……而是因为我就是想要令人炫目。如果《炫目》杂志成功了，我也就成功了。我既不是民主党派，也不是共和党派。但到了1972年，不管发行人怎么说，《炫目》杂志将全力支持民主党候选人，因为我想跻身政界。我不知道将来谁会胜出，马斯基、林赛、汉弗莱，还是泰德·肯尼迪[4]？但没什么能阻止我。"

接着，她微微一笑说："不过管他呢，我花钱请加伦斯医生是为了让我头脑清醒的。告诉我，昨晚是不是棒极了？"

"我们什么也没做。我是说……我们只是聊了聊天。"

"你们什么？"

"因为——琳达，我不愿谈这件事。"

琳达好脾气地点了点头。"别难过，他可能只是喝得太多了。"她的声音一转，完全公事公办起来，"听我说，你知道怎么用磁带录音机吗？"

"知道。"

"那好，拿着这个，"她递给詹纽瑞一台小巧玲珑的机子，"我猜，要和汤姆·柯尔特去做巡回宣传的人显然就是你了。所以每天晚上，或每天早上，或者你自己选吧……对着它说话，讲述路上的事情，讲述你看到的一切。莎拉会根据你的磁带写报道的。对着这机子说话，就像写日记一样，什么都别漏下——"

"琳达，我做不到。"

"我不是让你讲你的性生活，那种事我只想让你告诉我。不过就你的过往记录而言，那可能会是彻底的灾难。"

"什么意思？"

"看看你和大卫发生了什么吧。"

1　芭芭拉·史翠珊（Barbra Streisand, 1942—），美国女歌手、演员、导演、制片人，一位全面发展的艺术家，是至今唯一一位同时拥有奥斯卡奖、托尼奖、格莱美奖、艾美奖、金球奖等多个权威奖项的艺人。

2　格伦达·杰克逊（Glenda Jackson, 1936—），影视戏剧演员，1978年被英国女王授予大英帝国司令勋章（CBE），以表彰她对英国戏剧的贡献。后来从政，1992年首次当选英国议会下院议员。

3　安·玛格丽特（Ann Margret），1941年出生于瑞典斯德哥尔摩，美国女演员、歌手。

4　泰德·肯尼迪（Edward Moore "Ted" Kennedy, 1932—2009），美国民主党籍政治家。

"但我又不爱他。我……我喜欢汤姆·柯尔特。"

琳达叹了口气："听我说，爱一个人，或者喜欢他，不见得你就会在床上表现得很好。全球最成功的高级应召女郎中有些是女同性恋，可是她们能让男人欲仙欲死。这需要手段，而不只是爱。而且，他也不是普通男人，他是汤姆·柯尔特——他那个时代的传奇人物，诸如此类的。"

"我和传奇人物生活过——他们也是人。"

"哦，是这样吗？所以，这就是你迷恋他的原因。因为你见识过你父亲的优秀，所以你要找一位更成功、更优秀的，属于你的私人英雄，对吗？"

"琳达……你知道吗？我觉得你过度分析了。"

"好吧，但拿上这个录音机。也许到了最后，我们回放的时候，不仅能了解汤姆·柯尔特……还能了解真正的詹纽瑞·韦恩。"

她试着对录音机讲话——讲汤姆……讲他给她留下的第一印象……那次鸡尾酒会……他的强壮……他的温柔。但她回放的时候，录音听起来像是一个女高中生的日记。

她这一天过得愁肠百结：猜想着汤姆再也不会打电话了；猜想着他做了决定，他想退出；猜想着她是不是真的把事情搞砸了。四点，她离开了办公室。她想，也许她可以试着写出来，面对打字机和白纸，她也许能平心静气地写下她和汤姆的见面……然后再读给录音机听。她决定走路回家，让头脑清醒一下。她试着告诉自己一切都会好的，但那些话始终在她脑子里回响——也许这样最好……让我们都有机会好好想想。

"好好想想"是什么意思？肯定意味着他想脱身了。天哪，要是迈克在就好了，要是她能和谁聊聊……

她到了家，查听了留言，什么也没有。突然，整个房间似乎朝她挤压过来——空可乐瓶、塞满烟头的烟灰缸……昨夜的痛苦还残留在公寓的各个角落。她开始打扫起来。忽然间，她感觉自己必须离开这个房间。她必须和某人谈谈。

她冲到电话旁边打给了大卫。电话响第二声时他就接了起来。"詹纽瑞，这真是个惊喜，我要把它算进我人生重大的第一次里。这是你第一次给我打电话。"

"我……其实……我一直在努力写一篇故事，我恐怕我是被难住了。我需要男人的观点。大卫……你今晚能和我一起吃晚饭吗？我需要找个人谈谈。"

"我可怜的小可爱……为什么偏偏是今晚，我七点半约了客户吃晚饭。不过，听着……七点之前我都有空。想让我上来喝一杯吗？现在才五点半。"

"不，我们找个地方见面吧。我必须离开这里。"

"詹纽瑞……出什么事了吗？"

"没事，只是厌烦一直窝在这间公寓里写东西了。"

他笑了起来："我对你刮目相看了。我七点半必须到东区的一个地方。我们在独角兽餐厅见？这样我们能有更多时间。"

"好的，大卫。我十分钟就能到。"

"十五分钟吧，"他笑了起来，"我刚到家，得用剃须刀快速刮个胡子。"

他们坐在独角兽餐厅里的一张小桌子前。她点了一瓶杰克·丹尼威士忌，大卫吃惊地盯着她。她讨厌这种酒，但不知怎么，它能让她感觉离汤姆近些。

"好了，"他微笑着说，"现在，和我讲讲纽约最漂亮的新秀作家的大难题是什么吧。"

"那个，我在尝试写一则短故事。我刚意识到，我都是从女人的角度来写的，我得了解男人的看法。"

他严肃地点点头："思路不错。"他看了看表，"继续，和我说说。"

"是这样，我的女主角爱上了一位已婚男人，这个男人比她大得多……"

"哦，他都有孙子了？"

"不，他刚有了孩子……还有个妻子，没有孙子。"

"他多大？"

"快六十了。"

"那你写得不对。一个快六十的男人应该有孙子了，而不是刚有了孩子。改成孙子……会更具感染力的。"

"这不重要。我这故事的难题在于这男人和这女孩的关系。"

"这女孩多大？"

她吞了一大口波本威士忌。"她……我还没决定。"

"写她三十二岁左右。一个五十多岁的男人几乎不会娶比这更年轻的女孩，否则就行不通了。如果他和另一个女人刚有了孩子……那么，那个女人也得是三十多岁。"

"为什么这女孩不能是二十多岁？"

"那个嘛，除非那男人是个十足的下流坏子。那你甚至可以写她十四岁。但如果他有妻子，而且刚有了孩子，还爱上了另一个女人——那她得是个女人，不能是个女孩。"

"好吧，假设她三十多岁，他们相爱了，她对他的妻子和孩子感到内疚……拒绝发展比如说一夜情什么的。但她疯狂地迷恋他，她和他说，她不想破坏他的婚姻或者什么的，但如果他们要建立关系的话，必须是爱情……"

"所以呢，你的问题是什么？"

"你认为，她和他说这些错了吗？"

他看着自己的酒说："她为什么会错呢？每个女孩都这么说，就算只是一夜情。"

"我不是那个意思。大卫，我是说，如果他们在一起度过了几天……没有上床……只是偶尔相遇……然后又分开了。他回来的时候对她说，他想要她，而她说：'你必须得说你爱我，然后——'"

"哦，不是吧？"他发出一声叹息，"詹纽瑞，你这是为了什么写的，银幕浪漫？一个女孩不至于蠢到要求男人说他爱她。"

"是吗？"

"当然了，那是吓跑他最快的办法。"

"好吧。我故事里的这个女孩有点白痴。更重要的是，她刚好是在他要出差之前说的这话。她和他说，如果不是爱情，她不会接受的，也说了他不在的这几天，她会想念他。然后他说：'只去几天。也许这样最好……让我们都有机会好好想想。'"

他沉默了一秒钟，然后微笑起来："太好了！"

"什么？"

"詹纽瑞，没准儿你真可以这么写。多妙的结尾啊。我能领会了。这就是你的最后一句，跟着就是省略号。你把结局留给了读者：他会回来吗……或者他不会回来了！"

她又喝了一小口威士忌："作为一个读者，你怎么想？

他笑了，挥手叫服务员买单："她搞砸了，她再也不会见到他了。"

"每个人都会这样认为吗？"

他在账单上潦草地签了名，然后摇了摇头说："不，这就是它为什么好。女人可能觉得他会回来，但男人明白，这是全世界用得最多的溜之大吉的台词——那个'让我们都有机会好好想想'什么的。"

"你这么说，像是一切都不可改变了。"她说道。

他站起来帮她穿上大衣。

"嘿，亲爱的，写出这些的可是你。"

18

第二天晚上她接受了内德·克兰的约会邀请。对方是个乏味但长得不错的年轻男人，是她和大卫出去的时候认识的。他给她打过几次电话，她总是拒绝他。但忽然之间，任何事似乎都比一个漫长的无眠之夜强。他们去了LE俱乐部，加入了他的一群朋友。有那么片刻，她差不多欣然接受了这种喧嚣暴躁和狂歌乱舞。她小口喝着白葡萄酒，接受她在舞池里被推来挤去，甚至试着加入聊天。到了十一点，她突然感到疲惫不堪。她尽力掩盖自己的呵欠，琢磨着该如何提前溜走。十一点半，有人提议去薇拉家玩双陆棋。对詹纽瑞来说，这真如救命一般。她说她不认识薇拉，也不会玩双陆棋，并且最终说服内德相信她坐出租车回家绝对安全。

午夜时分，她跌倒在床上，身心俱疲，直接睡着了。她的电话服务八点半响起来的时候，她还在睡觉。

"韦恩小姐，我刚来上班，注意到您昨晚没有打过来查听留言。"

"哦，天哪，我太累了……我甚至忘了设闹钟。谢谢你打电话来。无论如何我也该起了。"

"您不想听留言吗？"

"哦……哦，当然……好的，你说。"

"莎拉·库尔茨打电话了。说她盼着今天下午就能收到一些磁带。她说您一听就明白了。"

"哦，没错。谢谢。"

"还有一位柯尔特先生从华盛顿打电话来。"

"什么？"

"一位柯尔特先生昨晚八点半从华盛顿打电话过来，十点又打了一次。他想让你给肖汉姆酒店回电。"

"哦，谢谢，太谢谢你啦！"

"如果我吵醒您了，我很抱歉。"

"没有……没有，电话来得正好。我……我本来也该起了，非常感谢！"

她打到肖汉姆酒店找到汤姆的时候，正赶上他要出门："哦，汤姆……我十二点才到家，把查听留言忘得一干二净。太抱歉了。"

"等一下，"他笑了起来，"首先……你好吗？"

"我很好……不，我不好……我想你了。你怎么样？你想我了吗？"

"是的……比什么都想。"

"你什么时候回来？"

"周五晚上，想不想和我一起吃晚饭？"

"想不想……哦哇……我是说……当然了，我很乐意。"

"好的，我一回来就给你打电话。"

"好的，听我说，汤姆，也许我该打给你……你知道的……我可以时不时打到广场饭店，看看你回来了没有……因为我不在办公室和公寓的时候，你可能找不到我。"

"我能找到你，詹纽瑞，别担心。"然后，他挂掉了电话。

她花了一上午努力录了一篇客观冷静的报告，描述了汤姆·柯尔特出席鸡尾酒会的情形——他的态度、现场的人，以及一位作家作为特邀嘉宾备受关注时那种被困的感觉。

琳达听了一遍，点点头："听起来还行。我会把它给莎拉的。"随后，她盯着詹纽瑞看，"你怎么了？你看起来糟透了。"

她沉默了一会儿，说道："琳达，我不知道该怎么办……我太害怕了。"

"害怕什么？"

"就是，汤姆明天回来——"

"别告诉我，你还要摆出贞洁至上那一套。"

"不……我……我想和他上床。但如果我不能激起他的欲望呢。"

"汤姆·柯尔特那样的男人会有欲望的，不用担心。"

詹纽瑞盯着她放在膝盖上的双手："琳达，那天晚上在广场饭店，他紧紧地抱着我……他……他睡袍里什么都没穿……然后……"

"然后怎么样？"

"他什么反应也没有。"詹纽瑞说。

琳达吹了一声口哨："我忘了。当然了，他快六十了，还喝了酒，这两样加在一起就要命了。你得直接从口他开始。"

"我觉得我做不到。我……我甚至不知道该怎么做。"

"假装那是根冰棍——假装——嘿，见鬼……这种事需要实践。不客气地说，我是纽约口活儿最好的，每个男人都这么说。但你得先开始，这事一部分是本能。而且汤姆那样的男人可以指导你……"

"可是……如果他射了怎么办？"

"你就吞掉。"

"什么？！"

琳达叹了一口气："詹纽瑞，和真正喜欢的人做爱是一种终极的满足和爱的表达。男人射出来……你接着……然后吞掉，吞掉他的一部分。"

"琳达，我要吐了！这是我听过的最恶心的事情。"

琳达笑了起来："听我说，石器时代小妞。它对你也很有好处，那里面富含荷尔蒙，对你的皮肤也好，我一有机会就用它当面膜。[1]"

"你什么？！"

"我用它当面膜。凯斯住我那儿的时候，我们每晚都做。我可能一周还会帮他打三次飞机，就在他要射的时候，我已经端好杯子等着了。接下来我会把它倒进一个瓶子里，再放进冰箱。用它做面膜棒极了，就像蛋清……只不过更好。你把它敷在脸上，等十分钟，等它变硬了，用冷水洗掉。不然你以为我为什么留着那个广告代理行的浑蛋……我从他那儿收集了半瓶。"

"琳达，这真是我听过的最可怕的事情。我真是听不下去了，我恶心。真是——"

"那好吧，你给汤姆口的时候，要是你咽不下去，就让他射在你脸上……揉一揉，然后……"

詹纽瑞跳了起来："琳达，我听不下去了！我——"

"坐下！老天，我知道你在瑞士待了三年，离群索居，与世隔绝。哈顿女士学院也不是性爱大师马斯特斯和约翰逊能找到研究对象的地方。我没有说你必须做

---

1 并无确凿的科学证据证明精液有这些作用。精液主要由精子、精囊分泌物和前列腺分泌物组成，分泌物中所含的营养物质主要供精子离开人体后存活一段时间用。——编者注

到我和你说的所有事，但是时候让你知道做这些事的人并不是败类……而且，你至少能做到听完！"

"好吧。但我不想揉什么或吞什么，或者收集什么东西。"

"那也行，但你不能只是躺着以为允许他进入就能让他快乐了，这事需要互动。"

"但我该怎么做？"

"你得有反应！"

"怎么有反应？"

"我的老天！"琳达站起来在房间里来回踱步。然后，她隔着桌子探身过来，直视着詹纽瑞的眼睛。"他吻你的时候，你确实回吻他了吧，是不是？"

"是。"

"然后呢？！你有反应了吗？"

"有。"

"干得漂亮！好了，当你和他上床，他亲你乳房的时候，你就开始摸他。"

"摸什么地方？"

"天哪，詹纽瑞……所有地方。从揉他的脑袋后面开始，亲他的脖子……他的耳朵……他的脸颊……就是让他知道你活着呢，让他知道你喜欢他在做的。动起来，快活地呻吟，咬他——"

"咬他？"

"哦，不是咬出血那种……戏弄一般地轻轻咬……像个小猫咪那样……轻挠他的后背……让你的两只手都在他全身游走……然后，用你的舌头……"

"我的天——"詹纽瑞靠在了椅子上，"琳达，要是我做不来呢。要是我真的和他上了床，突然紧张了呢。"

琳达盯着她看了一会儿。"我知道了，"她打了一声响指，"你明天什么时候见他？"

"他从华盛顿回来以后。我们要吃晚饭。"

"那四点你去打一支维生素针。"

"维生素针？"

琳达旋转着她的名片架。她在一张名片前停住，匆匆写下一个名字和地址。"给你，西蒙·阿尔珀特医生。他和他的兄弟普雷斯顿都棒极了。凯斯走健康狂人路线的时候带我去过几次。他还在用吧，我猜。他得为克里斯蒂娜·斯潘塞保持昂扬斗志。"

"可维生素针怎么会挑起我对汤姆·柯尔特的欲望呢?"

"听着,我只知道,凯斯让我打了一针,整个世界都活跃起来了……一切都变得五光十色。我一天可以工作二十个小时,而我和凯斯上床的时候,高潮仿佛绵延了一个小时。我在床上棒极了,也没有咄咄逼人。凯斯总说我太强势了,因为我总是在指导他。这就是他的大男子主义在作祟。我是说,他在伺候我的时候,要是我说……往左点……或者用点力……或者轻一点,又有什么错呢。有些男人觉得,他们肯做这件事,我们就该感恩戴德。象征性舔舔的那些人让我受不了。我是说……用舌头碰了那个地方一秒钟,然后就看着你,好像他们刚给你献上了世界上最大的粉色钻石。而为了报答他们,你就应该疯狂地给他们口上几个小时……哪怕他们的小弟弟就像根意大利面条。但是不管怎么说,打了维生素针以后,仿佛我喜欢他的一切,没有一次要求这要求那的。真是妙极了。那是某种维生素B加上一些维生素E的组合。阿尔珀特医生会当着你的面调好药的。尽量约西蒙·阿尔珀特医生,而不是普雷斯顿——西蒙下针更温柔。不过他们俩都棒极了。要我说,那东西必须很棒,毕竟一针就要二十五美元。如果凯斯肯花那么多钱……你懂的。我打过三针……我觉得那针还有某种抑制食欲的作用,因为我甚至都不想碰食物。很多超重的女人都去那儿打针。事实上,很多医生都给病人打这种针。还有一位,听说是给一些大明星、华盛顿的大人物、一位著名作曲家和一些好莱坞制片人打这种针。"

"你为什么不继续打了呢?"

"二十五美元一针?一针持续大概三天。我在候诊室遇到一个女人,她和我说她一周打四针。但后来我和凯斯分手了,所以就不需要那些精力了。我肯定不会为我生活里的里昂们破费。"

"但是它不危险吗?"

"听我说,詹纽瑞,你二十一岁了,却只有一段让你讨厌的经历。和一个梦中情人般的人物在一起……而你不喜欢,所以大卫算是泡汤了。现在你有了和汤姆·柯尔特在一起的机会……而你坐在这儿,告诉我你害怕失败。老天,如果我就要和他约会了,我会冲到麦迪逊大道买一些高档时装,而不是坐在这儿琢磨我该怎么让他硬起来。这是我唯一能肯定的事情……"

詹纽瑞微笑起来:"你这么说,我听起来像是个智障……性爱智障。"

琳达笑了起来:"听我说,没有什么问题是大干一场不能解决的。现在,打给阿尔珀特医生，约今天下午。你会下不来床的。哦……还有，去一下里昂的办公室，让他给你一小瓶亚硝酸酯[1]。"

"那是什么？"

"嗬，菜鸟。你把那玩意儿倒进雾化吸入器，摆在床头柜上。快要高潮的时候，你们各吸一口。绝对棒极了！"

"琳达，我能问你个问题吗？告诉我吧，难道没人只和他们喜欢的人上床，享受一场真正的传统性爱吗？"

"当然有了，亲爱的——就是你和大卫那种！"

她五点离开了办公室，冲回家好好泡了一个澡，然后往身上喷了香水。她摆出两套衣服：休闲裤和衬衣；长裙和真丝上衣——选哪套取决于她想去哪儿。她穿上新的璞琪胸衣，琢磨着琳达是不是会说璞琪胸衣已经过时了。不过，她想，接下来琳达就会说所有胸衣全过时了。

七点时，她还穿着胸衣坐着，盯着电话。她已经抽完了半包烟，还喝了一口杰克·丹尼。她自己买了一瓶，以备他会过来。她还买了真正的咖啡和一些鸡蛋。她不知道她在期待什么，她只是想准备好。

到了八点，她已经往广场饭店打过三次电话了。每次接线员都确定地告诉她：是的，他们为柯尔特先生预留了房间，但他还没有入住。

他打来电话时已经九点了。"詹纽瑞……原谅我吧。因为天气原因，航班都取消了，所以我只好坐火车。我本该六点到的，所以就没打电话。可是我们在巴尔的摩等了一个小时。而且你相信吗？我们又不得不在特伦顿停了半个小时，因为有个女人生孩子了——"

"汤姆……不是吧！"听到他的消息时，她真是松了一大口气，于是开始大笑起来。

"听我说，我累坏了……"（她的心沉了下去。）"你介不介意我们就在广场饭店点一些客房送餐？"

"你看，汤姆……要是你太累了，没法见我，我能理解。"（她在说什么？！）

"不，我得吃东西，我饿极了……除非现在对你来说太晚了。"

"我马上就到。"

"行，你会看到我的车就在你家楼下。"

1　原文为"popper"，俚语，泛指可吸入的各类亚硝酸烷基酯化学药物，可提升性快感。——编者注

"你是说……你知道我会去。"

"当然了，难道不是你说的……不要手段？"

她走过走廊的时候，他就站在门口等着她。她扑进他怀里，他温柔地吻着她。"老天，你看上去棒极了。"他说，"快进来……牛排就要来了。我想恋爱中的女孩不在乎她吃的是什么。"

他滔滔不绝地说着这次旅行。他讨厌旅行的每一分钟，他感觉自己像只经过调教的猴子，尤其是上电视的时候。那些演员都说自己是他的粉丝，可他却羡慕他们的轻松自如，羡慕他们坐在聚光灯下的冷静，以及彼此之间即兴对话时的闲适。他上场的时候感觉自己像某种史前动物——体形硕大，前言不搭后语，格格不入。不过几场节目的主持人都在帮他，不知怎么，他也熬了过来。"卖的每本书都在赚钱。"他又补充说，这本书已经冲上了《纽约时报》畅销榜的第三名。

他们吃了晚饭，然后靠坐在沙发上看晚间新闻。他喝着波本威士忌，她慢慢地喝着自己的。汤姆似乎对她想喝一杯威士忌感到惊讶，但她知道，如果他们要进那间卧室了，她需要让自己放松。突然，他转过来说道："听我说……你觉得海滩怎么样？"

"西汉普顿的海滩？"

"是啊，休邀请我过去。我们可以在那儿过夜，反正他半个晚上都睡在外面的沙滩上。而且他说了，要是他想进屋睡，他会去睡沙发。"

"什么时候？"她问道。

"明天，我们可以三点出发，我上午有两个采访。"

"我乐意去。"她说。

他站起来把她抱在怀里，轻轻吻她。他的双手滑进她的衬衣，摸进了胸衣里面。她记起了琳达说的"做点什么""让他知道你喜欢他在做的"。她试探着用手摸索……顺着他的后背摸下来……向前面摸。突然，他拉开了她："听着，现在很晚了，我也很累了。我们这个周末都会在一起的。"

他拿来她的大衣，陪她走到门口。"詹纽瑞，"他说，"你整个晚上一次都没提。"

"提什么？"

"爱，"他微笑起来，"你还爱我吗？"

"天哪，汤姆……你知道我爱你。"

他微笑起来，蜻蜓点水般吻了她的嘴唇。她纳闷他为什么说这些。突然，她抬头看着他问："汤姆……你爱我吗？"

他慢慢点点头："我想我爱的……我真的觉得我爱的。"

第二天早上九点，她到了阿尔珀特医生的办公室，填完了接待员给她的卡片。她有点不安，但她知道她需要某些东西。昨晚汤姆打断了他们的拥抱……因为他没有勃起。他拉开她，是因为不想让她知道。她没有挑起他的性致。费格斯女士香水、璞琪胸衣——所有的一切都白费了。

她半夜给琳达打了电话。琳达喊着："出什么事了？"她回答说："没事。"琳达建议她，要是不想搞砸整个周末，就快去阿尔珀特医生的办公室。

"但有没有可能一个男人爱你，却不能勃起？"

"老天啊，詹纽瑞，你知道有多少男人热血沸腾地来找我，骑到我身上，然后他们的阳具会变成一根橡胶棒，我们基本上都是用手压着塞进去的。"

"琳达！"

"你能不能别喊'琳达'了，该做什么做什么！这个男人尝遍了全世界每一种女人。他五十七岁了，还有点疲倦，你得刺激他。光看着你那天使般的身段不会让他兴奋起来的，你得下手去做。"

她坐在阿尔珀特医生的办公室里填完了卡片上的所有问题。接待员带她去了一个隐蔽隔间，里面只配了一张检查台。办公室里至少有七个小隔间，里面都有人了。她起身时，候诊室已经开始变得拥挤。接待员指着一件纸袍子说："衣服都脱掉，然后去走廊尽头。"她用这件皱巴巴的检查衣裹住自己，去了走廊尽头的房间。一位护士正等在一台心电仪旁边，她示意詹纽瑞躺在沙发上，然后给她贴上了电极片。

这项检查结束后，护士带她去了另一个房间。"现在，韦恩小姐，我们会抽一些血样。"

"可我只是来打维生素针的。今天早上我在电话里和阿尔珀特医生说过了。"

"阿尔珀特医生想给首次来访的病人做全面检查。"

詹纽瑞半伸出了她的胳膊。护士抽血的时候，她往后缩了一下。针头扎破她的手指时，她向后缩得更厉害。但这些给了她信心——这真是个不容小觑的医生，他检查得很彻底，难怪他的维生素针那么有效。

最后，她被带回了她的小隔间。她坐在检查台边上等着，阿尔珀特医生的办公室里全是人。她故意来得很早，就像琳达教她的那样，解释说她得赶飞机，中午之前就得走。

大概十五分钟以后，一位中年男人走进了房间，脖子上挂着听诊器。他的微笑让人感觉亲切："我是西蒙·阿尔珀特医生。现在，你有什么问题？感觉无精打采？我注意到你的血球数只有十，有一点轻微贫血，不过不用担心。正常的话，你的血球数应该是十二。"

她注意到他的衣领磨破了，指甲很脏。就是这个男人，负责着这间公园大道上的漂亮办公室，管理着高效整洁的护士和接待员，这似乎不太可能。但也许他就像爱因斯坦一样，爱因斯坦就从来不梳头，还穿着球鞋走来走去。他的牙齿上有牙垢，而且因为他总是保持微笑，她发现自己正在研究他那口变色的牙齿。他的牙龈也不好。他看起来无疑需要打几支维生素针。

"那么，具体是什么原因让您到这儿来的？据我所知，是我以前的一位病人里格斯小姐推荐您过来的。"

她把脸扭向一边，然后盯着自己完美无瑕的指甲看："这个……我……有个男人，我一直在和他约会，然后——"

"我们这儿不做堕胎……我们也不开药。"

"不，不是这么回事。你看，这个男人棒极了，每个女人都觉得他有魅力，而我——"

"不用说了，"他微笑起来，仿若洞悉一切，"我明白了。他离开你了，你很沮丧，局促不安。待在这儿。"他摇晃着走出了房间。

不到五分钟，他拿着一支注射器回来了。"这会让你感觉焕然一新，你会重新赢回他的，我知道。"他调整着针头。她希望他洗过手了。"像你们这样的小年轻，一恋爱就过多地投入自己。男人会感到无聊，然后你开始不停地给他打电话……对吧？"没等她回答，他就接着说了下去，"当然了，故事都是一样的……给他打电话……求他回来……苦苦哀求……反而迫使他们跑得更远了，故事总是一样的。"

他解开了她检查衣的带子。检查衣落到了她的腰上，但他几乎没注意到她裸着。他把听诊器放在她的两只乳房之间听了听，好像很满意听到的内容。然后，他用棉签擦拭她胳膊上的血管。"听着，别给他打电话，答应西蒙叔叔……别给那个浑蛋打电话。"她感到针头扎进了她的血管，她看向了一边。令她惊奇的是，他的动作非常轻……她几乎没感觉到疼。她把头转了回来，看着自己的血冲回注射器……又看着它和注射器里的液体一起逐渐回到她的胳膊里。他微笑着说：

"现在，像这样举着胳膊。"他在针眼处放了一小块棉花。"像这样按一小会儿。你的血管很漂亮。"

她立刻就有感觉了，她简直不敢相信。她有一种轻微的飘飘然的感觉……有一点头晕……但感觉很不错。突然，一股奇妙的暖流穿过她的全身……那感觉就像在罗马的时候，他们给她注射喷妥撒钠[1]……那种奇妙的液体流遍了她的全身。只不过，与麻醉剂引发的虚无感和困倦不同，她感觉充满了活力。她有一种疯狂的冲动，想去摸自己的双腿中间，因为正是那里有一种震颤着的跳动感觉。

阿尔珀特医生微笑起来："感觉好些了？"他轻轻拧了一下她一侧的乳尖。她笑了起来，因为这不是一个下流的老男人对她在动手动脚，只是西蒙叔叔在表示友好。

"你会没事的，"他说，"我们可以立刻把你的血球升到十二或十三。也许你想每周打一针……或者登记连续打针。在萨顿小姐——我的接待员——那里登记。有人喜欢一周打两次……或每天打一针温和点的。有个男人，血球数为十五，但他每天打一针。他是个著名作曲家，每天工作十八个小时。他倾注心力地工作，所以需要经常打针。还有你们这些骨瘦如柴的小家伙，整夜做爱，白天还要工作一整天。"他又拧了下她的乳房，摇晃着走出了房间。

她跳下检查台，白色袍子掉在了地上。她用手指滑过乳房，然后又摸了一遍。两只乳尖挺立了起来。她感觉两腿之间有种不可思议的快感。她摸了摸自己。啊，这感觉多么愉快。啊，美好的阿尔珀特医生，他那脏指甲，还有美好的维生素。她产生了一个新想法，也许她的身体一直都只有一半功能在运转，直到此刻。也许她一直都贫血。就是说，从那场事故以后。当然了……在那之前……和迈克在一起的时候，她总是感觉像现在这样活力四射。现在，她又感觉到这股活力了……如此清醒。整个世界都在等着她去采撷！

她飞快地穿好衣服，写了一张一百二十美元的支票，付了心电图、测血样和维生素针的钱。接待员解释说，从这次之后，打一支维生素针要二十五美元，除非她想连续打二十针，预付的话，只需要四百美元。詹纽瑞微笑起来，说需要的时候再来打，按二十五美元付账。

她中途去了萨克斯百货，给汤姆买了一条领带，然后去古驰店里给琳达买了那条她一直喜欢的腰带，并附了一张字条："谢谢推荐阿尔珀特医生。"然后她冲

---

[1] 喷妥撒钠（Sodium pentothal），静脉注射用全身麻醉剂，作用于中枢神经系统。

回家收拾行李。三点钟，门铃响了，司机说车已经到了，她冲进电梯，迫切渴望周末早点到来。

她迫不及待想见到汤姆。她也很期待见到休……休也很棒！整个世界都棒极了！

19

汤姆爱这条领带。"我会戴着它参加我所有的电视节目。"他说道。他在车上放了一瓶酒，问她要不要喝一杯。她摇摇头。"有你，我就足够开心了。"她坚持说道。他们到西汉普顿的时候，她冲过去抱住了休·罗伯逊。就算她过分热情的欢迎方式让他感到惊讶，他也没有表现出来。不过，她已无数次回想过他们在西汉普顿度过的那天了，这次回来就像是回家一样。超大的沙发，还有壁炉，和她记忆中一模一样。海浪拍打岸边的声音似乎很遥远，尽管她能透过客厅的大落地窗直接看见大海。他们坐在壁炉周围。汤姆小口喝着酒，休煎着牛排。她坐在那张特大的沙发上，依偎着汤姆，随后又跳下沙发，帮休准备吃的。

十点钟，休站了起来。"好了，是我去沙丘的时间了。"

"你会冻坏的。"詹纽瑞说。

"哦，今晚我不会待太久。我在厨房后面布置了一间工作室，里面放了一张沙发床。我通常睡在那儿。有时候，我就是不想费劲爬楼梯回卧室睡觉。所以你们俩可以问心无愧地享受那个房间。"

休离开以后，詹纽瑞和汤姆坐在一起，看着木柴在火上烧得噼啪作响，听着海浪拍打在岸上的隆隆声。詹纽瑞看海浪从不会感到厌倦——它们凝聚起力量，拍在岸边，随即消散，然后又凝聚起来，再次冲向海岸，循环往复中透着一股倔强。让她想起淘气的小孩子，奔向海滩，却只会被母亲拉回来。

她贴得汤姆更紧了，用指尖勾勒着他的轮廓。他靠过来亲吻她。然后他拿起那瓶波本威士忌，牵起她的手，带着她上了楼。

这个房间是一间改造过的阁楼。房主显然非常爱国。房间刷成了白色，家具刷的是亮蓝色和红色的瓷漆。一张羽绒大床占据了房间的正中央。詹纽瑞扑到床上，踢掉鞋子，上蹦下跳。"汤姆……快来……哇……没有弹簧，就像飘起来了一样。"她跳下床,冲到他身边,"我爱你。"她说着解开了自己的衬衣扣子。他们的目光纠缠,凝视着彼此,同时,她解开牛仔裤,让它落到了脚踝处。她慢慢解开胸衣,从裤筒里走出来。"这就是我。"她温柔地说。

他凝视着她片刻,慢慢绽放出微笑。她用双臂环抱着他的脖子。"快来吧,大懒虫,"她在他耳边低语着,解开他的衬衣扣子,"我们去床上。"

他转到桌旁,给自己倒了一杯酒。他飞快地大口喝光,然后伸手关了灯。她躺在床上,注视着他在昏暗中脱衣服。她能看见他的肩膀和后背晒成了小麦色,屁股却截然相反。他的大腿强壮有力……接着,他转过身,跳上床,压得床吱嘎作响。他们俩都笑起来,抱在了一起。他趴在她身上,用手臂撑着身体。昏暗中,他抚摩着她的头发,喃喃低语道:"哦,宝贝,我想让你快乐。"

"我很快乐,汤姆。"她抱着他的脖子,拉低他亲吻自己。他们吻在了一起,他倒向一侧,紧紧抱着。她的手指在他的后背游走。她感觉放松又自在,仿佛他们的身体一直是这样亲密。她渴望抚摩他……任他采撷……融入他的身体。

他松开了她,她感觉他的舌头游遍了她的全身……游到她的双乳……她的小腹……她紧紧抱着他的头……那感觉如此温暖,如此美妙。但她想要取悦他……做他想要的任何事……他的舌头游到了她的大腿处……他的手指探索着她的身体……她的每寸肌肤都在雀跃……他的舌尖似乎无处不在……随即,她感到一种疯狂的快感……如此难耐,如此美妙。她不能相信发生了什么……她从未有过这样的感觉。她呻吟着。她的全身都融化了,陷入一种突然爆发的心醉神迷中……她扶着他的头,浑身战栗着……最终,她瘫倒在床上,身体空落落的,感到精疲力竭。他爬起来,躺在她旁边,抚摩着她的乳房。

"我让你快乐了吗?"

"天哪,汤姆……我从没有过这种感觉……可是……我们没有做……我是说……你——"

"我想让你快乐。"他说道。

"那现在——"她的精神正在恢复,现在他会进入她的身体。

"现在,我们抱在一起就好了。"

她一动不动地躺着。有些不对劲。他紧紧地抱着她……但她惊恐万分。她没有挑起他的欲望。她开始亲吻他的脖子……抚摩他的身体。她不太确定该如何继续……但也许,她可以模仿他。她攀到他身上,开始亲吻他的胸膛。然后,她向下滑去。但那儿没有一个跳动的大家伙,就像大卫戳到她脸前的那种……他的双腿之间躺着个无精打采的东西，大小和男人的大拇指差不多。她简直不能相信。汤姆·柯尔特这样魁梧的男人，浑身充满了男子气概，怎么会长了这么小的阴茎？她开始摸它，但它没什么反应。然后，她把嘴唇贴在上面。她突然对他产生了一股保护的柔情。汤姆·柯尔特，他的小说里充满了激烈的性爱……汤姆·柯尔特，女人崇拜他，别的男人也敬仰他……汤姆·柯尔特，当代男人的模范——长着一个男孩的阴茎！老天，他这辈子该如何受到这件事的困扰啊。在学校时，她的乳房发育得不够大，她也担心过……但至少她还有别的。可是对男人来说，没有别的了……那条阴茎就是他的全部性器。天哪，所以，这就是为什么他要参加那些职业拳赛……为什么穿水肺潜水……为什么参加高尔夫球锦标赛和网球锦标赛……为什么在酒吧里斗殴。她格外温柔地和他做爱。多么可怜的汤姆……不得不写出他的性幻想，因为他在现实中体验不到。

他突然把她拉起来。"詹纽瑞……不用觉得你辜负了我，我的快乐就是让你快乐。"

她一动不动地躺着，琢磨着他对多少女人说过同样的话。忽然之间，她决心要让他感觉像个男人。她开始抚摩他。她的舌尖来回游过他的胳膊……他的臀肉……她挑逗着他……贴得更紧……用身体磨蹭着他，又拉开距离……她看到那根小阴茎开始变硬……她继续玩着刚才的游戏——用嘴唇轻轻擦过他的阴茎……然后掠到他身体的另外一边……用手指探索着他……突然，他把她翻过来，趴在了她的身上……开始慢慢动起来……越来越快……带着一股急切……她听见他呻吟了一声，感觉他的身体软了下来。他在她身上趴了几秒钟。然后，他看着她的眼睛说："谢谢你，詹纽瑞。"

"谢谢你，汤姆。"

他从她的身体里出来，把她抱在怀里说："詹纽瑞……我爱你。"

"我也爱你。"她喃喃道。

他抚摩着她的头发。"你知道你为我做了什么吗？"他说，"这是十年来我第一次做成了。"

"汤姆，我真高兴。"她亲吻他的脸颊，是湿的。随后，她看到了他眼中的泪花。"汤姆……怎么了？"他把头埋在她的脖子里，她紧紧地抱着他，安抚着他，就像安抚一个孩子。几分钟过去了，他下了床，走到桌旁。他喝了一大口波本，背对着她说道："詹纽瑞，我很抱歉——我——"

她跳下床，朝他走过去："汤姆……我爱你。"

他转过来看着她。"我很抱歉,我失态了。我想,这二十年来,我都没有掉过一滴眼泪。"

"是我做了什么吗?"她问道。

他抚摩着她的头发。"不,宝贝……"他牵着她回到床上,他们躺在一起。他紧紧抱着她,说道:"你让我非常快乐,詹纽瑞。我觉得这眼泪是为我们俩流的。对我来说,因为我找到了这么好一个女孩……对你,则是因为你只得到了一个半残的汤姆·柯尔特。不是说以前我的硬件更好……男人的硬件都是天生的……但至少它总是能用的。过去十年来,我试过应召女郎,试过春药……所有你能想到的——没有一样起作用。直到今晚……和你在一起。"

"但是汤姆……你有一个孩子。"

"我想让你知道真相。你看,我这辈子,女人都配合着我……接受我天生就不是'种马'的现实。但她们想和我一起抛头露面。所以,管它呢,我可以在其他方面满足她们。可几年前,我开始想……我写了那么多年,留下那么多作品……我能留给谁呢……谁会在乎呢?我没有人可以托付。因为'二战',我失去了两个兄弟。我还有个姐姐,可她没有孩子。突然,我想到了,我想要个孩子。于是我决定领养一个。但你得是已婚,才能领养孩子。于是,我开始审视我认识的所有女人,试着找出一位最佳母亲的人选。她们没有一个合适。要么就是已经和另一位丈夫有了自己的孩子……要么就是坦白她们讨厌孩子。我身边没有一个人符合要求。然后,大概一年半前,我在马里布的一场派对上遇到了妮娜·卢·布朗,一名影坛新秀。作为一名新秀,她年纪大了点……那时她已经二十七岁了……正打算放弃演艺事业。她当时在拍某个电视广告。她特别积极地和我搭讪,所以我们聊了起来。她告诉我她从佐治亚州来,家里有十二个兄弟姐妹,十二岁以前没穿过鞋子。她爱小孩子,还说,就因为想要孩子,甚至考虑过嫁给一位她认识的摄影师,因为她已经二十七岁了,觉得自己到了年纪了。一开始,一切听起来美好得有点假……但我意识到她不是在演戏,因为她并不知道我想要个孩子。派对主人的家里有两个小男孩,那天下午晚些时候,最小的那个,大概五岁,脚底扎了一块碎片,从浮木上掉下来的一大块,扎得他的脚都发炎了。他不让他母亲碰他。忽然,妮娜·卢走过来了。她开始和他玩一个游戏。她和他说,她敢打赌她能帮他把那东西弄出来。她要来一杯苏格兰威士忌,让他把针尖伸到苏格兰威士忌里消毒。但她和他说的是,她要把他的脚灌醉。然后呢,信不信由你,他允许她把那鬼东西挑出来了……那东西插进去那么深。等一切结束时,他亲了亲她。

就在那一刻，我知道，她将是我孩子的母亲。"

"我们约会了大概一个月。我从不和她上床，但我向她求婚了，并解释了我的问题。是妮娜·卢想出了这个主意：人工授精。我从没想到过。我们结了婚……直接去找了一位医生……花了几个月时间……但事成了。六个月前，她给我生了个儿子。"

詹纽瑞一动不动地躺着。汤姆点着一支烟，递给了她："现在你知道我的人生故事了。"

"哇，"詹纽瑞小声说，"那你肯定是真的爱她。"

"确切说，是感激。我从没爱过她，但我确实爱她给我的。作为交换，我允许她有性自由……只要她谨言慎行。她身边有个年轻的男演员，时不时去服侍她一番。但她绝对是小汤姆的好母亲。她也喜欢做汤姆·柯尔特太太——她喜欢那些名望，喜欢受邀去参加派对，喜欢马里布的房子……这段婚姻很成功，如果你认为这算婚姻的话。但管它呢，我不能指望一个二十九岁的姑娘余生放弃正常的性生活。她爱孩子，而且——"

"汤姆……今晚我们就做了。你真的和她试过吗？在我看来，你甚至都没打算和我试试。"

他摇摇头："我当然试过。她曾确信她能创造奇迹。允许她尝试让我遭受了羞辱……夜复一夜……直到我们俩都终于明白做这种事是不可能了。我从没期待今晚我们俩会发生什么……但我喜欢你，我想让你知道性的美好——"他把她抱得更紧了，"詹纽瑞，你也看到了你为我做到的，就算以后再也不会有了……我余生都会感激你。"

"以后还会有的。"

"詹纽瑞，我不能离婚。妮娜·卢绝不会同意的……而且我也不能放弃我儿子。我想让他拥有一切。这就是为什么我会同意做这次巡回宣传。我的钱足够我余生活得好好的，但我想给她和我儿子留一大笔钱。"他下了床，拿了那瓶酒回来，"我们喝一杯睡前酒吗？"

她摇摇头。"我这样就很快乐了。"她小声说。

他喝了一大口酒，说："我不知道如何用语言表达……我爱你……就像我从未爱过任何女人。我从不对任何女人说实话，除了你和妮娜·卢。对她，我不得不说实话，可是对你，是我所愿。我对待大多数女人的态度都很糟糕。我只是说她们无法引起我的性致。我表现得仿佛只要和对的女人在一起，我的阴茎就能长到六英尺。听着，我不知道你对我的渴望会持续多久，但只要你想要我……就按你的方式……不要手段。我会一直爱你……如果你想要这样的我……那么……我全部属于你。"

她紧紧抱着他："哦，汤姆……我爱你。我想要你……无论什么时候你想要我，我都会和你在一起……只要你想要我……永远都会……我们永远都会在一起，我发誓。"

他们一起躺了一会儿，片刻之后，他的呼吸变得均匀了，她知道他睡着了。她一点也不困，还特别想抽支烟。她也想把事情理理清楚。她爱他——男人阴茎的大小并不能衡量爱。她得说服他相信这个。她小心翼翼地溜下床，不想吵醒他，然后裹上睡袍，蹑手蹑脚地下了楼。客厅空无一人，壁炉里的火就要熄灭了。她在上面放了几张报纸，又加了块木柴。很快，火就噼里啪啦烧了起来，屋里暖和了起来。她坐在沙发上，双腿蜷在身下，盯着壁炉里的火苗看，想着汤姆。她一直以为所有男人生下来都差不多。哦，她知道有些人的比其他人的大……但她从不知道谁会像汤姆这样。突然，她琢磨起她的父亲。他是否像大卫那样是匹种马呢？当然了。他肯定是。但是可怜的汤姆。她的情绪很混乱。她想着他，涌起一股保护欲，但也有柔情与渴望。她渴望躺进他的怀里……感受他赤裸的胸膛紧贴着她的乳房……感受他的那种亲密……感受他的嘴唇贴在她的身上——这就是爱的意义。

她听见门开了，她知道休正站在她身后。他绕到她面前，盯着她看。然后他瞥了一眼楼上。

"他睡了，"她说，"他喝完了整瓶杰克·丹尼威士忌。"

他走到充作吧台的木桌旁，给自己倒了一杯苏格兰威士忌。"想喝一杯吗？"

她摇摇头。"不过，我想喝可乐。"

他把饮料递给她。"想要一些冷牛排吗？你肯定饿坏了，晚饭时你什么也没吃。"

她伸了个懒腰："我感觉好极了，就是好极了。我不需要食物。"

他看起来忧心忡忡："詹纽瑞，我不知道他的婚姻有多美好，但他爱那个孩子，而且——"

"休，我知道他永远不会娶我，别担心这个。"

"你爱他吗？"

"是的。"

他坐到她旁边："我以前也见过那些爱上他的女孩，她们都说她们能应付。但当他决定分手时……她们中不少都吞了药。"

"休……你有多了解汤姆？"

"有人真正了解汤姆吗？我认识他六年了。我们认识的时候，他正在写他的一部小说里有关太空的内容。他去休斯敦[1]做调查，我们就开始称兄道弟。我来洛杉矶的时候，他刚刚离婚，所以我就和他住在一起了。他给我介绍了几个他拒绝的人，我玩得很开心。之后，我自己的婚姻也崩溃了，但对离婚我有个信念……你知道的……得等到孩子们能理解了再办。见鬼，他们永远不会真正理解……就算他们长大了，也有了自己的孩子。我的女儿，愿上帝爱她，自己的孩子都三岁了，她却说：'爸，你为什么要和我妈分开……都过了这么多年了！'嘿，见鬼——"他突然住嘴了，"我这是在干吗，絮叨这些？你问了我一个简单的问题，我却开始唠叨起我的人生故事来……而你真正想知道的是汤姆的事。好吧。我有多了解汤姆呢？我不了解。想了解汤姆并不容易。我们是朋友，很好的朋友——我知道只要我需要他，我总是可以找他帮忙。他知道我也会同样帮他。在某些方面，我们非常相像。像汤姆这样的男人，迷失在自己的写作里，书里的角色变成了他，或者说他变成了书里的角色。我则迷失在我的工作里……我从没真正了解过我的孩子们……"

然后，他开始谈论他的孩子，谈论他早年的飞行生涯。她认真地听着，意识到他正在倾诉自己的愧疚感——他的婚姻破裂了，失去了和子女的联系。她告诉他不用感到愧疚，他只不过是在追随自己的命运。"你真觉得人们应该专注于他们自己的事？"他问道。她点点头，她在给休·罗伯逊提建议，却没有一丝奇怪的感觉，因为在那一刻，她觉得她能解决任何问题。他们谈论了生命的神秘性……太阳系……宇宙无穷。他解释说，现在有个说法已经成了公认的事实，那就是在我们这个太阳系之外也有智慧生命存在。他觉得，在未来几个世纪里，各太阳系之间将会实现通信，会有通信卫星和安置了卫星的行星……串联起来……延伸到宇宙里，就像一座巨大的桥梁，连接起各星球和各太阳系。

"但我们该如何和那些绿色的小人交流呢？"她问道。

"你为什么会觉得他们是绿色的呢？要是一个星球和另一个太阳的相对位置，就像地球和我们的太阳的位置一样，那孕育出的肯定也是相同的生命。"

1　美国国家航空航天局（NASA）太空中心所在地。

"你是说，会有另一个地球？生存着优等种族？"

"几百万个。有些比我们进化得早几十亿年……当然，有些落后我们几十亿年。"

说完，他们都沉默了。随后，她略带悲伤地微笑起来："这么一比较，我们做的或者想的一切似乎都微不足道了。我是说，当你想着，在所有其他世界里，有像我们一样的人正在向上帝祈祷。就像我想起我过去如何向他祈祷，帮助我走路……"

"走路？"

他们俩都转过身去，汤姆正走下楼梯。他穿着睡袍，手里拿着一个空酒瓶："我醒了，发现我的姑娘也没了，酒也没了。"他走过来坐在詹纽瑞身边，"我是不是听见你们俩在说散步？现在快凌晨两点了。"

"不是，"休说，"詹纽瑞刚才正在说，她向上帝祈祷让她学会走路。"

"我睡不着，"她说着依偎在他身边，"休和我一直在讨论星星。"

"学会走路是怎么回事？"休问道。

"说来话长。"

"在我看来，我今晚已经和你讲过一些相当长的故事了，"汤姆说道，"现在轮到你了。"

她开始讲了，一开始有点犹豫。随后，她发现自己重温了那段漫长、绝望的岁月。炉火熄灭了，但两个男人似乎都没留意。她讲着的时候，汤姆的黑眼睛凝视着她，无声地表达着同情和钦佩。她意识到，她从没和任何人说过她究竟忍受了多少痛苦。她告诉琳达的不过是些事实。甚至迈克也从不知道她所感受到的完全的孤寂，因为在他面前，她总是装出很勇敢的样子。但是，坐在黑暗里，有汤姆抱着她，她将自己所经历的一切痛苦和孤寂突然全都宣泄了出来。当她讲完，两个男人都没有说话。汤姆站起来说："我觉得我们现在都需要喝一杯。"

休给自己倒了一杯苏格兰威士忌："你喝这个行吗？我们的波本喝完了。"

"我来的时候准备了，"汤姆说，"我让司机在厨房放了一箱。我马上回来。"

休看着他离开了房间。然后，他对仍蜷坐在沙发上的詹纽瑞举起了酒杯："现在，我对你有了全新的认识。你知道吗，我觉得你和汤姆之间一切都会顺利的。看起来，他为自己找到了一位外表是娇弱女孩但内心真正强大的女人。"

前门静寂无声地开了，他们俩谁都没听见两个男人走了进来。一只手捂住了詹纽瑞的嘴，迫使她转过头来。她看见寒光一闪，一把刀正顶在她的喉咙上。与此同时，另一个男人用灯照着休的脸，"好了，先生……如果你不想你女朋友死，就把珠宝和钱交出来。要是你大喊大叫，或者试图求救，我就割开你女朋友的喉咙。"

"这儿没钱，也没有珠宝。"休哑着嗓子说。

"得了吧，先生……"那男人比休高得多，身高将近七英尺，"上星期，我们在海滩上撂倒两个人，一对像你们这样的周末情侣，不得不威胁要切掉他的卵蛋，他那女朋友才把戒指咳出来。你们这些来海滩度周末的人……总有现金和珠宝。"

"她没有戒指，什么也没有。"拿刀顶着詹纽瑞喉咙的那人小声说。

休掏空了他的所有口袋。一些零钱……两张五块的……几张一块钱……掉了出来，还有钥匙。

"伙计，这是打发要饭的。"那巨汉说道，他瞥了一眼楼梯。"你看着那女孩，"他大声说，"我带他去楼上。也许我能说服他告诉我东西藏在哪儿。"

詹纽瑞被留了下来，和那个拿刀的男人单独待着。汤姆去哪儿了？！厨房在工作室后面。除非她尖叫，否则他不会听见的。她盯着那个男人，他呼吸急促，冲她奸笑着。他个子不高，几乎才到她的肩膀。但他手里有刀，而且正顶着她的喉咙。

他伸出一只手解开了她睡袍的腰带。睡袍松开了，他盯着她的裸体看。他咧开嘴，邪恶地笑了。"嘿……之前撞见了你和那老头的活动。"

他的粗手摸上了她的乳房，她闭上眼睛，努力不尖叫出声。然后，他解开裤子拉链，把他那东西掏了出来。"对我这样的小矮个来说，它相当不错吧。就像我经常说的，人总有所长。现在，我朋友去了楼上，"他对着楼梯点点头，"他总是公事公办。但是我喜欢公事私事一起办。所以你和我要小小地来一炮。"他猛地扯掉她的睡袍，"转过身去！"

"求你别……"她祈求着。

"哦，也许你喜欢浪漫一点。躺在那个软乎乎的好沙发上，我在上边，你在下边，好给你机会把刀抢走——没门儿，小娘儿们。你得像条狗那样挨干。那样我才能压得你无法反抗。现在转过身去，弯腰！"他咆哮着说道。

"求你了……我不会抢你的刀。求求你……"

"鬼才信你不会抢。因为你跟我顶嘴——所以我得顶你的嘴。嘿，我说了个笑话。你听懂了吗？现在，我干你之前，你先来热热身。"他推着她跪下，把阴茎凑到她脸前。她感到极度恶心，这让她忘了害怕，于是她猛地跳起来，朝着房间另一头冲去。那一瞬间，他抓住了她的胳膊，扇了她一个耳光。然后，他把她推倒在地上，"跪好，你个婊子。别耍花样。我要把我的大棒塞进你的屁眼里，使劲往上捅，一直从你的喉咙里捅出来！"

　　他靠了过来，她尖叫起来。他条件反射般跳开了。然后她感觉到冰冷的刀锋贴在了她的后脖子上。"想要吵醒邻居？嘿，没人在家……左右都没有。我们去过了，拿了一些半导体收音机，没什么值钱的。但别再尖叫了。对我来说，那样乐子就全没了，没准儿我会先把你划开，再干你。"

　　但他把她推到地上跪下的时候，她继续挣扎着。然后，她看到了门口汤姆的影子。他听见她尖叫了！靠着最后一股拼力，她扭动身体，成功挣脱了束缚。但那小矮个又抓住了她。他喘着粗气，她感到他贴在她背后，胡乱向前顶着，想要捅进她的身体。她知道汤姆正悄悄穿过房间。她拼尽最后的力气，逃脱了他的掌控。他愤怒地抓着她的胸，试图把她拉回来。汤姆现在已来到这个男人背后。然后，她听到了酒瓶砸在他脑袋上的重击声。那男人喘着大气松开了她，滑到了地上。汤姆把她拉进怀里。她异常激动地啜泣着："汤姆！他想要……天哪，要是你没有及时赶到……"

　　他捡起她的睡袍帮她穿上。她的牙齿在打战，但她指着楼上："还有一个。是个巨汉。他跟着休……"

　　汤姆看了看地上那个人事不省的男人。他把酒瓶递给她："现在，听着，如果这个浑蛋有一点动静，就用这个砸他。别手软，只要记住他刚才打算怎么对你的。"

　　然后，他向楼梯走去，楼上传来了打斗的声音。显然，那个巨汉开始对休动粗了。汤姆悄悄走上楼梯，一次迈一级台阶。一块板子吱嘎响了一声。她屏住呼吸。地上那个小矮个微微动了一下。詹纽瑞握紧酒瓶迟疑了一下。但那男人只是呻吟了一声，接着就又昏迷不醒了。她松了口气。不知怎么，她感觉下不去手。他像这样躺着的时候，她下不去手。如果他正在攻击她，那情况就不一样了。她盯着他看。这个小矮个长得挺丑，像是两天没刮胡子了，身上有股腐烂的味儿。不过这会儿他闭着眼睛，张着嘴巴，又给人一种奇怪的可怜无辜的感觉。

　　她转过头，看着汤姆慢慢爬上楼梯。房间里又传来一阵打斗声。家具刮蹭着地板，仿佛天花板要掉下来了。汤姆一次跨了两级台阶。他刚走上最顶上那级台阶，门开了，那个巨汉出现了。他站在那儿愣了一秒，乍看见另一个男人让他措手不及。他的目光从汤姆转到了他那昏迷倒地的共犯。他低吼着咒骂了一声，然后向汤姆扑去，他们俩都滚下了楼梯。汤姆首先跟跄着爬了起来，但那个巨汉随后也慢慢站了起来。"我把你朋友打了个半死，扔在了卧室里。"巨汉咆哮着，"不过对你，我要彻底了结你。"他一拳捶在汤姆的肚子上。汤姆弯下腰，但又摇摇晃晃地站了起来。这次，男人打的是他的下巴。汤姆躲开了。他拖延着时间，好让自己喘口气。但巨汉不给他这个机会，他走过来又重重捶了汤姆的肚子一拳。汤姆倒下了。那巨汉朝詹纽瑞走过来，她不知所措，定定地站在原地。然后，她看见刀就躺在地上。她抓起来，快速跑过房间。那巨汉笑了："哦，想玩游戏吗？想让大亨利试着从小女孩手里抢走小刀刀吗？"

他向她走过来。她猛冲到沙发背后。他追着她走过来，她又跑到了另一边。"汤姆！……休！……救命啊！"她高声喊了起来。

男人笑了："没人醒着，只有我们两个小年轻[1]。"他被自己的笑话逗得衷心地笑了起来。他越来越近了。她犹豫了。要是她用刀捅他却没捅着，那大家就全完了。她必须拖延时间。她绕圈跑到沙发的另一边。巨汉大笑起来："来吧。你这个小可爱。真希望我有那个时间陪你多玩会儿。"他走得更近。她倒退着，差点被地上那个男人绊倒。她听见汤姆开始苏醒了。那巨汉也听见了，他的笑容消失了。"好了，你个贱货。趣味游戏结束了。"他跳过沙发抓住了她。她试图用刀砍他，但他扭着她的胳膊。她痛苦地喊出声来，刀掉在了地上。他把刀捡起来，把她推到房间另一头，然后朝汤姆走去。现在，汤姆已经爬起来了。

"好了，先生。这次你会希望自己永远别醒过来。"他冲向汤姆，准备割开他的喉咙，但汤姆躲开了。紧接着，汤姆一拳打在了他的下巴上，但那男人似乎毫无感觉。他逼近汤姆，咧嘴笑着，不慌不忙。汤姆继续后退，他像只猫一样弓着身子等待着。男人走近了，挥舞着那把刀。汤姆没有动。男人更近了。突然，汤姆像只黑豹一样一跃而起，用手掌一侧用力砸在那男人的气管上，紧接着一拳揍在他的下巴上。一切都发生得太快了，詹纽瑞无法相信自己看到的，那个巨汉像个纸袋一样瘫倒在地上。然后，汤姆冲上楼梯去看休，詹纽瑞跟在他后面。休躺在地上，正慢慢恢复意识。他的下巴开始肿起来，一只眼睛睁不开了，但他挤出了一个勉强的微笑。"我死不了……我猜我没帮上什么忙……我最近不是很能打。"

他们回到了楼下。那个小矮个开始恢复知觉了。休朝着电话走去，汤姆制止了他："你想做什么？"

"报警啊。他们是吸毒的，看看那个人的胳膊——全是针眼。"

"把电话放下。"汤姆命令说，"我们得找些绳子，把他们捆起来，然后我开

---

1 原文为Chicken，常见含义为鸡，在俚语中表示年轻人。他这话可以指因为此刻是凌晨，所以只有鸡是醒着的，也可以指因为汤姆和休两个老年人都被打倒了，所以只有他和詹纽瑞这两个小年轻醒着。

车把他们带到一英里外，扔在那儿。如果我们报警，詹纽瑞就会被牵扯进来。你知道那些报纸都会添油加醋的。"

休去找绳子了，汤姆扇了巨汉几个耳光，试图把他打醒。休回来的时候，汤姆还在奋力弄醒那个男人，正在按摩他的后脖子。但他躺在那儿，像个破布娃娃。"我们不能这样扔掉他们，"汤姆说，"他们没法活下来的。他们会被冻死。"

"他们会活下来的，"休说道，同时把他们拖到一起，"他们吸毒成瘾……吸毒的人对冷热没感觉。"

"休，我想这男的死了。"汤姆站起来，眼睛盯着那巨汉瘫软的身体。

休凑到那巨汉跟前，按他的手腕，再按他的脖子。"我感觉到了一点脉搏。"

"那我们得把他弄到医院去。休，你开车送詹纽瑞回纽约。詹纽瑞，马上去穿好衣服。"这是条命令，于是詹纽瑞跑上了楼。

"但你做什么？"休问道。

"等你们俩一走，我就打电话报警，让他们派个救护车来。我就说，我想写点东西，所以你把这地方借给了我。然后，我就按照实际发生的说——我当时在厨房里……我把他们吓了一跳……"

"为什么不是你开车送詹纽瑞回纽约呢？我可以打电话叫救护车，和他们讲同一套故事。我想詹纽瑞也更愿意你去送她。"

"我也更想送她。"汤姆说，"但听我说，伙计。你身高五英尺十英寸，根本不可能打中那男人的气管或者下巴，除非他弯下腰让你打。"他看着自己擦掉皮的拳头，"而且我的指节破皮了，也能证明我确实打了。"

詹纽瑞带着行李袋下楼了。她脸色苍白，趁着休走到外面发动车子的工夫，她紧紧抱着汤姆。"我听到你的计划了。但要是他们俩交代了呢？要是他们说这儿有三个人呢？"

"他们嗑了药，所以他们看见了重影，或者三重影——我们就是各执一词。别担心。"他们听见了休在按喇叭。他带她走到门口。"哦，汤姆，"她抱住他，"我以为我们会一起度过整个周末，而不是只有一个晚上。"

他看着她，挤出一个苦笑："我知道，但你得承认……这可真是个不同凡响的晚上。"

20

驱车回城的路上，詹纽瑞和休都没有说话，两个人都沉浸在自己的思绪里。他们到纽约的时候，黑夜已渐渐淡去，迎来了石灰色的黎明。车里的暖气热得让人不舒服，可詹纽瑞突然战栗起来。纽约的一切似乎都是那么阴沉灰暗。西汉普顿和发生的那场暴行似乎突然变得异常不真实。休把车停在了她的公寓楼前。街上空无一人，一阵冷风吹着一些碎纸片滑过人行道。她的心情是如此沉重，如同街边那些无人把守的大楼前那被煤烟熏黑的雨篷。"没有了门卫，这些大楼看着如同死物。"她说道。

休微笑起来，拍了拍她的手。"去休息一下吧，詹纽瑞。"他帮她下了车，他们站在她的公寓楼前，清晨的凉意激得她牙齿打战。"你开了半天车，肯定又累又僵了。"她说道，"我冲的速溶咖啡不怎么样……但如果你想喝的话——"

"不了吧。西汉普顿的警察虽然很有礼貌，但也非常缜密。汤姆能应付任何状况，但我想，如果我在那儿的话，他会感觉好些。"他靠过来亲吻她的脸颊，"听着，我想收回我最开始随意说的那些诸多警告。你和汤姆之间确实有种情投意合，他以前和其他女孩从未有过。我说这些，不仅因为你是个恋爱中的女人。我是观察了汤姆之后才这么说的，他今晚看你的那种眼神、他的态度——和以往都全然不同。现在，你休息一下，等一切都妥当了，我们就给你打电话。"

她走进自己公寓的时候，时间仿佛是静止的，她收拾行李剩下的东西还四处散落着。休闲裤搭在椅子上，衬衣摊在床上——遥远的过去遗留下来的毫无生气的痕迹。过去的二十四小时，她仿若过了一生。

她走到冰箱那儿，给自己倒了一杯可乐。她突然想起来自己还没吃过任何东西。休还挪揄她，说她是不喜欢他的手艺。也许她应该炒些鸡蛋，但不知道为什么，一想到食物她就心生反感。她感觉自己清澈透明……完全清醒……充满了能量。她渴望走出去，走进这个人际稀少的早晨，去散散步。她把身子探出窗外，浓雾把空气完全拢在怀里。她有种感觉，如果她走一走……她就能驱散这些雾气……就像一个魔法精灵……挥挥手臂，就能让阳光洒满每个角落。她比这雾气更强大……比任何天气都强大……因为就像休说的，她是个恋爱中的女人。但她不能离开，她得等汤姆的电话。

她一支接一支地抽烟，又喝了一听可乐……太早了，还不能给琳达打电话，再说了，她也不想占着电话线，免得汤姆打不进来。她打开了电视。一个频道在讲经，她换了一个频道——儿童卡通片。然后是一部范·强生[1]的老电影，音质特别差，她听不下去——她什么都听不下去。她关掉电视。突然，她想起了她的留言服务。她忘了查听。应该没什么重要人物会打电话来。

服务中心的女人很不高兴。"韦恩小姐，您一定要记得联系我们查听消息。或者如果您要离开很长时间的话，至少留个电话号码。您父亲非常生气，就好像联系不上您是我们的错。毕竟我们只是留言服务中心，而不是一个——"

"他什么时候打过电话？"詹纽瑞问道。

"周五晚上十点。他入住了广场饭店，希望你回电。"（周五晚上十点……她正在广场饭店……当然了，她忘了查听她的消息。）"然后周六早上九点半又打过一次，"女人继续说，"他想让你和他一起吃午饭。"（她那会儿在阿尔珀特医生那儿。）"然后中午又打了一次。"（她当时在萨克斯百货正买得高兴。）"然后五点……七点……最后是昨晚十点。他出发去棕榈滩了，希望你往那儿给他打电话。"

她看看时钟，八点十分。她等到九点，然后往棕榈滩打了电话。

"你到底去哪儿了？"迈克质问道。

她设法大笑起来："迈克，你不会相信的，但我一直忘了查听留言。我上午出去了……购物去了。忘了查。下午又出去了，肯定是错过了你的电话，后来，我又出去吃晚饭了。这太糟了……我太抱歉了。不过，格施塔德怎么样？"

"非常棒。迪伊拿了锦标赛第二名。她直接飞回棕榈滩了，但我中途在纽约逗留了一下，想去见你。我没去皮埃尔酒店那间套房，而是入住了广场饭店，我想着你会高兴的。我没租到我原来那间套房……嘿，你猜谁住那儿……汤姆·柯尔特。但我租了楼下那套一模一样的。然后，我就坐在那儿——像个被抛弃在圣坛的新郎——等我的女孩。"

"哦，迈克……"

他笑起来："没关系啦。听着，我没告诉迪伊。我说我们见过了，我不想看起来像个傻瓜。"

1　范·强生（Van Johnson，1916—2008），美国百老汇巨星。

"你当然不是，迈克。"

"现在听我说，我们要在这儿待到复活节。我们希望你和大卫那个周末到这儿来。那时候，迪伊会最后办一次盛大宴会。然后呢……我给你准备了真正的惊喜。"

"是什么？"

"戛纳电影节。"

"什么？"

"还记得我们在瑞士是怎么聊这个的吗？你说了你有多么想去。正好，那个时间段蒙特卡洛有一场双陆棋锦标赛，所以我说服了迪伊去参加。我们可以住在戛纳的卡尔顿酒店——你现在二十一岁了，所以我可以带你去赌场了，教你玩十一点、巴卡拉纸牌……我们还可以看所有的电影……见见我所有的老朋友……而且，我可能还给你准备了一些其他惊喜。"

"迈克，这些安排都是在什么时间？"

"从五月开始。但我想，要是我们十五号左右去，就能参加所有我们想参加的活动。迪伊也有机会从棕榈滩回纽约，重开皮埃尔酒店的套房——我想里面可能用床单或者什么东西盖上了。我可以补看一些戏剧。也许你可以跟我一起去，要是大卫愿意让你来的话。但我得教你玩双陆棋，我现在玩这个手气正旺，最终我会玩大一些的。现在，我还在玩五块钱一点的。不过这只是时间问题……"

"你很高兴，是不是，迈克？"

"我在赌博，运气正旺，这就足够了——反正对我足够了。"

"那我也很高兴。"

"你和大卫怎么样了？"

"他真是个非常好的男人。"

"完了。"

"我恐怕是……"

"还有其他男人吗？"

"是的……迈克……"突然，她知道，她要告诉他了。他会理解的。"迈克……我认识了一个人……我觉得……我是说我知道——"

"他是谁？"

"迈克，他已经结婚了。"

"继续说。"他的声音突然变得生硬不快起来。

"别告诉我这让你吃惊了？"

"这让我恶心了。我在外面鬼混的时候，和我混的都是垃圾。这就是我对她们的看法，就算她们是明星，可她们从一开始就知道我已经结婚了，还有个孩子。所以你……一个二十一岁的……拥有一切的女孩……还有像大卫这样的男人爱着你——"

"爱必须是双向的，迈克。"

"你是想告诉我，在所有那些你可以交往的男人里，你非得和一个已婚男人搅在一起。哦，不用说，他肯定也有孩子。"

"有一个。"

"他会离婚吗？"

"我不知道。他——"

"别说了，我能想象到。一个做广告的……也许三十多岁……有点地位了，就厌倦了他娶的那个姑娘……把她扔在威彻斯特……"

"迈克……根本不是那么回事。"

"詹纽瑞，告诉我一件事。你有没有……你有没有和这个男人亲近过？"

她盯着电话。她简直不能相信，她无法相信他用的词——"亲近过"，也无法相信他那种支支吾吾问话的语气。他听起来像个牧师……而不像迈克。她不能告诉他，他不可能真的理解。她必须瞒着迈克，这真是太糟了。然而，她听见自己说："好了，迈克，没那么严重。我只是说，我认识了一个人，然后——"

"詹纽瑞，是我曾经误导了你吗？现在，听我的话……求你了。不要再见他了。如果他认为就算他已经结了婚你也会和他在一起，他不会尊重你的……"

"迈克，你说话就像……就像……像个曾祖父……"

"我是在对我女儿说话。我不在乎时代变成什么样了。当然了，性爱更自由了。如果你告诉我，你和大卫上过床了，我也不会吃惊的……比方说……你嫁给他的几个月前。或者，你已经和他上过床了，但他不能让你心动。如今就是这样，这是种新自由。这方面变化很大。但是，就男人的感情而言，没多少变化，让我告诉你吧，和一个有妇之夫上床的婆娘是不会得到他们的尊重的。因为不管他们给你讲的是个什么故事……什么那个妻子只是名义上的……或者他们分房睡……或者是个什么安排——你最好相信，他们必须回家而没去见你的那些晚上，他们还是会和妻子上床。哪怕只是种恩惠。我知道……因为我就是这么做的。而且，因为他们的内疚感，他们仍然尊重自己的妻子。事实上，正因为这种内疚感，她几乎成了圣母。而且，他们睡的这女孩越好，他们对妻子越感到内疚。当这种内疚积累到过于沉重时，当女孩想要的不只是一周见几个晚上……或者不只是偷偷去旅行……或者要求开始变得过分——他们就会甩掉她，回到妻子身边，安分几个星期，直到他们找到新的女孩。别给我瞎扯什么性解放。无论是二十世纪五十年代……六十年代……还是七十年代，已婚男人就是已婚男人。法律和道德准则也许会变，但男人总是不变的。"

"好了，迈克，别说了，冷静点。我没事……"

"那就好。现在，回到大卫身边，或者找个像他那样的，让你的老爹开心点。我这个星期晚点再联系你，我得去打高尔夫球了。我现在玩这个游戏是为了赚大钱——因为就像我说的，当你运气正旺的时候，你必须加大赌注。"他挂上了电话。

她挂上电话走到窗边，漫无目的地盯着楼下光秃秃的院子看。她还觉得迈克会理解，真是疯了。就算他没有大发牢骚，她也绝不会告诉他全部故事了。除非他了解汤姆的问题，否则她根本不可能说服迈克相信汤姆真的爱她，相信他们的爱和他以往那些风流韵事不同。她想到汤姆……这种爱恋和柔情让她胸口一紧。这个男人出类拔萃、孔武有力、能力卓群……而她有能力让他快乐。

电话突然响了。她冲过去接起来，差点崴了脚。"你好——"她停住了。她本来正要说"你好，汤姆"，不过电话那头还是迈克。

"听着，我不能像那样扔下咱们俩的对话就去打高尔夫球。我说，要是你说你喜欢的那个小丑真的是个好家伙，并且他打算离婚，你又真心爱他，而且——"

"哦，迈克，不是那么回事……真的。"

"我那样对你大吼大叫真是太鲁莽了。我很抱歉。"

"没关系的，迈克。"

"我爱你，宝贝。记住——没什么不能和你老爹讲的。你知道的，对吧？"

"是的，迈克。"

"还爱我吗？"

"当然。"

"那好，过几天打给你。"

这天剩下的时间里，她一直坐在电话旁边。五点钟，汤姆终于打电话来了。"我派车去接你了。你能来广场饭店吗？"

"当然能，汤姆。你还好吗？"

"我会好的……等见到你，我就好了。"

街上堵得厉害，车子朝着广场饭店慢慢挪动，她感觉心神不宁。到了酒店以后，她完全是跑过走廊到了他的套房。

他看起来既憔悴又疲惫，但他把她抱进怀里时笑得很灿烂。他坐在沙发上，小口喝着波本威士忌，把一切现状都告诉了她。那巨汉还在昏迷中，但不会提出指控。那人有一长串的逮捕记录，警察还在查他的同伙。

"我不知道你是怎么办到的，"她说，"你当时喝了那么多。"

他的微笑透着悲伤："我战斗时，出拳必见血。"

"你输过吗？"

"有几次，被打掉了几颗牙。但我体内有种杀戮的本能，让我总是能赢。有时候我也担心，因为我可能会打死别人。我对那巨汉出的招叫空手刀，但我努力躲开了他的气管。谢天谢地，我确实躲开了，否则他可能就死了。我曾经对自己承诺过，除非生命受到威胁，否则我绝不做那个。"

"但你当时确实受到了生命威胁。"

"不是的，我可以用我的拳头揍他。那个空手刀的招数，"他侧过手掌，为她演示了那个动作，"你用这招，打在人身上的正确位置……他就完了。"

她在他那儿过了夜，再次成功地挑起了他的性致，他们真正做爱了。他的感激溢于言表，而当他抱着她说爱她时，她知道他是认真的。

接下来那天，他被记者包围了。西汉普顿的故事突然席卷了所有报纸。这正是媒体会将之和汤姆·柯尔特联系在一起的那种故事。到了中午，警察确定了那个小矮个的"身份"——他因强奸和谋杀三名女性在芝加哥被通缉。现在，这件事的重要程度已上升到了全国级别。芝加哥警方也到了。电话一直响个不停，套房里乱哄哄的，挤满了警察和记者。

丽塔·刘易斯指挥着各路新闻媒体的动向，简直欣喜若狂。早上八点半詹纽瑞就溜出去了，赶在他第一场预定采访之前……以及新闻被爆出来之前。那天下午，他从办公室给她打电话，说道："这地方简直被堵得水泄不通。现在美国联邦调查局接手这个案子了，明天我可能得去华盛顿——有关那个小矮个的证词什么的——除此之外，他的同伙，那个巨汉，名叫亨利·莫斯。原来亨利有一位同居妻子和两个孩子，她找了个律师，要以袭击罪起诉我，索赔一百万美元。"

"她不能把你怎么样，对吧？"詹纽瑞问道。

"确实不能，只不过浪费我点时间。到最后，几百块就能打发她。"

"可为什么你得给她钱？那个男人可是准备把我们全杀了的。"

"这么做比过预审简单些，她的律师也知道。不幸的是，事情就是这样：有些人一无所有，只有大把时间，就想烦死你，缠得你用钱打发他们……所以你花钱打发他们。"

"汤姆……这太糟了。"

"无论如何，据我所知，接下来几天你最好低调些。那个小矮个，名叫巴克·布朗，已经开始嘟囔说当时有个棕色长发的女孩了。没人相信他。但这事过去之前，最好别让人看见我和你在一起。"

"那，要多久呢？"

"就几天吧。我的出版商倒是喜滋滋的，他那样子看着就好像整件事是我为了刺激图书销量而计划好的。过去二十四小时里，我们已经收到了超过八千本的再次订购。他们马上就要再次大批量加印了。好像每个人都觉得我肯定能冲上第一名。"

"哦，汤姆，那太好了！"

"靠自己，我也能上第一名，"他的声音里透着坚定，"这周已升到第三了，我不愿意是这场拳架把我推到榜首的。"

"如果这本书不是已经榜上有名，就算打遍全世界也不能刺激销量，你知道的。"

"詹纽瑞——没遇到你之前，我到底是怎么生活的啊。"

"我正在想，如果没有你我怎么才能熬过今天。"

"我会保持电话联系的。一有机会，我们就见面。"

那天下午他去了华盛顿，半夜给她打来了电话。"我会在这边待几天。我也在做书的宣传工作，所以结果还不错。那个小矮个巴克·布朗，用刀子顶着你喉咙的那个人，他当时真的可能杀了你。这就是他的惯用手法，先强奸，然后杀掉。几个星期前，他买毒的时候才搭上那个巨汉。他们都和毒品有牵扯，是毒贩子和瘾君子的关系。但那个小矮个是个偏执狂，他好像已经杀了六个女人了，而且名单似乎还在增加——他一旦强奸过，必定会杀掉，他已经承认了。"他的声音低了下去，"你知道吗，宝贝？我可能要戒酒了。要是我醉得再厉害些……直接睡死过去了……你就要——"他停下不说了，"听着，我这个周末就会回去。你好好休息，然后我们一起过周末。"

"不去西汉普顿了。"她说。

"不去了。就在广场饭店，就在这座安全放心的逍遥城里。还有，詹纽瑞，拜托了，千万别让琳达知道这事儿发生时你在现场。毕竟……我出庭做证可是发过誓的。"

这并不容易。新闻爆出来后，琳达就摇身一变成了一位裁判所大法官。

"事情发生的时候你在哪儿？我以为你和他到西汉普顿过周末去了。"

"没有，我只是白天在那儿。他把我送回来了，他要工作。"

"什么也没发生？"

"那个嘛，看起来我走以后发生了很多事。"

"我是说……床上那方面。"

"琳达，一切都挺正常的。"

"詹纽瑞，你和我说的是实话吗？"

"是的。"

"但你是什么时候做的？"

"琳达，我的天！我十点左右才离开！"

"他厉害吗？"

"是吧……"

"你听起来不是很热情啊。"

"我只是累了……我没怎么睡。"

"你看起来糟透了。你最近太瘦了，詹纽瑞。"

"我知道。我要去饱餐一顿，然后早早上床睡觉。"

但她吃不下。而且，和汤姆谈过之后，她也睡不着。整个星期，他都不在……突然，她所有的幸福感都消失了。第二天早上她醒来后发现自己全身僵硬，脖子也酸。她去了办公室，到了下午三点，她肯定自己是感染上什么病毒了。琳达让她回家。"老实说，詹纽瑞，大多数恋爱中的女孩都会变得更漂亮……你却枯萎了！"

她躺在床上，但她感觉冷，身子开始打战。她不认识任何医生，也不想麻烦琳达。接着，她想到了阿尔珀特医生。可不是，他肯定是个好医生，看看他给她打针前做的所有那些检查吧。她打电话给他，可接待员说他不上门问诊，建议她立即过去。

办公室里挤满了人，不过接待员悄悄带她进了一间小检查室。"我这就把他找来。"她保证道。

五分钟后，阿尔珀特医生晃了进来。他看看她，点了点头，又晃了出去，然后带着注射器回来了。

"你不该先量量我的体温吗？"她问道，"我是说……我知道维生素对每个人都有用，但我感觉不舒服，就像我得了什么病。"

他摸了摸她的额头："不睡觉……不吃饭……精力过剩。你上次吃东西是什么时候？"

"为什么我……"她努力回想。前天晚上她没吃牛排，汤姆还训过她，而今早她勉强吃了一片吐司。"自从……好吧……可能从周五就没吃过了。我经常吃一小口，但我并不饿。"

他点点头："这能让你恢复正常，我保证。"

她穿着背带裤和衬衣坐着。她卷起袖子，把胳膊伸了出去，但他摇了摇头："把裤子脱了……这次是肌肉注射。"

她脱下背带裤，侧身躺着。针头轻松地扎进了她的臀肉，但没有那种兴奋的冲动感。她坐起来，拉起裤子。"我什么感觉也没有。"她说道。

"你到这儿来不是为了找感觉的。你来是因为你不舒服。"他没好气地说。

"没错，可是上次的维生素针让我感觉棒极了。"

"你感觉良好的时候，打针能让你感觉棒极了。你感觉不舒服的时候，打针能让你感觉舒服点。"

她坐在检查台边上，盯着他看。她得承认，脖子的僵硬感已经没了。但上次她体验到的那种美妙的愉悦感也无影无踪了。她走到外间办公室，付给接待员二十五美元。走到家后，她意识到自己也不打战了。她感觉更健康了，后背和脖子也不痛了，但她还是没有那种"走出去，征服这个世界"的感觉。

周五下午汤姆回来了，她冲到广场饭店去见他。他看起来很强健，疲惫也少了几分。当他打开一瓶杰克·丹尼威士忌时，他坚持让她也来一杯。"我知道，我说过我可能会戒酒，我已经少喝了……但我们得庆祝一下。我刚得到消息——从周日起，我是本周榜首了。而且，好像我有望高价卖出一部电影。现在，哥伦比亚、米高梅、世纪电影，还有二十世纪都在投标，还有几位优秀的独立制片人。而最好的消息是，那个巨汉会活下来的，他从昏迷中醒过来了，所以我不用背负那种愧疚感了。"随后，他伸手到口袋里掏出一个礼盒包装的盒子递给她，"也不算什么礼物，只是我在橱窗里看到了，忍不住就买给你了。"

她打开包装，里面是一条漂亮的丝巾，饰有"摩羯座"[1]。

"汤姆……我真喜欢……但更重要的是……我喜欢你的用心挑选。"

但那天晚上他们上床的时候，她没能挑起他的性趣。他紧紧抱着她，试图蒙混过去。"我累过头了，"他说，"而且，或许我没像保证过的那样少喝酒。让我们都好好睡上一觉。明天就不会了。"

第二天早上，她和他说她约了牙医。他让她取消掉，但她保证她下午早早就回来。

她没有打电话预约，直接冲进了阿尔珀特医生的办公室。幸好办公室的人并不多，阿尔珀特医生再次露出了微笑。他说她看起来好多了，而她则告诉他，她吃过东西了，也按时睡觉了，那样子像是为了得高分而在对老师做报告。（看我多乖。现在你该给我打真正的维生素针了吧？）他出去取针，她则满怀期冀地等着。她看见他带着大注射器晃了回来，心跳得飞快。她没换检查袍子，但眨眼间她就脱掉了衬衣，伸出了胳膊。"你保证要吃东西……就算你不觉得饿。"她急切地点着头，同时，他把橡胶带绑在了她的胳膊上。她看着针头扎进血管，然后看着自己的血液冲进了注射器……之后又被推回她的胳膊里。她的全身再次充满了那股美妙兴奋的电涌感。她感觉重生了——第一次完完整整地活着……她对颜色更敏感了……对气味也是……而最重要的是，她感觉自己充满了能量……没有什么是她做不到的……她的身体酥麻……突然，她感觉仿佛来了一次高潮。她渴望回到汤姆身边。她匆忙套上衬衣……抱了抱医生，给接待员潦草地签了支票，冲到了外面。天气又变冷了，但她知道春天就要来了。她能感觉到，一切好事都要来了……广场饭店只有几条街远，但她拦了一辆出租车。她要回到汤姆怀里，她一刻也等不了了。

她到的时候，他正在讲电话，是一个长途电话采访。他回答着那些常见的问题，而她耐心地坐着。偶尔，他会看她一眼，露出一个微笑。然后他叹了口气，那人正在问一些环境影响当代小说文学品质的问题。汤姆努力保持礼貌。"听着，我认为我不愿意涉足这个领域。我从来不评论其他任何作家。嘿，糟糕的小说写起来也同样辛苦。"但对方很执着。詹纽瑞站了起来，伸出双手抱住他。他还穿着睡袍。她开始亲他的脖子。接着，她坐上他的大腿，把自己从电话下面塞进他

1　原文为"Capricorn"。与摩羯座对应的出生日期为12月22日至1月19日，詹纽瑞出生于1月1日，星座正是摩羯座。

怀里。她的双手滑进了他的睡袍。他咧嘴笑了，但是用一只手抓住了她，试图继续采访。她开始亲他的脸颊。终于，他说："你看，我觉得我们已经面面俱到了，我还有另一场预约。事实上还挺急的，所以，要是你不介意的话，我们就到这儿吧。"他挂掉电话，把她抱在怀里。"你刚刚断送了一场采访。"他笑着说。

"你本来就要断送它了。"

"我是在尝试……但真正断掉它的是你。"

她抱着他赤裸的腰……接着，她敞开衬衣，解开胸衣……把乳房贴在他身上。"我爱你。汤姆，我真的爱你。"她站起来，带着他进了卧室。

后来，他们躺在一起，他说："我该如何感谢你呢？"

她依偎在他身边："谢我什么？"

"谢谢你让我不用担心昨晚的表现。谢谢你今天上午点燃了我……方才……成了我们目前为止做过的最好的一次。"

她激烈地吻着他："天哪！确实棒极了！"

"你也觉得吗？对我来说棒极了，因为我又能行了……可是你什么也没发生。"

"是的，我也觉得棒极了，汤姆。"

"詹纽瑞——"他靠近她，眼神严肃，"我们不是说好了吗？完全的坦诚，绝不要骗我……"

她紧紧抱着他："汤姆，女人不像男人。我不需要每次都高潮。只要能把你抱在怀里，知道我能让你快活，就让我感觉比任何时候更像个女人。"

在半明半暗的卧室里，他的黑眼睛亮晶晶的："詹纽瑞，我再也离不开你了……永远不。"

"你不会失去我的，汤姆。我会一直等着你……无论何时你想要我。"

他拍了拍她的屁股："好了，让我们一起洗个澡。嘿，你骑车吗？"

"我什么？"

"你会骑自行车吗？"

"我不知道……没有……我从来没骑过。"

"那好，今天你就要学会骑车了。"

他们租了自行车，在中央公园度过了一个下午。她立刻就学会了。她的平衡感很好，很快就能在自行车道上从他身边呼啸而过了。他们去了第三大道，看了一场电影……吃了比萨……然后回到了广场饭店。他们又一次做了爱，一切都非常完美，汤姆坚持要取悦她，直到她高声呻吟起来。

第二天，他们骑自行车去了市中心。他带她去了欧文广场，给她看了马克·吐温住过的地方。他还给她指了奥斯卡·王尔德在美国生活时曾住过的那栋褐石屋。接着他们去了一家法国小餐馆，他给她讲了辛克莱·刘易斯[1]的事。那时候他还年轻，而"红发"刘易斯已经是演艺圈的大腕了，他还给她讲了他遇见海明威的故事……以及他在纽约大学教书时遇见汤姆·沃尔夫[2]的故事。他给她讲他年轻时的生活：在圣路易斯市出生，来到纽约后在《太阳报》找了份工作，后来短暂地供职于好莱坞，在那儿他见过所有人——而那时候，电影界的人看不起作家。"这就是为什么不管他们提什么条件，我绝不为我的任何一本书改编电影剧本。四十年代的时候，我为那些明星量身撰写过太多垃圾，我对自己承诺——如果我有幸成为一名小说家，我就再也不写电影剧本了。"

接下来两周，詹纽瑞的日子和时间熔化成了无意义的迷宫。在办公室时，她强迫自己努力集中精神。但只有和汤姆在一起时，她的生活才能得到满足。早上，她在他的怀里醒来，一起快速吃个早餐，趁丽塔·刘易斯来之前溜走，冲回她的公寓换衣服，每三天跑去阿尔珀特医生的办公室打一针，然后回到杂志社，两小时就做完一天的工作。打了维生素针后，她一天能录五盘磁带，就连莎拉·库尔茨都不得不承认她讲得很好。她讲述了像汤姆·柯尔特这样的作家的寂寞……其他人对他时间的侵占……他对当代图书推广那种似马戏团般的氛围的感受。他能理解如今的媒体已经变了——纽约只剩三家报纸了。她为汤姆·柯尔特绘制了一幅美好客观的画像，她管它叫"一头狮子的回音"，把他比作一头狮子，走出丛林，面对文明社会。两周的时间快结束的时候，莎拉说她已经有了足够的素材，可以写一篇好故事了。

但到了夜里，她才真正活过来。她浑身充满一种重生的新能量，她会飞奔回公寓、淋浴、换衣服，然后冲去广场饭店。有时候，他们会去看一出戏，在萨迪餐厅逗留一会儿。有一次，他带她去了丹尼小酒馆吃晚饭，他们坐在前桌……迈克那张旧桌子。有时候他很累，他们就待在酒店里，点客房送餐吃，她听着他抱怨那些采访……那些电视节目……他的经纪人们……他们一起躺在床上的时候，他的拥抱总是那么温柔。也有一些晚上，他们没有做爱，那时他就会说：

1　辛克莱·刘易斯（Sinclair Lewis，1885—1951），美国文学史上第一位获得诺贝尔文学奖的作家，他以描述美国西部村庄生活的弊端和小镇生活的陋习而享誉文坛。

2　汤姆·沃尔夫（Tom Wolfe，1931—2018），生于美国弗吉尼亚州里士满，美国演员、编剧，被誉为"新新闻主义之父"。

"我五十七岁了，宝贝。而且我累了，但我希望你和我待在一起。"那些夜晚是最棒的。当她告诉他自己来了月经，并且问他她是否该回家睡时，他吃惊地看着她说："我想夜里拥你入怀，不只是想睡你……而是因为我爱你。我想要醒来时能看到你在我身边，夜里伸出手就能抱住你——难道这不就是爱的意义吗？"

而有些晚上，他只想满足她……他会在床上服侍她，直到她浑身瘫软，筋疲力尽。

还有总是需要应对的琳达，她总在提问，总在观察。因为詹纽瑞学会了逃避回答私人问题这项技能，她还逐渐有些生怨。

到了三月底，汤姆不得不出发去做另一轮的短期宣传——底特律、芝加哥、克利夫兰。"我觉得你不该来，"他说，"为什么要引起别人的闲话呢？我不在乎我自己，我担心的是你。只不过五天而已。"

当他看到她眼里的泪水，一把抱住她说："詹纽瑞，别这样，你当然可以一起来。求你了，宝贝，别哭。"

她摇摇头："不是因为这个。当然，你说得没错。只有五天，而且你会回来的。我只是突然想到，也许有一天，你必须离开比五天长得多的时间，也许有一天，你再也不会回来了……"

"我也想过，"他慢慢地说道，"多到你都不会相信。这也是离开的这几天里我需要想清楚的。我曾经和你说过，我再也离不开你了。我是认真的。我还一直在思考我想写的下一本书。我脑中的思路终于变得清晰了。一般这种时候，我会迫不及待地开始写作。只是这次和以前不太一样。我想着那本书……然后你就出现了。以前，一本新书总是能优先于一切。我会隔绝整个世界，这本书就是我的新情人。但这次不是这样。"

"这不对，汤姆，你得写作。"

"我知道……我必须得想个办法出来。听我说，等我回来，我们再谈这件事。"

等他走了，空气里的全部氧气似乎也都被他带走了。她错过了和阿尔珀特医生的日常预约。两天后，她觉得紧张不安、没精打采，但她强迫自己和琳达一起吃晚饭。琳达现在和一位叫唐纳德·奥克兰的谈恋爱，他是本地电视节目的新闻播报员。她们俩去了露易丝餐厅，詹纽瑞听着琳达直截了当地讲述着她和唐纳德性生活的细节。"他口活不好……不过那是因为他是犹太人，犹太男孩从不真正认为口女人是恰当的事。不过他在学了。我派莎拉为他写一篇报道，"她一边嚼着一段芹菜一边说道，"他目前在本地新闻台，但是等报道登出来，他体验过真正的名声大噪是什么感觉，意识到我能给他带来的助益，他就会甩掉他的妻子和我在一起了。一周只有三个晚上加一个下午在一起，我再也受不了了。"

"你想结婚吗？"

琳达耸耸肩："我快三十了……所以，为什么不呢？至少我愿意他和我一起生活。而且，我从他那儿也学到了很多。他的智商有155——接近天才了。我最近才意识到，我对政治多么一无所知。他一直在给我解释各种事情。我不敢和他说我从未投过票。他还给了我很多书让我读。他是民主党派的狂热支持者。我希望能在他和他朋友面前拥有自己的坚定立场，所以我把《新共和》和《国家》杂志当作《时尚COSMO》和《服饰与美容》研读。在这之前，我总是忙着观察我的竞争对手，努力把《炫目》做得像他们的那么好。但我突然意识到，《炫目》发展壮大了，我却没有。我是说，就好像我除了知道和杂志有关的事情，其他的什么都不知道。唐纳德认为女性解放运动棒极了，所以我也许会加入某个团体……"她笑了起来，"除了他在我家过夜的时候，那时他就把女性解放运动忘光了，甚至盼着我给他洗内裤。"

"那你洗吗？"詹纽瑞问道。

"当然了。我甚至还给他买了一把牙刷和他最喜欢的漱口水，摆在我家里。他留下过夜时，我给他做早餐……很丰盛的早餐，比挂着他妻子身份的那个人做得好。她想成为一位诗人，所以她写诗写到半夜，他离开河谷区他们那个家的时候，她通常都在睡觉。有些晚上，我还做晚餐，几乎是蓝带[1]厨师级别，因为他确实无法负担每次都带我出去吃。我是说，他负担着他在河谷区那栋房子的房贷……他妻子刚装好一个游泳池……他还在资助他兄弟念大学，还有——"

"琳达，你就找不到一个单身的好男人吗？"

"找不到。你能吗？"

1　蓝带（Cordon Bleu），1895年创建于巴黎，是世界上第一所融合饮食文化和餐饮服务的世界名门学校，也是高级烹饪的代名词。

21

汤姆每晚都打电话来。他们讨论他出席过的节目，讨论他在库普的节目上和一位评论家发生的争执，以及那些没完没了的采访和那本书收到的褒贬不一的评价。他的书仍然在榜首，但他担心即将登上春季榜的那些新书。不过，对于未来的计划，他只字未提。

这周过了一半后，詹纽瑞开始感到身体疲惫，精神紧张不安。汤姆周五晚上就该回来了。他曾说过，他再也离不开她了，可他现在就离开她了。他曾承认，他的工作总是第一位的。这次短暂的分别是否让他有时间改变想法了呢？

第二天早上，在阿尔珀特医生到达之前，她就到了他的办公室。尽管她并没预约，但接待员再次带她溜进了一间小隔间。阿尔珀特医生又一次摇晃着走了进来，针头扎进她的血管里的时候，她脑中所有关于她和汤姆的未来的疑虑都消失了，她带着一种绝对自信的感觉飘飘然走出了办公室。

他周五晚上回来了，没打电话就拜访了她的公寓。她发出一声喜悦的尖叫，扑进了他的怀里。他们紧紧抱在一起，同时讲着话，都坚持自己更思念对方。当他抱着她的时候，她知道，她的担心都是没来由的。他当然再也不会离开她了。

他松开了她，转身看了看她的公寓。他是如此高大威猛，房间似乎都变小了。

"你租了多久？"

"我是转租的，租到八月。不过贝利先生写信说，如果我想续租一年，他就继续待在欧洲。"

"退掉吧。我要给咱们俩买一套公寓。你来挑选，我想要河边上的，带木柴壁炉、一间卧室和一间客厅，还得有个房间给我工作用，因为我要在那儿写我的新书。"

"但加利福尼亚那边怎么办？"

"那儿怎么了？"

"你不是必须去那儿吗？"

"没错。我们下周走。"

"我们？"

他认真地看着她："听着，我不知道你是怎么想的……但过去这五天仿佛过了五年。我想了很多。再过两年我就六十岁了，而你将……好吧，你将仍然是个孩子。所以，我们拥有的只有现在。我不知道这个'现在'会持续多久，但让我们抓住机会吧。我爱你，我想要你和我在一起。我还有最后两周的宣传要做，得去海岸区。我不能忍受和你分开那么长时间。我给妮娜·卢打过电话了，告诉了她关于你的事。我没说你的名字，但我对她说了实话，解释了我们之间发生的事。我和她说，我要带你去做宣传……还说只要你还想要我，我就会和你在一起。我告诉她，我会入住比弗利山庄酒店的木屋——出版商买单。为了让事情看起来过得去，我会在那家酒店为你订一个房间，但你不用去住。对所有人来说，你是为了你们杂志社去那儿写我的报道的。我会去海滨看望孩子，但只是去看孩子而已。妮娜·卢说没关系，她正和某个男演员打得火热，所以只要我不在她朋友面前让她没面子，她才不在乎呢。"

对詹纽瑞来说，这一切进展得太快了。但知道她没有失去他，这让她有点头晕。

"我们在纽约会再待一周，"他继续说，"所以你的任务就是找一套公寓，找一套设施齐全的，这样等我们回来就可以搬进去了。我知道时间很紧，但一个好的房屋中介应该能办妥。你都去看看，等你筛选出两三套你喜欢的，我就去看。然后我们一起做决定。"

"可是汤姆，如果你和我住在纽约……你怎么探望儿子呢？"

"我每隔一周会趁周末飞去海岸区。别担心，会有办法的，我只知道我离不开你。"

她每天花八个小时看公寓。琳达也表示支持，她特别慷慨地告诉詹纽瑞把去海岸区旅行当作公差："就当是福利，你当得起。还有，记住，什么也不用担心，让这位大文豪保持高兴就行。我们会为你找到纽约最棒的公寓。詹纽瑞，想想吧——作为汤姆·柯尔特的女孩，你可以开一家沙龙，有了他的人脉，所有时髦人都会来的。我们可以开启一种全新潮流，比如周日早午餐会。我可以把他们全写进《炫目》。哇！这真是妙极了！我们会成为纽约新的上流社会时髦团体。我们将制造新闻……引领潮流。这下我有给唐纳德·奥克兰先生的人脉了！他知道我认识汤姆·柯尔特，就对我刮目相看。等他去了你的沙龙，看到所有我能见到的重要人物……詹纽瑞，时机太完美了。纽约已经为这种事准备好了。既然这样，客厅必须特别大，最好连着一间餐厅，还有……"

琳达的热情逗得她发笑，她感觉最好就让琳达继续唠叨。这间公寓将成为一座堡垒，只为汤姆而建。没有客人，没有派对——只有他们俩。但她让琳达跟着她去看了一部分公寓，因为她有点怕那位带她们四处看房的高效率房地产女人。四天后，詹纽瑞确定她已经去过了纽约的每栋好大厦，目标最终缩小到了纽约第一联合广场的一套公寓以及一套位于萨顿广场的一楼公寓，它有个悬在河面上的大露台。琳达喜欢联合广场那套，但汤姆对萨顿广场那套一见倾心。

那是套联合公寓，售价十一万，价格似乎对汤姆毫无影响。月度维护费相对低廉，产权有九十年，这都让他很满意——那女人不停列举着这套公寓的卖点，他一直点着头。最终，他说："我买了。拟合同吧，寄给我在海岸区的律师，他会寄支票来的。"他给这位狂喜的房地产女人留下了所有必要的地址和电话号码。之后，他带詹纽瑞去了最近的酒吧。他举起酒杯为他们的新公寓致敬，随后，他露出一个悲伤的微笑。"我喜欢她说的九十年产权。詹纽瑞，对于一个我这个年纪的男人来说，和你这个年纪的女孩在一起，却盼着这事儿能长久——"他摇摇头，"我知道我疯了……但让我们真正试试吧。不管它能持续多久……让我们高高兴兴的。"

"汤姆，它会持续到永远。"

他举起酒杯："敬永远，能有五年好时光我就满足了。"

剩下的几天里，她都在为去加利福尼亚买衣服，在办公室处理一些最后的事情……每天晚上，她都会兴高采烈地冲到广场饭店——她的能量无穷无尽。

他们计划周三下午出发去加利福尼亚。周三上午，她去找了阿尔珀特医生。他看到她时似乎很惊讶。"你两天前才来过……你明天才该打下一针呢。"

"我今天就要去洛杉矶了，"她看着他调试注射器，说道，"阿尔珀特医生，我至少要走一周，你能给我打一针长效的吗？"

"到了洛杉矶，你要住在哪儿？"

"比弗利山庄酒店。"

他微微一笑说："你真幸运。我的兄弟普雷斯顿·阿尔珀特医生一周前也飞到那儿去了。有一位大歌星在那儿的某个大俱乐部做复出表演，他必须每天打一支维生素针，所以我兄弟待在他那边，直到事情都结束。你到了比弗利山庄酒店给他打电话就行。"

"阿尔珀特医生……"她突然感到了害怕，"这些针会让人上瘾吗？"

"它们为什么会让人上瘾？"

"我是说，如果那位歌星必须每天注射……"

"他一天喝两夸脱[1]白兰地……又不吃东西……还每晚都和女人上床——他当然需要打维生素针。你也需要大量的维生素。和我说说，在你来找我之前……你人生中是不是遇到了什么创伤事件？"

她微笑起来："比方说，长达三年的创伤……再加上极度震惊。但那是九月的事了，结果一切都还不错。"

他摇摇头："滞后反应。听我说，小姑娘，有些医生专治精神问题。为什么呢？因为二十年前发生的事仍然会伤害现在的大脑。所以，为什么病人觉得几个月前发生的事不会伤害身体呢？如果你精疲力竭了，如果一周打三次维生素针能让你的身体正常运转，并且感觉良好，这有什么错呢？你不是每过几个月就要洗牙吗……你不是每天刷三遍牙吗……你不是每天晚上都涂眼霜吗？为什么不帮帮你那疲惫的年轻血液呢？如今，你们这些女孩吃的那点东西……或者更好，什么也不吃……"

他说得对。这个可爱可亲的男人，他的办公室里挤满了病人，却花时间和她解释这些事，而且他的微笑很亲切。"过得愉快……给我兄弟打电话。等你回来，再预约你的下次打针。"

她走回了家。她知道她立刻就能收拾好行李。今天是那种罕见的四月天，空气清透凉爽，天空呈现出淡雅的韦奇伍德蓝[2]。她在琢磨为什么新的一年总是从冬季中间开始，那时一切都死气沉沉的。她觉得新的一年应该从四月开始，应该从像今天这样年轻新生命开始绽放的日子开始。这种绽放随处可见：一位女士遛着一只迷你小狗，它拴着训练绳，摇摇晃晃地走着；新栽的小树用棍子和支架撑着，小小的芽蕾在光树枝上初绽头角，纤细的树干上围着粗麻布，以帮助它们在纽约街头这一小块土地里生存下来。接着，她看见一位年迈的女人，袜子从她羸弱的腿上滑了下来，她遛着一条有关节炎的狗——他们俩蹒跚走过那条街。她泪如泉涌。她为所有不再年轻的人感到遗憾。事实上，她为所有不能去加利福尼亚的人感到遗憾，为所有不认识汤姆·柯尔特这样一位男人的人感到遗憾。

随着这一天的继续，她的喜悦之情越发高涨。她从未感觉自己如此完整，她

1　夸脱（Quart），容量单位，在英国和加拿大等于2品脱或1.14升，在美国等于0.95升。

2　韦奇伍德（Wedgwood），全球知名瓷器品牌，其创始人经多次试验烧制出了某种具有代表性的特定蓝色，被称为韦奇伍德蓝。

感知到了周围的每件事物。在747飞机上，她坐在汤姆的旁边。飞行很平稳，服务很完美。一切都很完美！直到空姐在他们的甜点盘子旁摆上小小的糖渍复活节彩蛋。

复活节彩蛋！

今天是周三。

周日是复活节！

明天，迪伊的飞机就会来接她去棕榈滩过复活节周末了。

她一到酒店就给她父亲发了封电报："在洛杉矶比弗利山庄酒店为汤姆·柯尔特写报道，不得不错过复活节了。爱你，你的职场女孩。"

她希望能表现得随意点，以使这听起来像是项临时决定的指派，而不完全是因为她单方面的粗心大意。她入住了主楼那间"她的房间"，但她把行李箱送去了汤姆的木屋。"我会每天去那个房间，把床弄乱，掩人耳目。"她说道。他笑了起来，然后摇了摇头。"所有人都睡来睡去的，明星毫不遮掩地婚外生子……你真以为会有人在意你睡哪儿吗？"

"我在意。"她说道。

接下来的两天，出版商安排的行程很紧：早餐采访、午餐采访、莫夫·格里芬秀以及一个新闻节目，还有一场七点的早间秀。她陪着他去了所有的地方，带着一个笔记本，扮演着《炫目》杂志社女记者的角色。

到了周六，汤姆安排她在泳池边休息，而他要去马里布看他儿子。斯万——那位管理木屋的年轻帅气的男人——为她在阳光下安置了一把舒适的椅子，还给她拿来了防晒霜和几本杂志。可她放松不下来。一个小时后，她开始感到紧张不安。她强迫自己待在泳池边，她也需要晒晒太阳了。他们第一次相遇时，汤姆喜欢她小麦色的肌肤。她的双手紧紧握着椅子扶手，她感觉她必须抓住些什么，仿佛她的精神就要错乱了。她告诉自己，她只是因为汤姆不在所以坐立难安而已。但很快，她就被迫承认，她的脖子痛得非常真实，头痛让她眼花。所有这些确定无疑的信号……是时候打给阿尔珀特医生的兄弟了。

她离开泳池去了自己的房间。这房间不错，但就算她把睡衣和睡袍挂在盥洗室，这房间也明显没人住。她琢磨着女佣会怎么想。她点起一支烟，拿起电话听筒，要求接线普雷斯顿·阿尔珀特医生。接线员说他去了马里布，预计六点回来。老天，难道所有人都在马里布？！

现在才三点钟，她该怎么熬过这半个下午？！她躺在床上，试图缓解脑袋里的嗡鸣声。到了四点，她趴在水槽上，让冷水浇在后脖子上。还要熬两个小时。她离开房间去了木屋，换上了休闲裤和衬衣。她往杯子里倒波本威士忌的时候手都在发抖。她差点把酒吐出来，但强迫自己咽下去了一些。它似乎总是对汤姆大有帮助，也许它也能帮帮她的脑袋。她又喝了一口，感觉喉咙烧了起来，但她的头好像没那么疼了。她把那瓶酒塞进手提袋，回到了自己的房间。她四肢舒展地歪躺在床上，开始喝那瓶波本威士忌。真是个舒适的房间，只可惜，留了房间却没人来住。"我很抱歉，房间，"她大声说道，"不是针对你……只是我的男人住在木屋里。"

她继续小口喝着威士忌。酒精缓解了头疼，但她知道她快喝醉了。她不希望汤姆回家后看到她醉醺醺的样子。也许泡个热水澡有用，至少可以打发时间。她强迫自己躺在浴缸里，一直泡到手指上的皮肤都起皱了。之后，她补了补妆，看了看手表：五点十五。她又给阿尔珀特医生的房间打了电话，接线员说的还是那样，阿尔珀特医生预计六点回来。

她又开始头疼了，甚至比之前更疼。她感觉脖子里仿佛塞满了肿大的腺体。老天，她现在可能真的贫血了。她今天还没吃过东西，只在早上和汤姆一起喝了一杯咖啡。阿尔珀特医生曾告诫她必须吃东西。她的体重又变轻了一些，她的低腰裤都快要往下滑了。

接下来的半小时漫长得无休无止。她觉得热，于是打开了空调。然后她觉得冷，又把空调关了。到了五点四十五，她又给阿尔珀特医生留了言，并补充说事态紧急。六点十五，他还是没回来。天哪……要是他根本不回来了呢？要是他决定在马里布过完整个周末呢？她把烟都抽完了，开始捡自己的烟头抽。汤姆预计七点回来。她希望见到他时自己能感觉良好。毕竟，他的妻子可能非常漂亮。如果她曾是个影坛新秀，肯定很漂亮。没有什么影坛新秀了！她又给自己倒了一杯酒。他的妻子就是个跑龙套的！一个只能演演临时角色的女孩，超龄龙套。就是这么回事。所以，完全没必要因为她而紧张不安。可是，就算对方是个超龄龙套，也可能很有魅力。看看多少电影龙套成了电视明星吧。但这太傻了……汤姆是去看望孩子的。可你怎么和一个八个月大的孩子过一整天呢？孩子经常睡觉，不是吗？

六点半了，最后一个像样的烟头也被她抽完了。杂货店就在楼下，但她害怕离开房间，怕错过电话。她派人去买了一包烟，然后给了那人一美元小费。六点四十五，她又试着打给阿尔珀特医生。电话占线！她坐在电话旁，手指不停地敲打着桌子。为什么他的电话会占线？她不是留言说事态紧急吗？五分钟后，她又打了一次。一个平静的声音懒洋洋地说："谁呀？"

"是普雷斯顿·阿尔珀特医生吗？"

"你是谁？"还是那平静的声音，慢吞吞地问道。

"詹纽瑞·韦恩。"

"什么事？"

"哎呀，急死我了！你是不是阿尔珀特医生？"

"我不是问了吗，你打来什么事？"

"我是西蒙·阿尔珀特医生的病人。他告诉我，你在这儿照看——"

"那不重要，"那声音突然变得坚硬而短促，"你想要什么？"

"一支维生素针。"

"你上一针是什么时候打的？"

"周三早上。"

"你这么快就需要再打一针？"

"是的……老实说，医生，我确实需要……"

他顿了一下："我今天晚上等会儿要和我的兄弟通电话，你可以明天中午再打给我。"

"不行！求你了……别到那时候……我现在就需要。听我说，我在为《炫目》杂志写稿。我在这儿为汤姆·柯尔特做一篇深度报道，而且——"

"汤姆·柯尔特？"那人的声音里透出钦佩。

"没错。你看，我得时刻保持警醒，观察并且记住每件事……因为我不做速记。"

"哦……我知道了……好吧……我会和我兄弟落实你打的是什么维生素针。柯尔特先生住在五号木屋，对吧？"

"是的……不过我不在那儿……我在123号房间。"

"哦，所以你不是那个和他住在一起的女孩？"

"没有女孩和他住在一起！"

"我亲爱的小姑娘，如果你真是在采访他，那你肯定知道他带了一个年轻漂亮的女孩……年轻到都能当他女儿了。这家酒店里的每个人都知道。"

她停顿了几秒钟，然后说道："谢谢夸奖。但如果你不快点来，她就会既不年轻也不漂亮。拜托了……现在七点过五分了。"

"我这就过去。"

十分钟后，他敲响了房门。她一看到他就感觉他很讨厌。他个子很高，头发是深褐色的，很浓密，长着一个鹰钩鼻。他的皮肤很糟糕，细长干瘦的手指很是干净，但毫无血色。她更喜欢他的兄弟，至少西蒙·阿尔珀特医生带有某种热情。他可能看起来不太干净，但他温和而友好。这位则像一条洁净无瑕、经过防腐处理的鱼。他开始调试注射器，她则卷起了袖子。他没看她，说道："侧身躺着，脱掉裤子。"

"我打静脉注射。"

他似乎有点惊讶，但还是把橡胶带绑在了她的胳膊上，开始调针剂。针头扎进去的时候，她向后缩了一下。打完针后她倒在了枕头上，从来没有一针像今天这样。她感觉头晕，好像她正冲向天际。她的心脏怦怦直跳……她的喉咙发紧……她一直在飞升……飞升……接着，她感觉自己掉进了一个巨大的通风井……落不到底……有那么一阵儿，她慌了。随后，一切都恢复了平稳，她只觉得全身都散发着绝美的生命之光。他在她的胳膊上贴了一片创可贴，之后她放下了袖子。"我该给你多少钱？"她问道。

"免费赠送。"

"什么？"

"能吸引汤姆·柯尔特的女孩值得一针免费的维生素。"

"呃，谢谢……非常感谢。"

"你们俩要在这儿待多久？"他问道。

"再待一周。他一直工作得非常辛苦。他下周还有几场采访，然后要去旧金山待两天，再回纽约，然后他——"她闭上了嘴。

"然后他会回到妻子身边？"

她差点就告诉这个可怕的男人他们要签约买下自己的公寓了。这就是打针的危险——你感觉太好了，你想和所有人畅聊一番……你信任每个人。

"我想我最好回木屋去。"她说道。

他点点头："像柯尔特先生那样的男人……工作那么忙……他肯定需要定期打针。"

她淡然一笑："他不需要，他有杰克·丹尼。"

"你知道我正在治疗的那位歌星吗？"

她走到桌旁，假装整理头发。他的那种油腔滑调让她心烦，可她也无法承受彻底疏远他……她可能还会用得着他。

"我还在治疗一位著名作曲家，他每天都要打一针。还有几位电视明星刚开始他们的注射。汤姆·柯尔特那个年纪的男人，当然了，他看起来很有男子气概，但他肯定需要补充一些维生素。任何人以他那种强度工作——写书，做宣传，和年轻女孩做爱……"他的灰眼睛亮晶晶的，透露出一种不怀好意的含沙射影。

为了避免自己把他扔出去，她能做的只有转过身来挤出一个浅笑。"我会和他说说的，"她说，"那么现在……我真的需要梳洗打扮了。"

他收拾好药箱离开了房间。她一直等到他走远了才冲回木屋。汤姆还没回来。她感觉好极了。普雷斯顿·阿尔珀特医生这一针比他兄弟的针效果强劲很多。她又给自己倒了一杯波本威士忌。汤姆要是知道她在喝这个，会很高兴的。老天，瓶子几乎空了。她把它带去她房间的时候还有四分之三呢。

她走到吧台前又打开一瓶。她想起了汤姆，突然把瓶口对准嘴，喝了一大口。她吐出来了一点，不过大部分还是被她咽了下去。她又试着喝了一口。突然，整个房间都飘起来了。她意识到自己醉得很厉害，已经非常非常醉了。她觉得这非常有趣，开始大笑起来。她一直大笑着，笑到眼泪顺着脸颊滑落，笑到肚子都开始疼了。她想停下来……可是她停不下来。她感觉身体比空气还轻。电话响起来的时候，她还在大笑不止。

她看了看时钟，几乎八点了。肯定是汤姆打来的……解释说他为什么这么晚还没回。她伸手去够电话听筒，但又改了主意。不，她已经等了一整天了，就让汤姆和接线员费劲来找她吧。她知道他们是怎么办事的。现在，他们会联系马球酒廊，接着呼叫大堂……好了，现在她可以让他们找到她了。她接起了电话。"你好啊……接线员，我是韦恩小姐，有电话找我吗？"她又开始大笑了，整件事似乎要了命地好笑。

接线员接通了电话，然后有几秒的停顿。接着，她听见了迈克的声音："詹纽瑞……"

"迈克。"她开始笑得更厉害了。是迈克……不是汤姆，她笑个不停。但这并不好笑……只是她停不下来。她想停下来的……

"詹纽瑞，怎么了？什么事这么好笑？"

"没什么……"她弯下了腰，"没事，只是我打了一针，还喝了波本威士忌，我……我感觉……如此不可思议……还有……"她突然又爆发出一阵大笑。

"什么针？"

"维生素。它们简直……似、天、堂……"现在，她停下不笑了，感觉自己飘在一朵云上。维生素的劲儿压过了波本威士忌，她感觉身体像绸缎一般柔软……那张床就是一朵飘在空中的云……

"詹纽瑞，你还好吗？"

"哦，我可亲可爱的父亲……我从没有这么好过。从没有……从没有……从没有……"

"你现在和谁在一起？"

"没人，我只是在等汤姆。"

"和我说说，"他说，"杂志社怎么会派你来做这趟采访？从什么时候起，你成了他们的明星记者？"

她再次大笑起来，迈克听起来好严肃、好认真，要是他知道她有多快乐就好了，每个人都该这么快乐的。她想让他快乐，想让他知道飘起来是什么感觉。"迈克……你快乐吗？"她问道。

"你在说什么？"

"快乐，唯一重要的事。你和迪伊在一起快乐吗？"

"不要管我。你在那儿做什么呢？你一直说的那些针是什么？"

"只是维生素，天堂般美好的维生素。嘿，迈克，这儿外面有棕榈树，比佛罗里达那些棕榈树好。五号木屋就像我自己的家一样。你来这儿的时候住过五号木屋吗？我赌你肯定住过……因为你和他那么像，毕竟，他甚至住过广场饭店里我们那间套房。"

他的声音变得生硬起来："我希望你立刻离开洛杉矶。"

"绝不。洛杉矶的事完了，我就要去住全新的大公寓了，还带一个悬在河面上的花园露台，还有——"她突然想不起来她刚才一直在说什么了。"我刚才说了什么？"她说。

"说得太多了。再见，詹纽瑞。"

"再见，我伟大的父亲大人……我的神……我的英俊男人……我的……"但他已经挂掉了电话。

九点，汤姆回来了，她正四肢舒展地躺在床上，一丝不挂。他盯着她看了一阵儿，微笑着说："此刻，这才是我说的真正的迎接。"她伸出双手，但他摇摇头坐在了床边。"我太累了。这趟走得真是累人。今天又是蛋疼的一天。"

"你是说你和那个小婴儿玩累了？"

他笑了起来："事实上，我也就抱了那孩子二十分钟。然后他就吐了，保姆朝我摆了个臭脸，飞快把他带走了。等他洗完澡，我又见了孩子一面。"

"那这么长时间你都干吗了？"

他站起来脱掉外套。"你现在叽叽歪歪的像个嫉妒的妻子，可你没理由嫉妒她。我和你说了，我生活的一部分就是维持这个表面婚姻。今天，我不得不和妮娜·卢邀请来的一大堆人寒暄，吃午饭的时候，还有喝鸡尾酒的时候……唉……整个儿就像二十四小时开放参观日——欢迎我们的大作家什么的。"

"我觉得受到了排斥，"她突然说道，"就好像你还过着另外一种生活。可对我来说，你就是我的全部生活。"

他再次坐回到床边："听我说，宝贝，写作就是我的生命。现在，你也参与到我的生命中了，占据了很大一部分，而且你想留下来多久都可以。我爱你，但没有哪个女人能成为我的全部生活。除了现在，我在做这个巡回宣传的时候。因为和所有这些相比，唯一有真实感的只有你。可一旦我开始写作，你必须接受一个事实，那就是，写作是第一位的。"

"但没有其他女人。"

"没有其他女人，我发誓。"

她高兴地露齿一笑，跳下了床："我接受这些条件了，现在你必须接受我的条件……今晚的条件。"她拉着他站起来，开始解他衬衣的扣子，"现在，你尽过你做丈夫的职责了，你可爱的情人还在等你呢。"她轻抚着他的前胸，手指游走到了他的后背上。他抓住她的双手，握在手里。

"宝贝……我现在没有心情。我只是太累了。但如果你想要，我会服侍你的。"

"不用了……让我们彻夜不眠，聊聊天，依偎在彼此的怀里。"

"好吧。但我想，我最好给你点些晚餐。"

"我不需要食物……我有你。"

他微笑起来："我希望我知道你吸的是什么，我也想来点儿。"

"维生素，"她说，"你应该试试。"

他笑了起来。"老天，年轻可真好。你能欲望高涨，还能给自己充电。我像你这个年纪的时候也行。"他重重叹了口气，"变老糟透了，我从没想过这会发生在我身上。我以为我会一直强壮……一直年轻……喝再多酒，睡得再少，也能过去。我总以为健康和耐力是理所当然的，但变化是潜移默化的——"他又叹了一口气说："我都快六十岁了，想想就可怕。"

"你不老，"她说，"而且我确实摄入了维生素。打维生素针……这儿……看我的胳膊。"她把胳膊伸出去，揭掉了创可贴。他看到了她胳膊上的小针眼。"见鬼，你做了什么？"他追问道。

"我打了维生素针。"

"维生素针应该打在屁股上。"

"我往屁股上打过一次……但效果不好。那是肌肉注射，这是静脉注射。"

"好了，基戴尔医生[1]。现在告诉我，你在哪儿打的这个针？"

"普雷斯顿·阿尔珀特医生给我打的，他现在在这边出诊。在纽约，是他的兄弟在照料我。"

"这些针对你有什么用？"

"它让你感觉你拥有整个世界。"

"把他找来。"他要求道。

他们在马球酒廊联系上了阿尔珀特医生。不到十五分钟，他就到了木屋。他见到汤姆时明显大吃了一惊，往注射器上接一次性针头时手都在发抖。詹纽瑞穿着汤姆的一件睡袍，蜷坐在床上。汤姆没穿上衣……下边还穿着他的白色牛仔裤。他的皮肤是在海滨晒出的小麦色。阿尔珀特医生则正相反，当他弯腰看注射器的时候，就像个细长的绿蚂蚱。汤姆仔细观察着这位医生。普雷斯顿医生把针头猛插进他胳膊时，詹纽瑞看向了一边。但就算汤姆有任何感觉，他的表情也毫无变化。他默默地等着阿尔珀特医生打完。他盯着胳膊上那一小片创可贴，伸手去掏口袋。"我该给你多少钱？"

"一百美元。"

"一百美元！"詹纽瑞喊了出来，"为什么这么贵？你兄弟只收我二十五。"

阿尔珀特医生猥琐地看着她："那是门诊价格。这是上门服务的价格，而且过了下班时间那么久了。"

汤姆把钱摔在了他手上："听着，拿上你的钱。如果我在附近再看到你，我就打碎你药箱里的每个瓶子。"

阿尔珀特医生惊得目瞪口呆："你是说你不满意刚才那一针？你什么感觉也没有吗？"

"我的感觉多得很，远远多过一支维生素针的效果。那针剂里含了某种兴奋剂。"

1　1961年美国首播同名电视剧，主角基戴尔医生一度被公众视为模范医生。

阿尔珀特医生朝门走去，汤姆跟了过去，抓住他的外套说："记住我的话，我不希望你再接近她，不然我就把你撵出这地方。"

阿尔珀特医生恢复了镇定："柯尔特先生，如果现在有人给您做个血液检查，他们只会发现大量的维生素 A、E、C，还有全系列的维生素 B。"

"还有一些兴奋剂，我敢肯定。我不怀疑你在里面加了一些维生素，但让病人感觉良好的是兴奋剂。"

阿尔珀特医生匆忙离开了木屋，在门槛上绊了一跤。汤姆转过身对詹纽瑞说："你服用这些东西多久了？"

"我没真服用什么，汤姆。我是说……我是打了几针……琳达介绍给我的……"接着，她继续解释着凯斯和所有那些大人物都在雇用两位阿尔珀特医生。

汤姆把她拥进怀里，紧紧抱着她："听着，宝贝，我现在感觉我可以和你整晚做爱。我可以马上开始写下一本书，而且不停地写……我可以从阿卡普尔科[1]的米拉玛最高峰上跳水……像所有专业的墨西哥跳水员那样凌驾于浪潮之上。这感觉棒极了，我以前也有过这种感觉。'二战'期间，我是一名通讯员。我过去经常服用安非他命，以获得一点这种刺激。那些轰炸机飞行员大清早去突袭前则拿它们当软糖吃。也许他们前天晚上睡得不好，想着这可能就是他们人生的最后时刻。但凌晨四点的时候，他们把那些安非他命丢进嘴里，一小时后他们起飞的时候，他们飞向了那片广袤的蓝色天空，坚信没有子弹会打中他们。嘿，有一半人感觉他们根本不需要飞机就能上天。我现在就有同样的感觉。我可以……好吧……管它呢……我们别浪费这一针。"他把她扔到了床上。

第二天早上，汤姆那针的效果似乎已经消散了，但詹纽瑞仍处在一种热情澎湃的状态中。汤姆让她坐下来，试着解释这里面的危险。"听我说，我六英尺二英寸高，一百九十磅重，所以我的身体能快速地吸收掉它们。可是你……你最多重一百磅，我能肯定，那针里满是脱氧麻黄碱[2]。它不像那些烈性药那么让人上瘾……可药效退了以后，戒断期的症状就像一场糟透了的宿醉。"

"但它们真能伤害我吗？"

"你要是定期注射，它们会要了你的命。它能加速你的脉搏……让你的心跳速

1　阿卡普尔科（Acapulco），墨西哥一座美丽且古老的港口城市，是墨西哥著名的海滨旅游城市之一，太平洋沿岸重要的冬春度假胜地和出口港。

2　即甲基苯丙胺，也称甲基安非他命，俗称冰毒。——编者注

度变成之前的三倍……现在，听我说，如果你想兴奋起来，还是喝烈酒吧。你的酒量不足以喝多到伤害你的身体。我就会了——而且也确实伤害了我的身体——不过我已经这么活了一辈子了。好了，别再打针了……答应我好吗？"

"我答应你。"

那天晚上他们点了客房送餐，刚刚吃完晚餐他就跳起来拉着她冲向了卧室。"汤姆，"她跟在他后面大笑起来，"服务生会进来的……"

"让他进来吧，我们可以关上卧室门。也许是波本酒激活了那针剩下的药效，但不管是什么，我都不想浪费。"

他们没听见门铃响，甚至没听见卧室门开了。随后，一切都发生得太快了，她几乎不明白发生了什么。她意识到灯亮了，有人把汤姆从她身上拽开了。她看见一只拳头以挫骨的力道捶向了汤姆的下巴。汤姆踉跄了几步，吐了一口血。她倒吸了一口气，是迈克！……他站在那儿……双拳紧握……瞪着他们俩。

"迈克！"这个词卡在了她的嗓子眼里。

汤姆回过神来后扑向了迈克，但迈克再次挥拳，打中了他的脸。汤姆发动反击，但迈克像个街头拳王一样，汤姆碰不到他一根毫毛。迈克带着一股暴怒追着汤姆打。他的拳头一次又一次砸在汤姆的脸上。她想尖叫，可是发不出声音。迈克接连不断地揍汤姆的时候，汤姆坚持站着。他想回击，但他没有机会。他的脸上血迹斑斑。迈克的拳头再次落在了他的下巴上……他的肚子上……他的脸上……然后又回到了他的下巴上——这暴力程度超越了她的想象。她站在那儿神情恍惚地看着，好像这一切都不是真的。一切都发生得太快了。汤姆胡乱挥舞着拳头……迈克毫不留情地猛攻，汤姆开始蹒跚起来……迈克拉着汤姆让他站直……他的拳头反复捶打在汤姆的脸上。鲜血从汤姆嘴里涌了出来，他的眼睛也破了。她看见他东倒西歪地靠着墙，吐出几颗牙齿。她朝她父亲冲了过去。"不要打他了……住手！快住手！"她尖叫道。

迈克松开了手，汤姆顺着墙滑到了地上，詹纽瑞跪在他旁边。她抬起头看着她父亲："做点什么啊……帮帮他……天哪，你把他的门牙都打掉了。"

迈克走过来拉着她站起来："那些是牙冠，估计以前就被打掉过。"突然，他似乎刚意识到她正一丝不挂。他尴尬得脸都黑了。他转过头去："穿上你的衣服，我在隔壁房间等你。"

"就这样！"她大声喊道，"你跑到这儿来，把我爱的男人打个半死……然后你还要指挥我。为什么？你嫉妒吗？"她跳到他面前，"是这样吗？嘿，我可从没冲进你们的卧室去揍迪伊。我到棕榈滩去了，还保持微笑，就像个听话的小姑娘。"

"他是个无赖！"

她泪流满面："我爱他。你难道不明白吗？我爱他……而且他也爱我。"

他挤开她走过去，看了看他的手表："穿上衣服。我带来的飞机在等着呢。"

"你为什么来这儿？"她哽咽着说。

"因为昨天我和你通电话的时候，你听起来稀里糊涂的。我担心你是嗑药嗑多了，而我没法尽快赶来。现在我倒希望我没来过。不过我已经来了，所以就此一刀两断吧。让我们忘记刚发生的这些事，和我回棕榈滩去。"

"不可能。"她说。

他看了看手表："我会在马球酒廊坐半个小时。如果到时候你不出现，我就走。但如果你还有一点脑子，你就会收拾好你的东西，让他给他妻子打电话来接他。我会在马球酒廊等你——只等半小时。"他甩上了木屋的门。

有那么一阵儿，她一直瞪着他的背影。汤姆设法去了浴室，她冲过去跟着他。她打湿了一条毛巾，贴在他的脸上。他穿上一件睡袍，在她的帮助下又设法回到了卧室。

"汤姆……你的牙……"

他挤出一个微笑，疼得龇牙咧嘴："就像那男人说的……是牙冠，能修好。可是我的下巴……我觉得我的下巴被打断了……"

"天啊，汤姆！"

"别担心……以前也断过。你父亲这一拳打得漂亮。"

"我很抱歉。"

"我讨厌那个浑蛋，"他说，"不过我猜，要是你是我女儿，我也会做出同样的事来。"

"你不生气吗？"

他摇摇头："不生气。他不过是促使我们下定决心罢了。我总感觉也许我只是个替代品，现在我知道了。所以你最好穿上衣服和他走。"

"汤姆……我爱你。我和他说了我爱你。"

"你说他妻子那句话是关键，亲爱的。"

"什么话？"

"没关系了。"他转过脸去。

她穿上了她的休闲裤和衬衣。他看看她，点了点头："再见。"

"我会回来的。"她说。

"回来？"

"是啊。我只是想见见他……告诉他我要留下来。"

"如果你半个小时不出现，他就明白了。"

"可是我得去告诉他。"

他抓住她的手说："听着，宝贝，事情就是这样，到了你做出重大抉择的时刻了。要么选我，要么选你爸……不可能二者兼得。如果你从这儿走出去，那你就是做了选择。"

"我只是去告诉他……我是说，我不能让他就这么走了，我不能让他那么坐着等。"

"如果你走出去，就不要再回来了。"他一字一句地说。

"可是汤姆，我得和他谈谈，难道你不明白吗？"

"你爱我，是吗？"她急切地点着头。"那好，"他继续说，"刚才有人到这儿来，把我打个半死不活，就因为你爱我。现在，如果你抛下我——即便是十分钟——去和那个人讲和，我在你眼里就一文不值。"

"但他不是别人……他是我父亲。"

"现在，他就是那个揍扁我的人……而你是我的女人。迈克知道规矩。只要你从这儿走出去，不管是什么鬼理由，那你就是又猛揍了我的下巴一拳。"他说着看了看时钟，"你还有二十分钟。"

她犹豫了。她想着迈克正坐在酒吧里等着她，然后她看了看床上这个鼻青脸肿的男人。她点点头，慢慢走回他身边。他把她抱在怀里，然后，他们俩静静地躺着，听着时间一分一秒地过去……

离开五号木屋后，迈克去了男盥洗室，放冷水冲洗了他的手——它们开始肿起来了，指关节也破了好几处。他感觉手要胀开了，他不愿意去想汤姆的下巴是什么感觉。

他去了马球酒廊，点了一杯苏格兰威士忌。他看了看手表，已经过去十分钟了。她会来的。她可能得确保汤姆的伤口处理好了。他没想把他打残，但他见过汤姆·柯尔特打拳。对上他，没人有机会取胜，所以他知道他必须连续出击。自始至终，他都想着柯尔特出一拳就会轻易打倒他。他一直这么想着，就是这种念头驱动他连续出拳的。如果他深思熟虑，他可能就会迟疑，不会和柯尔特缠打在一起。但一看到柯尔特趴在他女儿身上……什么东西突然断了，他的拳头根本停不下来。

打了这一架出来，他居然只是手破了，这让他感到吃惊。不过话说回来，一个刚刚缴了枪的男人并不在打架的状态。想到他和詹纽瑞在一起，迈克就感觉胃里恶心。她那么苗条漂亮……那么洁净美好，柯尔特那样的男人配不上她。

他看了看手表，还有十五分钟。她现在可能正在收拾行李。他又点了一杯酒。领班是不是正面带同情地看着他？不……这都是他想象出来的，他们可能根本不知道她是他的女儿。一个男人独自坐在马球酒廊，总像是被人放鸽子了。但他不会被放鸽子的。从现在起，她随时可能冲进来……而他会微微一笑，甚至不再谈起这件事。没错，他年轻时犯过的错误够多了，他肯定不会教训她的。

二十分钟过去了。她为什么要把时间卡得这么紧？不过，重要的是，她会回到他身边的。而且，从现在起，一切都会不同了。五月，他要带她去戛纳，他们回棕榈滩的路上可以好好讨论这件事，他会和她讲他的运气以及它是如何重回他的手心的。

二十五分钟过去了！老天啊，她不会是不来了吧？！不……她会来的。她是他的女儿……她是属于他的。但她说迪伊那句讽刺话是什么来着？她曾经嫉妒迪伊吗？她没有理由啊……她知道得很清楚，他不爱迪伊。他不是嫉妒汤姆·柯尔特……他只是为她和像汤姆这样的男人在一起而感到恶心。他的岁数太大了……还有妻子……还是个酒鬼……而且他染指过他周围的每种女人，他根本不够格碰他女儿。

半小时过去了。他盯着手表，好像根本无法相信它。他看着门的方向，决定再给她五分钟。他点了第三杯酒。老天，他从没在半小时内喝过三杯酒。他的手一阵阵地疼，但他的心更疼，因为他知道她不会来了。可他的酒还没喝完……这给了他再坐十分钟的借口。

他小心翼翼地花了十五分钟喝完那杯酒，然后又点了一杯。他正在宽限她一小时。胡扯……他是在给自己时间。他太震惊了，他动不了了。他得把事情想清楚。他的小詹纽瑞为了汤姆·柯尔特抛弃了他。他总是感觉她可以为了他抛弃整个世界，而他也会为她做同样的事。一直都是这样……必须是这样！但是现在，汤姆·柯尔特拥有广场饭店那间转角套房，汤姆·柯尔特拥有五号木屋，汤姆·柯尔特的书登上了畅销书排行榜的冠军宝座。没错，汤姆·柯尔特是个赢家了……而迈克·韦恩不过是迪伊·米尔福德·格兰杰的丈夫。

好吧，她不会来了，她现在属于汤姆·柯尔特了。不过，等到这股浪漫劲儿过去——假以时日，一定会过去的——他该如何恢复他们以前那种关系呢？他像那样闯了进去，她还会原谅他吗？她还会像尊重那个烂醉屁蛋那样尊重他吗？留在一个牙都被打掉了的男人身边……她肯定喜欢他，或者可怜他。不，詹纽瑞不会因为可怜谁而留在他身边。她是他的女儿，他从来不会因为可怜谁而留在那人身边。她和汤姆·柯尔特在一起，因为她尊重那个王八蛋。好吧，为什么不呢？他是冠军，他可能还是个床技了得的淫棍。他想着他女儿和这事扯上了关系，不禁战栗了一下。但他强迫自己面对现实：汤姆·柯尔特总能迷住那些女人。毫无疑问……他在那方面很厉害。而詹纽瑞……好吧……她是他的女儿，所以她可能也喜欢做爱。他捏住酒杯，但他太用力了，把它捏破了。现在他那只伤手的掌心也被割破了。服务生冲了过来……迈克丢开杯子……说那只是个意外。他用手帕把手包起来，往桌上丢了一张二十美元，离开了酒店。他已经等了一小时十五分钟。

他坐车前往机场，路上一直想着这件事。他该做些什么挽回她呢？他从没被女人抛弃过。他永远不会忘记她看着他的眼神，就像在看一个陌生人。

他点起一支烟，试着想出对策。第一步，他得赢回她的尊重——这一点他能办到，他的运气已经回来了。到目前为止，他在高尔夫球、金拉米纸牌甚至双陆棋上，合计赢了十三万五千多美元。如果他保持这种势头……他按熄了香烟。如果他保持这种势头，他将一事无成！如果你的运气正旺，你就该大举跟进。要是在以前，他就会推着这股好运气，乘势赢个几百万。而现在他像个女人一样无所事事地坐着……把赢的钱都存起来……存进他女儿名下的保险箱里。要是她看不起他，这钱还有什么用？如果他继续进行小额交易，他就永远不能赢回她的尊重了。

他到了机场，穿过停机坪，走向他的飞机。

"回棕榈滩吗？"他的飞行员问道。

"不，"迈克厉声说，"拿到拉斯维加斯的许可，我们要去那儿待几天。"

他坐在飞机里感受它起飞时的颠簸。他想起他曾经每周末都从海湾区飞往拉斯维加斯。他想起了一件事——他娶了迪伊，他能在赌场签的码单肯定金额很高。他要全力以赴。他要为戛纳电影节攒一大笔钱。他要再次下大赌注了……也许是他这辈子最大的赌注。他将为他女儿掷出骰子。

22

詹纽瑞听到雨声醒了过来。天啊……又下雨了，没有比阴雨连绵的加利福尼亚更糟的了。收音机闹钟上的灯显示着七点十三分。她闭上眼睛，尝试再次入睡。已经下了三天雨了，雨滴敲打着屋顶，声音单调乏味，而她已经接受这声音成为她日常生活的一部分了，就像接受汤姆无休止地敲打那台打字机的声音。她已经在加利福尼亚待了一个月，像待了一辈子那么长。这也许是因为每天生活都一成不变。阳光明媚的日子……似乎没完没了，而下起雨的时候……这雨似乎也没完没了。

不过，因为下雨，她被困在了五号木屋里。汤姆还在睡觉，在清晨的蒙眬微光里，她看着他。他左眼下面还有一小块瘀青。他的恢复能力让她大吃一惊。不到两周，他的脸就恢复了，他的牙齿则不到三天就回来了。他解释说，他的牙医总是在手头多备一副他的牙冠。奇怪的是，让他疼得最厉害的是被打断的肋骨……但他对此镇定自若。他在酒吧打过太多次架了，不会因为几根断掉的肋骨就倒下的。"等你的鼻子断了，或者下巴装上金属丝了，再抱怨也不迟，"他大笑起来，"而那几次还是我赢了呢。"再说了，像他说的，他需要在这里休息，这样他的经纪人敲定书改编电影的交易时，他也有了机会现场参与。等交易谈妥，他们就回纽约，庆祝一番。

交易谈妥了，而他们也确实庆祝了一番。然而，他们仍然在五号木屋，而这是她的错。

签合同那天，汤姆兴高采烈的，他抱着她在整个屋子里转圈。"五十万，对赌净利润的百分之二十五。你知道这意味着什么吗？！他们希望这电影能盈利两百万。所以，电影总收入超过五百万以后，多余皆所得。如果电影大获成功，票房突破纪录，我能赚一百万。"

"要是他们照着书拍，肯定会的，"她说道，"但我见过太多畅销书被改得面目全非……然后全毁了。"

"好吧，那让我们希望他们能请到一位好的编剧和一位杰出导演。不过与此同时，我们今晚去马提奥餐厅庆祝。明天，我去看我儿子。后天，我们就出发去纽约，我会签下买公寓的合同。"

"汤姆，你为什么不写这个剧本呢？"

"我告诉过你了，我不写电影剧本。"

"为什么呢？"

他耸耸肩："写剧本不受人尊敬。"

"那只是你以前经历过的难堪。现如今，很多小说家都写他们自己的电影剧本。看看尼尔·西蒙……他总是自己改写。再说了，要是我能拿百分之二十五的利润，我绝对希望确保有个好剧本保护我的钱。"

他看了她片刻说："你知道吗？你让我开始思考了，我以前从来没拿过利润分成。"

随后，他就和他的经纪人通上了电话，接下来的几天里，电话来来往往，络绎不绝。终于，到了这周结束的时候，他们和他的经纪人马克斯·蔡司一起坐在马球酒廊里，举杯庆祝交易达成。汤姆撰写电影大纲能得到五万。如果大纲通过了，他接着写电影剧本，还能再得到十五万。

"这钱就够买下纽约那套公寓了，"他说道，"这杯敬你，马克斯……买卖谈得棒极了。再敬詹纽瑞，是你促使我做了这件事。"

"什么纽约公寓？"马克斯·蔡司问道。

"我要买一套公寓。我的律师还在核对他们寄来的合同里的一些细节，按揭什么的，但大体已经定了。按我估计，我们六月就能住进去。詹纽瑞可以布置家具，而我可以利用这段时间敲出一份大纲来。之后，我猜，我必须回到这边谈谈剧本。"

马克斯·蔡司微笑起来："我早为你打算好了。我设法在合同里为你多加了一些好东西。我要求世纪电影公司支付这间木屋的账单，还有，你写大纲和剧本期间，他们会为你配一辆车。所以，暂时忘了纽约吧。再说了，你最好在这儿写，这样你就能和各方保持联系了。你能了解他们选了谁当导演、选了哪些演员……要是你在这儿，你就有机会参与讨论了，而不是事后才读到。"

汤姆咧嘴笑了起来，转过来问詹纽瑞："你感觉还能在五号木屋里再凑合几个月吗？"

她点点头："我会告诉琳达，我要辞职。"

"别傻了，"他说，"她会给你一些在这边做的工作的，让你忙活起来。"

琳达对此热情高涨："没问题。给我一篇多丽丝·戴的报道……还有乔治·C.斯科特……迪恩·马丁[1]……再写一篇芭芭拉·斯坦威克[2]的，了解一下她对电视是什么感觉，新好莱坞对上旧好莱坞……我听说玛丽娜·墨蔻莉[3]也在那儿，试试采访她。然后，为上等的马里布侨民写点什么，就是你男人有一栋房子那地方……"

但这并没有那么容易。她试着联系了那些明星的媒体经纪人，得知他们中的大多数都在度假。打过几个电话后，她放弃了尝试。一种古怪的无精打采传遍了她的全身。维生素针里的兴奋剂退去药效后，她经历了两天反复发作的头疼与反胃。但汤姆一直陪着她，迫使她按捺住，熬了过去。她现在没事了，但她莫名地感到迷茫，就好像一条胳膊或一条腿被截掉了。她知道，在某种意义上，这肯定和迈克有关。她知道，她对《炫目》杂志完全失去兴趣也和他有关。她意识到，她的工作只不过是吸引他的注意力的一种手段……是为了寻求他的认可。现在，她再也不可能赢得他的认可了。她永远不会忘记他走出门时看她的眼神。现在，她没有任何人生目标，只有汤姆……迈克已经抛弃了她，在意她的只有汤姆了。

一开始，她坐在泳池边阅读所有的当代小说。汤姆的书仍然高居榜首。他现在沉迷在写作里，她强迫自己待在远离木屋的地方，直到傍晚才回去，并努力忽略他们夜里什么也没发生这一折磨人的现实。当然了，开始的两个星期他实在被打得太惨了，而且他说，肋骨要很久才会愈合。但她感觉挡在他们之间的是写作。她进屋的时候，他经常会示意她去别的房间，他甚至不想打招呼，以免打断他的节奏。偶尔，他会和她说电视声音太吵了。到了晚上，他们就点客房送餐，他会给她读他白天写的东西。

现在，她躺在床上听着雨声，琢磨着自己为什么那么沮丧。本来就该是这样的。从某种意义上来说，她在和他一起工作，陪着他，听他朗读，但她总有种若有所失的感觉。她伸出手碰了碰他的肩膀，他在睡梦中嘟囔了两声便背过身去。她突然热泪盈眶，就连睡觉的时候，他都在拒绝她。她在自我满足什么……还觉得帮了他？那全是她自己想象的。她不是在帮他！她甚至没必要在他的生活中存在！她溜下了床，静静地穿上衣服。

1　迪恩·马丁（Dean Martin，1917—1995），美国影视演员，曾获1969年金球奖最佳电视明星男演员提名。

2　芭芭拉·斯坦威克（Barbara Stanwyck，1907—1990），美国影视女演员、舞者。

3　玛丽娜·墨蔻莉（Melina Mercouri，1920—1994），希腊女演员、歌手和政治家。1967年至1974年希腊军政府时期的著名政治活动家。1981年，她成为希腊第一位女性文化部长。

她正坐在一家咖啡馆的收银台旁吃着玉米松饼，喝着咖啡。咖啡馆里座无虚席。早上八点，洛杉矶的每个人似乎都精神奕奕。有人在读行业简报。她听到一些对话片段——发行成本……海外发行……经营预算计划……因为这该死的雨，中午打不了网球。她付了账，上楼到了大堂，约了汤姆的车。雨丝依然冷冷划过空气。汽车从一条车道抵达，再从另一条车道离开。人人都在说加利福尼亚那晴朗艳阳的段子，还有那句少不了的答复——这不过是露水比较浓罢了。她看见普雷斯顿·阿尔珀特医生和一名歌星坐上了同一辆车，那位歌星要在这儿做一场特别活动，刚从伦敦过来。老天！他也在打针吗？终于，她的车来了，她开过日落大道，向着圣塔莫尼卡[1]开去。然后，她坐下来，看着雨拍打在荒无一人的沙滩上。

也许汤姆感受到了她的情绪，因为当她回来的时候，他停下了写作，坚持说他们应该一起喝一杯。他从开始写作就没喝过酒了，但现在他给自己倒了一杯双份酒，坚持让她也来一杯，然后带她去必思卓吃晚餐。

他的出现引发了一阵热议，他似乎认识餐馆里的每个人。晚餐还没结束，就有好几位演员和导演坐下来加入了他们这桌的谈话——交换故事，建议某人应该出演某个角色。她坐在那儿，有种更加强烈的被排斥的感觉。

他们回到木屋的时候，他的精神还有些高亢。他们上床以后，他做了些尝试……但什么也没发生。最终，他服侍了她一番，在她得到满足后，他以为她睡着了就下了床，去了客厅。她等了几分钟，然后偷偷向客厅里面看。他正在重读当天写的几页内容。她躺回到了床上。起初他不是说，他每天只工作四小时，其余时间都和她一起度过吗？一开始，他还经常去泳池游会儿泳，但让他急着回来的总是打字机。她哪里做错了吗？他们关系里的那种激情去哪儿了？

到了周一，又下雨了，她尝试看一些肥皂剧。周二，雨还没停，她试着读书。周三，她试图写一篇名叫"露水正浓"的文章，但她写不出来。周四，太阳终于露了脸，她扑过去抱住坐在打字机前的汤姆："和我一起去泳池吧……让我们散散步……让我们做点什么吧。"

"你为什么不去上网球课呢？"他正盯着打字机里的纸看。

"汤姆，我打网球很厉害的，我不需要上课。"

"好吧，那我就让马克斯·蔡司找几个人和你一起打。"

"汤姆，我待在加利福尼亚是为了和你在一起……不是为了打网球。"

---

1 圣塔莫尼卡（Santa Monica），在十号公路的尽头，是洛杉矶最有名的海滩之一。

"你是和我在一起呀。"

"我是，可你没有和我在一起。"

"我是个作家。"他的眼睛仍然盯着打字机里的纸。

"天啊，只不过是写个电影大纲，又不是写《战争与和平》。"

"写作就是我的工作，你应该理解。"

"制片也曾是我父亲的工作，但他一定会为他关心的人抽出时间来。"

"詹纽瑞啊，我的天哪，出去给自己找点乐子吧，去酒店的商店买衣服，记在木屋的账上。"

"我不想要衣服。汤姆，现在才上午十一点，我很寂寞……我感到迷茫……告诉我我该做什么。"

"我他妈不关心你做什么，只要你别来烦我。"

"我要回纽约。"她平静地说。

他转过来，脸色阴沉地说："为什么？爬回他身边？"

"不……为了挽救我们剩余的感情。我会回到我的工作中去。至少我还能在纽约散散步……看看街上的人来人往……和那个带着好多支铅笔、牵着一条大狗的盲人聊聊天……去公园被人抢劫——什么都行。但至少我不会来烦你了！"

他把她抱进怀里。"我不是那个意思。求你了，宝贝，我需要你，我想让你在这儿。听我说，你以前没有和一位作家共同生活过。我们的关系棒极了，我从没这么快乐过，我从没写得这么好过。如果你离我而去，我会感觉我辜负了你。别在这时候这么对我……别在我就要写完的时候离开。听我说，这一切很快就会过去的，而且我们能从中学到东西。比如现在我们知道了我写下一本书的时候我们不能住在洛杉矶。这就是住在一起的意义——你会发现哪些行得通、哪些行不通。但有一件事我们都知道是行得通的，那就是我们俩在一起。对吧？"

"我不知道，汤姆，我真不知道，我感觉……很迷茫。"

他转过脸去："我知道了，是因为迈克，是吧？"

"汤姆，要是我说我不想他，那我是在骗你……想他是下意识的。我是说……毕竟……我爱过他……我现在依然爱他。我这辈子都爱着他，我希望那晚的事从未发生过，但我做出了选择，我留在了你身边……所以我失去了他。"

"为什么你觉得失去他？"

"汤姆，如果我明天去了纽约……我会失去你吗？"

"会的，"他平静地说，"因为我知道你为什么走。"

"你不认为迈克知道我为什么留下吗？"

他慢慢点点头："我猜，是我自私了。听我说，让我把这个大纲写完，然后我就把它交上去，我们开车去旧金山玩十天。我在那儿有很多朋友，你会喜欢他们的，我们可以办一个舞会。我向你保证，从此刻开始，我每天只写四个小时。"

"那我等你，我们可以两点去游泳。现在才十一点。"

"我不想游泳，但是你去吧，也许我过会儿下来。"

他没有下来。而且，第二天他也是在打字机前度过的，工作个不停，直到晚上八点。

周六又下雨了。他早上走了，去马里布看他儿子。他保证五点回来，这样他们可以找地方吃个晚饭，或许还能看场电影。九点钟，他打来了电话。她能听见电话里传来的音乐和人们大笑着交谈的声音，他说话含糊不清，于是她知道他一直在喝酒。"听着，宝贝，这儿的雨下得特别大。我觉得，我最好在这儿过夜。你点个客房餐吧。我们明天见。"他挂了电话。

有那么几秒钟，她呆呆地坐着。他正在他妻子的房子里享受着美好时光，而且他一点也不急着回到她身边。他为什么要着急呢？她只会抱怨。那些激情都去哪儿了？她的活力、她的生机勃勃，都去哪儿了？她曾是个能让他一展雄风的女孩。现在，他甚至连试都不试了，只在他感觉她有需要的时候满足她。赏你一口——没错，琳达就会这么说。而现在，他留在马里布过夜了。他明天会回来的。可如果她继续这样下去，总有一天，他就再也不会回来了。突然，一切都仿佛如此凄凉……如此绝望。她不能失去汤姆……她不能！她只有他了。她必须让一切都闪亮美妙，就像以前一样。

她安静地坐了几分钟。然后，她拿起了电话听筒，打给了普雷斯顿·阿尔珀特医生。

23

大卫正站在21号餐厅的吧台旁等他的父亲。这老头儿迟到了十分钟。这可不寻常。餐厅为他保留了一张空桌子，是靠墙的带长椅的餐桌，他朝那边瞥了一眼。餐馆里的人越来越多了。彼得正在查看预订名单，因为有些重要人物没订座就来了。华特正在拱廊里布置一张餐桌，以隔开一区和二区。马里奥正在为三位妩媚女人送上白色康乃馨。大卫喝光了他的酒，决定自己最好坐到桌子那儿等，因为门口打量那张桌子的人太多了。

他父亲进来的时候，他已经喝上了第二杯马天尼。他父亲一再道歉，并给自己点了一杯酒。"我的老天，女人可真是不可理喻。"他叹了口气。

大卫笑了起来："别和我说你又谈上恋爱了？"

他父亲有点脸红。"大卫，我一直非常尊重你母亲。但是她——就是说，她不是你说的那种按常理出牌的人。不过，我从来没有谈过你说的那种恋爱。自然了，我有过一次偶然的谨慎尝试，但从没有什么真正的关系。"

"好吧，那谁是这个新的不可理喻的谨慎尝试？"大卫问道。

"不是那么回事，不可理喻的是你母亲，这也是我迟到的原因。我们三周后要去欧洲了。六年来的第一次，而我们的护照需要更新了。我们上午十一点就在办护照的办公室了，而你母亲现在还在那儿，你能相信吗？"

"人那么多吗？"

他父亲耸耸肩说："人倒不是很多，现在是旅游淡季。但她在那儿拍了三次照片，她拒绝接受护照上的照片不够美化她。嘿，全世界除了海关人员和几个外国酒店服务生，还有谁会去看那张照片啊？"

大卫笑了起来："好吧，如果这件事对她这么重要，也许她该去做脸部提拉，那她就会看起来容光焕发了。"

"我的老天，为了什么呢？"

"为了她的自尊心。大家都做这个，你知道的。"

"不适合你母亲。她不得不去看牙医的时候都快恐慌发作了，再说了——"他停了下来，因为餐厅里响起一阵嘈杂声。每个人都在盯着门口进来的那个女人看。

"是海蒂·兰斯！"乔治·米尔福德惊叫道，"说到脸部提拉——她肯定做过十次左右了。我的老天，那女人快六十岁了，看着还像三十岁。"

大卫看向那位维也纳女演员，她正在接受餐厅老板们的拥抱，并和那些领班握手。她带着两个年轻男人，往桌子走去的路上，她向每个人点头致意。她的脸庞精美绝伦，而且不像卡拉，海蒂·兰斯从不息影。在电影界不走运了，她就去了百老汇，参演了一部音乐剧。她还参加过电视上的年度特别节目，并且她每年都参演拉斯维加斯秀。

"真不知道她是怎么保持住身材的，"乔治·米尔福德继续说道，"你有没有看见她上个月在电视上穿的那件紧身裙？她那身材看着就像二十岁的。"

大卫点点头："我和卡拉一起看的。她说，她敢肯定，海蒂穿了连体紧身衣——为了让身体看起来紧实。"

"嘿，卡拉肯定知道了。"乔治·米尔福德说。

"为什么？"大卫的声音里充满戒备，"卡拉的身材极好，但她是锻炼出来的，她——"

"冷静点，儿子。我只是说卡拉肯定了解海蒂这女人的身材。她们曾经是一对，你知道的。"

大卫脸红了，喝了一大口马天尼："那只是好莱坞传闻。"

"也许吧，但我记得在八卦专栏上读过她们俩的报道。四十年代，报纸上有她们俩穿着裤子到处晃荡的照片——那时候，这可是相当大胆的。你那位卡拉，当然了，她不像如今这样躲着摄影师，那时她刚开始在这儿闯出一些名堂，海蒂那时候可是巨星——"

"卡拉还差点和她的某位男主演私奔。"大卫提醒他。

"那倒是，"乔治·米尔福德的眼睛仍然看着海蒂，"但别忘了，海蒂已经结婚了，现在都有孙子孙女了。可他们说，她私底下仍然有一些小女朋友。"

"卡拉只喜欢男人。"大卫说道。

"还好着呢？"乔治·米尔福德问道。

大卫点点头："我几乎每晚都见她。"

"詹纽瑞还在海岸区？"

大卫又点点头："别担心，我维系着关系呢，我们通信的。"

"还没到你做出决定的时间吗？"

大卫盯着他的酒点了点头："恐怕到了，尤其现在迪伊回来了。等詹纽瑞回来，我们就会宣布订婚。哦，别担心，我会用尽全力让她真正喜欢上我的。我觉得我不能再拖下去了。她去了加利福尼亚旅行，这对我来说是个机遇。我想我知道终点近在眼前，这也是为什么我似乎总想多和卡拉在一起。"

"结婚并不一定要结束关系啊。"他父亲说。

"我觉得对卡拉和我来说，就是结束了。毕竟，要让詹纽瑞同意结婚，意味着我得真正投入地追求她。而卡拉可不是那种女人，你可以暂时晾着她，只要说一句'我偶尔周四来见你'就行。"大卫的叹息中透着沉重。

"结婚总是意味着某种牺牲，"他父亲说道，"现在来吧，让我们再喝一杯。

我发现它总是让人心情愉快。"

离开父亲后，大卫去了邦维特百货的男装部，买了他想了一周的那件皮尔·卡丹运动衫。六十美元。但它正适合搭配他那条灰色休闲裤。他打算今晚就穿这件。今晚电视上有"本周最佳影片"节目，卡拉在她的《电视指南》[1]上画过线了。她会煎牛排，而且今晚还是她答应他可以留宿的难得日子。"这电影很长，我们会在床上看，看完我们做爱。既然都那么晚了，我就让你在这儿过夜吧。"

尽管并无必要，但他到家后还是又刮了胡子。接着，他在日晒灯下坐了十分钟，这能帮他巩固在棕榈滩晒出的小麦色肌肤。他试穿了新买的运动衫，搭配了那条灰色休闲裤，然后试搭了那条海军蓝的裤子，最后又穿回了那条灰色的。他在衣领底下系了一条丝巾。然后，他给自己调了一杯马天尼。卡拉只喝红葡萄酒，而他仍然需要先来一杯马天尼让自己鼓起勇气，以能和她在一起。

他小口喝着酒，想着这件事。这太荒唐了，再过几天他们就在一起一年了。然而，和她在一起的每个晚上的一开始，他仍然需要克服那种小男生的紧张。

见鬼！他是她的情人！现在她正在做沙拉……为他做的！她亲手做的！为了他！而过会儿，他会把她抱在怀里，她会呻吟，会紧紧地缠着……他！

要到什么时候，他才能感觉随意些，把她视作理所当然呢？天哪，如果一年过去了，他仍然有这种感觉，他又怎么能够斩断这种关系，开始认真追求詹纽瑞呢？

他做不到！但他现在不用想这件事。再说了，詹纽瑞的信上完全没有她快回来了的迹象。她甚至提到她可能在那边写一些别的报道。他看了看手表，还有半小时，还有时间再快速喝一杯，这次喝纯伏特加。他真的有点不对劲——只是想想放弃卡拉就让他开始慌乱了。

他慢慢地小口喝着酒，伏特加让人感觉温暖。他知道，他开始有点兴奋了，但这没关系，他喜欢带着一点兴奋去见她——这让他感觉更放松。喝完这杯酒，他感觉更好了，也许他父亲是对的，也许娶了詹纽瑞并不等于结束关系，也许他可以向卡拉解释整个安排，甚至那一千万美元。不，她会看不起他的。他怎么能解释给她听，让她等他？不可能的！他感到一阵沉重的沮丧。但这太荒唐了，詹纽瑞在三千英里以外呢。她可能还要在那儿待一个月，也许更长时间。与此同时，他可以用全部时间和卡拉在一起。他不会去想下个月……甚至不会去想下个

星期，他会顺其自然地享受每一天。而今天晚上，他要去见卡拉。

电话铃声吓了他一跳，他跳了起来，电话响第二声时他就接了起来。"大卫，我真高兴我赶上你了。"卡拉的低音听起来有些上气不接下气。

"我正要出门呢。"他欢快地说。

"你今晚不能来。"

"为什么？"

"因为……因为一个朋友意外来访了。"

"我不明白，"这还是他第一次没有优雅地接受她的取消，"卡拉，我们约好了的。"

"大卫——"她的声音温和，几乎带着些恳求，"取消今晚的约会，我也伤心，但我认识这位朋友非常久了。从欧洲来的……我的经纪人……他没打招呼就来了……是生意上的事，我得招待他。"

"哦，你是说杰里米·哈斯金斯。你和我说过的那个男人？"

"没错，我的老朋友。"

"那，肯定不会持续整个晚上吧，是不是？也许我可以晚点来？"

"我觉得不行，我会非常累。"

"也许你不会呢，让我打给你吧，把你的电话号码告诉我，卡拉。"

"大卫，我得挂了。"

"见鬼，卡拉！给我你的号码！"

听筒里传来咔嗒一声。有那么一会儿，他慌了——他越界了，而她生气了。她可能明天不会打电话来了。她可能再也不会打电话来了！他试着把持住自己，这种感觉毫无道理，她明天会给他打电话的，然后他们会一笑而过。他给自己倒了一大杯伏特加，加了几滴苦艾酒，再喝一杯他就醉了。可是为什么不呢？！为什么不大醉一场？！因为照了日晒灯，他的脸开始感到刺痛了。他看着镜子里的自己：运动衫看起来棒极了，日晒灯给他的小麦色肌肤添加了一抹红晕，他现在前所未有地英俊帅气，却因为一个老男人被放了鸽子！

他把酒喝光后又调了一杯。也许他应该给金姆打电话，现在才六点半，可他不想和金姆在一起。他醉了，他知道。他又给自己倒了一杯，这次是纯伏特加。他坐在黑暗里慢条斯理地喝着酒。他穿着新运动衫，脸上感到一阵阵刺痛，而他无处可去，没有一处是他想去的——他只想去卡拉家……

好吧，只有等明天了……也许他该把运动衫脱下来，留着明天穿。但不知怎么，他知道他再也不会穿它了。这是件倒霉的运动衫。

他点起一支烟，试着把事情想清楚。没发生什么大事。好吧，就算他要她的电话号码了，追问她了，而她挂断了他的电话，也没什么大不了的——他们没有真的吵架。到了明天，一切都会好的。说到底，这个杰里米是个老头子了。她和他说过他是怎样成为她的经纪人的，他如何在一个防空洞里发现了她。事实上，她只和他讲过寥寥几件关于她人生的事，这就是其中一件。那时候杰里米就是个中年男人了，他是她认识最久的朋友。他记得她和他说的是"杰里米真是太好了，特别善良……你们俩哪天一定要见见"。

他非常迟缓地放下酒杯。"你们俩哪天一定要见见。"那为什么她今晚没有提出来呢？为什么他们三个不能在她的厨房里共进晚餐呢？她并不是必须取消和他的约会。她和这个杰里米可以明天再谈生意……

除非和她在一起的不是杰里米。这个想法让他胃里一紧。但她的生活里没有其他男人！她几乎每晚都见他，而没见他的那些晚上，通常都是因为她累了。事实上，她经常给他打电话，告诉他她正在看什么电视节目。不，没有其他男人。

突然，他眼前闪现出海蒂·兰斯走进21号餐厅的画面。漂亮的海蒂！女同性恋海蒂！她刚刚到纽约来了！

这不可能！他又给自己倒了一杯酒。然后，他举杯向自己致敬。大卫·米尔福德，优秀骑手，最佳蠢货！爱上一个做过脸部提拉的五十二岁的女人……而她甚至连电话号码都不告诉他。

可是，她不是普通女人，她是卡拉！而现在，她正和杰里米·哈斯金斯在一起，他是喝醉了，才想象出疯狂的事情……

真见鬼！为什么他今天非得在21号餐厅看见海蒂·兰斯？为什么他老爹非得把这个想法塞进他脑子里？当然了，他听说过卡拉的绯闻。但话说回来，他一直觉得大多数欧洲女人过去都有这种一时的放纵，就像他确信所有英国男人都尝试过男人一样。但卡拉不可能真正爱一个女人，不像她在他怀里回应他那样，不像她紧紧缠住他那样……不，她现在是和杰里米在一起。

他感觉他无法在公寓里多待一分钟了。他冲了出去，走上了公园大道。空气让他的头脑清醒了。他转上了莱克星顿大道继续走着。他知道他正朝着卡拉住的那栋大厦走。好吧，为什么不呢……为什么不？！他可以直接走进去，门卫会以为卡拉在等他，电梯员也会这么想，他会按她的门铃。如果屋里是杰里米，而她生气了，他就求她原谅，他就说——就说今天是他的生日。没错，这个借口好，他会说他必须见到她，哪怕只有一会儿也行。然后，就算她说他可以留下，他也会走人。没错，就这么办。就算她很亲切，感到愧疚，他也会拒绝留下——只喝一杯庆生酒，然后就走。但至少到家以后，他就能睡着了。

到达她家所在的那条街时，他的勇气消失了。他转向第一大道，去了一家酒吧，喝了一杯双份伏特加。他感觉好些了，没什么可紧张的了，这一切都是他自己想象出来的，她很可能大笑起来，觉得他很迷人，因为年轻所以冲动。他走过那条街，门卫对他点点头，他感觉安心了，而电梯员送他上十五楼的路上还和他讨论了洋基队的连胜，他感觉更好了。

他走过那条走廊。他一直在等电梯门关闭。然后，他在她家门口站了片刻，里面悄然无声，没有电视的声音。他犹豫了。现在还来得及，他还可以转过身去，离开这里，她永远不会知道的。他开始转身走向电梯，但电梯员会怎么想？门卫呢？他们知道她在家。

他又走回她家门前，飞快按响了门铃。他能真切地感觉到他的心脏在喉咙里怦怦直跳。他又按了一下。接着，他听见了脚步声。她谨慎地打开了门——门上还挂着安全锁链。当她看见是他时，那双灰色的大眼睛因为愤怒而沉了下来。

"你想做什么？"她的声音冷冰冰的。

他不敢相信这种事发生了。卡拉，总是敞开大门欢迎他的卡拉，现在正透过安全锁链那道窄缝盯着他看，仿佛他是个入侵者。

"今天是我的生日。"他的声音有些含糊不清。这不像他计划好的那么轻松容易。

"走开。"她说。

他把一只脚塞进门缝："今天是我的生日。我只想和你喝杯庆生酒……还有杰里米。"

"我说了让你走开！"

"我不走。"他试着微笑，但他害怕了。整件事都失控了，她真的生气了。现在他没办法优雅地离开了。他必须进屋，他必须解释他有多么爱她……解释说他再也受不了了，连电话也不能给她打。

"如果你不走，我就只好喊人来帮忙了。"她说。

天哪，他把一切都毁了："卡拉，原谅我。我很抱歉……"他后退了，就在那一瞬间，她当着他的面摔上了门。

他站在那儿，无法相信这一切。卡拉居然这么对他！这个婊子！屋里当然不是杰里米。她可能和海蒂·兰斯在一起。他再次按响了她的门铃，他捶着门。"开门，"他喊道，"把门打开，证明屋里是你的那个老经纪人。你把门打开我就走，只要证明你说的是真话！"

他等了几秒钟。他意识到走廊那头儿有人打开了门，正在向外偷窥。他感觉自己的脸直发烫。走廊那头儿的门终于关上了。他再次按响了卡拉的门铃："让我进去，该死……我要进去！"他踢了踢门。接着，他掏出一根火柴，塞进了门铃里。"我就站在这儿等，"他喊道，"如果得等一晚上，我也等。我倒要看看谁从这公寓里走出来。"他再次猛踢了门一脚。他知道，他已经完全失去控制了，但他无力阻止自己。他听见走廊里传来好几扇门打开的声音。

随后，他听见电梯门开了。他感觉有两双强壮的手抓住了他。他奋力挣扎，四下踢打。门卫和电梯员试图把他从卡拉门口搜走。他面带微笑的老朋友们——收下他所有小费的门卫，以及和他讨论洋基队的电梯员——正努力把他往走廊里拖。

"把你的手拿开，"他喊着，"卡拉小姐只是没听见门铃声，她正在等我！"

"放轻松，年轻人，"门卫说，"就是她打电话下来，让我们把你带走的，说你正在骚扰她。"

他无法相信，卡拉把他赶出来了！他瞪着他们，然后瞪着那扇门。他最后踢了门一脚。"你这个女同性恋，"他大喊道，"你这个同性恋骗子。我知道你屋里是谁。海蒂，海蒂·兰斯！海蒂，不是杰里米……是海蒂·兰斯！"

又有几扇门打开了。这层楼的其他房客惊讶地盯着他看。这些房客过去看他的眼神里带着嫉妒，因为他与那位光彩绝伦的邻居来往，现在他们眼看着他被门卫和电梯员拖过走廊。他到处乱踢，大喊大叫。他听见了撕裂声——是他的新运动衫。她把他赶出来了！赶出来了！这不可能，完全是场噩梦。

之后，他被拖进了电梯，门卫减轻了抓着他的力气。"现在听我说，年轻人，看起来你今晚喝得多了一些，让我把你送上出租车，回去吧。明天又是新的一天，你给她送些花，一切就会完好如初了。"

他挣脱了那男人抓着他的手。他走出大厦，努力站得笔直："没有什么明天了。我再也不会给这个同性恋贱货送花了！别惦记给我找什么出租车了，我不想要你们任何人给我的任何东西。我再也不会到这栋大厦附近来了。"接着，他抬头凝视着十五楼的窗户。"我恨你，你个婊子……"他嘟囔着。然后，他跟跟跄跄地走过那条街。

卡拉一直站在窗前看着他，直到他走出她的视线。之后她走到浴室门前，轻轻敲了敲门。她的脸色憔悴而苍白。"没事了，迪伊。你现在可以出来了，我想大卫再也不会来打扰我们了。"

24

迪伊躺在满是泡沫的浴缸里伸了个懒腰，广播电台里正放着辛纳屈的某支老歌。歌曲很美。整个世界都很美。纽约的五月真是美好的一个月，四月也是美好的一个月——只要卡拉在身边，每个月都很美好。在棕榈滩度过的这个冬天算是她们分别时间最久的一次了。足足五个月，真是要了她的命。许多次，她不得不调动起全身每一分意志力才能克制住自己，没有拿起电话恳求卡拉到她这儿来。也许这起了作用，因为回来后她发现卡拉竟然渴望见到她。

当然了，还有那个可怕的夜晚，大卫像一头发情的公牛那样捶打着门。她永远无法相信大卫会像那样失去控制。不过，他那天喝了不少酒。她没听到多少吵闹的部分——骚动开始的时候，她太害怕了，冲进了浴室。但这件事显然为大卫和卡拉的关系画上了句号，他不再是带她去看芭蕾或艺术电影的那些"英俊小男人"中的一员了。

奇怪的是，大卫似乎并没遭受什么损失。根据专栏里写的，他时不时约会那位荷兰模特，而且他时常谈起詹纽瑞。

詹纽瑞不能去棕榈滩过复活节，这让他的心都碎了。当然了，为汤姆·柯尔特那样的男人写报道是个重要任务。到现在，詹纽瑞已经在加利福尼亚待了一段时间了。她琢磨着他们之间是不是有什么事儿。荒唐！汤姆·柯尔特都结婚了，而且对詹纽瑞来说，他也太老了。迈克则有些奇怪，他对詹纽瑞的重要任务并不热心。他曾经坚持要飞过去看望她。他在那边待了将近一周，回来后一切似乎都挺好。哦，她得抽时间改遗嘱了。既然对卡拉来说大卫已经不构成威胁了，那就没必要在意他是否娶詹纽瑞了。

她从浴缸出来后拨通了乔治·米尔福德的电话。他立即就接了起来。"迪伊……我正要走呢。接到你的电话真高兴啊。"

"乔治，我想改遗嘱。"

"好的。着急吗？"

"不着急，不过我们明天下午见个面吧。"

"这个嘛，这就是为什么我问你是否着急。玛格丽特和我明天就要去巴黎了。她姐姐的女儿要结婚了，我们俩也有段时间没去国外度假了，所以我们打算好好玩玩……坐船去……度一个月的假。我们明天就要出海了。"

"哦——"迪伊若有所思地咬着嘴唇。

"但如果你着急的话，我可以在办公室等你。现在才五点半，我们可以起草修订条款。我不介意今晚在这儿多待几个小时……我是说，如果你方便的话。我们可以一起仔细检查，我会做些笔记。明天早上，我可以打印出来，如果你能，比方说，十点钟过来，我们就可以完成见证，然后——"

她已和卡拉约好六点半到，这么做就会耽搁太多时间了。"不，乔治，没那么着急，可以等你回来再说。旅途愉快，替我向玛格丽特问好。"

她挂掉电话，开始换衣服。迈克在修道士俱乐部，她已经和他说过她要去参加一个同学聚会。她坚持让他在俱乐部吃晚饭，然后打牌。"我必须得去，我们每年都聚，就我们这二十个人，坐在一起几个小时，讨论我们在布莱丽女士学校的日子。如果你比我早到家，就不用等我了。"

这场婚姻给她一种压迫感。自从她总能和卡拉在一起后，和迈克在一起就成了一种折磨。从棕榈滩回来后，无论何时她说自己有空，卡拉总是很高兴。而且最近，卡拉再也没用过那些老套的借口。（"唉，迪伊，我邀请了马埃斯特罗来吃牛排。他已经很久没工作了，很快就要去演员之家了。"）卡拉的借口总是合情合理……不过太频繁了，多到让迪伊心理失衡。然而，自从她回来后，这些借口一次也没出现过。每次她打电话说"今晚我可以出来"，卡拉的声音听起来总是很愉快："我太高兴了！""我热切地盼着你来呢……"或者是"有人邀请我去鲍里斯家吃晚餐了，不过我会取消掉的。"

当然了，要是她愿意跟在卡拉身后，按她的生活方式过日子，她白天也能见到卡拉。但不知怎么，跟在卡拉的身后，坐在某个乏味的工作室看卡拉练习芭蕾，让她感觉失去了尊严。开始那几年，当能见到卡拉——获准跟在卡拉身后——还是种特权的时候，她已经做过这种事了。奇怪的是，过了这么多年，每次看见卡拉，她仍然会有一种眩晕感。不过，自从她们的关系确定下来后，对她来说，像个呆头粉丝那样闲坐着感觉是种自我贬低。她也不会在雪天或雨天散步。她和卡拉不一样，卡拉头上落了雪花或脸上沾了雨丝的时候看起来美极了，而天气一变冷，迪伊就会又流鼻涕又淌眼泪。卡拉可以站在莲蓬头下洗澡，洗完出来用毛巾擦干头发，看起来就漂亮极了。而迪伊要是没有发型师每天为她打理头发，她就会不知所措。

　　不，只有一种方式可以与卡拉见面，并在平等基础上维持她们的关系，那就是邀请卡拉到她的某栋房子里做客并留宿……或者在纽约的时候，晚上去见她。没有女人能过了四十岁还在阳光下魅力十足的。迪伊什么办法都试过了。不管她用什么妆前底霜，不是看起来太粉，就是太黄，或者太白。可到了晚上，她看起来美极了，尤其是在壁炉的火苗前，或者和卡拉坐在一起就着烛光享用晚餐的时候。她坚决反对在厨房吃东西，认为那一点也不浪漫。再说了，那盏灯照得她糟透了。卡拉的皮肤看起来总是带点小麦色，她从不需要妆前底霜。卡拉就是卡拉——没人能和她一样。就算八年过去了，想想卡拉属于她，仿佛还是那么不可思议。不……不是属于，卡拉从不属于任何人，甚至也不属于那位杰里米·哈斯金斯。按卡拉的说法，他是她的经纪人兼好友。卡拉曾大方承认，他们曾试图做情侣，但没有成功。杰里米1966年来美国的时候，迪伊见过他。当她看到他那头白发和弓腰驼背时，大松了一口气，她甚至为他办了一场晚宴派对。之后，她每年都会寄一张圣诞卡片给他。

　　在一股冲动的驱使下，她拿出支票本写了张一万美元的支票。她已经放弃尝试用礼物给卡拉惊喜了。卡拉从不佩戴首饰。她送的那件貂皮大衣，卡拉当雨衣穿。她穿着它在雪天里散步，穿着它往返于排练厅。只有收到钱的时候，卡拉才会真正兴奋起来。迪伊无法理解这种现象。毕竟，卡拉很有钱。老天……那么多年，她拍了那么多电影，而且她现在不花钱……除了维护这套公寓的花销。就房子的格局而言，这套公寓棒极了，好好装饰一番，完全可以成为名寓。但迪伊怀疑，公寓里的家具甚至还不值五千美元。当然了，屋内总是一尘不染，卡拉认为自己洗地板和擦窗户没什么大不了的。公寓里还有一些画——一幅莫奈[1]的、两幅劳尔·杜菲[2]的、一幅弗拉曼克[3]的，以及杜米埃[4]的素描。不过，它们都是别人

1　莫奈（Claude Monet, 1840—1926），法国画家，被誉为"印象派领导者"，是印象派代表人物和创始人之一。

2　劳尔·杜菲（Raoul Dufy, 1877—1953），擅长风景和静物画，早期作品先后受印象派和立体派影响，终以野兽派作品出名。其作品色彩艳丽，装饰性强。

3　弗拉曼克（Vlaminck, 1876—1958），法国野兽派画家，早期属于野兽主义画派，1908年以后逐渐放弃野兽主义，转而接受立体主义的影响。

4　杜米埃（Honoré Daumier, 1808—1879），法国著名画家、讽刺漫画家、雕塑家和版画家。

送的礼物。而当迪伊问她"你只用三个房间，为什么需要一套十个房间的复式公寓？"时，卡拉耸耸肩回答道："是别人送的……现在它值原价的两倍。"她已经放弃试着为卡拉的怪癖寻找合理原因了。什么怪癖！卡拉就是彻头彻尾的吝啬鬼。就连卡拉送迪伊的圣诞礼物都是她所谓的"恶作剧"礼物——一个印着"纽约纪念品"的啤酒马克杯……一件红色法兰绒睡袍……一个挂在圣诞树上的波兰装饰品。迪伊把这归咎于战争神经官能症——所有难民都有点古怪。

六点十五，迪伊出门了，她已经把司机打发走了。她坐上一辆出租车，车子吭吭哧哧地挪过城区，但什么也无法打扰她的兴高采烈。春天来了，这个夜晚很美，再过几分钟她就要见到卡拉了。天哪，要是她能让时间静止多好，让今晚变成永恒。她和交通信号灯玩了个游戏：出租车遇到红灯，她就数数，一（One）……然后拼出这个词，O-N-E；二（Two）……T-W-O；变灯前，她能说出并拼写多少个数字……就代表着她还能继续和卡拉在一起多少个月。有一个红灯亮时，她数到了十六……但到了第二大道的时候，她已经熟练掌握了某种技能，数到了三十五。她皱起眉头，因为那只不过是三年。不，她不接受，她们会永远在一起。天哪，要是她能相信这一点就好了。如果她真的相信卡拉永远不会离开她的话……她绝不会嫁给迈克。不过，就连她们最亲密的那些时刻，迪伊也知道，卡拉永远不会真正被某个人占有。如果卡拉觉得迪伊把她看作全部生活，她也许会消失……可能是永远的消失。不，迈克是她的安全阀，是她保持理智的依靠。但迈克也是个问题……有些晚上为了能"自由活动"，她不得不对他说那些卑劣的谎言。到了六月，她会坚持让卡拉来马贝拉住。但现在才五月初，这意味着还有在纽约的六个星期要操心。她觉得，她表现得热衷于和迈克一起去戛纳非常聪明。蒙特卡洛并没有什么双陆棋锦标赛，而且从一开始她就压根儿没打算去那儿。但她必须小心计划，到目前为止，一切都在照计划进行。她订好了五月十四日那天卡尔顿酒店的套房。她计划等到出发前一天再告诉他锦标赛取消了，但她会坚持让他去——套房已经订好了，他理应和他电影圈的朋友们度过美妙的两周。她就在纽约休息，为夏天整理她的衣橱。她已经从头到尾排练过这套说辞了。他不得不撇下她，自己去戛纳。那她就可以和卡拉度过绝妙的两周了……她们可以每晚都在一起！

她到的时候，卡拉正在等她。她的脸庞经过了仔细的打理，那头浓密的秀发被一只发梳别了起来。她张开双臂抱住迪伊，然后带她走到了窗边的桌前。晚餐已经布置好了，卡拉指着蜡烛说："你看，我今天买的。它们不需要那根小棍儿也能坐住……它们就熔化在自己身上。太棒了！那家小商店很神奇，那位矮个男人没认出我来。他喜欢我，只因为我是我。他不嫌麻烦地给我闻了所有不同的气味。今晚我们点的是栀子花味道的。迪伊，你喜欢栀子花吗？我特别喜欢……我希望你也能喜欢……"

"我当然喜欢了。"暮色刚开始笼罩东河的水面，映着烛光，卡拉看起来就像她自己最完美的电影剧照。暗影抚过她的脸颊，在颧骨下按出凹窝。突然，迪伊意识到她正在盯着卡拉看。她把手伸进包里说："卡拉，我给你带了一个小礼物。"

卡拉看都没看支票一眼，微笑着把它塞进了桌子抽屉里。"谢谢，迪伊。现在快来，坐下吧。我准备了一大份鲜虾和龙虾的沙拉。看……还有一罐水果酒，我们可以饱餐一顿了。"

那天晚上她们做爱的时候，卡拉毫不掩饰她的喜悦。事实上，她整个人的情绪都比平时轻松得多。稍后，她们躺在一起的时候，她唱起了还是小女孩时学会的一首波兰民谣。随后，她似乎因为暴露了人生中的某些私密而有些尴尬，于是她跳下床打开了电视。"今天有一部很棒的晚场电影，但我知道你更喜欢看新闻。我要去冲个澡。要是我们这个悲伤渺小的世界发生了什么大事，你就和我说说。"

迪伊在看新闻，她听见卡拉在浴室里唱歌。卡拉很快乐，所以她也很快乐。然而，伴随着这种快乐，她还感到了一种绝望。因为很快她就要离开，回到迈克身边。她伸手去床头柜上拿烟，决定试试卡拉抽的英国浓型香烟。她拿起烟盒的时候，一个信封掉到了地上，是卡拉的电话账单。她突然有点好奇，金额肯定少得可怜——卡拉几乎不给任何人打电话，就算她打了，也几乎就是说明她的事项或要求。对卡拉而言，没有电话聊天这回事。迪伊从信封里拿出账单。她瞥见了总额，眉毛扬了起来：431美元！她又看了一眼，卡拉怎么可能欠这么多电话费？她仔细检查账单，卡拉的本地通话没有超出限额，但有一长串打到英国的越洋电话——博斯特维克3322。卡拉给这个号码打了十六通电话！所有通话都超过了三分钟，还给另一个洛伊克的号码打了三通电话，给贝尔格莱维亚区[1]的一个号码打了两个。可是她给博斯特维克3322打了十六通电话。她把这些号码记在了一张纸上，把纸条塞进了自己包里，然后把话费账单放回了卡拉的烟盒下面。不过，当卡拉淋浴完出来再次和她做了爱，她就把整件事忘在了脑后。直到她回到家，在

1　位于伦敦市中心的富人区。

包里发现了那张纸才想起来。她把纸条放进了首饰盒。卡拉可能在伦敦有些生意往来，或者她和杰里米保持着联系。也许她每个月的话费账单都很高。出名吝啬的人通常都会在某件事上挥霍无度。也许对卡拉来说，那件事就是往大西洋对岸打电话。

偶尔有些日子，迪伊无法和卡拉联系，第二天就属于这种情况。上午没必要打电话，卡拉应该正在外面散步。到了下午一点，卡拉可能刚到家的时候，迪伊却被困在了广场饭店的一场午宴里。午宴是为"美国宝贝小镇"康复之家办的，他们专为染上毒瘾的怀孕女性提供帮助。迪伊对整件事并不是很感兴趣，不过这是获得恰当媒体曝光的良好途径，委员会吸纳了所有对的人，这对她的形象也很有利。

五点钟，她给卡拉打电话，但卡拉没在家。正当她准备再打一次的时候，欧内斯特来给她做头发了。她和迈克得去公园大道玛丽娜公主的公寓参加一场可怕的坐谈晚宴，那是为某个参议员办的晚宴，这意味着他们得规矩地坐着，听他说华盛顿的俏皮话。不过，这位公主在马贝拉办的派对都很棒，而且，如果公主对于"熟知时事政治"感兴趣……好吧，她就必须耐着性子坐到这样的夜晚结束。

第二天早上，她躺在床上，旁边摆着她的餐盘。她在等十二点半到来，那时候卡拉可能散完步回到家里了。她还得努力想出一个借口，今晚好摆脱迈克。这周剩下的几天她都有安排，但今晚没有。迈克提议晚上去看两场电影什么的。他还真喜欢坐在那些脏兮兮的剧院里，甚至还吃爆米花。事实上，他试过说服她在冬宫里建造一间放映室，这样他们就可以自己放电影看了。迪伊觉得电影很无聊，她乐意看所有卡拉的电影重映，但她对如今那些电影一点也不感兴趣。她讨厌那些乏味的摩托车电影，里面都是些小年轻，人人都穿着蓝色牛仔，抽着大麻。她记得以前去看电影还能指望看到些时尚潮流，但现在的电影丑恶又肮脏。她自己的生活都要赏心悦目多了。

她翻看着报纸，《女士时装》登了她昨天在午宴上的报道。照片不错——她应该给卡拉看看。不过现在，她必须想出个计划，避免今晚和迈克在一起。不能再用双陆棋作借口了，迈克现在喜欢双陆棋。老天，她为什么要教他玩呢？她看了看时钟。也许她应该让他去俱乐部打高尔夫球，因为她想要——她想要干吗？她不得不躺在这儿想借口，这让她生气。她可是迪伊·米尔福德·格兰杰，是她在养着这个男人，她为什么不能直接说"我今晚要出去"，就像她对所有其他丈夫说的那样。但在内心深处，她知道她不能对迈克这样说。他可能会说："好的。你去吧，别回来了。"尤其他现在似乎不像以前那么担心他那个女儿了，他最近似乎从未提到过她。也许她留在信托基金里的那一千万让他放松了。好吧，等他回来，他就会知道，这钱并非不可撤销的。她会把这些全改掉，把大卫重新列为执行人。哦，她会把那一千万留给詹纽瑞的，但有一个附加条款……只有迈克·韦恩是迪伊·米尔福德·格兰杰的丈夫，这笔钱才会归詹纽瑞所有。她开始露出微笑。就这么办……这样，她就能随心所欲地选择哪天晚上出去了。不过，在此之前，她还得为今晚想出借口来。她没法再为双陆棋编一个假想女朋友了。他认识她所有的朋友，真是荒谬！她这辈子一直是按自己的喜好生活的，可是现在，为了她生命中最重要的那个人，为了一晚上的自由，她要像个罪犯一样谋划。

也许卡拉会有主意，这倒不是说她有什么创造力。虽然迪伊疯狂地爱着她，可她仍然是个波兰蠢货。现在才十二点十分，不过她试着给卡拉打了一个电话，因为有时候她会早到家。没人接电话。当然了……今天是周四，女佣不在。想想吧，那么大个地方，只有一个女佣，一周还只来三次！

她捡起《每日新闻报》匆匆翻阅着。公主只占了半个专栏，报道里提到了她和迈克，不过抢走全部风头的是那位参议员。她把报纸丢到了地上，落地的时候，报纸中间的插页展开了。她盯着看了一会儿，然后跳下床抓起了那张报纸。是卡拉……挡着脸，躲着镜头，刚刚抵达希思罗机场。

卡拉去了伦敦！

她把报纸捏成一团，扔到了房间那头儿。她躺在床上精心谋划了半天，琢磨着怎么才能和她在一起，那个贱人却去了伦敦！

伦敦！

她离开床冲到首饰盒前，找到那张记着三个电话号码的纸片。接着，她来到了电话旁边。现在是中午十二点，也就是说，伦敦是下午五点。她拨了一通找人电话给安东尼·皮尔森，皮尔森与梅特兰事务所处理她在伦敦的所有生意。不到五分钟他们就回电了，电话那头儿是安东尼·皮尔森，他表示很高兴接到她的来电。他们谈了谈伦敦最近一段时间的好天气，她持有的一些股份……接着，她试着让自己听起来很随意地说："托尼[1]，我知道这完全不在你的职责范围内……但是……那个……你看，我必须了解一下三个伦敦的电话号码。哦，不是我的。是——是我的继女，对，你知道的……她和我们住在一起，我偶然看见了我话费

账单里有她一直在打的三个伦敦号码，她才二十一岁，我自然会担心了，你知道这回事的……你们的摇滚歌手到这儿来，她那个年纪的女孩就幻想着他们相爱了——"她笑了起来，"对……就是那样……我不想让她惹人讨厌，或者和错误的人掺和在一起。所以，要是你能查查那些号码……哦，托尼，非常感谢。"她把号码告诉了他，跟着又说，"需要多久？……只要一小时？哦，托尼，你真是太好了。"

她泡了个澡，眼睛一直盯着梳妆台上那部电话上的小灯。她化妆的时候也一直盯着它。正好一点钟的时候，灯亮了，是安东尼·皮尔森。

"我确实查到了，"他说，"但我必须说，我有点纳闷。博斯特维克的号码属于阿斯科特附近的一户私人住宅。洛伊克的号码属于杰里米·哈斯金斯，一位退休的绅士，有点名气，因为卡拉在伦敦的时候，人们经常看到他和卡拉在一起……巧合的是，你也认识她，是不是？她现在在伦敦呢，住在多切斯特酒店。贝尔格莱维亚区的号码属于一位著名的精神科医生。真是让人不解，因为哪个号码涉及的人都不像一个二十一岁的姑娘会关注到要打电话的。"

"住在阿斯科特那套私人住宅里的是什么人？"

"一对哈林顿夫妇，他们有一个女儿。我假装自己是邮局的工作人员，因为重新划区，所以需要他们的相关信息。我觉得我真是太聪明了……你觉得呢？"

"那女儿多大了？"

"我没问，但哈林顿夫妇听起来像是五十多岁或者六十多岁。"

"托尼，我需要多了解一下这些人的事，尤其是那位精神科医生。"

"好吧，这有点超出我的职责范围了……不过我确实认识一个家伙……叫唐纳德·怀特的……算是个私家侦探……他相当可靠……"

"好的……麻烦你了……尽你所能挖消息。不用太注意杰里米·哈斯金斯，我丈夫做过制片人，所以很可能我这位继女认识他，但是打听清楚那对哈林顿夫妇和他们的女儿。"

她挂上电话，努力控制那种恐慌的感觉。也许哈林顿夫妇是卡拉的老朋友……也许她是通过杰里米认识的他们……或者是她第一次到伦敦时认识的老朋友……

一个月打了十六通电话！

没有朋友值得卡拉打十六通电话，除非她在恋爱。也许那女孩很有钱，一个月也给卡拉打十六通电话。也许她们每晚都通过电话聊天……或者一天通两次电话。那个贱人可能过着双重生活。阿斯科特是个可爱的郊区，那女孩必须很有钱。或许这就是为什么卡拉总是偷偷消失。

也许那女孩把她甩了……没错，可能就是这样。这就能解释那十六通电话了。卡拉在求她回来……这也能解释为什么卡拉突然对她那么贴心和温柔了……不，她无法想象卡拉会为了任何事求任何人。可她一个月打了十六通电话！

那天晚上迈克到家后迪伊已经制订好了计划。她要知道卡拉在做什么，然后当面质问她！但她得小心地与迈克周旋。

她跟着他去看了那两场电影……稍后，他们坐在萨迪餐厅时，她开始实施第一步计划。她盯着半空发呆，然后重重地叹了口气。

他们点了牛排，他几乎快要吃完他那份了。他望了望她那半点未动的食物，问道："你不饿吗？"

"不饿……我……哦，迈克……我感觉自己像个白痴。"

"为什么？"他主动给自己切了一些她的牛排。

"我犯了个愚蠢的错误。"

"什么错误？不至于世界末日到了吧。"

"迈克，双陆棋锦标赛是在伦敦。"

"什么时候？"

"哦……我想是十五、十六、十七号。"

"哦，没什么大不了的！我们可以晚几天再去戛纳。剩下的牛排你还吃吗？"

她把盘子朝他那边推了推，说："迈克，我在想……听我说，我没有那么迷恋戛纳……而且，那是你的地盘。我的意思是，你认识那里的每个人……而且，你会想和老朋友们在一起的……还有赌场。我不是个真正的赌徒，至少不是坐在赌桌旁的那种，再说——"

他凑近了，盯着她说："别再铺垫了，你想说什么？"

"迈克……我想去伦敦，而且——"

"我说了我们会去的。"

"可是如果因为我，你去不了电影节，那我每天都会非常内疚的。我在伦敦有朋友，我想在那儿待一周，然后去巴黎买衣服，最后再去戛纳找你。"

"可以。"

"你说什么？"

"我说可以。我们十四号出发，把你送到伦敦，然后飞机载我去尼斯[1]。我会把飞机派回你那儿，你什么时候想来，你就来找我。"

"哦，迈克……你真是太善解人意了。"

"听我说，宝贝，这都是相互的。没人说你必须喜欢电影节，我想你在伦敦会过得很愉快的。"

"愉快倒未必，"她说，"但会很有趣。"

25

迪伊坐在安东尼·皮尔森的办公室里，盯着那些照片看。因为跨了时区的缘故，她仍然感觉有些头重脚轻。她是昨晚十点抵达伦敦的，但按纽约时间，那时才是下午五点。她往托尼·皮尔森家里打了电话，他说他拿到了完整的报告，但很难想出那和她继女有什么关系。她说她第二天上午十一点到他办公室去。然后，她吃了三片速可眠，让自己入睡——她无法忍受独自一人在伦敦整夜失眠。没有通宵电视可以看，她也没法集中精神读书。她入住了高富诺酒店，因为卡拉住在多切斯特，她不想偶遇卡拉——现在还不想。

她坐在安东尼·皮尔森安静保守的办公室里，开始感到有点偏头痛，不过她设法表现得很镇静。

她匆匆翻看着他给她的那些照片。"照片很棒。"她语气平平地说。

安东尼·皮尔森点点头。"这个叫唐纳德·怀特的家伙，就是他做的这个——我们就说调查吧？他用一个望远镜头拍了那栋房子好几天。实际上，这个可怜的家伙一直坐在一棵树上。精神科医生去度假了……两天前走的……所以那边我们没什么收获。但卡拉和那个女孩的照片拍得相当不错，你觉得呢？当然了，我拿到了底片……这是协议的一部分。怀特是个顶尖好手，也相当可靠，但是说到卡拉，她依旧是位公众人物。幸好我采取了预防措施，我认为还是相当幸运的。"

"得了吧，"迪伊不耐烦地说，"又不是说他发现了她们俩在床上！"

安东尼·皮尔森点了点头。"说得没错。但这张照片里……那女孩用胳膊搂着

---

1 尼斯（Nice），法国东南部城市，戛纳位于该城附近。

卡拉的脖子……还有那张，她们在亲吻……还有，看这张……她们俩胳膊紧紧地挽在一起散步。是啊，确实没拍到她们俩在床上……不过这些就够那些丑闻杂志大肆炒作一番了。"

迪伊盯着那些照片看。她的头开始一阵阵地疼。她怎么可能竞争得过这么年轻可爱的女孩呢？

"她非常漂亮。"迪伊缓缓说道。

"漂亮得惊人，是不是？怀特调查出哈林顿夫妇不是她的父母。显然，他们是为她工作的，因为这女孩名叫辛奈妲·琼斯。房子是租的，是栋可爱的房子，不是太大，但很僻静——自带一块好土地，诸如此类。卡拉每天都到那儿去，她在那儿留宿过三次。"

迪伊摸索着去找烟，手直发抖。她盯着那女孩看，照片因为放大而有点模糊。她深深地吸了一口烟："你有没有阿司匹林，托尼？恐怕我有点时差综合征。"

"当然有。"他去开了盥洗室的药柜。他出来的时候，迪伊仍然在研究那些照片。

"确实不同寻常，是不是？"他说道，"看起来伟大的卡拉给自己找了一位年轻的新欢。不过话说回来……她总是有那种传闻，对吧？"

"我听说过，"迪伊说道，"但我了解卡拉。她去过我家，我没看出来一点传闻可信的迹象。"

"不包括这些照片，我得说，"安东尼·皮尔森说道，"证据相当确凿了。为什么这些人就不能把她们的情情爱爱关在卧室里？为什么她要揽着那女孩到处走呢？"

"也许因为她不知道唐纳德·怀特先生正坐在树上，拿着望远镜头。你说那是个僻静的地方？"

"拥有大概一英亩的私家土地。可是，我亲爱的韦恩夫人，这些怎么会影响你继女呢？"

迪伊摇摇头。"那个……也许……也许她认识这位辛奈妲。"

"哦。"有那么一小会儿，安东尼·皮尔森有点脸红，"所以……哦……我知道了。所有那些通话……你是在想，也许你继女，嗯……和这位辛奈妲·琼斯友好相处过？"

迪伊耸了耸肩。"为什么不呢？她在瑞士上的学，是在女子学校长大的。"她站了起来，"你有这栋房子的具体地址吗？"

"有的，就在这儿，从城里开车去大概一小时。"

"谢谢你了。你能照看好怀特先生的服务，然后把总账单寄给我吗？大概明天，寄到高富诺去。因为显而易见的原因，我不想把这事带回纽约去。"

迪伊坐车前往郊区的时候，试图想出行动计划。司机认识路，现在他们已经出了伦敦城，距离阿斯科特越来越近，周围一片苍翠繁茂……可是，然后呢？她不可能直接冲过去按门铃，然后对这位辛奈妲·琼斯说："听着……她是我的！"或许她应该在房子附近下车，然后试试能不能看到她们。整件事都让人心生厌恶，这让她在车后座上缩成了一团，但她决定要把这条路走到底。这么多年来她对卡拉的所有奉献……所有"礼物"……卡拉是不是用了那张新到手的一万元支票，好匆匆跑来和这个年轻新欢在一起？她第一次知道了男人被戴绿帽子是什么感觉。被戴了绿帽子！她是怎么想到这样一个词的呢？但这正是她的感受。被戴了绿帽子！真是个好词。她没法说卡拉对她不忠……毫无疑问，卡拉一直在断断续续这么做。她从未真正问过卡拉，就像卡拉也从不过问她和迈克的性生活。她试着和卡拉讲过一次……她其实是如何忍受迈克的……而当性的部分结束了，她是多么如释重负……因为那就意味着他至少两三天不会再来烦她了。她现在想起来了，有意思……过去几个月里，迈克连着几个星期都没接近她。她甚至没有注意到这一点。这个念头使她感到困扰，倒不是说她想让他来摸她……但她是否失去吸引力了？她知道她身上有些地方有点松……她的大腿……她的小腹。她贴着卡拉躺着时注意到了，因为卡拉身上一丝赘肉也没有。但她并不介意自己柔软的身体……不知怎么，这让她和卡拉在一起时感觉自己更像个女人。但为什么迈克不亲近她了？是不是高尔夫球打得太多了？他最近总是在赌博，她很好奇他赢了多少钱。

不过她并不担心这个，她现在担心的是卡拉……以及这个新欢女孩，但也许她并不是新欢，也许她们在一起有一段时间了，也许卡拉正在经历一个"嫩草"时期。之前一段时间是大卫……现在是这个女孩……

司机在一排巨大的树篱笆旁停下了车。"就是这栋房子，女士。沿这条路走下去一点就是门口，但你说你想在这儿下车。"

"没错，我想给几位老朋友一个惊喜。如果开到车道上，那……就没什么惊喜了，是不是？"

"是的，女士。"

她琢磨着他是否相信她。只要英国人愿意，他们完全可以面无表情。他可能认为她是想去戳穿一位情人。没错，她就是！

那扇小铁门没有上锁。她打开门，走上那条车道。开始下雨了。她穿了一件雨衣，用围巾围着头顶。这条车道非常简朴，不过地面被打理得很平整。房子是都铎王朝的风格，前面停了一辆英国小轿车。

迪伊慢慢接近房子。她琢磨着，不知道辛奈姐有没有养狗。要是什么英国马士提夫獒犬冲她的喉咙扑过来，那就太可怕了。她都能想到报纸头条会怎么写：**迪伊·米尔福德·格兰杰因擅闯私宅遭到犬只攻击！**天哪，她该怎么解释？房子里亮着灯，辛奈姐可能在家……或者就像照片上那样，她搂着卡拉的腰到郊野散步去了？不管天气怎样，卡拉都喜欢散步。她敢打赌，这位辛奈姐会装作她也喜欢散步。

她蹑手蹑脚地走到窗边。那是间舒适的客厅，里面没什么浮夸的装饰，也没有人。或者她该绕到房子背面……卡拉总是很喜欢厨房……

"你为什么不进去呢……外面湿漉漉的。"

她听到这个声音后猛吸了一口气。她转过身……卡拉正站在她身后，雨水打湿了她的脸庞，她头上包着一块大手帕，穿着一件风衣。

"卡拉……我……"

"我们进去吧，外面又湿又冷。"

卡拉打开门，迪伊注意到卡拉有钥匙。她想逃跑，一切都完了……她根本就不该来。卡拉的脸就是张面具，她的冷漠显然是因为愤怒，接下来她可能会说她们俩之间都结束了。天哪，她为什么要这么做？她曾经看过一出戏，戏里的情人竭尽所能地让妻子发现了她……因为一旦妻子拿着证据当面质问丈夫，他就无路可走，只能承认了。如果卡拉承认了，迪伊就不得不离开。就算她的内心死了……她也必须带着自尊离开，因为没了自尊……也就不可能建立什么关系了。然而，她同时渴望给卡拉下跪，让卡拉忘了她来过这儿……忘了这整件可怕的意外。

卡拉把她的外套挂在了门边的架子上，她穿着华达呢休闲裤和一件男士衬衫，头发又长又直。她看起来有些疲惫，但一如既往地漂亮。

迪伊一动不动地站着。卡拉转过身指指衣架："脱了外套吧，都湿了。"

迪伊脱掉了外套，她知道她的头发被围巾压扁了，她看起来可能再糟糕不过了。而在这房子里的某个地方，正等着卡拉的是那个年轻漂亮的小东西。

"坐下吧，"卡拉说，"我去拿些白兰地。"她进了另一个房间。

迪伊环顾四周。客厅里有个大相框，里面有一张卡拉的照片。还有一张照片里有一只德国牧羊犬，它显然已经去世很久了，因为和它合影的女孩还是个孩子。也许它是辛奈妲的童年宠物之一。她在哪儿？也许在楼上，像所有其他人一样，尊重卡拉对隐私的渴望，屈从于卡拉的心情。

卡拉拿着一瓶白兰地回来了，倒了两杯酒。迪伊惊讶地看着卡拉一口吞掉了那杯酒。然后，她坐了下来。"好了，迪伊……我不会问你是怎么找到我的，免得让你尴尬。"

泪水盈满了迪伊的眼睛，她站起来走向烧黑的壁炉："如果我能撤回这个下午，我愿意献出十年生命。"

"我对你那么重要吗？"卡拉的声音几乎是温柔的。

迪伊转过来对着她，把眼泪逼了回去："你对我那么重要吗？天哪……"她走过房间，来到她的包旁边，拿出一支烟。她点着烟，转向卡拉："不……你不是特别重要，只不过重要到每次你离开我都会难受……重要到让我成了一个诈骗犯，欺瞒我的丈夫……赶他独自一人去了戛纳，而我……我……给一个朋友打了电话……知道了你的位置……发现了辛奈妲。我肯定是某种受虐狂，不仅没有把你赶出我的生活，反而来了这儿……想要亲眼看看她……想要——唉，天知道我想要什么。为什么我要这么折磨自己？我知道她比我年轻得多……非常漂亮……我真希望我没来……因为如果我没来……我们仍能在一起。"

"你在哪儿见过她？"卡拉问道。

迪伊打开包，把那些照片丢在了卡拉腿上。

卡拉端详着照片，然后惊讶地看向迪伊："这些是狗仔队偷拍的？"

迪伊无奈地摇摇头："不……是一个叫唐纳德·怀特的英国人拍的。别担心……我有底片。听我说，卡拉……我让车等在外面了……我最好走了。"她开始向门走去。她伸手去拿雨衣，然后转向卡拉，说道："就告诉我一件事……你们俩好了多久了？"

卡拉低头看了看照片……随后看了看迪伊。接着，她露出一个悲伤的微笑，摇了摇头："好吧……我明白了……这些照片……你还知道什么？"

"我知道有几个晚上你在这儿过了夜。"

"啊，你的人查得还挺透彻的。但还不够透彻……对吧？"

"你觉得这个游戏好玩吗？"迪伊从木衣架上扯下了外套。

"不……我内心的痛苦超出了你的想象。但既然你已经大老远来了……费了这么大力气……我想，在走之前，你应该见见辛奈姐。"

"不。"迪伊奋力把自己塞进外套。卡拉突然几步走到房间中央，把她推到了一把椅子上。

"你窥探了我的生活……现在你又想离开。好吧，一个偷窥者理应看到结局，或许将来这能教你一课。"卡拉走到楼梯口，喊道："哈林顿夫人。"

一位灰头发的小个子女人越过楼梯扶手看过来。"告诉辛奈姐，离开电视机，下楼来。我想让她见见我的一位朋友。"

卡拉又给自己倒了一杯白兰地。她指指迪伊一口没碰的酒，说："喝掉你的酒，你会需要的。"

迪伊的眼睛紧紧盯着楼梯。然后，她看到了那个女孩。她比照片上还要漂亮。她个子很高，几乎像卡拉一样高。她的头发是金色的，垂在肩膀上。她看起来比照片上年轻得多。迪伊猜，她也就是詹纽瑞那个年纪。

卡拉绽放出温柔的微笑。"进来吧，辛奈姐。来了一位客人，这是韦恩夫人。"

女孩对着迪伊微笑，然后转向卡拉："我能吃些巧克力蛋糕吗？哈林顿夫人今天下午刚烤好的，可她说到晚饭的时候我才能吃。"

"我们照着哈林顿夫人说的做，"卡拉慢慢说道，"或许她想把那个蛋糕作为惊喜。"

"可你现在知道了，所以没什么惊喜了。那我能吃了吗？就吃一块？求你了？我真是受够了她总烤的那些燕麦饼干。"

"回去看你的电视吧。"卡拉说道。

女孩厌烦地叹了口气，然后指指迪伊说："她要留下来吃晚饭吗？"

"我们问问她吧？"

辛奈姐微笑起来。"没问题，只要在我睡觉前，你给我讲《红菱艳》的故事就行。"她说着跑出了房间。

有那么一会儿，迪伊一直盯着她的背影看。然后，她看着卡拉说："她非常漂亮……但那是怎么回事？是某种秘密玩笑吗？我觉得她表现得像十二岁。"

"事实上，她只有十岁。"

"你在说什么？"

"她的心智，相当于十岁的孩子。"

"而她是你的真爱？"

"她是我的女儿。"

一时间，迪伊说不出话来。"喝掉你的白兰地。"卡拉说道。这次迪伊把酒一口吞掉了。然后，卡拉又分别给她们俩倒了一杯。"脱掉你的外套，留下来吃晚饭吧。我是说，如果你喜欢巧克力蛋糕的话。"

"卡拉，你什么时候生的这个孩子？"

"三十一年前。"

"可是……她看起来多年轻啊。"

卡拉耸耸肩。"他们总是看起来很年轻，或许因为他们没有成年人的烦恼。"

"你有没有……想过告诉我这件事？"

"晚饭后，但首先——我建议你把车打发走，我会开车送你回城里。"

晚餐的气氛非常轻松。事情的转折让迪伊感到如释重负，因此她内心充满了对这个漂亮的成年女孩子的喜爱。她大快朵颐，整顿晚餐从头到尾不停地讲着话。哈林顿夫妇显然是照顾辛奈妲的。迪伊注意到辛奈妲称呼卡拉为"教母妈妈"。晚餐结束时，她跳起来说："现在，教母妈妈要给我讲《红菱艳》的故事啦。"

卡拉一边讲故事，一边跳舞，表演着讲完了故事。迪伊看得入了迷，她从未见过卡拉如此投入，她对辛奈妲流露出的那种暖意自然又让人放松。九点钟，哈林顿夫人出现了："来吧，辛奈妲……教母妈妈有客人，到时间洗澡睡觉了。"

"你等会儿会上来听我祷告吗？"

"当然了。"卡拉说着亲了亲女孩。

卡拉往壁炉里加了一些木柴。她坐下来，忧郁地盯着火苗看："她非常可爱，是不是？"

"她漂亮极了，"迪伊说道，"我看她的脸骨有很多地方都像你……但她的眼睛是深色的。她父亲肯定非常英俊。"

"我不知道她父亲是谁。"

迪伊没有回答。她一动不动地坐着……怕破坏气氛。卡拉踌躇地开了口："有一个晚上，我被大概十二个俄国士兵轮奸了。他们中任何一个都可能是她的父亲。"她一直盯着壁炉里的火苗，讲得很慢……视线始终没有离开炉火。她的声音低沉而冷静，她给迪伊讲了她在维尔纽斯的少女生活……特丽萨修女……芭蕾舞……战争……俄国的侵占……还有那些暴行和强奸。她还讲了在生下孩子之前，她根本没有可能离开维尔纽斯。她讲到了格雷戈里·索克耶——她生产的那晚，他始终陪在她身边……她不能叫喊出声，因为修道院里还有其他孩子正在睡觉……十九个小时噬骨的疼痛……格雷戈里始终陪着她……甚至在最后关头，他们意识到出问题了……孩子胎位不正，屁股在前……也是格雷戈里战胜了自己的恐慌，把手伸进去拨顺了孩子，最后那孩子简直是被拉出来的。她仍然能看见他站在那盏可怕的小顶灯下面的样子……拍打着那个血淋淋的婴儿的屁股……直到她发出第一声可怜的号哭。

卡拉朝迪伊望了过来。"在电影里，甚至在医院里，人们总是看到母亲生下一个芳香的小宝宝，裹在一条完美的毯子里。但那天晚上，我那个小隔间卧室看起来就像个屠宰场。婴儿全身都是我的血……长长的脐带垂着……我在排出胞衣的时候经受了又一轮剧烈的疼痛，而格雷戈里照看着一切。"

卡拉轻轻地战栗着。"我永远也不会忘记那天晚上……先把婴儿洗干净……接着销毁带血的床单……第一次把婴儿放在我的乳房上。我从未想过我会生下一个金发小女孩。不知怎么，我总觉得我会生出一个迷你版的俄国士兵，长着蒜头鼻，喘气时带着一股伏特加味儿。当我把她抱在怀里时，我就知道我永远不可能离开她。"

她语气平静地继续讲着，讲述着她和AK成员踏上的危险旅途。他们有二十个人，白天躲在牲口棚里……夜里在屋顶和地下通道里穿行……把婴儿绑在她的肚子上带着……俄国人在附近的时候，就给婴儿喂几滴伏特加，压下婴儿的哭声。

"然后就是那件事。那时候，辛奈姐大概三个月大……一个漂亮的、正常的女婴。我们接近了波兰走廊……周围全是纳粹……她开始大哭。我们什么都试过了——伏特加不管用了……什么都不管用了……就连我们像金子一样藏着的巧克力糖也不管用。她的哭声越来越刺耳。我把她放到我的乳房上……但我几乎没有奶水，我没办法让她安静下来。突然，一个男人从我怀里把她抢走，把一个枕头按在了她的脸上，而另一个男人捂住了我的嘴，那样我就不能尖叫出声了。等德国人走了……辛奈姐已经死了。天哪！我永远也忘不了那一刻……我们都盯着那个死去的小身体。我沉默地哽咽着……按枕头的那个男人，脸上也全是眼泪。突然，他抓起她，开始往她嘴里吹气。我们所有人都一动不动地站着。二十个又冷又脏的人，一起长途奔走，睡觉时挤成一团相互取暖，为彼此抓虱子……共同生活了漫长的三个星期，脑子里只有两个念头——活下来和逃出去。那个男人还在救辛奈姐，每个人的眼里都是泪水，甚至那些苍白干瘦的小孩子——有些也许只有五岁或六岁，但他们知道发生了什么。当辛奈姐露出将要痛哭的一丁点迹象时，所有人都跪下来感谢上帝。辛奈姐被救回来了。我想，她死过去了几分钟……也许五分钟……也许十分钟——缺氧时间过长，已经伤害了她的大脑。但我那时候还不知道。我们到了瑞典的时候，她看起来就和其他婴儿没两样，只是漂亮得多。我把她留给了一对奥利森夫妇。他们以为她是被遗弃在修道院的孤儿，是被我收养的。我要去伦敦，答应他们会寄钱来，用来照顾她……并答应战争一结束就尽快派人去接她。你看，我将要住进奥托舅舅家，不能再让他们负担一个孩子，而且我希望成为芭蕾舞演员，那样我就能养活她了。"

"后面的事你都知道了。杰里米在防空洞里发现了我，我成了电影演员。听着非常及时，非常容易，但对我来说，那是个非常陌生的世界，还要学习新语言……我那时候特别怕生，觉得每个人都在笑话我的英语，我对自己的表演也没什么自信，我唯一知道的只有跳舞，但我每周能给奥利森夫人寄去一大笔钱，她非常善良，经常给我寄小辛娜[1]的照片。辛奈妲大概三岁的时候，麻烦开始出现，奥利森夫人的来信不再那么热情了。辛奈妲走路很慢……她嘟嘟囔囔，却不会说话……其他孩子表现得都比她强。一开始，我试着告诉自己，很多孩子都长得慢——你知道这种事的。每个人都会说，爱因斯坦直到五岁才会说话……然后你不再去想这件事，相信孩子会赶上来的。后来，终于有一天，奥利森夫人又寄来了一封信，请求我的许可，她要把孩子送到特殊机构去。正如她说的：'说到底，她又不是你的孩子，是个孤儿，你为什么要在她身上继续浪费钱呢？'"

卡拉开始在房间里走来走去："你能想象我的感受吗？我坚持要把孩子带来伦敦……作为我的孩子养大，但杰里米比较务实。那时候，我在伦敦相当有名气。杰里米解释说，如果人们知道我有个私生子，还是个智障的私生子，那将毁掉我可能拥有的任何事业。你肯定还记得，那时候不像1971年，现在大家都能接受这种事了。那时候是1946年，一个有私生子的女演员将彻底被赶下舞台。是杰里米去那边接回了辛奈妲，他还准备了一份英国出生证明，并且选择了琼斯这个名字。我们把辛奈妲送到了一家精神病医院，神经学专家做了所有可能的测试。报告结论都一样，大脑损伤。我们可以教她……但她的心智能达到什么水平，没人能肯定。"卡拉走过房间，又给自己倒了一杯白兰地，"我想，从某种意义上来说，我们算幸运的了——心智方面，她十岁，感情方面，她大概六岁。"

"但一个十岁的孩子也能做很多事情了。"迪伊说道。

卡拉点点头。"不幸的是，你说得对，她怀孕了。"卡拉朝楼梯走去，"而现在，我必须上楼去听她祈祷了。"

1　原文为Zina，辛奈妲（Zinaida）名字的缩写。

她下来的时候，迪伊正站在楼梯边等她。

"卡拉……我们该怎么办？"

"我们？"

迪伊热泪盈眶。"对……我们。天哪，卡拉……现在我全明白了……你的每次消失……为什么你是那么……那么——"

"那么抠门？"

"不是抠门……而是……"

"就是抠门。"卡拉说着露出一个悲伤的微笑，"迪伊，我没有人们以为的那么有钱。我息影的时候只有二十五万美元，都拿去做了投资，我靠利息和收到的礼物生活。"她看着迪伊淡淡一笑，"杰里米越来越老了，他不能总在出事的时候给我打电话……就像这次。所以我到这儿来，给辛奈姐找个伴儿。事实上，她是个护士，但她不会穿护士服。她会和辛奈姐住在一起，并且和我保持密切联系。哈林顿夫妇都是特别好的人……他们管着这栋房子……尽他们所能……但他们不能时刻和她待在一起。等罗伯茨小姐来了，她就会时刻和辛娜在一起。她会和辛娜骑马、下棋，给她读书……我每个星期要付给她三百美元，但我会更放心些。我不能留下来照顾她……这孩子崇拜我。我待得时间太长，她会开始依恋我。她……有天晚上，她试图和我做爱。"卡拉站起来，双手朝着天花板拉伸，"好吧，怎么不会呢？老天，她有一具女人的身体！她的身体渴望性…只要是能找到的性，身体都会渴望。我们现在给她服用了镇静剂，但我最好别待太久。我们见的那位精神科医生……他正在安排一次合法的堕胎。"

"那男人是谁？"

"一个邮递员，我们估计。谁知道呢？哈林顿夫妇突然注意到了她的晨吐，她的腰围变粗了……于是，他们询问了她。她相当坦白，她说有个男人告诉她，如果他把他的那里放进她的那里，感觉会很好，但她不喜欢，她说疼。我们已经告诉她再也不要那么做了，她也说她不会了……等下周罗伯茨小姐来了，我会感觉好些。"

"卡拉，我想帮忙。"

卡拉微笑着牵起迪伊的手。"你已经帮忙了，你那些支票帮了很大的忙。"

"不……不只是那样。听我说，很多像我这种有钱人都会把钱留给基金会和慈善会。我也有自己的基金会和信托基金。但我要趁我活着的时候做一些好事，等我回去了……我会立即修改我的遗嘱。我会为你和辛奈姐设立一项不可撤销的信托基金，放进去一千万。我会把事情安排好，让你和辛奈妲现在就能受益。单是利息，一年就会超过五十万。等我们回到美国，我们将成立辛奈妲基金会……我们会以她的名字建一所学校……帮助像辛奈妲这样的人。我们一起管理它的运作。也许之后我们能把辛奈妲接回美国。她和那位护士可以住进冬宫庭院里的独栋客房。我会建一间放映室，那样她就能看电影了……反正迈克一直想要一间……也许我们可以办一场大型义演……甚至教辛奈妲做一点演讲。让他们看看，一个智力有障碍的孩子也能非常漂亮。你也可以复出，告诉他们，她是你收养的教女……把你的时间，包括我的时间，用在一些有价值的事情上。我可以停办那些毫无必要的午宴，你也可以停下那些该死的芭蕾舞训练，你现在有真正的工作要忙了，我也是。而且，卡拉……我们将携手共进。"她将卡拉抱在怀里，因为她突然意识到卡拉正在啜泣。

那天晚上，她们一起躺在床上时，卡拉轻声说："我爱你，迪伊。我再也不会离开你了。我再也不会消失不见了。现在我可以松一口气了。你看，辛奈妲谁也没有，只有我。我总是在担心——要是我病了怎么办？也许这就是我努力保持身体健康的原因。我拥有的那些钱够我活得很好，但变老或长时间生病会耗光那些钱。然后辛奈妲能去哪儿？一想到要送她去州立病院，我就无法忍受。而且，我会死在辛奈妲前面，而我能留给她的遗产交了税后可能不够照顾她的下半辈子。但现在，因为你，我第一次可以不用害怕未来地活着了。"

迪伊一直往返于高富诺酒店和阿斯科特附近的村舍。她一直等到辛奈妲做完堕胎手术，才出发去戛纳。卡拉和辛奈妲会再待一个星期，她们计划好回纽约碰面。

迪伊坐在她的飞机里，琢磨着是否有人能了解她感受到的这种幸福。她甚至会假装喜欢戛纳，她会让迈克度过愉快的一周。她有钱，可以慷慨大方，因为等她回到纽约，她的人生将真正开始……

26

迈克已经连续第三把掷出七点了。和在拉斯维加斯那周一样，他正在连续爆赢。在蒙特卡洛的赌场里，一大群人聚在他身后。他把钱留在桌子上，再次掷出骰子。他掷出了八点。他给四、五、九和十下了注，然后又掷了一次。四点出现了。他下了注。"来吧！"他喊着掷出了骰子。他掷出了九。他下了注……之后，他掷出两把六点、一把四点、三把九点和一把十点，跟着又是一把四点，然后达到了他的点数。他再次掷出骰子。十一点！他现在状态极佳。他下一把掷出的是六点。他不停地掷着骰子，喊着数字。他反复掷出一对四、一对二和一对五……他在限度允许的范围内尽可能地下注。他连赢了八次过线投注，等到他最后把法郎兑换成美元时，他已经赢了接近两万五千美元。他留了一万法郎的筹码没换，在赌场里闲逛。

这是个美好的夜晚，但他感觉还没结束。他路过十一点纸牌的桌子时喊出了全押。他拿到了筹码，但是输了。等到下一轮发牌时，他再次喊出了全押。他拿到了一半筹码，赢了。之后，他又拿了筹码，等着再次轮到他。一小时后他离开这张桌子时，身上的筹码超过了十万法郎。他溜达到了轮盘赌的桌子边，迪伊正在那儿玩。她在数字三十六上压了一个筹码。他伸出手，在两边下了注。数字三十五赢了。她惊奇地看着庄荷把一大堆筹码朝他推过去。他从桌上收走了那些筹码，走开了。他去了兑钞柜台，他总共赢了将近五万美元。到了今晚离开的时候了。

到了离开的时候了，他要离开这里。他已经在赌场待了一周了，没有一个晚上输过。他找到了他一直在寻找的那部电影。一个挺阴郁的故事，讲一个快三十岁的女孩如何靠参加选美竞赛过活。她从未赢过任何冠军，但总能挺进决赛，而且总是前三名。她总是在公共汽车上……前往另一个镇子……参加另一场竞赛。他看了这部电影三遍，最终做出了决定。

这部电影是两个年轻的独立制片人在得克萨斯的某个地方拍的。他们的钱快用完了，从银行借了三十万才把电影拍完。然后，他们来戛纳寻找发行商。迈克接手了他们的银行贷款，并承担了广告费用，以此拿到了电影百分之六十的占比。他偶遇了世纪电影公司的西里尔·比恩，说服他看了这部电影。电影还没看完，他们就达成了合作。世纪电影公司将得到发行的百分之三十五，并分担广告费。迈克·韦恩重回电影界了。

他计划在一家艺术剧院举办开幕仪式，办一场大型广告宣传活动支持这部电影。出演那位疲倦美丽的选美女孩的是一位外百老汇演员，并不为公众所熟知。在戛纳看过这部电影的几位影评家都对其大加赞赏。他不可能输的。就算这部电影没成为空前的票房冠军，它也会引起轰动，他能把他投资的钱赚回来。但更重要的是，这部电影能让他重返演艺圈。那女孩肯定能拿到一项奥斯卡提名。万事俱备了。他把签好的合同收在了酒店的保险箱里。他已经支付了那笔银行贷款，手头仍然有超过五十万美元的现金……再在赌场待几个晚上，之后就回纽约……

然后，他就会给詹纽瑞打电话。夜复一夜，他已经在脑子里无数次排练过这通电话了，他完全知道该怎么办。他甚至都不会提汤姆·柯尔特。他会告诉她，他重返演艺圈了，问问她是否想和他一起工作。他会设立自己的办公室。她能在所有活动里给他帮忙——和他一起旅行，去那些城市为电影开幕。如果她拒绝……他就会换一种招数。他会不露声色……接受她的决定。过几天，他会再打一个电话，请她帮个忙。他会告诉她，他需要为电影做宣传，问她能否在她那本杂志上发一篇报道，讲讲电影开幕式……在他的办公室以及宣传路上给他拍几张照片……（他其实并不需要《炫目》的报道，他已经雇了一家顶级宣传公司，准备做大量宣传工作，但他不会让她知道的。他会表现得像是他需要她的帮助，她不会拒绝他的。）他相信，一旦他们见了面，共度一段时光，一切会迎刃而解，就会像以前一样，像以前那么快乐……像以前那么精彩。因为从现在开始，他将会制造大量的精彩，以及采取很多行动。他在戛纳的卡尔顿酒店大堂也精明地耍了手段。他基本算是从一位新导演那儿偷来了一部绝佳的意大利电影的美国发行权。他还拿到了一部捷克电影百分之五十的美国权益，这部电影赚不了什么钱，但能赢下所有电影节的大奖，而他的名字会被标在上面。1972年，迈克·韦恩将再次冉冉升起。

他还要离开迪伊，他会让她对他提出离婚的。他会感谢她的尝试，解释说这场婚姻没有奏效。当然了，这也意味着她会修改遗嘱，詹纽瑞会失去一千万美元。但和迪伊在一起的这一年，很多事情都变得清晰了。他娶迪伊是想让詹纽瑞获得一些保障。可是她在哪儿呢？和一个已婚中年淫棍同居，住在比弗利山庄酒店那栋木屋里。她和汤姆·柯尔特在一起能有什么保障？她得了解，他的工作是最重要的……而最终，他的妻子和孩子也会比她更重要。她明知道她不可能永远做一个可怜的第三者，却仍然要这么做，仍然孤注一掷。她不想要礼品纸包装好的人生，也不想要不劳而获的生活——他也不想，他无法在棕榈滩再过一个冬天……无法在马贝拉再过一个夏天……无法继续面对晚宴上的寒暄……面对迪伊那种乏味空洞的平静……难怪她脸上没有皱纹——她是个没有感觉的人。她生活在一个"寒暄"、双陆棋、购物的世界里……一种平凡琐碎的人生。她甚至可能不会因为他们的分手而真正动容。对了，这可能会扰乱她为马贝拉做的一些计划，特别是她的晚宴座位安排，但她不会感觉有什么重大损失的。而詹纽瑞也不会因为没能成为女继承人而真正失去什么。他们一回去，他就去买一份健康人寿保险，无论发生什么事，他都不会用它借钱。他会重新租下广场饭店他以前那间套房……带两间卧室的。他会请她搬回来。不，他会告诉她，那儿有她的房间——永远都有——要是她想住的话。

有好几次，他几乎就要往比弗利山庄酒店打电话找她了，但他总能及时按捺住自己。他促使《综艺》杂志重磅报道了他收购的那部电影，他把报道剪下来寄给了她，未附任何评论。

他们计划周五出发去纽约。两天前，他去了趟瑞士做短途旅行，把五十万现金存进了一个数字银行账户[1]。接着，他发电报给广场饭店，为五月二十八日周六晚上预订了他以前的那间套房。等他们到了皮埃尔酒店……他就会和迪伊分手，然后入住广场饭店。

周四下午，迪伊在安提布大街[2]四处逛，为她的朋友购买香水和小礼物。迈克偶遇了一位他一向不喜欢的制片人。他邀请迈克去他的套房玩金拉米纸牌，迈克犹豫了——这位制片人出了名地运气好。接着，他点了点头。为什么不呢？！这将是对他的好运气的终极考验。

那天傍晚他离开那间套房的时候身上多了三万美元，于是他去了卡地亚，给迪伊买了一个铂金的薄烟盒，并想办法仓促间完成了刻字。第二天他们乘车前往机场的路上，他把烟盒丢到了她腿上。上面刻的是，**送给迪伊，让我重获好运的女士。感激你的迈克**。她靠过来亲了亲他的脸颊。也许他应该现在就和她说，把这事解决掉……但他转念一想，要是困在飞机里六小时无事可做，只能重温这场"一无所获"的婚姻，那真是生不如死。再说了，这也不是她的错，她只是给自己买了一个合法男伴。现在，是时候让她再找一位了，这位要回归人类群体了。

他们离开了戛纳，在尼斯登上了自己的飞机。他隔着过道坐在迪伊对面。他带了鱼子酱和香槟酒上飞机。那是他自己掏钱买的。起初，他有点犹豫，因为这是他为詹纽瑞保留的仪式。但话说回来，这就是为了詹纽瑞，他正在回到她身边

---

1 瑞士特色的"数字银行账户"，储户可以选择以数字代替真实姓名开户和存/取款，客户身份只在有限的几位银行高管中共享，普通职员无法获取，近似于匿名账户。

2 安提布大街（Rued' Antibes），位于戛纳市中心，是奢侈品集中地。

以及重获自由的路上。

飞机起飞后，他们打开了香槟酒和鱼子酱。一位新来的侍者为他们服务。他是个年轻的法国男孩，在戛纳的时候，他为他们开车。他的梦想就是去看看美国，迈克提出可以捎他一程，迪伊则告诉他，冬宫总是有园丁或者司机的空缺。他的名字叫让·保罗·瓦隆，十九岁，在戛纳出生及长大，从没去过巴黎。他的母亲、阿姨、三位表兄，以及姐姐、姐夫都来为他送行了。他们没人坐过飞机，迪伊那架豪华私人飞机让他们瞠目结舌。

迪伊举起酒杯，对着迈克微微一笑："敬戛纳……和你的朋友们。"

他也举起酒杯："敬马贝拉……还有你的人生和朋友们。"

她微笑着，小口喝着酒。迈克把酒杯贴在唇边……却没法让自己喝下去。他突然觉得，除了詹纽瑞，和其他任何人共饮唐·培里侬香槟王似乎都是错的。他端着酒杯望向窗外。和迪伊宣告分手不会很容易。毕竟，她什么也没做……除了做她自己，只是不适合他。

迪伊打开那个烟盒拿出一支烟，然后盯着舷窗下面的云层看。烟盒上刻的字很美。迈克多么善良……多么贴心……他真的喜欢她，但她无法继续下去了。她无意夜复一夜地躺着不睡，努力编造理由好和卡拉在一起。不，等她改了遗嘱以后，她就得和他摊牌。然后她会宣布，她打算过自己的生活，他也可以过他自己的生活，只要他不卷入什么丑闻，并且在她需要的时候随传随到。如果他接受这些条件，那詹纽瑞的继承权就会很安全。

她看着他强壮的侧影，她这样做会伤害他的男子气概，然而她别无选择。她凝视着烟盒，这还是她第一次收到男人送给她的贵重礼物。她温柔地用手指拨弄着烟盒，他花了一大笔钱买这个，那可能是他赌博赢来的所有钱。她的视线模糊了。天啊，为什么总是有人要受到伤害？她深深吸了一口烟。接着，她在小烟灰缸里把烟按灭了。她已经给了他美好的一年……尽可能地对他女儿好……而且，如果迈克配合的话，他女儿最终将变得非常富有。可她还是感到良心不安，她又看了看烟盒，只有一个心怀爱意的男人，才能写出这种题词：**让我重获好运的女士**。但她没理由像这样心怀内疚，如果一个男人处在她的立场，他还会对这个女人如此慷慨吗？当然不会！而且他会毫无内疚感。三天前卡拉已经离开伦敦，返回了纽约……她们在电话里聊了将近一个小时。罗伯茨小姐接手照看辛奈妲了，因此卡拉急切地想回纽约见迪伊。

卡拉把声音放得很低："迪伊……请早点回来。"

现在只是想着这些，她就因为幸福而感觉全身绵软了。她闭上眼睛靠在椅背上，试着在脑海里拼凑出卡拉的样子。卡拉现在属于她了，真正属于她了！

飞机颠簸了一下，但迪伊仍然闭着眼睛。迈克的酒洒了，让·保罗冲过来拖了地。迈克擦拭着一直抓在手里的公文包，那份电影合同就在包里，里面还有十五万美元的现金，足够他找间办公室起步并且启动宣传了。

尽管迈克示意不想要了，让·保罗仍给他的杯子里续了酒。他从男孩手里拿过酒瓶，给迪伊的杯里续了酒。"也给你倒一杯，让·保罗。这是个重要时刻……你的首次美国之旅。从现在开始，任何时候，你人生中有任何特别的事发生……就给自己买一瓶，把这变成一种仪式，一种好运仪式。"

迈克正往男孩的杯子里倒酒，男孩小心翼翼地看着。飞机再次颠簸了一下，一些葡萄酒洒在了男孩崭新的深色裤子上。迈克笑了："这意味着好运，让·保罗。"飞机再次颠簸起来，并下坠了五十英尺……接着，飞机似乎剧烈摇晃起来。男孩因为惊吓已变得目光呆滞。迈克微微一笑说："孩子，用安全带把你自己扣好，看起来我们可能遇上坏天气了。"

迈克靠在椅背上闭上了眼睛。飞机摇晃了一阵……随后恢复了平稳。他正在想詹纽瑞，这时，他听见发动机发出一阵不规则的噪声——就像摩托车在加速的声音。他坐直身体仔细聆听。迪伊疑惑地看着他。他解开安全带走进驾驶舱。两名驾驶员都在疯狂地摆弄控制台。飞机的一个引擎里冒出滚滚浓烟。飞机开始疯狂地东拐西歪。

"松开那个引擎，把它扔了。"迈克嘶吼道。

"不行。"飞行员喊道。"卡住了，用无线电求救。"他对搭档说。"回去坐下吧，韦恩先生。看起来我们必须迫降了。"

迈克回到了座位上，迪伊担心地盯着他看。年轻的法国男孩拿出一串念珠，面如土色。他看着迈克，露出祈求的眼神，寻求着某种安慰。

迈克挤出一个微笑："没事……引擎突然出现了点问题。我们得着陆，然后把它修好，放松。"

飞行员的声音响了起来："韦恩先生、韦恩夫人，我们即将迫降。请您解开安全带，脱掉鞋子，跪在地上。如果您戴着眼镜，请摘掉，并把头放在双手里。"

让·保罗开始呜咽："我永远见不到美国了。我们都要死了……"

迪伊一言不发。她紧绷着脸，面色发白。天哪！这就是那种你读到的发生在别人身上的事。不可能发生在她身上……别是现在……别在她真正有了人生目标的时候……求你了，别是现在！

迈克跪下来，紧紧抓着公文包。然后，他探过身子捡起了地上那瓶香槟酒。他把瓶口凑到嘴边喝了一大口。现在是个重要时刻……一个要命的重要时刻。飞机在空中爆炸之前，他想到了詹纽瑞。他再也没有机会道歉了，再也没有机会告诉她，他是多么爱她了。爆炸的那一瞬间，他脑海里最后想到的，是瑞士的那个数字银行账户，还有，偏偏赶在这种地方，他的好运到头儿了……

27

747飞机开始朝着肯尼迪机场降落，詹纽瑞闭上了眼睛。她无法面对纽约，因为她知道，迈克不会来这个机场见她了。他永远不会来任何机场见她了。

迈克乘坐的飞机爆炸并坠入大西洋后不到一小时，新闻就席卷了纽约各大电视台，切断了所有的日常节目。幸运的是，在詹纽瑞从媒体上获知消息前，乔治·米尔福德就联系上了在比弗利山庄酒店的她。

一切似乎一点也不真实。她挂掉电话后，阳光仍然不停歇地照进房间，汤姆仍然在隔壁房间砰砰敲打着打字机。迈克死了……而整个世界仍然在运转。

乔治·米尔福德告诉她事情的细节时，她安静地听着。大卫在分机上对她表示慰问的时候，她也沉默不语。他们应该去接她吗？他们应该安排追悼会吗？他们应该吗？……在某个"他们应该"的问句中，她挂掉了电话。一开始，她安静地坐着，琢磨着为什么小鸟还在歌唱……为什么她还在呼吸。

她记不清自己是什么时候开始尖叫的了。她只知道她在尖叫，而且停不下来……汤姆把她抱在怀里，祈求她给他一个解释。突然，每个房间的电话都在响，最终，汤姆告诉接线员拦住所有来电，她能从他的表情看出来，他知道了……而自始至终，那该死的太阳仍然照耀着房间，小鸟对着彼此大声鸣唱，接线员则呼叫着泳池边的人。

她记得来了一个亲切的男人，叫卡特勒医生，给她打了一针。和阿尔珀特医生的针不一样，这一针柔软而令人放松……让她停止了尖叫，让一切听起来非常安静……就连阳光都变蒙眬了……然后，她感觉她仿佛在飘浮，小鸟的叫声听起来仿佛非常遥远。随后，她睡着了。

等她醒来，她觉得或许这一切只是一场梦，一场离奇的噩梦。可是汤姆并不在打字机旁，他正坐在床边，当她问他这是否是个梦时，他转开了脸。

他整晚都紧紧地抱着她，她没有哭，她不敢哭——因为她也许永远都停不下来……

她把一切全锁在了心里，就像拒绝承认这件事真的发生了。

汤姆最终关掉了所有的电话。琳达已经打过电话了，她提议来接詹纽瑞回去。乔治和大卫·米尔福德都提出过同样的建议，但詹纽瑞不想让任何人为了她到这儿来。汤姆全权负责：为她预订了环球航空第二天中午的航班；发电报告诉大卫和乔治她的航班号和到达时间；开车送她去机场，并获准在其他乘客登机前把她送上飞机。她坐在空旷的飞机前排，突然感到恐慌。

"和我一起回去吧，汤姆。我无法一个人面对。"

"你不会一个人面对的，"他平静地说，"我永远和你在一起。只要记住这一点，始终念着这一点。而且，乔治和大卫·米尔福德会在机场等你。"

"汤姆，我不想这样。"

他努力微笑了一下："我们都不想这样……但只能这样。我们面对现实吧，亲爱的……我是个已婚男人。大卫和他父亲真的相信你在这儿是为了给我写报道的。不是说我在意他们的想法，我担心的是你。毕竟，会有很多记者等在肯尼迪机场。"

"记者？"她显得很惊讶。

"是啊……你父亲是他那个时代的风云人物，而迪伊·米尔福德·格兰杰是全球最富有的女人之一。这就是新闻热点，公众对这种事都有些病态的关注——"

"汤姆，"她伸出手抓住他的双手，"求求你，和我一起去吧。"

"我也想去，宝贝，但我对此无能为力。你安排各种事情的时候，我将不得不躲在酒店里。因为这正是所有媒体需要的——你拖着一位已婚情人回去安排葬礼。再说了，我的工作进度远远落后了，电影公司正催得紧呢。我似乎当情人太多，当作家太少了。"

她紧紧地抱住他，他和她保证，他会在那儿……等着她。"你把事情处理好……就给我打电话……随时……一直……无论你什么时候需要我……我都在。"

飞机在肯尼迪机场上空盘旋，等待地面被清场。她打开包，拿出那份《综艺》杂志的剪报又读了一遍。她再次问自己——为什么他寄来这个却没有附字条？是因为他还在生气吗？可是话说回来，那他大可不必寄这个来。这是他表达一切都好的方式。必须是这样！天哪……必须是。

飞机落到了跑道上，着陆很平稳。每个人都解开了安全带……米尤扎克[1]背景音乐响了起来……尽管空姐一直在恳求大家留在座位上，直到飞机停止滑行，乘客仍然纷纷站了起来。人们伸手去拿手提行李箱……后舱有个婴儿哭了……活动梯移到了飞机旁边……现在，空姐们站在开启的机舱门前……面带微笑……对每个人说再见，带着那看起来诚挚的微笑……感谢他们搭乘环球航空的航班……她像所有其他乘客那样朝着门的方向走。这真是疯狂，这个世界可能走到了尽头，而你仍然正常生活着，做着所有的寻常事，比如乘坐一趟四个半小时的航班……甚至吃了一些东西……现在又像所有其他人一样走下活动梯。她看见了那些摄影记者，但她从未想过他们是在等她，直到那些闪光灯在她眼前爆闪起来。他们把她团团围住，接着，大卫和他父亲挤了进来，把她带到了机场的私人休息室，同时一名私家司机拿走了她的行李存根。

然后就是回纽约，那是她和迈克走过的一段行程，还是那条路，还是那些世博会的遗留建筑，它们都还在……可是迈克不在了。

"……那就是为什么我们觉得这样最好……"乔治·米尔福德正在说话。

"最好，最好什么？"她看着那两个男人。

大卫的声音很温柔："你最好住在皮埃尔酒店，遗产认证需要一些时间。最终，冬宫、马贝拉的房子和皮埃尔的公寓将被出售，这笔钱会被纳入基金会。但在那之前，欢迎你住在任何一处。你在皮埃尔酒店会很舒服的。"

"不了……我自己有住处。"

"但住皮埃尔酒店能保障你的隐私。"

"隐私？"

"我恐怕各大报纸会连续几天大肆报道，"乔治·米尔福德解释说，"你看，新闻出来的时候，媒体打电话给我，询问迪伊的遗嘱。我恐怕无意间说漏了你会继承一千万。"

"一千万？"她看着他们俩，"迪伊给我留了一千万美元？为什么？我几乎不认识她。"

1　米尤扎克（Muzak），这个名字是用来表彰西雅图的一家公司在20世纪30年代所创造的软音乐旋律，现指代常在商店、饭店、机场等地连续播放的背景音乐。

乔治·米尔福德微笑起来："她非常爱你父亲。我敢肯定她是为了让他高兴才这么做的。她和我说过他有多么爱你……而且这也是为什么你应该住在皮埃尔。毕竟，你父亲希望这样。"

"你怎么知道他希望什么？"她问道，"你又不真正了解他。"

"詹纽瑞，我了解他……相当了解，就在最后那段时间，"大卫平静地说，"你没去的那个复活节周末，我们俩聊了很多。他和我说，他希望我们最终能结婚……我和他说了我对你的感觉，他告诉我要等，不要逼你。这是他的原话。他从来不想逼你做任何事。他一想到你住在那间寒酸的公寓里就讨厌，但他说他绝不会让你知道的，就像他从来没有和你说过你从皮埃尔酒店搬走他有多么失望一样。"

她感觉眼泪在顺着脸颊滑落。在黑暗之中，她点了点头："好的，大卫……我当然会住在皮埃尔酒店。"

接下来的四天里，在利眠宁和安眠药的帮助下，詹纽瑞机械地过着日子。飞机坠毁的前一天，她刚找阿尔珀特医生打了一针。她在纽约的时候药效过了，但精神上的痛苦压过了身体上的所有反应。她几乎欣然接受了那些头疼、喉咙紧和骨头疼——她能理解这种痛苦，也知道它们会过去。而要生活在一个没有迈克的世界，那种难以置信的空洞虚无是她无法接受的。

莎蒂一直围着她转，像个积极献身的保姆，没有了迪伊，她也像丢了魂一样。她似乎总是在聆听，仿佛她随时会听见迪伊干脆地下达指令。莎蒂已经跟了迪伊三十年，她需要有个人能让她"照料"，而她把这种需要转给了詹纽瑞——为她送上托盘餐，虽然詹纽瑞几乎没碰过；接听电话；除了米尔福德父子俩，不让任何人接近詹纽瑞；像个萧瑟的哨兵在门口站着岗，沉默着……哀伤着……等待着。

迪伊和迈克的追悼会上，大卫坐在詹纽瑞的旁边。她面无表情，几乎像是睁着眼睛睡着了。大卫的父亲坐在她的另一边，大卫的母亲挨着自己的丈夫坐着，紧张地抓着手帕，露出得体的悲痛欲绝。教堂被团团围住了，社会名流和明星的出席引来了所有的新闻媒体。国际上流社会也有代表出席，就是那些真正的皇室成员。迪伊的一些欧洲朋友包了一架私人飞机来参加追悼会。因为预感到现场会有电视摄像师，许多演艺名流突然发现有必要来向迈克致以最后的敬意。但引发最大轰动的是卡拉的出现，她到的时候，好奇的围观人群几乎冲破了警察的警戒线。

大卫没有看见她，但他听见了外面的尖叫声，一浪高过一浪，听见了粉丝高喊她的名字。他知道她坐在后排的某个地方，所以他祈祷自己别看见她。在那个夜晚受创后，他强迫自己放下对她的所有念头。他还真采用了一种自我催眠的方式，把她从自己的思绪里驱逐了出去。无论何时她的名字跃入脑海，他就想"憎恨"这个词。接着，他会想与憎恨这个词关联的人和事——希特勒、猥亵儿童、贫穷。在这个过程的某个环节，他的心思会转向其他事情。他还承接了新开账户和其他的额外工作。同时，他会确保晚上绝不一个人待着。有时是金姆，有时是瓦莱丽——一个漂亮的欧亚混血女孩。当飞机失事的消息传出来后，他放下一切，投入了"关心和体贴"詹纽瑞的当务之急中。

从今以后，自始至终只有詹纽瑞了，他的苗条、憔悴、漂亮的年轻女继承人。她到达教堂的时候，各路新闻媒体的摄像机让她很为难。她不知所措地紧贴着他。她确实是个漂亮女孩，漂亮、年轻又迷茫——漂亮、年轻、迷茫，又继承了一千万。他伸出手碰了碰她戴手套的手，她抬起了头，他希望自己那抹淡淡的微笑传达了同情和安慰。

追悼会还在按部就班地继续，他知道教堂里挤满了人，教堂后面站了满满三排人，有人说州长也来了。卡拉坐在哪儿？他有些惊奇地意识到，今天——这一分钟——是他第一次"允许"自己想到她。他强迫自己不再想她，但不管用。不知怎么，在这个人潮拥挤的教堂里，他感觉到了她的存在。这太荒唐了，但他真的感觉到了。而现在，突然之间，就连自我催眠也不管用了。他无助地坐着，任思绪控制了他的大脑。她是一个人来的吗？还是鲍里斯或者某位她信任的男伴陪她来的？或者有了新欢？他必须停下！想想詹纽瑞，他告诉自己，想想迪伊，想想家人，他是作为"直系亲属"来这儿的——"直系亲属"，却被踢出了遗嘱。天哪，为什么那架飞机要失事？！就不能在迪伊改了遗嘱以后再失事吗？她想改的。为什么她要等到他父亲去欧洲前一天才给他打电话呢？而且她还从法国南部发电报来，说她回来后想要大幅度改动遗嘱，为什么？

他的继承权会恢复吗？詹纽瑞会出局吗？但现在，全天下的推测都不重要了，这份遗嘱无懈可击，詹纽瑞将成为纽约城的新富家女。

他听到了管风琴和每个人低声咕哝主祷文的声音。他随着其他人一起机械地低下头又抬起来。他父母开始起身，他挽起了詹纽瑞的胳膊。他始终低着头，领着詹纽瑞走过通道，离开教堂里那宁静的微光，逐渐走向那个日光刺眼的大洞，所有好奇的民众和电视摄像机都正在那儿等待。

经过倒数第三排的时候，他看见了她。她头上包了一条黑色雪纺丝巾，正准备疾步走向出口。但就在那一瞬间，就在她要戴上那永远不变的黑色太阳镜之前，他们的目光相遇了。接着她就走掉了，躲躲藏藏地穿过通道，希望能从侧门溜走。他挽着詹纽瑞的胳膊，保持着庄严的步伐，走向那辆豪华轿车。当电视台摄像师为六点新闻拍摄他们的时候，他设法让自己看起来忧郁得恰到好处。

他把詹纽瑞带回了皮埃尔。接下来的三个小时里，大批的明星、咖啡馆社交圈名流拥入她的会客厅，酒杯碰得叮当作响。保安人员在站岗，因为致敬会已经变成了一场鸡尾酒招待盛会。他站在詹纽瑞身旁，到后来，她表现出了明显的疲惫。莎蒂送她进了卧室，但派对仍在继续，新来的人络绎不绝地从门口拥进来。他看着他母亲扮演着女主人的角色，就连他父亲似乎也正乐在其中。整件事都有些残忍的意味。他瞥见了钢琴上方那些闪亮的银相框，相框里的大多数名人都亲临了皮埃尔这间巨大的会客厅。所有人，除了一个人。他的视线停留在了卡拉的照片上。他走过去，注视着那张照片。那双眼睛很冷漠，带着一点孤独，就像今天一样。

他看见莎蒂从卧室出来了。她轻手轻脚地走过来，告诉他詹纽瑞休息了。她服用了一片安定药。当确信没人注意他的时候，他溜出了公寓。

他知道他要去哪儿。他曾以为他再也不会去那儿了，再也不能面对那个门卫，或者那个电梯员。但突然，这些都不重要了。今天与她对视过后，他知道他能面对这些人——就算一大群这些人也可以。他必须见到她！

尽管如此，看见她家楼前站着的是一个陌生门卫时，他还是大松了一口气。当然了，他也从没中午来过。门卫敷衍地拦住了他，说道："所有访客都需要通报。"他犹豫了片刻，如果卡拉回话说拒绝接待他，那他就得遭受面对这个陌生门卫的尴尬。

不过，现在一切似乎都不重要了。他报上了名字，等着门卫笨拙地挪进去拨打内部电话。这个高大粗笨的陌生人穿着装饰有穗带的制服，却享有和她对话的特权……也许他没有。等着的时候，他点起了一支烟。等待似乎漫无休止。也许她还没回家。如果门卫说她出去了，有可能是真的，但他永远不会知道。

门卫慢吞吞地走了回来，好像他的脚底疼得走不动。大卫熄灭了香烟，等着他开口。

"公寓15A，"门卫说，"坐前面的电梯。"

大卫一动不动地站了片刻。接着，他疾步穿过大厅——没时间让自己感觉紧张了。他很感激电梯正在等客。他走出电梯，她正站在她的公寓门口。

"进来吧。"她平静地说。

他跟着她进了屋。阳光把浑浊的东河染成了一条灰黄色的阴影。他看见一条拖船划开水面前行，所过之处震荡起小小的波纹。"我不知道你这儿的风景这么好。"他说道。

"也许因为你只见过夜景。"她平静地说道。

"或者也许我从没真正看过。"他说。

有那么一阵儿，他们都没有说话，然后他说："卡拉……没有你，我活不下去。"

她坐下来点起一支她的英国烟。接着，像是才想起来，她把烟盒递给了他。他摇了摇头。然后，他在她旁边坐了下来："你不相信我，对不对？"

她慢慢地点点头："我相信你是认真的……此时此刻。"

"卡拉，我很抱歉，关于我那晚做的事情。"他生硬地说，突然，所有的话都倾泻了出来，"天哪，我肯定是疯了。我甚至不能把责任推到酒上，因为我是故意喝醉的，为了给自己勇气到这儿来，来大吵大闹。"他低头看着自己的双手，"只是整件事逼得我喘不过气。我总是在担忧时间，担忧我们还能在一起多久，担忧不知何时你会突然离开我。但是今天，我看到你的时候，我全明白了，我知道一切是怎么回事了。我爱你。我想和你在一起……公开地在一起。我想娶你——如果你愿意嫁给我的话。或者我就做你的男伴，留在你身边，如果你想要这种方式的话。我这辈子都在为继承迪伊的钱而焦虑，而现在，看起来我下半辈子应该用来设法得到詹纽瑞的钱。我本来也愿意那么过下去，直到我在教堂看见了你。因为在那一刻之前，我没有其他更好的事可以做。但当我再次见到你——"

她用手掩住他的嘴唇："大卫，很高兴见到你，那晚的事我也很抱歉。"

他握住她的双手亲吻它们。"不，我才需要道歉，我说的那些话都不是真心的，我——"他知道他的脸烧起来了，"我不相信我说的关于海蒂·兰斯的话，我并不是真的认为她那天在这儿。"

"这些都不重要了，"她说道，"海蒂——"她微笑起来，"我很久以前就认识她了，我第一次来美国的时候。我有好多年没见过她了，除了电视上回放她的老电影的时候。"

"肯定的。我那天在21号餐厅见到了她，所以突然想起了她，而且——"

她把手指压在他的唇上，微微一笑："别说了，大卫。这些都不重要，海蒂，或者——"

"你说得对，"他说道，"什么都不重要，除了我们俩。"

她站起来穿过房间。她对着他微笑，然而，她的眼睛里流露着悲伤："不，大卫，我们没有那么重要。我一直活得非常自私。我想做很多事，总以为时间还很多。迪伊的死给我上了不同的一课。我们永远不知道我们还有多少时间。我的老朋友杰里米·哈斯金斯已经快八十岁了，每次收到伦敦那边的消息，我都紧张得憋气。可谁又能想到，杰里米竟然比迪伊活得久呢？"

他走到她身边，想把她抱在怀里，但她挣开了他的拥抱。他扶着她的双肩，凝视着她的眼睛。"卡拉，这就是为什么我到这儿来，就是为了这个原因。我们讨论过我们之间的年龄差距，但现在看来，一切似乎都太傻了，唯一重要的就是在一起，彼此拥有。"

"不，大卫，那不是唯一重要的事。"她转向了一边。然后，她指着沙发说："坐下吧，我想让你听我说。没错，我们是有过好时光，但那都过去了。现在，我要告诉你什么是真正重要的。我要给你讲一个女孩的故事，她叫辛奈妲……"

大卫捏扁了他的空烟盒，他盯着站在壁炉架旁的卡拉，听着她讲述她如何艰难地抚养孩子。有很多次，他都感觉眼泪要夺眶而出，而她讲述修女们在修道院被强奸时那种冷静让这一幕变得更加可怕。当她讲完时，她说："所以你看，我们的事实际上是多么不重要。在此之前，我一直没怎么付出，让其他人去照顾辛奈妲，但现在一切都不同了。"

"迪伊知道你女儿的事吗？"他问道。

卡拉犹豫了一下。接着，她努力微笑起来："当然不知道了，迪伊为什么会知道？事实上，我们没有那么熟。我只是她钢琴上方照片墙上银相框里的一位罢了。"

"如果她知道，她或许会在遗嘱里留下些什么。"

卡拉耸耸肩："我有足够的钱，但我需要改变我的生活方式。我把这套公寓挂出去卖了，这应该能给我带来一大笔钱。有个特别棒的希腊小岛，叫帕特莫斯，没有多少游客去。那儿很安静，我会在那里买一栋房子，和辛奈妲还有哈林顿夫妇一起住。"

"带她来这儿，"大卫恳求道，"我们可以都住在一起。"

"大卫，你没明白。她非常漂亮，但她还是个孩子。她满脑子想的只有在街上蹦蹦跳跳。她还会因为你不买她想要的所有玩具而在施瓦茨店放声大哭。她就是个孩子，一个三十一岁的孩子！我是个很注重隐私的人。你也知道，为了保护隐私，我是如何奋力争取的。把辛奈姐暴露给追逐她的摄影师对她太不公平了，她的人生会变成一个笑话。但是在帕特莫斯……我们可以一起游泳，一起散步，一起玩耍。在那儿，没人认识我，我们将拥有完全的隐私。杰里米会派人安排各种事情。我明天就出发去选房子。"

"卡拉……嫁给我吧！求你了！你的钱足够供养辛奈姐，而我挣的钱够我们俩生活，而且……"

她温柔地抚摩着他的脸："是的，我肯定你能做到。我们会在一起度过美好的一年。"

"很多年。"他纠正她说。

"不，大卫，最多一年。然后你就得眼看着你可爱的小詹纽瑞嫁人。你会想起那一千万美元，你会想起你本可以拥有的那种生活方式……不，大卫，这绝不可能长久。我的职责是陪在辛奈姐身边，有太多东西我必须教会她，特别是让她知道我是她母亲，她是那么迷茫。而你的职责是陪在詹纽瑞身边，我今天看到她了，她也非常迷茫，她非常需要你。"

"我需要你。"他说道。

她张开双臂，他紧紧地抱住她，吻着她脸上的每一寸肌肤。然后，她挣脱了他的怀抱："别这样，大卫……"

"卡拉……"他祈求说，"如果你要赶走我，那求你让我最后一次和你在一起……"

她摇了摇头："这对我们俩来说只会更难。再见了，大卫。"

"你又要赶我走吗？"他问道。

她点点头："但这次，我是怀着爱意赶你走的。"

他朝门走去，突然，她冲向他，紧紧抱住他："大卫，要幸福。请你，为了我……一定要幸福。"他感到泪水湿润了她的脸庞，但他没有回头看，而是径直走出了那扇门，因为他知道他自己的眼睛里也全是泪水……

28

詹纽瑞服了过量的安定药，甚至记不清追悼会的情形了。她知道大卫一直在她身边。但整件事就像一场掐掉了声音的新闻。米尔福德夫人的内科医生克里夫德给了她一些安定药，而她服用的药量是处方上的三倍。她知道教堂里座无虚席，她记起来她当时在想"迈克肯定会喜欢这个满堂彩[1]"。但她离开教堂时，或者好奇的旁观者喊她的名字时，她感觉自己被闪光灯不停的新闻摄像机排除在外了，这感觉很奇怪。

人们纷纷挤进皮埃尔酒店的公寓，这让她很吃惊，而她还应该招待他们，仿佛他们是获邀来访的客人——这个事实更是让她瞠目结舌。事态发展到她难以承受的时候，她溜进卧室吃下了更多安定药。

接下来的几天她就像在做梦一般，连续数天在乔治·米尔福德的办公室参加严肃会议，签各种文件——大卫始终陪在她身旁。迪伊留给她一千万美元！这数额过于庞大了，无法唤起她任何异样的情绪。能让迈克起死回生吗？能撤销五号木屋的那个晚上吗？

不知怎么，日子一点点挨过去了。大卫每天晚上都带她回父母家吃晚饭，她成功地与玛格丽特·米尔福德进行了某种对话，玛格丽特总是紧张兮兮地试图满足别人的所有愿望。这一切的一切，她非常感激大卫。当一些新来的陌生面孔围住她，大批媒体记者仿佛就会从四面八方跳出来，有时候她感觉自己仿佛快要被淹死了。每到这种时候，她就会紧紧靠着大卫……看到这张熟面孔能让她感觉安心些。莎蒂也总是在的……她回到皮埃尔时，莎蒂总是在等她。她现在睡在主卧了，据莎蒂说，她睡的那半边床就是迈克之前用的。莎蒂肯定是知道的，因为她每天早上都给迪伊送咖啡。

莎蒂还每晚给她限量发放克里夫德医生开的安眠药——两片速可眠，还有一些温牛奶。到了这周末的时候，詹纽瑞发现，往牛奶里滴几滴杰克·丹尼威士忌能让她立刻就睡着。她始终不停地给汤姆打电话。至于她什么时候会给他打电话……或者打了多少次电话，她从来没有清醒的意识。她一醒过来就给他打电话……无论是早上还是半夜。无论何时她觉得自己孤独了，就会拿起电话打给他。尽管有时候他的声音听起来疲惫不堪或者昏昏欲睡，但他总是会安慰她。也有几次，他温柔地指责她喝醉了。

最重要的是，她喜欢睡觉。因为那个梦，那个梦每晚都出现，画面很模糊。梦里有个英俊男人，长着一双海蓝色的眼睛。很久以前她梦到过这个男人一次，

1　满堂彩（Full house），扑克牌中三张同点加一对的一手牌，也表示宾客满座，座无虚席。

她那时刚遇到汤姆。当时那个梦让她惊惶不安，因为不知怎么，那男人让她想起了迈克。不过，自从她和汤姆成为情人，她就忘了那个梦。而阿尔珀特医生给她打针那段时间，她从不做梦，因为她从未真正进入深度睡眠。但她用牛奶加杰克·丹尼服用速可眠的第一个晚上，这个梦就再次出现了。那是个怪梦，她在迈克的怀里，他正在对她说，他还活着呢……说这一切都搞错了……失事的是另一架飞机……他没事。突然，他从她的怀里掉了下去，她看着他落入大海……一直下沉……下沉……下沉……就在她试图跟着他去的时候，强壮的胳膊抓住了她。是汤姆……他抱着她，和她说他再也离不开她了。当她依偎着他，和她诉说她是多么需要他的时候……她看见那人并不是汤姆。他像汤姆……他也像迈克……除了那双眼睛，那是她见过的最漂亮的眼睛。醒来后，她仍能看见那双眼睛……

她问克里夫德医生要更多安眠药，他建议她应该开始尝试不吃安眠药入睡："如果你是位寡妇或者年纪再大些，在这世上无依无靠了，我可能会多给你开一段时间安眠药，帮助你熬过这种孤寂。但你是个年轻漂亮的女孩，还有个爱慕你的未婚夫，你必须开始尝试正常生活了。"

她度过了一个不眠之夜。她感觉头疼，喉咙发紧。绝望之中，她去迪伊的药柜找阿司匹林，却无意中发现了金矿——一瓶又一瓶的安眠药。没有一瓶的标签上有克里夫德医生的名字。显然，迪伊另有一个专属的"开药医生"。里面有减肥药（因为琳达偶尔也吃，所以她认识）、两瓶黄色的安眠药、三瓶速可眠和一瓶吐诺尔，还有几盒法国栓剂。她快速地把它们从药柜里全拿了出来，并藏了起来。

现在，那个梦每天晚上都会出现。有时只是那双眼睛，它们似乎试着安慰她，试着给她希望，告诉她还有个美好的世界在等着她……但她醒来的时候，感受到的只有漆黑的房间和空旷的床铺带来的寂寞。然后，她就会给汤姆打电话……和他说话，一直说到她的话开始含糊不清，说到她再次睡过去。

第三周过了一半的时候，那些药不再管用了，她会立即睡着，但没几个小时就醒了。有一天晚上，她醒过来发现自己没做那个梦，那次入睡只是在虚无和黑暗中度过了几个小时。她于是去了藏药的衣柜那儿，又吃了一片速可眠，同时试着吃了一片黄色安眠药。她感觉头昏昏沉沉的，但还是睡不着。她拨通了汤姆的电话。电话响了好一阵儿，他才接起来。他的声音听起来有些糊涂。

"詹纽瑞，拜托了……现在是凌晨两点。"

"好吧，至少我没在你写到一半时打扰你。"

"确实，可是你把我吵醒了。亲爱的，我的进度远远落后了，电影公司要找我麻烦了，我必须写完这个。"

"汤姆……再过几天，我就把所有的事情都做完了，然后我就可以回去了。"

一阵短暂的沉默。然后他说："听我说，我觉得你最好等一等。"

"等什么？"

"等我写完这个大纲。就算你来了，你现在也不能搬来和我住……"

"为什么不能？"

"天哪，难道你一直都没看报纸吗？"

"没有。"

"所有报纸上铺天盖地都是你。那一千万美元让你一夜成名了。"

"这话听起来就像是琳达说的。她……她……她一直说……我是——"她停下不说了。她的舌头开始迟钝了，她想不起来她打算说什么了。

"詹纽瑞，你是不是吃了什么？"

"吃了安眠药。"

"多少？"

"就两片。"

"那好，去睡吧。听我说，我很快就会写完这个大纲，然后我们再好好谈谈。"

她手里拿着电话听筒就睡着了。第二天中午莎蒂叫醒她的时候，她半点也想不起这次对话的内容了。但她有种感觉，有些事情不太对劲。

过了几天，她邀请琳达来吃晚餐。客房送餐的食物棒极了，莎蒂还冰镇了一瓶迪伊最好的葡萄酒，但她们的关系里缺失了以前的某些东西。琳达的头发长过了肩，她吃得很少，还穿着连体紧身衣，看起来比以前更瘦了。"我想变得骨瘦如柴，"她说道，"那会成为我的新形象。你觉得我的眼镜怎么样？"

"很棒啊，但我不知道你需要戴眼镜。"

"我一直戴隐形眼镜，但我更喜欢现在这样。我现在在和本杰明·詹姆斯交往。"她等着詹纽瑞的反应。当看到詹纽瑞毫无反应的时候，她说："你看，亲爱的，他确实比不上汤姆·柯尔特，但他赢过许多小奖。事实上，人们认为他的作品文学性太强了，不会真正大获成功的。他的上本诗集才卖了九百册。但有一伙真正'时髦'的人认为他是个天才。再说了，他现在对我非常有帮助。"

"琳达，你就不想要一个固定的男人吗？"

"不再想要了，当我看到报纸上你的那些照片——"她停下来环顾房间，"当我看到这个房间的布局时，我知道这正好证明了我的观点。要成功，只有两种办法：有钱……或者出名。如果你有了其中任何一样，你就能拥有你想要的任何男人。而且，等我出名了，我就不再真的需要一个固定的男人了。"

"为什么不呢？"

"因为等我功成名就了，我的人生只容得下一名超级巨星……那就是我。在那之前，就得有本杰明这样的人，他能帮到我。不过一旦我成功了，我就不会再忍受任何男人了。这就是我想要的生活方式——不是成为某个男人的附庸，而是成为独一无二的琳达·里格斯。这就是为什么我给本杰明洗袜子，为他做饭——因为他很聪明，而且和很多聪明人交好，我现在需要他，直到大选来临。事实上，我将从九月开始为我的候选人工作，然后我就会全力以赴。"

"为谁？"

"马斯基，本杰明说他稳赢。"接着，像是事后才想起来，琳达问道，"说起来，你和汤姆怎么样了？"

"他正在写他那个电影大纲。"

"到时候你就要回去了，我猜。"

"不回去。"

"别告诉我你们俩结束了，不过话说回来，你现在也不真的需要他了。"

"我们俩没结束，而且我现在尤其需要他，"詹纽瑞说，"但现在关于我的报道这么多……汤姆感觉我太出名了，不适合……那个……不适合到那边就搬去和他一起住。"

"那就在那边租一栋大房子，一栋豪宅。天哪，你现在想做什么事都行。雇一位媒体经纪人，安排你参加上流社会的所有派对。好好享受生活吧。既然你有了一千万美元，或许他在离婚这事上会松动一些。"

"离婚？"

"听我说，詹纽瑞，让我们面对现实吧。你是个天生的小软猫，你需要男人，而且更重要的是，在内心深处，你想要的是美好而且合法的关系，你一直在努力顺从这种同居关系，但我能看出来，你接受不了。很久以前你就和我说过，他写那个电影大纲是为了保护他的利润分成，为了买下那套联合公寓。换句话说，只是为了钱。那好吧，现在他不需要担心这些了，你可以为他买下那套公寓。而且，如果你真想做个始终慷慨大方的女人，你可以付给他妻子一大笔安置费，这样她就会把他以及那孩子放进银盘子拱手相让。再有，如果他真那么着迷于当一名父亲，你可以提出来和他生一个你们自己的孩子。我是说，你就是想要这些东西的那种人，对不对？"

"我想结婚。是的，我真心想。我也可以给汤姆生个孩子，我可以的……为什么不呢？琳达，你说得对，我今晚就和他谈这件事。"

琳达拿起她的包，眼睛注视着钢琴上方的那些照片："迪伊真的认识所有这些人吗？"

"是啊。"

"你看，就像我刚才说的，有钱，或者出名，你就能拥有这个世界。"

詹纽瑞微微一笑："我不想要这个世界，我只想找到一个每天早上起床的理由。"

琳达走了以后，詹纽瑞思考着这件事。她前一天晚上睡得不好。她一直在等那个梦，可是它没出现。她醒来后感觉很凄凉，几乎像是她本人遭受了某种拒绝。最近，这些梦比她醒着时的思绪更加真实。那个英俊的陌生人有一双蓝眼睛，温柔又热情。她从来想不起他们是否交谈过……或者触碰过对方……她只知道，她睡着的时候他就在那儿。近来，她发现自己下午就会躺下来尝试入睡。但克里夫德医生说得对，她得面对现实，汤姆是现实的，汤姆正在五号木屋里工作，努力写着那份电影大纲，好买下他们的公寓。她现在可以为公寓购置家具，做点什么。她每天可以为这个理由起床！

她拿起电话听筒开始拨号，然后她想起了时差，现在是十一点——洛杉矶是八点。汤姆应该刚准备开始晚间的工作。他通常从八点工作到十一点，那意味着她要等三个小时……

她试着去看电视。她从约翰尼换到莫夫，又换到迪克[1]，又换到一部午夜电影，但什么也无法吸引她的注意力。她脱掉衣服泡了个澡，这能打发一些时间。之后，她四肢舒展地躺在床上。她知道她睡着了，因为她意识到她正在做梦。但这不是"那个梦"，是场噩梦。她梦到了水和月光，然后，她看见一架飞机正在坠落——迈克的飞机——它在空中打着转。落啊……落啊……落啊……直到它消失在月光在海面铺就的银色大道里。她感到惊惶，仿佛她也在坠落。然后，她感觉有一股力量举起了她，她安全了。她看见了那双蓝眼睛，他正从远处向她走来。她拼命想看清他的脸。他的脸隐藏在阴影里，但不知怎么，她知道那张脸很英俊……

"你真想到我身边来吗？"他轻声说。她还没能回答他就消失了，她醒了。

1　约翰尼（Johnny）、莫夫（Merv）、迪克（Dick），都是当时的热门脱口秀主持人。

　　这个梦太真实了。她环顾卧室，半是期待能发现他就站在那儿。不管他是谁，他都是这世上最英俊的男人。不过，她从未看见过他的脸，这只是她感觉到的。可这太荒唐了，他并不存在，他只是她在梦里创造出来的一个男人。也许她要疯了。不都是这样发生的吗？人们开始看见不存在的景象，听见不存在的声音。她真的害怕了，因为她仍然能听见他的声音……而黑暗之中还传来一阵刺耳的声音。

　　过了片刻，她才意识到那刺耳的声音是电话铃声——完全真实的声音。她醒过来也是因为电话响了。黑暗中，收音机闹钟上的发光数字显示着一点五十五分。谁会在这个时间给她打电话？只有……汤姆！

　　她抓起听筒，当听见他的声音时，她一点也不吃惊，只有欣喜若狂。现在，她正无比需要他，她需要一个真实男人的安慰，而不是一个幻想的男人。

　　"嘿，汤姆，我真高兴接到你的电话。我正想打给你呢……等你一结束今晚的写作我就打。"

　　他笑了："哪儿来的这股突然的体贴？"

　　她在黑暗中摸索着香烟："我不明白你在说什么。"

　　"詹纽瑞，过去这三周，你每天差不多要给我打二十个电话，从我这边的早上九点一直打到第二天凌晨五点——现在突然又守起规矩了。"

　　"哦，汤姆，我很抱歉。我没注意……只是每当我不高兴或感觉迷茫的时候，我就想找你。汤姆，我受不了了。我要去找你，明天就去。"

　　"不用麻烦了，詹纽瑞，你只需要走过一条街。"

　　"我没听懂。"

　　"我在广场饭店呢，我刚到。"

　　"汤姆！"她从床上坐起来，打开灯，"嘿，汤姆，我随便穿条休闲裤，现在就过去。"

　　"宝贝，别急！我累坏了。再说，明早九点我和出版商还有个会。"

　　"好吧，那我什么时候能见你？我不能等了！"

　　"明天午饭的时候。"

　　"午饭？汤姆！谁需要吃午饭？我想和你单独在一起。我想——"

　　"宝贝，我的律师正要到出版商这儿和我碰面，我们要制定下一本书的合同细节。之后，我需要放松，喝上几杯。所以，让我们在图茨·索尔见吧，比如……十二点半怎么样？"

　　"汤姆……"她的声音变低沉了，"我现在就想见你。想到你和我只隔着一条街，我就无法忍受，求你了，就让我过去吧。"

他叹了口气："宝贝，你有没有意识到，和你讲话的是一个五十八岁的老男人，还是个有时差综合征、需要睡觉的老男人？"

"五十七岁。"她说道。

"五十八岁了，你不在的时候我过了一次生日。"

"汤姆……你应该告诉我的。"

他笑了："这种事我可不喜欢大肆宣扬。明天见，宝贝，十二点半。还有，詹纽瑞……拜托了，你可别带个生日蛋糕来……"

她走进图茨·索尔餐厅的时候，他正在吧台前的人堆里站着。他已经见到了几位老朋友，正在给他们买酒。他看见了她，伸出双臂欢迎她，并在吧台前的人堆里为她挤出了一块地方，她挤进去依偎在他的胸前。他向周围的人介绍了她，然后看着她咧嘴一笑。"好啦，小伙子们，从现在起，我就不参与你们的谈话了。"他温柔地亲吻了她的脸颊。"白葡萄酒？"

"不，你喝什么我喝什么。"

"给这位女士来份杰克·丹尼，多放苏打水。"

"汤姆，你看起来棒极了。皮肤全晒成小麦色了，还有——"

"我终于写完剧本了，我是说，大纲。过去几天，我是在我制片人的泳池边过的，还获悉结局必须改。"

"汤姆！你不能改掉结局——"

"如果我不改，他们就找愿意的人来改。"

"你是说你没有控制权？"

"完全没有，一旦我拿了他们买书的钱，这本书就属于他们了。一旦我拿了他们的钱去写剧本，就意味着我同意写一份让他们满意的剧本。"

"如果你拒绝会怎么样？"

"首先，他们就不给我钱了。接着，他们会另找人来写，他会完全按照他们的要求去做。"他一口吞掉了剩下的酒，说道，"不过，别难过，这是意料之中的事。我签合同的时候就知道我要面对的是什么。只有一件事我不知道……就是这事有多让人心痛。"说完他示意服务生，表示他可以坐下了。

她一直等到他们在桌旁坐下，他又点了一份酒，才开口说道："那就放弃吧，汤姆，让别人去写吧。它不值得所有这些痛苦。"

他摇摇头："我现在不能放弃。至少这样我还能有一些控制权，保证有些地方棒极了。而且，如果我必须妥协，至少我想在场，确保这些妥协奏效。"

"可你只是为了买下纽约那套公寓才写这份电影大纲的，而且——"

"我写是因为我有分成，记得吗？而且我是为了保护我的书。"

"但你也说过，那钱可以买下那套公寓，现在你不需要担心那个，或者……我是说……那个……"

他伸出手握住她的手："詹纽瑞，我退掉了那套公寓。"

"什么？！"

"听我说，我们俩分开的这段日子里，我想了很多。你不在，我的工作完成了很多。所以我意识到，如果我和你住在一起，我永远也无法真正写作。"

"汤姆……别这么说！"

服务生把菜单放在了他们俩面前。汤姆研究着他那份。她想尖叫！他们的同居生活正岌岌可危，他怎么还能考虑食物？或想着任何其他事情？

"尝尝扇贝，"他对她说，"真是特别小——是你喜欢的那种。"

"我什么都不想吃。"

"两个汉堡，"他对服务生说道，"再来一些热酱汁。我的汉堡肉要一分熟，你的要几分熟，詹纽瑞？"

"我不在乎。"

"她的也要一分熟。"

服务生一走开，她就对他发了火："汤姆，你什么意思？你当然可以写作，就算我和你住在一起。也许我们住在木屋时你写不了，但如果我们在纽约有一套大公寓，我就绝对不会妨碍你了。我就待在不起眼的地方，我不会干扰你的，我保证。"

他叹了一口气："不幸的是，宝贝，你确实干扰我了。在我的一生中，我已经有过太多爱了。我总以为我会永远爱下去，永远喝下去。但一年年过去，工作越来越难，而爱似乎越来越不重要了。我已经面对的现实是我五十八岁了，我写出来的书还不到我承诺自己会写的一半。我认为，我不能再让自己享受奢侈的爱情了。"

她努力不让眼泪溢出眼眶，但哭泣让她的声音嘶哑了："汤姆……你不爱我了吗？"

"天啊，詹纽瑞……我真是太感激你了。你给了我一些特别美好的东西，我永远不会忘记的。听我说，我们之前拥有的非常美好，但那无论如何都会结束的，也许几个月以后……但也许最好现在就结束——"

"汤姆，你说过你再也离不开我了。你只是说说的吗？"

"你非常清楚我那时候是认真的。"

"那时候？"

餐馆小工给他们的杯子里加了水。他们俩都不说话了，直到他走开，汤姆才伸出手握住她的双手。"现在听着……我说过的话……我是认真的，在那个时候，那不是趴在女人身上时哄人的话。我是真心的，但世事多变……"

"什么也没变。"她紧张地说。

"好吧，假设我变了，假设变老一岁改变了很多事。宝贝，在你这个年纪，你的前方还有整个世界。你还有时间。天啊，时间，这是个多么美好的词啊，而你拥有时间，有时间去爱，有时间去做梦，有时间去疯狂冒险……而我只不过是其中之一。"

"不是的！"

"也许有一天，等你年华渐老，开始回顾往事的时候，会觉得我很重要，也许是最重要的。但是，宝贝……想想吧，再过三十七年，就是2008年，你才到我现在这个年纪。"他停下来微微一笑，"对你来说，这似乎难以想象，是吧？我再给你摆几个难以想象的事实。到了2008年，如果我还活着的话，我就九十五岁了！"

服务生端着汉堡过来了。他为他们布菜的时候，詹纽瑞强作欢颜。他一走开，汤姆就大嚼起汉堡来。詹纽瑞碰了碰他的胳膊。她压低声音急切地说："汤姆，你说过的，如果我们能在一起一年、两年……无论我们能好多久，都会值得的。"

他点点头："我确实是这么说的。"

"那好，我们就这么办吧，让这段关系自然结束，别提前抛下我。"

"可是该死的，詹纽瑞，我们已经结束了，没法再继续下去了，你不明白吗？我必须回到那间木屋继续工作。我还得多写几本书，我还得——"

"汤姆，"她用力吞咽着眼泪，压低声音，因为她能肯定隔壁桌的人正在试着偷听，"汤姆，求你了，你说什么我都去做——只是别现在结束。没有你，我活不下去。我只有你了，我只在乎你。"

他看着她露出悲伤的微笑："二十一岁，身家千万，那么漂亮，又那么健康——而你只有我了？"

"我只想要你。"现在，泪水完全淹没了她的眼眶。

他沉默了片刻，随后点点头说："好吧，我们试一试，不会很容易，但我们会试试。我曾经承诺过我绝不离开你，承诺过只要你想要我们在一起，我们就努力在一起，我会遵守诺言的。"

"哦，汤姆……"

"现在吃你的汉堡吧，因为你得回家收拾行李了。我明天就得回洛杉矶。"

她小口咬着汉堡肉，加速咽下盘子里的食物。餐厅里座无虚席，有些他认识的人在桌边驻足，大加赞赏他的书，并且向他表示恭喜，因为那本书仍然稳坐榜单冠军的宝座。有些人问起了电影以及演员的挑选……他向别人介绍她的时候，她始终设法保持微笑。几个男人戏谑地问她，汤姆这么个难看的老男人，她看上他什么了。但她知道，他们的玩笑话不过是出于对他的真心敬佩和喜爱。

他们喝起意式浓缩咖啡的时候，终于只剩他们俩了。他先开了口："好吧，如果你觉得你能应付的话，我们就回五号木屋。"

她挽住他的胳膊："那边还在下雨吗？"

"不下了，至少我走的时候没下。"他再次叹了口气。

"你不是真心想让我去。"她说。

"不是因为这个，是那个该死的剧本。"

"那就别写了，汤姆。"

"也许之前我解释的时候你没听我说……"

"我一字不落都听了。我还记得你说你五十八岁了，说你想写所有你承诺自己会写的书。那为什么要继续埋头六个月删减和糟蹋自己的作品呢？开始做你真正想做的事情吧。"

"这里面还涉及七万五千美元这件小事。"

"汤姆，我们分开的这段时间我想了很多。听我说，我现在有一千万美元了，如果你妻子愿意和你离婚，我就给她一百万。我会为你的孩子在信托基金里再留一百万。这些能让你摆脱所有的内疚和责任。这样我们就可以在一起了，还可以结婚，可以生一个我们自己的孩子，或者你想生几个就生几个……而你也可以写作。"

他诧异地看着她："这是你第一次像个百万富翁那样说些屁话。"

"你什么意思？"

"每样东西、每个人，都在拍卖台上，对不对？每个人都有一个价格，一百万，两百万。你要买的这个穷鬼想要什么不重要，只要你付得起钱，他就是你的了。"

"汤姆，这不是真的！我想让你做我丈夫。我想让我们永远在一起。我有足够多的钱，所以你不需要守着那台打字机，也不需要听制片人或者导演发号施令了。我希望你能按照你喜欢的方式去写。而最重要的是，我想要我们在一起，彼此相爱，快乐生活。"

他悲伤地摇了摇头："詹纽瑞，你看不出来吗？这事行不通。我们曾经拥有的那些，现在已经无处安放了。我低迷的时候你来到了我身边，那时候我需要你。天哪，我曾经多么需要你啊。你给了一个中年男人最后重振雄风的伪装。就那而言，我永远感激你。在正确的时间，我们共同发现了某些特别的东西。当我在巡回宣传的路上出卖节操的时候，是你给了我温暖和自豪。作为回报，我为你顶替了你爸的位置，所以我们扯平了。我将回到我的写作中去，而你将回到你爹地为你捞的财富里。回去过一个年轻女孩的生活吧，一切都在那儿等着你。"

"不！汤姆，你不是认真的。你只是不开心，我不想过任何其他生活，我只想和你在一起——"

"但我的生活是写作！你还不明白吗？写作是最重要的，一直就是这样。"

"好吧，好啦，你可以写作，你可以写所有你想写的，我想让你写作，我可以在法国南部为我们买一栋房子，远离人群。你永远不需要再写电影大纲了，也永远不需要写任何你不想写的东西了。我会非常安静的。我会雇一些仆人，照料你想要的一切。如果你喜欢在纽约写作，我会为你买下你见过的最大的公寓，我会——"

"别说了，詹纽瑞！你是在和汤姆·柯尔特说话，不是迈克·韦恩。"

她沉默了片刻。当她再次开口说话的时候，她的眼睛盯着桌子，声音很不自然："你说那话是什么意思？"

"就是听起来那个意思，我不是你父亲，我不会被一个有钱女人包养。"

她推开桌子站了起来。她知道咖啡洒了，但她再也没有回头，径直走出了那家餐厅。

29

詹纽瑞断断续续睡了三天，莎蒂勤勤恳恳地端来托盘，试着哄劝她吃些东西。有时，她会挥手让莎蒂拿开，或者语无伦次地嘟囔着她感觉不太舒服。后来，莎蒂威胁她说要给克里夫德医生打电话，詹纽瑞才想办法吃下去一些东西，并解释说她只是来了月经，所以一直不舒服。这让莎蒂松了一口气，转而告诉大卫："詹纽瑞小姐只是在经受每个月的苦日子。"

药物再也无法让她柔软放空地入睡了。到了第四天，她半梦半醒地躺着，脑袋昏昏沉沉的，因此没法读书，又因为服药过量，所以根本睡不着。她还意识到，明天晚上她就得跟着大卫去米尔福德家吃晚餐了，因为没有人"每个月的苦日子"会超过五天。

每次她伸手去拿安眠药，寻求它带来的那种模糊的人事不省时，她都告诉自己这只是"暂时的"——为了帮助她克服汤姆对她造成的伤痛，并不是说她想死，只是一想到她在哪儿、发生了什么，她就无法面对这种沉痛的抑郁。迈克和汤姆都离她而去了……现在就连"那个梦"也抛弃了她。

她发现自己正在重温和汤姆在一起的最后几个星期。她哪里错了？她都做了什么？她总是会想起他说"我再也离不开你了"时的情形，想起他的声音里满是诚挚，他的眼神里都是温柔。他怎么能二月时还说着这种话，六月又说他们已经完了呢？但她必须努力过下去。她回想起了她艰苦奋斗只为能走路的那些日子，而此刻她躺在床上，每天服用安眠药，企图换来一点死亡。她告诉自己，上帝会惩罚她的。接着，她把头埋进了枕头里，因为在她看来，这二十一年来上帝对她的惩罚似乎已经够多了……

她还有健康……而且她有钱。可是现在对她来说，这不过是些字眼儿。她听见内部电话响了，等着莎蒂接起来，但铃声响个不停。她拿起分机听筒，正好这时莎蒂也接起了电话。她听见莎蒂声明她不接听任何电话。突然，她听出了对方的声音，打断了他们："没关系，莎蒂，我来接吧。休！你在哪儿？"

"我正躺在沙丘上，用着我接在星星上的私人电话。"

她成功地大笑起来。他的声音听起来是如此生机勃勃……多好啊："你个神经病……你在哪儿？"

"你家楼下大厅里。我刚好路过，想着你可能愿意出去吃点东西。"

"不了……我在床上躺着呢……不过你可以上楼来。"

休坐在床边的椅子里。他的生命力让这个房间都似乎变得局促起来，让人喘不过气。"你想喝点什么吗？"她问，"我可以让莎蒂给你拿喝的，或者煎块速食牛排也行，如果你喜欢的话。她总是把冰箱塞得满满的。"

"我不吃了。不如你套上件衣服，我们可以找家汉堡店坐坐。"

她摇摇头，伸手拿起一支烟："我感觉不太好。没什么大事，就是每个月的那几天。"

"胡说。"

"我是说真的，休。"

"和汤姆在一起的那几个月，你从来不上床，除非是为了睡他。"他看到她的身体缩了一下，但仍继续说道，"他去海岸区之前，我和他喝了一杯，他告诉我在图茨·索尔餐厅发生的那档事了。"她审视着她香烟上的烟灰，没有回答。"肯定是要结束的，詹纽瑞。"他平静地说，"从来就行不通。你得明白，对汤姆来说，写作确实是最重要的，一直都是。就我个人而言，我认为他没有真正爱上任何女人的能力。"

"他爱过我，"她固执地说，"他……他甚至让我与父亲决裂了。"

休点点头："他和我说过了。他说那是他做过的最糟糕的事，他一把整件事想清楚就后悔了。因为他意识到，从那一刻起，他就对你有了承诺。而除了对他的工作，汤姆不想要任何承诺。他说最终是你斩断了你们的关系，是你抛下了他。"

"我别无选择。"

"好吧，但他感觉他自由了。你走出那家餐厅的时候，把他的头脑还给了他。"

"可是休……汤姆确实爱我！我知道他爱我。他和我说过，他再也离不开我了。"

"我肯定他说过这话，而且他说的时候多半是认真的。我也对女人说过同样的话，我也是认真的——在那个时候——男人对他们说的话总是认真的，在他们说的那个时候。如果女人能意识到这一点就好了，而不是抓着那些话不放，把它们当作终身合约。听我说，汤姆是个作家……还是个酒鬼。你把他看作你的全部生活，他无法接受。"

"你为什么要和我说这些？"

"因为我关心你，我觉得你可能很受打击，"他环顾着整个房间，"但我没料到会看见你像具尸体一样躺着。老天，还有这些花——我们只需要一些轻柔的管风琴音乐了。"

"汤姆会回来的。"她固执地说。

"你们结束了，詹纽瑞。结束了。终止了！完了！当然了，要是你跪下来，利用他的内疚感逼着他回到你身边，他或许会回来的。如果你想让他以那种方式回来的话……那就去做吧。但如果你那么做了，那你也就不再是我认识的那个女孩了。现在，振作起来吧，你已经拥有任何女孩都想要的一切了。"

"我拥有一千万美元，"她说道，"我住在这个富丽堂皇的地方，我还有满满一衣柜的衣服。"泪水顺着她的脸庞滑落，"但我不能和一千万上床睡觉。我也不能伸手拥抱这套公寓。"

"你是不能。但你能开始证明你真的爱你父亲。"

"证明我爱他？"

"没错，"他靠近了些，"听我说，这位迪伊·米尔福德·格兰杰还不错。但据我所知，迈克·韦恩总是和周围最漂亮的姑娘同居。和他比，汤姆·柯尔特完全是个业余选手。可是突然，他娶了这位富婆，而现在，你继承了一千万。好吧……你来告诉我，你以为她留给你这么一大笔钱，是因为她爱你这双褐色的大眼睛？"

她摇了摇头："不……我依然不知道她为什么要把这笔钱留给我。"

"我的老天啊！你净是忙着躺在这儿自怨自艾了，甚至没花心思去把事情想想清楚。听我说，可爱的姑娘，是你父亲为你赚来了这一千万，也许他只是为此工作了一年，但我向你保证，这是他赚得最艰难的一笔钱。"他盯着她，因为她的脸上泪流成河。"别哭了，"他厉声说道，"眼泪不会让他起死回生的。从床上起来，走出家门，去找点乐子。如果你不这么做，就意味着迈克·韦恩白白浪费了最后一年生命。他要是知道你躺在家里，为一个不想要你的男人哭泣，他可能比你感觉更糟糕。"

她伸出手拥抱了他："休，今天太晚了……你来之前我吃了两片安眠药。但明天怎么样……你会带我去吃晚餐吗？"

"不行。"

她惊讶地看着他。他说："我今晚邀你外出只是为了说说我的想法，现在我已经说完了。"

"但这并不意味着我们不能做朋友——"

"朋友……没错，我是你的朋友。但别试图把我变成你父亲和汤姆的另一个替代品。"

她微微一笑，调侃道："为什么不呢？我觉得你非常有魅力。"

"我是身体健康，正值壮年。我认识了一位非常好的寡妇，四十一岁，性感迷人，一周为我做三次晚餐，有时我会带她进城看音乐剧，我认为自己是个幸运的男人。"

"你为什么要和我说这些？"

"因为我知道你仍然沉溺在悲痛中，所以你会抓住任意一根漂过的稻草……这是不对的。但凡你试图不只是做我的朋友，我都可能会动摇，那就会让你老爹再心碎一遍。毕竟，他经历这一切并不是为了让你沦落到和一个平庸的前宇航员在一起。"

"我觉得他想让我和大卫在一起。"

"大卫？"

"送这些花的。"她看了看那些玫瑰。

"你喜欢他吗？"

"我不知道……我从未真正给过自己机会。一开始我以为我喜欢，后来，好吧，后来我就遇到了汤姆，然后——"

"再给你自己一次机会，给自己很多次机会，不管是大卫，或者皮特，或者乔，或者谁……走出家门……多多认识人……现在，这个世界是你的盘中餐了，你老爹确保了这一点。走出家门，享受生活，这样他才能安息。"

她开始每晚和大卫出去约会。他母亲坚持说，无论是迪伊还是她父亲，都不会希望她继续沉浸在哀悼里。所以她强迫自己坐在 LE 俱乐部的爆炸音浪里……笑对麦克斯韦梅子餐厅和独角兽餐厅里的嘈杂……每周日晚上去季诺餐厅……认识新朋友，邀请她去吃午餐的女孩子们，还有些年轻男士——都是大卫的朋友，他们在舞池里跳舞时都会把她抱得很紧。她始终微笑着，聊着天，接受午餐邀请……不过她也始终知道，她只是在等这个夜晚过去，那她就可以吃上两颗红色药片去睡觉了。

日子一天接一天地过去。她见过的几位年轻漂亮的女人打来电话邀请她去吃午饭，她都强迫自己接受了。她去了21号餐厅、奥西尼餐厅、格雷诺伊餐厅……坐着听新恋情的八卦……最近的时髦时装店……最近的时髦度假村。她还接到邀请去南汉普顿度周末，乘船游览希腊岛群（有三对情侣准备包一条船，大卫说如果她想去的话，他肯定他能请到那四个星期的假）。此外，当然了，她总是可以去马贝拉——迪伊的房子里人员齐全，她随时都可以去。

是的，外面的世界很精彩，一整个灿烂的夏天都在等待她。

现在是六月中旬，她知道，她必须制订一些计划了。每个人都说，她不能就这么在这座炎热的城市里坐着，没有一个文明人会待在纽约。她听了，也同意了，还知道大卫正在等……耐心、宽容……搁置了他的计划……等着她做出一些决定……任何决定，却从不抱怨，每个白天给她打电话，每天晚上都与她见面。

还有些其他人也都每天打电话来：一位公主、一位貌美的电影明星、一位意大利年轻人（他的家族很喜欢交际）和一位股票代理人——他在大卫那家事务所的竞争同行那儿工作。

他们打电话……还送花。她为那些花写了感谢卡，但对他们所有人都提不起精神。她读到报道说，汤姆已经提交了电影大纲，并已前往大瑟尔海岸[1]，要在那里逗留十天。他是带妻子去的吗，或者又有了别人？

就连琳达也走了。她在奎戈[2]租了一套房子，整个七月都要住在那儿。她和本杰明会一起过长周末，而本杰明会把整个月都用来……写作。

每个人都要去某个地方。有报道称卡拉在一座叫帕特莫斯的希腊小岛上买了一栋房子。是啊，没有迈克，没有迪伊和她的钱，每个人都幸存下来了，整个世界都还在运转，同一轮太阳如常照耀人间。迪伊钢琴上方的银相框里的所有人依然可以微笑，依然可以正常生活，依然有感觉……

她也想有所感觉。她想早上醒来时能感到渴望开始这一天。有时，她睁开眼睛……在彻底清醒前的那几秒钟，她感觉很好。接着，一切记忆涌入脑海，她感觉沉重的抑郁压过了所有情绪……迈克走了……汤姆走了……就连梦也走了。长着漂亮眼睛的那个男人，随着她父亲和汤姆一起消失不见了……

休打过几次电话，为她加油打气，告诉她今天天气很好，一定要走出家门，尝试快乐起来。尝试是一回事……但做到又是另一回事。

---

1 大瑟尔海岸（Big Sur），美国加利福尼亚州西部风景区，有160千米长的沿太平洋美丽海滨。

2 奎戈（Quogue），纽约州的一座城市。

她的衣柜里塞满了为去马贝拉和圣特罗佩¹而买的衣服。每天，她都和她的新朋友去购物，和她们买一模一样的东西。她脖子上戴着一条菲加护身符项链……脚上穿着古驰鞋……耳朵上戴着卡地亚的金圈耳环……背着路易·威登的单肩包。她知道，她的样子和衣着开始像薇拉、帕蒂和黛比，因为有一天，薇拉给她看了她们在《女士服装》上的照片，她不得不先找到她的名字，才从她们中辨认出自己来。

她正四肢舒展地横躺在床上，她已经和莎蒂说过她要休息半个小时，可她一直没睡着。她琢磨着大卫会想去哪儿吃晚餐。那些新衣服她一件都还没穿过，也许今晚她该穿些特别的。

她看见电话上的灯在闪。她总是忘记打开电话铃声。她拿起听筒，正好听见大卫对莎蒂说如果她在休息就不要打扰她了。"告诉她，我必须取消今晚的约会了，办公室出了点小危机，告诉她我明天给她打电话。"

她走进浴室，现在才五点，也许不如泡个澡，吃份托盘餐。她打开水龙头让水流着，又往浴缸里丢了一些泡浴粉。大卫真遇到危机了吗……或者他只是不想再和她度过一个乏味的晚上？

她一动不动地站着，再和她度过一个乏味的晚上……她说出来了！在今晚之前，那些都是和大卫度过的乏味夜晚……但忽然之间，她仿佛参透了他的思想……

她当然既乏味又迟钝了，她唯一做的就是努力熬过整个晚上，别打呵欠。他为什么会想每晚都和她一起过呢？仔细回想起来，帕蒂已经两天没打电话来了，而就在今天，薇拉也说了"再没时间一起吃午饭了"之类的话——她在争分夺秒地为旅行购物，忙不过来。她是个累赘，特大号累赘……很快，每个人都会离开她。

她走回卧室，盯着楼下的公园看。外面有一整个世界——迈克把这个世界盛在盘子里奉送给了她，而她提不起兴致把它接过来。她曾拥有过那种无穷的能量，在杂志社的时候……和琳达在一起的时候……在汤姆身边的时候，那些能量去哪儿了？

她站住不动了。当然了！为什么她之前没想到？！她不该吃安眠药的，她需要打一针！汤姆说过，那些针对她有害。可是，它们不可能比安眠药和服药后那

---

1   圣特罗佩（St.Tropez），法国普罗旺斯 - 阿尔卑斯 - 蓝色海岸大区瓦尔省的一个市镇，别名太阳城，拥有法国最美丽的海滩。

种迟钝更糟糕了。她看了看时钟……五点半，阿尔珀特医生应该还在办公室。她放掉浴缸里的水，到衣柜最里面翻出一条莎蒂试图丢掉的蓝色牛仔裤。她穿上牛仔裤，套上T恤，随便抓了一副墨镜和一个包便冲了出去。

她不打算冒险给阿尔珀特医生打电话，那样他们就会告诉她第二天再去。他们必须现在就收下她。

一开始，她以为她走错了办公室。这地方看起来就像个摩托车俱乐部，男男女女都穿着牛仔裤和无袖T恤，懒洋洋地坐着，房间里弥漫着浓重的大麻味。接待员惊讶地盯着詹纽瑞，随即绽放出一个灿烂的笑容，伸出了手。"祝贺你，我是说……很抱歉你父亲发生了那样的事，但祝贺你发财了，我一直在读你的报道。"

"我的？"

"是啊，每天的专栏报道里都有你。你真的要去马贝拉吗，还是去圣特罗佩？我读到报上说你马上要和大卫·米尔福德订婚了。"

詹纽瑞无法回答。自从离开加利福尼亚后，她还没有读过一份报纸。她知道报纸上有很多关于葬礼的报道，但为什么那些专栏作家要写她呢？有了一千万美元就会让这个世界突然对她去哪儿吃午餐，或者计划去哪儿度假感兴趣了吗？

她看了看人满为患的候诊室，说："我没预约。"

"哦，我肯定我们能有办法，"接待员说道，"这个时段这里总是闹哄哄的。你看，现在有一部百老汇大型音乐剧的演员团在我们这儿，他们每天晚上都是这个时间来。"她冲着围坐在候诊室的演员们点了点头，"不过我们可以为你挤出空缺来。普雷斯顿医生从海岸区回来了，所以现在我们有两位医生了。"

"他那边的大客户怎么了？"

"那个嘛，其实普雷斯顿医生在那边没有办公室。他去那儿是因为只有他守在后台，弗雷迪·第尔松才能唱歌。"

"但上个星期……电视新闻上……我看见弗雷迪被一辆救护车带走了。"

接待员悲伤地点点头："他完全崩溃了……就在演到一半的时候。普雷斯顿医生那么努力地工作——他在那儿待了快七个星期，试着让弗雷迪保持良好状态，但弗雷迪的嗓子彻底哑了。"

"但他原来多棒啊，"詹纽瑞说，"我在瑞士的时候一直听他的唱片。"

"你应该看看他两年前来这儿的样子。他妻子把他甩了——你知道吗，他赌得很凶——而且他破产了。普雷斯顿医生帮了他，他在华尔道夫开演了，华丽复出。之后他去了拉斯维加斯表演，却垮了。普雷斯顿医生去了那边，试着恢复他的状态，好让他完成洛杉矶的演出……他也确实完成了。但普雷斯顿医生不能永远待在他身边，你知道的，他又不是个保姆。"

"可如果他需要打针呢？"

接待员耸了耸肩："亲爱的，普雷斯顿医生已经教会我们最尊贵的两位参议员自己进行静脉注射了，但弗雷迪就是不能给自己扎针。我是说……毕竟……要是得了糖尿病呢……我们一定不能害怕针头。"

"如果可以的话，我更愿意让西蒙医生来打。"詹纽瑞说。

"那个，他在给演员们打针……不过我尽力而为吧。这么办吧……跟我来，我悄悄带你到里面的候诊室。那是我们安排重要客人的地方。"

她跟着接待员走过一条走廊，正遇到一个年轻男人从小隔间里走出来，边走边往下翻袖子。他看见她的时候站住了。他们都盯着对方看了片刻。然后，他张开双臂抱住了她。

"嘿，女继承人……你在这儿做什么？"

"凯斯！"她热情地拥抱着他。他变得更瘦了，头发也更长了。她突然感觉见到他特别高兴："凯斯，你在这儿做什么？"

"我每晚都来。我现在出演《毛毛虫》了。当然了，你已经看过了。"

"没有……我一直不在这边。"

"我读到你的报道了。哇哦，你已经成功了！你还需要快乐针做什么？"

她耸耸肩："贫血，我猜。"

"好吧，不管你什么时候想看那出戏——"他微微一顿，"对了——"他随即又摇了摇头，"不说了……算了吧。"

"什么算了？"

"今晚有个大型派对，就在克里斯蒂娜·斯潘塞的小洋楼里。要是你能去，她肯定高兴坏了……但我猜你肯定有约了。"

"没有……我有空。"

"整晚都有空？"

"我一打完针就可以走了。"

"想去看那出戏吗？"

"想去啊。"

"太棒了！我等你吧。我会把你安排在前排的，只是这次我不能陪你坐了。"

"而这次我不会跑掉了。"她说。

"戏里有裸体哦。"他警告地说。

"我现在是个大姑娘了，凯斯。"

"好的，去打你的快乐针吧，我在外面等你。"

30

这出戏里紧张纷乱的情节让她着了迷。凯斯在戏里有一首歌，是"念"出来的。他演得其实不算特别好，这让她挺惊讶的。不知怎么，她总是盼着他在舞台上会更激动一些，但他本人性情里那种生命力并没显露出来。有一场戏里有正面全裸，里面有凯斯，连同大部分演员，她突然意识到，每个人的阳具大小都一样，都是大卫那种尺寸。也许这是种标准，看起来似乎大多数男人生来如此。除了汤姆，可怜的汤姆！哇，她真的为他感到难过了。是因为那一针吗？或者是因为她终于能从正确的角度看待事情了？她咯咯傻笑起来。想象一下吧，眼看着一群阳具在舞台上飘然走动，而她呢，却在这儿探究人生。

她想到了迈克。她知道他已经不在了……但忽然之间，她能接受了。这是她第一次想起迈克时没觉得自己的心已经死了。迈克活过了充实的一生。就像他会说的那样——他离场时也走得别具风格。迈克活过了赫赫有名的一生，并享受了生命中的每一分钟……或许，除了最后那一年。就像休说的，那一年他是为她而活的……好让她能过许多年的好日子。

感谢上帝有休，感谢上帝有阿尔珀特医生，也许这些针对她有害——汤姆说过它们确实有害，但那也不可能比他喝了那么多杰克·丹尼士忌更糟糕。他五十八岁了，但就算喝了那些波本威士忌，他仍然可以写作，仍然可以做一名琳达所称的"超级巨星"。他长了那样一个小阴茎，却仍然承受得起让她离开他的生活的奢侈举动。她突然觉得这很有趣。她怎么会因为分手而感到那么悲伤、绝望呢？她坐在观众席里，感觉充满了活力和渴望。她正在跟着节奏打响指。她想得清清楚楚了。她正坐在这儿的第三排观赏《毛毛虫》这出戏，过得快活着呢。她没有躺在皮埃尔酒店的床上吞安眠药。外面确实有一整个世界，在这个世界里，人们在舞台上欢快跳跃，女孩们在疯狂的摇滚舞中袒胸露乳……而一切看起来都很好。

演出结束后，他们决定走路去参加派对。克里斯蒂娜·斯潘塞那栋小洋楼坐落在东六十街，那个夜晚温暖宜人，空气通透。詹纽瑞紧紧地挽着凯斯的胳膊，她想跳跃，想奔跑……她凝视着黑色的天空。"嘿，凯斯，能真的感觉很好，是不是棒极了？"

他点点头："阿尔珀特医生很可能给你打了一针足量的。今晚他自己也非常兴奋，他可能以为你是其中一位演员。"

她咯咯傻笑起来："这就是他根本没和我说话的原因吗？你知道吗，他就连'欢迎回家'或者'见到你很高兴'都没说，我之前还挺伤心的呢。"

凯斯微笑起来，低头看着她："感觉很好，哈？"

"我感觉我能听见这些树在长高，能闻到夏天就要来了……我能看见树叶在长大。凯斯，看看那棵树——难道你看不见那叶子正在长大？"

他笑了："那是当然。能看见并且感受到这些非常重要。六月的这个周四只有一次，明天就是周五了，而这个周四再也不会回来了。"

"你为什么离开琳达？"她突然问道。

"琳达想要的太多了。"

她点点头。没有人可以拥有任何人的全部。那就是为什么汤姆把她赶出了他的生活。她停下来，凝视着天空。这一分钟，她感觉她正站在某种边缘……仿佛她能看到未来……理解所有的一切……她转过来面对他。"凯斯，你会对这些针上瘾吗？"

"不会，但不管一切看着多么不可思议，当药效退散后，情况都会很糟糕。因为你会跌到谷底……那些色彩全都消失了。你抬头看，会发现太阳上有粉尘，树叶上有黑斑，而树干上有屎。这么说吧，如果你想活在一个肮脏陈腐的世界里，你可以停止打这些针。每个人都有权按照自己想要的方式生活——信上帝的狂热分子有他们的习惯，而信自然的怪人们也有他们那一套……我是迷幻药狂热分子，只要它能把一切变成绿色与橙色……就挺好的。也许有一天，我就不想要这种五光十色了，到那天我也许会停止打针。可是，现在我为什么要这么做呢？"

他们走上了一条绿荫成排的街道，在一栋褐石屋前停下了。屋前停着几辆豪华轿车。凯斯带着詹纽瑞走进了屋子，她看见走廊里站着一位知名摇滚歌星。他们被人推挤着进了客厅，房间里水泄不通，全都是熟面孔。波普艺术家、地下电影明星、唱片艺术家，还有不少年轻女演员。人们穿着蓝色牛仔服、天鹅绒长裤套装、透视上衣、条纹夹克，还有几人穿了印度服装。

而克里斯蒂娜·斯潘塞就在那儿，她朝着他们翩然走过来。她本人比经常出镜的照片上更爱露齿笑，她的身材甚至比照片上的更加曼妙。她肯定快六十岁了，多次提拉让她的脸绷得很紧。她穿了一套印花的丝绸露腰裙装，丰满的乳房在开得很低的领口边呼之欲出——她的身体只有二十岁。

她亲切地欢迎了詹纽瑞："我认识你父亲，亲爱的。我们曾在阿卡普尔科共度过几个美妙夜晚，就在我认识亲爱的杰弗里之前。"

凯斯领着詹纽瑞走开了。"就我个人而言，我觉得她杀了杰弗里，"他耳语道，"她结过三次婚，每任丈夫都死了，给她留下了不少钱。凭着这种运气，她拿自己的钱投资了《毛毛虫》，结果这出戏大获成功。"

"我以为你是她的情人。"詹纽瑞说道。

"哦，我和她上床，但她到处撒网，她每周都需要一个年轻的新情人，好向她自己证明那位能紧致一切的巴西医生干得不错，但她也不赖。管它呢……她让每个人都能发挥自己的作用。也许我是首席男宠，但她认为我今晚在向你求欢……而且她也不生气……"

一个女孩向凯斯走来："宝贝……这儿找不着桑格利亚汽酒了，楼上休息室里有。"

凯斯带着詹纽瑞上了楼，走进一间昏暗的休息室，里面的人都坐在垫子上。他拉着詹纽瑞坐到地上，把手伸到口袋里，掏出一支非常细的烟。他把它点着递给她。她深深吸了一口，然后把烟吐成了一根细细的直线。"老天，宝贝……你这种抽法就像它是一支契斯特菲尔德香烟[1]。"

"我吸进去了。"她说道。

"但是抽烟草时，你不该把烟吐出来。你该合着空气一起咽进去。"他用中指捏着烟草，比画着这种技术。她试了试……但咽不下去。突然，他说："别动。我要给你一口。"他靠过来把烟吹进了她的嘴里，然后，他捏住她的鼻子说："现在咽下去。"她呕了几下，但把大部分烟咽了下去。他又重复了两次，她开始感觉头晕目眩。然后，他又点了一支，这次她正确地吸进去了。一位年轻漂亮的女孩拿着一大罐桑格利亚汽酒走过来。"给你纸杯。想喝点好东西吗？"

凯斯点点头，接过了她递过来的纸杯。"这是艾琳娜，詹纽瑞。"

"尝尝这个葡萄酒……会让你神魂颠倒的……安妮塔在隔壁房间已经醉了。"

1　契斯特菲尔德（Chesterfield）香烟，出万宝路的菲利普·莫里斯公司的产品。

詹纽瑞小口喝着。"很不错。"她说。

"慢点喝,"凯斯说,"里面下了猛料。"

"什么?"她放下了杯子。

"别紧张。就是一点迷幻药,能让你嗨起来,相信我。听我说,我们明天都要上台表演,我也在喝这个……慢点喝就行。"

她环顾四周。到处弥漫着大麻的甜味,音乐咆哮着冲进所有房间,每个人都在喝桑格利亚汽酒。她耸了耸肩……为什么不呢?他们以前肯定都这么做过……而他们似乎很渴望再做一次。那感觉肯定非常棒。再说了,就像凯斯说的,六月的这个周四仅有一次,她人生中只此一遭!

她喝光了纸杯里的酒,把空纸杯递给了他。她倚在他的肩膀上。她没什么强烈的反应……只感觉自己完全放松了下来。打了那一针后,她一直绷得很紧,紧绷而且兴奋……过分的活跃……现在,一切仿佛都已变得宁静、安详。真是个有趣的词……安详……但整个世界似乎都很安详……她感觉很温暖,然后她看见了太阳……一片七彩光一闪而过,悬挂在水的上方。她看见了海浪和那片大海……大海看起来很柔软,一片蔚蓝,她突然感到一种奇怪的澄明,她知道飞机坠落的时候迈克并不恐惧……他几近欣然地滑进了那片柔软的、蔚蓝色的大海……他可以休息了……就像她把头靠在凯斯肩上这样休息……而且迈克不是死了……一切皆无死……生命永恒在……人很好……凯斯的唇很暖……凯斯正在吻她……凯斯正在解开她的衬衣扣子,她没穿胸衣……但这没关系……现在一切都似慢动作进行着……也许她不该吻凯斯……因为琳达爱过他……爱过……爱过……一切都只是从前,没什么可以久远。

她向后倒在垫子上,凯斯的嘴唇落在了她的乳房上,她看见一个赤身裸体的女孩独自在跳舞……还有一个男孩也赤裸着,紧紧抱着另一个男孩,他们也跳起了舞。艾琳娜飘浮一般穿过房间,拨动了一个开关……迷幻的灯光流动在所有的墙面上。詹纽瑞翻过身,头枕在凯斯的大腿上。他坐在那儿,凝视着半空,抚摩着她的乳房。她抬头注视着他的脸,但她知道他没看她……他在聆听他自己的声音。她仿佛真能看见他的头发颜色变深了……一切都如此宁静,就算音乐轰鸣,她仍能听见自己的心在跳动。突然,她感到她能看见过去和未来,那个没有迈克的未来,恍若上帝暂时打开了天堂的门。然后,她看见了他……他的蓝眼睛。他回来了,她伸出双手。他离开了这么久……现在,他回来了,而且她不是在做梦。他的眼睛那么蓝……也许他是上帝,上帝的眼睛是蓝色的吗……

她听见了各种声音……似乎特别遥远。其中一个声音来自站在凯斯身旁的年轻男人。诺顿……没错……他在那出戏里演了个重要角色。诺顿低头对着她微笑……但她的目光凝望着他的身后……上帝去哪儿了……诺顿的眼睛是褐色的……琥珀褐色……金褐色。

"好家伙，她的乳头很小，但很漂亮……多粉嫩的小乳头啊……我喜欢粉嫩的乳头。伙计……我可以吗？"

诺顿开始抚摩她的一个乳房，而凯斯跪下来，开始抚摩另一个。他们各自亲吻一个……她感觉愉快极了，于是她抱住了他们俩的头。所有人都彼此相爱……所有事都是这么平和……克里斯蒂娜过来了……她已经脱掉了裙装的上衣……她的乳房垂着。为什么它们下垂了？它们曾是那么美好浑圆，快从她的领口里跳出来了。克里斯蒂娜弯腰去拉诺顿的胳膊。"诺顿，跟艾琳娜和我来。"她把诺顿拉了起来。另一个男孩走过时微笑着对凯斯说："嗨，伙计，她可真是绝了……"他跪下来看着詹纽瑞的眼睛："我是瑞奇……"

她微笑起来，开始抚摩他的双腿。"你跳舞来着……"瑞奇没穿衣服……在戏里他穿得非常少……但现在，他什么也没穿……他开始摇摆他的身体……跳起了他在戏里的那段舞蹈……他伸出双手……他想让她和他一起跳那段舞。她慢慢站起来……她觉得她无所不能……甚至能飞越房间……从每个人的头顶飘过去。

"穿着衣服，你可没法跳舞。"他说。

她微笑着把牛仔裤褪到了地上。接着，她从裤筒里走了出来。他的双手顺着她的身体滑了下去，她微笑起来。她感觉到了自由……她凭着感觉摇摆……跟着他的动作韵律……追随着他的每次旋转。他们之间有一步的距离，但他们的视线紧紧锁在一起。他舞动着走近了。每个人都开始为他们的动作拍手，节奏声听起来很遥远。她把双手举过头顶，加入了拍手的行列。拍……拍……拍……瑞奇合着同一个节奏打着响指。凯斯来到了她的身后，举起了她……她感觉自己比空气还轻。有人分开了她的双腿……每个人都在拍手……慢慢地……带着节奏……拍……拍……拍……她也在拍手……她看到年轻强壮的阳具靠近了她……拍……拍……拍……瑞奇的阳具……拍……拍……拍……是首赞美诗……阳具插进了她的身体。每个人反复吟唱……插……插……插……凯斯正在来回摇动她的身体……有一群人也正扶着瑞奇的身体……插……插……插……这没有任何错……年轻的阳具进来了……进出……进出……进出……拍……拍……拍……插……插……插……每个人都是朋友……插……插……插……灯灭了……克里斯蒂娜正在亲吻她的乳房……亲切友好的举动……可怜的克里斯蒂娜，乳房垂得那么长……越过房间，她看见几个女孩脱掉了她们的衣服……一切动作都缓慢而有节奏……另一个男孩路过，亲吻她的乳房……每个人爱每个人……美好愉快……拍……拍……拍……这拍手是种仪式……拍……拍……拍……插……插……插……吸……吸……吸……每个人都在爱她。天哪，这太美好了……她飘起来了……她以前从未有过这种感觉……瑞奇的阳具……有人同时亲着她的下面和瑞奇的阳具……克里斯蒂娜在亲她的乳房……她感觉高潮就要来了……她看到凯斯把什么东西凑到了她鼻子下……插……插……插……"用力吸，詹纽瑞……这是灵药。"她深深地吸了一口……她觉得头要掉下来了……而高潮会持续到永远永远。她想让它一直持续下去……一直一直……"迈克，我爱你。"她喊道，然后晕了过去。

　　她睁开眼睛的时候正蜷缩在一块毛皮地毯上，紧紧依偎着凯斯。她的衬衣和牛仔裤在旁边的地上。她坐了起来，感觉头脑清醒，然后她想起了那个奇怪的梦。她看了看自己的身上，她没穿衣服！瑞奇四肢伸展地躺在地上睡着……也没穿衣服。她站起来悄悄套上牛仔裤。那不是个梦。她参与了某种疯狂的行为……某种仪式。她捡起衬衣，穿过熟睡的人群。她得找到她的鞋。大厅里的钟响了……她溜达到了那儿……有两个女孩一丝不挂……紧紧拥抱在一起。她们看见她后停了下来，对着她微笑。她也回以微笑，她们向她走过来，两个人都在她脸颊上轻吻了一下。这种友好和爱的举动让她微笑起来……一道奇妙的光亮从她眼前闪过……她看见了流光溢彩……她感到暖流涌动全身……但她觉得她应该回家了。地上到处都是凉鞋……她必须找到一双合脚的。她发现了她的包，把它背到了肩上。

　　凯斯来到她身边："你要去哪儿？"

　　她穿上衬衣，微笑着说："回家……"

　　他递给她一块方糖："吃掉吧……好东西。"接着，他往她刚背到肩上的包里塞了一个信封。

　　她吮吸着方糖。"你往我包里放了什么？"

　　"一份礼物。"他说着开始解她的衬衣扣子。她感觉她又要飘起来了……她的脑袋里响起了沙沙声。但她微笑着挣开了："不……你属于琳达。"

　　她走回门厅时那两个女孩仍然抱在一起。她们抬头看向她，然后各伸出一只手把她拉了过去。她们亲吻她，同时解开了她的衬衣。一个女孩的嘴唇滑到了詹纽瑞的乳房上。两个人都开始爱抚她。非常美……她从未见过这两个女孩……她们想让她快活……想表示友好……她感觉她们拉开了她牛仔裤的拉链……她感觉有只柔软的手在摸她的……不……这是错的……只有阳具才能做这种事……或者男人……她挣开了……她露出一个微笑，摇了摇头。女孩们微笑起来。一个女孩扣上了她的衬衣扣子，另一个帮她拉上了拉链。两个人向她挥挥手，回去和对方做爱了。她观察着她们……就像欣赏一场芭蕾舞……很美……她朝着门走去。

她走到了外面。这个夏日的夜晚凉爽、清透。她觉得自己比之前更加头晕目眩了，如有可能的话。她的目光所及，超越了时间和空间……穿透了大厦……穿透了她刚走出来的那栋褐石屋，那栋屋子里有人正在做爱，那些漂亮的人正快活着。

这是个美妙神奇的世界，明天她会把所有事都告诉迈克。不，迈克已经不在了。那好吧，等她再次见到他的时候……因为她会再次见到他的……每个人都会永存……而他会知道她爱他。因为每个人都应该爱每个人……每个人都应该爱一切……甚至爱一棵树，而树也会回报以爱。她在一棵树前停了下来，张开双臂抱住它。"你真是一棵瘦弱的小树啊……但是别担心……因为总有一天你会长成一棵大树的，我爱你！"她紧贴着那棵树。"多么瘦弱的一棵小树……这一整条街上都是这样嫩弱的小树……可是你们知道吗，小树们？我们不在了之后，你们还是会在这儿，很久很久。也许会有别人来说他们多么爱你们。莫非你们不想这样吗？告诉我吧，树啊——如果你旁边那棵树和你说，它希望永远属于你……用它的枝条缠着你的枝条……合为一体……莫非你不喜欢那样吗？莫非你们两个合在一起，不会成为一棵真正高大、强壮、快乐的树吗？"她叹了口气，"可是不，你非要独自站着，瘦小又孤独……也许风会吹着你的一些叶子贴向它的叶子……有了风，你们俩可以说些悄悄话，聊聊天……在一起……然而，彼此独立。这是自然想要的方式吗？那或许我们也该这样。可是树啊……属于一个人的感觉多么美好啊……"

她离开了那棵树，开始沿着"之"字形走路。她很清楚她走路的样子，就像一个孩子很清楚自己正在有意识地避免踩到人行道上的裂缝一样。她抬头看着天空。星星也是彼此分开的，它们会孤独吗？然后她看见一颗流星滑过天际。她闭上眼睛许了个愿。也许现在，她父亲正从大海里看着同一颗星星。也许他就在其中一颗星星上，开启了一种全新的生活。

"一闪一闪亮晶晶，满天都是小星星。"她大笑起来。这太傻了，因为星星并不小。一颗星星就是一个大太阳……"我真想知道你是什么！"她知道星星是什么。她把注意力集中在一颗星星上，它仿佛在对她眨眼睛。它是那么明亮，可她也知道，那天鹅绒般的天空正在渐渐褪色……黎明即将降临……六月那个非常特别的周四结束了，再也不会回来了。只不过今天是一个非常特别的周五。她站起身，开始继续往前走……有时她走"之"字形……有时她蹦蹦跳跳。麦迪逊大道上的红灯看起来特别红……绿灯特别绿。这些灯告诉人和汽车该做什么……什么时候走……什么时候停。这是个停车灯和通行灯的世界。可谁需要它们呢？人不会伤害任何人。为什么人人都想保护她呢？为什么人们要给别人灌输恐惧？人们被教导要惧怕和服从。惧怕陌生人……惧怕汽车……服从这些灯！谁需要信号灯？！没有停车灯，这个世界会好得多。没有这些灯，人们也会恰当地停下和前进，因为人们关心彼此。她站在那条街的中间，仰着头，凝望着天空。天上没有停车灯……天空那么大……迈克的飞机坠毁了……从柔软的天空里掉进了柔软的水里……而现在，迈克也在看着这片天空……再也没有什么能伤害他了……就像现在……没有什么可以伤害她……没人会撞到她……因为此刻她是浩瀚无垠的一部分。不会有什么坏事发生……就连死亡也不是终点……只不过是另一种存在方式的一部分。她现在坚信这一点。她凝望着天空，在等待一个答案……她听到了刺耳的刹车声……一辆出租车在她前面几英寸的地方刹住了。司机下了车……"你这个烂醉的蠢婆娘！"

"别这么说。"她微笑着搂住了他的脖子，"不要因为我爱你而生气。"

他挣脱开，盯着她看："你会没命的。哦，老天……你是那种人，嗑药让你神志不清了。"

"我爱你，"她说着把头靠在了他的脸上，"每个人都应该爱每个人。"

他叹了口气："我有两个像你这么大的女儿。我夜里也工作，好让她们能上学。她们一个要去师范学校……另一个正在学习成为一名护士。而你……花童[1]……你在学什么鬼？"

"学着去爱……去了解……去感受……"

"上车，我送你回家。"

"不……我要去走走……去飘……去感受。"

---

1 花童（Flowerchild），嬉皮士的一种，20世纪60年代美国旧金山嬉皮运动的参与者，常戴花或分发花，花象征着爱。

"上车……我不收你钱。"

她微笑起来："你看，你就是爱我。"

他搂着她的胳膊让她坐在了副驾驶座："我可不放心让你待在后座上。说吧……你家在哪儿？"

"在心在的地方。"

"听我说，我四点收工，但我有个机场预约，是早上四点四十五的。我住在布朗克斯，现在我的妻子正坐在家里喝着咖啡等我，想象着我被人劫持了，一把刀正顶在我的喉咙上，所以我们赶紧的吧，你想去哪儿？"

"去广场饭店，我爸住在那儿。"

他朝着广场饭店开去。过了几条街以后，她碰碰他的胳膊说："不……不是广场饭店……他现在不在那儿了。我爱的那个男人曾经住在广场饭店……现在他住在比弗利山庄酒店。"

"听着……那你想去哪儿？"

"皮埃尔酒店。"

"你是什么人？某种酒店狂热分子？得了……我应该把你送到哪儿？"

她看了看他的登记卡，说："伊萨多·科恩先生，你是个很好的人。送我去皮埃尔酒店吧。"

他开上了第五大道："那你叫什么呢，花童？"

"詹纽瑞。"

"那就说得通了。"他说道。

伊萨多·科恩陪她走到皮埃尔酒店门口的时候，开始下雨了。她抬头看着阴沉的灰色天空。"星星都去哪儿了？我那美丽的夜晚去哪儿了？"她问道。

"它变成了黎明，"伊萨多·科恩嘟囔道，"一个阴沉潮湿的黎明……现在，回到你该去的地方吧。"

他走向他的出租车，她转过身来向他挥手告别。他拒绝收任何钱，不过她已经在座位上留了一张二十美元的现金。她蹑手蹑脚地走进她的卧室，拉上窗帘。莎蒂还在睡觉。整个世界都在睡觉，除了可敬可爱的科恩先生，他正在回布朗克斯家里的路上。他是个很好的人，每个人都很好，如果你肯花时间去了解的话。就像凯斯，现在她了解他了——他也很好。她慢慢地脱掉衣服，把包丢在了椅子上。它滑到了地上，她弯下腰温柔地把它捡了起来。"你，包先生，是路易·威登的，我认为你很丑，但他们说你非常'时髦'。"她研究起那只包来。这包是在萨克斯百货的时候薇拉坚持让她买下来的。（"可我不怎么穿棕色衣服。"詹纽瑞说。"路易·威登包不只可以搭配棕色，"薇拉坚持说，"它能搭配一切颜色的衣服。"）

好吧，为了一百三十美元，她当然打算背它搭配一切颜色的衣服。然后，她笑了。如果她有一千万，一百三十美元又算得了什么？但是，有一千万美元属于她，这让她无法理解。就像她不觉得这间公寓属于她一样，它依旧是迪伊的房子。她琢磨着迈克是否曾经感觉这公寓属于他。但这个一百三十美元的路易·威登包属于她，这种钱她能理解。她坐在床边摸着那个包。随后，她把包放在枕头上，爬上了床。

她不困。她想过可以吃一片安眠药。她伸手够到了床头柜抽屉里的那只瓶子……然后又把它放到了一边。她为什么要吃药？她感觉好极了……就像凯斯说过的，这个周四再也不会有了。不，现在是周五了，而这个周五也再不会有了。她非常安静地躺着，让这种美妙的失重感流经她的身体。她知道，她不会睡着的……她不可能……然而，她意识到她已经睡着了，因为那个梦又出现了。一开始出现的是那双眼睛……那么清透，那么蓝。那张脸很模糊……那张脸总是很模糊，但她知道他长得很英俊。他是个陌生人，然而出于一种本能，她感觉她想和他在一起。他张开了双臂……她知道她必须去找他。她感觉她下了床，投向他的怀抱……不过，她知道她一定是躺在她的床上梦到了这整个场景。就是这样……一场梦境……因为她看见自己下了床……她看见自己在追那张开的手臂。然而，每次她走到他面前时都感觉她离他还不够近。他一直在等。她追随着他走进客厅……走到窗前。可是现在，他在窗子外面了！她开了窗……夜空漆黑……布满了星星。现在她知道这一切都是梦了，因为就在几分钟前，就在她入睡的时候，已经是黎明了……一个阴郁闷热的黎明……所以这就意味着她还在床上，而不是站在窗前凝视着星星和这个神秘的男人。但是这次，她下决心一定要看见他的脸。她把身体探到窗子外面。"你想要我吗？"她大声喊道。

他伸出了双臂。"如果我去找你，你必须是真的爱我，"她和他说，"我不能忍受爱上你，然后你又消失了，就算你只是一个梦。"

他没有说话，但那双眼睛对她说他永远不会伤害她。突然，她知道了，她要做的就是跳出那扇窗户，然后向上飘到他怀里。她伸出一条腿迈过窗台。接着，她感觉有人在后面拉她，不让她到他身边去……她挣扎起来……然后她醒了，因为莎蒂正用力地拉着她，尖叫着……把她拉进了屋里。她看了看下面的街道……

刚才她的半个身子都在窗外！

"詹纽瑞小姐！啊，詹纽瑞小姐！为什么？……为什么？！"莎蒂惊恐地哽咽起来。

她紧紧抱住莎蒂，挤出一个淡淡的微笑："没事，莎蒂。只是一个梦。"

"一个梦！你就要跳出那扇窗户了，谢天谢地，我听见开窗子的声音时正在厨房里。"

詹纽瑞盯着窗外。外面很黑，天空中都是星星。"几点了？"

"十点了。我正在给自己泡茶，准备看看新闻。我中午试过叫醒你，但你咕哝着说什么一整晚都没睡。米尔福德先生七点时打过电话，我告诉他你还在睡。他非常担心，每个小时都打电话来。"

"别担心，莎蒂。我……我今早吃了几片安眠药。我昨晚睡不着，我猜我睡了一整天。"

"好吧……那你要给米尔福德先生打电话吗？他非常担心。"

她点点头，向她的房间走去。

"要我给您拿些什么吗，詹纽瑞小姐？"

"不用了……我不饿。"

她拿起听筒，开始给大卫打电话。突然，房间变黑了，然后亮光直射进她的眼睛，她又看见他了……只是一闪而过……那双蓝眼睛……几乎在嘲笑她……好像她是个胆小鬼。"你会要了我的命的！"她大喊道，"要我的命！这就是你想要的吗？"

莎蒂冲了进来。詹纽瑞低头盯着电话听筒，因为拿下来的时间过长，听筒里传来了嘟嘟声。"詹纽瑞小姐，您刚才在尖叫！"

"没有。我在……我……我在吼接线员，因为我被接错了两次。别担心，莎蒂……好了，我要给米尔福德先生打电话了，你去睡吧。"

她拨通了号码。莎蒂一直在附近徘徊，直到听见詹纽瑞说"你好，大卫"，她才小心翼翼地离开。

从声音听起来，大卫真的很担心她。她试着把语调放轻快些。但房间再次变黑了，那些彩光射线又回来了。"我去参加了一个派对。"她边说用力眨着眼，想让那些色彩消失。

"那肯定是个深夜派对，"他说，"你睡了一整天。"

她闭上眼睛，试图挡住那些闪烁的光线。"确实非常晚。一些……一些我父亲的朋友……演员……导演……"彩光消失了，她现在没事了，她的声音又变得有力起来，"是个深夜派对……直到午夜才开始。我到家以后不知道因为什么怪原因，就是不困，所以我读书来着……一直读到早上。后来我吃了两片安眠药……然后……好吧……后面你都知道了。"

"那你现在该怎么睡呢？"

"很容易的。我会找本无聊的书看，再吃几片安眠药。到了明天，我的作息就调整过来了。"

"詹纽瑞，我不喜欢安眠药这种东西，我反对所有药剂。我甚至永远不会吃阿司匹林。"

"好吧，过了今晚，我就再也不吃了。"

"这是我的错。我留下你一个人走了，你现在不应该一个人……再也不会了。詹纽瑞，我们别等到夏天结束了，我们现在就去办吧。"

"现在就去办什么？"

"婚礼。"

她沉默了。自从那第一个晚上过后，他再也没有要她和他上床。但这次意外之后，他的整个态度都不一样了。他很温柔……善解人意……并且总是在担心她。

"詹纽瑞，你还在吗？"

"在……"

"那么……你愿意嫁给我吗？"

"大卫……我——"她犹豫了。可是她在犹豫什么呢？她还在等什么呢？等着再出现一个汤姆毁掉她吗？等着和凯斯……以及他的朋友们发展关系吗？昨晚的全面影响正在开始打击她。就连那个梦也变得危险了，她刚才差点跳到窗外。她突然惊恐起来。她怎么了？以前的她去哪儿了……她还是她，可是这个女孩允许一个陌生人和她做爱，还是在一间挤满陌生人的房间中央。然而，在那个时候，一切都好像非常恰当。她开始哆嗦……她觉得自己脏了……被玷污了。

"詹纽瑞，你还在听吗？"

"我在听，大卫。我只是……我只是在想……"

"求你答应我吧，詹纽瑞。我爱你……我想照顾你。"

"大卫——"她紧紧握着电话听筒，"我确实需要你。好……好的，我愿意！"

"太好了，詹纽瑞！我保证你绝不会后悔的。听我说，我们明天晚餐的时候庆祝一下。我会邀请几位朋友。薇拉和泰德……哈莉特和保罗……穆丽儿和伯特……邦妮和——"他停下了，"我们应该去哪儿庆祝？拉法耶？白鸽星？"

"不，让我们去莱佛士吧。那是我们第一次约会的地方，对吧？"

"詹纽瑞，你真是感性！我从来没有想过。"

"关于彼此，我们还有很多事需要了解，"她说道，"大卫，你发现了吗……我们真的几乎不了解对方。"

"那不是我的错，"他说道，"我……好吧……我以为你太心烦意乱了，所以我没有邀请你回我的住处，或者要求留下来陪你，而且——"

"大卫，我不是这个意思，上床不代表了解。"

"我想，我不太擅长表达感情，"他说道，"我是说……我关心一个人时……也许我不知道该如何表现。可是詹纽瑞……你也不擅长。知道我的所有朋友都叫你什么吗？'冷漠殿下'，报纸甚至都选了这个称呼……昨天有篇专栏报道里就叫你这个。"

"我看起来很冷漠吗？"

"有时候格格不入，"他说道，"不过，老天啊，有何不可呢？毕竟还不到一年，你就经历了那么多。"

"是啊，你说得对，发生了很多事……"她突然想起了在莱佛士的第一个晚上，一切都似乎不太真实。她余生真的都能和大卫一起度过吗……和他一起生活……和他睡在同一张床上？……她开始慌了。

"大卫，我做不到！这对你不公平。"

"什么对我不公平？"

"嫁给你，我……我并不真的爱你。"

他沉默了片刻，然后说："詹纽瑞，你真正爱过一个人吗？"

"爱过。"

"除了你父亲？"

"是的。"

他犹豫了一下："那结束了吗？"

"是的。"她的声音非常低落。

"那就别告诉我了。"

"可是大卫……如果我明知道我可以那样爱一个人，而我对你并没有同样的感觉，这对你公平吗？我是说……唉，我不知道该怎么说——"

"我理解。因为我也曾爱过一个人，和我爱你的感觉不一样，但没有两种爱是相同的。如果你每次都在寻找同一种爱，那你就永远不会真正再爱了，因为每次新恋情都不过是初恋的续篇。"

"你是怎么知道这些的？"她问道。

"之前，我在我母亲的派对上和著名的心理医生阿瑟·艾迪森聊过，我母亲更年期刚开始的时候有点抑郁，去找了他。我不相信精神病学——除非某个人真的疯了——但我得承认，他确实帮助了我母亲，从那以后，他就成了我们的好朋友。但是，詹纽瑞，我们俩所说的那种爱，一个人一生只会遇到一次。既然我们俩都有过了……我们现在拥有的，对我们俩来说，都是某种新的东西。我们可以建立一种新的生活，忘了那些旧日的回忆。"

"你认为我们能做到吗？"

"当然能，只有神经质才会执迷于已经失去的东西。而在我看来，你是个头脑非常冷静的女孩。现在去睡吧，试着梦到我。"

她挂掉电话后一直想着他们的对话。大卫说得对，她不可能让迈克起死回生，也不可能重新拥有她和汤姆曾拥有的一切，她的那部分人生已经结束了。但她怎么能忘却记忆呢？也许那对男人来说更容易。老天，要是她能忘却昨晚就好了。人人皆有爱的感觉已经消失了。她现在没有任何感觉，只有厌恶和反感，对凯斯的，对他的朋友们的……但更多是对她自己的。而雪上加霜的是，她还试图跳到窗外。要是莎蒂没有及时赶到，她可能已经死了。或者，她会死吗？外面是否真有什么在呼唤她？她看向窗外……看着星星……她跑到衣柜那儿找出了一条牛仔裤。她穿上衬衣，又拿了一件毛衣，然后抓起了她的包。现在才十点半……她可以开车到海边，把这些都说给休听，把所有事都告诉他。那些快乐针……那场派对……那放荡的一幕……那个男人，那双蓝眼睛。她还要和他说她差点从窗户跳出去那件事。

她偷偷溜出公寓，以便不吵醒莎蒂。她知道迪伊把她的车都停在了西五十六街的一家停车库。她走了过去，不过，西五十六街上有好几家车库。她一下就找对了地方，她把这当作好运的征兆。夜班经理认出了她，给了她那辆捷豹。她把车开出车库，朝市中心开去。她回想起汤姆的司机是走中城隧道到长岛高速公路的，这辆车开起来流畅极了。

路上没有车，她一点钟就能到西汉普顿。或许她应该先给休打个电话……可是那样做的话，他可能会让她等到明天，而她必须现在就和他谈谈。她下了高速公路，开进一家停车库。服务员给车加满了油，又给她指了西汉普顿的方向。加油花光了她所有的钱，她把最后一枚二十五美分硬币作为小费给了服务员。但油箱是满的，路况也很好，很快她就能见到休了。不知怎么，她感觉只要把所有事说出来给休听，就会让一切都好起来。

她把车停在房子前面的时候是一点十五。她按了门铃……声音沉闷地回荡着……一种表明屋内空空如也的声音。天哪……难道今天就是他陪那位寡妇的日子？她回到了车里，她可以坐在那儿等。她盯着外面的沙丘，今晚它们似乎遥不可及，高大巍峨，怀有敌意。但这么想太傻了……它们不过是一大堆沙子，休还经常睡在那儿呢。当然了！也许他现在就在那儿呢！她下了车，开始向沙滩走去。

她走得很艰难，野草在大丛大丛地疯长。她被碎浮木块绊了好几次。她的凉鞋里灌满了沙子，但她坚持向前跋涉。等她走到沙丘附近，她感觉已筋疲力尽。她站在最高的小山顶上，向下眺望远处的沙滩。四处都没有生命迹象，就连大海似乎也一反常态地平静。海浪轻拍在沙滩上，像在低声呢喃一句抱歉。或许休在另一个沙丘处，在距离沙滩更远的地方。

她站起来大声喊着他的名字。没有回答……甚至连海鸥的叫声也没有，只有她空洞的声音。那些海鸥夜里都去哪儿了？白天它们总是四下俯冲，对着彼此尖声鸣叫。她一屁股跌坐在地上，用手指掠过凉爽的沙子。海鸥夜里都去哪了？她回头望着那栋房子。那里漆黑一片，看起来很孤独。这个平静的夜晚、那些明亮的星星，还有这海浪的叹息声，似乎都比那栋空房友好得多。

她把毛衣卷成一团垫在头下面，然后她躺下来凝望着天空。天空似乎近了些，像毯子一样盖着她。突然，她感觉仿佛天空才是这个世界，而地球不过是它的地板。那上面有什么？其他星球？其他世界？她回头看向房子，也许休今晚在那个女人家里过夜。

她可以走回她的车那儿，在车里睡，直到他回来。可她不困，而且沙丘这儿非常宁静，还有这些星星。耶稣降生那晚，东方三博士[1]也看着相同的星星。伽利略也曾看着它们……哥伦布寻找前往印度的新航线时也曾仰仗它们来导航。多

---

1 三博士（The Wise Men），据《圣经·马太福音》记载，耶稣出生时，三位博士在东方看见伯利恒方向的天空上有一颗大星星，于是便跟着它来到了耶稣基督的出生地。因为他们带来了黄金、乳香、没药，所以有人称他们为"东方三博士"。

少人曾在这些星星下做爱？多少孩子曾对着这些星星许愿，对着他们想象中坐在星星上的上帝祈祷，就像她还是孩子时做过的那样。上帝的灯光。她母亲告诉她的！她突然想起来了——上帝的灯光。她的母亲！在这一秒之前，她对母亲一直只有模糊的记忆——一个安静的女人，总是在"休息"。当她起身走动的时候，总是非常漂亮……褐色的大眼睛，崇拜地望着她父亲……从没望向过她。事实上，她想不起来自己曾与那双眼睛对视过……没错！有一次！……她现在想起来了。她想起来她依偎在母亲怀里，看见那双褐色的大眼睛正温柔地注视着她。那天她做了个噩梦，哭了出来。保姆立刻就来了。但那次，她母亲也来了。那天很难得的，和保姆比起来，母亲更能安慰她。她露出害怕一个人待在黑暗里的神情，因为噩梦可能还会回来……母亲把她抱得紧紧的，告诉她夜里什么坏事也不会发生，虽然有时候灯光让一切看起来很可怕，但其实夜晚既温柔又给人安慰。她们坐在窗前一起看着星星，然后她母亲说："它们是上帝的小灯塔发出来的光……提醒你，他总是在观望你……随时会来帮助你……爱你。"

现在，她看着星星想起来了。对一个吓坏了的小女孩来说，那真是个美丽的故事。她母亲长什么样？突然，她希望她当时更大些，可以安慰母亲。她母亲爱着迈克……可他有其他女孩。天哪，她一定很痛苦吧。她想起了汤姆和他妻子待在海滨区那天她是什么感受。泪水涌出了她的眼眶。她可怜的母亲爱着迈克……他却丢下她孤身一人和一个小女孩待在一起，去了加利福尼亚。也许他正和他自己的女孩住在他们的五号木屋里。忽然之间，她这么躺着仿佛看见自己分裂成了两个存在——她是五号木屋里迈克的女孩……她也是她那年轻无助的母亲……孤独了太久……哭泣了太久……她大喊道："母亲啊……你不该那么做啊。和他在一起的女孩也很痛苦。至少你知道他总是会回到你身边的。而且你还有我啊。你为什么要离开我？难道你不爱我吗？"她的声音在夜里回荡……那些星星回瞪着她。然而，转瞬之间，星星似乎不再温暖而友好了，它们看起来坚硬而且冷漠……好似不喜欢它们的隐居受到了干扰。它们离群索居，安安稳稳……坚信它们必将永存，嘲笑着沙滩上这个渺小的人类。它们不是上帝的灯塔发出来的光……它们是世界，是太阳，是陨石。如今，太空中甚至还有垃圾，飘荡在那天鹅绒般的黑夜里。她看见一颗流星划过天际……接着又是一颗……月亮看起来那么低，它就像一位掌管各处天庭的母亲，而星星都是她的子民。知道月亮并不是银色的，也并不亮，真是让人伤心。月球表面不过是一片荒凉之地……伤痕累累……陨坑密布……比地球小……宇宙里的一粒尘埃。人类已经登上月球并揭开了它的神秘面纱，同时夺走了它所有的浪漫。

她依然精神抖擞，眼中的色彩依然浓烈。天空是黑色的，但她在那一片漆黑里看到了蓝色和紫色的影子。

她瞥了一眼休的房子。月亮挂在它的上空，灿烂的光辉照亮了它黑色的窗户。也许他今晚带那位寡妇去城里了。

她打开包，摸索着寻找香烟。她的手摸到了一个信封。她把它拿了出来，一个起皱的、朴素的白色大信封。这是她要走的时候凯斯塞进她包里的。她扯开信封，里面有一个小塑料药瓶，瓶里有两块方糖。信封里还有一张字条，她按下打火机照亮上面的字：**"亲爱的女继承人：我爱你。我无法带你去马贝拉或法国南部，但如果你愿意做我的女人，我能带你踏上极乐之旅。首先，这两颗我请。爱你，凯斯。"**

她打开瓶子，把方糖倒进手心里。她抬手准备扔掉它们，但有什么阻止了她。为什么不吃一颗呢？如果她吃了，所有沮丧就会消失不见了，她就能抬手摸到星星了。她把方糖放回了瓶子里，又把瓶子丢进了包里。不，吸食迷幻药不能解决问题。"旅程"结束的时候，问题仍然在。但什么能解决问题？试着随波逐流？试着爱上大卫？学会玩双陆棋？每天吃午饭？买衣服？不！她不想要没有高潮的人生。要是你知道人生会有高潮的话，就算是经受低谷也值得——而且那不是迷幻药带来的高潮，是真正的高潮。就像那天在罗马机场看着迈克大步向她走来，就像听到汤姆对她说他再也离不开她了……

可是他们都走了，汤姆和迈克……

她再次拿出了瓶子，如果她把两颗都吃了会怎么样呢？也许她会踏上一次持续到永远的旅程，也许她再也不会回来了。

一阵风不知从何而起，她发起抖来。不知道为什么，这风让她不寒而栗。有沙子溅到了她的脸上，她站起来拂掉衣服上的沙子。现在真的起风了。她穿上了毛衣。然后，就像它来时那般突然，风停了。接着是一阵奇怪的寂静无声——就像她在加利福尼亚的一次轻微地震前听到的那种寂静。蟋蟀停止了鸣叫，就连叶子也不发出一丝声音。她朝大海望过去。大海就像块玻璃，而月亮悬挂在它的上空，给深色的水面铺上了一条光明大道。但这不可能！就在刚才，月亮还在她身后，还悬挂在休的房子上空。她转过来看向身后。当然了，就在那儿呢……一团苍白友好的光，就挂在那排海滨屋的黑暗地带上空。接着，她回头看向大海……是月亮！清晰又明亮……另一轮月亮！

她出现幻觉了！都是凯斯在派对上给她的那块方糖闹的。她跳起来，转过身背对着那轮"新月亮"。她开始跑起来，但就像那些可怕的噩梦，你在跑，却仍在原地没动。这事发生在她身上了。她的双脚在移动，她的呼吸变得急促，可她还在沙丘顶上……被困在了两轮月亮中间。

她转头看向身后。那轮新月亮消失了，海洋一片漆黑，孤寂。星星似乎比以前更遥远了。她现在怕极了。她开始跑起来。这次她动了，她跌跌撞撞地溜进了黑夜之中。天啊，迷幻药真是危险，它让她差点跳出了窗户，现在它又让她看见了另一轮月亮。这一定就是他们说的再度幻觉。或者她又吃了一块方糖？也许两块都吃了！天啊……她吃了没有？她回头看。她能看见她的包就在沙丘上，在她丢下它的地方。她能看见是因为月光照亮了它，另一轮月亮的光！它回来了！

也许她确实把两块方糖都吃掉了，但她确信她把它们放回去了，或者她没有？这没关系。她产生了幻觉，看见了两轮月亮……任何事都可能发生。它可能会把她拖到海里。如果她认为她可以跳出窗户，还可以向上飘，那就很难说接下来会发生什么。天啊，她再也不吃任何药了。她会嫁给大卫，然后生孩子——一个她自己的孩子，她可以爱这个孩子。也许她永远不会对大卫产生她对迈克的那种感觉。不……她对汤姆的那种感觉。但至少她将嫁给一个迈克会认可的人。她可能会生一个长得像迈克的小男孩，再生一个女孩。她会很爱他们，做一个好母亲。她可以的！只是，求你了，上帝。只要让她能回到那栋房子就好。

为什么那栋房子似乎特别遥远？她现在走下了那个沙丘，走进一道山谷，又爬上另一个沙丘……

月亮还在那儿。她转过身，看见它悬在大海上空。突然，它滑过天际又滑回来，旋转着，皮鲁埃特旋转[1]——恍若正在跳一支怪诞的芭蕾舞，只为她而跳。它倏地弹入天际，直到它看起来和星星一般大小，直到她确信那就是一颗星星。然后，它又恢复了正常大小，光芒投射在海面上，铺出一条完美的小径。

她盯着它看了片刻。这不是幻觉，这是真的！因为当你出现幻觉的时候，你是不知道的。就像走出一扇窗户，她当时以为她在做梦呢。但也许这也是一场梦。也许她没在沙滩上。也许她在家里的床上。也许她没在皮埃尔酒店。也许这一切都是一场梦的一部分。也许她仍然和汤姆在一起，迈克也没有死。也许快乐针让这一切幻化成了这个漫长可怕的噩梦。等她醒过来，她还在五号木屋，汤姆

1　皮鲁埃特旋转（Pirouette），竖趾旋转，一个芭蕾舞动作。

也在，她会离开他，冲去见迈克，弥补所有事。或者，也许他们没打架，也许那场拳架也是这个噩梦的一部分——那样她就不需要离开汤姆了。但也许她从未遇见过汤姆。也许她仍然在瑞士，正在渐渐好起来，正要回家见迈克，而他也没有遇见迪伊，这一切的一切都没有发生过……但是另一方面，也许从未有过一位弗朗哥，从未有过一场摩托车事故。也许她从未出生过——因为她说不出噩梦是从什么时候开始的。

不过，也并不全然是一场噩梦，有些部分还是很美好的。就连去哈顿女士学院上学也不错，因为还有那些美好的周末值得期待，每周六她都能扑进迈克的怀抱。甚至在瑞士诊所的时光也不全然糟糕，因为他会去探望她，最重要的是，她对恢复健康心怀期待和梦想，尤其是她回家前的那个月，当她得知她就要和他在一起了……

至少还有她心怀梦想的那个月，有时候，做梦比现实好得多。你不可能把心怀美梦的一个月叫作噩梦。而那天下午，她发现他在机场等她的时候，那一个月在那梦幻般的现实中达到了高潮。那时候，她还不知道迪伊的事。所以在那几个小时里，他是属于她的，就像在罗马一样，直到梅尔芭出现。昙花一现的快乐时光。就像她母亲可能也曾快乐过，然后就不得不面对和接受一切已成往事的现实，那种特别的快乐只有一次……

"不！"她大声喊道，"一次怎么够啊？！母亲啊，你是怎么熬了那么久啊？！"

她一动不动地站着。她在对着那团幽光喊叫。而自始至终，她都扎根在原地没动。她盯着它，它正悬挂在大海上空。它看起来和另一轮月亮一模一样，只是它没有任何阴影。

接着，她冒出来一个新想法：也许这一切都有一个合乎逻辑的解释，也许这就是新闻里偶尔突发的外星飞碟事件。要是这样的话，她肯定不会是西汉普顿唯一正盯着它看的人。她看着所有那些漆黑的房子，难道这儿没有人醒着吗？不论休在哪儿，难道他看不见吗？他在沙丘这儿待了那么多个晚上，这样的事从没有发生在他身上。她就来了一个晚上……看看她陷入的这个烂摊子吧！

她站在那儿，沐浴在这奇怪的光里，独自在这沙滩上。不知怎么，她感觉如果她静止不动，它就看不见她。但这太可笑了，不管它是什么，它都不可能看见她——它在几千英里以外呢。

也许她应该试着记住一切。它有多大，它看起来有多少英里远，它在朝什么方向前进。也许她应该为它写篇报道。没错——这就是她需要的！

但它就在那儿，悬挂在她的前方。她开始大喊：**"醒醒，有人吗？！西汉普顿没人知道你们突然有了两轮月亮吗？！"**

除了寂静，什么都没有。逃跑是没用的，因为她感觉自己被锁在了原地。她跌倒在沙子上，感觉沙子凉爽而柔软。她感觉新月亮的光芒正笼罩在她身上，她感觉那几乎就像是阳光——温暖而舒适。然后，她看见他向她走了过来。他从海岸线那边走了过来。当他直接走上月光铺成的小路时，他的脸还在阴影里。但她丝毫不惊讶，他那双动人心魄的蓝眼睛，她之前见过那么多次了。

她看着他走近，并不感到害怕。她突然想起了约翰·巴勒斯[1]一首诗中的一节，那首诗名叫《等待》。很久以前，她在瑞士的时候把它背了下来……

> 静静地，收拢双手，我等待，
> 不去管那风，那潮汐，那大海；
> 我闭口不谈时间，或者命运，
> 因为啊，属于我的那天终将到来。

此时此刻，她第一次感觉所有的等待都结束了。他走得更近了，突然，她喘不上气来。是迈克！

可那不是迈克。他的微笑像迈克，他看起来像迈克……然而他不是迈克。他站在她面前，伸出双手。她跟跟跄跄地爬起来，向他走去。他紧紧地抱住她说："见到你很高兴，詹纽瑞。"

"迈克。"她喃喃道。

他抚摸着她的头发："我不是迈克。"

"但你看起来像迈克。"

"只不过因为你想让我看着像。"

她紧紧地贴着他："听我说，这是我的幻觉，所以会照我想的来。无论你是谁，我这一辈子都想要你。也许我一直知道你会来的。也许我爱迈克，是因为他看起来像你；也许我爱你，是因为你看起来像他；也许你们俩是一个人。这都没

---

1 约翰·巴勒斯（John Burroughs），1837年生于纽约州卡茨基尔山区的一个农场，他的祖先都是农民，他对自然和写作的热爱很大程度上来自他童年的经历。巴勒斯本人曾当过农民、教师、专栏作家、演讲经纪人及政府职员。

关系……"

她再次跌倒在沙滩上，他把她抱在怀里。当他们的嘴唇吻在一起，那正是她所知的一切该有的样子。当他们的身体交会在一起，她知道，这就是她此生一直在等待的那个时刻。他的爱抚温柔似水，也结实有力。她向他伸出手，紧紧地抱住他……更紧……直到他们合为一体，就像沙子融入海浪，海浪裹着沙子，带它回到大海。

"请别再离开我了。"她轻声说。

他紧紧抱着她，承诺他再也不会放手了。

1972年6月29日

纽约（美国联合通讯社）

今日为格兰杰千万遗产女继承人詹纽瑞·韦恩失踪一周年纪念日。记者未能联系到她的未婚夫大卫·米尔福德对此事做出评论，因其正在希腊帕特莫斯岛某处度假，但他的朋友们声称他仍抱有她尚在人世的希望。韦恩小姐的私人医生格尔森·克里夫德表示，韦恩小姐因其父亲与后母的过世而陷入了深度抑郁。鉴于她失踪的次日早晨，有人发现她的车停在沙滩入口附近，因此克里夫德医生认为韦恩小姐已经跳海自溺。同天上午晚些时候，两名小男孩——9岁的爱德华·史蒂文斯和8岁的汤米·卡罗尔——在沙滩上发现一只手提包，经辨别该手提包属于韦恩小姐。包内别无他物，只有一个装有信用卡的空钱包和一个装有两颗方糖的塑料瓶……